本书为2014年度国家社科基金重点项目《新加坡藏"外江戏"剧本的搜集与整理》最终成果、2020年度国家社科基金重大项目《中国早期戏剧史料辑录与研究》（20&ZD271）的阶段性成果

新加坡所藏外江戏抄本研究

A study on the scripts of Waijiang opera collected in Singapore

陈燕芳　康保成　著

中国戏剧出版社
CHINA THEATRE PRESS

图书在版编目（CIP）数据

新加坡所藏外江戏抄本研究 / 陈燕芳，康保成著
. -- 北京：中国戏剧出版社，2023.12
ISBN 978-7-104-05237-1

Ⅰ.①新… Ⅱ.①陈… ②康… Ⅲ.①广东汉剧—地方戏剧本—文学研究—新加坡 Ⅳ.①I207.366.5

中国版本图书馆CIP数据核字(2022)第111467号

新加坡所藏外江戏抄本研究

责任编辑：赵宇欣
责任印制：冯志强

出版发行：	中国戏剧出版社
出 版 人：	樊国宾
社　　址：	北京市西城区天宁寺前街2号国家音乐产业基地L座
邮　　编：	100055
网　　址：	www.theatrebook.cn
电　　话：	010-63385980（总编室）　010-63381560（发行部）
传　　真：	010-63381560

读者服务：010-63381560
邮购地址：北京市西城区天宁寺前街2号国家音乐产业基地L座

印　　刷：	北京九州迅驰传媒文化有限公司
开　　本：	787mm×1092mm　1/16
印　　张：	28.75
字　　数：	450千字
版　　次：	2023年12月　北京第1版第1次印刷
书　　号：	ISBN 978-7-104-05237-1
定　　价：	198.00元

版权专有，违者必究；如有质量问题，请与出版社联系调换。

前　言

2005年，由中山大学中国非物质文化遗产研究中心承担的教育部人文社会科学重点研究基地重大项目"岭南濒危剧种研究"启动。我和项目主持人刘晓明教授商议，委托中山大学几位在读博士生分别承担广东汉剧、正字戏、白字戏、西秦戏等剧种的研究，这也是分别为他们的学位论文选定的题目。

承担广东汉剧研究的陈志勇告诉我，他在收集资料的时候，读到新加坡国立大学一位在读博士生发表的一篇介绍该校收藏"外江戏"剧本情况的论文。这使我大喜过望，因为"外江戏"其实就是广东汉剧以前的名称，而早期"外江戏"剧本在国内的收藏寥寥无几。这批剧本不但将为陈志勇的论文增色，而且也会为清末民初的广东戏剧史，乃至为皮黄南下及其向海外传播的历史提供难得的第一手资料。

然而，对这批剧本的收集却一波三折。

志勇所说的介绍这批剧本的论文，就是当时留学于新加坡国立大学的我国台湾籍博士生余淑娟的《新加坡余娱儒乐社外江戏剧本初探》一文。该文在"第五届潮学国际研讨会"上宣读后，收录进吴奎信、徐光华主编的《第五届潮学国际研讨会论文集》，2005年在中国香港公元出版有限公司出版。当我获悉余淑娟的博士生导师就是容世诚教授的时候，第一个反应就是拟通过容教授复制这批剧本。

我和容先生素有交往，在这件事之前我二人虽见面不多，但神交之中已有惺惺相惜之意。他对我的《中国近代戏剧形式论》多有谬奖，而我对他的"戏曲人类学"研究非常佩服。按说当时电子邮件已经普及，但我的电脑使用水平有限，上网也比较晚，还是用书信的方式与容先生联系的，因而沟通起来相当不便。容先生接到我的信，回复说只要校方和图书馆方面不阻挠，就没有问题。我复信说复印和邮寄费用均从我的科研经费中解决，希望容先生不要客气。由于是"鸿雁传书"，几个往返下来，大半年就过去了。我猜测，也许是新加坡国立大学图书馆方面的阻挠，或是经费有问题（虽说我答应承担，但须垫付），或是容先生太忙顾不上此事，总之剧本迟迟没有寄到，我也不好意思催促。而志勇的学位论文不能等，那就只好退而求其次，暂时将这批剧本"搁置"起来，用20世纪30年代汕头公益国乐社《乐剧月刊》所刊登的25个外江戏剧本以及《汉剧提纲》等其他文献替代——有几分材料说几分话吧。

2008年6月，志勇的博士学位论文《广东汉剧研究》与刘怀堂的《正字戏研究》、詹双晖的《白字戏研究》、刘红娟的《西秦戏研究》，均顺利通过答辩。2009年，这几篇博士学位论文作为"岭南濒危剧种研究丛书"，由我和刘晓明教授共同主编，在中山大学出版社出版。

2008年10月，我和晓明教授应曾永义先生之邀，到中国台北参加一个戏曲学术研讨会。以往每到台北，总会到位于金山二路的乐学书局买书，这次也不例外。当我和晓明挑好了书，报上自己的姓名要开发票时，一位女生在旁问道："您就是康保成老师啊？"我转身望去，只见一位年约三十岁的女士，抱着一个大约一岁的孩子，正站在柜台旁。我问道："请问您是……"没等我问完，她便"自报家门"地说道："我是余淑娟，容世诚老师的学生。"啊，这世界实在太小了！接着她问我："为您复印的那批外江戏剧本收到了吧？"我再一次吃惊了："没有啊！"淑娟告诉我，容老师收到我的信后，征得了国大图书馆的同意，并请淑娟代劳，复印了这批剧本，而且容老师从自己的科研经费中垫付了费用。天呐，原来如此！从台北返穗之后，我立即写信向容世诚教授表示了感谢，并告诉他志勇已经毕业，这批剧本请他暂时保管。

2010年3月13日，由新加坡戏曲学院主办的"粤剧国际学术研讨会"在狮城召开，我应蔡曙鹏博士之邀前往参会。会后，在新加坡国立大学容世诚教授的研究室，我见到了这批已经复印好的外江戏剧本：全部用A4纸复印，依原抄本先后次序编号，装满了整整两个纸箱（后来才知道，当时淑娟复印了一式两份，每份装一个纸箱），沉甸甸的。我翻了一下目录，大略知道与车王府曲本有不少相同剧目。部分剧本末尾有抄写时间，其最早时间为1914年。这或许反映出清末皮黄南下之后与潮梅当地文化相结合的实况。所谓"外江戏"的庐山真面目，或将随着这批剧本的发现而进一步被揭开。

然而，我当时主持的国家社科基金重点项目"观念、视野、方法与中国戏剧史研究"正在紧张地进行；同时，我还担任教育部人文社会科学重点研究基地中山大学中国非物质文化遗产研究中心（下文简称"基地"）主任，"基地"工作耗费了我十之七八的时间。由于暂时还没有时间和精力对这批剧本进行研究，当容老师提出"上飞机可能超重，要不还是回头我寄"的建议时，我欣然同意了。没想到，这一耽搁又是三年。

2013年1月，我应容世诚教授之邀再赴星岛，在新加坡国立大学文学院进行为期10天的访学，太太同行。回程时，我和太太李树玲每人提着一箱外江戏剧本上了飞机。2014年，我以"新加坡藏'外江戏'剧本的搜集与研究"为题，申报国家社科基金重点项目，获得立项。于是，"新加坡藏'外江戏'剧本的搜集与研究"课题组正式成立。当年12月，我辞去基地主任的请求也得到批准。于是，课题组得以全力开展工作。课题组成立后的第一项任务，就是将目录和已经复印好的剧本进行对照。我们发现，这批复印的剧本并不完整，而且少量部分模糊不清。2015年8月，我和课题组成员陈志勇、陈燕芳三赴新加坡，对复印中不清晰的部分重新复制，并且在新加坡国立档案馆、八邑会馆等单位，查阅和复制了规模较小的另外两批外江戏剧本。至此，新加坡抄藏外江戏剧本的收集工作基本完成。

课题组成员几次"下南洋"，始终得到容世诚先生的无私协助。他不仅帮助我们联系新加坡国立大学文学院图书馆，使我们进入书库，得以目睹这批抄本的原件并复制其中的部分作品,还带领我们拜访了位于牛车水史密斯街（Smith Street）的余娱儒乐社。当我们一踏入余娱儒乐社,便强烈地感受到百年前那批海外华人对故乡的思恋和热爱,而外江戏便是当时维系南洋华人和故乡联系的一根纽带。

"外江戏"是一个历史概念,现在已经很少使用。广义的"外江戏",指的是广东以外北方各省传入的戏剧;而狭义的"外江戏",指的就是广东汉剧和闽西汉剧。新加坡抄藏的这批剧本属于狭义的"外江戏",且不说它的文献价值如何珍贵,迄今为止,国内发现的外江戏最早演出剧照是1937年由黄桂珠、黄来香主演的《薛蛟吞珠》。然而,我们在新加坡余娱儒乐社看到该社演出的外江戏《探谯楼》（图片见本书第三章）等一组剧照则拍摄于1927年,这比黄桂珠等人的演出剧照早了整整十年!虽然不能用"礼失求诸野"来形容,但回忆起来,当时拜访余娱儒乐社时的确有怦然心动的感觉。

余娱儒乐社之外,陶融的抄本也有不可替代的价值。以往梨园戏班排戏,多用单脚本（也称单角本、单头本）。但这种只用于排戏的本子往往仅以口传的方式流行,非常不易保存。陶融社所抄藏的外江戏剧本《认像》,不仅保留了剧中三个主要角色的单脚本,即花旦（牛小姐）本、正旦（赵五娘）本、生脚（蔡伯喈）本,而且有和尚（杂扮）本、丫鬟（贴扮）本,以及完整的综合本。这就让我们较为全面地了解到单脚本及其与整本戏的整合状况,弥足珍贵。

作为广东汉剧前身的外江戏,它与湖北汉剧、常德汉剧、湖南祁剧、京剧、粤剧、潮剧等,有着千丝万缕的密切联系。为此,课题组成员又实施了两次国内剧本文献调查和外江戏老艺人访谈。

2015年12月,我和陈燕芳、王静波、卜亚丽、李英,赴广东汉剧院（梅州）、闽西汉剧传习所（龙岩）、福建省艺术研究院进行调查。在王评章先生等人的帮助下,在福建省艺术研究院获得了大批闽西汉剧剧本资料。此行另外的两个收获,一是在广东汉剧院资料室发现并复制了光绪末年外江戏抄本《割莽》,在闽西革命历史博物馆发现并拍照了咸丰八年（1858）至民国初年（1912）流行在闽西的小腔戏剧本十二种;二是对曾经同窗学艺的广东汉剧传承人梁素珍（1938— ）和闽西汉剧传承人邓玉璇（1936— ）分别进行了访谈,确认广东汉剧与闽西汉剧本是同一个剧种,即外江戏。

2016年5月,我和陈燕芳赴湖南、湖北,考察祁剧和汉剧。在朱伟明教授的帮助下,复制了大批汉剧剧本资料,并在李跃忠博士的引导下,观看了祁剧《打金枝》的演出,并和祁剧老艺人进行了座谈。

我们的调查,先是从广州到新加坡,沿着当年外江戏向外传播的路线进行追踪;继而再从广州西进、北上,感受皮黄戏的艺术魅力和强大的辐射能力。我们收获的,不仅仅是剧本资料,还有活生生的艺术感受和历史沧桑感。一百年的时间如同一瞬,当年抄录外江戏剧本的陈子栗老先生以及携带外江戏下南洋的艺术家们早已作古。而我们,站在历史与未来的连接处,在回顾与品味先辈们用外江戏抚慰思乡之情的时候,也深深地感受到"落花流水春去也"的无奈。

华人占新加坡总人口的70%以上,他们往往能说流畅的"国语",能够使用简体汉字。在这些方面,常令内地人感到这不是在外国。但当你听到相当标准的"普通话",想要上前搭讪的时候,却发现他(她)可能根本听不懂你说的话。他们从20世纪60年代就不演外江戏了,但这还不是问题的根本所在,中国不也同样遭遇"戏曲危机"吗?关键的问题在于,中国的所有话题在这里都格格不入。这里的政治制度、话语体系,早已欧美化。此外,印度文化、马来文化都对当地华人产生了或多或少的影响。文化也是可以改变的。新加坡早已不是百年前的新加坡,新加坡华人也早已不是百年前的新加坡华人。我们对他们是熟悉的,又是陌生的;反之也一样。地理上的距离不是问题,文化上的隔阂却难以修复,况且这种隔阂在日益拉大、加深。

越是这样,我们就越是怀念陈子栗的时代。于是,我们走进了对新加坡所藏外江戏剧本的研究。

康保成

2018年8月于中山大学

目　录

前　言 / 1

第一章　外江戏及其对广东戏剧形态的影响

第一节　何谓"外江戏" / 003

第二节　外江戏在广府地区的活动轨迹 / 014

第三节　外江戏在粤东地区的繁荣 / 022

第四节　从外江戏到广东汉剧 / 034

第五节　潮汕外江戏的衰落及其市场转移 / 039

第二章　新加坡的华人移民与战前中华民族戏曲

第一节　新加坡的地理历史概貌 / 051

第二节　早期新加坡的华人移民及其双重文化认同 / 054

第三节　战前新加坡的中华民族戏曲 / 065

第四节　从文化认同看外江戏在新加坡的特殊地位 / 082

第三章　陈子栗与新加坡余娱儒乐社

第一节　关于陈子栗的生平 / 100

第二节　陈子栗的音乐造诣与余娱儒乐社的成功转型 / 108

第三节　余娱儒乐社的外江戏演出 / 118

第四节　陈子栗与余娱儒乐社的外江戏抄本 / 131

第五节　余娱儒乐社的经济后援及政治倾向 / 137

第四章　新加坡所藏外江戏剧本概述

第一节　新加坡所藏外江戏剧本的发现 / 151

第二节　新加坡所藏外江戏剧本概述 / 160

第三节　新加坡所藏外江戏剧本与同题整理本之比较 / 164

第四节　新加坡所藏外江戏剧本的剧目题材特点 / 167

第五节　新加坡所藏外江戏剧本的地域文化属性 / 172

第五章　外江戏与早期京剧剧本之比较

第一节　从《访普》看北杂剧到南北皮黄戏曲的形态分化 / 192

第二节　外江戏《复中兴》与京剧《云台观》《白蟒台》源流 / 225

第六章　外江戏与早期粤剧剧本之比较

第一节　外江戏与早期粤剧同题剧本情况 / 249

第二节　从《西蓬击掌》看楚曲到外江戏、粤剧的文本分化 / 255

第三节　外江戏、粤剧与潮剧《百里奚会妻》的文本关系 / 273

第四节　外江戏《百里奚会妻》与岭南曲艺 / 297

第七章　外江戏与粤调皮黄的形成与演变

第一节　"粤调皮黄"的提出 / 323

第二节　从皮黄入粤看两种"外江戏"现象 / 327

第三节　晚清民国戏曲批评中的"粤调"概念 / 330

第四节　清末民初粤调皮黄戏的地域特征 / 335

第八章　外江戏的音乐声腔与表演形态研究

第一节　新加坡藏《打洞》曲本与清代襄阳腔 / 350

第二节　新加坡藏外江戏抄本的舞台提示与表演信息 / 365

第三节　净行骨子戏《五台会兄》的艺术形态源流 / 374

第四节　丑行骨子戏《失金印》表演特色之形成 / 404

结　语 / 423

后　记 / 427

参考文献 / 431

第一章

外江戏及其对广东戏剧形态的影响

什么是"外江戏"？在广东戏剧的语境中，所谓"外江戏"最初就是指"外江班"，即外省戏班来粤演出的戏剧。然而，在清代文献中，"外江班"与"外江戏"至少表达了三种不同的意思。如果再加上晚清京剧把"海派"称为"外江派"，那么"外江戏"就可能衍生出更多的歧义。因而，在研究外江戏时，首先搞清楚这个术语的内涵是十分必要的。

第一节 何谓"外江戏"

一、《扬州画舫录》里的"外江班""内江班"

清李斗《扬州画舫录》卷五《新城北录》下记云：

> 两淮盐务例蓄花雅两部以备大戏：雅部即昆山腔。花部为京腔、秦腔、弋阳腔、梆子腔、罗罗腔、二簧①调，统谓之乱弹。昆腔之胜，始于商人徐尚志征苏州名优为老徐班。而黄元德、张大安、汪启源、程谦德各有班，洪充实为大洪班。江广达为德音班，复征花部为春台班。自是德音为内江班，春台为外江班。今内江班归洪箴远，外江班隶于罗荣泰。此皆谓之内班，所以备演大戏也。②

---

① "二黄"原作"二簧"，本书在引文中保留原用法。
② （清）李斗：《扬州画舫录》，汪北平、涂雨公点校，北京：中华书局，1960年，第107页。

《扬州画舫录》成书于乾隆六十年（1795），这里记载的是乾隆年间的扬州戏班，被后人称为"七大内班"。① 而"内江班""外江班"均是江广达所主持的戏班。江广达即江春（1720—1789），字颖长，号鹤亭，安徽省徽州府歙县人，清代著名盐商，因其行盐的旗号为"广达"，又号广达。

江春多次主持迎接乾隆皇帝南巡的活动，喜结交士大夫，爱好戏曲。在江春组建德音班之前，扬州各大戏班均为昆班，没有"内江班""外江班"的区别。但江氏在组建昆班德音班的同时或稍后，"复征花部为春台班。自是德音为内江班，春台为外江班"。显然，这里的"外江班"指的是与雅部昆班德音班有别的花部乱弹戏班春台班。从"老徐班""大洪班"的命名看，戏班名称都用组建者的姓氏，所以"内江班""外江班"的"江"字，即"江春"之"江"。也就是说，无论昆班抑或花部乱弹班，都是"江"字号的江春家班。

乾隆年间，扬州剧坛重昆曲而轻乱弹，尤其是由本地人组成的花部戏班，被称为"本地乱弹"或"土班"。"若郡城演唱。皆重昆腔。谓之堂戏。本地乱弹只行之祷祀，谓之台戏。"② 但江春独具慧眼，看到了花部的审美价值和发展潜力，因本地人才不够，便在各地网罗名角，以增强"外江班"的实力。《扬州画舫录》记云：

> 郡城自江鹤亭征本地乱弹，名春台，为外江班，不能自立门户。乃征聘四方名旦如苏州杨八官、安庆郝天秀之类。而杨、郝复采长生之秦腔，并京腔中之尤者如《滚楼》《抱孩子》《卖饽饽》《送枕头》之类。于是春台班合京、秦二腔矣。③

《滚楼》是著名秦腔演员魏长生的代表作。不仅当地的杨八官、郝天秀模仿、学演魏长生的腔调和作品，而且到乾隆后期，魏长生本人成了江春的座

---

① 陆萼庭：《昆剧演出史稿》，上海：上海教育出版社，2006年，第215页。
② （清）李斗：《扬州画舫录》，汪北平、涂雨公点校，北京：中华书局，1960年，第130页。
③ （清）李斗：《扬州画舫录》，汪北平、涂雨公点校，北京：中华书局，1960年，第131页。

上客,"演戏一出,赠以千金"①,可见江春在花部传播方面所做出的巨大贡献。而他一手建立的"外江班"春台班,也应在中国戏班史上占据一席之地。

需要注意的是,《扬州画舫录》只提到了外江班,却没有提到外江戏。在《扬州画舫录》的语境中,外江戏并不是一个剧种,而只是一个戏班。

二、广府地区的"外江班"与"本地班"

清乾隆二十四年(1759),江西籍人钟先廷在广州城南旧德门外魁巷建立"外江梨园会馆"。现存的《外江梨园会馆碑记》,不仅是迄今所知最早的外江班在广东活动的珍贵文献,而且也早于《扬州画舫录》中关于"外江班"的记录。

"外江班"和"本地班"是粤剧形成过程中两个相对而称的重要概念。根据冼玉清先生对《外江梨园会馆碑记》的研究,乾隆年间,广东戏剧即有外江班与本地班之分。而外江班分别来自江苏、江西、安徽、湖南、河南、广西六省;外江班所囊括的声腔剧种,则包括了昆腔、徽戏、弋阳腔(赣剧)、皮黄南北路(含汉剧、湘剧、桂剧)、河南梆子(即豫剧)等花雅各部。乾隆四十五年(1780),13个外江班中,徽班占8个。乾隆五十六年(1791),44个外江班中,徽班占17个,湘班占18个。这说明,在乾隆年间来粤的外江班中,徽班和湘班所占比例很大。②但这个结论现在看来有值得商榷之处,因为,徽班未必唱徽戏,湘班也未必唱湘剧。正如欧阳予倩先生所言:"在这许多班社当中明确知道的安徽春台班、湖南的集秀班是昆腔班,姑苏的十一班可能全是昆腔班。其余的班社当中,也可能还有昆腔班,于此可知昆腔戏在广州是曾经相当盛行。"③这一结论是客观的。乾隆时期,广州剧坛昆剧称霸,外省入粤戏班中,以昆腔戏班居多。

---

① (清)李斗:《扬州画舫录》,汪北平、涂雨公点校,北京:中华书局,1960年,第133页。
② 冼玉清:《清代六省戏班在广东》,《中山大学学报》,1963年第3期。
③ 欧阳予倩:《试谈粤剧》,见广东省戏剧研究室《广东戏剧资料汇编》之一《粤剧研究资料选》,1983年,第83页。

然而，道光时期情况大变，盛行于广州剧坛的外江班改为以演唱皮黄声腔为主，兼唱昆腔。正如《梦华琐簿》所云："大抵外江班近徽班，本地班近西班。""近徽班"，说的就是接近徽班的唱腔。这已经是徽班进京以后的事情了，这时的徽班以演唱皮黄为主是没有疑问的，这大概就是后来粤剧以梆黄为主要唱腔的缘由之一。所谓"本地班近西班"，是说本地班的唱腔接近西秦腔，这是粤剧唱腔的第二个来源。黄伟博士从比较各地"江湖十八本"的异同入手，论证粤剧的音乐唱腔来自汉调二黄（西秦腔）。① 可见，无论外江班的"近徽班"还是本地班的"近西班"，它们同属于板腔体声腔中的皮黄声腔，相距并不遥远。

此外，广府地区的外江班，从乾隆时期演唱昆腔为主，到道咸以后演唱乱弹为主，这个变化应该引起关注。

广东人之所以把外省的戏班称为"外江班"，是因为"粤东呼外省人为外江人"。在粤方言中，"外江"即外地的意思。这里补充两条材料。清李调元（1734—1802）《南越笔记》卷一记云：

> 广州凡物小者皆曰仔，良家子曰亚官仔，耕庸曰耕仔，小贩曰贩仔，游手者曰散仔，船中司爨者曰火仔，亡赖曰打仔。大奴曰大獠，岭北人曰外江獠。②

以往，外地人在广东是受歧视、受欺负的。《清稗类钞·风俗类》"粤人于外省人之感情"条载：

> 粤人团体坚固，对于同乡之维护，无所不至。遇外省人，粤西而外，无论何省，均谓之外江佬，商店购物，辄增其价；舟车受雇，亦必故意居奇；即妓院之中，亦以接待外江佬为耻。③

---

① 黄伟：《广府戏班史》，北京：中国社会科学出版社，2012年，第65页。
② （清）李调元：《南越笔记》，北京：中华书局，1985年，第13页。
③ 徐珂：《清稗类钞》（第五册），北京：中华书局，1984年，第2208页。

请注意，这里所说的"粤西"，并不仅仅指广东西部，而是包括了广东之外的广西粤方言地区，故谓之"外省"。同理，清代文献中的"粤东"也不仅指今天的广东东部，而是与"粤西"相对而言的广府地区。这一点下文详述。

称外地人为"外江佬"有歧视的成分，那么称外省来粤的戏班为"外江班"是否也有歧视的意思呢？答案应当是否定的。清道光年间广东梅州人杨懋建（掌生）《梦华琐簿》记云：

> 广州乐部分为二：曰"外江班"，曰"本地班"。外江班皆外来妙选，声色技艺并皆佳妙。宾筵顾曲，倾耳赏心。录酒纠觞，各司其职，舞能垂手，锦每缠头。本地班但工技击，以人为戏，所演故事类多不可究诘。言既无文，事尤不经。①

可见，在当时广东人心目中，"外江班"是精妙的、雅致的，"本地班"是粗糙的、土气的。这种情况，既反映了广州剧坛的实际情况，也折射出粤剧形成之前广东人尊崇外地戏班的普遍心理。

值得注意的是，外省观众也认为广东本地戏班所演是"土"的。晚清杨恩寿在《坦园日记》中记载他于同治五年（1866）农历正月初二在广西北流粤东会馆观看演剧的情况："戏演《还阳配》，系粤东土戏，吾省所无也。夜演《问卜》《沙陀》《检柴》三出。四更始回。粤俗：日间演大套，乃土戏，谓之'内江戏'；夜间演常见之戏，凡三出，谓之'外江戏'。"②这里所说的"内江戏"，其实就是广府本地班，而"外江戏"是外省戏班即外江班。杨恩寿是湖南长沙人，竟然称广东本地班所演为"粤东土戏"，而外省戏班所演为"常见之戏"。可见，直到同治年间，本地班的演技尚不能够和外江班同日而语。

---

① （清）杨懋建：《梦华琐簿》，见张次溪编纂《清代燕都梨园史料》，北京：中国戏剧出版社，1988年，第350页。

② （清）杨恩寿：《坦园日记》，陈长明标点，上海：上海古籍出版社，1983年，第152页。

三、潮梅地区的"外江班"与"外江戏"

也正是从外江班逐渐失去广府演出市场的咸、同、光三朝,另一意义的外江班和外江戏在粤东潮梅地区繁荣起来。

光绪年间,潮州也成立了"外江梨园公所",其旧址就在现在的潮州市区上水门街5号。"公所"内现尚存碑刻七块。通过现存的七块碑记,我们得以知道光绪年间荣天彩、老正兴、双福顺、老福顺、老三多、新天彩等戏班的艺员们为重修梨园公所捐献银钱的情况。上述戏班中,除老正兴班为潮音戏班之外,其余均为外江戏班。与乾隆年间广府地区的外江班指的是包括昆班在内所有来自外省的戏班不同,清末粤东的外江班,指的是专演皮黄南北路的戏班。他们所演的声腔剧种,20世纪30年代被大埔文人钱热储定名为"广东汉剧"。

完全相同的术语,在同一个行政区域(广东省内)使用,会使人自觉不自觉地将二者混为一谈。那么,这两种"外江班"是不是一回事呢?二者之间有无联系呢?这是必须搞清楚的问题,不然粤剧史、广东汉剧史与皮黄南迁史之间的关系就难以厘清。

先看第一个问题。我们认为:乾隆时期广府的外江班和咸同以后粤东的"外江班"显然不是一回事。如上所述,乾隆时期广州的"外江班",指的是来自外省的所有戏班,所演剧种包括了昆曲、梆黄等各个剧种。而粤东地区的外江班,所演的只是一个声腔剧种,即后来的广东汉剧。冼玉清先生引用了乾嘉时龚志清《潮州澄海四时竹枝词》中的"正月花灯二月戏,乡风喜唱外江班",指出这里的"外江班"与广州所说的"外江班"不是一回事,而是潮州方言化的"弋阳腔"。陈志勇同样不认为潮州澄海的外江戏就是广州的外江戏,而认为它是皮黄。[①] 这一见解非常具有启发性。一般认为,皮黄形成于乾隆末徽班进京之后。若乾嘉时期潮州的外江戏是皮黄戏,而且乡民演唱这种戏已经形成风气,似乎不大可能。但实际上,早在徽班进京之前,湖北、安徽两省的戏班

---

① 陈志勇:《广东汉剧研究》,广州:中山大学出版社,2009年,第64页。

已早有交流。后文谈到的"汉调二黄""土二黄",其形成时间要早于北京的皮黄戏,其在乾隆年间进入粤东就不是不可能的了。

陈志勇还发现了乾嘉时云南景东人程含章在《岭南续集》中所说"粤东之戏,外江班则好唱淫戏……本地班则好唱乱臣反贼之戏"的一条材料,认为这反映了"外江班"(广东汉剧)乾隆时已经入潮的事实。① 不过,"粤"本与"越"通,所指地域非常广泛。即使隋唐以后意义收窄,也还是包括了广东、广西在内的广大岭南地区。所以,明清时大体以"粤东"指广东、"粤西"指广西。在清代以至民国初的文献中,以"粤东"指广府地区的记录俯拾皆是。上引《坦园日记》中的"粤东"即指广府地区就是明证。此外徐世昌编《晚晴簃诗汇》(1929)卷一〇四说乾隆时许乃来"官粤东,宰香山"②,卷四十九说康熙时钱以垲"宰粤东,知茂名、东莞两邑"③,也都是显例。程含章是云南人,他在广东的时间很长,先后在封川(今封开)、化州、连州、雷州、南雄、惠州、广州等地任职,但未见他到过潮汕和梅州的记录。所以,他所说的"粤东之戏",指的应当是广府粤方言区域的戏剧,而并非今天的粤东(潮梅地区)戏剧,这一点基本可以肯定。

潮梅地区并不像广州一样有"外江班"和"本地班"相对而称的说法,而只是把"外江班"和"潮州班""潮音班"或"潮剧""白字戏"等相对而称。例子很多,此处只举《申报》的两则简短广告。1922年7月7日第20版:"广东戏中外江班来申不止一次,唯有潮州班从未来过,中一枝香为潮州白字戏中之大王。"④1939年6月22日第19版:"(皇后剧院)潮剧唯一名班老三正顺香……今天夜戏:名贵外江戏《三家店》,首次献演。"⑤ 可见,在20世纪二三十年代的上海,"外江班"指的是潮州戏班,"外江戏"指的也是潮州的外江戏,这是没有歧义的。

所以,"外江班"这个术语,先大量在广州使用,后大量在潮州使用,二

---

① 陈志勇:《广东汉剧研究》,广州:中山大学出版社,2009年,第64页。
② 徐世昌:《晚晴簃诗汇》(第一册),北京:中国书店,1989年,第666页。
③ 徐世昌:《晚晴簃诗汇》(第三册),北京:中国书店,1989年,第63页。
④ 见《申报》1922年7月7日,第20版。
⑤ 见《申报》1939年6月22日,第19版。

者所指并不一致，这一点应无问题。乾隆时期广州外江班所演并未形成外江戏，而是包含了花雅各声腔，而潮梅地区不仅有外江班，而且形成了外江戏这一独立的声腔剧种。

但正如上文所指出的，广州外江班的内涵有一个演变过程。乾隆及其以前以演唱声腔比较驳杂，以昆腔戏为主包含乱弹。但道咸以后则以演唱乱弹戏为主，这就与潮梅地区的外江戏具有了可比性。萧遥天曾经指出："汉调"在广府地区"混合蜕变，形成粤剧"，而在粤东地区则"一仍其故态，称外江戏"。又云："外江戏和京戏、粤戏是一源异派。"① 这个论断颇有启发性。事实上，在广府地区，由于本地班的兴起，外江班与外江戏逐渐退出剧坛以至消失；而在粤东地区，外江戏在地化以后，作为一个独立的声腔剧种一直留存至今。在大致相同的时间段（主要指咸同光三朝），在相距不太遥远的距离内（约500公里），所谓"外江班""外江戏"，所指虽有一些不同，但绝不会相差到不可比拟的地步。

问题是，潮梅地区"外江戏"最初是从广州传入的还是从外省直接传入的？由于资料的缺乏，完全解决这一问题尚待时日。我们倾向于认为，粤东的外江戏是走水路从闽西传入的。萧遥天提出："（外江戏）流入的路线是从江西的西南区衍及福建的西区，这些区域的客家人最先接受外江戏，它入潮州，仍经过客家繁布的梅属诸县"而到达潮汕的。② 陈志勇指出，清代梅属大埔粤东的举人上京应试，是从县城乘船溯汀江而上，经闽西进入江西，从九江顺长江到扬州，再沿京杭大运河抵京的。似可推测，把这条应试路线的后一半反过来，就是"外江班"进入潮梅地区的路线。亦即从湖北到江西西南，再到闽西的龙岩一带，乘船沿汀江顺流而下，到达和梅江、韩江相交汇的大埔三河坝，然后顺梅江可到梅州，顺韩江可到潮州。陈志勇推测："（粤东）外江戏，很可能在潮州（应指韩江，引者注）的上游大埔，首先形成一个很重要的驻点。"③

---

① 萧遥天：《潮州戏剧音乐志》，见饶宗颐《民国潮州志》（第八册），潮州市地方志办公室，内部印刷，2005年，第3671、3692页。

② 萧遥天：《潮州戏剧音乐志》，见饶宗颐《民国潮州志》（第八册），潮州市地方志办公室，内部印刷，2005年，第3672页。

③ 陈志勇：《广东汉剧研究》，广州：中山大学出版社，2009年，第65页。

这一推断很有道理。大埔三河坝,很可能是外江戏入潮之前一个重要的集散地。

我们还可以推测,外江戏虽在乾嘉时已经进入粤东,但这一概念频繁使用是从道光末、咸丰初开始,到同治时期约定俗成。据《鳄渚摭谭》记述,同治年间,有外省人王老三、杨老七招收本地童子教习,"遂有外江仔之名"①。同治十三年(1874),桂天彩、高天彩开始设立科班,招收 12 岁左右的儿童传艺,以后各外江班都相继设立科班,到光绪年间已陆续涌现一批本地有名的外江戏艺人。刘织超《民国新修大埔县志》卷八记云:

> 吾邑所演戏剧,向俱雇请潮州之外江班。光绪间,有由本邑人自组童子班营业者,一为百侯人所办"新春华"及"采华春"二班,民国初年有双溪人创办之"新梅花",是仿潮州外江班之锣鼓剧,俱无甚改良。②

可见,早在光绪年间,大埔县已经有本地人自组的外江班了。至于说大埔的外江班以往多是从潮州雇请的,并不是说大埔、梅州从来没有外江班,而是其表演水平不足以"营业",不能进行商业性演出而已。据介绍,现在的广东汉剧,除了位于梅州市的广东汉剧院之外,就是在大埔还有一个民营的汉剧团,这不是偶然的。

可以认为,外江戏进入粤东,最迟亦当在乾嘉以前,只是当时多数人不称其为"外江戏"罢了。到咸同时期,"外江戏"才约定俗成地成为广东汉剧最初的称谓。

四、闽西语境中的"外江戏"及其他

在与粤东交界的闽西,同一来源、同样演唱皮黄南北路的外江戏,受粤东

---

① 转引自《潮州戏剧音乐志》,见饶宗颐《民国潮州志》(第八册),潮州市地方志办公室,内部印刷,2005 年,第 3674 页。
② 刘织超:《民国新修大埔县志》,见《中国地方志集成·广东府县志辑》卷第八之四十六"戏剧",上海:上海书店出版社,2003 年,第 189 页。

外江戏和广东汉剧名称的影响，先后被定名为"外江戏"和"闽西汉剧"。

据研究，闽西汉剧原称"乱弹"，演唱西皮、二黄声腔。因旦角和小生用小嗓演唱，又称"小腔戏"，清咸丰前后流行在闽西龙岩万安一带。光绪年间，粤东的外江戏班（潮班）进入闽西演出，原本同唱皮黄南北路的两省戏班进一步加强了交流，"互拜师傅或互相搭班"，"以至两地剧种面貌基本相同，闽西汉剧也因此由'乱弹'改称'外江戏'。后来，又因粤东外江戏改称'汉剧'而随之改称，也叫'汉剧'。这便是'闽西汉剧'这一名称的由来"①。也就是说，闽西的外江戏（闽西汉剧）与粤东的外江戏（广东汉剧）原本属于一家。

我们在调查中得知，广东汉剧"非遗"传承人梁素珍（1938—　）和闽西汉剧"非遗"传承人邓玉璇（1936—　）曾同门学艺，后来梁留在梅州的广东汉剧院，而邓则去了闽西。老艺人说，闽西汉剧在音乐唱腔、伴奏乐器、角色行当、代表剧目等方面，均与广东汉剧相同。广东汉剧老艺人说："我们和闽西汉剧连标点符号都是一样的。"这一说法得到了闽西汉剧老艺人确认。毫无疑问，在20世纪50年代以前，广东汉剧与闽西汉剧本是同一个剧种，即外江戏。

此外，在晚清京剧的语境中，曾把"海派"京剧称作"外江派"，有贬义，谓其不守规矩、不遵法度。如光绪间吴焘《梨园旧话》云：

> 二十年前，上海伶人有邀无识者之赏鉴，名噪沪上者，而深悉戏剧三昧者观之，率嗤为外江派，以其多不循戏剧绳墨也。②

又，同治十年（1871）许九野《梨园轶闻》谓：

> 杨月楼（即小楼之父），外号"杨猴子"，在沪上以演猴子戏得名。本系张二奎弟子，相貌魁梧，声音洪亮而嫌稍左。自肇事旋京后，隶

---

① 王远廷：《闽西戏剧史纲》，北京：中国文联出版社，1999年，第49页。
② （清）吴焘：《梨园旧话》，引自张次溪《清代燕都梨园史料》，北京：中国戏剧出版社，1988年，第836—837页。

三庆部。初尚有海派（内行谓之外江派），后为长庚诸老伶所陶冶，遂亦敛才就范，颇合绳尺，文武兼全，能戏不少。①

可见，在不同的语境中，所谓"外江班""外江派""外江戏"的概念是完全不同的。我们重点讨论的是广东戏剧语境中的外江班与外江戏，尤其是粤东潮梅地区的外江戏即广东汉剧及其与兄弟剧种之间的关系。

---

① （清）许九野：《梨园轶闻》，引自张次溪《清代燕都梨园史料》，北京：中国戏剧出版社，1988年，第843页。

第二节　外江戏在广府地区的活动轨迹

地方戏总是与方言有着密不可分的血肉联系。广东的三大方言，一为粤语，即通常所说的羊城白话，流行在以珠江三角洲为中心的广东大部分地区，以及香港、澳门和广西的部分地区；二为潮汕话，属于闽南语系，流行在粤东的潮州、汕头、揭阳地区；三为客家话，流行在以梅州为中心的客家人居住区域。有三大方言便诞生了三种地方戏，即念唱广州话的粤剧、念唱潮汕话的潮剧和念唱官话的广东汉剧。其中，关于汉剧是不是客家戏这一问题曾经引起过争论，因为广东汉剧并不说客家话而是念唱与普通话接近的官话。

广东的三大剧种中，除了潮剧来自宋元南戏、是从闽南地区传入这一结论没有争议之外，粤剧、汉剧的来历都存在争议。但如果说"粤剧、广东汉剧来自外江戏"，那各种不同的说法大概就会偃旗息鼓了。简言之，广东的三大剧种，至少有两种是外江班带来的。说"至少"，是因为潮剧源自宋元南戏，严格讲也是外省传入的，只不过传入时间既久，已经和外江班失去了明显的关联而已。所以，我们这里姑且不涉及潮剧，而先来讨论外江戏对粤剧和广东汉剧的影响。

如上所述，广府地区早期的外江班包含了昆乱各种声腔，究竟哪种声腔是粤剧的主要源头尚待厘清。

有人认为粤剧源自南戏[①]，但根据不足。从文献看，广府地区最早的演剧记录是北宋后期。但那时演出的是优戏，观看演出的广州知府段少连是河南开

[①] 陈非侬：《粤剧的源流和历史》，见广东省戏剧研究室《广东戏剧资料汇编》之一《粤剧研究资料选》，1983年，第123页。

封人，参与演出的优人或是他从北方带来的也未可知①，我们当然不能把优戏当作粤剧的来源。其实，中国戏剧的共同源头是巫与巫术。具体到粤剧，它应当来源于广府地区具有巫术性质的驱鬼、酬神演出。

迄今为止，我们从文献中看到的明代广府地区戏剧演出的资料有如下两则。一是万历《广东通志》中关于成化、正德年间广州、东莞演戏的材料，中云：

> 广州南濠杨宅，成化末有鬼来自清流县任所，与其家人狎，渐见形，自称六舍，宛然人也。其后屡演戏以娱之，即告辞，更无踪迹。正德末，东莞横坑钟家，忽有鬼狎其婢……久之，谓曰："行矣，盍演戏以饯我？"如其言，不肯去，曰："戏有数出，不如法，此乃拙戏子也，盍更演之？"于是旁求善演者。再饯，乃曰："此戏善矣，吾将去。"遂不复见。②

这说明，最迟明中叶，广府地区已经有娱神性质的戏剧演出。许多地方戏，无论大戏还是两小戏、三小戏，都来自这种娱神演出，而它们的共同源头，便是巫术。那种认为在外江班入粤以前广州没有戏曲的说法是不妥当的。从上述材料看，"善演者"是按照章法演了"数出"，已经是成熟的戏剧形态了。只不过演出的目的是"酬神"而已。

进一步说，中国人总是在娱神的同时娱人，或者打着娱神的幌子而实际上娱人。明中叶，广府地区的戏剧演出就是既娱神又娱人的。黄佐主纂并刊行于明嘉靖四十年（1561）的《广东通志》卷二十记广州府元宵风俗云："二月，城市中多演戏为乐，谚曰：正灯二戏。"③成化年间新会知县丁积在"礼仪通谕"中说："乡俗，子弟多不守常业，惟事戏剧度日。"④可见那时广府地区不仅在农

---

① 康保成：《从"戏棚官话"到粤白到韵白——关于粤剧历史与未来的思考》，《江西社会科学》，2006年第1期。
② （明）《万历广东通志》，见《稀见地方志汇刊》（第四十三册），北京：中国书店影印明万历本，1992年。
③ （明）《嘉靖广东通志》，广东省地方史志办公室影印嘉靖刊本，1997年，第501页。
④ 《新会县志》，康熙二十九年（1690）刊本，卷八。

历二月演戏成风，而且已经有了近乎职业戏班的演出组织。

不过，广府地区的戏剧演出的确不如外省戏班的演出完备、雅致，这也是毋庸讳言的。《嘉靖广东通志》称，明朝中期，已经有来自江浙的戏班到广东演出，当时的情况是："惟市井、军伍乃狎淫乐，谚云'搬戏难成器，弹弦不是贤。'以其道欲海淫故也。江浙戏子至，必自谓村野，辄谢绝之。"① 按照这个记载，当时在广府地区从事戏剧演出的有两拨人：一是"市井"，应是本地人，所从事的是否专业演出不详；二是"军伍"，当是来自省外的驻军，其演出应当是业余的。无论如何，这些戏班竟然"自谓村野"，不敢与江浙戏班争胜。可见，入粤的外省戏班要比当地戏班的演技明显高出一等。

明代还没有"外江班""本地班"的说法，但实际上这两种戏班已经存在了。有学者把本地班的历史追溯到明代，黄伟则把外江班的历史追溯到明中叶以前都是有根据的。② 不过，外江班的演技要明显高于本地班，并且改造了本地班，进而孕育了粤剧，这也是不争的事实。这样，外江班对于粤剧来说，虽说不是源，但有了源的意义。

上引杨懋建《梦华琐簿》所记"外江班皆外来妙选，声色技艺并皆佳妙。宾筵顾曲，倾耳赏心。录酒纠觞，各司其职，舞能垂手，锦每缠头。本地班但工技击，以人为戏，所演故事类多不可究诘。言既无文，事尤不经"，这说的是道光年间的事。到咸丰年间，本地班终于取得了与外江班分庭抗礼、旗鼓相当的地位。但其艺术水准，依然不能和外江班同日而语。再到后来，外江班完全退出广州剧坛，以唱念粤语为主的本地班取而代之，粤剧形成了。清末祖籍浙江、久居番禺的俞洵庆在《荷廊笔记》（1885）中记录了这一逆转的大致过程：

> 嘉庆季年，粤东盐商李氏家蓄雏伶一部，延吴中曲师教之，舞态歌喉皆极一时之选；工昆曲杂剧，关目节奏，咸依古本；其后，转相教授，乐部渐多，统名为外江班。（粤东呼外省人为外江人。）距今已六十余年。何戡老去，笛板飘零，班内子弟，悉非旧人，康昆仑琵琶

---

① （明）《嘉靖广东通志》，广东省地方史志办公室影印嘉靖刊本，1997年，第501页。
② 黄伟：《明清岭南外江班研究》，北京：中国社会科学出版社，2018年。

已染邪声，不能复奏大雅之音矣，犹目为外江班者，沿其名耳。设有梨园会馆，为诸伶聚集之所，凡城中官燕赛神，皆系外江班承值。其由粤中曲师所教而多在郡邑乡落演剧者，谓之本地班，专工乱弹秦腔及角抵之戏，脚色①甚多，戏具衣饰极炫丽，伶人之有姿首声技者，每年工值多至数千金。各班之高下，一年一定，即以诸伶工值多寡，分其甲乙，班之著名者，东阡西陌，应接不暇。伶人终岁居巨舸中，以赴各乡之招，不得休息。惟三伏盛暑，始一停弦管，谓之散班。设有吉庆公所（初名琼花会馆，设于佛山镇，咸丰四年"发逆"之乱，优人多相率为盗，故事平毁之。今所设公所在广州城外。）与外江班各树一帜，逐日演戏，皆有整本。整本者，全本也，其情事联串，足演一日之长。然曲文说白，均极鄙俚，又不考事实，不讲关目，架虚梯空，全行臆造，或窃取演义小说中古人姓名，变易事迹，或袭其事迹，改换姓名，颠倒错乱，悖理不清，令人不可究诘。②

粤剧研究者对于《荷廊笔记》的这段记载并不陌生，其中关于外江班与本地班此消彼长的关系十分引人注目。看来早在嘉庆末，所谓"外江班"就已经主要由本地人组成了，但教师是"吴中曲师"，所以这个戏班应是昆班。后来"转相教授，乐部渐多，统名为外江班"，这和乾隆年间以昆班为主的"外江班"已经不同。简而言之，戏是来自外省的、以演唱乱弹为主的外江戏，但演员则是本地人。所以这时的所谓"外江班"已经名不副实，之所以还这样叫，乃是"沿其名耳"。后来不但教师换成了"粤中曲师"，而且戏班人员多是在"郡邑乡落演剧者"，于是本地班脱颖而出，在剧目、表演风格、服饰化妆等方面均表现出不可替代的特色和优势，某些优秀演员到了"每年工值多至数千金"的程度。本地班在佛山设立了琼花会馆（一度改名"吉庆公所"），"与外江班各树一帜"，标志着粤剧正式形成。

---

① "角色"，原作"脚色"，本书在引文中保留原用法。
② 转引自王利器《元明清三代禁毁小说戏曲史料》，上海：上海古籍出版社，1981年，第152—153页。

同治以后,随着本地班的崛起,广府地区的社会风尚起了变化。南海县令杜凤治的《特调南海县正堂日记》,记载同治十二年(1873)两广总督瑞麟的太太不喜看外江班,而特别召请本地班到"上房演出"的事情。[①]几乎同时,官文的《羊城竹枝词》有云:"看戏争传本地班,果然武打好精娴。禄新凤共高天彩,色艺行头伯仲间。"原注:"本地班,唯以武打为胜观。"[②] 说明民间也已经乐于观赏本地班的演出。

总之,外江班在广府地区的活动轨迹大致有三个阶段。第一阶段,乾隆及以前,外江班演外江戏,其演出声腔囊括了来自外省的昆曲和花部的一些剧种,此时的外江班全套人马都来自外省,占据了大部分市场份额,本地班则多在乡村演酬神戏。第二阶段,大约嘉庆末到道光中,外省教师对本地演员教授外江戏,所演剧种从以昆腔为主逐渐转向以乱弹为主。广州外江梨园碑刻显示,从嘉庆十年(1805)后就没有新的外江班来广州,而且此后外江梨园碑刻上的艺人名字明显带有粤人的特点。到了道光十七年(1837)时,本地艺人已占到戏班总人数的半数以上。只不过,戏班虽多由本地人组成,但所演还是外江戏,即官话乱弹。第三阶段,大约从咸丰年间开始,本地班崛起,外江班的市场慢慢萎缩。有的戏班挂羊头卖狗肉,打着"外江班"的旗号演出粤剧,真正的外江班和外江戏逐渐退出广府地区。此后粤剧日益地方化,从唱念官话转化为唱念广州话。

不过,对于来自北方的观众而言,外江班始终优于本地班。同治八年(1869),广州汉军副都统杏岑果尔敏作了89首《广州土俗竹枝词》,其中涉及戏剧演出的就有12首之多,可视作研究广东戏剧史的珍贵资料。现抄录如下:

《唱曲》:五子兴歌怨太康,又闻孺子唱沧浪。粤人不解歌风意,开口争号土二黄。

《名班》:普天乐与丹山凤,到处扬名不等闲。牛鬼蛇神惊客眼,看来不及外江班。

---

① (清)杜凤治:《杜凤治日记》(第二十四册、第二十五册),中山大学图书馆藏稿本。
② 丘良任等:《中华竹枝词全编》(第六册),北京:北京出版社,2007年,第119页。

《男女班》：外江班子足温柔，几个优伶艳粉头。不即不离昆与乱，酒阑灯炧也风流。

《本地班》：和声鸣盛理当然，菊部风光别一天。台大人多场面少，价银累百动成千。

《封相》：封相出头戏不新，无人着意看苏秦。此出正角谁为主，季子车前执盖人。

《班中跌打丸》：莫把虚戈作戏看，干戈未动胆先寒。腾骧踯躅真忘死，壮药先吃跌打丸。

《整本戏》：不兴杂剧喜传奇，整套开来事事宜。唐宋元明随便改，千篇一律几人知。

《翻金（筋）斗》：冲场一战起因由，逃难投亲闹不休。最有一般真绝技，全身披挂打跟头。

《传神》：摹似神情事事详，号啕恸哭惨悬梁。其余更有离奇处，花旦临盆大弄璋。

《勾脸》：野史从来入戏场，三花大净漫更张。曾闻更有新鲜样，绿脸红须扮孟良。

《角色》：花旦出场逞艳姿，土音啁晰使人疑。矜庄严重方巾丑，不向人前逗笑儿。

《缺欠多》：锣鼓喧天闹不休，辉耀金翠阔行头。旗幡砌末花灯彩，一概全无不讲求。①

杏岑果尔敏，满族人，生于道光十四年（1834），卒于光绪二十六年（1900）。同治八年（1869）出为广州汉军副都统，光绪二年（1876）授杭州将军，《广州土俗竹枝词》是他在广州八年期间所作。以上12首作品中，只有《男女班》一首谈外江班，其余说的全是本地班，可见本地班在广州剧坛稳执牛耳的实际情况。"价银累百动成千"，是说本地班的戏价之高。但这位在北方看惯了

---

① 丘良任等：《中华竹枝词全编》（第六册），北京：北京出版社，2007年，第10页。

皮黄的老戏迷对本地班的评价是不高的。在《男女班》中，他用"外江班子足温柔"等四句夸奖外江班的扮相与唱腔，"不即不离昆与乱"，一定程度上概括了早期皮黄的唱腔特点。在《名班》中，他用一句"看来不及外江班"说出了自己的评价。名班尚且如此，其余无须再论。"粤人不解歌风意，开口争号土二黄"，对本地班的唱腔予以鄙视。"唐宋元明随便改，千篇一律几人知"，是说本地班剧本不严肃。"花旦出场逗艳姿，土音喁晰使人疑"，说本地班中的花旦用广州方言唱念令人不解。"锣鼓喧天闹不休，辉耀金翠阔行头。旗幡砌末花灯彩，一概全无不讲求"，是说本地班的锣鼓太吵，行头太炫耀，道具、灯光等全都不讲究。显然，杏岑果尔敏对本地班的批评，全都是以外江班或北方的皮黄为参照的。

"土二黄"一语，道出了粤剧唱腔的来源及特点，惜其不够确切且含有歧视的意思。欧阳予倩说："麦啸霞说粤剧的底子是汉戏，粤剧伶工也承认，但是直接由汉戏转变为粤剧的迹象很少，而直接受徽班的影响的确很大。"[①]那么，究竟粤剧的唱腔来自何处呢？"土二黄"究竟指的什么呢？程美宝教授发现，晚清广州以文堂刊刻的粤剧剧本《杨妃醉酒》首页注明："正音外江琴调。"[②]可以认为，这里的"外江"，已经不是含有昆乱各声腔的大杂烩了，而是指具体的皮黄南北路。本书以下各章，将以新加坡抄藏的外江戏剧本与早期粤剧剧本的比较入手，提出"粤调皮黄"的概念，并进而探讨其形成轨迹。

外江班是本地班的老师，外江戏对本地班的影响，也不仅限于音乐唱腔方面，而是全方位的。正如著名老一辈粤剧表演艺术家罗品超（1911—2010）所说：长时间以来，"粤剧就是唱外省传进来的东西"。《六郎罪子》，明明白白是源自湖北汉剧。另一出名剧，古腔粤剧唱得几乎和京剧一模一样。罗品超说："这些唱曲都源于外江戏，不过后来粤剧也把许多自己的东西加了进去，逐渐就有了自己的面貌，这也就是粤剧初期的样子。"[③]罗品超所说的外江戏，应该

---

① 欧阳予倩：《试谈粤剧》，见广东省戏剧研究室《广东戏剧资料汇编》之一《粤剧研究资料选》，1983年，第87页。
② 程美宝：《浅谈粤剧起源与形成的研究议题与方法》，见广州市振兴粤剧基金会等《粤剧何时有——粤剧起源与形成学术研讨会文集》，香港：中国评论学术出版社，2008年，第120页。
③ 黎健：《香港粤剧口述史》，香港：三联书店，1993年，第5页。

也是以唱皮黄南北路为主的。

杏岑果尔敏离开广州的第三年,陈去病主编的《二十世纪大舞台》创刊,其中广东人欧榘甲(1870—1911)《观戏记》一文也以外江班为参照,对"广东戏"(本地班)进行指责:

> 昔在上海,闻有同庆茶园者,广东戏也,与春仙、丹桂各外江班抗行,未久即归消灭。盖外江班能变新腔,令人神往,广东班徒拘旧曲,令人生厌,宜其败也。外江班所演多悲壮慷慨之词,其所重在武生;广东班所演多床笫狎亵之状,其所重在花旦。武生有英雄气象,花旦有腐儒气象。英雄使人敬,腐儒使人憎。广东班若不重新整顿,吾恐十年后,皆归消灭无疑也!①

这是广东人对广东本地班的尖锐批评,但从中也不难窥见外江戏对广东本地班(粤剧)的巨大影响。

---

① (清)欧榘甲:《观戏记》,原载《二十世纪大舞台》,1904年第1期;引自阿英《晚清文学丛抄·小说戏曲研究卷》,北京:中华书局,1960年,第72页。

第三节　外江戏在粤东地区的繁荣

这里所说的粤东地区，若以广州市为中心，其方位应是粤东北地区，大致包括以闽南语系的潮州话为方言的潮州、汕头、揭阳三市（也可以把汕尾的海陆丰包括在内）和以客家话为方言的梅州市各县，简称为"潮梅地区"。潮州东北部的饶平县紧邻福建省诏安县，其北部则与隶属于梅州的大埔、丰顺、五华三县毗连，梅州北部的平远、蕉岭、大埔则分别与江西省的寻乌县，福建省的龙岩县、永定县紧邻，潮汕的南部则是海洋。

这一地区，从地域上看处于岭海之边，古称"烟瘴之地"。若从广州出发，无论北上梅州还是东往潮州，都有 500 公里之遥。唐代韩愈被贬到潮州，写诗云"一封朝奏九重天，夕贬潮阳路八千"。他在潮州仅仅待了八个月，就恳求宪宗把他调走了。但明清以来，潮州地区的经济、文化都有了极大的发展。清乾隆年间，潮州城"商贾辐辏，海船云集"，成为粤东的商业中心，附近各县乃至闽赣商人都来这里经商，"不务农业"的城市及近郊居民发展到"十万户"[①]，成为当时广东省内仅次于广州城的第二大城，"粤东城之大者，自省会外，潮郡为大……他郡县皆不及"[②]。

距离潮州不足 50 公里的汕头是粤东第二大城市。咸丰八年（1858），汕头被清政府开辟为英法商埠，此后，汕头由昔日韩江出海口的一个小渔村，一跃而成为粤东的主要港口和商贸集散地。《潮州志》云："汕头自开埠迄兹九十年，商业之盛于全国中居第七位，仅次于上海、天津、大连、汉口、胶州、广

[①] 《潮州府志》，乾隆二十七年（1762）刻本，卷四十。
[②] 《新会县志》，乾隆六年（1741）刻本，卷三。

州。"汕头开埠为潮汕经济带来了半个多世纪的持续增长,"初盛时期由咸丰八年（1858）至光绪三十年（1904），凡四十年"。"极盛时期，由光绪三十一年（1905）至中华民国二十六年（1937），凡三十余年。"①

从文化上看，韩愈在潮州八个月，教礼仪，建学堂，把中原文化带到潮州，影响巨大。正如赵朴初诗云："不虚南谪八千里，赢得江山都姓韩。"所以，潮汕地区从宋代起便享有"海滨邹鲁"的美誉。②就戏剧而言，1975年，在潮州市的一座明代墓葬中，出土了一部大致完整的宣德抄本戏文《刘希必金钗记》。经专家研究，这个抄本就是宋元南戏《刘文龙菱花镜》的潮州演出本。这就雄辩地证明，早在明初，潮汕地区已经有了成熟的戏剧演出活动。抄本戏文以官话为主，也杂有少量潮州方言，这和后来的外江戏十分相似。这说明潮汕地区接受官话戏曲并不像人们想象的那样困难。

梅州地处粤、闽、赣三省交界，其东部与闽西的龙岩、上杭、永定等县交界，北部与赣南的寻乌等县相连，南部则与广东潮州市潮安区和饶平县、揭阳市揭东区和揭西县、汕尾市陆河县毗邻。这一独特的地理环境，以及客家方言与官话相对接近，构成了外江戏在这一地区生存以及繁荣发展的基础。质言之，外江戏从北方传入粤东，要首先经过客家地区，然后才到达潮汕地区。这一点上文已经提到，此处再补充一些证据。萧遥天说："潮州人今尚认外江为客帮之戏。证之客家人之酷嗜外江，甚于潮音，客家之傀儡纯唱外江腔调，如《打破锅》系大埔进士陈可奇故事，则外江之入潮州，客家人为媒介固信而有征。"③另据《闽西汉剧史》介绍，自乾隆元年（1736）湖南祁剧班"新喜堂"来闽西演出之后，有大量的湖南班在闽西活动。④祁阳戏班从闽西到潮汕要先经梅州、龙岩等客家地区，这是没有疑问的。后来，由于清代潮汕地区经济、文化较梅州和闽西、赣南发达，清末民初成为外江戏的大本营。再后来潮音戏（潮剧）

---

① （民国）《潮州志》，1949年铅印本，第588页。
② （宋）陈尧佐《送王生及第归潮阳》诗："休嗟城邑住天荒，已得仙枝耀故乡。从此方舆载人物，海滨邹鲁是潮阳。"
③ 萧遥天：《外江戏忆旧》，见中国戏剧家协会广东分会《广东戏曲艺术资料》（第三辑），内部印刷，1963年，第44页。
④ 王远廷：《闽西汉剧史》，福州：海潮摄影艺术出版社，1996年，第12页。

兴起，外江戏才重新以梅州和闽西地区为基地。

20世纪30年代，晚清秀才、大埔人钱热储谓："何谓汉剧？即吾潮梅人所称外江戏也。外江戏何以称汉剧？因此种戏剧创于汉口之故也。""西皮调创于近汉口之黄陂县，二黄调则创于黄陂、黄冈两县之间"，"汉剧作于汉口，流行于鄂皖之间，经安徽石牌桐城怀宁间人变通而仿为之，又称徽调。自是而后，乃复分支……唯在赣之南，岭之东及闽之西部者，皆本其原音，不加增易……"①因而，钱热储提议将外江戏命名为"汉剧"。《中国戏曲音乐集成·广东卷》则称："由于舞台上操北方方言，潮语地区的群众难于听懂，所以外江戏初入之时，主要活动于潮州、潮阳、普宁等地的外籍文武官员的府邸戏园、外籍会馆，以及韩江上游一带的梅县、大埔、五华、兴宁等客语地区。"②这个介绍不够准确。上文已述，粤东地区早有接受官话戏曲的基础，而且外江戏在粤东地区曾经十分繁荣，并不只是活动在官员府邸戏园、外籍会馆而已。

明确指出潮汕地区流行外江戏的，是清乾嘉时人龚志清的《潮州澄海四时竹枝词》，其中"元宵"词云："乩童舞蹈向鳌山，彻夜游人去复还。正月花灯二月戏，乡风喜唱外江班。"③可见乾嘉时唱外江戏已成为潮州地区民众的一种时尚。

当然，由于方言的原因，来自北方的官员、商贾，对外江戏尤其喜好。他们或自带外江戏班来粤东，或在家中豢养外江戏班，或聘外江班佐宴助兴。光绪年间王定镐《鳄渚摭谭》谓："外江创自晚近，或谓自杨分司。洪松湖'潮州竹枝词'已及之，知当在嘉庆前矣。其名角有王老三、杨老五等，皆外省人。"④"杨分司"即杨振璘，河北宛平人，道光十年（1830）任惠潮嘉道兼署潮州盐运同知，曾带外江戏班入粤东。"洪松湖潮州竹枝词"，很可能指洪肇基"凤城竹枝词"三十首中的一首："大街看戏戏新新，知是唐人唱宋人。行到开

---

① 钱热储：《汉剧提纲》，汕头：汕头印务铸字局，1933年，"作书缘起"第1页。
② 《中国戏曲音乐集成》编辑委员会、《中国戏曲音乐集成·广东卷》编辑委员会：《中国戏曲音乐集成·广东卷》，北京：中国ISBN中心，1996年，第1065页。
③ 雷梦水等：《中华竹枝词》（卷四），北京：北京古籍出版社，1997年，第3043页。
④ 转引自萧遥天《民间戏剧丛考》，新加坡：南国出版社，1957年，第102页。

元听说古,古师说是汉君臣。"①洪肇基,澄海人,嘉庆二十一年(1816)举人。在当时能在大街上听到戏曲新声,极有可能是传入不久的外江戏。不过这已经在"乡风喜唱外江班"之后了。

咸丰年间,两广水师提督方耀在普宁县洪阳的家中豢养有外江班。到了同光两朝,官员、士大夫蓄外江家乐几成风气。光绪年间王定镐《鳄渚摭谭》指出,当时潮州"官场觞咏必用外江,故其价高出白字、正音之上"②。外籍官员及商人对外江戏的娱乐需求和喜爱,提升了外江戏的社会地位,也成为普通百姓文化消费的导向。民国《大埔县志》卷八云:"吾邑所演戏剧,向俱雇请潮州之外江班。"③不难理解,大埔县位于梅州客家地区,这里并不流行唱念潮州方言的潮音戏,对于客家人来说,唱念官话的外江戏更易于接受。而且,虽说广东的三大方言族群都是不同时代从北方迁移到岭南的,但"客家人"这个标记,使他们对北方的认同感更强。因此在唱念客家方言的山歌剧诞生之前,外江戏便成为客家人唯一的大戏。也因此,有时外江戏被称为"客家戏"。这一称谓虽未必十分准确,但一定程度上反映出某个历史阶段内外江戏在客家地区的特殊地位。

在唱念方言的地方戏迅速崛起的晚清,唱念官话的外江戏既有本身的劣势,也有潮音戏等不具备的优势。对于处在岭南地区的广东来说,中国的政治中心、文化中心一直在北方,而广东自然成了"边缘"。广东的三大方言之间不能直接沟通,要靠官话交流。在戏剧方面,皮黄戏的通俗易懂,加之慈禧太后对皮黄的特殊喜好,使其覆盖面迅速超过昆腔而成为全国第一大剧种,甚至在民国初有了"国剧"的雅号。这种情况下,不能不影响到粤东地区文人阶层的审美心理和审美情趣。

从方言和唱腔来看,粤东的外江戏要比同唱官话的西秦戏、正字戏更加接近皮黄,其艺术上的独特魅力和吸引力自不待言。我国文人历来有附庸风雅的

---

① 翁辉东:《潮州风俗志》,见饶宗颐《民国潮州志》(第八册),潮州市地方志办公室,内部印刷,2005年,第3402页。
② (清)王定镐:《鳄渚摭谭》,转引自中国戏曲志编辑委员会、《中国戏曲志·广东卷》编辑委员会《中国戏曲志·广东卷》,北京:中国ISBN中心,1993年,第84页。
③ 刘织超:《大埔县志》卷八,1943年铅印本。

习惯，加上对北方正统观念的认同和呼应，于是许多文人纷纷聚集在一起组建外江音乐社。他们或清唱外江戏的唱段，或演奏赏玩汉乐丝弦，甚至粉墨登场化妆演出。钱热储指出："近年国乐复兴，各地人士组织音乐社，以供工作余暇正当娱乐者，多如雨后春笋。"① 这里说的是民国初年的事，其实外江音乐社早在晚清就已纷纷成立，而且他们往往打起"国乐社"或"儒乐社"的旗号。如澄海涂城村的"清泰国乐社"成立于同治年间，可能是目前所知道的最早的"外江音乐社"。② 光绪六年（1880）前后，庵埠成立了"咏霓社"儒乐社；光绪十一年（1885）饶平县黄冈的余拔臣和妻儿子侄办起"金字彩韵"儒家汉剧社，随后族人余吊丁则创办"老彩韵"乐社，自任导师教唱，先由其叔父余大鹏，继由余镇安领奏。③ 这种类似京剧票友、粤剧私伙局、秦腔自乐班的业余组织，虽只是偶尔因募捐而登台，却在很大程度上推动了外江戏的普及和提高。特别是每年夏季演出淡季，专业演员返乡与当地的汉乐儒乐社业余琴师、鼓师共同赏玩，相互切磋，借此达到专业与业余互通有无、共同提高的效果。毫无疑问，诞生在新加坡的余娱儒乐社、陶融儒乐社等一批外江戏业余社团，正与粤东地区外江或汉乐儒乐社一脉相承。

同光年间，粤东地区涌现出一大批本地的外江戏名班名角，如号称"四大名班"的潮州的新天彩、普宁的荣天彩、澄海的老福顺、潮阳的老三多，均为行当齐全、规模巨大，能够承演大型棚头戏的大班。除名班之外，还有大量"咸水班"在乡间演出。正如钱热储所指出的："顾汉剧之在吾潮梅，当30年前我辈童龄时代，名著一时者，有上四班、下四班，此外更有所谓咸水班者，指不胜屈。"④ 外江戏各个行当都先后涌现出一大批演技精湛的名角，花旦、正旦、花衫、小生、丑角、红净、黑净、公及婆等行当都有"四柱"名角。⑤ 各

---

① 钱热储：《论音乐社的组织》，《乐剧月刊》，1934年第4期，第1页。
② 澄海县地方志编纂委员会：《澄海县志》，广州：广东人民出版社，1992年，第714页。
③ 余构养：《饶平文化志》（上），饶平县《文化志》编写小组，1988年，内部发行，第63—64页。
④ 钱热储：《汉剧提纲》，汕头：汕头印务铸字局，1933年，第2—3页。
⑤ 四大花旦：张全镇、林辉南、李兴隆、丘赛花。四大正旦（青衣、蓝衫）：詹剑秋、詹吕毛、钟熙鳝、黄(«株。四大花衫：黄万权、庄巧兰、林贯权、陈庆祥。四柱小生：曾长锦、陈良、梁才、赖宣。四柱丑角：蔡荣生、苏长康、光头导、铁钉丑。四柱泰斗（公）：罗芝琏、盖洪元、沈可长、黄春元。四老"龙钟"（婆）：陈文铭、詹阿日、郑耀龙、杜小贵。四红头（红净）：张来明、陈隆玉、蓝光耀、肖娘传。四黑头（黑净）：姚显达、谢阿文、何开镜、许二娥。等等。

个行当名角的出现,表明外江戏已形成各具特色的表演艺术流派,拥有了自身特色的唱腔、演技和代表剧目。于是,光绪元年(1875),位于潮州市区上水门街的"外江梨园公所"(如图1-1所示)应运而生。公所坐北朝南,门额刻"外江梨园公所"六字。

"外江梨园公所"是职业外江戏班集会、活动的场所。至今尚存的六通捐资重修"梨园公所"的"题银碑",可从中窥见当时几大名班的规模、经济实力及艺人等情况,是研究"外江班"在潮州活动情况的重要史料。这

图1-1 外江梨园公所(韩山师范学院吴榕青教授提供)

六通"题银碑"是:潮音老正兴班题银碑[光绪二十六年(1900)]、外江双福顺班题银碑[光绪二十七年(1901)]、外江老福顺班题银碑[光绪二十七年(1901)]、外江老三多班题银碑[光绪二十七年(1901)]、外江荣天彩班题银碑[光绪二十八年(1902)]、外江新天彩班题银碑[光绪二十九年(1903)]。其中,潮州的新天彩、普宁的荣天彩、澄海的老福顺、潮阳的老三多号称粤东外江戏"四大名班"。此外,尚有许多中小型戏班及众多"咸水班"未能留下题名碑刻。四大名班中的"老三多",曾经在新加坡创下过辉煌的演出业绩。

20世纪80年代,澄海县樟林乡李绍雄先生采集到清光绪年间抄本潮州歌册《樟林游火帝歌》,歌中详细描述了当地"游火神"的习俗。其中也有较多篇幅涉及对当地的戏剧演出,尤其是对外江戏演出情况的描述,颇为难得。《樟

林游火帝歌》云:"九月十五是帝君,庆祝圣寿事非轻。上好外江请二棚,每班两日共两夜。算来共凑有八厂,演戏一月日连夜。""再唱演戏人知晓,西炉福顺好外江。做在城内中军戏,四棚做在河尾田。上好白字说分明,老正顺胜老正兴。老福顺比源盛好,四班相斗无容情。再说二班分人知,外江三多荣天彩。做在郑厝祠堂前,□墩脚做玉春台。新兴街三宝顺兴,中宝相斗也切情。南社宫前荣天彩,书斋前做宝顺兴。蓝厝祠前喜春园,堂西正香胜梨春。灰窑做棚老宝顺,东巷万利永丰堂。东社之人敢出银,请有八棚闹纷纷。二棚做在清秋堀,万寿春与老彩霞。叶厝祠堂老万利,红字三胜斗无营(赢)。荣泰做在河尾田,

图 1-2 外江老三多班题银碑拓片
(韩山师范学院吴榕青教授提供)

北社二棚是外江。乐天彩与钧天彩,斗无歇鼓真惊人。和尾围内金宝顺,河尾围外玉堂春。仙陇二棚好白字,老宝源盛金春园。白字西秦共外江,共凑约有廿外班。连做四夜共四日,引动邻近外乡人。"① 由此可见外江戏在潮州地区乡间的繁荣情况。

除了官员、文人、当地乡民对外江戏的喜好之外,设在潮州的福建汀龙会馆演戏频繁,也为外江班在粤东的繁荣推波助澜。同治年间的《汀龙会馆志》记载了从正月初五到十二月二十四日要举行的26次神祭活动,每次都有宴饮、演戏等活动:

正月初五日,福纸纲祈神,午刻饮福,演戏壹台。

---

① 转引自陈春声《从〈游火帝歌〉看清代樟林社会——兼论潮州歌册的社会史资料价值》,见《潮学研究》(第一辑),汕头:汕头大学出版社,1993年,第106—108页。

二月初一日，运河纲祈神，午刻饮福，演戏壹台。

三月十八日，上杭纲分祭，预祝圣母诞辰，午刻饮福，演戏壹台。

三月十九日，运河纲分祭，预祝圣母诞辰，午刻饮福，演戏壹台。

三月二十日，九洲纲分祭，预祝圣母诞辰，午刻饮福，演戏壹台。

三月二十一日，本立纲分祭，预祝圣母诞辰，午刻饮福，演戏壹台。

三月二十二日，龙岩纲分祭，预祝圣母诞辰，午刻饮福，演戏壹台。

三月二十三日，汀龙众帮公祭，庆祝圣母千秋诞辰。预期各纲董理公择帖，请主祭与祭各执事前一夜习仪，众办主与祭执事二便席。是夜演戏，各纲分办酒席预祝。二十三日卯刻致祭，辰刻主与祭执事二面席，午刻饮福二席，由众办，其余各纲早晨观祭，午刻饮福，酒席俱各纲自行分办。是日演戏连宵，亦各纲自办夜席庆祝。

三月二十四日，篓纸纲分祭，庆祝圣母诞辰，午刻饮福，演戏壹台。

三月二十五日，福纸纲分祭，庆祝圣母诞辰，午刻饮福，演戏壹台。

三月二十六日，履泰纲分祭，庆祝圣母诞辰，午刻饮福，演戏壹台。

三月二十七日，武平纲分祭，庆祝圣母诞辰，午刻饮福，演戏壹台。

三月二十八日，莲峰纲分祭，庆祝圣母诞辰，午刻饮福，演戏壹台。

六月初三日，福纸纲预祝土地福德神诞，午刻饮福，演戏壹台。

每年秋九月，汀龙众帮公祭，庆祝圣母飞升，章程与春季同。

九月初六日，上杭纲分祭，预祝圣母飞升，午刻饮福，演戏壹台。

九月初七日，运河纲分祭，预祝圣母飞升，午刻饮福，演戏壹台。

九月初八日，九洲纲分祭，预祝圣母飞升，午刻饮福，演戏壹台。

九月初九日，汀龙众纲公祭，庆祝圣母飞升，午刻饮福，演戏连宵。

九月初十日，汀龙众纲预祝财神诞辰，午刻饮福，演戏壹台。

九月十一日，莲峰纲分祭，庆祝圣母飞升，午刻饮福，演戏壹台。

九月十八日，运河纲庆祝财神诞辰，午刻饮福，演戏壹台。

九月二十二日，福纸纲补祝圣母飞升，午刻饮福，演戏连宵。

九月二十三日，本立纲补祝圣母飞升，午刻饮福，演戏壹台。

十二月初一日，运河纲酬神，午刻饮福，演戏壹台。

十二月二十四日，福纸纲酬神，午刻饮福，演戏壹台。

换袍季，每年演戏壹台，午刻饮福。①

没有疑问，闽西会馆所演的戏，基本可确定是外江戏。只是，前来演出的戏班是职业戏班还是业余乐社待考。

潮梅地区外江业余乐社的出现，是一个非常值得关注的现象，也是外江戏在粤东繁荣的标志之一。关于这一点，陈志勇的《广东汉剧研究》已经做了很好的讨论。应该关注的是，本书所研究的新加坡抄藏的外江戏剧本，主要是由陈子栗所创建的新加坡余娱儒乐社以及陶融儒乐社完成的，而新加坡的外江儒乐社，是粤东外江儒乐社在海外的延伸。

萧遥天曾经这样说："当外江戏鼎盛的时代，潮州社会崇为雅乐，士绅阶级爱好这种艺术的颇不乏人。檀板歌喉，春风一曲，以为雅人深致。间或粉墨登场客串，像京班的票友。故儒家乐社的组织，云蒸霞蔚。"萧遥天举出的儒家乐社有"汕头有公益社、以成社，潮阳有友声社、焦桐社，庵埠有自由社，澄海有阳春幽处"，并云"海外多潮侨，亦为流风所播，像香港有潮商互助社儒乐部，暹罗有箫夏玉社，新加坡有余娱社、陶融社，麻埠有业余社，吉隆坡有京果商儒乐部，都是比较著名的"。②说海外的儒乐社是粤东儒乐社"流风所播"没有问题。自晚清开始，潮梅地区的外江乐社已如雨后春笋般出现，如上文所举出的成立于同治年间的"清泰国乐社"，成立于光绪六年（1880）前后的"咏霓社"儒乐社，成立于光绪十一年（1885）的"金字彩韵"儒家汉剧社及"老彩韵"乐社，以及成立于宣统年间的汕头公益国乐社，等等。新加坡余娱儒乐社于1912年成立，就是这一大背景下的产物。萧遥天在谈到以成社在民国十六年（1927）、民国十七年（1928）"斥资购置行头戏服"、"义演救灾"的时候说："旧时的外江儒乐，仅是茶余清唱而已，到这儿才开新纪元——登

---

① （同治）《汀龙会馆志》，引自王日根《中国会馆史》，上海：东方出版社，2007年，第317—319页。

② 萧遥天：《潮州戏剧音乐志》，见饶宗颐《民国潮州志》（第八册），潮州市地方志办公室，内部印刷，2005年，第3677页。

台扮演。"①无独有偶,新加坡余娱儒乐社也同样走过了从清唱到登台扮演的历史过程。

粤东儒乐社的最大特点是"玩票",就像京剧的票房,一些对戏曲感兴趣但又不屑于与专业"戏子"为伍的有钱有闲的富家子弟聚在一起清唱。这个传统可以一直追溯到元代。明初朱权《太和正音谱》引元代赵子昂(赵孟頫)语,把元杂剧分为业余的"良家子弟所扮"和专业戏班的"倡优所扮"。所谓"良家子弟",就和票友意思相近。到清末民初,京剧的票房和粤东的儒乐社在这个传统基础上又有所发展。他们不做商业营利演出,而多做娱乐性或慈善性义演,活动经费是社员公摊的。王永载曾如此论述:

> (儒乐班)就是一般少爷公子的有闲阶级,资产既丰,终日又无所事事,于是集合一般志同道合者流,一面出资购置行头道具,一面聘请师父教曲学戏,练习既成,即行择地出台演唱,潮人称之为儒乐班。但此辈既属有闲阶级之阔少,故每次演出,多属于娱乐性或慈善性之客串,费用亦多属自行负担,非一般专门营利之职业剧团可比,故行动十分自由,随兴之所至而串演。②

需要指出的是,粤东儒乐社自我标榜为"儒乐",不仅比京剧的票房更显优雅,而且有一个从重器乐到重声乐的发展过程。萧遥天在《潮州戏剧音乐志》中所列出的"五十年来潮州外江戏业余艺人小传",首列"名乐师",次列"名票友"。在"名乐师"中,第一位就是新加坡余娱儒乐社创建人陈子栗的老师、近代著名民族音乐家洪沛臣。而洪氏所擅长的是器乐而非声乐,他和陈子栗、郑祝三一道在新加坡创立了"潮州细乐",丰富了外江戏音乐的内涵和表现力。关于其详细内容将在本书第三章详述。

在潮梅地区的儒乐社中,汕头公益国乐社特别值得一提。这个乐社阵容强

---

① 萧遥天:《潮州戏剧音乐志》,见饶宗颐《民国潮州志》(第八册),潮州市地方志办公室,内部印刷,2005年,第3678页。

② 王永载:《潮州民间戏剧概观》,见《广东文物》(下册),1940年,第838页。

大，名票云集自不待言，更重要的是，从1933年11月起，他们办起了《乐剧月刊》。在两年的时间里，该月刊先后刊登了25个外江戏剧本，这25个剧本是：《沙陀国颁兵》①、《沙陀国颁兵（上节）》（即首场）、《辕门射戟》、《华容道挡曹》、《辕门斩子》、《上天台》、《花园会》、《太行山》、《清风亭》、《探楼观阵》、《昭君和番》、《复中兴》、《葫芦谷》、《禳星斗》、《斩魏延》、《百里奚认妻》、《打龙棚》、《下南唐》、《管仲观星》、《回朝批本》、《弑齐君》、《洪羊洞》②（另一本名《六郎归仙》）、《访赵普》、《李密投唐》、《游武庙》。在新加坡抄藏的外江戏剧本被中国学术界发现之前，这25个剧本几乎成为外界了解外江戏剧本面目的唯一资源。

《乐剧月刊》为什么要刊登外江戏剧本呢？原来，本以中州官话为舞台语言的外江戏，在土生土长的潮梅地区演员口中已经变调了，使观众听不懂了。（另一原因是长期无剧本行世。）一位月刊读者致信编辑部说："鄙人素好汉剧，然在台下观听，每苦不知其所唱何语。"③ 面对这样的困境，登载外江戏剧本便成为《乐剧月刊》的第一要务。戏本的刊载，在外江戏爱好者中产生了很好的反响，一位读者致信编辑部说："今读贵刊第一、二期所刊剧本四出，字句明了，文辞畅达，若拨云雾而见青天，欣慰无似。"④ 甚至有乐友来信，要求编辑部"不如一鼓作气，每期刊五六出，期以两年，将所有曲本整理完毕"⑤。

《乐剧月刊》所刊25个外江戏剧本基本来自私家收藏，其中《清风亭》为新加坡余娱儒乐社创建人陈子栗所提供。《乐剧月刊》称："陈子栗先生，为潮安金砂乡人，对于音乐汉剧，博学多能，家藏汉剧抄本最富，经本社公聘为名誉指导员。并蒙陈先生允许，陆续出其抄藏剧本，为本刊资料，这是最值我们欣感的。"⑥ 今天，我们已经从新加坡国立大学所收藏的外江戏剧本中，领略到陈子栗"家藏汉剧抄本最富"的评价绝非虚言。可惜的是，随着主编钱热储的

---

① 《沙陀国颁兵》也作《沙陀搬兵》《沙陀颁兵》《沙陀国搬兵》，本文在引文中保留原版本用法。
② 《洪羊洞》也作《洪洋洞》《洪阳洞》，本文在引文中保留原版本用法。
③ 汕头公益国乐社：《乐剧月刊》1934年第一卷第三号"读者来信"，第21页。
④ 汕头公益国乐社：《乐剧月刊》1934年第一卷第三号"读者来信"，第21页。
⑤ 汕头公益国乐社：《乐剧月刊》1934年第一卷第三号"读者来信"，第21页。
⑥ 钱热储：《编后话》，见汕头公益国乐社《乐剧月刊》，1934年第一卷第三号。

去世,《乐剧月刊》停刊,陈子栗"陆续出其抄藏剧本"的承诺无法兑现了。

顺便提及,关于汕头公益国乐社的成立时间,以往有说20世纪20年代的,甚至有人认为成立于1933年,均不妥。据萧遥天《潮州戏剧音乐志》,汕头公益国乐社乃是张公立于清宣统年间所倡组[①],郑志伟《潮州民间音乐考》进一步坐实其成立时间是1909年[②],陈蔚曼的硕士学位论文亦采此说[③]。若此,汕头公益国乐社的成立就早于新加坡余娱儒乐社三年。不过,即使晚于余娱儒乐社成立的某些粤东儒乐社,也在后来与余娱儒乐社建立了密切的联系,可见两地儒乐社的影响是双向的。

[①] 萧遥天:《潮州戏剧音乐志》,见饶宗颐《民国潮州志》(第八册),潮州市地方志办公室,内部印刷,2005年,第3677页。

[②] 郑志伟:《潮州民间音乐考》,"潮剧大观园"网,http://www.chaoju.com/。

[③] 陈蔚曼:《岭南遗风,华夏正声——论岭南筝派》,中国音乐学院硕士学位论文,2006年。

第四节　从外江戏到广东汉剧

在广府地区，外江班是本地班即粤剧的老师；而在潮梅地区，外江戏就是广东汉剧的前身，争议的焦点仅在于它是从湖北传入还是从安徽传入而已。

从现实看，潮梅地区的外江戏是皮黄南北路，与现在的京剧非常接近。众所周知，京剧的"中州音、湖广韵"与湖北方言接近而与安徽方言疏远。从历史看，鄂、徽两省交界，为近邻，艺人们不考虑行政区域的划分，哪里有戏演、有钱赚就到哪里去，这是常态。黄梅戏的"祖籍"是湖北省的黄梅县，但在安徽省的安庆落地生根、开花结果。所以，汉调艺人搭徽班的情况，应该在徽班进京之前就已经产生。晚清《梨园旧话》谈到北京剧坛的情况时说："即以乱弹戏剧而论，班曰徽班，调曰汉调。"[1]一语道破了皮黄形成期徽汉合流而以汉调为主的真相。这样，进入粤东的外江戏被钱热储更名为"汉剧"就是理所当然的了。陈志勇从剧目剧本、角色设置、服饰化妆、音乐唱腔、器乐伴奏等各个方面比较了汉剧和广东汉剧的异同，得出了"早期粤东外江戏的艺术来源主要是汉调皮黄"的结论[2]，甚为允当，可参看。

根据冼玉清先生对现存《外江梨园会馆碑记》的研究，乾隆四十五年（1780），来自广东省外的13个外江班中，徽班占8个；乾隆五十六年（1791）入粤的44个外江班中，徽班占17个、湘班占18个。这说明，在乾隆后期来粤的外江班中，徽班和湘班所占比例很大。因此有人认为，广东汉剧（外江戏）的娘家不是汉剧，而是徽剧。这就是不了解"班曰徽班，调曰汉调"而造成的

---

[1] （清）倦游逸叟：《梨园旧话》，见张次溪《清代燕都梨园史料正续编》（下），北京：中国戏剧出版社，1988年，第836页。

[2] 陈志勇：《广东汉剧研究》，广州：中山大学出版社，2009年，第58页。

误解。实际上，无论从安徽、湖北、湖南直下广府地区作为"外江班"而影响粤剧，还是经湖南、江西、闽西到粤东，成为潮梅地区的"外江戏"（广东、闽西汉剧），汉调所起的作用都是举足轻重的。所不同的是，广府地区以往只有不够成熟的、以演唱酬神戏为主的本地班，是外江班改造了本地班孕育了粤剧；而粤东地区早有成熟的、继承了南戏衣钵的潮音戏即后来的潮剧，外江戏入潮在地化后成为一种独立的声腔与潮音戏并行不悖。外江戏与潮音戏（潮剧）的关系是相互影响，先后称霸。

据文献表明，外江戏的形成过程，伴随着它在粤东的本地化过程。乾隆年间在潮州做官的江西临川人乐钧所作《韩江棹歌一百首》中有诗云："马锣喧击杂胡琴，楚调秦腔间土音。昨夜随郎看影戏，月中遗落凤头簪。"①这里记叙的是潮州乡间男女结伴通宵观看影戏的情况。影戏唱的"楚调秦腔间土音"，指的应当就是外江皮黄声腔传入粤东杂有当地方言的"土二黄"。无独有偶，乾隆年间嘉应州（今梅州）人李宁圃作《程江竹枝词》云："江上萧萧暮雨时，家家篷底理哀丝。怪他楚调兼潮调，半唱消魂绝妙词。"②所谓"楚调兼潮调"，一般认为指的就是外江戏唱腔。程江是韩江上游梅江的支流，发源于江西省寻乌县天子嶂西，向南流入广东省境内，在梅州市百花洲汇入梅江。李宁圃的《程江竹枝词》写的确是这一带民风是没有疑问的，只是"楚调兼潮调"的说法有些令人不解，因为即使从现在的广东汉剧唱腔中，也很难听出"潮调"来。晚清时潮州人把唱念官话的外江戏与潮音戏明确区分，乾隆时刚刚进入粤东的外江戏怎么会夹杂有"潮调"？或许正如陈志勇所说，外来的"楚调"由本地歌伎清唱，自然就夹杂着潮音了。③

无论如何，外江戏自入潮之始，就开始了它的在地化过程。到晚清，粤东的外江戏已经成为一个独立的剧种而今非昔比了。

外江戏形成的标志之一，是组建了数量可观的由当地人组成的戏班，涌现

---

① （清）乐钧：《青芝山馆诗集》，见《续修四库全书》（第1490册），第498页。
② （清）李宁圃：《程江竹枝词》，引自袁枚《随园诗话》，北京：人民文学出版社，1982年，第563页。
③ 陈志勇：《广东汉剧研究》，广州：中山大学出版社，2009年，第62页。

了一批当地人的名角。这一点前文已经说过，此处不再赘述。

外江戏形成的标志之二，是戏神偶像的改变。戏班和演员的本地化，使外江班主动改变了戏神崇拜的对象。外江班作为皮黄声腔剧种家族中的一员，进入粤东之始信奉老郎神，殆无疑义。但后来改为以信仰潮音戏的戏神田元帅和九皇神为主。光绪二十九年（1903）的《岭东日报》，记载了当年农历七月初五，外江班与正音班、潮音班一起捐资游戏神"田元帅"的情形。详见陈志勇《广东汉剧研究》一书，此处不赘述。

外江戏形成的标志之三，就是在原来皮黄剧目的基础上，移植、改编和新创作了一批剧目，为粤东观众所喜闻乐见。清末民初的外江戏剧本大量保存在新加坡，钱热储的《汉剧提纲》对其中大部分剧目的故事情节有介绍，可参看。其代表剧目如《打洞团圆》、《蓝继子叫街》（《汉剧提纲》作《蓝芳草探监》并附《哭街》）、《盘夫》、《沙陀颁兵》（《沙陀国搬兵》）、《访赵普》、《杀四门》、《五台山》、《百里奚会妻》（《汉剧提纲》作《百里奚认妻》）、《过昭关》、《揭阳案》、《审李七》、《回龙阁》、《西蓬击掌》、《冯太爷苦打》、《复中兴》、《击鼓骂曹》、《捉放曹》、《三气周瑜》、《花田错》、《明公案》、《乾坤带》、《焦赞醉酒》、《辕门罪子》（一作《辕门斩子》）、《洪羊洞》（《汉剧提纲》作《六郎归仙》）、《闹严府》、《探楼》（一作《探谯楼》）、《蝴蝶梦》、《洛阳失印》、《何文秀算命》、《辨才释妖》、《女收狐》、《百花亭》（《汉剧提纲》作《贵妃醉酒》）等。这些剧本，或在原本基础上润色改编，或添加了潮梅地区的文化元素，或者干脆以粤东地区的人和事为题材进行创作。经过数代专业或业余艺人的精彩演出，最终得到观众的认可。

外江戏形成的标志之四，就是将汉乐和潮乐相结合，创造出新的外江戏音乐。尤其是在伴奏方面，外江戏有意识地将当地音乐元素，如中军班的锣鼓、丝弦清乐和地方小调，加入伴奏音乐中，进一步丰富了外江戏的音乐形式，又让外江戏带有浓郁的粤东色彩。丝弦清乐又称"潮州细乐"，陈子栗（擅三弦）在新加坡创建余娱儒乐社，与郑祝三（古筝）、洪沛臣（琵琶）合奏"潮州细乐"，被誉为"三友"，详见本书第三章。

所以，晚清粤东地区的外江戏，不仅和乾隆时期广府地区演唱花雅各部的外江班不是一回事，也和晚清广府地区以演唱乱弹为主的外江班、外江戏拉开了距离。

外江戏在形成过程中受到粤东文化和潮音戏的影响，与此同时，外江戏也影响了潮音戏，它们之间是一种双向互动关系，最终取得双赢，谁也没有取代谁。

萧遥天在《潮音戏叙原》中曾说，潮音戏"自来黑净唱曲必转用正音，清末全用外江腔调。近更变本加厉，新编全连剧出，常常外江调潮州词轴轳参用。丑净生旦，全都唱外江调了"[①]。吴国钦、林淳钧在《潮剧史》中也说：

> 外江戏（广东汉剧）对潮剧的影响更大，潮剧不但搬演了不少外江戏剧目，如《辕门斩子》《打花鼓》《收浪子尸》《摘印》等，还请名师崇镇、李毛为教戏先生教习伶人。由于外江戏曲调优美动听，潮剧吸收了外江牌调如大八板、数犯、叹坠落、汉韵等来丰富自身的音乐调牌。潮剧本地班在演潮音戏时，偶尔还加演外江戏，这在当时竟成为一种时尚。[②]

即使在 1949 年之后，广东汉剧某些剧目的音乐也为潮剧所借鉴。如 20 世纪 60 年代，饶宗栻在设计《蓝继子》曲调时，就借鉴广东汉剧的蓝继子"战战兢兢说一言"的音乐旋法，与潮剧唱腔融合，获得成功。"这段唱腔富有个性，在《蓝继子》全剧的唱腔中，是最受群众欢迎的一个唱段。"[③]

潮音戏继承了南戏的衣钵，其音乐结构原来是曲牌联缀体，后来受到弋阳腔的影响，逐渐过渡到曲牌滚唱体。清中叶板腔体剧种西秦戏、外江戏的入潮，使潮音戏受到深刻影响，加速了向板腔体演进的历程。正如《潮剧史》所说："在外地戏班新的声腔风靡粤东地区的时候，潮剧放下身段，不以老大自居，

[①] 萧遥天：《潮州戏剧音乐志》，见饶宗颐《民国潮州志》（第八册），潮州市地方志办公室，内部印刷，2005 年，第 3576 页。

[②] 吴国钦、林淳钧：《潮剧史》，广州：花城出版社，2015 年，第 241 页。

[③] 汕头市艺术研究室：《潮剧百年史稿》，北京：中国戏剧出版社，2001 年，第 93 页。

向外江、西秦学习其板腔体唱腔，使潮剧唱腔又获新变，它摆脱曲牌联缀的集曲体制而创造新腔。"①

  粤东外江戏和潮音戏的关系，与广府地区外江班和本地班的关系不同。在广府地区，外江班始终未能形成独立的剧种，只能在本地班崛起、粤剧成气候之后悄然退出。然而粤东的外江戏虽经多年在地化的过程，却始终保持着唱念官话的"土二黄"本色，以至于初次听到广东汉剧的观众，会情不自禁地发出"和京剧太像了"的感慨。比之同为唱念官话的西秦戏和正字戏，外江戏能保持独立品格并成为广东第三大剧种实在是个奇迹。20世纪30年代，外江戏被改称为"汉剧"。1956年，又为区别于湖北汉剧而改名为"广东汉剧""闽西汉剧"。但它的整体风格，一直延续至今。

---

① 吴国钦、林淳钧：《潮剧史》，广州：花城出版社，2015年，第241页。

第五节　潮汕外江戏的衰落及其市场转移

如前文所述，粤东外江戏曾经作为"儒乐""汉乐""国乐"受到推崇。崇尚外江班的心理，从官方、文人影响到社会下层。到外江戏最繁荣的时期，就连潮音戏的戏班也是如此："奏潮乐的以能奏外江为高雅，唱乌净、老生的要能唱一段《五台山》之类的外江曲才算得大师父。以往的潮剧四大班，总要在戏中间串一段外江，以显示实力。一些群众又从迷信出发，认为外江的大苏锣，声音洪亮，驱邪赶鬼，'杀伤力'强，入祠、进斋、开光净土，也要先请外江戏，第二晚才演本地戏。"[①] 但这种情况自光绪中后期开始发生变化。

从戏剧史发展的大背景看，清中叶以后，唱念方言的地方戏崛起成为一股潮流。尤其是到了晚清，除了原来的秦腔继续保持良好的发展势头以外，北方的蹦蹦戏（评剧）、上党梆子、中路梆子（晋剧）、河南梆子（豫剧）、山东梆子等，长江流域的川剧、越剧、楚剧、湘剧、黄梅戏等，还有一大批唱念方言的花鼓、花灯、采茶小戏，纷纷在各地的戏剧舞台上亮相，有的开始占据剧坛的中心地位。其共同特征是方言化、板腔体化。岭南地区的粤剧和潮剧，也正是在这一潮流中实现了自己的华丽转身。只不过，粤剧形成的关键在于从演唱官话到唱念方言的转变，而潮剧的发展瓶颈则在于从曲牌滚唱体到板腔体的转变。

潮音戏原本就是唱念潮汕方言的，这使它在与外江戏的竞争中具有先天的优势。正如萧遥天所说：

[①] 林毛根：《浅谈汉剧与汉乐》，见《汕头文史》（"潮汕文史拾丛"第十一辑），1992年，第39页。

> 黄钟毁弃，瓦釜雷鸣。抑又何故哉？此无他，潮音乃以独有之潮州乡土风格擅胜，土语土腔，非特妇孺易晓，即潮州人莫不好之，观众既伙，欲阻其勃兴，其可得乎？①

所谓"黄钟毁弃，瓦釜雷鸣"，指的是一贯被视为"雅乐"的外江戏被抛弃，而地位低下的潮音戏反倒受到追捧的情况。这和全国范围内雅部昆曲在各地普遍受到冷遇，而当地方言戏曲崛起的情况是一致的。

潮音戏在完成了从曲牌滚唱体到板腔体的转变之后，其艺术水平得到很大提高，逐步受到本地观众的欢迎。潮剧界还与电影艺术结合起来，拍摄了很多潮音电影，通过电影的传播优势来推介潮剧，获得巨大成功。清末民初，西方文明戏（话剧）传至粤东，潮剧又善于学习话剧表演艺术的长处，改进自己的表现手段。如"戏帘之改用画幕，及立体布景，台前之增一垂幕，以为分幕启闭之用，即窃效法于西洋戏剧者"。②所以到了光绪末年，外江班的市场就逐步被潮音戏班取代，"外江除四大班之外，继起者寥寥，潮音则日新月盛，几有二百余班"③。

潮汕地区方言戏曲的兴起，使外江班一方面退回到梅州客家地区，另一方面则谋求向海外发展。

前文已述，大埔老早就是外江戏的一个重要的集散地。乾隆年间写出"怪他楚调兼潮调"的李宁圃就是嘉应州（今梅州）人。同治末年（1874），本地的外江班桂天彩、高天彩开始设立科班，招收12岁左右的儿童集中训练，期限是七年十个月，以后各外江班相继设立科班。这个时期招收的童伶，究竟是潮籍的多一些，还是客籍的多一些，已经难以说清楚了。但自从潮音戏在潮汕

---

① 萧遥天：《潮州戏寻源》，引自广东省艺术创作研究院《潮剧研究资料选》，内部印刷，1984年，第62页。

② 萧遥天：《潮州戏剧音乐志》，见饶宗颐《民国潮州志》（第八册），潮州市地方志办公室，内部印刷，第3573页。

③ 原载《岭东日报》光绪二十八年（1902），转引自萧遥天《潮州戏剧音乐志》，见饶宗颐《民国潮州志》（第八册），潮州市地方志办公室，内部印刷，第3573页。

地区取得统治地位的光绪年间开始，梅州客家人居住区域的外江戏不但没有减弱，反倒更加兴盛了。正如前引民国《大埔县志》所载："吾邑所演戏剧，向俱雇请潮州之外江班。"这是由于：第一，外江班在潮州日子不好过了，市场萎缩了，其戏金大大低于潮音戏；第二，客家地区本没有使用自己方言的地方戏，因而更容易接受唱念官话的外江戏。

光绪年间，有名气的外江戏艺人和乐社成员，基本上以大埔、梅县、饶平等地客籍人为主，如李祝三（大埔），罗芝琏（大埔），盖宏元（潮安），沈克昌（澄海），刘周（大埔），张来明（潮安），蔡荣生（揭阳），曾长锦（河婆），庄草化（潮安），陈隆玉（丰顺），钱热储（大埔），杨河清（潮安），张汉斋（潮安），詹吕毛（普宁），唐冠贤（大埔），黄玖莲（澄海），李兴隆（潮阳），郭维正（大埔），黄玉兰（大埔），詹桃李（饶平），肖道斋（大埔），彭君儒（梅县），林冠乾（大埔），赖宣（梅县），丘赛花（饶平），罗九香（大埔），范思湘（大埔），饶淑枢（大埔），陈莲英（梅县），罗旋（大埔），肖雪梅（大埔），黄粦传（大埔）……

民国初年，外江戏班更大量进入客家地区，普遍受到客家人的认同与欢迎。民国时的陈雁容就这样讲："汉剧自逊清以还，流入闽、赣、粤客族区域，客族人士多喜闻之，以其语言、音乐，极能表现客族精神故耳。"①

1949年以后，梅州客家地区更成为外江戏（广东汉剧）的大本营。20世纪50年代初，粤东地区重新组建了二三十个汉剧院团，以客都梅州为中心。除上文提到的黄粦传等人之外，罗恒报、林仕律、管石銮、丘丹青、丘煌、余耿新、梁素珍、范开盛，以至现今优秀的青年演员（或乐师）李仙花、杨秀微、张广武、钟礼俊等都是客家人。1956年，外江戏被正式定名为"广东汉剧"。1959年成立了广东汉剧院，号称"广东第三大剧种"的广东汉剧后来以梅州为基地。可以说，自清末以来，基本形成了客家人演、客家人看外江戏的局面。

唱念官话始终是外江戏在客家地区受欢迎的主因。2006年7月，中山大学博士生陈志勇等随广东汉剧院到客居地五华县演出，当他们问及当地观众为

---

① 陈雁容：《梅县国乐研究社戏剧词曲考》，见陈雁荣《汉剧乐曲指南》（第一集），1949年，藏广东省立中山文献馆。

什么要请广东汉剧而不是其他剧种来演出时,观众们异口同声地回答:"别的戏,祖宗听不懂呀!"①这样就道出了客家人喜欢外江戏的真相。即使在潮汕地区,有时酬神演出也用外江戏,原因是外江戏比潮音戏容易懂。林淳钧《潮剧见闻录》谈及:潮州"安济圣王庙庙前,有石砌戏台,为酬神演出的主要场所。但所演的不是潮剧,而是外江戏。因安济圣王系云南蜀汉永昌太守王伉,非潮籍人,听不懂潮语,故演外江戏"②。

顺便提及,粤东地区的正音戏(正字戏)、西秦戏虽也唱念官音,但客家人不会将之与外江戏混为一谈,主要是由于正字戏、西秦戏从外省来粤并不经由梅州,且传入潮汕时间久,在地化程度高。正字戏属于南戏系统,从闽南直接传入潮汕,其全面在地化即为白字戏(潮剧的前身)。潮汕地区有俗语云:"正字母生白字仔。"也就是说,正音戏与潮剧有直接的血缘关系,但外江戏没有。西秦戏先从湖南传入广府地区,对粤剧产生了较大影响,后进入海陆丰,继而在地化为一个独立的剧种。从西秦戏、正字戏中,已经听不出北方方言的味道。而外江戏则始终保持了与京剧相当接近的"土二黄"特色,终于成为客家文化的标志。

光绪年间潮音戏的迅速崛起,不仅令外江戏的市场从潮汕收缩到梅州,还让其撤退到更远的闽西。上文已述,本来外江戏到粤东是要经过闽西的,但外江戏在潮汕地区的一时繁荣,大有"反认他乡作故乡"的情形。所以,光绪年间潮汕地区的外江班频频到闽西演出的事实,使有的学者认为闽西汉剧是从粤东传入的,这就有些本末倒置了。

据王培宁《写在墙壁上的戏史资料——连城罗坊古戏台调查笔记》一文介绍,在龙岩市连城县罗坊村古戏台化妆室的墙壁上,有一些戏班演戏时留下的题字,其中就有一幅为潮州外江新天彩演出剧目。③可惜戏台已拆,这些记录随之消失,所幸王文记录了剧目名称,但无年代标记。又据1988年广东汉剧

---

① 陈志勇:《广东汉剧研究》,广州:中山大学出版社,2009年,第299页。
② 林淳钧:《潮剧见闻录》,广州:中山大学出版社,1993年,第33页。
③ 王培宁:《写在墙壁上的戏史资料——连城罗坊古戏台调查笔记》,见《闽西戏剧史资料汇编》(第一辑),1983年,第22—23页。

院何萍先生所抄录的闽西永定县高陂乡西陂村天后宫舞台题字，有潮州外江春台班、顺台班、老新天彩等演出剧目。可贵的是，从这些记录中可以清晰地辨认出"清光绪卅四年（1908）外江顺台班"字样。可以推测，光绪中期以后粤东外江班到闽西的演出越来越频繁了。而这正是外江戏在潮汕地区受潮音戏挤压所造成的。民国以后，外江班在闽西演出依然频繁。抗战时期潮汕沦陷，上杭的仙师宫换袍、总理孔三顺搬来潮州四大名班之一的新天彩。但此时的新天彩早已今不如昔，演员行当欠缺，演出质量大降。演出两场后，就出现了一首打油诗，贴在庙侧的墙壁："总理孔三顺，仙师霉了运；请来四大班，不及荣福盛。"①"荣富盛"是当地行当不齐的咸水班。

在潮汕地区不景气的外江戏，却在梅州和闽西掀起了一个小高潮。闽粤两地艺人相互搭班或共同组班，同台演出，相互学艺，涌现一批外江戏新秀。他们用皮黄声腔上演相同的剧目，师承同一个老师，当然属于同一个剧种。但外江戏在1949年后分属两个不同的省份，并分别被命名为"广东汉剧"和"闽西汉剧"，二者被人为地切分开，其距离有越来越大的趋势。

如果说，从光绪至民国，潮汕的外江班到梅州、闽西客家地区演出尚属"收缩战线"的话，那么它们到上海、台湾和东南亚的演出就可以称为"开疆拓土"了。

外江戏名角须生黄春元、乌净姚显达等曾前往上海献艺。《申报》1894年6月11日、6月18日、9月8日、11月15日都刊登了姚显达等人在上海福仙茶园的演出广告。如该报6月11日（农历五月初八）第5版刊登广告，谓："丁隆玉、郑耀龙、赖金福、罗芝莲、小月明、姚显达、王须背，新演全本新戏《梁凌家之案》《七尸八命》。"又，6月18日（农历五月十五）第5版广告，谓："小月明、纪寿奎、黄春元、罗芝莲、姚显达，新演二本新戏《蒙古借兵》《摄政主登基》《醉焦赞》《和北番》《送寒衣》。"

1937年创刊的上海《十日戏剧》刊登了黄百川的文章，对外江戏《辕门斩子》的内容给予批评，谓其"堂堂大国之尊严，为一外人之女子扫尽而无余"，

---

① 卢恩荣：《关于汉剧的点滴回忆》，见《闽西戏剧史资料汇编》（第四辑），内部印刷，1984年，第34页。

但黄春元和姚显达的演技受到该文的好评,如说黄春元"嗓音缥缈,响遏行云。执法时,屹然重如泰山,而威武不能屈其志",说姚显达扮演的焦赞:"手足娴熟,花样特多,而一百零八套姿势,面面周到,处处生色,如观百象图,无一雷同者。其奚落延昭也,庄谐杂出,弄得满天星斗,使观者目不暇给。"①按照《中国戏曲志·广东卷》的记载,姚显达的生卒年是1867—1924年,福建省诏安县人;黄春元的生卒年是1874—1926年,广东省大埔县人;郑耀龙的生卒年是1871—1928年,广东省潮阳县人;陈隆玉(《申报》记为"丁隆玉",盖与陈隆玉绰号"灯笼玉"有关)的生卒年是1879—1933年,广东省丰顺县人。他们赴上海演出的时间是1908年。②迄今所知,姚显达等外江戏艺人1908年赴沪演出之说被广泛采用。但《申报》的原始记载表明,黄春元、姚显达、陈隆玉、郑耀龙等人赴沪演出的时间是1894年。那么这个"1908年"是怎么来的?是否在1894年之后他们又去演出了一次?毕竟,黄百川的文章记录的是《辕门斩子》,与1894年演的《醉焦赞》(《焦赞醉酒》)不是同一出戏。但这次演出的原始记录在哪里?待考。

至于《十日戏剧》所刊发的黄百川的文章,显然是一种追忆,因为姚显达、黄春元在《十日戏剧》创刊的1937年已经过世十多年,不可能再演出了。黄百川何以要写、《十日戏剧》何以要刊发30年或者40多年前外江戏演出境况的文章,也是一个令人难以猜透的谜。

外江四大名班之一的"老福顺班"于光绪三十三年(1907)六月下旬抵达台南,在悦来茶园搭台演出。6月25日的《台湾日日新报》对老福顺班演出的《青竺寺》评价很高,用"绘影绘声,惟妙惟肖,台下观客,拍手喝采(彩),声如巨雷""新人耳目,爽人精神矣"等词语予以表扬。③7月4日老福顺演《杀子报》,有人撰文称:"即三庆班亦须逊一筹矣。"④

---

① 黄百川:《潮剧班之分野:白子班与外江班》,见张古愚《十日戏剧》,上海:上海国剧保存社,1937年第一卷第14期。
② 中国戏曲志编辑委员会、《中国戏曲志·广东卷》编辑委员会:《中国戏曲志·广东卷》,北京:中国ISBN出版中心,1993年,第501、505、503、507页。
③ 参见《梨园琐谈》,《台湾日日新报》,1907年6月25日,第5版。
④ 参见《三班之优劣比较》,《台湾日日新报》,1907年6月28日,第5版。

接着赴台演出的潮州外江班是乐天彩班，它受台南永庆茶园出资聘请，于宣统二年（1910）9月16日抵达台南，20日起在台南演出。①10月20日，乐天彩在永庆茶园日间排演《月华缘》（《卖胭脂》），被当局认为"此剧确系淫戏，当道以风化所关，当场制止罢演，因改换他剧"②。11月下旬，乐天彩转移到高雄、屏东等地演出，1911年1月，在屏东东港演出《杀子报》，大受欢迎，一扫此前不景气的局面。乐天彩逗留台湾四个月之久，有时顺利，有时艰难，最终还是避免了某些赴台戏班散班的悲惨结局。

老福顺和乐天彩都以上演《杀子报》而驰名台湾，此剧是以真实事件为素材而创作的。据《清稗类钞·狱讼类》，清康熙时期，山东某地一位叫方山民的男子在外经商，其妻与一僧人通奸，被其9岁的儿子发现，此妇残忍地将亲生儿子杀害并碎尸。不久此案告破，奸夫淫妇均被正法。此事先被写成小说，后被改编成戏剧，汉剧、扬剧、越剧、湘剧、昆剧、河北梆子等十多个剧种都有此剧目。老舍在《四世同堂》里曾提到《杀子报》是一出淫戏，以此可见当时台湾观众的猎奇心理与大陆基本相同。

民国以后，赴台演出的外江班有老荣天彩（1924）。这个戏班会集了所有的名角，据汉剧老艺人罗恒报回忆其师李祝三的讲述，当时演出的艺员"小生有曾长锦、梁才；旦行有张全镇、丘赛花、林冠权；丑行有蔡荣生、陈星照；公行老生有罗兰琏、黄春元、沈克昌；婆行有郑耀龙、老妈日等；乌净行有谢文、奎镜师；红净行有陈隆玉、蓝耀先生等"③。当地的报纸对荣天彩的演出给予了极高评价。次年3月，本拟从高雄直接返回潮州的荣天彩班，再次被乡谊邀请至台南演出。④在从高雄去台南的路上，又被屏东东港的股东极力挽留，致使定于3月6日在台南大舞台演出只得延期。⑤

从目前掌握的资料看，清末民国时期，赴台演出的外江班中，以老荣天彩

---

① 黄伟：《清末民初广东戏班赴台演出史料考述》，见《中华戏曲》（第三十三辑），北京：文化艺术出版社，2005年，第295页。
② 参见《禁止淫戏》，《台湾日日新报》，1910年10月25日，第3版。
③ 参见罗恒报：《忆广东汉剧在台湾》，《梅江报》，1985年6月27日，第4版。
④ 参见《潮剧再来》，《台南新报》，1925年3月5日，第5版。
⑤ 参见《潮剧开演延期》，《台南新报》，1925年3月6日，第5版。

这一次最为成功。

粤东潮汕籍和客籍乡民，在清末民初由于生计困难，纷纷前往南洋务工或经商。闽、粤两地的戏曲，亦纷纷随着乡民南渡东南亚，而外江戏就是南洋华语戏剧中的重要一支。

宣统二年（1910），老三多班下南洋献艺，著名艺员有乐师郭联寿、小生蔡迈三、丑角卢星照等。该班在新加坡、马来西亚、印度尼西亚巡回演出，历时三年，影响深远。[1] 我们推测，新加坡余娱儒乐社抄藏的外江戏剧本中，注明"抄自老三多"的，或即与这次老三多班在新加坡的演出有关。

民国十一年（1922）粤东外江戏新天彩班，先到新加坡演出，不少马来西亚的客家华侨，也到新加坡看新天彩演戏，一时间外江戏在新、马小有名气。后来，新天彩到印尼演出。因当地讲客家话的华侨较多，因而该班演出甚为旺台。该班著名小生赖宣嗓音甜美，音域宽阔，台风潇洒飘逸，演唱艺术富有创造性，驰誉国内外舞台，他的代表剧目《闵子骞》《云台山》《斩王莽》《辕门射戟》，被新加坡唱片公司录制，畅销东南亚各国。[2]

据陈明昌先生1954年的回忆，"30余年前曾有数位国乐圣手，莅星作私人访问，在私寓拍奏。此后有数（外江）班汉剧老三多、老福顺、新天彩、荣天彩等四大名班，先后来星。在本坡大小坡、梨园、哲园、庆昇平等舞台公演，内有极享盛名的名角多人各具所长，大多数是艺术老练表演时极博得社会人士的赞许。于是时'国乐'和'汉剧'至为旺盛"。[3] 也就是说，20世纪20年代前后，外江戏四大名班都到过新加坡。

抗战前，外江戏最后一次到新加坡演出的还是颇负盛名的老三多班。但经营数年后，终因票房不佳，处境艰难，连演职员返乡的路费都难以筹措，只得将戏箱袍甲及乐器等抵押给当铺"大裕当"的老板、邑侨先贤张云卿。张当时

---

[1] 慧如：《南国牡丹——汉剧》，《新加坡宗乡会馆联合总会会刊》，1987年第4期；中国戏曲志编辑委员会、《中国戏曲志·福建卷》编辑委员会：《中国戏曲志·福建卷》，北京：文化艺术出版社，1993年，第48页。

[2] 赖伯疆：《东南亚华文戏剧概观》，北京：中国戏剧出版社，1993年，第190页。

[3] 陈明昌：《漫谈研究"国乐"和"汉剧"》，《星洲市客属总会国乐部银禧纪念特刊》，1954年，第12页。

是南洋客属总会国乐部部长。后来张先生将戏箱等物件转送给"客属总会儒乐部",直到今天这些物件及一面大铜苏锣还保存在"客总"。①老三多戏班解散后,艺人各奔前程,有的回国,如陈夔石;有的转业;也有如蓝耀,留在新加坡担任业余儒乐社的指导教师。

从此,直到20世纪80年代,再无中国的职业外江戏(广东汉剧)戏班到新加坡演出。

然而,在职业外江戏班退出新加坡之后,一批业余外江儒乐社一直坚持外江戏的推广和保存,并且把外江戏的演出推向了高潮。其中以陈子栗为首的余娱儒乐社以及陶融儒乐社、客属总会国乐部,还抄藏了一批清末民初外江戏的演出本,成为今天研究外江戏及其相关问题的第一手资料。

---

① 何萍:《外江戏钩沉录》,《广东汉剧资料汇编》,1988年第1期,第21页。

第二章

新加坡的华人移民与战前中华民族戏曲

第一节　新加坡的地理历史概貌

新加坡全称"新加坡共和国"（英语为 Republic of Singapore），旧称"新嘉坡""星洲"或"星岛"，别称为"狮城"。位于亚洲南部，马来半岛最南端，赤道以北 136.8 公里处，东经 103°38′至东经 104°6′，北纬 1°09′至北纬 1°29′。

新加坡是一个岛国，除新加坡岛（占全国面积的 88.5%）之外，还包括周围 63 个小岛，总面积约 700 平方公里。新加坡的东面是南中国海，西面是马六甲海峡，北面是一道仅数公里宽的柔佛海峡（最窄处仅 1.4 公里），对岸是马来西亚；南面是新加坡海峡，对岸是印度尼西亚。

新加坡的历史可划分为三个阶段，莱佛士 1819 年登岛之前为古代，1819 年至 1965 年李光耀宣布新加坡独立为现代，1965 年至今为当代。

元代航海家汪大渊《岛夷志略》记载，暹罗（今泰国）"近年以七十余艘来侵单马锡，攻打城池，一月不下"。又"龙牙门"条记云：

> 门以单马锡番两山，相交若龙牙状，中有水道以间之。田瘠稻少，气候热，四五月多淫雨。俗好劫掠。昔酋长掘地而得玉冠。岁之始，以见月为正初，酋长戴冠披服受贺，今亦递相传授。男女兼中国人居之。多椎髻，穿短布衫，系青布捎。

苏继顾《岛夷志略校释》认为，单马锡即 Temasek 之对音，指今新加坡、柔佛一带。又谓："新加坡一名，乃梵语 Simhapuar 转为 Singapore 之对音，义为狮城。"又谓："新加坡岛与其附近之柔佛，为我国古代航海者经常过临之地，盖其地为交通要冲。唯当时全境人口尚稀，故我国人居彼者自极有限……当1819年英人莱佛士（Raffles）在此登岛时，据传岛上止（只）有居民二百十人，其中亦有中国人云。"清道光十年（1830）陈乃玉《噶喇叭赋》注中，有新加坡之名，道光二十二年（1842）魏源《海图国志》卷九引《外国史略》则作新嘉坡（即新加坡，后同）也。"①

据此，1819年以前，新加坡尚处于未开发阶段。莱佛士登岛以后，一扫岛上的蒙昧落后，使新加坡呈现出日新月异的局面。

莱佛士全名为托马斯·斯坦福·莱佛士（Sir Thomas Stamford Bingley Raffles, 1781—1826)，他的父亲是一位船长，家境并不富裕，因此，他没有受到正式的教育。从14岁起，莱佛士进入伦敦的东印度公司任职，他工作认真，通过自学掌握了广博的知识。1805年，年仅24岁的莱佛士被派往马来西亚槟城担任助理秘书一职，就此与东南亚结缘。1818年，莱佛士被派遣到苏门答腊，作为明古连（今苏门答腊的朋古鲁）的副总督。当时荷兰人在苏门答腊和马六甲海峡一带势力很大。在次年的一次航行中，莱佛士的船队抵达新加坡河入口的圣约翰岛（St. John's Island）附近。随船的华人曹亚志带领一队人上岸勘察，发现岛上没有荷兰人，于是在山上竖起一面巨大的英国国旗。从此，新加坡的历史被改写。

登岛伊始，莱佛士便宣布东印度公司已经获得了新加坡的治理权，其实当时新加坡的合法统治者是苏丹，莱佛士另立苏丹长兄为名义上的统治者，而他自己则成为新加坡实际上的总督，直到1823年才离职。1824年，新加坡正式成为英国殖民地，最初隶属于英属印度殖民当局，1867年受英国直接统治。随着蒸汽船的利用以及苏伊士运河的开通，新加坡成为航行于欧亚之间船只的重要停泊港口。19世纪70年代前后，当地橡胶种植业蓬勃发展，新加坡也成为全球主要的橡胶出口及加工基地。到19世纪末，新加坡获得了前所未有的繁荣。

莱佛士对新加坡的主要贡献，是建立了一个自由贸易港，让新加坡从一个

---

① 苏继顾：《岛夷志略校释》，北京：中华书局，2000年，第155—217、218页。

落后的小渔村发展成为全世界极为重要的国际港口之一。莱佛士还协助制定新加坡的法律,控制烟、猪肉贸易,严禁赌博等。他还参与新加坡的市区规划,划分出华人区(大坡)、马来人区(小坡)、欧洲人区和阿拉伯人区(美芝路),使各个族群和睦相处。大批的华人,就是在这一时期陆续来到新加坡定居的。

1941年12月,太平洋战争爆发,仅两个月,日军就占领了整个马来半岛与新加坡。1942年2月15日,英军总司令白思华宣布投降,日军全面接管新加坡,并改其名为"昭南岛"。当时日本昭和天皇在位,"昭南"意谓昭和之南。

1945年8月,日军战败投降,新加坡重新成为英属殖民地。然而,战后新加坡总督的权力受到限制,一个由代表各方利益组成的顾问班子成立。1947年7月,在这个班子的基础上变为两个分开的行政及立法机构。1948年3月20日,新加坡举行了第一次选举。1953年底,新加坡修改宪法,允许民间组建政党。

1954年,李光耀和一些志同道合者如杜进才等人组建人民行动党。1959年,新加坡进一步取得自治地位;同年5月,举行第一次大选,人民行动党在51个立法议院议席中赢得43席,李光耀出任新加坡首任总理,直至1990年卸任。其间,李光耀和他领导的政府,经历了新加坡脱离英殖民而加入马来西亚(1963)与被迫脱离马来西亚(1965)宣布独立的事件。新加坡,从一个地图上找不到的小国,一跃成为跻身于亚洲"四小龙"之首的经济强国。在文化上,新加坡的多元共存是一个典范。华人、马来人、印度人以及少数欧洲人同在一个小岛上和谐相处、共同生活。

第二节　早期新加坡的华人移民及其双重文化认同

习惯上,中国人总把包括潮汕人、客家人在内的广东、福建一带的华人到东南亚谋生存的现象称为"下南洋"。从文献看,早在明代中后期,许多华人移民已经在南洋诸国安家落户了,只是未到新加坡而已。据统计,莱佛士登岛时当地的华人移民仅500人左右,到1840年前后就激增到17179人,1881年达到86766人,1911年达到219577人。1824年,新加坡的马来人占全岛总人口六成以上,而到1911年,华人已占到全岛总人口的三分之二。[①] 可见,从19世纪中叶到20世纪初,是华人移民新加坡的第一个高潮。这些华人包括早期移民南洋诸国再迁徙到星岛以及直接从中国大陆南来的移民。

华人在海外,素以吃苦耐劳、精明强干著称。故经过数年、十数年打拼之后,往往事业有成,其中又以经商暴富者最令人瞩目。《清稗类钞·农商类》"潮人经商"条云:

> 潮人善经商。窭空之子,只身出洋,皮枕毡衾以外无长物。受雇数年,稍稍谋独立之业,再越数年,几无一不作海外巨商矣。尤不可及者,为商业冒险进行之精神。其赢而入者,一遇眼光所达之点,辄悉投其资于中。万一失败,尤足自立;一旦胜利,倍蓰其赢,而商业上之挥斥乃益雄。[②]

[①] 苏瑞福(Saw Swee-Hock):《新加坡人口研究》,薛学了等译,厦门:厦门大学出版社,2009年,第29页。

[②] 徐珂:《清稗类钞》,北京:中华书局,1984年,第2333页。

这一论述，正与某些南下新加坡的潮州富商的经历相合。而他们，也正是我们所关注的余娱儒乐社的支持者与参与者。这批富商巨贾为什么会参与到外江戏的演出中来呢？

一、早期新加坡华人的中国文化认同

把中国作为祖国，是早期新加坡华人共同的文化认同。这一认同是根深蒂固、深入骨髓的。所谓"祖国"，首先是那块生养他们的土地。虽漂洋过海几千公里，还是对那块土地梦绕情牵，因为那里有他们的父老乡亲、妻子儿女。华人最初登岛，是为了谋生存而被迫为之的权宜之计。他们的想法很简单，在这里赚一把就回国，趁年轻在外打拼，年纪大了还是要回国的。早期新加坡华人的想法就是这么简单。

华人作为一个整体，无论来自广东、福建还是其他地区，他们都有着共同的历史，从三皇五帝到唐宋元明清；有共同的宗教信仰，儒、道、佛以及福建、广东沿海的妈祖信仰等，其中尤以儒家宣扬的孝道以及祖先祭祀深入骨髓。他们还有着大体相同的风俗习惯，诸如节日习俗、衣食住行习俗、婚丧嫁娶习俗、迎神赛会习俗、看戏习俗等。特别值得提出的是，新加坡华人都使用汉字。

尽管在口语表达方面可以有形形色色的方言，但汉字作为书面语言的母语，对于沟通全体华人所起的作用如何估计都不会过高。早期新加坡华人虽大部分是文盲，但其中也不乏有文化的知识分子。他们不仅带去了中国的文献古籍，而且在新加坡编印了大量的汉文书刊。据庄钦永的研究，从1832年到战前的1941年，新加坡编印的汉语书籍难以准确统计。仅1832年到1883年的50年间，比较有代表性的汉文书籍就有：《训女三字经》(1832)、《鸦片速改文》(1835)、《圣经释义》(1835)、《新加坡栽种会告诉中国做产之人》(1837)、《古今万国通鉴》(1838)、《犹太国史》(1839)、《论语新纂》(1839)、《妈祖婆生日之论》(1832—1841)、《上帝生日之论》(1832—1841)、《通夷新语》(1877)、《华夷新语》(1883)等。这些书籍，有的是语言学方面的工具书，如《华夷新语》;有的是传统中国文化书籍,如《训女三字经》《论语新纂》;有的是基督教著作,如《圣经释义》《上帝生日之论》;有的则是世界历史书籍,如《古今万国通鉴》。①新加坡的多元文化,从这些汉文书籍的目录就可以看出几分。

值得注意的是,在新加坡印制的汉文著作中,基督教著作占了很大比例。仅1836年一年间,由"坚夏书院"编印的基督教著作就达10种之多。虽然以基督教为代表的西方文化对中国大陆的传播早已开始,但在英国殖民地的新加坡,基督教更加大行其道。于是,1896年,发生了华英同文馆中因牧师向华童传教而导致华商子弟纷纷退学的事件。新加坡的英文报纸为此发表评论,认为华人宗教不及西人宗教。有华人在《叻报》发表文章,针锋相对地指出:"一国诚有一国之教,何必夸己之长,訾人之短。"② 在以维护中华传统文化为己任的新加坡知识分子看来,唯有儒学、孔教,才是抵御西方文化压力的有效武器。于是,建立孔庙或孔子教堂,便成为新加坡华人的题中应有之义。早期新加坡华人办的学校,大多有尊孔祭孔的礼仪。《新加坡华人会馆沿革史》第四章"会馆与教育"有一幅星洲书店赠送给东安学习的"至圣先师"孔子画像,并指出:此画像"供奉在东安会馆主办的东安学校内,学生入学时,都必须向孔夫子的圣象敬礼。当时其他多数学校也有这个礼节,主要目的是培养学生尊师重道的精神"③。以此来看,下文所论及的余娱儒乐社的尊孔礼仪绝不孤立。

此外,新加坡第一份汉文报纸《叻报》创办于1881年,此后又有《图南日报》(1904)、《中兴日报》(1907)、《南洋商报》(1923)、《星洲日报》(1929)等陆续问世。无论它们的政治倾向如何,都是面向华人群体的汉文读物,其维护中国传统文化凝聚力的作用不可小觑。

华人的皇权思想根深蒂固,新加坡早期华人虽远在海外,仍以"大清子民"自居。民国以前,新加坡的华人照样梳辫子,和在国内没有两样。1889年,为

---

① 庄钦永:《新呷华人史新考》,南洋学会,1990年,第129—139页。
② 《陈言可笑》,见《叻报》,1896年8月4日。
③ 新加坡宗乡会馆联合总会、国家档案馆、口述历史馆:《新加坡华人会馆沿革史》,新加坡新闻与出版有限公司,1986年,第79页。据《新嘉坡华族会馆志》载,东安会馆始建于1876年,由广东东莞、宝安两县人士组成。参见吴华《新嘉坡华族会馆志》(第一册),南洋学会,1975年,第82—83页。

庆祝光绪皇帝大婚和继位典礼,"新加坡华人张灯结彩,在市区各个角落搭台演戏,释放烟火"。1894年,为庆祝慈禧太后六旬寿诞,"新加坡华人店铺一律张灯结彩,热闹异常"。① 然而,辛亥革命前后,新加坡华人集体"倒戈",尤其是知识分子和富商巨贾,几乎百分之百地支持孙中山的反清革命。乍看起来这似乎是矛盾的,其实二者之间"暗通款曲",这就是:我是中国人。所以,卢沟桥事变之后,新加坡华人积极投身到抗日救国的洪流中去,也就顺理成章了。曾经在马来西亚读小学的麦留芳先生,记得"一首流传甚广的歌",歌词如下:

> 我居南洋,我居南洋;我爱祖国,祖国历史最荣光。长城万里,大江三道,同胞四万万;相亲相爱如骨肉,御风御雨共患难。我居南洋,我居南洋……②

马来西亚如此,华人数量占绝对优势的新加坡更是如此。可以说,在20世纪中期以前,新加坡的华人自觉或不自觉地构建了一个在英殖民统治下的华人社会。"梦里不知身是客,只把他乡作故乡。"然而梦境毕竟不同于现实。新加坡的华人社会,既不同于中国大陆,也不同于北美和欧洲的唐人街,它处在强势的西方文化的笼罩之下,处在多元文化的包围之中,又显得非常独立、毫不示弱。1906年,新加坡中华总商会(Singapore Chinese Chamber of Commerce)成立,总商会由华人社会各帮派代表组成,以团结全体华人、维护华商利益、促进经贸发展、调解各帮派间的矛盾与纠纷为宗旨,并代表华人社会向政府进行各类交涉,以免华人的利益受到伤害。当时,新加坡华人的数量已经达到全岛总人口的三分之二,这股力量之强大,是可想而知的。

其实,早期英殖民统治者已经意识到了华人的独立性。1823年2月3日夜晚,华人在富康宁山附近燃放鞭炮,准备庆祝华人农历新年,这让莱佛士感到不快。第二天,他训令华人甲必丹转告所有华人,不得在总督府附近燃放烟

---

① 汪鲸:《适彼叻土:历史人类学视野下的新加坡华人族群》,广州:广东人民出版社,2013年,第87—88页。
② 麦留芳:《方言群认同:早期星马华人的分类法则》,中国台北:"中央研究院"民族学研究所,1985年,第19页。

花鞭炮。① 所谓"甲必丹",是东印度公司委任的族群领袖,也是他们借以联系各族群的一个媒介。东印度公司规定,政府有事,即通过"甲必丹"通知到全体族人。可见,在莱佛士心目中,所谓"华人"是一个整体。于是,对这个整体势力"分而治之",便成为他们的唯一选择。而这个策略,恰恰和新加坡华人的方言族群认同巧合。

二、新加坡华人的方言族群认同

最早"发现"新加坡的曹志亚是广东台山人,此后南下新加坡打拼的华人源源不断,其中以粤(含海南)、闽两省为多。然而这两省方言复杂,并以不同方言分别居住在不同区域构成不同的族群。仅广东省就可以大略分为粤语、潮汕语(闽南语系)和客家话,并以此分为广府族群、潮汕族群和客家族群。"族群"是现在的说法,当时多称为"帮",即福建帮、广东帮、潮州帮、客家帮、海南帮之类。不同的方言族群移民海外之后,也并不完全以行政籍贯如广东籍、福建籍划分族群,而多以方言区域细分。所以,历来研究华人移民史的著作,基本上是按方言把新加坡华人分成福建人、广府人、潮州人、海南人和客家人。根据李恩涵《东南亚华人史》(台北,五南图书,2003)第272页提供的资料,我们将1881年至1931年50年间,每10年为一时间段落,将福建人、广府人、潮汕人、海南人、客家人和其他方言区域的华人在新加坡的人数和在全体华人中所占比例列表(表2-1)如下。

表2-1 1881—1931年华人在新加坡的人数比例

方言区 \ 年份	1881	1891	1901	1911	1921	1931
福建	24981人	45856人	59117人	47%	43%	43%
	28.8%	37.6%	39.2%			
广府	14853人	23397人	30720人	23%	24%	22.5%
	17.1%	19.2%	20.4%			

---

① 庄钦永:《新呷华人史新考》,南洋学会,1990年,第35页。

续表

潮汕	22644 人	23737 人	27564 人	17.8%	17%	19.7%
	26.1%	19.5%	18.3%			
海南	8319 人	8711 人	9451 人	5.1%	4.7%	4.7%
	9.6%	7.1%	6.2%			
客家	6170 人	7402 人	8514 人	6.6%	4.6%	5.5%
	7.1%	6.1%	5.6%			
其他	9727 人	12805 人	15498 人	1.2%	6.7%	5.5%
	11.2%	10.5%	10.3%			
人数总计	86766 人	121908 人	150864 人			

根据此处的统计，在新加坡华人移民总数中，福建移民占四成多，位居第一；广府移民超过两成，居第二；潮汕移民接近两成，居第三；海南、客家和其他地区的华人均在 10% 以下，人数较少。但由于资料的限制，这个统计仍然是不准确的，因为如果完全按方言划分，福建省起码可以分出闽南和福州两大方言区域，而潮州话属于闽南语系，新加坡的客家人多来自大埔和梅州，而大埔时而属梅州时而属潮州。这都给精确统计造成了困难。正如《清稗类钞·方言类》"粤省土语"条所云：

> 潮语，与泉、漳诸州略似，大异于嘉应州。粤省土语略可分为三种：一、广州语。一、客语，即嘉应州语。一、福语，即潮州语。此种语言绝不相似，几无一字可通。因语言之隔阂，感情亦因而薄弱，故时起抵触。且因壤地相错，利害密切，其抵触较诸其他省之抵触者尤甚。①

潮州方言与闽南的"泉、漳诸州略似"，也就是说，如果把闽南语族群从福建人中划出去或者把潮州人归入广东人的话，那新加坡华人中各方言族群所占比例就会发生较大变化。所以，下面的论述也只是大概准确而已。

中国幅员辽阔，虽有"壤地相错"的情况，但毕竟在多数情况下可以"井

---

① 徐珂：《清稗类钞》，北京：中华书局，1984 年，第 2242 页。

水不犯河水"。一旦数量众多的华人从不同方言区域涌入新加坡这个小岛上，各方言族群之间如何相处呢？无论是英殖民政府抑或是新加坡的华人自身，都选择了划分区域居住，以避免不同族群之间的"抵触"。麦留芳根据新加坡的地名，部分地还原了早期新加坡华人的居住地，如潮州马车街（Circular Road）、潮州戏院街或义福会社街（Carpenter Street）基本上是潮州人聚落地，厦门街（Amoy Street）、泉州街（Chinchew Street）是福建人的居住地，香港街（Hong Kong Street）、澳门街（Macao Street）是广府人的居住地，等等。此外，他还把街道名称和某一方言区域华人的职业特点以及他们开设的公司名进行对照，来寻觅他们早期居住的地方。比如，衣箱街（Pekin Street），因制衣箱是广府人的本行，故这里应是广府人聚落；又如，松柏街（Nankin Street），因客家人开始的公司名为"松柏馆"，故这里应是客家人的居住地；等等。但两个以上族群混住的情况也十分常见，麦留芳根据有关建筑物与政府统计资料指出，今天的宾打街（Carpenter Street）、香港街、嘉拿路（Canal Road）、珍珠街（Chin Chew Street）、乞落士街（Cross Street）等区，是潮州人、福建人、广府人与客家人的混居处。① 即使分区域居住，也不能保证各方言族群之间可以相安无事，况且新加坡面积狭小，混居在所难免，加之利益冲突等方面的原因，所以从19世纪中期至战前的大约一个世纪的时间里，闽、粤、潮、客、琼等不同族群之间的械斗一直没有停过。

三、以方言族群为纽带的社团组织

方言族群认同，虽是在中国文化认同之下的次一级的文化认同，但其强烈之程度，常令人瞠目结舌。除了各族群之间的械斗之外，早期新加坡华人，不同的方言族群之间不通婚，反而不少男子与马来女子通婚。在职业方面，各方言族群也有大体的分工。于是，一批以方言族群为纽带的会馆、公司、俱乐部便应运而生。这些社团组织的基本宗旨是：维护本族群利益，维系族群内部的

---

① 麦留芳：《方言群认同：早期星马华人的分类法则》，中国台北："中央研究院"民族学研究所，1985年，第97—106页。

团结，调解各类纠纷，加强与政府和外族群的有效沟通等。同时，不少会馆也组织地方戏演出活动。质言之，地方戏曲也成为早期新加坡华人方言族群认同的重要表征之一。

新加坡以方言族群为纽带的社团组织甚多，这里只能择成立时间较早、影响较大，特别是与新加坡外江戏有关的几个潮州会馆和客家会馆加以介绍。

四、义安公司和八邑会馆

义安公司正式成立于1845年，但早在1830年前后，澄海人佘有进就召集原潮州府澄海和揭阳等县的陈、蔡、林、黄等十二姓氏，筹组"义安郡"。由于潮汕地区在晋、南北朝和隋朝的行政名称为义安郡，故以此为名。1845年，正式改称"义安公司"。义安公司为十二姓人士共同捐资，其宗旨为维系潮州八邑人士的情感联系以及集体利益，如宗教信仰、祭祀、墓地、管理粤海清庙、慈善事业、产业及学校等。义安公司的产业，原由佘有进掌管，佘有进去世后，其子石城、连城及其孙佘应忠相继掌管，担任总理一职。

因对这种世袭制度不满，1927年12月28日，林义顺、林雨岩、陈源泉、杨书典、刘葵如、陈立植、吴扬屏、杨缵文、陈秋槎、周瑞麟、沈霭塘、郭廷通、蓝伟烈、李伟南等14人联名致函佘应忠，提出义安公司的一切产业应归全体潮人共同拥有。1929年1月26日，"潮侨八邑公产维持会"成立，林义顺、林雨岩、杨缵文、李伟南、陈秋槎、陈源泉、吴扬屏7人为代表，与义安公司旧管理层交涉。结果，佘应忠愿意交出财产，一场有关义安公司财产的争议圆满结束。1930年4月，义安公司新的董事会成立，规定董事会理事、正副总理，每届任期一年，可连任。从1930年至1940年10年间，担任董事会正副总理者如下：

第一届：正总理林义顺，副总理刘炳先、李伟南。

第二届：正总理李伟南，副总理刘炳先、杨缵文。

第三届：正总理杨缵文，副总理林义顺、李伟南。

第四届：正总理刘炳先，副总理杨缵文、陈振贤。

第五届：正总理李伟南，副总理杨缵文、陈振贤。

第六届：正总理陈振贤，副总理李伟南、杨缵文。

第七届：正总理杨缵文，副总理李伟南、陈振贤。

第八届：正总理陈振贤，副总理杨缵文、李伟南。

第九届：正总理李伟南，副总理陈振贤、杨缵文。

第十届：正总理杨缵文，副总理李伟南、陈振贤。①

以此可知，1940 年以前，先后担任过义安公司正、副总理的 5 个人是林义顺、李伟南、杨缵文、刘炳先、陈振贤。而这 5 个人，全是余娱儒乐社的名誉社长，其中刘炳先和陈振贤还亲自参加外江戏演出。

在交涉义安公司财产的纠纷中，1928 年，林义顺等联名发起成立潮州八邑会馆，而与义安公司并存。实际上，自 1930 年以后，义安公司成了八邑会馆所属的一个专管信仰和殡葬的社团组织。所以，八邑会馆和义安公司的管理层高度重合。这样，八邑会馆和余娱儒乐社关系之密切也就不言而喻了。据潘醒农《新加坡潮州八邑会馆五十年大事记》，1936 年，八邑会馆"敦请余娱儒乐社为汕头贫民工艺院演剧筹款，收银 3392 元，除开销后余银汇去汕头"。1947 年，"本年夏华南水灾奇重，本会馆于 9 月 20 日及 21 日二晚假快乐世界内剧台，邀请余娱、陶融、六一及星华四儒乐社联合义演汉剧筹款，募得 36900 元，交予筹赈华南水灾委员会代赈"。② 余娱儒乐社 1936 年的这次义演规模空前，只不过，早在八邑会馆正式成立之前，余娱儒乐社与林义顺之间的合作就已经开始了，那时是以醉花林俱乐部为媒介的。

五、醉花林俱乐部

醉花林俱乐部创立于 1845 年，是早期新加坡潮侨四大巨富中的陈成宝倡设的潮州富商俱乐部。

---

① 吴华：《新嘉坡华族会馆志》（第一册），南洋学会，1975 年，第 64 页。

② 潘醒农：《新加坡潮州八邑会馆五十年大事记》，见《潮侨溯源集》，北京：金城出版社，2014 年，第 108、112 页。

陈成宝，祖籍潮州潮安县庵埠镇亭厦村，出生于南洋之怡保，为霹雳州甲必丹陈亚汉之子。鉴于潮人莅新日众，商业渐盛，应酬日繁，急需一幽雅所在，借以交换知识联络感情及休闲去处，于是陈成宝倡组"醉花林俱乐部"。俱乐部的目的在于联络潮人感情及消闲去处，实际昔日举凡潮人社会公益、教育、慈善事业，都集中在俱乐部商议筹划。据知，义安公司、端蒙学堂、潮州八邑会馆以及余娱儒乐社等组织，大部分领导层都是俱乐部的主事与会员，且各个组织之重要事件，事先均在俱乐部商谈后，才正式提到会议讨论。也就是说，在早期它是领导潮人社会从事种种活动的中心，着实扮演了社会上一个重要的角色。因此一般商人若能被推荐参加成为会员，往往被视为一项极为光荣的事。关于余娱儒乐社和醉花林俱乐部的关系，叶伟征这样说："潮州社群的醉花林俱乐部是高级商人方可参加的俱乐部，许镇汉透露，余娱儒乐社创社会员无一不是醉花林俱乐部的成员。"①

六、南洋客属总会

在新加坡客家人社团组织中，影响最大的就是南洋客属总会。该会馆正式举行落成典礼的时间是1929年8月23日，但由于它整合了当时新加坡大部分的客家会馆（如表2-2所示），其凝聚力和影响力就非同小可了。

表2-2 新加坡南洋客属总会创建时旗下的7所地缘性质的会馆

会馆名称	创办时间
应和会馆	1822年
惠州会馆	1822年
茶阳（大埔）会馆	1857年
丰顺会馆	1873年
永丰大会馆	1882年
广西暨高州会馆	1883年
永定会馆	1918年

---

① 叶伟征：《从口述历史与文物看余娱儒乐社与新加坡潮州社群》，见李志贤《海外潮人的移民经验》，新加坡潮州八邑会馆、八方文化企业公司，2003年，第336页。

到 1981 年，客属总会旗下的地缘或宗亲性质的会馆达到 24 所。①

客属总会的首任会长是大名鼎鼎的胡文虎。胡文虎（1882—1954），原籍福建永定，属闽西客家。其父胡子钦是早年出洋谋生的中医，在仰光开设一间中药铺，取名"永安堂"。胡文虎出生于仰光，不到 30 岁时便因研制成虎标万金油而一跃成为东南亚华侨中著名的百万富翁和药业大王。1914 年起，胡文虎以新加坡为基地发展药业，同时投资报业，先后办起了十多家报纸，报纸名称全以"星"字开头，如《星洲日报》《星华日报》《星光日报》《星中晚报》《星岛日报》《星岛晚报》等，被称为"星系报业"。胡文虎还是一位举世公认的大慈善家，除创办医院外，尤其重视教育，他在新加坡和中国捐建和捐献过的大中小学校有数十所之多。以胡文虎为会长的南洋客属总会，在慈善、教育、文化、公益方面发挥了重要作用。在抗战期间，客属总会号召南洋客家人团结一致，为抗战出钱出力。胡文虎率先垂范，先后义捐（包括认购"抗日救国公债"）总数超过 300 万元。

需要强调的是，客属总会甫一成立，便设立了"国乐部"，用以普及和推广外江戏（详见第三章）。

总之，新加坡华人，携带着不尽相同的文化基因登上星岛，他们面临着双重的文化压力，首先是以华人身份出现所面临的英殖民文化以及马来文化、印度文化的压力，其次是华人内部各方言族群之间的挤压。当自身携带的文化基因遇上双重的文化压力，便自然产生双重的文化认同。这是他们的生活，是对故乡的思念，是一种本能需求，也是一种因应和反弹。所以，观看祖籍地的戏曲演出，就不仅仅是一种娱乐，更是他们慰藉思乡之情、凝聚族人感情的最好方式。登岛伊始的新加坡华人，在英殖民文化和中华文化的夹缝中首选了中华文化。

---

① 黄贤强：《新加坡客家》，桂林：广西师范大学出版社，2007 年，第 62—64 页。

第三节　战前新加坡的中华民族戏曲

从 19 世纪中叶至 20 世纪初，大量华人戏班和华人移民将不同的声腔剧种带到马来半岛。当时的中国大陆，除了京剧一剧独大、昆剧持续萎缩之外，各地方剧的声腔剧种已经方言化了。由于广东（含海南）、福建两省移民南洋者最多，故南下新加坡的中华民族戏曲也以这两省的地方戏为主，同时也有福建移民带去的京剧。

有关新加坡中华民族戏曲演出的最早记载，见于美国远征探险队司令威尔基斯舰长的《航海日志》。1842 年 1 月 19 日，威尔基斯舰长与舰队的官兵们在新加坡登岸，看到华人在演广场戏，他写道：

> 戏曲表演同时间在多处举行，演出是免费供人观看的，空地被腾出做这种用途。戏台的三面是封着的，另一面面对大街。台高约 6 尺，台上的布置挂满丝绸、题有字的布条和照明灯。台上有一桌两椅。台词是吟诵式的，伴以敲击乐。负责敲击者看似带领整个表演，同时是乐队的领奏……演员的服装多彩。男角多备脸谱，女角没有；男角多有长的、白和黑的胡须。①

如图 2-1 所示，这位洋人对华人戏曲演出场面的描述准确而全面，举凡戏台陈设（一桌两椅）、乐队伴奏、服饰化妆、台词吟诵都一一道来，令人惊异。只是他不可能明确区分演员所使用的声腔。

---

① 转引自周宁《东南亚华语戏剧史》，厦门：厦门大学出版社，2007 年，第 476—477 页。

早期新马地区的中华民族演剧总与民间节庆、祭祀酬神有关，这也是中国人的固有传统。因此，戏曲演出与华人的双重文化认同便有着天然联系。一个典型的例子是，1900年，一艘由厦门、汕头开往新加坡的轮船在海上突遇大风，满船华人跪下来齐向妈祖祈求平安，于是风平浪静。上岸后，大难不死的华人集资请戏，分别在天福宫和粤海清庙前演剧，以答谢神灵庇佑。①按：天福宫落成于1840年，是早期新加坡闽人最重要的一间寺庙，也是福

图2-1　1880年新加坡"街戏"的上演场景

建会馆的前身。粤海清庙则由潮州人创建于1826年，奉祀妈祖和玄天上帝，是新加坡潮、广、客、琼全粤人士所祭拜的神庙。这两座神庙，都有光绪皇帝御赐的匾额及御书，也都是华人演剧的所在。因目前没有找到神庙内外有永久性戏台的记录，演剧时应是采用临时搭台的方式。

早期新加坡华族戏曲，多采取面对庙宇临时搭台，演出"街戏"的方式，其主要宗旨是酬神还愿。威尔基斯舰长的描述已经证实了这一点（戏台"面对大街"）。另外日本人小出英男的《南方演艺记》也提到街戏演出。周宁主编的《东南亚华语戏剧史》进一步指出："街戏"在马来语中叫作哇央（Wayang），《马英字典》"列华族戏曲表演为'马来亚最著名的哇央'"②。这种情况，要等到19世纪末正式剧场出现以后，才逐渐发生变化。到20世纪20年代前后，新加坡的华族戏曲才进入商业演出的黄金时代。

---

①　见《叻报》，1900年10月15日。
②　周宁：《东南亚华语戏剧史》，厦门：厦门大学出版社，2007年，第481页。

一、粤剧

晚清外交官张德彝（1847—1918）在《航海再述奇》卷六中，记同治八年（1869）九月初五，在越南西贡观看"粤剧"的情况：

> 戌刻约看粤剧，班名悦新凤，明固辞不获。至则高张席棚，男女蚁聚。所演之剧，俗名"湖广调"，虽系优孟衣冠，亦颇赏心悦目。声音节奏，与京班大同小异。门首有华人与土人数百，出售糕点、干鲜果品、槟榔等物。丑初戏散，辞谢回船。①

以往认为，"粤剧"的叫法较早见于李钟珏作于1887年的《新嘉坡风土记》。但张德彝的这一记载比《新嘉坡风土记》早了18年。不仅如此，《新嘉坡风土记》所说的"粤剧"比较笼统，是这样说的："戏园有男班，有女班。大坡共四五处，小坡一二处，皆演粤剧。间有演闽剧、潮剧者，惟彼乡人往观之，戏价最贱，每人不过三四占，合银二三分，并无两等价目。"② 以至于不少人认为，这里所说的"粤剧"不一定是在声腔剧种意义上讲的，而是泛指广东戏剧而已，正如程美宝教授所说："这也许是较早出现'粤剧'二字的文献，但我们还是不知道这里'粤''闽''潮'等三个地域标签，指的戏班的来源地还是戏班的语音。清末'粤剧'一词虽已有所闻，但在没有更多材料的情况下，像李钟珏所提到的'粤剧'到底用什么语言和音乐演出，是我们暂时无法确定的。"③ 但张德彝的记载，谓有戏班名（悦新凤），有声腔名（湖广调），并云"与京班大同小异"，明显指的是地方化以前的粤剧，也就是我们上文中提到的粤剧发展的第二个阶段——本地班演的官话粤剧。张德彝是辽宁铁岭人，看粤剧竟然可

---

① 张德彝：《欧美环游记》，长沙：湖南人民出版社，1981年，第237—238页。
② 李钟珏：《新嘉坡风土记》，南洋书局，1947年，第13页。
③ 程美宝：《浅谈粤剧起源与形成的研究议题和方法》，见广州市振兴粤剧基金会等《粤剧何时有——粤剧起源与形成学术研讨会文集》，香港：中国评论学术出版社，2008年，第124页。

以"赏心悦目",说"与京班大同小异"。可见,他看到的粤剧是本地班演的外江戏。以此推断,《新嘉坡风土记》所记载的"粤剧"亦应如此。

值得一提的是,张德彝在到达西贡之前几日,曾经在新加坡停留。可惜的是,他并没有看到新加坡的粤剧演出。其实早在1857年,新加坡"梨园堂"成立,这是粤剧戏班的行会组织,1890年改称南洋"八和会馆"①。这说明19世纪中期新加坡当地已经有一定数量的粤剧戏班,粤剧演出相当频密。新加坡华文报纸《叻报》,在1890年4月24日第5版刊登了一则题为《屿剧闲闻》的报道,中云:

> 接槟城递来信息,言去月廿六晚该处甘勿街所演粤人戏剧,曾遍出告白,言是夜将演天主教徒在粤东省城传教之劣迹,当时巡捕官得闻此事,即将该班主传到案前,着将此剧即行改换,若再演唱是出,即将该班停止,不准再在屿演唱云云。

这里说的"粤人戏剧"亦当指粤剧,"粤东省城"指广州无疑。新加坡虽然华人居多,但毕竟是英属殖民地,信教自由,有不少天主教徒。所以巡捕官在得知粤人戏班将上演"天主教徒在粤东省城传教之劣迹"时,即刻传唤戏班班主,禁演此剧,这是不难理解的。"屿"即岛屿之屿,即指新加坡。无论从中国大陆抑或从马来半岛的角度看,新加坡就是一个岛屿,故当时常用"屿"指新加坡。

《叻报》1902年8月4日第11版发表了《怡情悦目》一文,对粤剧戏班"普长春"中大花面"外江有"的精彩表演给予了极高的评价:

> 演剧小道耳,然能去郑卫之声,而作兴亡之鉴,别贤奸之辈,而警庸俗之心,其于世道人心似亦不无小补。准须优伶善择,始足怡情,袍笏皆新,乃能悦目。若以表表之名优,而被陈陈之冠服,能勿令梨

---

① 吴华:《新嘉坡华族会馆志》(第一册),南洋学会,1975年,第32页。

园减色，座客生嫌弃也哉。若如升平戏院所演普长春班独能免此。昨夕为星期之暇，记者曾往寓目焉。该班如小武"周瑜永"、小生"风情作"、丑脚（角）"蛇仔旺"、小旦"细松"等，固已名驰菊部，无俟赞扬，然各脚式中，尤以大花面"外江有"与正花旦"俏丽湘"两人最是。夕适演《王允献貂蝉》与《凤仪亭掷戟》故事，以大花面扮董卓，正花旦扮貂蝉。但见"外江有"果属奸雄，声容皆肖，"俏丽湘"居然俏丽伶俐无双。所最难得者，当掷戟时，"外江有"能摹董贼躁急情形，痴肥状貌，当窥妆时，又能摹董贼模糊醉态，淫亵肝肠，造作如斯，叹观止矣。场散乃归为纪所见于此。并闻连夕所演均属"外江有"，首本以之扮曹阿瞒，应必更有可观者。诸君子有周郎癖者，请姑俟之，以徵吾说。

"外江有"无疑是艺名，很可能和外江戏、外江班有关。正如上文所说，外江班是粤剧的老师。而清末民初，外江班虽然已经基本退出广府地区，但所谓"粤剧"演的还是官话，亦即本地班演的外江戏。可以推测，所谓"外江有"者，表明其演出技艺已全面达到外江班水平。

陈超平编著的《海外华人中的粤剧》一书，有《19世纪以来粤剧在东南亚演出情况简表》[①]，现从中摘取粤剧在新加坡演出的部分，并参照相关资料，制成表2-3。

表2-3 19世纪中叶至20世纪30年代末粤剧在新加坡演出情况

演出时间	班社或演员	演出地点	演出剧目	备考
1857年以前	不详	新加坡	《街戏》《神功戏》	
1857年	梨园堂成员	大坡豆府街58号	《梨园堂成立》	1890年改称"南洋八和会馆"
1887年	不详	大坡、小坡	不详	见《新嘉坡风土记》
1889年	庆百年班	牛车水景春园	不详	《叻报》3月8日第2版《鼓吹皇仁》

---

① 陈超平：《海外华人中的粤剧》，香港：天马出版有限公司，2010年，第276—299页。

续表

演出时间	班社或演员	演出地点	演出剧目	备考
1890年以前	庆百年班	牛车水景春园	不详	《叻报》10月13日第2版《梨园伤修》记牛车水景春园"向为庆百年班演剧之所"
1890年	不详	槟城（马来西亚）、新加坡	原拟演《天主教徒事》，未果	改演剧目不详
1890年12月以前	不详	阳春园、丹桂园	不详	《叻报》12月26日第2版《戏园酿事》记阳春园、丹桂园"向为庆百年班演剧之所"
1893年	庆百年、庆丰年	景春园等	不详	《叻报》1月2日第2版《梨园争闹》
1902年	普长春班"外江有"等	新加坡昇平戏院	《王允献貂蝉》《凤仪亭掷戟》	《叻报》有剧评
19世纪末至20世纪初年	普长春、庆昇平等戏班	各戏院	《江湖十八本》《大排场十八本》等	
1908年	振天声班	新加坡梨春园	《荆轲刺秦皇》《熊飞起义》等	
1909年1月至3月	振天声班	小坡新戏园	《出头梦后钟》	《叻报》有1月27日、3月15日有报道
1909年	不详	新加坡梨春园	不详	为广东水灾义演筹款，见宋望相《新加坡华人百年史》
1910年前后	永寿年、普长春班之靓元亨、马师曾、陈非侬、金山昭、一点红、武松桂等	梨春园、庆维新	《隋唐传》《孟丽君》等	
1912年	祝华年班之外江玲等	泰国曼谷、新加坡	《六国封相》《华容道》《关公战秦琼》	
1918年至1922年	永维新之新珠等	新加坡、马来西亚	《六郎罪子》《月下追贤》等	
1922年	超群乐	新加坡	不详	童子班
19世纪20年代	庆维新之新飞凤、靓宝珠、白驹荣等	庆维新、梨春园	《钟无艳》《蝴蝶大王》《金山挑盒》《再生缘》等	
1931年	非侬剧团	大世界游乐场	《战地鸳鸯》《红楼梦》《西厢记》等	
1932年	万华天之少昆仑、少达子等	新加坡	《武松》系列戏	

续表

演出时间	班社或演员	演出地点	演出剧目	备考
1932 年	天一景之豆皮庆、新薛觉先等	天一景酒楼	《三春审父》《斩四门》等	
20 世纪 30 年代初	白玉堂、邵伯君	梨春园	《小霸王勇战太史慈》等	
20 世纪 30 年代初	俏丽章剧团	梨春园	《流星赶月》等	
20 世纪 30 年代	新中华之白玉堂等	新加坡、马来西亚	《恩爱敌人》《锦毛鼠》等	
20 世纪 30 年代	乐同乐之小晴雯、七星灯等	新加坡、马来西亚	《白发新娘》《万里风云》等	
20 世纪 30 年代	赛罗天之靓雪秋等	新加坡、马来西亚	《风送彩云》《七擒孟获》等	
20 世纪 30 年代	新蛇仔秋与当地艺人	新加坡、马来西亚	《滴滴泪》《正德皇帝下江南》等	
20 世纪 30 年代	胜寿年之靓少佳等	新加坡、马来西亚	《龙虎渡姜公》《十美绕宣王》等	
20 世纪 30 年代	大尧天之薛觉先等	新加坡、马来西亚	《游龙戏凤》《姑缘嫂劫》等	
1936 年	国风剧团之马师曾等	新加坡、马来西亚	《秦桧游地狱》《洪承畴》等	
1936 年	觉先旅行剧团之薛觉先等	新加坡、马来西亚	《关公古城会》《霸王别姬》等	
1936 年	新同庆之白驹荣、少昆仑等	新加坡大世界游乐场	《各人首本戏》	
从 20 世纪 30 年代末到 40 年代初	大罗天、环球乐、丽声、新青年、金凤、文英、胜利、万年青、新华年等	新加坡、马来西亚	《十万童尸》《胡》《不归》《夜送京娘》《挥戈逐日》等	万年青之《十万童尸》，直到 40 年代初还在上演，见小出英男《南方演艺记》
20 世纪 30 年代末	碧云天、艳阳天	梨春园	不详	当地艺人

表 2-3 所列肯定是不完全的，但亦可看出战前粤剧在新加坡演出之频密。当时粤港两地的名班名角，都去新加坡演出过，而且不止一次。《叻报》1893 年 1 月 2 日第 2 版刊出《梨园争闹》一文，言当地庆丰年、庆百年两戏班，为争聘粤中名优"蜜枣仔"和"武生六"二人，闹得不可开交。二人的聘金，庆丰年先许诺每月 280 元，庆百年随后给到 320 元，并给予每人定金 20 元。庆

丰年班主闻讯，暗中找到二人，答应亦按 320 元聘用。到戏开场时，"蜜枣仔"在庆丰年剧场演出。庆丰年班主恐庆百年班寻衅闹事，乃请求警方派人保护云。这一事件，说明 19 世纪末新加坡粤剧的市场化程度和粤剧的繁荣程度。到 20 世纪 30 年代，省港两地粤剧进入"薛马争雄"的时代，马师曾、薛觉先、白驹荣这些大佬倌纷纷南下，营造了新加坡粤剧最为辉煌的一页。

二、潮剧

如果说粤剧在海外的大本营是新加坡的话，那么潮剧在海外的大本营就是泰国。但由于新加坡的潮汕移民也占有不小比例且事业有成者甚多，所以潮剧自清末至战前都在新加坡的华族戏曲中占有一席地位。1943 年出版的日本人小出英男的《南方演艺记》一书，依照不同的地域和方言，将新加坡的华族戏曲分为北京戏、广东戏、福建戏、潮州戏和海南戏五种[①]，这种把"潮州戏"和"广东戏"并列的做法，显示出潮剧的独特性以及重要地位。

潮剧进入新加坡的时间，当不晚于 19 世纪中期，唯不如粤剧繁盛。上引《新嘉坡风土记》（1887）明确记载当地剧场"皆演粤剧"的同时，"间有演闽剧、潮剧者"。《叻报》1888 年 5 月 11 日第 6 版有潮剧新新顺香班主的一则演出广告，题《名优抵叻》，广告云：

> 启者：兹有潮郡童戏新新顺香班，业由香江抵叻，现拟于本月廿八日起在新街口成乐园开演。该班脚（角）色均属色艺俱佳，歌则可遏行云，舞则恍飘花雨，且皆妙龄稚齿，不殊一部雏莺，而戏服诸物均属鲜明，殊堪寓目。诸君有兴，不妨惠顾一观，幸勿对此奇观甘为辜负也。大清光绪十四年三月廿八日。新新顺香班主谨启。

---

① ［日］小出英男：《南方演艺记》，东京大空社，2010 年，第 180 页。（此书原于昭和 18 年（1943）6 月由东京新纪元社出版发行；2000 年 4 月被列入"亚洲学丛书"第 69 种，由东京大空社再版。本书所引此书内容，均据东京大空社版。）

又，同报 1896 年 9 月 14 日第 4 版，刊登潮剧戏班老源盛班班主的一则广告，题为《童戏新到》：

> 启者：本班童戏起自潮州，不惜资本拣招伶俐子弟，延聘名师精工教习。仿古作今，种种演剧肖人肖事。至于服饰，各具新庄雅丽时派，实与寻常等班殊不相侔。前在潮□等处开演，素蒙诸士商益加称赞，驰名久著，住潮称为上班。兹□遂游星坡，初住怡园，择定八月初七晚开演以备。诸绅□悦目赏心，届时祈劳玉趾，共快睹焉。特此布闻。潮音老源盛班主人谨启。

以上两则广告可以说明，19 世纪中后期，潮剧也进入了新加坡，其最重要的特征，就是采取童伶制。

据陈星南《新加坡潮剧百年回顾》介绍，新加坡最早的潮剧戏园主要有怡园和哲园，1890 年已经存在，建于潮人聚居的地方。在这两家戏园演出的著名潮剧戏班全部来自潮州，如老赛永丰、老赛桃源、老赛宝丰、老中正顺、老荣和兴和新赛宝丰等。1904 年，又有了两家演潮剧的戏院同乐园和永乐园。四家潮剧戏园中，怡园和同乐园生意最为兴隆，一年到头没有淡季旺季之分，几乎天天满座，有时还要在走道中加座。观众大部分是潮汕人，也有少量客家人和福建人。20 年代以后，由于竞争激烈，戏园的维持费用居高不下，潮剧戏班的演出场地从戏园走向综合性的游乐场。30 年代，新加坡潮剧十分兴旺并走向规范化。戏班一般分成六个部分，一是行政管理，二是教戏先生、编剧家，三是伶人，四是音乐员，五是幕后工作人员，六是戏馆。其规模庞大的犹如一家小型企业公司。小戏班如中正顺，也有 80 人以上；童伶 40 多人，成人则 20 人以上。当时新荣和兴戏班人员多至一百人，有律师，甚至理发师。[①] 可见，当时新加坡的潮剧戏班，已经开始从童伶制走向成人与童伶合班。

另据日人小出英男 1941 年的介绍，当时潮剧戏班在新加坡有四家，分别

---

① 陈星南：《新加坡潮剧百年回顾》，转引自陈学希等《潮剧潮乐在海外的流播与影响》，北京：中国戏剧出版社，2010 年，第 68、71 页。

是老赛桃园、三正顺香、新荣和兴、老赛宝丰。在新加坡潮州人居住的繁华街道，有一所叫"怡园"的剧场，潮剧戏班都瞄准了这个全市上座率最高的剧场，只要在这个剧场演戏，无论一流二流，连日场场满座。由于四家戏班瞄准了同一个剧场，所以竞争非常激烈。①

三、福建戏

福建省戏曲品种繁多，一般认为，最早传入新加坡的剧种是高甲戏。李冬青《高甲戏发祥地寻踪》一文云："据《石井镇高甲戏渊源考辑录》记述，1843年创办的福金兴班即受侨亲聘请到新加坡、马来西亚、印尼、泰国、安南（越南）等地演出，被誉为'戏虎'。嗣后的福全兴、福裕兴、福隆兴、金全兴、福荣兴、福美兴、福庆兴、建成兴、新福顺等20多个戏班相继到东南亚各地演出。""1908年创办的福永兴班，往新、马演出，定居后一直当班主和戏师傅。"②可见，自19世纪中叶到20世纪初，高甲戏在新加坡是很受欢迎的。

《叻报》1891年8月13日第2版"看戏被拘"条云："有闽人戏剧一班，在小坡大马路某烟廊楼演唱其戏。不过数人共演，无须更觅戏台，故演于楼中。"这里所说的"闽人戏剧"或许就是高甲戏。因高甲戏中的"丑旦戏"只有一丑、一旦、一生，其实就是所谓"三小戏"，和《叻报》所说的"不过数人共演，无须更觅戏台"相吻合。

两个月之后，《叻报》1891年10月5日第6版，刊登了"名优到叻"的广告：

启者：本班现由华海聘到名优三人到叻开演，该三人所演各剧莫不色艺绝伦，当堂出色，洵菊部中之尤者也。诸君有兴尚祈到园骋怀可也。兹将新到各优姓名开列：大花面"益益"、花旦"玉喜"、武老

---

① ［日］小出英男：《南方演艺记》，东京大空社，2010年，第191页。
② 李冬青：《高甲戏发祥地寻踪》，见中国人民政治协商会议福建省南安市委员会文史资料委员会《南安文史资料》（第二十一辑），1999年，第162页。

生"水镜"。大清光绪十七年九月初三日。福州振福升班谨启。

高甲戏流行在闽南泉州、厦门一带,这个"福州振福升班"演的应该是福州一带流行的声腔剧种。鉴于闽剧当时尚未成熟,振福升班极有可能是京剧戏班,详见后文。

同年 12 月,振福升班在天福宫演戏酬神,有一批流氓无赖冲上戏台捣乱,"肆其浪谑,甚且举手动足"。班中人"劝其勿尔",岂料这帮人恼羞成怒,竟然大打出手,把班中小生殴打得"遍身青紫,后委之而去"。这帮人有的来自厦门,有的则是新加坡本地出生的福建人。班主只能将此事投诉于炉主(神诞庙会的主持人)。①这条消息透露出,福建戏进入新加坡之初,也是以演酬神戏为主的。福建戏在天福宫演出的习惯,一直持续到 20 世纪 40 年代初还是如此。日人小出英男说:"天福宫是一座漂亮的寺院,戏台搭建在对面隔着一条横路的空地上。""因戏台前有寺院,故其建筑上有许多雕刻,费用并不便宜。无论这戏台是属于寺院的还是谁的,都可以自由使用,福建戏就在这里上演。"②

民国十六年(1927)6 月,福州戏(后称"闽剧")群芳女班赴新加坡演出,该班演员全系二十来岁的女青年,扮相俊美,唱腔甜润,加上演出剧目《灵芝草》《燕梦兰》《金指甲》等多以女性为题材,因而很受海外观众欢迎。同年 8 月,上天仙班到新加坡演出。民国十七年(1928)1 月,"新赛乐"到马来西亚、新加坡和印度尼西亚演出,时间长达 3 年,民国二十年(1931)才回国。演出剧目有《五子哭墓》《安安送米》《齐妇含冤》《陈靖姑》《铁公鸡》《铁笼山》《古城会》《四杰村》《三岔口》《九江口》等本戏和连台戏。③

1929 年以后,中国台湾的歌仔戏也到了新加坡。据康海玲介绍,20 世纪 30 年代以前,新加坡的闽方言戏曲是高甲戏的天下,而 30 年代以后,则是歌仔戏风靡的时代。"台湾戏的歌仔戏班凤凰男女班到过新加坡演出,其通俗的

---

① 《叻报》,1891 年 12 月 10 日,第 2 版,"戏场滋事"。
② [日]小出英男:《南方演艺记》,东京大空社,2010 年,第 193 页。
③ 参见百度官网"闽剧",https://baike.baidu.com/item/%E9%97%BD%E5%89%A7/339474?fr=aladdin#1。

语言、华丽的戏服、立体的布景以及精彩的表演赢得了新加坡华人的青睐。"①赖素春认为,凤凰男女班到新加坡演出的时间是1932年②,陈世雄主编的《闽南戏剧》一书则说:"1929年,台湾歌仔戏班霓进社到厦门龙山戏院演出,不久便前往新加坡、马来西亚,且改班名为凤凰班,这是目前文献所载台湾歌仔戏到东南亚演出的第一个戏班。"③

最近,林鹤宜教授对中国台湾歌仔戏在新加坡的传播情况做了细致的研究。她参照《东南亚华语戏剧史》以及《叻报》刊登的演出广告,认为中国台湾歌仔戏班"凤凰男女班"到新加坡的时间是1932年,歌仔戏在台湾的演出方式幕表戏与即兴表演(做活戏),也被新加坡的职业歌仔戏班继承。歌仔戏受到闽南观众的欢迎,使得当地高甲戏班改演歌仔戏。到1950年以后,歌仔戏成为新加坡街戏的代表剧种。而1936年开始在新加坡上演歌仔戏的"新赛凤"剧团,直到2014年初宣布解散,"可视为新加坡'福建戏'发展的缩影"。"1937年,新加坡成立了第一个在地歌仔戏班'玉麒麟'剧团,标志着歌仔戏取代了高甲戏成为新加坡'福建戏'的代表剧种。"④

小出英男则指出,40年代初,"福建戏在新加坡有两个剧团,一个是'星州玉麒麟男女剧团',一个是'新舞社'。两个剧团均由台湾人主持,演员也是台湾人占了大半"。"'新舞社'所演的台词本来是讲福建话的,但却有了渐渐向日语转变的趋势。"⑤当时,中国台湾是日本的殖民地,但说新加坡的歌仔戏剧团有"向日语转变的趋势",不知是真是假。

四、京剧

关于京剧在新加坡的早期传播,马少波主编的《中国京剧史》如是说:

---

① 康海玲:《闽方言戏曲在新加坡》,《戏曲研究》,2018年第1期。
② 赖素春:《新加坡华语戏曲的发展(1920年代—1945年)》,见周宁《东南亚华语戏剧史》,厦门:厦门大学出版社,2007年,第497页。
③ 陈世雄:《闽南戏剧》,福州:福建人民出版社,2008年,第274页。
④ 林鹤宜:《从演出剧目看新加坡在地职业剧团对台湾歌仔戏的接受和创发——以"新赛凤"为例》,《民俗曲艺》,2016年第191期。
⑤ [日]小出英男:《南方演艺记》,东京大空社,2010年,第192页。

大约1910年庆昇平落成不久，请来了一个福州戏班"新和祥班"（一说"新祥和班"）来表演……那时的新加坡人还不知道什么是京戏，所以一律称之为"福州戏"，直到战后才改为"京戏"。①

其实这个表述是不准确的。《叻报》1893年12月25日第6版"京班到叻"条云：

本班自京都选上等脚（角）色全班九十余人，所演新排新戏正本出头，古今忠臣孝子悲欢离合，俱皆入妙。又有新排《发逆破九江胡帅克复》《占据江西曾帅克复》，其战阵队伍与真者无异。攻克城墉，施放焰火，奇巧异常。又有新编《鱼灯出头》故事，足以游目。定本十一月二十日到叻，在戏园开演，敬请诸君移玉而广眼界。大清光绪十九年十一月十五日。福祥昇班告白。

可见，京剧传入新加坡最迟当在清光绪中期，而并非1910年。当然，由于戏班来自福州而非北京，当时新加坡的一些媒体，有时候会将"京剧"当作"福建戏"指称。上文所举出的来自福州的振福升班，就很有可能是京剧戏班。但这并不表明，当时的新加坡人"还不知道什么是京戏"。1894年1月8日，《叻报》发表《京戏可观》一文，称福祥昇班在昇平园的演出，"每日前往观看者众，园中几无坐处"，已经把"京戏"和"福建戏"明确地加以区分了。

最近，王芳的《京剧在新加坡》一书，运用《叻报》及其他材料，对京剧在新加坡的流传情况进行了新的探索，创获良多。据该书研究，"福祥昇班"即来自福州的京剧戏班，但其成员则分别来自北京、天津、上海等地。1900年以后，陆续有大陆的京班到访，演出一度轰轰烈烈。1910年，庆昇平的"新祥和班"从厦门加聘80多名京剧演员南来，和福州戏同台演出。1918年以后

---

① 马少波：《中国京剧史》（中），北京：中国戏剧出版社，1990年，第205页。

南来的京班演员，有的也兼演梆子。1922年，新春台班班主雷文光再次从中国聘请京戏演员南下，其中有老生小桂芬、花旦十三旦、武旦周月英、坤伶小生梅凤春和玉麒麟、坤伶武生郭凤仙、花脸富正奎及坤伶十四红等。"其中十三旦表演的《天女散花》最为精彩。"1925年，庆升平班新班主雷湘南又从上海聘来一批京剧演员，号称"湘南京剧"。这批演员带来了"新奇的布景和彩头等……令观众耳目一新"。1927年，余东璇在南天酒店附近建成了专演戏曲的"天演大舞台"，并曾谋划邀请梅兰芳南来参加"揭幕"演出，但未能成功。否则，可为新加坡华族戏曲史增添光辉的一页。①

马骏写于1954年的《新加坡的地方戏·落寞的京剧》一文，这样描述京剧在新加坡曾经的辉煌：

> 京剧在新加坡，也曾有过一段恒长的兴盛时期。凡有京剧演唱，戏院门首，车水马龙，观众极其拥挤……京剧的兴盛，压倒一切地方戏。②

如上所述，新加坡的早期华人移民，主要来自广东、福建两省。京剧能够在新加坡如此受欢迎，是我们始料不及的。分析起来，这固然是由于清末京剧艺术已经发展到炉火纯青的地步，且覆盖面极广，已经打破了方言的限制，几乎中国大陆的每个省份都有京剧的存在。而京剧在福建早已扎下根基③，至今福建省还有专业京剧团而广东已经撤销就很能说明问题。所以早期新加坡的京剧是福建戏班带入的，观众也多为福建人。

20世纪30年代至40年代，京剧在新加坡依然繁荣。30年代聘请的京剧艺人主要来自广东、香港，40年代则主要来自上海，称为"上海班"。同时除了职业剧团之外，还陆续诞生了一批票房，其中影响最大的是平社。《新马华

---

① 王芳：《京剧在新加坡》，新加坡艺术出版社，2004年，第14—48页。
② 马骏：《新加坡的地方戏·落寞的京剧》，引自王芳《京剧在新加坡》，新加坡艺术出版社，2004年，第35页。
③ 《中国京剧史》说："京剧流传到福建，约在民国初年。"按：此说不妥。刘湘如《京剧在福建》一文云："京剧在福建的流行，由来已久，首先要追溯到它的前身徽班。据清代建宁人张际亮（1798—1843）《金台残泪记》记载，早在嘉庆、道光之前，由安庆来的徽班'大吉升'已在福州演出《醉打山门》等剧目了。"参见中国戏剧家协会福建分会、福建省戏曲研究所《福建戏曲剧种》，1981年，第57页。

人抗日史料》记录了平社的成立过程：

> 1935年间，南益公司保险部龚清河君，热爱京剧，常约一班同好们，假借呢律（指Neil Road）南卢校友会聚会清唱……值1937年七七事变，中日战事爆发，此间华侨组织筹赈救灾机构……当时各热心提倡京剧人士，鉴于时势所需，爰由林庆年、林谋盛、王肃丹、王吉士、庄惠泉、卓经端、李泽仑、徐君濂、龚清河……组织业余京剧社团。是时上海闻人王晓籁君亦拟南来协助筹赈，登台串演京剧，彼在上海原设有京剧票房"平社"，因此亦沿用此名，定名为新加坡平社，积极进行注册。①

可见，平社是在抗战初期孕育产生的。当时北京称"北平"，京剧称"平剧"，王晓籁在上海的京剧票房称"平社"即用此意。在抗战中，平社成员不仅因抗战筹赈活动而频频演出，而且其中的创社人林谋盛、庄惠泉还直接参加了抗日部队，林谋盛在战斗中牺牲了自己的生命。如今新加坡平社（如图2-2所示）还存在，位于距离余娱儒乐社不远的史密斯街（Smith Street）22号。

平社的繁荣程度早已今非昔比，但仍旧坚持开展活动，还和中国大陆的一些团体合作，组织京剧演出。2017年，新加坡平社向中国京剧院捐赠了他们珍藏多年的梅兰芳、周信芳、马连良、尚小云、谭富英等名家的近20幅书画作品。

图2-2 新加坡平社

---

① 许云樵、蔡史君：《新马华人抗日史料》，文史出版私人有限公司，1984年，第118页。

五、海南戏

所谓"海南戏",即通常所说的琼剧。周宁主编的《东南亚华语戏剧史》对战前新加坡的琼剧仅有如下简单介绍:20世纪50年代之前新加坡未有本地的琼剧戏班,20年代到新加坡演出的琼剧戏班有琼汉年班、国民乐班、琼南班、色秀年班、十四公司班、九老爹班、二南班等。① 现根据《叻报》及新加坡海南会馆网刊载的《新加坡百年琼剧史》一文略做补充。

琼剧最初进入新加坡的时间应是在19世纪后期。

本来,闽、粤两省都信奉妈祖。在新加坡,海南人对妈祖的信奉十分虔诚。1880年落成的琼州会馆,内设天后宫。② 据《叻报》载,海南人每逢妈祖诞辰之日,便会连日在琼州会馆(天后宫)前搭建戏场,召梨园弟子演戏。③

19世纪末,海南万宁人、男旦庆寿兰带着琼剧戏班到新加坡。其代表作有《槐荫记》《骊姬杀申生》《窦娥冤》《坡子铺》《昭君怨》《浣纱记》《怒沉百宝箱》等。其中最受欢迎的是揭露讽刺慈禧太后的《颐和园》《北洋狗》。庆寿兰除了演戏、编剧外,还组织了"星洲剧社",培养琼剧人才。

20世纪20年代初期,大批琼剧艺人漂洋过海到新加坡谋生。据琼剧前辈符祥春回忆,20年代南来的琼剧戏班中,较著名的有顺彩、洛金领导的琼汉年班,秀明(三升半)、琼丽卿的国民乐戏班,林熙畴、吴克理的琼南戏班,赛蛟、隆宝的色秀年戏班,郑长和、陈成桂的十四公司戏班以及著名琼剧老旦与剧作家吴发凤的王玉刚戏班等。30年代南来新加坡演出的著名艺人有陈烈三先生,他曾率领戏班参加为育英中学义演筹建新校舍,还响应陈嘉庚先生的号召,参加筹款支援中国抗战。

当时新加坡的琼剧,女角基本由男演员扮演。早期的庆寿兰,20年代的陈成桂、赛蛟,30年代的符致明、郭远志、陈烈三,40年代、50年代的赛琼

---

① 周宁:《东南亚华语戏剧史》,厦门:厦门大学出版社,2007年,第527页。
② 吴华:《新嘉坡华族会馆志》(第一册),南洋学会,1975年,第65、66页。
③ 见《叻报》,1889年4月27日,"贪酒失业"。

花以及林道修等,都是相当出色的男旦演员。第一位真正女儿身的琼剧花旦,据说是20年代色秀年戏班的台柱隆宝。①

综上所述,19世纪末到20世纪前半叶,是新加坡华族戏曲最为繁荣的时期。在华人与马来人、印度人杂居的新加坡,华族戏曲也影响到了马来族群。《叻报》1904年5月21日第2版"梨园之盛"条载:

> 小坡大马路穆拉油戏班,名"浮丝",定于明日初七夜间,开演《梁山伯祝英台》故事。以海外名班,演中原情事,自必描摹尽致,大有可观。

"穆拉油"即"马来"(Melayu)的音转。李钟珏《新嘉坡风土记》谓:"巫来由人,通谓之土人,有书作穆拉油者,闽广人读'无'为'莫'之去声,故'巫'亦读'穆'。"恐未妥。无论如何,华族戏曲已经影响到新加坡的"老外",以至于外国人演起中国故事来,这在华族戏曲对外传播史上也是值得记载的一笔吧!

然而,"老外"对华族戏曲的欣赏始终怀着猎奇的心态。无论是当年梅兰芳访美、访苏、访日的"高大上"的演出,还是新加坡华族的地方戏曲演出,对于外国人来说都仅仅是过眼云烟而已,喧嚣一阵就烟消云散了。华人散布在世界各地,其总的趋势都是从叶落归根到落地生根。新加坡的情况尤其典型,偌大的华人圈子,其结果依然是"华人在本地化中世界化了,可世界却远没有中华文化化"②。一个不容否认的现实是,新一代的新加坡人,已经完全消解了以中国为祖国的文化认同。这时回望百年前新加坡华族戏曲的盛况,真有一种说不出的滋味。而与其他声腔剧种相比,外江戏的沉浮更值得回味和研究。

---

① 《新加坡百年琼剧史》,见新加坡海南会馆网,http://hainan.org.sg/index.php?m=index&a=contact。
② 周宁:《东南亚华语戏剧史》,厦门:厦门大学出版社,2007年,第24页。

第四节　从文化认同看外江戏在新加坡的特殊地位

首先，相对于粤剧、潮剧、福建戏（高甲戏和歌仔戏）、海南戏而言，外江戏并不是方言戏曲，这是它的第一个特殊之处。其次，新加坡的外江戏，虽曾经有来自潮汕地区的专业戏班如老三多班在新演出的辉煌历史，但20世纪30年代和50年代，外江戏的这两个黄金时期，却是由以余娱儒乐社为代表的业余班社创造的，这是外江戏的第二个特点。那么，我们上面分析的新加坡华人社会的双重认同，也就值得深究一步了。

的确，仅从方言族群认同的角度看，外江戏受到潮汕籍华人和客家华人的热捧，是有些意外的。但联系上一章谈到的外江戏在粤东地区繁荣的原因，唱念官话的外江戏在新加坡一度走红也就不奇怪了。

外江戏来自皮黄（南北路），以西皮、二黄为主要声腔，唱的是中州官话。清末民初，外江戏在粤东地区一度繁荣，也有文化认同方面的原因。潮梅地区的一些观众认为本地的方言戏曲"土"，而外江戏则是"儒乐""雅乐"。尤其是社会地位较高的官员和文化人，持这一看法更为普遍。以陈子栗为代表的余娱儒乐社成员，以及慷慨解囊资助乐社的富商巨贾，均是外江"儒乐"的追捧者。另外，梅州地区在外江戏传入之前，基本上没有成熟的戏曲。加之外江戏在进入潮州之前先要经过客属地区，以及官话与客语较为接近等原因，外江戏有时也被称为"客家戏"。在新加坡，称外江戏为"客家戏"的情况尤其普遍。周宁主编的《东南亚华语戏剧史》说：

> 在南洋一带，华侨对广东汉剧有一独特的概念，广东汉剧普遍称
> 为客家戏，更多人称之为外江戏。南洋一带的侨民多来自中国南方，

他们认为汉剧源自湖北，因此将之冠上"外江戏"的称呼。而新加坡的客家人，虽然也来自南方如广东梅县、大埔、丰顺、永定、河婆、惠州等地，但客家人在这里被认定是中原一带南迁的人民，因此客家人亦被列入"外江"范围。再加上外江戏在广东、福建有客家人居住的一代甚为流行，因此，也就被认为是客家人带来的。所以，在南洋，华侨除了称汉剧为"外江戏"外，亦称之为"客家戏"。①

这一段论述，有对有不对。外江戏在新加坡被称为"客家戏"是事实，但客家人从未被称为"外江人"。在中国大陆，客家人从中原南迁要比外江戏进入广东、福建的时间早得多，二者不具有同构关系。但无论如何，粤东外江戏的喜爱者，是携带着这部分文化基因下南洋的。对外江戏的热爱与对"大中华"的认同意识互为因果、双向促进，使得这批人对国家的认同感要比普通人更强烈，并相应地弱化了他们对方言族群的认同度。

我们先来看看新加坡的社会舆论是如何评价外江戏的。客家人官孔谋说：

国乐为六艺之一，至今而流传不衰者，以其有国粹价值也。夫国乐有"乐剧"，"乐""剧"本一而二，二而一者。乐剧之中有汉剧，考汉剧起源于中原，后播迁于南，即今之所谓客属戏剧，或称外江戏剧者是。其一切剧情故事与服装表演等，均沿用中原时代之作风，所谓"物不忘其本"，盖取义先人衣钵之传统思想。但时至今日，时移势迁，距有八百余年之历史性之"乐剧"仍为人所尊重者，以其有移风易俗，陶情悦性，种种优越条件，成为高尚娱乐，受人好评，非偶然也。②

按：本文作者官孔谋，梅州大埔人，战后曾任新加坡茶阳励志社整理社务委员会委员。官孔谋的这番言论，除了强调客家人和外江戏的关系之外，其余

---

① 周宁：《东南亚华语戏剧史》，厦门：厦门大学出版社，2007年，第499—500页。
② 官孔谋：《由国乐谈到汉剧改良的一点意见》，《星洲市客属总会国乐部银禧纪念特刊》，1954年，第4页。

部分也代表了新加坡喜爱外江戏的潮州人的看法。不过，潮州籍的商人和知识分子，尤其是余娱儒乐社成员，更强调外江戏的雅致，同时看不起职业性的地方戏演出。曾任余娱儒乐社名誉社长的张良才在接受采访时坦承，早期新加坡华人社会看不起职业性的地方戏，认为"戏子"身份低下，跟"戏子"交友有失身份。这一认识既带有浓厚的中国传统文化的遗传基因，又和新加坡特殊的文化氛围有关。

在中国古代，不仅"戏子"身份低贱，就连戏剧也不入上流社会的"法眼"。一方面，尽管统治者也看戏，但那是为了好玩，为了娱乐，他们从来不觉得戏剧演员是一种正当职业；另一方面，在士、农、工、商之中，商人的社会地位又是最低的。从皇帝而下，各级官僚、士绅，构成了中国文化的"大传统"，其中并不包括商人。但在新加坡，没有了帝王中心和官本位文化，经济决定一切，商人成了社会上层人士。尤其是富商巨贾，在经济上，他们是富甲天下的企业家、大商人；在社会领域，他们是富有号召力的华人领袖；在政治上，他们先是追随孙中山推翻帝制和袁世凯，后来积极投身抗日救国运动。他们不但左右着新加坡社会的经济命脉，而且他们的好尚成为社会整体审美风尚的风向标。这就不难理解，为何新加坡的职业潮剧戏班，每每在开锣后、正式演出潮剧前，会先来一段外江折子戏；也不难理解，非方言戏曲的外江戏，除了受到少数票友的热捧以外，还会有那么多热情的观众。

新加坡业余外江剧社的公益演出是与职业戏班的商业演出又一个显著区别。虽然职业戏班偶然也做公益演出，但它们要依靠票房吃饭，与业余玩票一直坚持公益演出完全不可同日而语。从外江戏的公益筹款演出中，新加坡华人的中华文化认同和方言族群认同都得以彰显，尤其是彰显了他们的民族大义。例如，1937年卢沟桥事变，余娱儒乐社积极响应新华筹赈祖国难民大会的劝募，义演筹款；1938年日军侵华，兵临潮梅，余娱儒乐社应潮州八邑会馆之邀，义演汉剧《蓝继子哭街》筹款；1941年，余娱、六一、陶融三家儒乐社，为广东会馆发起的赈济粤省难民，联合演出筹款；等等。这类的演出不胜枚举。

总之，新加坡的业余外江戏演出作为华族传统艺术，较之其他唱念方言的地方戏商业演出，在民族危亡、家乡遇难的非常时期，更能担负起凝聚华族力量的功能。这样,新加坡的外江戏演出便赋予了戏曲以更纯粹精雅、更严肃高尚的艺术与社会意义。余娱儒乐社是新加坡业余外江剧社的一个代表,本书有专章讨论,这里先将余娱之外新加坡外江戏的流行情况略做陈述。

首先,外江戏职业戏班最迟清末已经进入新加坡。《东南亚华语戏剧史》一书认为,1910年间,潮州的老三多戏班"到新加坡、马来亚、印度尼西亚等地演出,共达3年之久",即"首次"到访新加坡的外江戏戏班。① 然而,我们从《叻报》1889年3月8日第2版,看到《鼓吹皇仁》一文,其中提到"潮州官音戏剧"与其他戏班在慈禧归政于光绪时演戏的情况:

> 初三日,恭逢皇太后归政皇上吉期。是日……商民人等连夜庆闹异常,催演名优,清歌妙舞,并扎牌灯、对联等物,以志皇仁。如"新巴虱"则演唱五湖轩、群乐轩两乐部,十三行则演唱潮州官音戏剧,马车街则演普群英班,牛车水则演庆百年班,山仔顶则演玉山凤女班。他如粤海庙前土库后吉□街铁吊桥南各处,则召歌姬演唱升平之曲……尤可喜者,各店皆扎作牌灯、对联,内燃红烛,联语、额语均切实"大婚""归政"二事,无不撰作颂圣之语,沿途浏览,殊令人起忠敬之忱。由是观之,可见我华人虽旅外洋,不忘君父效忠,如是诚不愧为中国之民。足知声教潜孚,恩波远播,有自来矣。

上文说过,早期新加坡的华族戏曲演出,是移民新加坡各方言族群的华人一致认同中国为祖国的一个表征。《叻报》的这则消息,无疑印证了我们的判断。无论是广府人(在牛车水演出的庆百年班)、潮州人(在十三行演出的"潮州官音戏剧"),还是福建人(在马车街演出的普群英班)、海南人("玉山凤女班"很可能是演出琼剧的戏班),都在"皇权归政"的同日歌舞升平。这时,"小传统"被"大传统"覆盖,方言族群认同让位于大中华文化认同。我们关心的是,"潮州官音戏剧"是不是外江戏?

---

① 周宁:《东南亚华语戏剧史》,厦门:厦门大学出版社,2007年,第500页。

众所周知，清末在潮汕地区唱念"官音"的声腔剧种除外江戏之外还有西秦戏和正字戏，但这两个剧种都没有外江戏的影响大。在一般情况下，潮汕当地都是将"外江戏"与"潮音戏"相对而称，西秦戏、正字戏有意无意被忽略掉了。更重要的是，迄今未见到这两个剧种下南洋演出的记录。所以，我们判断，上文所引《叻报》一则中的"潮州官音戏剧"，应当就是外江戏。若这一判断不错，则外江戏下南洋就不是从1900年开始的。当然，老三多在南洋巡演的巨大影响，是不容置疑的。

20世纪20年代，老三多再次南下新加坡，不过这次的运气就不如上次那么好了。《东南亚华语戏剧史》说：

> 1927年，老三多班为改变环境求生存而再次到南洋演出，不料正值世界性经济大萧条时期，演出票房不佳，结果戏班在新加坡解散。戏箱、戏服被断当给大裕当。新加坡的当业，一直被客家人掌控，当时的大裕当老板张云卿，便是南洋客属总会国乐部（后改为儒乐部）部长。他买下的戏箱戏服，正好捐给客总刚成立唱汉剧的国乐部。同时，老三多的台柱蓝耀因留在新加坡，便受邀担任该国乐部的戏剧指导。①

从此以后，新加坡的几家业余剧社，余娱儒乐社、南洋客属总会国乐部、六一儒乐社、陶融儒乐社、星华儒乐社，在职业外江戏演出凋零乃至基本退出新加坡市场的情况下，互为掎角之势，坚持业余排练、演出和录制外江戏唱片等活动，把新加坡的外江戏推向新高潮，称得上是一个奇迹。由于余娱儒乐社的情况本书将有专章讨论，我们就先从购置了老三多戏箱的南洋客属总会国乐部说起。

---

① 周宁：《东南亚华语戏剧史》，厦门：厦门大学出版社，2007年，第500页。

一、南洋客属总会国乐部

1929年8月,由新加坡客籍华侨建立的南洋客属总会成立,胡文虎为首任会长,会址设在新加坡柏城街20号。客属总会下设国乐部(新加坡独立后改称"儒乐部"),发起人为汤湘霖、刘登鼎、蓝禹甸、刘伯周、张友梅、蓝光海等人,胡文虎等人任首任名誉部长,张云卿为首任部长。创会宗旨是"联络属人感情,研究高尚娱乐",其实所谓"国乐""儒乐""高尚娱乐"云云,指的就是外江戏与外江乐。而国乐部的每次演出,除了纪念性的演出之外,就是举行赈灾筹款义演,而绝不涉足商业演出。这一点,和余娱儒乐社完全相同。而且,客属总会国乐部也同样有雄厚的财力支持。

民国二十年(1931),国乐部成立不过两年,便为筹赈长江流域水灾而连演"汉剧三晚"。民国二十三年(1934),部长张云卿和国乐部财政负责人蓝自求,"向属人募得巨款,购置新服饰,二公便自动报销廉账"[①]。《中国戏曲志·广东卷》谈到这一事件时说:"抗日战争前夕,由班主(指老三多班主——引者注)李四舍领班赴新加坡演出,不久战争爆发,将全部行头箱囊押给张姓华侨,用所得押金打发艺人回国,戏班遂告解散。"[②] 这里的"张姓华侨",无疑就是张云卿,但把张氏购置老三多戏服说成是"战争爆发"以后的事,显然是不准确的。上文引《东南亚华语戏剧史》,说此事发生在1927年,似也不够准确,因为那时国乐部尚未成立。我们认为,此事应以《星洲市客属总会国乐部银禧纪念特刊》中《客属总会国乐部念五年来史略》一文为准,即此事发生在1934年。

1934年,国乐部编辑出版《国乐部成立五周年纪念专刊》,详载"汉剧曲调",指出"可作演习汉剧之指南"。1937年卢沟桥事变爆发后,国乐部参加各类为抗战筹款的演剧活动"凡数十次"。1939年,在演出汉剧的同时,国乐部还灌制汉剧唱片(如图2-3所示),费用亦赖张云卿以及杨溢麟"鼎力支持"。

[①] 关于客属总会国乐部的历史,详见吴保带《客属总会国乐部念五年来史略》,《新加坡客属总会国乐部银禧纪念特刊》,1954年。

[②] 中国戏曲志编辑委员会、《中国戏曲志·广东卷》编辑委员会:《中国戏曲志·广东卷》,北京:中国ISBN中心,1993年,第376页。

图 2-3 新加坡客属总会国乐部灌制的外江戏唱片《包公会李后》

1942 年,新加坡沦陷,国乐部被迫停止活动。不久张云卿去世,加之新加坡被日军占领,国乐部停止活动。

抗战胜利后,国乐部恢复活动,1945 年 10 月 10 日即参加庆祝国庆暨联军胜利演出,"表演汉剧三晚"。此后从 1951 年起,国乐部每年都有汉剧演出活动。到 1954 年,国乐部推出《星洲市客属总会国乐部银禧纪念特刊》。特刊除刊出各类纪念文章、论文、剧照之外,还刊载了汉剧、汉乐工尺谱近 200 首,汉剧剧本《王英下山》《太行山》《沙陀国颁兵》《赵匡胤送京娘》《龙井寺》《高平关》《探楼》《二进宫》《征北海》《龙凤阁》《玉堂春》《六郎罪子》《访赵普》《华容道》《辕门射戟》《复中兴》《绑姚刚》《斩黄袍》《五台山》《三娘教子》《思浪子》《龙虎斗》《杀四门》等二十多种。多数是折子戏,也有大戏。[①] 为今天的研究留下了一批珍贵的资料。

20 世纪 50 年代以后,国乐部的外江戏活动每况愈下。老一辈外江戏艺人相继离世,后继无人,外江戏门庭冷落。

二、六一儒乐社

1929 年,新加坡六一儒乐社创立。该社初附设于同德书报社内,当时酷

---

① 关于客属总会国乐部的历史,详见吴保带《客属总会国乐部念五年来史略》,《星洲市客属总会国乐部银禧纪念特刊》,1954 年。本节介绍国乐部的文字,除特别注出者外均参见此文,不一一说明。

爱国乐之张来喜、廖绍堂、朱锦鸿、林美喜、陈善恭、陈鸿逯、朱定国、陈江澍和陶慕常等二十余人发起。社名为"六一儒乐社",取"乐为六艺之一"意。首届职员公推正总理张来喜,陶慕常副之,正司理陈善恭,朱锦鸿副之,音乐主任廖绍堂,社址在吻基。①

六一儒乐社创社的宗旨是"工余之暇,假同德书报社,管弦自娱"。同德书报社 1910 年由孙中山倡议,并在 1911 年 8 月正式成立。和新加坡的晚晴园一样,同德书报社曾经是中国国民党新加坡支部的办事处。因此到了卢沟桥事变后,六一儒乐社自然成了鼎力支持中国抗战救亡的业余剧社。迄今所知的外江戏公演有:1937 年为中国抗战中难民义演筹款赈灾,1938 年为"武吉知马区"赈灾及中华学校筹建基金会义演,1939 年为祖国赈灾义演,1947 年为华南水灾义演等。据称,六一儒乐社曾先后几十次为祖国和英国、新加坡及其他地方、文化团体、慈善机构筹款义演。②

20 世纪 50 年代,六一儒乐社的外江戏演出还比较活跃,每到社庆都有汉剧演出,1959 年、1960 年,该社为筹募国家剧场基金再演汉剧。但到了 1962 年,六一儒乐社便开始演出潮剧了。此亦大势所趋,不得不尔。

三、陶融儒乐社

1931 年 8 月,新加坡陶融儒乐社成立,由陈基础偕同陈振达、傅协亭、佘树良、潘俊芳、黄汉民等二十余人创立。因取"陶淑性情、融洽团结"之意,故请宿儒林璧臣命名为"陶融儒乐社"。③

陶融没有余娱经济实力雄厚,入社的门槛亦不高。社员们省吃俭用,租了木匠街一个地方,只能用煤油灯来照明。但他们特聘了高水平的指导教师教习外江乐和外江戏,社员认真学习操练,不到三年,便在 1935 年的一次筹款义演中亮相。

---

① 陶慕常:《新加坡六一儒乐社十八年来大事小纪》,《潮州乡讯》,1937 年第 8 期。
② 周昭京:《潮州会馆史话》,上海:上海古籍出版社,1995 年,第 164—165 页。
③ 关于陶融儒乐社历史可参见《陶融儒乐社金禧纪念特刊》,1981 年。

陶融礼聘的第一位外江戏指导教师是余之东，第二位是汕头公益国乐社的魏松庵。魏松庵还为陶融请来了著名小生李光华等，使陶融的外江戏表演技艺在短时间内得到明显提升。易琰主编的《梨园世纪——新加坡华族戏曲之路》一书，在"潮剧"下有对"陶融儒剧社元老杨浩然"的专访，其中谈到"神板魏松庵"时说：

> 魏松庵能演能唱，而且掌板一流。1930年代末，杨浩然在陶融见过魏松庵，听说魏松庵南来是为制作外江戏黑胶唱片事宜。
>
> 1937年，魏松庵成为陶融继余之东之后的第二位教戏先生，该社汉剧知名演员吴方正、许日秀、许昌等人都是他的学生。当年，魏松庵从汕头公益国乐社还请来小生李光华、黑净郑松年及擅长武功的林来心南来参与演出。李光华技艺高超，每次演出都会吸引大量人潮。[1]

卓济民也回忆说："汕头公益国乐社小生李光华五十年前南来曾参加陶融儒乐社，每逢演出，吸引许多观众。（李光华乃潮梅名角赖生之传人——引者注）从此以后，赖生之小生腔便传入新加坡。李光华虽已作古多年，他的高超技艺，仍留下深刻印象。"[2]

陶融声名鹊起，经济情况也有了一些改善。在短短四年间，陶融共录得44集外江戏音乐专辑，公开发行（HMV的标志）。他们还被邀请为英国业余戏剧协会在维多利亚纪念堂演出；岛上的英文报刊都盛赞其表演成就。1945年战争结束后，陶融恢复活动。1947年，社址搬到了奴文继（怒吻基）。新的场地使新会员增加了100%。进入20世纪50年代，陶融儒乐社的外江戏演出场次颇多（如图2-4所示）。例如，1950年8月社庆演出三晚，8月为振高有限公司灌录唱片，9月参加大世界游艺场20周年纪念演出。以后每年的社庆都有两晚演出。

---

[1] 易琰主编：《梨园世纪——新加坡华族戏曲之路》，新加坡戏曲学院，2015年，第409页。
[2] 卓济民：《从广东汉剧团来星演出谈到星马的汉剧》，《华侨日报》，1983年7月23日，《剧影艺术》副刊。

图 2-4　20 世纪 50 年代陶融儒乐社演出的外江戏（当时已称"汉剧"）剧照①

20 世纪 50 年代，陶融公演外江戏的场合如下：1953 年 6 月 3—4 日，为庆祝英女皇加冕典礼在社址怒吻基街上搭建戏台当街演出；1955 年 8 月，到吉隆坡义演外江戏为南洋大学筹款，同年 11 月 21—23 日连续三晚在里峇峇里（River Valley）空旷地搭台演出外江戏；1956 年，银禧纪念社庆，为蓝十字总会救济水灾筹款演出；等等。1962 年，陶融开始演出潮剧，到 1966 年则全部改演潮剧。1970 年，本着外江戏起家的观点，陶融再次纯粹演出外江戏。可是首晚观众仅 300 多人。次晚剧场断电，观众全部离席，一去不回。自那时起，该社便全演潮剧了。一直到 1980 年聘请了中国导演后，才在 1981 年的潮剧演出中加演了外江戏折子戏。

和余娱儒乐社一样，陶融儒乐社也抄藏了一批外江戏剧本，只不过抄录时间较晚，数量也较少。据叶伟征 2000 年统计，当时陶融儒乐社内约藏有外江戏剧本 150 本，目前新加坡国家图书馆 BOOKSG 数据库收录了其中的 55 册，剧本 123 个。这些剧本有的来自魏松庵，有的是郑翼昇提供，但未标明抄写者和抄录年代。陶融儒乐社成立晚于余娱儒乐社，其抄写时间应也较晚。详细内容见本书第四章。

---

① 剧照源自易琰主编的《梨园世纪——新加坡华族戏曲之路》，第 409 页。

四、星华儒乐社

1934年8月，由30名酷爱外江戏、外江乐的潮侨创建，发起人为吕火生、林振德、陈廷章、黄三岭等。初定名为"潮州音乐社"，社址在芽陇十二巷，每星期会奏两次。1935年，豁免注册；1940年10月，由陈木成、陈华辉、陈铭锦、莫焕之、林振德、李木胜等改组为儒乐社，更名为"星华儒乐社"，聘余之东任指导老师。① 该社成立不久即爆发太平洋战争，随即新加坡沦陷，即停止活动。据说该社也曾参与1947年潮州八邑会馆号召的义演，为华南水灾筹款，但无演出记录。

综上所述，以余娱儒乐社为代表的五个新加坡业余外江戏团体，有如下五个共同特点。第一，有共同的国家认同理念，即以中国为祖国。他们虽移居海外，但时刻不忘祖国，不忘自己是中国人。在他们看来，为中国救灾、抗战等进行赈灾义演义不容辞。第二，把外江戏、外江乐当成"国乐""儒乐"，精心研讨，不断提高表演水平，其演出技艺已经可以弥补职业戏班的欠缺，满足观众对外江戏的观赏需求。第三，抄藏了一批外江戏剧本，在海外保存了中华国粹。这一点以余娱、陶融做得最好。第四，和中国大陆的外江戏职业戏班、业余外江乐社保持密切联系，聘请潮梅地区外江戏著名演员、乐手教戏，余娱儒乐社的陈子栗在剧本方面还和潮汕外江乐社互通有无。第五，几家儒乐社之间是一种团结协作、互相补台的关系，而绝无职业戏班那种恶性竞争、互相拆台的举动。20世纪30年代外江戏的"大腕"郑翼昇、魏松庵先生，或先后、或同时被两个以上的儒乐社礼聘为指导教师。郑翼昇、魏松庵收藏的外江戏剧本，同时提供给余娱社和陶融儒乐社。几家儒乐社还经常同台义演，不争风头。

正因为如此，几家业余外江乐社，才能在职业戏班缺席的情况下，创造出外江戏繁荣的局面。1945年，日本投降后数年间，新加坡汉剧活动可说是达到最旺盛时期，余娱、陶融、客总、六一、星华五个"儒乐社"，自称为"五

---

① 参见《星华儒乐社概况》，《潮州乡讯》，1948年第1期。

行",也称"五儒乐社"。①五家儒乐社,人才济济,经常为社会慈善活动而演出,观众非常踊跃。因为那时公共娱乐事业如电影、电视等尚未发达,一般人在娱乐不能满足的情况下,舞台剧便受各界人士的特别欢迎。②曾经在新马地区发起成立霹雳客属国乐社的大埔人卓济民先生,在看过1983年广东汉剧院在新加坡的演出之后,写文章回忆说:

> 新加坡与马来西亚来自中国的华人中,潮、梅大埔人士占了一部分,他们都喜欢汉剧。60年前潮汕四大名班如老三多、荣天彩、新天彩等,都曾先后南来演出。星马二地民间团体练习汉剧者,亦曾先后成立多间汉剧乐社……第二次大战后数年间,新加坡汉剧活动可说是达到最旺盛时期,五家汉剧儒乐社,人才济济,经常为社会慈善教育而演出,观众非常踊跃。③

以唱念官话为特征的外江戏,一定程度上突破了方言族群认同的限制,而更重视对大中华文化的认同。五家儒乐社的外江戏义演基本上是为了中国、为了家乡,他们对中华民族、国家的认同,加之雄厚的经济实力,使外江戏的社会公益甚至政治文化功能十分突出,充分显示了当时新加坡华人以中国为祖国的侨民意识。也正是在这个意义上,业余的外江戏演出才具有了特殊意义。

然而,外江戏演出的政治意义多过艺术鉴赏意义,这是一把双刃剑。20世纪60年代以来,几个外江儒乐社纷纷改演潮剧,外江戏很快就衰落下来。有学者把新加坡外江戏衰落的原因归结为"人才不济"和"曲高和寡"。④其实这只是表象,因为中国潮汕地区的外江戏早已撤回到客家地区,那时外江戏人才并不缺乏;而"曲高和寡"本来正是"自视甚高"的外江戏的优势。我们认为,新加坡的外江戏,正是在方言族群支持相对微弱的氛围中,靠着演员和

---

① 关思采访,卓济民述:《新加坡的汉剧:过去与现在》,《海峡时报》,1981年4月18日。
② 文君:《漫谈星马的汉剧》,《新加坡南洋客属总会会讯》,1981年第2期。
③ 卓济民:《从广东汉剧团来星演出谈到星马的汉剧》,《华侨日报》,1983年7月23日,《剧影艺术》副刊。
④ 周宁:《东南亚华语戏剧史》,厦门:厦门大学出版社,2007年,第538页。

观众对中华文化的认同而支撑下来的。一旦这种认同削弱或者消失，外江戏一定会比别的方言剧种更迅速地衰落。这种趋势，谁也无法阻挡。曾引《淮南子》语，论证外江戏与孔老夫子有直接关联的刘仲英（见下一章），在《余娱儒乐社金禧纪念放言》一文文末疾呼：再坚持汉剧（外江戏）只是"为了少数人的兴趣而已"，潮汕人"拿不出理由来支持旧的剧种"，而应"振兴潮剧"，"把不合乎潮州民俗的艺术宣布停止，同时重新创立潮剧社"。[①]的确如此，长期以来，新加坡的业余外江乐社是潮州人在支撑。他们讲潮州话，喝工夫茶，只在排演外江戏的场合才唱念官话。这是一幅多么不协调的场景。另一个不协调是，在中国大陆，南方地区的地方戏基本上方言化了，外江戏的大本营早已从潮汕转移到客家地区。因而，20世纪60年代，"六一儒乐社为新加坡电视台录制潮剧《刺梁骥》后，其他儒乐社眼见潮剧大受欢迎，也群起效尤，改学潮剧"[②]。从1965年开始，余娱儒乐社全面改演潮剧，新加坡本土的外江戏演出基本寿终正寝。

如前所述，登岛伊始的新加坡华人，在英殖民文化和中华文化的夹缝中首选了中华文化。然而，他们也不得不面对新加坡为英殖民地的现实。张更俊为余娱写的《本社史略》说，余娱"最先举行的义演筹款，为救济英国哈里必州火灾难民"[③]。如果说这一次为英国难民的筹款义演尚属人道主义行为的话，那么1897年某些职业剧团为庆贺英女皇登基60周年而举行的演出[④]，1953年陶融儒乐社"为庆祝英女皇加冕典礼在社址怒吻基街上搭建戏台当街演出汉剧"[⑤]，就纯属顶礼膜拜了。

没人抵挡得住这样的潮流。虽说后来新加坡独立了，但欧美文化占据了中心的位置，即使两代客家人担任总统，即使华人占到总人口的75%上下，也无法改变新加坡与中国和中国文化渐行渐远的大趋势。以中国为祖国的认同，

[①] 刘仲英：《余娱儒乐社金禧纪念放言》，见新加坡余娱儒乐社编《余娱儒乐社金禧纪念特刊》，1962年，第82页。
[②] 余淑娟：《潮州外江戏的传播组织：新加坡余娱儒乐社》，《民俗曲艺》，2016（191），第77页。
[③] 张更俊：《本社史略》，见新加坡余娱儒乐社编《余娱儒乐社金禧纪念特刊》，1962年，第61页。
[④] 《叻报》，1897年2月23日，"会议庆典"。
[⑤] 周宁：《东南亚华语戏剧史》，厦门：厦门大学生出版社，2007年，第535页。

在年青一代中几乎完全消失。在这种政治气候下,外江戏的消失更不在话下了。可以预见,在未来新加坡的多元文化中,中华文化所占的份额必将越来越少。今天我们研究新加坡的外江戏,只能是一种单纯的历史回忆、学术史研究而已。奢谈外江戏乃至华人戏曲的"振兴""繁荣""未来",都只是痴人说梦。

第三章

陈子栗与新加坡余娱儒乐社

距今110年的1912年仲秋,一位潮州籍华人,在南洋星岛(新加坡)发起成立了余娱(原作"馀娱")儒乐社。①"馀(余)"者,业余闲暇之谓也;"娱"就是娱乐。"儒乐"就是今天所称的广东汉乐和广东汉剧,当时叫作"外江乐"和"外江戏"。由于外江乐是保存在外江戏中的音乐,故余娱儒乐社主要是以演出和保存外江戏为己任的业余班社。为什么把外江戏和外江乐称作"儒乐"呢?大埔文人钱热储是这样解释的:

> 北方人的话,不是以唱戏为业,只把唱戏当玩乐的,叫做票友,这"票友"两字,确乎晦解,大约经他们来一唱,卖票就格外旺,所以叫做票友吧。我们这边不称为票友,便成为儒家,似乎比较高尚一点,也文雅一点。但是,儒家两字,论起来却不容易当得起。认真说起来,儒家是要很有学问很有道德的人,才佩(配)得上这个称呼。今在戏剧中虽不必这样认真,最低限度,所学戏剧,也须比戏班里格外文雅一着才不负儒家二字。②

也就是说,并不是所有的剧种都配叫"儒乐"的,玩外江戏的人"是要很有学问很有道德的人",要比"戏班里格外文雅一着",才"不负儒家二字"。

这位在新加坡创建余娱儒乐社(以下简称"余娱")的"很有学问很有道德的"潮州籍华人,叫作陈子栗。

---

① 余淑娟说余娱的成立时间是1921年,当属笔误。参见余淑娟《潮州外江戏的传播组织:新加坡余娱儒乐社》,《民俗曲艺》,2016年第191期,第77页。

② 钱热储:《公益社乐剧月刊》,1933年第4期,第24页。

第一节　关于陈子栗的生平

陈子栗是今潮州市潮安县彩塘镇金砂乡人。上一章,我们讨论过新加坡的华族移民,而陈子栗的家乡就是著名侨乡,涌现过陈旭年这样赫赫有名、富甲天下的早期侨领。潮人移民成风,是因为有榜样在先。由地缘关系、亲缘关系、族源关系,一传十、十传百,互相牵连带动,像滚雪球一般越滚越大。陈子栗与陈旭年有无亲缘关系不得而知,但陈子栗的父辈下南洋,应该与陈旭年的带动有关。

陈旭年成功之后,在家乡大兴土木,修建从熙公祠,轰动一时。从熙公祠在彩塘镇金砂管理区斜角头,兴工于清同治九年(1870),告竣于光绪九年(1883),历时14年。现为全国重点文物保护单位。陈旭年晚年告老还乡,在家乡颐养天年,直到去世,堪称叶落归根、衣锦还乡的一个典型。陈旭年的传奇一生,足为陈子栗这样的同乡后辈提供榜样。

值得提出的是,陈旭年的孙子陈振贤,既是余娱儒乐社早期的名誉社长,又是外江戏著名票友,擅演红净。余娱社正式注册时的首届名誉社长之一吴扬屏,也是潮安县彩塘镇人。陈子栗出洋之前,就生活在这样的文化氛围之中。他对外江戏、外江乐的热爱,他之所以得到那么多富商巨贾的支持,不是偶然的。

一、陈子栗约出生于 1872 年

关于陈子栗的生卒年,已有的出版物,要么绝口不提,要么谓其"生卒年

不详"①，唯叶伟征《从口述历史与文物看余娱儒乐社与新加坡潮州社群》一文，说陈子栗的生卒年为"？—1943"②。根据相关材料可知，叶伟征对陈子栗卒年的判断是正确的，惜未对其生年给予考察。

迄今为止，记录陈子栗生平事迹最为详尽的，莫过于洪令经1962年撰写的《陈子栗先生事略》（以下简称《事略》）一文。为便于分析并使读者全面了解其人其事，兹不避烦冗，全文照录如下：

> 陈子栗先生，潮安金砂乡人也。品性侃爽，雅好音乐，若秉天赋，喜交游。少小乡居，有斋名笔花居，盖取"梦笔生花"之义，以此用为款客之所。斋虽不大，清雅不俗，暇集同友，红牙铁板，吹竹弹丝，弦歌之声，不绝于耳。习之既久，举凡声乐之技，件件皆能，其技艺日趋于精湛。
>
> 素慕郡城名师洪沛臣先生，善古琴之法，乃诚挚师事之，由是先生乃能操古琴焉。
>
> 先是，洪沛臣先生师法古琴之学于潮州府学官唐廷琮。琮，故名士也。善书法，讲声律，精通琴艺。莅潮以后，公余之暇，访知洪沛臣善琵琶指法而羡慕之，每邀请入府署府弹奏，深加悦服。当其时，洪沛臣实为汉乐界宗匠，师从者众，桃李满门矣。独古琴操法，在南方少得其传耳。至是随师琴法于廷琮学政，琮亦效琵琶之技于洪氏。嘤嘤其鸣，求其友声，气谊相投，遂成知音。笔者曾见，子栗先生在其私记中，如是叙述。故知其琴艺递传，渊源有自焉。后之显盛名者，头弦名手张汉斋，琵琶王王泽如，俱系沛臣门下高足，仅子栗先生师学其古琴。擅古琴法者，在潮属惟先生一人而已。
>
> 先生岁当弱冠，南来星岛，住居其尊翁所创谦裕行中。于民国元

---

① 谓陈子栗"生卒年不详"的如余淑娟《新加坡余娱儒乐社外江戏剧本初探》，中共揭阳市委办公室、潮汕历史文化研究中心《第五届潮学国际研讨会论文集》，香港：公元出版有限公司，2005年，第155页；余亦文等《近现代潮汕音乐》，北京：中国戏剧出版社，2006年，第231页等。

② 叶伟征：《从口述历史与文物看余娱儒乐社与新加坡潮州社群》，见李志贤《海外潮人的移民经验》，新加坡八邑会馆、八方文化企业公司，2003年，第326页。

年壬子岁，邀集同仁，组织"余娱乐社"在其行中。藉（借）为商余之暇，奏弦歌以遣兴，排除案牍之劳形。社中供奉孔子像于座上，尊崇六艺风雅之正声。徵花逐妓，赌博玩牌，诸非正当娱乐，严行戒绝。弦艺专主汉剧艺术之研究，鼓板以先生与洪六两人为领导。当辛酉年为"潮汕八二风灾"筹赈，假余东旋街庆昇平戏院演剧时，仅凭先生领导演出，是不独成绩昭著，意义深长，且开业余界登台演剧之先河，为我社注下一光辉之历史。

其对商业，夙具创作力。初创茶庄玉香号于柴船头，继开陈悦泰于山仔顶。经营洋什，商业向称旺盛。

我社经两度迁徙，而有现在之地址。尔后广征社友，社务日臻扩展，以至今日。

先生以精神难于兼顾，乃于乙丑年（民十四年，1925）始聘陈耕石主持教座，续后另聘魏松庵、陈如烈、郑翊昇诸先生正式教导，剧艺日形发达。

先生美须髯，浓眉碧髯，皓若霜雪。其潇洒态度，不愧鸡群立鹤。惟其道貌岸然，方期长寿永生，讵料日敌南侵之次年，染疾寿终。

方今社庆五十周年，金禧盛纪，并编特刊以志永远。追本溯源，敬仰先哲，对先生创垂功绩，诚足表演者。①

"日敌南侵之次年，染疾寿终"一句，明确道出了陈子栗的去世时间。众所周知，1941年12月珍珠港事件之后不久，新加坡即落于日寇之手，但驻岛英军宣布投降的时间是1942年2月15日。"次年"，便是1943年。

但《事略》云陈子栗"岁当弱冠，南来星岛"，和杨书松在余娱儒乐社《社史》中所说陈子栗"先生通音律，精丝竹，有名于时，壮岁南来"②不合。按《礼

---

① 洪令经：《陈子栗先生事略》，见新加坡余娱儒乐社编《余娱儒乐社金禧纪念特刊》，1962年，第72页。

② 杨书松：《社史》，见新加坡余娱儒乐社编《余娱儒乐社成立80周年纪念特刊》，1992年，第77页。

记·曲礼》"三十曰壮"①，这样，二者所说的陈子栗下南洋的时间就相差了整整 10 年，不知孰是。杨书松之父杨缵文为南洋著名侨领，曾担任余娱首届名誉总理，其堂伯杨添文是余娱创始成员之一，杨书松本人 1930 年下南洋即加入余娱，②与陈子栗应当是熟悉的，所说不会没有根据。那么，会不会有陈子栗二次下南洋的可能性？根据记述，余娱最初的社址设在"沙球劳路附近的敬昭街"，"活动了二、三年之后，陈先生回唐山，'余娱'便搬到马真街陈养吾先生的玉香茶庄，当时的承理人是陈养吾先生"③。若这一说法不错，便可推测，陈子栗的这次"回唐山"不是短期的，不然似无搬迁社址和改变负责人之理。处理完家乡事宜之后，陈子栗便再下南洋。也就是说，陈子栗 20 岁时第一次到新加坡，这就是《事略》中所说的"岁当弱冠，南来星岛"；第二次下南洋时 30 岁，即《社史》所说的"壮岁南来"。不过，余娱成立于 1912 年，两三年之后陈子栗回国。假如他再次下南洋时为 1915 年或 1916 年的话，绝不会只有 30 岁。从《余娱儒乐社金禧纪念特刊》（以下简称《特刊》）上所刊载的余娱成立之时全体创始人的合影看，1912 年时陈子栗应当在 40 岁左右。

此照片（见图 3-1）上方正中悬挂署名"庄鹤如"写于"甲寅十月"的《余娱跋》（以下简称《跋》），其文云：

> 铜琶铁板，调寄东坡。白紵（纻）红牙，顾曲公瑾。观古今之感慨，吐块垒于胸中。古人韵事，至于今也。子栗先生，以业务之余暇，萃大雅于一堂，鼓弦歌而遣兴，东山丝竹，绰有余闲。颜曰"余娱"，予所闻焉。甲寅十月，庄鹤如跋于星海。④

庄鹤如（？—1916），清末台湾诗人。自 1903 年至 1916 年，在台湾《日日新报》发表旧体诗近百首。该报 1916 年 10 月 3 日，第 6 版刊发高重熙的《吊

---

① 《礼记》，引自郑玄《礼记正义》，北京，中华书局影印《十三经注疏》阮刻本，第 1232 页。
② 王振春：《梨园话当年》，玲子大众传媒私人有限公司，2000 年，第 32、33 页。
③ 王振春：《梨园话当年》，玲子大众传媒私人有限公司，2000 年，第 33 页。
④ 庄鹤如：《余娱跋》，见新加坡余娱儒乐社编《余娱儒乐社金禧纪念特刊》，1962 年，第 36 页。

庄鹤如社友》诗二首,知庄鹤如此时已辞世。王松《台阳诗话》卷下云:"庄鹤如(长命)年少力学,当国语学校卒业后,出为总督府学务课编修员。好吟咏,年未三十而留须,见者哂之;然其品性敦厚,大有老成持重之概。有偶感云:'平生心迹寄烟波,世事浮沉奈若何?一叶扁舟随处好,喧哗场里是非多!''眼前无处不风波,北望烽烟未熄何!人种竞争新世界,江山变态迩来多。'"①据王松友人邱炜萲(1874—1941)在新加坡为《台阳诗话》写的《序》,《台阳诗话》编成于清"光绪己亥"即1899年。此时庄鹤如或不足30岁,经常在中国台湾与新加坡之间游走。若我们判断不误,即1912年时陈子栗约40岁的话,那么1899年时约27岁,与庄鹤如年龄相仿。值得注意的是,陈子栗父亲在新加坡开办"谦裕行",在台北亦有同名之大公司,详见后文。

　　《跋》末所属"甲寅"年即1914年,亦即余娱成立后的第三年;"星海"即新加坡。再据同页刊洪令经撰于1962年的《书〈跋〉后感言》(以下简称《感言》),此照片当即余娱成立之时全体创始人的合影,而庄鹤如的《跋》写于此后。因而,当初照片与《跋》应分作两处。我们看到的这幅照片,应是洪令经将其书写的《跋》悬挂在照片正上方之后再翻拍而成的。

图3-1　余娱成立之时全体创始人的合影

---

① 王松:《台阳诗话》,见《台湾文献史料丛刊》(第八辑第155册),北京:人民日报出版社、台北:大通书局,2009年影印民国刊本,第68页。

照片上共有19人，分列三行。到洪令经撰写《感言》时，立于中行的6人中已有3人不能辨其姓名。《感言》所胪列的余娱创始人16人姓名如下：

陈子栗、林再乾、洪六、陈木锦、郭纯畬、郭廷通、杨添文、陈喜添、赖福星、黄阿才、张淑文、陈复初、吴卓臣、陈文仪、陈阿愚、陈文杰

坐于前排正中位置的，无疑就是陈子栗。从相貌上看，其时年已四旬上下。《感言》说："陈文杰为子栗先生之令公子，时尚髫龄，亦列席焉。"照片前排左一之少年，似10岁左右模样，应即陈子栗之子陈文杰。假设余娱成立的民国元年即1912年陈子栗40岁，上推40年，陈子栗应为1872年出生。若这一推测无大错，1943年陈子栗去世时大约72岁。这与他晚年留影所显示的年龄大致吻合。（见图3-2）。

图3-2 陈子栗

到洪令经撰写《感言》的1962年，余娱的创建人，包括当年尚在"髫龄"的陈文杰，已经"咸登古录，俱成先哲"，悲夫！

二、陈子栗名璧，字子栗，以字行

历来介绍陈子栗的文章，都不提他的名，似乎"子栗"即其名。从余娱社抄藏的外江戏剧本的题头与落款印章来看，他应当名璧，字子栗，以字行。

如第一册含《天官赐福》《雷神打洞》两个剧本，在正文首行《赐福》标题下分别嵌有"陈璧"（阴文）、"子栗"（阳文）两个方印；剧末署"乙卯五月十六点记"，下嵌"陈璧"长印，另行下端再嵌"子栗"方印，均为阳文。

在第二个剧目首行标题《打洞曲文》下嵌两枚方章，每枚一字，为"陈"与"璧"，均为阳文篆书。剧末则嵌"子栗氏"（阴文）和"陈璧"（阳文）的方印，均为篆书。

第六册《重复中兴》，正文首页首行标题"复中兴曲文"，同行下端有红色篆书印章"子栗氏"（阴文）。剧末以红笔行书署："甲寅六月十七日记林写好。十四日夜南城被盗，十六日春传手意剧本，又后来报。"下嵌两枚印章，每枚一字，分别为"陈"与"璧"，均为阳文，无陈子栗印章。

第八册《高平关》，正文首页首行标题"高平关曲文"，同行下端同样有红色篆书印章"子栗氏"，全剧行楷兼用。剧末红笔行书署："甲寅九月十四日，仝木锦在看，写好此本。"下页紧接《座帐》，全用小字写成，页末嵌有"子栗"与"陈璧"两方印章。

第八册《乾坤带》，正文首页首行标题"乾坤带曲文"，同行下端有红色印章"陈璧"，全剧基本用行书抄写。剧末红笔行书署："甲寅二十日写好"，嵌有"陈璧"印章。

第九册《雷峰塔》，正文首页首行标题"雷峰塔带曲文"，同行下端有红色刻字"陈木丰藏本"，并嵌"陈璧"印章一枚。剧末再嵌"陈木丰藏本"五个红色刻字，并嵌"陈子栗"印章。

第九册《辕门罪子》，封面有红色刻字"陈木丰藏本"，正文首页首行标题"辕门罪子"，同行下端嵌"陈璧"印章一枚。正文结束，最后一行嵌"子栗氏""陈璧"两枚印章。

第十七册《昭君和番》，正文首页首行标题"王昭君和番"，同行下嵌"陈璧"印章。剧末红笔署："乙卯四月廿七日写好，不可正解，不可轻视"，末嵌"陈璧"印章。

第十八册《洪羊洞》，正文首页首行标题"洪阳洞曲文"，同行下端嵌两枚印章，每枚一字，分别为"陈"与"璧"。全剧用行书抄写，剧末嵌"子栗""陈璧"印章各一枚。

第三十二册《青竺寺》，首页首行标题"青竹寺韩文公烧庵曲本"，同行下端嵌两枚印章，每枚一字，分别为"陈"与"璧"。全剧用楷书抄写，剧末以红笔行书署："丙辰年肆月十八日抄陈纯乡本于新嘉坡谦裕内，陈子栗记"，末嵌梅花形"陈璧"印。

第三十六册《打金枝》，全剧用楷书抄写，剧末黑字署："丙辰年四月廿式（二）日抄新福寺天水司本于星洲坡余娱内，陈璧手抄"，无印章。

余娱社早期抄本的题署和所嵌印章的情况大体如是，例不再举。

从笔迹和署名对照来看，以上所举均应为陈子栗手笔。再看各抄本所嵌印章，多数是"陈璧"与"子栗"并嵌，但《复中兴》《乾坤带》《昭君和番》《青竺寺》数剧，剧末只嵌"陈璧"印章而没有陈子栗的印章。最能说明问题的是《复中兴》，在只能出于陈子栗的题署文字之后，只嵌"陈璧"的印章，而没有"陈子栗"的印章。而《打金枝》剧末署"陈璧手抄"，无印章。按陈子栗抄写的本子，以行楷较多，但也有用楷书的。如《青竺寺》与《打金枝》全用楷书，字迹为同一人。故可推断，陈璧就是陈子栗，"璧"是他的名，"子栗"是其字。陈子栗以字行。

《高平关》剧末题署提到的"木锦"，应即上文所引洪令经所胪列的余娱创始人合影照16人之一的陈木锦，潮州籍的民族音乐家，擅弹筝。

陈木丰亦是余娱社的骨干成员，抄写过部分剧本，当过副社长，还上台演过戏，做过剧务。从某些抄本剧末题署可知，陈子栗在世时，陈木丰就有自己的收藏本。但同时嵌有"陈子栗"印章和"陈木丰藏本"刻字的剧本，是属于陈子栗赠予陈木丰的还是1943年陈子栗去世后归他保管的不详。

第六册《小别寒窑》，首页首行标题"小别曲文"，其下嵌有竖排"子栗行二"四字红色印章。只是不知道，这里的"行二"指的是大排行，还是小排行。大排行指的是堂兄弟之间的排行，旧时多以堂兄弟排序，但近世以来此种风气渐少用了。因对陈子栗家世的其他情况缺乏了解，故"行二"所指不甚明了。

第二节　陈子栗的音乐造诣与余娱儒乐社的成功转型

一、陈子栗等三人在新加坡创立"潮州细乐"

陈子栗与潮州籍的另两位民族音乐家洪沛臣、郑祝三交往甚密，三人因经常以琵琶、三弦、筝合奏而创立了潮州细乐，此为近代潮州音乐史上的一件大事。

何为"潮州细乐"？余亦文《潮乐问》一书云：

> 潮州细乐一般专指三弦、琵琶、古筝的重奏。细乐一词之含义，不仅指乐器的组合少而精，更重要的是演奏技巧及乐曲处理极为精细。潮州细乐流行于广东潮汕地区，据传为潮乐名师洪沛臣与友人郑祝三、陈子栗所创。他们三人以三弦、琵琶、筝，按同一旋律或紧或慢、或繁或简，各自发挥，产生出一种五声性的和声效果，按他们的演奏感受是"始则江河各流，既则大海同归"。独自创立一格，被潮乐界称为"三友"。潮州细乐，分硬软两套，硬套由《寡妇诉冤》《胡笳十八拍》等十三曲组成；软套由《昭君怨》《小桃红》等六曲组成。传统的曲目保存至今并有音响资料可供参照的有《傍妆台》《深闺怨》《北雁思归》《蕉窗夜雨》等。①

记载洪沛臣与郑祝三、陈子栗创建潮州细乐的第一手资料，就是郑祝三为

---

① 余亦文：《潮乐问》，广州：岭南美术出版社，2006年，第15页。

抄本《潮州三弦、琵琶、筝谱》所写的《自序》。这是近代中国音乐史上的一份重要文献。但以往《自序》的引用者，或摘引，或转引，遮蔽了洪、郑、陈的一些生平情况和他们创立潮州细乐的部分事实。

如陈天国等《潮州音乐》一书引郑《自序》的前半段："（洪沛臣）弹琵琶，郑祝三弹筝，陈子栗弹三弦，三人合奏古调劲套、软套和潮州弦诗乐曲。"① 令人想象，早在陈子栗下南洋之前，就常和洪沛臣（佩臣）、郑祝三进行弦乐合奏并在潮州创立了潮州细乐。中国音乐学院曹正教授《古筝沿革略谈》一文引郑《自序》后半段："……至年四十一岁时，余由暹（泰国）往星（新加坡），幸喜旧友重逢，复与洪（佩臣）、陈（子栗）二君再奏古调，在场观众无不鼓掌称善，众随称为'三友'。"② 虽然这里明确说"三友"的称谓产生在新加坡，但既然是"旧友重逢""再奏古调"，那么三人在家乡潮州早有交往并创建潮州细乐的可能性依然是存在的。

相比之下，吴兆明《"音乐三友"和潮州细乐》一文引郑祝三《自序》较全：

> 余18岁（即1906年——吴注）南渡星洲（即新加坡），认识潮城洪佩臣（或作沛）先生。洪佩臣先生，潮属名乐师，精三弦、琵琶以及各种音乐，皆可师法，又能鼓瑟古琴，名著中外……同时又识海邑砂陇乡（即现潮安区彩塘镇金砂村）陈子栗君，乐精三弦。余自此得与洪、陈二君会乐，常以琵琶、三弦、筝合奏古调……自暹往星，幸得旧友重晤，复与洪、陈二君再奏古调，在场观众无不称善，随称为三友。③

这样的话，洪、郑、陈三人就是在新加坡相识的，他们"常以琵琶、三弦、筝合奏古调"，其地点便是在新加坡而不是在潮州，潮州细乐也是在新加坡创

---

① 陈天国、苏妙筝：《潮州音乐》，广州：广东人民出版社，2004年，第170—171页。
② 曹正：《古筝沿革略谈》，《乐器》，1981年第6期。
③ 吴兆明：《"音乐三友"和潮州细乐》，见政协潮州市委员会文史编辑组《潮州文史资料》（第二十六辑），2009年，第40页。

立的。事实果真是这样的吗？

在郑志伟先生的帮助下，笔者得以亲睹郑祝三《自序》（复印件）。据郑志伟先生言，抄本《潮州三弦、琵琶、筝谱》以及郑祝三的《自序》，即将由暨南大学出版社出版。这样，以往人们的模糊认识即将被廓清了。而笔者得以先睹为快，乐何如之！郑祝三《自序》先简述筝与琵琶之源流，本书将这部分内容（约300字）略去，而将郑本人自述学艺以下的全部内容标点、分段后抄录如下：

余年十八，南渡星洲，悉二兄声添学筝，弹法不苟，余随而习之。

迨年廿四，在星始识海邑华美乡沈步月先生，名著筝法，其师郭才，潮城人也。余于是随师沈之筝法，改用指甲，缓推、紧推、双推、单推，颇称心得。

后识潮城洪沛臣先生，潮属名称乐师也。精弹琵琶、三弦以及多种音乐，皆可师法。又能鼓瑟、古琴，名著中外。同时又识海邑砂陇乡陈子栗君，乐精三弦。余自此得与洪、陈两君会乐，常以琵琶、筝、三弦合奏古调。然秦筝与琵琶工尺，总然不同，合奏竟能律和声，三弦则照筝谱工尺弹之，亦得音韵和合。每弹至入神，确有妙趣，实与寻常乐谱大有天渊之别。

余年三十一时，随与洪、陈两君各居一方，自此古调不弹矣。

至年四十一时，余由暹往星，幸喜旧友重逢，复与洪、陈二君再奏古调，在场观众无不鼓掌称善，众遂称为"三友"。余之筝法，从此虚名于中外。

越年四十二，余同洪君自叻往暹，途中授余古琴，以及琵琶指法。复蒙洪君自用古琴一架，琴谱二册，琵琶古调乐谱，授余。自此略得古琴、琵琶之门径。此行堪偿夙愿也。

迨年四十三，由暹回家，始觉洪师在家西归。呜呼哀哉！从兹失去导师，不能精益求精，实深抱憾。

余今岁夏间，由暹回家，株守赋闲，随将生平心得筝法，以及洪师琵琶指句、陈君三弦特句,汇集成本,公诸好斯道者。倘不以明日黄花,再求各谱之途径,得其津梁之研习,则余所馨香祷祝者矣。

中华民国念(廿)四年(1935)完月声华郑祝三自序于养竹山房

通读郑祝三的《自序》,许多关键问题就得以澄清了。首先就是,潮州细乐确实是在新加坡而不是在潮汕地区创立的。正如序文所称,除陈子栗外,洪沛臣、郑祝三均有过下南洋的经历,三人是在新加坡相识并结成知音的。这堪称近代中国音乐在海外的一段佳话。

据郑祝三《自序》,郑氏18岁第一次下南洋,先跟随他的二哥郑声添(据《自序》尾署名,郑祝三名"声华","祝三"应是他的字)学筝,24岁再从沈步月学筝。此后方结识洪沛臣和陈子栗,到31岁时三人分手,"各居一方"。也就是说,三人"常以琵琶、筝、三弦合奏古调"的时间,应是在郑祝三25岁至31岁这段时间内,地点是新加坡。到郑祝三41岁时,再下南洋,于是"旧友重逢,复与洪、陈二君再奏古调,在场观众无不鼓掌称善,众遂称为'三友'"。地点还是新加坡。显然,无论把潮州细乐的创立定在洪沛臣、郑祝三、陈子栗"合奏古调"时抑或"再奏古调"时,其地点都是在新加坡而不是潮汕。

二、陈子栗的老师、近代音乐大师洪沛臣非卒于1916年

郑祝三的《自序》,还澄清了郑、陈二人的老师、近代音乐大师洪沛臣的卒年。包括《潮州音乐》一书在内的不少书籍,均谓洪沛臣的生卒年为1866—1916年。[1] 但据郑《自序》,郑祝三41岁时,洪、郑、陈三人还在新加坡"再奏古调"。根据《中国民族民间器乐曲集成·广东卷》以及新修的郑祝

---

[1] 持这一说法的除陈天国等《潮州音乐》(第170页)外,还有《中国民族民间器乐曲集成·广东卷》(第2207页),詹天庠主编《潮汕文化大典》(汕头:汕头大学出版社,2013年,第632页),余亦文等《近现代潮汕音乐》(北京:中国戏剧出版社,2006年,第231页),夏丽萍主编《普通高校音乐教程》(广州:广东高教出版社,2014年,第139页)等,不一一赘举。

三家乡汕头市澄海区程洋岗村志，郑祝三的生卒年是1881—1946年。① 如果这一说法无误的话，他41岁时应是1922年。上引吴兆明文，说郑祝三18岁下南洋时为1906年。若如此，郑祝三的生年应是1889年，他41岁时是1929年。若洪沛臣生于1866年不误，洪、郑、陈三人在新加坡"再奏古调"的1922年或1929年，57岁或64岁的洪沛臣仍健在无疑。显然，以往把洪沛臣的卒年定在1916年有误。若按郑祝三生于1881年推算，那么他42岁即1923年时，还在从新加坡到泰国的途中得到洪沛臣的指点，到43岁回到故乡，才知道洪沛臣已经"在家西归"，故洪沛臣应卒于1924年。若按郑祝三生于1889年推算，那洪沛臣的卒年就是1931年。两种说法相差7年，不知孰是。韩淑德、张之年《中国琵琶史稿》说，旅居南洋的郑祝三"1935年回到潮州，此时授业恩师洪沛臣已不幸作古"②。这一说法与吴兆明说相近，但不知何据，详情待考。

无论如何，陈子栗、郑祝三都是洪沛臣的学生，同时也是亦师亦友的关系，而郑祝三与洪沛臣的年龄距离要大一些。根据现有材料，洪沛臣的生卒年为1866年—1924年或1933年，陈子栗生卒年为1872？—1943年，郑祝三的生卒年为1881年或1889年—1946年。

三、陈子栗具有极高的音乐造诣，擅长多种民族乐器

虽然潮州细乐是在新加坡创立的，但洪沛臣、陈子栗早在下南洋之前已具有极高的音乐造诣。洪沛臣被称为"潮州乐圣""汉乐界宗匠"自不待言，而陈子栗亦"少小乡居……暇集同友，红牙铁板，吹竹弹丝，弦歌之声，不绝于耳。习之既久，举凡声乐之技，件件皆能，其技艺日趋于精湛"。他不仅精通三弦演奏，而且有自己独特的指法。据介绍，潮州细乐的传谱，有古调劲套、古调软套和一些潮州弦诗乐曲，分有琵琶和筝两种专用谱，都注为洪沛臣所传。因为有"三弦则照筝谱工尺弹之"的说法，所以这古调劲软套未见有三弦分谱，

---

① 《中国民族民间器乐曲集成·广东卷》，第2208页；广东省文学艺术界联合会、广东省民间文艺家协会：《广东古村落·程洋岗村》，广州：华南理工大学出版社，2013年，第56页。
② 韩淑德、张之年：《中国琵琶史稿》（修订版），上海：上海音乐学院出版社，2013年，第246页。

只见有弦诗《双飞燕》《柳青娘》（头板、拷打、三板分谱）共四首，分别注有"三弦劲套""三弦软套"字样，并特别标明"以上三弦谱乃潮安陈子栗先生特别指法"。①

同时，他还精通琵琶和筝。韩淑德、张之年《中国琵琶史稿》介绍"陈子栗"云：

> 陈子栗，潮州琵琶名家，对于潮州琵琶的流传，卓有建树。他有《琵琶劲套十二曲》传世。这是他根据洪沛臣所传《柏舟操》悉心研究之后，再加上两套曲而成的十二技曲，时称为潮州琵琶曲之集大成者。他的弟子有陈启茂等。②

殷惠麟的论文绘声绘色地介绍了陶融儒乐社琵琶名手陈启茂向陈子栗拜师的一则传说：

> 据新加坡杨柳絮先生介绍，潮州琵琶老前辈陈启茂先生12岁时，在故乡潮安东凤开始学秦琴，得毕执之指导。1933年启茂君联系同乡中优秀人士组成"亦融寓乐社"，聘请庵埠剧艺家陈虁石先生为导师专教汉剧，并请名乐家蔡少梅先生为音乐指导。启茂即拜蔡少梅先生为师，专心攻学琵琶。后来，陈启茂定居星洲。适"淘融寓乐社"（当为"陶融儒乐社"——引者注）成立，便由当时的音乐导师黄汉民先生介绍加入本社。1939年间剧家陈虁石先生受聘莅星，经陈虁石推荐，陈启茂拜潮州老前辈琵琶专家陈子栗为师。陈老师爱才惜才，倾谈间，老师示其珍重琵琶，请启茂君弹奏一曲，君应命。奏《矮子登楼》《全轮》《锦轮》三曲，老师闻之叫绝，曰："学如牛毛，成如麟角。吾道不孤矣。"收君为高足，悉心传授其艺。最后陈启茂学成了陈子栗老师之《琵琶劲套十二曲》。杰作《琵琶劲套十二曲》乃是

---

① 陈天国、苏妙筝：《潮州音乐》，广州：广东人民出版社，2004年，第172页。
② 韩淑德、张之年：《中国琵琶史稿》（修订版），上海：上海音乐学院出版社，2013年，第246页。

陈老师得其师"潮州乐圣"洪沛臣所传授之《柏舟操》后,又精心研究,加上两套而成为十二支曲。另学软套《小桃红》及古琴《阳关三叠》乐曲,可谓集大成也。①

可见,陈子栗不仅工于琵琶演奏,而且有琵琶曲谱传世,他的弟子也是能够入史的琵琶名家。

陈子栗还精通古琴演奏。上引洪令经《事略》以及杨书松《琵琶今昔》一文均云:"至于擅古琴者,潮属惟子栗先生一人而已。"②据说陈子栗还精通筝。中国音乐学院曹正教授介绍说,陈子栗等在新加坡所创建的余娱儒乐社,同时也是一个流寓于海外的潮州古筝流派。③

毫无疑问,所谓"潮州细乐",即"儒乐"亦即外江乐的组成部分,而外江乐又是外江戏的组成部分。萧遥天《潮州戏剧音乐志》"五十年来潮州外江业余艺人小传",将洪沛臣、林再乾、陈友恭、魏松庵、王泽如、张汉斋、李光华等人相并列,这些人中既有音乐家也有戏剧家,他们都统一在"外江戏"的旗帜之下。虽然如此,具体到每个人,还是有分工的不同,正所谓"术业有专攻"。如上所述,陈子栗精通三弦、琵琶、古琴、筝,是一位造诣高深的民族音乐家而不是戏剧家,这一身份决定了余娱儒乐社早期的工作重点。

四、创始期的余娱儒乐社以音乐为重兼顾戏曲

余娱创立之初,即包含音乐与戏剧两个内容,其实难免有重"乐"而轻"戏"的一面。叶伟征说:"我们或许能猜测余娱儒乐社当时的活动纯粹是以音乐为主体,组织与内容相当简单明确。"④不错,余娱儒乐社初期只有三个音

---

① 殷惠麟:《对潮州南派琵琶历史及现状的思考》,《星海音乐学院学报》,2000年第4期。
② 杨书松:《琵琶今昔》,见新加坡余娱儒乐社编《余娱儒乐社成立八十周年纪念特刊》,1992年,第127页。
③ 曹正:《潮州古筝流派的介绍》,《民族民间音乐》,1985年第2期。
④ 叶伟征:《从口述历史与文物看余娱儒乐社与新加坡潮州社群》,见李志贤《海外潮人的移民经验》,新加坡潮州八邑会馆、八方文化企业公司,2003年,第335页。

乐活动负责人，即司乐、司器、司曲。据《本社史略》，余娱的首次演出，为1919年救济英国"哈里必洲"火灾难民，但这次演出的形式是"坐台清唱"。实际上，坐台清唱并不能算是完整的戏剧演出，而应算是一种自娱自乐的音乐活动。今天看来，与化妆扮演相比，坐台清唱要便利得多也容易得多。不过，余娱创建之初坚持以清唱为主还另有原因。

关于余娱儒乐社的建社宗旨，陈微三《余娱儒乐社金禧纪念特刊序》中说得明白："余娱儒乐社，本儒者之宗旨，借工余之时间，广交星马同道，提倡汉剧；罗致丝竹知音，发展文娱。"① 前文已经说过，早在清末，潮汕地区已经涌现出打着"儒乐""汉乐"旗号的业余外江戏组织，余娱儒乐社继承了这个传统。难得的是，余娱社是在远离中国大陆的南洋地区竖起了"儒乐"的大旗，选择了外江戏，其原因值得进一步深究。

我们知道，自从董仲舒提出"独尊儒术"以来，儒家的文化传统在汉族群众中延续了两千余年，早已深入人心，积淀成为一种集体记忆。尤其是对于汉族知识分子来说，以"忠""孝"为核心的一整套儒家的伦理道德和以仁义礼智信为核心的行为准则，已经深深铭刻在其骨髓之中。陈子栗的家乡广东潮汕地区，虽与中原远隔，但儒家文化教育未曾或缺，乃至宋代就有了"海滨邹鲁"之称。近代以来，粤省濒临南海，西方文化输入较早。1858年，汕头开埠，潮汕地区遂呈现传统儒家文化与西方文化之间既激烈碰撞又相互交融的复杂局面。

儒家六经《诗》《书》《礼》《乐》《易》《春秋》都是德育教材。其中《诗》和《乐》，今天看来属于文学艺术，可见儒家非但不排斥文艺，而且特别重视文艺的教化作用。不可否认，和诗文相比，戏剧小说一度被视为小道末技，难登大雅之堂。但自元末高则诚《琵琶记》宣称"不关风化体，纵好也枉然"以来，戏剧也逐渐走上了以渐趋完美的舞台艺术表演形式敷衍儒家伦理道德戏剧故事的路子。不仅传统的传奇杂剧如此，就连清中叶以后兴起的花部也不例外。正

---

① 陈微三：《余娱儒乐社金禧纪念特刊序》，见新加坡余娱儒乐社编《余娱儒乐社金禧纪念特刊》，1962年，第2页。

如焦循《花部农谭》所说，(花部)"其事多忠、孝、节、义，足以动人"①。而外江戏作为用官话演唱的戏剧，历来被粤东一带群众视为"雅正之戏剧"。陈子栗作为一位在家乡受过儒家文化教育，同时又热爱外江戏、外江乐的文化人，在异国他乡创立余娱社的动因便来源于此。

刘仲英《余娱儒乐社金禧纪念放言》一文引《淮南子》语："弦歌，歌舞为乐，盘旋揖让以修礼，孔子之所立也。"声称以往解释"余娱"的人，"还未发现这句话"。②经检《淮南子·氾论训》，其原文如下：

> 夫弦歌鼓舞以为乐，盘旋揖让以修礼，厚葬久丧以送死，孔子之所立也，而墨子非之。

这段话的意思是，以弹琴唱歌击鼓跳舞算作"乐"，用回旋周转作揖谦让来讲"礼"，用丰厚的陪葬、长期服丧来送别死者，这些都是孔子所提倡的，但墨子是反对的。刘仲英"放言"一文未引"墨子非之"一句，而是直接举起了孔子的大旗，将外江戏与儒家文化的祖先联系在了一起。这就不难理解，为什么余娱社"供奉孔子像于座上"，以孔子诞辰的农历八月二十七为建社纪念日，每逢社庆都举行祭孔活动和外江戏公演。③所以，刘仲英的这个发现是非常重要的。虽然此文发表时余娱社已成立50周年，但它对于我们理解余娱社的宗旨仍然有直接的启迪作用。

进一步说，早期儒家所说的"乐"，并不包括戏。即使宋元以后戏剧成熟了，"乐"的地位也要远远高于戏。到外江戏兴起时，这种情况依然如故。正如洪经氏所说："昔岁业余界之研究外江戏艺术者，称儒家派。儒家派之乐风，盛极一时，其演奏时，仅登台坐唱而已。"④也就是说，作为音乐形式的业余清

---

① (清)焦循：《花部农谭》，见《中国古典戏曲论著集成》(八)，北京：中国戏剧出版社，1980年，第225页。
② 刘仲英：《余娱儒乐社金禧纪念放言》，见新加坡余娱儒乐社编《余娱儒乐社金禧纪念特刊》，1962年，第82页。
③ 叶伟征：《新加坡潮州音乐社研究》，新加坡国立大学中文系硕士学位论文，2000年，第5页。
④ 洪经氏：《刘炳先先生事略》，见新加坡余娱儒乐社编《余娱儒乐社金禧纪念特刊》，1962年，第71页。

唱，其社会地位要高于职业戏班的戏剧演出。这种情况，无论是昆曲的清唱，还是京剧的票房，都一样。简言之，一些社会地位较高的清流，不愿和地位低下的"戏子"为伍，于是关起门来唱曲，自娱自乐，如此而已。六七十年前，无论是潮州还是客家，都把汉乐称为"外江乐""儒家音乐"或"国乐"。萧遥天《潮州戏剧音乐志·外江戏》记云："当外江戏鼎盛的年代，潮州社会崇为雅乐，士绅阶级爱好这种艺术的颇不乏人。檀板歌喉，春风一曲，以为雅人深致。间或粉墨登场客串，像京班的票友。故儒家乐社的组织，云蒸霞蔚。儒家两字，在潮州的特解是风流儒雅之家，儒家乐社便是儒雅的业余剧乐组织，亦等于京班的票房。"①毫无疑问，陈子栗等人在新加坡创建余娱儒乐社，最初只是为了"乐"。不过陈子栗很快便认识到，外江乐和外江戏是不可分离的，他把很多精力用在剧本抄写上，甚至自己也粉墨登场，参加演出。从余娱社分出角色，化妆登台演出之日起，他们便完成了从小众文化到大众文化的转型。

不仅如此，陈子栗还兼掌鼓板并在灌制唱片时插以道白，有时候还粉墨登场，参加演出。《余娱儒乐社成立80周年纪念特刊》附录二《本社灌音唱片剧目》，在"唱曲者"姓名中首列"陈子栗"大名，在"鼓板者"中亦列其名。然所刊《南天门》唱词，却只有陈养吾（老生）的唱词，而陈子栗所扮之"老妈"（旦）则只有插白。②似可推测，在灌制唱片时，陈子栗掌板，并在适当时插上另一角色（旦脚）的念白。

当然即使如此，陈子栗和余娱社也绝不以演剧谋利，绝不下海做专业演员。

---

① 萧遥天：《潮州戏剧音乐志》，见饶宗颐《民国潮州志》（第八册），潮州市地方志办公室，内部印刷，2005年，第3677页。

② 参见新加坡余娱儒乐社编《余娱儒乐社成立80周年纪念特刊》，1992年，第94—95页。

第三节 余娱儒乐社的外江戏演出

2015年7月,我们在容世诚教授的引导下,拜访了具有百年历史、闻名遐迩的余娱儒乐社(见图3-3)。

图3-3 新加坡史密斯街的余娱儒乐社正门

我们看到了社内陈设的孔子像,看到了民国元老为余娱题词的墨宝,看到了余娱社先贤的活动照片和他们上演外江戏的剧照。时间仿佛又回到了百年前。唯一遗憾的是,年轻的社员们,对于前辈上演外江戏的历史已经印象模糊。我们通过文献和照片等,对余娱社上演外江戏的情况有了一些新的认识。

一、首次登台演剧的时间是1922年,成熟的演出是1927年

成立于1912年的余娱社,直到1922年才进行首场外江戏公演。这一点,

张更俊为余娱写的《本社史略》说得很清楚:"大约 1914 年到 1921 年间,多为坐台清唱,迨至 1922 年潮汕八二风灾义演时,始改为舞台演剧。"① 洪令经《陈子栗先生事略》则说:"当辛酉年'潮汕八二风灾'筹赈,假余东璇庆昇平戏院演剧时,仅凭先生领导演出,是不独成绩昭著,且开业余界登台演剧之先河,为我社注下一光辉之历史。"② 辛酉年是 1921 年,而"潮汕八二风灾"发生在 1922 年 8 月 2 日(农历六月初十),故洪氏所记当为笔误。特别值得注意的是郭添松《社况简述》中的一段记述:

> 民国十四、十五年(1925、1926)延聘导师陈虁石先生,增加歌曲之训练,亦仅坐唱而已。民国十六年(1927),其时汕头以成社始告成立,我社延聘导师魏松庵先生,同诸社友集中训练后,短期间内,即假陈清锐先生之和丰园,作首次登台演出,共演三晚,其剧目为《英雄会》《夺小沛》《别宫》《探谯楼》《白虎堂》《五丈原》《沙陀国》《进寒宫》《天赐金》各出,当时松才十一岁,即参加《夺小沛》及《别宫》之马夫及步兵。儒乐界有袍甲化装,粉墨登台者,尚属创见。

按照这个说法,余娱社首次登台扮演外江戏的时间是 1927 年"延聘导师魏松庵"之后的事。余淑娟也说:"随着余娱广征社友,陈子栗以精神难以兼顾,便于 1925 年委任陈虁石(生卒年不详)主持教座,但也只能坐台清唱。"③ 那么,余娱社首次公演外江戏究竟是哪一年呢?

按说,赈济潮汕"八二风灾"是重大事件,当时有没有登台演戏不容易弄错。况且《特刊》还载有洪荒民的《潮汕八二风灾的回忆》一文,文末说"我社与是役联合各界,首次演剧,筹募巨资"云云。④ 更有一项证据是,1986 年

---

① 张更俊:《本社史略》,见新加坡余娱儒乐社编《余娱儒乐社金禧纪念特刊》,1962 年,第 61 页。
② 洪令经:《陈子栗先生事略》,见新加坡余娱儒乐社编《余娱儒乐社金禧纪念特刊》,1962 年,第 72 页。
③ 余淑娟:《潮州外江戏的传播组织:新加坡余娱儒乐社》,《民俗曲艺》,2016 年第 191 期,第 90 页。
④ 洪荒民:《潮汕八二风灾的回忆》,见新加坡余娱儒乐社编《余娱儒乐社金禧纪念特刊》,1962 年,第 37 页。

出版的《新加坡华人会馆沿革史》一书刊载了一幅照片（见图3-4），说是"1922年3月，余娱儒乐社公演汉剧《探谯楼》"的剧照，并云"由前中华总商会会长陈振贤担任主角（右起第三人）"，还说"余娱儒乐社成立于1912年，是本地历史最悠久的儒乐社，它和潮州八邑会馆有密切联系"云云。①

但奇怪的是，《余娱儒乐社成立80周年纪念特刊》刊登的"星洲筹赈潮汕风灾会余娱儒乐演剧"的合影，是一张与会全体人员的便装合影，未见化妆登台演出的剧照。而《余娱儒乐社金禧特刊》第47、第48两页，却刊出"1927年孔诞日庆祝成立纪念公演之剧片"8幅（见图3-5），为《夺小沛》《别皇宫》《探谯楼》《白虎堂》《游寒宫》《沙陀国》《天赐金》《英雄会》，与郭添松《社况简述》所述基本吻合。经辨认，《特刊》所载《探谯楼》剧照，与《沿革史》所载竟然是同一幅照片。更不可思议的是，2015年，我们在余娱社内也看到了一组悬挂剧照（见图3-6），其中就有《探谯楼》。照片上方明确标出："丙寅年八月廿七日本同心化装演剧庆祝孔夫子圣诞摄影纪念"。按："丙寅年"为1926年。

图3-4 《新加坡华人会馆沿革史》所刊载的外江戏《探谯楼》剧照，标明演出时间为1922年

---

① 《新加坡华人会馆沿革史》，新加坡宗乡会馆联合总会、新加坡国家档案馆、口述历史馆、新闻与出版有限公司编印，1986年，第111页。

图 3-5 《特刊》47 页刊出的余娱 1927 年的演出剧照,其中上数第三张为《探谯楼》

图 3-6 余娱社内悬挂的演出剧照,剧目与郭添松《社况简述》所述完全吻合,其中上行中间一幅为《探谯楼》

易琰主编的《梨园世纪——新加坡华族地方戏曲之路》一书中,也用了同一幅剧照,演出时间却变成了"1925 年"[1]。那么,究竟这张剧照拍摄的场面发生在哪一年呢?

我们认为,无论为"八二风灾"筹赈演出,还是为孔子诞辰即余娱社成立纪念演出,在时间上是泾渭分明的,不大容易搞混,故余娱社介绍这一组剧照是为"庆祝孔夫子圣诞"演出是可信的。只是孔诞(社庆)年年举行,很有可能把 1927 年错记为 1926(丙寅)年了。郭添松亲自参加了 1927 年的那场演出,他说:"民国十四、十五年(1925、1926)延聘导师陈羹石先生,增加歌曲之训练,亦仅坐唱而已",这话应该是可信的。也就是说,民国十四、十五年(1925、1926)余娱的外江戏公演,还不是真正把唱、念、做、打融为一体的成熟的戏曲演出,而很可能是分角色化妆、登台的坐唱形式。在 1927 年魏松庵担任导师之后,情况才发生了根本的变化,余娱社悬挂的"丙寅年"上演的外江戏剧照,和郭文中提到的 1927 年的演出剧目完全吻合。所以,这张剧照应是 1927 年的演出场景。

《梨园世纪——新加坡华族地方戏曲之路》为什么说是"1925 年"呢?按

---

[1] 易琰主编:《梨园世纪——新加坡华族地方戏曲之路》,新加坡戏曲学院,2015 年,第 36 页。

《特刊》刊登的这组剧照，右旁有"一九二七年孔诞日庆祝成立纪念公演之剧片"的说明文字，其中"七"字明显被改动过，仔细辨认，未改前的数字应该是"五"。这大概就是《梨园世纪——新加坡华族地方戏曲之路》谓这幅剧照的演出时间为"1925年"的来由。

《新加坡华人会馆沿革史》把剧照的演出时间说成是"1922年3月"，这显然是不准确的。如果是为筹赈"八二风灾"而演，那一定是在1922年8月2日以后。但《新加坡华人会馆沿革史》指出这张剧照"右起第三人"为陈振贤，则很有可能是因为陈振贤擅演"红净"。

因此，我们推测：1922年余娱儒乐社的确进行了"首次演剧"，但有如下两种可能：第一，这次演出并不是余娱儒乐社独立演出，而是"联合各界"，不排除其中有专业外江戏演员参与；第二，作为一家"乐社"，余娱儒乐社走过了从重器乐演奏到重声乐演唱再到化妆演剧三个阶段，这次演出有可能是分角色化妆登台的坐唱形式，类似粤剧的"八音坐唱"。

二、从历任导师看余娱从乐社向剧社的转型

张更俊《本社事略》所举余娱"历任汉剧指导师"是陈羹石、魏松庵、陈如烈、郑翊昇（抄本中多作"郑翼昇"）等人。① 洪令经《陈子栗先生事略》则进一步说明：余娱初创时，陈子栗和洪六是掌"鼓板"的，是本社的"领导"。又说"八二风灾"义演，乃"仅凭先生领导演出"云。② 郭添松《社况简述》记述，早期坐台清唱时，"主其事者，为陈子栗先生，兼操鼓板者并由洪六先生兼护之。当时弦乐名手，如林再乾、郭纯畚等皆负时下盛名"。又据该文，魏松庵之后，在余娱任"正式导师"的为陈如烈；民国二十五年（1936）延聘郑翊昇。③这样，余娱社向外江戏演出的转型之路就比较明晰了。

---

① 张更俊：《本社事略》，见新加坡余娱儒乐社编《余娱儒乐社金禧纪念特刊》，1962年，第62页。
② 洪令经：《陈子栗先生事略》，见新加坡余娱儒乐社编《余娱儒乐社金禧纪念特刊》，1962年，第72页A。
③ 郭添松：《社况简述》，见新加坡余娱儒乐社编《余娱儒乐社金禧纪念特刊》，1962年，第72页B。

戏曲演出是一项综合性的舞台艺术，不仅仅是唱曲那么单一，更不仅仅是器乐演奏，除唱、念、做、打之外，还有剧本、角色、服饰、化妆、舞台调度等一系列行为过程。陈子栗固然是潮州细乐的创建者之一，在外江戏音乐方面造诣精深，但他对戏剧的唱、念、做、打以及场上演出的方方面面未必样样精通，所以他和洪六只是掌"鼓板"的。我们推测，1922年的演出由于"仅凭"他的指导，所以至多是一种分角色化妆的、有伴奏的舞台演唱，可能类似粤剧的"八音坐唱"形式。迄今所知，余娱儒乐社创社期成员中，林再乾掌握的外江戏技艺比较全面，但并不精通。萧遥天说他"是一位汉剧通，凡弦管金革，都奏得很纯熟，汉调潮音两种戏的剧出浩瀚，对其唱工（功）、台步，都了如指掌。虽无一技专长，而行行及格"①。毫无疑问，以仅仅"及格"的水平，是很难教戏的。林再乾如此，其他人毋论。但魏松庵的情况就大不相同了，请看萧遥天对他的评价：

  魏松庵，澄海人，擅敲鼓板。魏君于管弦吹弹，均非所能，惟畅晓汉戏，以课戏做生活。名票多出其门。自唱青衣、红净、老旦，都很佳妙。唯鼓板最为出众。疾徐紧缓，得手应心，当紧切关节，丝丝入扣，累累如连珠，神妙不可思议！②

原来魏松庵"以课戏做生活"，就是个教戏先生。怪不得余娱请他任导师以后立马面目一新，能像模像样地演戏了。

三、战前的外江戏公演

前文已述，余娱儒乐社创始之初重乐轻戏的倾向，和陈子栗等发起人的音乐背景有关，也和当时文化人的流行观念有关。但陈子栗绝不是一个抱残守缺

---

① 萧遥天：《潮州戏剧音乐志》，见饶宗颐《民国潮州志》（第八册），潮州市地方志办公室，内部印刷，2005年，第3681页。
② 萧遥天：《潮州戏剧音乐志》，见饶宗颐《民国潮州志》（第八册），潮州市地方志办公室，内部印刷，2005年，第3682页。

的人,他很清楚汉乐(外江乐)和汉剧(外江戏)的血肉联系,也认识到"乐"的小众文化局限。所以,从1914年开始,他就把很大一部分精力用在外江戏剧本的收集和抄写上面了,同时他自己也参与演出。此外,余娱儒乐社还和专业外江戏班保持着密切联系。更重要的是,他为余娱聘请了魏松庵这样优秀的外江戏行家。这样,余娱儒乐社的演出重心,便从小众文化转向了大众文化。

余娱社成立十年以后才登台演剧,又过了五年才演出像样的外江戏,其原因之一,在于从"乐"到"戏",人才难得,转型不易。根据相关资料,余娱儒乐社在创社时就提出"协助公益慈善事业"的创社宗旨。余娱儒乐社第三代会员黄若俊说:

> 这是他们的宗旨,他们都是生意人,钱是不缺的;他们尊重儒教所教,为公众做些慈善的事情,好像有时候社会上有困难时,他们就组织起来演戏。他们就演戏,请人来看。看戏是不买票的,人家会送贺仪,我们就将这个收的钱给需要的社团、单位……几十年来都一样,好像人家有困难,写信来要我们演戏什么,都会去做,这是余娱的第二宗旨。①

根据余娱社所藏图片以及《余娱儒乐社金禧纪念特刊》提供的资料,余娱儒乐社在战前公演外江戏主要场合和唱次如下:

1922年,为潮汕"八二风灾"义演筹款。1927年,庆祝孔诞暨成立纪念公演。1928年,为潮汕灾民赈灾义演;同年6月,与醉花林俱乐部联合演剧筹款救济山东难民。1929年,庆祝孔诞暨成立纪念公演。1932年,义演筹赈中国难民,1936年,为"汕头贫民工艺院"义演筹款。1937年,应"八邑会馆"邀请为潮汕义演赈灾,得国币4万余元。1940年11月3日,参加广东会馆义演筹款赈济粤省灾民。此后,为济南惨案、上海难民、南闽水灾等义演。1945年,参加庆祝抗战胜利花车大游行。

---

① 此段话为叶伟征采访黄若俊的记录,转引自叶伟征《新加坡潮州音乐社研究》,新加坡国立大学中文系硕士学位论文,2000年,第17—18页。

这个统计肯定是不全的,因为余娱每逢孔诞日(社庆)必公演外江戏,以上只列出了有案可查的演出场次而已。《余娱儒乐社金禧纪念特刊》载有多幅战前余娱社演出外江戏的剧照,下图为其中之一(见图3-7)。

图3-7 《秦香莲》演出剧照

四、战后的外江戏公演

余娱儒乐社战后公演不是我们关注的重点,除《余娱儒乐社金禧纪念特刊》提供的1947年9月20日、21日,联合六一儒乐社、陶融儒乐社、星华儒乐社,为华南水灾,筹款义演两晚(上演剧目为《沙陀国》《仁圣会》《三家店》《白虎堂》《庆元旦》《锦荣记》)之外,此处仅摘引赖素春的如下说法:

> (余娱儒乐社)1950年代除了每年社庆都有两晚汉剧演出外,间中也参与慈善与艺术演出。例如在1959年便曾参加新加坡艺术节,于4月1—8日一连8晚假维多利亚剧院演出汉剧。有关社会公益性质的演出,则有在1953年9月23日与星华儒乐社一起参加民族联欢晚会公演汉剧、庆祝新加坡升格为市;1956年参加新加坡升格纪念演出;1960年与六一儒乐社、陶融儒乐社、星华儒乐社、南洋客属总会

国乐部一道在4月3日假芳林公园演出庆祝邦庆等。①

在余娱儒乐社的外江戏演出中,有几场演出意义非凡,值得关注。

第一场便是上文已述及的1922年为潮汕"八二风灾"筹款赈灾的那次演出。今天看来,这次演出至少有两个意义:一是奠定了日后业余外江儒乐社扶危济困、赈灾义演的基调。以后每当中国国内遇到自然灾害和战争灾难(主要是日军侵华)时,以余娱儒乐社为首的外江儒乐社便当即组织义演筹款,这是许多专业戏班难以做到的。二是从纯粹的坐台清唱到按角色化妆登台演唱,虽然还不能算是完整、成熟的演剧形态,但具有向成熟演剧转折、迈进的倾向。日后这次演出之所以为余娱社成员所津津乐道,其原因也在这两点。

第二场值得纪念的演出,就是上文提到的,1927年在礼聘魏松庵为艺术指导之后,在和丰园举行的一连三晚的社庆演出。其意义主要在演剧形态方面,此后余娱社的外江戏演出逐步向正规化、专业化方面发展。30年代,余娱社的外江戏演出能够赢得观众,创造奇迹,这次演出是个关键。

第三场为人称道的演出发生在1936年。那时余娱巨商云集,人才济济。如林义顺、杨缵文、李伟南和陈振贤等都是余娱的名誉社长,慷慨出资襄助。其中陈振贤不仅是新加坡著名侨领,还是余娱儒乐社外江戏红净演员,演技也十分了得。《余娱儒乐社七十五周年纪念特刊》称:

> 1936年,社庆纪念之时,曾动员百余众,一连三晚,假大世界游艺场,分台对赛,服装道具,均无二致,演出节目,亦皆雷同,洵为儒乐界空前盛举。②

这就是在新加坡梨园史上引人注目的"双棚窗"演出,即将上场演出的演员们分成两组,在同一个戏院的两个戏台同时演出同一出戏,服装道具、音乐伴奏均相同,哪组演员功底过硬,一目了然。不过,易琮主编的《梨园世纪——

---

① 赖素春:《反殖时代新加坡戏曲的再度繁荣》,见周宁《东南亚华语戏剧史》,厦门:厦门大学出版社,2007年,第534页。

② 《余娱儒乐社成立七十五周年纪念特刊》,1987年,第93页。

新加坡华族戏曲之路》一书有不同说法说:"原本以为两批人马在两个戏台'打对台'。经过一番解释,才明白掌板水准高超,同一剧社不可能出现两个才人,因此演出是由同一个乐队伴奏,两组人同时同台演一出戏。"① 这就奇怪了,既然同时,就不可能同台。同时同台,这戏怎么演?王振春《梨园话当年》说:

> 1936年,为社庆,在大世界游艺场连演三个晚上的外江戏。那时余娱实力雄厚,为使更多的乐手和演员都有机会表演,便分成甲乙两个戏班,同时在大世界的两个戏台演出。两个戏台演出的剧目都一样,第一晚都演《大别窑》《金锁关》《征北海》,第二晚都演《龙虎斗》《三官诰》《对绣鞋》,第三晚演《华容道》《池水驿》《白虎堂》。②

分析起来,还是王振春的说法比较合理,也和张更俊所撰《本社史略》对得上。《史略》云:

> 又忆本社于1936年,一连三晚,假大世界游艺场,为庆祝成立纪念,做对台公演汉剧。由社员观摩艺术,检讨有无进步。所有演出剧目,两台一样演出,服装道具,概由本社自备,动员全社社员达百人以上,开儒乐界空前盛举。演出节目《白虎堂》《对绣鞋》《龙虎门》《断机教》《金锁关》《池水驿》《大别窑》《华容道》及《回朝》等齣(出)。轰动一时,至今犹脍炙人口,使人羡慕。③

这是一次别开生面的"对台戏"。本来,演"对台戏"的风俗旧时在中国各地均十分盛行,一般是为了决胜负、抢观众。陈志勇的《广东汉剧研究》用一节的篇幅谈粤东地区外江戏的"斗戏"习俗,指出粤东"斗戏"分三个层次,第一层次是交流切磋,第二层次是相互挤压、竞争,第三层次是抢风头、决胜

---

① 易琰主编:《梨园世纪——新加坡华族戏曲之路》,新加坡戏曲学院,2015年,第409—410页。
② 王振春:《梨园话当年》,玲子大众传媒私人有限公司,2000年,第34页。
③ 张更俊:《本社史略》,见新加坡余娱儒乐社编《余娱儒乐社金禧纪念特刊》,1962年,第63页。

负,并认为"斗戏"的背后有族群心理在起作用。① 但余娱儒乐社的这次"分台对赛"别开生面。由于演员来自同一个剧社,而且他们从来不事商业演出,根本不需要顾及票房。他们的演出,是为纪念余娱成立,展示余娱实力,当然也有观摩艺术、切磋技艺的用意。其阵容之强大,服饰之豪华,均令人叹为观止,从而为新加坡梨园史增添了浓墨重彩的一笔。

余娱社最后一次令人激动的演出,是1960年的改良外江戏(当时已称"汉剧")《牛郎织女》。据张更俊回忆:"本社于1960年,于社庆演出时,大胆尝试,改良汉剧,起用别出心裁之七幕立体布景,配以翡翠七彩幻光,鲜艳夺目,且在逐幕未演出前,向观众播出谐趣之口吻,解释剧情,使观众能够明了剧中之情节,此为儒乐界剧团所罕见之动态,备受各界人士之好评。"② 曾振钿《我怎样认识戏剧艺术》一文也说:"我社举行48周年社庆时,筹备期间,职事同仁,决心改良汉剧艺术,将《牛郎织女》的'银河会'分幕演出,利用反照彩色灯光,装配立体布景,编插多幕舞蹈,增助剧情气氛。演出之夜,座上客满,极受观众的称誉。续后为国家剧场,筹献基金,两度演出,均获无限的良果。"③ 那么,这种改良之后的《牛郎织女》究竟是如何演的呢?所幸《余娱儒乐社金禧纪念特刊》第53页刊有《牛郎织女》剧照(见图3-8),可见其仙女装扮已颇为西化。

图3-8 《牛郎织女》剧照

---

① 陈志勇:《广东汉剧研究》,广州:中山大学出版社,2009年,第284—293页。
② 张更俊:《本社史略》,见新加坡余娱儒乐社编《余娱儒乐社金禧纪念特刊》,1962年,第62页。
③ 曾振钿:《我怎样认识戏剧艺术》,见新加坡余娱儒乐社编《余娱儒乐社金禧纪念特刊》,1962年,第99页。

这次"改良汉剧"的演出和 1936 年的那次"对台戏"一样，给余娱人留下了美好的回忆。然而，这样的"改良"对于外江戏（广东汉剧）来说，毋宁说是一次掩人耳目的回光返照。多年处于以英语语境、欧美文明为中心的多元文化的包围与浸润中，新加坡的外江戏终于守不住自己的底线而开始溃退了。只不过，强大的华人群体、潮人群体，使新加坡外江戏最终没有倒向话剧而是倒向了潮剧。

余娱自创建之日起就是潮州人的天下，到该社成立 50 周年的 1962 年，潮州的外江戏早已撤回到梅州客家人地区，新加坡的业余外江剧社也纷纷改演潮剧。于是，曾引《淮南子》语，论证外江戏与孔老夫子有直接关联的刘仲英，在《余娱儒乐社金禧纪念放言》一文文末疾呼：再坚持汉剧（外江戏）只是"为了少数人的兴趣而已"，潮汕人"拿不出理由来支持旧的剧种"，而应"振兴潮剧"，"把不合乎潮州民俗的艺术宣布停止，同时重新创立潮剧社"。① 从 1965 年开始，余娱儒乐社全面改演潮剧，新加坡本土的外江戏演出基本寿终正寝。从《余娱儒乐社成立八十周年纪念特刊》所刊登的《本社八十周年来演出剧目》可知，该社自成立以来所上演的外江戏有 171 出之多。② 这 171 出是什么概念呢？钱热储《汉剧提纲·凡例》说："外江班中戏本，在昔全盛时代，或多至二百余出。近二十余年，因环境不佳，是失传者甚夥，现今戏班能演唱者，老资格名班百余出，其次三五十出不等。"③ 可见，50 年来，余娱儒乐社基本上把流行的外江戏剧目演了个遍。

五、余娱儒乐社的外江戏唱片录制

除了登台演出之外，余娱儒乐社还灌录了一批外江戏唱片。

这批将近百年前由德国唱片公司先后灌制的四十多张旧唱片，对于研究外

---

① 刘仲英：《余娱儒乐社金禧纪念放言》，见新加坡余娱儒乐社编《余娱儒乐社金禧纪念特刊》，1962 年，第 82 页。
② 新加坡余娱儒乐社编：《余娱儒乐社成立八十周年纪念特刊》，1962 年，第 93 页。
③ 钱热储：《汉剧提纲》，汕头：汕头印务铸字局，1933 年，第 5 页。

江戏的音乐形态史很有价值，现根据《余娱儒乐社成立八十周年纪念特刊》附录二《本社灌音唱片剧目》，将这批唱片的目录胪列如下：

　　首期：《牧虎关》《五台山》《云台山》《芦花荡》《南天门》《花园会》《三家店》《探谯楼》《小登基》《锦荣记》《冯太爷》《万寿图》《渔夫报》《雷神洞》。

　　次期：《青竹寺》《华容道》《烧庵堂》《和北番》《女收狐》《杀四门》《五丈原》《别寒窑》《清官册》《沙陀国》《骂曹操》《莲峰庵》《上天台》《阴阳会》《金龟记》《斩黄袍》《北天门》《庆元旦》《南北斗》《南阳关》《三官诰》《百花亭》《追韩信》《四国齐》《龙井寺》《观星斗》。

　　然而，上文展示的《兰继子哭街》唱片（见图3-9）并不在这个目录中，说明余娱实际灌制的唱片要多于此目录。此外，余娱的其他负责人也经常参与演出。上文已述，余娱负责人刘炳先、陈振贤、陈木丰等都曾经参加演出，《余娱儒乐社金禧纪念特刊》第59页有陈木丰饰演西王母的剧照（见图3-10）。

　　陈木丰担任过余娱的副社长、剧务、副剧务、财务等职，他还是余娱社外江戏剧本的抄写者和收藏者之一。

图3-9　外江戏唱片
《兰继子哭街》

图3-10　陈木丰饰演
西王母的剧照

第四节　陈子栗与余娱儒乐社的外江戏抄本

今天看来，陈子栗和余娱儒乐社的最大贡献之一，便是抄藏了一批外江戏剧本。

余娱社抄藏外江戏剧本原装订 77 册，156 个剧目。新加坡国立大学中文图书馆所藏缺佚 6 册，又有 2 册为音乐曲谱，故现存外江戏剧本共 69 册，一般每册装订两个剧本，少数含三种或三种以上，计有剧目 145 种。有折子戏，也有大戏，故长短不一。关于这批剧本的概况、价值以及和粤剧、京剧等兄弟剧种的比较，详见后文。这里仅谈谈这批剧本在剧末题署、剧中夹批眉批中所透露的陈子栗和余娱儒乐社戏剧活动的一些情况。

首先，抄本剧末题署显示，陈子栗家藏剧本和余娱儒乐社公有藏本原来是分开的。

上文已述，钱热储在 1933 年已经提到陈子栗"家藏汉剧抄本最富"。后来，凡介绍余娱儒乐社这批外江戏剧本时，都把陈子栗的私家藏本和属于余娱儒乐社的公有藏本混为一谈。这一认识或基于陈子栗是余娱儒乐社创建人的事实。但实际上，私藏和公藏原本是分开的。第 77 册《小下山》，剧末黑笔小字署云："民国二十四年（1935）六月日己亥五月日，郑翼昇先生来本，陈子栗抄。"接着用大字标明"余娱儒乐社藏本"。二者笔迹一致，应同为陈子栗手笔。再接着分三行用小字注云："此本原为子栗兄欲抄送余娱，因余娱已有，故由子栗兄许送与木丰，收为藏本。"后一页嵌有"陈木丰藏本"红字。这说明，余娱成立以后，其社内公用剧本和陈子栗的私家藏本是分着的。

不仅如此，余娱儒乐社的其他成员如陈木丰、陈华柱等也有自己的藏本。第 60 册《金殿奇配》乃陈子栗抄写，剧末题署："民国廿八年（1939）八月廿三日己卯七月初九补齐，陈子栗写，陈华柱藏。"第64册《取长沙》也是陈子栗抄写的，剧末注明："陈华柱藏本，郑先生来本。"此处的"郑先生"指郑翼昇（郑翊昇），见后文。至于陈华柱是何人？陈子栗为什么要替他抄写剧本，就不得而知了。第64册《取长沙》，剧末红笔署云："民国廿八年（1939）五月五日己卯三月十六日陈子栗重抄"，说明以往这个本子已经抄过一次。为什么要重抄？是不是为了送给余娱儒乐社？已不得而知。

其次，从剧末题署可以知道，陈子栗等人抄写这批外江戏剧本的目的，不仅仅是为了演戏用，而主要是为了收藏，为了在海外保存国粹。

余娱儒乐社有过多次外江戏演出的实践，收藏剧本有利于演出，这是没有疑问的。但有证据表明，陈子栗等人抄藏这批剧本不仅仅是为了演戏使用。张更俊为余娱创建50周年写的《本社史略》说得好：余娱的创立宗旨是"研究汉剧，保持国粹，联络感情及协助公益慈善事业"①。而抄写并收藏外江戏剧本，就是"保持国粹"的有效行为。余淑娟女士用较多篇幅分析了余娱的外江戏活动与清末邓实、黄节、刘师培、章太炎等人发起的保存国粹的运动有关，1928年为余娱义演题词的马君武就是国学保存会会员。②这是不错的。现在我们来看看抄本题署所反映出来的内证。

现存余娱社抄藏的剧本中，由陈子栗本人抄写或圈点、加盖个人钤印的剧本占一大半，其余亦由与之交游密切的乐社成员抄写而成。第60册《金殿奇配》，剧末先用黑笔署云："民国廿八年（1939）已卯七月初九日抄齐，陈子栗写，陈华柱藏。"接着用红笔记录："寻此本约有十年，兹在丁丑年尾得来，家友恭兄寄许镇焕兄，带来戏班原本。内中语句字迹有者甚是难猜，所以另添凑合，倘有不妥，请高明者正之。余娱郑先生经已阅过，并付去总纲一副。"按："家友恭兄"指的应是陈友恭。《潮州戏剧音乐志·五十年来潮州外江业余艺人小传》记云："陈友恭，籍贯未详，亦是全能的指导人才，此君熟烂百几十出汉

---

① 张更俊：《本社史略》，见新加坡余娱儒乐社编《余娱儒乐社金禧纪念特刊》，1962年，第61页。
② 余淑娟：《潮州外江戏的传播组织：新加坡余娱儒乐社》，《民俗曲艺》2016年第191期，第79、85页。

剧的唱做乐器，色色畅晓，为红得发紫的名导师。"① 或可推测，"许镇焕"，或许就是"许镇汉"。

叶伟征曾记述道："许镇汉决定到新加坡谋生时，他所参加的乐社'阳春出雾'的老社员告诉他，到了新加坡后，只有余娱乐社的社员能够交往。他们还让他带了一本《花田错》的外江戏剧本作为见面礼。"② 按：此处记述恐有误。潮汕地区并没有叫作"阳春出雾"的乐社，而只有"阳春幽处"乐社，其创建人正是陈友恭，而许镇焕也正是"阳春幽处"的下属乐社成员。陈德遗《澄城阳春国乐社史话》一文云："澄城阳春国乐社，是一个业余群众性的汉乐组织。它始创于民国初年，原名阳春幽处，创建人陈友恭。""陈友恭人材魁梧，方形大黑脸，擅唱乌净，演焦赞最为出色，人家管叫他'乌头'。"20世纪20年代，阳春幽处"声名大振，遐迩震惊，南洋各地乐社，相继到来求师。先后被邀赴新加坡、泰国等乐社就教的就有陈如烈、李隐文、佘绸、蔡儒家等"。"三十年代初，涌现了更多的青年乐手、曲唱者，他们感到阳春幽处的场地与时间，不能满足活动的需求，遂以陈宜祥、许镇荣等为首的青年，在城内猪仔场后迁楼下头地方，创立咏怀天儒乐社……咏怀天儒乐社成立后，因地处闹市，影响较大，参加的青年较多，人才济济，时有乐手陈文楚、高永锡、陈永昌、林锐烈、陈永泉等，曲唱者陈宜祥、许镇荣、许镇焕、牛肉喜、鹅肉茂……"③ 我们推测，这个"许镇焕"与陈子栗抄本题署中所说的"许镇焕"是同一个人。而"许镇汉"以及《花田错》剧本均是误记。陈友恭委托许镇焕带给陈子栗的剧本是《金殿奇配》而非《花田错》。

无论如何，到陈子栗抄写《金殿奇配》时，他寻找这个剧本已经有了10年时间。寻找一个本子达10年之久，若为了演出，当不至于如此。

同样的例子还有第37册《百里奚会妻》，剧尾红笔署："丙辰二月初四日

---

① 萧遥天：《潮州戏剧音乐志》，见饶宗颐《潮州志》（第八册），潮州市地方志办公室，内部印刷，2005年，第3681页。

② 叶伟征：《从口述历史与文物看余娱儒乐社与新加坡潮州社群》，见李志贤《海外潮人的移民经验》，新加坡潮州八邑会馆、八方文化企业公司，2003年，第330页。

③ 陈德遗：《澄城阳春国乐社史话》，见澄海县政协文史资料工作委员会《澄海文史资料》（第2辑），1988年，第72—74页。

圈好，张淑文书，陈子栗点。"同页补有黑笔小字抄写的《孟明视射雁》一出，末署："庚午六月初五日补入，民国十九年（1930）陈子栗抄。"《孟明视射雁》为《百里奚会妻》中的一出，根据这一题署，可知丙辰年（1916）他未找到这一出，到民国十九年（1930），经14年的时间才补齐。无论为了演大本戏或折子戏，让演员等14年都是不可能的。

有时候，陈子栗还在正本之外加上别的版本的内容，明显的例子如《杨太郡辞朝》。在正文中，老生（宋仁宗）唱十句二板，表示对太郡的祝福，紧接着包公再唱八句二板，表示对太郡的敬意，婆（太郡）唱四句二板简单回应。从笔迹（正楷）看，此剧正文的抄写者为张淑文，全剧在情节上是完整的。但在此页书眉增加了用红笔行书抄写的太郡的八句唱词：

但愿得我主平安享，但愿得我主福寿长。但愿得江山安乐静，但愿得朝中多公（功）臣。但愿得四海干戈静，但愿得四海享太平，但愿得天下风调顺，但愿得天下民康宁。

《杨太郡辞朝》最早来自楚曲《杨令婆辞朝》，后成为京剧《太君辞朝》后非常流行，版本也很多。若和京剧比较，可以肯定陈子栗掌握的版本比较早，与楚曲较为接近，而且所藏不止一个版本。上引八句唱词不像是陈子栗创作的，而应来自别的版本。第9册《高王过关》也是一样，在戴海济手抄的正文书眉，有另一版本的内容。这也再次表明，他抄录外江戏剧本不是为了演出。不然的话，演员演到此处会不知所措。

再次，陈子栗对剧本有圈点、有注释、有增加、有改动。这说明他不仅是外江戏音乐方面的权威，而且对剧本以及舞台艺术也很内行。

余娱的这批抄本，大部分为陈子栗亲手抄写，也有余娱创时期成员张淑文及陈木丰、戴海济等人的手笔。但用红笔圈点者基本上是陈子栗一人，圈点的范围包括曲牌名、板式名称、角色名称（有时是剧中人名）、某些动作、锣鼓经以及动作与唱念的"科""白""唱"等，有的还在唱词旁加上了工尺谱。

第78册《外江诗部》，用工尺谱的形式记录外江戏音乐（器乐）的曲牌和板式。其中，第9页有红笔夹批"庚午改"，说明此处经陈子栗改过。第28页【产孩儿】曲牌名下有红笔注云："平戏'耍'。进花园，进花园。猛抬头，四下观。花园里面闲游戏，石榴花开红是红，芍药花开赛牡丹。杨梅开花人难见，满园中百花开放，玩花人喜上眉梢，玩花人喜上眉梢。"按："平戏"就是京剧，"平戏'耍'"，是说这个曲牌在京剧中叫【耍孩儿】。"进花园"以下是清末流行的俗曲【耍孩儿】唱词中的一首。陈子栗此批，说明此处的【耍孩儿】是俗曲而非南北曲。

陈子栗虽然主要不是戏剧家而是音乐家，但他对外江戏绝不歧视。不仅不歧视，有时候还亲自登台参加演出。《余娱儒乐社八十周年纪念特刊》附录有1936年余娱儒乐社"双台对赛艺员芳名"，其中在第三晚上演《白虎堂》人员名单以及"司乐者"姓名中，陈子栗均赫然在列。[①]杨书松的回忆也说，陈子栗曾经参加外江戏的演出。这可以印证陈子栗对戏剧绝非外行。

最后，抄本剧末题署反映了余娱儒乐社的一些戏剧活动。

第41册《女收狐》，剧末用红笔署："丁巳三月初八日抄好，黄超一并李毛合本，子栗记稿，张淑文代抄。是日超一、庚司、花生□□斋并下手婆同付荷兰船回唐，约下午开船。戏箱先落此船，往屿出叻，今日行。"这段记录很值得研究。丁巳年为1917年，陈子栗"记稿"，指的是他本人对剧本所做的校勘、圈点、补笔（工尺谱和部分唱词）等工作，"代抄"指剧本正文的抄写，这都不难理解。问题是，"超一"等人乘荷兰船回中国（唐），还要带上"戏箱"，涉及了余娱儒乐社与戏班子的关系。由于余娱早期抄本多来自外江戏班老三多，可推测黄超一、庚司等均为老三多戏班的成员。在有些抄本剧末，还出现过"老三庚司"之名可证。"下行"指戏班中的打杂者，余娱抄本第63册《外江戏全班各行当人数》，在"下行"下注云"鼎上一名，鼎下一名，担饭一名，买菜一名，洗衣一名，管铺藤一名"可证。"婆"是外江戏角色名，这里大概指戏班中扮演"婆"的演员。

20世纪二三十年代，余娱儒乐社的戏剧排练和演出活动，多仰仗魏松庵

---

① 《余娱儒乐社八十周年纪念特刊》，新加坡余娱儒乐社编，1992年，第96页。

和郑翼昇（抄本多写作郑翼昇，《余娱儒乐社金禧纪念特刊》印为郑翊昇）二位，他们是余娱社的"指导员"（指导教师），虽不在专业戏班，却是外江戏的行家。抄本题署透露了郑翼昇的行踪。第 72 册《服仙药》，剧末黑笔注云："民国廿七戊寅年（1938）式（二）月十五日陈木丰抄。是晚八时，余娱儒乐社开茶会，换送本社指导员郑翼昇先生明天回暹罗。"第 57 册《戏武松》，剧末黑笔注云："民国廿七年（1938）三月十七号陈木丰抄于叻。余娱儒乐社指导员郑翼昇先生是日请假回暹罗，预约四十天即可返叻。本社副总理刘炳先君逝世，是日开吊，亲朋往拜者甚众。"第 57 册《凤仪亭》末署"郑翼昇先生来本"，后一页又署："民国廿捌年（1939）三月十七号己卯年元月廿七日陈木丰抄。是日，郑翼昇先生搭吉打轮往槟榔屿搭火车返暹罗。是日，余亦送先生落轮才回。"据此可知，郑翼昇时常往来于新加坡和泰国之间。他到泰国去，可能也是为了外江戏或潮剧的排练演出。

第五节　余娱儒乐社的经济后援及政治倾向

余娱儒乐社虽于1912年成立，但直到1933年方正式注册。大约成立之初政府当局对社团管理并不严格，后来颁布了"社团新法令"，"限期未经注册之社团，应从速办理注册，否则以非法社团论之"。余娱儒乐社成立20年后方申请注册，但政府部门考虑到余娱"系一正当娱乐团体，负责人多属商界知名人士，且过去多为慈善公益，服务社会，备极赞许，故蒙批准在案，给予豁免注册准证"。①

余娱社址曾数度迁徙，第一个社址是陈子栗父亲开设的"谦裕号"，在沙球劳路附近的敬昭街，第二个社址是陈养吾开设的玉香茶庄，第三个社址是杨添文开设在十八溪的布行。1928年搬到沙球劳路，1998年搬到戏院街。②

一个业余的、不以谋取商业利益为目的的乐社，能够长期生存并发展下去，必须有雄厚的经费支持。而资助者的政治立场，则决定了该社的政治倾向。余娱儒乐社能够维持多年的兴旺局面，其原因之一，便是有雄厚的财力支持。这靠的是余娱创始期成员和资助者的无私奉献。

首先，余娱创始人陈子栗家境富裕，为建社出钱出力，做出了表率。

根据洪令经所撰《事略》，陈子栗"弱冠南来星岛，住居其尊翁所创谦裕行中"。"谦裕行"是做什么生意的以往没有人关注，我们仅知道陈子栗出身于潮籍商人家庭。

按："谦裕"一词最早出于嵇康《家诫》，是谦虚而能容人的意思。把这个

---

① 张更俊：《本社史略》，见新加坡余娱儒乐社编《余娱儒乐社金禧纪念特刊》，1962年，第61页。

② 王振春：《梨园话当年》，玲子大众传媒私人有限公司，2000年，第33页。

词冠于商号，行行皆可通用，很难从名称看出其经营范畴。然而值得注意的是，在同一时期，台北也有"谦裕行"，却是一个教育机构。据记载，清末诗人王元穉（1843—1921），曾在光绪二十二年（1896）入"台北谦裕行攻算学代数术"①。

此外，台北还有一个本地人经营的银行亦名"谦裕行"。台湾《日日新报》明治32年（1899）2月24日第3版"杂事"类"土人银行"条云：

> 目下土人银行，以稻江一色论，应推谦裕行为第一。盖是行为本源开设，举其事者即许论潭也。其资本近十余万，世咸称以廿万圆。亚于谦裕行，则新嘉坡英籍鸿记也，其主人即邱姓名鸟者。次礼记，资本二万元；次怡悦、广福泰，资本一万零圆。其他之兼营是业者，历年之茶出之时，当轧增二十间以上。按五号银行，惟谦裕行有闭店之说。近细查之，则许论潭自清。林维源乃着开设，则前说则是子虚。

按："本源"乃清末鼎鼎大名的板桥林家的商号，林维源（1840—1905）是"本源"当家人，号称"台湾首富"。用今天的话说，林维源是"谦裕行"的董事长，而许论潭则是总经理。所谓"土人银行"，指的是台湾本地人开的银行，因当时中国台湾被日本人占领，故有此称谓。据《日日新报》1899年7月28日第4版"杂事"类"谦裕更张"条，由于日本人排斥，"谦裕行"终于更名"裕记"，许论潭也从正职降为副职。

前文曾指出，中国台湾诗人庄鹤如常在台北和新加坡之间游走，并在新加坡为"余娱"作《跋》。那么，陈子栗父亲开的"谦裕行"与台北的"谦裕行"是否有关联？庄鹤如的新加坡之行是否与"谦裕行"的生意有关？都成了有待解开的谜。此外，作为台北教育机构的"谦裕行"也许是作为银行的"谦裕行"多种经营的一个分支。不然的话，以"谦裕行"之家大业大，必不容有人再用"谦裕"冠名。

---

① 吴德功：《瑞桃斋诗话校注》，台北：丽文文化事业有限公司，2009年，第187页页下注60。

无论如何，陈子栗创建余娱社，不仅有他个人的音乐造诣为号召，还有其父雄厚的财力做后盾。据王振春《梨园话当年》，陈子栗当时经营的是"最赚钱的双鹅标烟纸"，"又兼做土产生意，他为了组织'余娱'出钱出力，自己又粉墨登场，参加演出。因'余娱'的会员，对这位留着大把花白胡子的创始人都很怀念"。①

当然，对于余娱有过贡献，出钱出力的，绝不止陈子栗一人。限于篇幅，只能择要介绍以下几位。

从1933年余娱注册至1943年新加坡沦陷的10年间，陈振贤和刘炳先二人轮流做余娱的正社长，贡献良多。因而，《余娱儒乐社金禧纪念特刊》所刊登的人物传记，除陈子栗外还有刘炳先和陈振贤。

刘炳先（1886—1938），潮安县刘陇乡人，未满20岁便南下新加坡经商。事业有成，1930年当选义安公司副总理。当时的总理是林义顺，另外一位副总理是李伟南②，可见其经济实力非同寻常。更加难得的是，刘炳先还是一位外江戏的高手，擅演"红净"。《余娱儒乐社金禧纪念特刊》所载《刘炳先先生事略》，说他出生在"富裕之家"，"好音乐"，"喜琵琶，于歌唱专主红净，造诣殊精，为时辈所称誉"。其"先祖阿日先生，少怀壮志，南来星岛……手创荣丰号"，炳先"年未弱冠，南来星洲，侍奉尊翁之膝下，习商场之事，操经济之术，孜孜不倦"。"关心社务，视社事若己事，间有兴革之举，无不急切措理。"③1938年，刘炳先逝世，余娱社抄藏的剧本题署记录了这一事件，详见后文。

陈振贤（1893—1976），潮安县彩塘镇金砂乡人，与陈子栗同乡。其祖父陈旭年17岁（1844）下南洋，只身来到柔佛国（现马来西亚的柔佛州）闯天下，因发现新锡矿受到嘉奖。致富后结识柔佛贵族阿布加，成为马来半岛上最大的港主和南洋最著名的富商，被柔佛苏丹阿布加封为"甲必丹"，授予"资

---

① 王振春：《梨园话当年》，玲子大众传媒私人有限公司，2000年，第34页。
② 潘醒农：《新加坡义安公司简史》，见《潮侨溯源集》，北京：金城出版社，2014年，第100页。
③ 洪经氏：《刘炳先先生事略》，见《余娱儒乐社金禧纪念特刊》，新加坡余娱儒乐社编，1962年，第71页。

政"头衔。至今柔佛新山有条"陈旭年街"便是为了纪念他。陈振贤的父亲陈鼎新,光绪年间曾任南康府知府,政绩卓著。陈振贤出生在南康,自幼聪慧,广泛涉猎医、乐、诗、书,毕业于汕头普益社英文学校,又擅长英文。[①]1925年,携眷南渡,寓居新加坡,料理先祖产业。1935年,出任四通银行司理,在商界大展宏图。抗战期间,组织侨胞举行"星华筹赈大会",以救济难民的名义积极筹款,用以购买飞机和其他支援祖国抗战的款项达叻币10万元。1937年,当选为新加坡中华总商会正会长。历任余娱儒乐社正副总理,出钱出力,视为己任。他还曾经粉墨登场,义演筹款。"对于汉剧'外江'研究颇具精湛。饰为红净角色(脚色),唱功堪称上乘。音调清晰,绝非凡响。亦曾录收留声唱片,署名'陈即我'之《探楼》及与陈启永先生合唱之《云台山》等出,备受汉剧界称赞不已。于是一般学习红净之票友,向其领教者,大有人在。"[②]本章第三节所引1927年余娱所演《探谯楼》剧照,即陈振贤主演。

值得一提的是,陈振贤和新加坡另一潮籍华商、余娱社名誉社长李伟南,与著名文学家郁达夫有交往。1938年,郁达夫应新加坡《星洲日报》所聘出任该报副刊《晨星》的编辑。1940年12月,李伟南、陈振贤在醉花林俱乐部宴请郁达夫。席间,陈振贤赋七律一首赠郁达夫,郁达夫即作《依韵奉答陈振贤先生》作答,副题为:"李伟南、陈振贤先生招饮醉花林,叨陪末座,感惭交并,陈先生并赐以佳章,依韵奉答,流窜经年,不自知辞之凄恻也。"诗云:"百岁常怀千载忧,干戈扰攘我西游。叨陪宾主东南美,却爱园林草木秋。去国羁臣伤独乐,梳瓴病鹤望全瘳。穷来欲问朝中贵,亦识流亡疾苦否。"[③]

李伟南(1880—1964),广东澄海县秀水社外埔人。早年丧母,家境贫寒。16岁随父亲南渡新加坡,靠自己的辛勤打拼创下一片天地。1911年,任四海通银行副司理,1913年任正经理。20世纪20年代起任新加坡中华总商会副会长、会长,潮州八邑会馆正副总理。关注教育、文化和公益事业,屡屡慷慨解

---

① 郑仁章:《新加坡潮籍侨领陈振贤逸事》,见政协潮州市委员会《潮州文史资料》(第二十三辑),2003年,第199页。

② 张雄生:《陈振贤先生事略》,见新加坡余娱儒乐社编《余娱儒乐社金禧纪念特刊》,1962年,第70页。

③ 郁达夫著,詹亚园笺注:《郁达夫诗词笺注》,上海:上海古籍出版社,2013年,第522页。

囊，扶危济困。抗战时日军"嫉其平素热心爱国，致两度被拘，终以忠贞不屈，大义凛然，日宪亦无如之何，卒幸安然释放"①。李伟南曾任余娱名誉社长，也是余娱的热心赞助者之一。

除刘炳先、陈振贤、李伟南之外，1933年余娱正式注册时邀请的首届名誉社长还有林义顺、杨缵文、吴扬屏、杨书典。这些人都是新加坡的华人富商，又都先后支持并参与辛亥革命和抵抗日寇侵华、侵占东南亚的活动。毫无疑问，他们既是余娱儒乐社财务上的坚强后盾，又决定了余娱儒乐社的政治倾向。

先说闻名遐迩的林义顺。林义顺（1879—1936）祖籍潮州澄海县岐山马西乡（今属汕头市郊），其父林炳源早年到新加坡谋生，林义顺1879年出生于新加坡，幼年受到良好的教育，17岁时进入商界，先后在他舅父张永福和闽籍商人陈楚楠的合春号、陈泰木材公司任职。20岁时承袭家族遗产并开始独立经营，短短十几年便和陈嘉庚一道成为南洋的橡胶大王，积累了巨额财富。在政治上，林义顺和张永福、陈楚楠合作创办南洋第一家公开宣传推翻清廷的报纸——《图南日报》。1905年6月，孙中山自欧洲取道新加坡赴日本，与林、张、陈三人会面。1907年2月，林义顺等人成为同盟会新加坡分会的首批成员和领导者。1907年5月22日，同盟会组织潮州黄冈起义，林义顺等人负担了全部经费。1911年，孙中山出任中华民国临时大总统，林义顺与陈嘉庚等人募筹巨款汇寄南京革命政府。在后来的云南反袁独立战争中，林义顺被任为南洋筹饷员，前后共募集了60余万元军饷。袁世凯倒台后，他被授予拥护共和一等奖章。以后的护法、北伐诸役，他均站在孙中山一边，给予财政上的支持。

随着经济上、政治上的成功，林义顺声名鹊起。1921年，他被推选为新加坡中华总商会第十三届会长。1929年，新加坡潮州八邑会馆成立，他任首届总理。1930年，义安公司成立了新的董事会，林义顺任改组后的首届总理。从此，义安公司和八邑会馆一直是新加坡潮籍商人的核心组织。林义顺还数任醉花林俱乐部和怡和轩俱乐部的主席。这两个俱乐部囊括了当时新、马最有威

---

① 潘醒农：《李伟南先生传略》，见《潮侨溯源集》，北京：金城出版社，2014年，第148—149页。

望的华商，陈嘉庚、胡文虎等都齐集于它的旗帜下，连英殖民当局也不得不对它另眼相看。在林义顺、陈嘉庚等人的领导下，这两个俱乐部成为支持中国革命、发起抗日救亡运动和其他华侨社会运动的坚强堡垒。

林义顺热心公益事业，多次发动募捐，赈济受灾的同胞。1918年的天津水灾、1927年的华北七省大旱、1931年百年罕见的长江大水等他都曾募款给予救济。1922年，他得知家乡潮汕"八二风灾"，即刻带头解囊相助，亲任新加坡筹赈潮汕风灾会总理，推动筹款施赈。1912年成立的余娱儒乐社，以往只是清唱，这次也响应号召，化妆登台，演出大戏，为赈灾募集款项。林义顺还慷慨捐款给新加坡的学校、医院，曾任同济医院主席，莱佛士大学、圣安德烈医院董事。1919年，他和陈嘉庚、杨瓒文等人联合创办了南洋华侨中学。

日寇侵华，国家危殆。1935年8月，华北告急，林义顺闻讯伤感过度，咯血不止。1936年3月，他遵医嘱回国疗养，谁知甫抵上海数日，病情突然恶化，不幸于3月19日去世，享年57岁。4月5日在上海万国公墓举行大殓暨公祭仪式，蒋中正等亲致唁电。①

值得强调的是，余娱儒乐社也是林义顺、杨缵文、杨添文、陈振贤等潮州侨领经常聚会的一个地方。1928年，余娱社联合醉花林俱乐部，在大坡庆维新戏院举行义演外江戏，筹款救济山东难民。"演出结束后，林义顺亲自携款北上，代表捐献，回来时带回了很多当代中国名人送给该社的墨宝"，其中有于右任、戴季陶等人的题词，都因战乱而荡然无存。②只剩下马君武先生的"行有余力，则以学文"以及张之江先生的"道义相勖"。（见图3-11、图3-12）

张之江（1882—1969），西北军著名将领，冯玉祥前期两大主要助手之一，先后参加辛亥革命推翻清廷帝制的滦州起义与反对袁世凯称帝的云南起义。在京郊南口大战中，任国民军总司令，后升至陆军上将。马君武（1881—1940），近代著名政治家、教育家。1902年结识孙中山，1905年参与组建中国同盟会，是中国同盟会章程八位起草人之一。1912年，任中华民国实业协会名誉会长，

---

① 参见潘醒农《林义顺先生传记》，见《潮侨溯源集》，北京：金城出版社，2014年，第139—147页。

② 王振春：《梨园话当年》，玲子大众传媒私人有限公司，2000年，第32页。

又是大夏大学（今华东师范大学）、广西大学创建人和首任校长。毫无疑问，余娱儒乐社在林义顺等人的鼎力支持下，加之自身的政治倾向和艺术上的不懈努力，已经博得了当时国民政府高层的青睐和认同。

如果说，林义顺对余娱儒乐社的支持，主要基于他个人的崇高威望以及雄厚财力的话，那么杨缵文、杨书典和杨添文、杨书松一家两代四人对余娱儒乐社就不仅是道义上、经济上的支持，而且有的积极参与其中，成为余娱的骨干成员。

杨缵文（1881—1967），潮安庵埠内文里乡人。生于清光绪七年，曾祖宗汉、祖父经均、父亲新祝，三代"咸叨清廷赐封奉直大夫"，他自己"蒙赏戴蓝翎及光禄寺署正"。其父无意仕途，早岁在星洲创玉成号布庄。杨缵文自幼在塾读书，博闻强识，每试名列前茅。18岁（1898）弃儒从商，南渡星洲，力承父业。1908年创永元成号，专营龟精捞迎土产。继再创成美金庄，督造黄金首饰，名闻遐迩。杨缵文热心慈善公益事业，诸如1911年韩江崩堤，1918年潮汕地震，1922年潮汕风灾，1917年天津水灾，1925年豫、陕、甘等省旱灾，1928年济南惨案，以及抗战爆发，均无分畛域，历输巨款。又平生热心教育事业，1905年参与创办"潮州公立端蒙学堂"，1919年与陈嘉庚、林义顺等倡办南洋华侨中学，1926年与廖正兴等于汕头创建孔庙及附设时中中学等。杨缵文还是多个南洋华侨社团的发起人和负责人，1912年他担任余娱儒乐社首任名誉社长，1928年他与林义顺、李伟南等倡办潮州八邑会馆，并曾担任醉花林俱乐部名誉总理。①

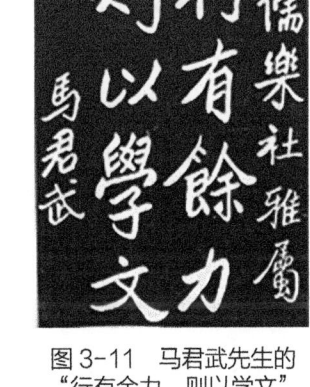

图3-11 马君武先生的"行有余力，则以学文"

图3-12 张之江先生的"道义相勖"

---

① 潘醒农：《杨缵文先生传略》，见《潮侨溯源集》，北京：金城出版社，2014年，第150—153页。

杨缵文的堂兄弟杨添文是余娱创始成员之一，上引余娱社创社合影照中便有杨添文其人，惜其生平事迹无考，只知道他也是一位富商，1912年和杨缵文一道担任中华总商会的评议员。① 又据杨书松的回忆，"余娱"在陈养吾的玉香茶庄活动了将近一年，到1928年，"搬到十八溪杨添文先生的布行"。可见杨添文对余娱的贡献。

杨书典是杨缵文的堂侄，比杨缵文小12岁，生于光绪十九年（1893）。早年就读汕头商校，1908年前往新加坡继承其祖父杨世隆的产业——隆发布行，成为当时新加坡十八富商之一。凭借雄厚的实力，杨书典广泛结识新加坡各界名流，如张永福、陈楚南、林义顺、陈嘉庚等人。陈嘉庚是著名爱国侨领，无人不知。张永福、陈楚南、林义顺亦均为当时知名实业家，同时也是孙中山领导的同盟会南洋分会的成员。杨书典多次捐资支持张永福等人的活动，支持孙中山的反清救国事业。后来由张永福介绍，杨书典先后认识了胡汉民、汪精卫等人。张、胡等人在南洋华侨中开展反清筹款活动，杨书典总是慷慨解囊。1909年，杨书典经胡汉民引荐初次谒见孙中山。1910年7月，杨书典由张永福、林义顺作陪在新加坡再谒孙中山。孙中山、胡汉民后来赠杨书典的个人照片和题词字幅，在落笔留言上都把杨书典称为"同志"。1920年4月26日，黄炎培专门到新加坡隆发公司拜访过杨书典。② 1912年，余娱儒乐社在新加坡成立，得到了杨书典的赞成与支持，他立即捐赠资金，促其成立，并荣任余娱首届名誉社长。其后每遇国内出现灾情，杨书典总是积极参与，率先发动并组织余娱社进行义演筹款。③

杨书松为杨缵文之子、杨书典的堂兄弟，1930年下南洋即加入余娱，其一生的"大半时光，与余娱不可分开"。他"生前玩的一手好二胡，从年轻时代拉到年老"。④《余娱儒乐社金禧纪念特刊》第23页"社员玉照"下有杨书松照片。1990年，杨书松代表新加坡余娱儒乐社回故乡潮安庵埠访问，受到

---

① 杨进发：《星华史上新旧商会之争始末》，见《陈嘉庚研究文集》，北京：中国友谊出版公司，1988年，第90页。
② 朱宗震：《黄炎培日记》（第二卷），北京：华文出版社，2012年，第116页。
③ 杨友爱：《早期南洋侨领杨书典及其家族》，见《潮安文史》，1998年，第174页。
④ 王振春：《梨园话当年》，玲子大众传媒私人有限公司，2000年，第33页。

隆重接待。① 直到1992年，杨书松还在担任余娱儒乐社副社长和永久名誉社长②。1989年采访过杨书松的王振春，到1999年写《梨园话当年》时，杨书松已经去世。

余娱社正式注册时的首届名誉社长还有吴扬屏，他也是新加坡的潮州籍富商，八邑会馆的发起者之一。他祖籍潮安县彩塘镇，和陈子栗、陈振贤同乡。同样乐善好施，热心国内的公益活动和文化活动。据1923年的《政府公报》大总统令，他曾因向中国红十字会捐款而获得中华民国政府颁发的勋章。③ 据民国十五年（1926）《重修韩文公祠记》，吴扬屏曾是重修韩文公祠的捐赠者之一，此碑立于韩文公祠内正堂东壁。1929年，任八邑会馆首届董事；1930年，任新改组的义安公司董事。

据《新加坡潮州八邑会馆成立六十周年纪念特刊》所刊登的"余娱儒乐社"介绍，余娱的首届正总理为陈敬堂，正司理为陈子栗，主持社务，兼任助教。④ 但不知何故，《余娱儒乐社金禧纪念特刊》对陈敬堂未置一词。经查阅相关资料获知，陈敬堂（1856—1941），祖籍广东省潮安县东凤乡，少时与乡人南下新加坡，协助其父陈德盛打理德兴港，后自行开辟德华兴（今拉央拉央）及保黎城（今古来玻璃城）。在新加坡另创立四间商号，1924年及1925年任中华总商会副会长。⑤ 1929年，参与发起八邑会馆。

总括以上，余娱儒乐社的创始人和早期余娱儒乐社成员及其"名誉社长"等赞助者，有以下五个共同点：第一，基本来自潮汕，且以潮安籍者为多，他们在地缘、亲缘甚至血缘方面有着千丝万缕的联系；第二，家庭富裕，其中不乏富商巨贾；第三，热爱家乡、热心公益事业和文化事业；第四，政治上有共同的倾向，支持辛亥革命、抗日救国；第五，喜欢外江乐和外江戏，其中不乏音乐和戏剧的行家。第五条主要指余娱儒乐社的正式成员，而名誉社长除陈振

---

① 《庵埠文化记事》（续二），见潮安县政协史文史委员会《潮安文史》（第十二辑），2008年，第183页。
② 《潮剧年鉴1992》，见《新加坡潮州八邑会馆成立六十周年纪念特刊》，第155页。
③ 池子华、丁泽丽：《中国红十字运动史料选编》（第二辑），合肥：合肥工业大学出版社，2015年，第220页。
④ 《新加坡潮州八邑会馆成立六十周年纪念特刊》，第155页。
⑤ 吴华：《新山华族人物志》，新山陶德书香楼，2006年，第87页。

图 3-13　康保成、容世诚在余娱儒乐社孔子像前的合影

贤等少数人外只是在资金和精神上予以支持。

毫无疑问，和新加坡其他几家外江儒乐社相比，余娱儒乐社不仅成立最早，而且有更坚强的经济后援。他们的入社门槛高，参加余娱儒乐社活动的都是"阿爷"（有钱人），而且他们是新加坡唯一崇拜孔子的乐社。

这样，余娱社特别重视社员的人品，也就不难理解了。据叶伟征介绍，余娱社规定会员不许聚赌、抽鸦片，只能从事正当的音乐、戏剧活动。"当年许镇汉决定到新加坡谋生时，他所参加的乐社'阳春出雾'的老社员告诉他，到了新加坡后，只有余娱乐社的社员能够交往。他们还让他带了一本《花田错》的外江戏剧本做见面礼。当晚，余娱乐社的会员邀请许镇汉与他们合奏，许镇汉超然的扬琴技艺征服了余娱社的商人，他们马上邀请他入社，并且无须通过开会议决。"① 这段叙述，前文已部分引述并分析过，"阳春出雾"和《花田错》可能有误。但余娱儒乐社对于入社会员的经济条件、人品道德、业务水平，有一定的综合考核标准，这是没有疑问的。这个标准虽未见诸文字，但操作起来应不难掌握。这样，余娱社就和专业演出团体以及其他业余乐社之间画上了一条清晰的界线。

---

① 叶伟征：《从口述历史与文物看余娱儒乐社与新加坡潮州社群》，见李志贤《海外潮人的移民经验》，新加坡潮州八邑会馆、八方文化企业公司，2003 年，第 330 页。

余娱儒乐社创建的 1912 年，正是中国的多事之秋，延续了两千多年的帝制终于被推翻。1 月 1 日，孙中山就任中华民国临时大总统。然而，人们期盼的宪政、共和、民主却并没有到来。仅仅一个半月之后，临时大总统就换成了袁世凯。一年之后，孙中山发起"二次革命"，后以失败告终，孙中山被通缉。新加坡的华人富商林义顺等人，早在孙中山发起成立中国同盟会之前就是其拥趸。1905 年，中国同盟会南洋分会在新加坡晚晴园成立。再后来，林义顺成了孙中山背后的"金主"。而余娱儒乐社，一个业余外江剧社，无意中被卷入政治的旋涡。在八邑会馆成立之前，余娱儒乐社便成为潮州侨领、余娱名誉会长林义顺等人的秘密集会之所。余娱儒乐社的功能，早已不只是排演外江戏那么单纯。1927 年以后，余娱儒乐社的多次义演筹款活动，全都打上了"爱国主义"的印记。林义顺给余娱带回来的国民政府高层要人的题词，书写着余娱的光辉历史。虽然，新加坡的殖民地地位以及后来的独立，使余娱社的努力似乎已经付之东流，但历史不会忘记他们。他们对中华文化的认同，对外江戏的热爱，都令人感佩不已！

从戏剧艺术的层面上讲，1912 年是王国维的《宋元戏曲史》发表的前一年。这时，一般人的文学观念还比较保守，戏曲和戏曲文学难登大雅之堂。但陈子栗和余娱儒乐社的成员，在外江戏演出影像资料没有保留下来的情况下，有意识地在海外保存国粹，抄藏了一百多个外江戏剧本，成为今天研究外江戏（广东汉剧）早期形态及其对岭南戏剧形态影响的重要资料。我们应该感谢他们，向他们致敬！

第四章

新加坡所藏外江戏剧本概述

目前所见，新加坡所藏外江戏抄本共有三批，包括190多个剧目，350多个剧本，分别来自新加坡余娱儒乐社、新加坡陶融儒乐社和新加坡潮州八邑会馆，现分别藏于新加坡国立大学中文图书馆、新加坡国家图书馆和新加坡国家档案馆。这三批剧本的抄写时间为1912年至1960年，比较完整地反映了晚清民国时期潮梅外江戏的剧目剧本和实际演出情况。①

第一节　新加坡所藏外江戏剧本的发现

新加坡所藏三批外江戏抄本正式进入当代研究者的视野，始于新加坡学者叶伟征1997年至2000年对潮州音乐社团的调查与研究。②2000年，新加坡国立大学研究生叶伟征在其硕士学位论文中首次披露了新加坡业余乐社③所藏外江戏抄本的存在，并提供了原属新加坡余娱儒乐社、陶融儒乐社、八邑会馆所藏三批外江戏抄本的线索。2005年，新加坡国立大学博士研究生余淑娟

---

① 采用"潮梅外江戏""外江戏"指称新加坡所藏剧本类种，是出于以下考虑。清中叶以来，"外江戏"的内涵有广义、狭义之分。广义"外江戏"，是清初以来广东地方对外来戏曲样式的统称。狭义"外江戏"则特指晚清同光年间一个分布在"赣之南，岭之东，及闽之西部"、以皮黄为声腔主体的戏曲剧种，亦即清末民初的潮梅外江戏。容易造成困惑的是，20世纪以来，潮梅外江戏在中国大陆两易其名，一是1933年钱热储撰《汉剧提纲》，以潮梅外江戏源出湖北汉剧为由径以"汉剧"之名代之；二是1956年全国剧种普查另冠名"广东汉剧"，以标明地方特色。由于这批新加坡所藏剧本直接反映的是"广东汉剧"定名、改造以前的地方剧种史情况，故以下仍恢复清末民初潮梅外江戏的历史概念，一方面明确本研究针对的具体历史阶段，另一方面与作为多声腔剧种泛称的广义"外江戏"概念相区别。

② 在此之前，新加坡余娱儒乐社、陶融儒乐社、新加坡客属总会国乐部等乐社组织均不定期刊印了少量乐社特刊，其中包括乐社历史、活动记录和艺术评论等内容，为后来学者的研究留下了一手材料。

③ 清末民初潮梅地区或东南亚地区的外江乐社一般自称"国乐社"或"儒乐社"，本书统称"业余乐社"。

专文介绍余娱儒乐社所藏外江戏抄本的情况，使我们对这批剧本有了初步的认识。①

一、早期潮梅外江戏剧本文献

此前，中国大陆学界对潮梅外江戏剧目情况的讨论主要围绕 20 世纪 30 年代《乐剧月刊》上刊登的 25 个外江戏整理本展开。但是，《乐剧月刊》中的剧本经过汕头公益国乐社成员的共同讨论与修改，并未据实记录清末民初外江戏的演出形态。

艺人、剧师藏本秘不示人，是早期剧本湮没的首要原因。据钱热储回忆，清末以来的外江戏班本大多掌握在有一定文化水平的艺人、剧师手中。对他们而言，剧本是赖以谋生的文化资本，"非有相当代价，决不许借抄借看"，即教授学徒亦 "仅许各抄片段" 而已。同一时期，潮剧因使用土音俗语而妇孺皆晓，京剧因剧本普遍印刷而人人识戏，外江戏却因语音隔阂，素乏剧本，演出时 "观众呆立台前者，百之九九"②。

另有部分重要的外江戏剧本属于戏曲爱好者的私藏。《乐剧月刊》刊登的外江戏剧本多是据此整理编印的，如第三号 "本期戏本，原拟先将陈子栗先生抄示之《清风亭》编印"，第八号 "《百里奚》一本，初稿系由编者上年向三河范斯相君抄得"，等等。

从《乐剧月刊》编者按语看，当时外江戏爱好者所藏剧本数量不少，同题剧本时有出入，显系承自不同艺人、剧师。在各家私藏剧本中，又以潮安陈子栗先生抄本最值得注意。《乐剧月刊》称："陈子栗先生，为潮安金砂乡人，对于音乐汉剧，博学多能，家藏汉居抄本最富，经本社公聘为名誉指导员。并蒙陈先生允许，陆续出其抄藏剧本，为本刊资料，这是最值我们欣感的。"③ 不过，

---

① 余淑娟：《新加坡余娱儒乐社外江戏剧本初探》，见中共揭阳市委办公室、潮汕历史文化研究中心《第五届潮学国际研讨会论文集》，香港：公元出版有限公司，2005 年，第 153 页。
② 钱热储：《本刊出版的意义》，见汕头公益国乐社《乐剧月刊》，1933 年第一卷第一号。
③ 钱热储：《编后话》，见汕头公益国乐社《乐剧月刊》，1934 年第一卷第三号。

第四章 新加坡所藏外江戏剧本概述

在新加坡外江戏抄本发现以前，连同陈子栗抄本在内的大量民国外江戏抄本长期鲜为人知。

在早期剧本文献匮乏的情况下，20世纪30年代《乐剧月刊》所登载的25个剧本是了解早期外江戏文本和演出情况所能依据的主要材料。依《乐剧月刊》各期刊登次序，这25个剧本分别为：

《沙陀国颁兵》（集稿者张镐）、《辕门射戟》（集稿者庄非非）、《华容道挡曹》（集稿者陈观阁）、《辕门斩子》（集稿者许叙乐）、《上天台》（集稿者许叙乐）、《花园会》（集稿者庄非非）、《太行山》（集稿者张镐、陈观阁）、《清风亭》（集稿者陈子栗）、《探楼观阵》（集稿者张镐）、《沙陀国颁兵（上节）》（即该剧首场，集稿者张镐）《昭君和番》（集稿者钟熙懿）、《复中兴》（集稿者庄非非）、《葫芦谷》（集稿者蔡受岩）、《禳星斗》（集稿者蔡受岩）、《斩魏延》（集稿者蔡受岩）、《百里奚认妻》（集稿者郑福安）、《打龙棚》（集稿者蔡受岩）、《下南唐》（集稿者张仪球、钟熙懿、李翠娇）、《管仲观星》（集稿者李育才）、《回朝批本》（集稿者陈观禄）、《弑齐君》（集稿者陈辛夷、方悟非）、《洪羊洞》（集稿者不详）、《访赵普》（集稿者陈亮阶）、《李密投唐》（集稿者陈观乐）、《游武庙》（集稿者陈观禄）。

上述集稿者中，既有外江戏业余爱好者，也有当时的知名艺人。事迹可查者如下：郑福安是汕头公益国乐社早期成员，后专门从事外江音乐活动[1]；许叙乐为汕头知名票友身兼《乐剧月刊》编辑[2]；钟熙懿为外江戏名旦，曾在老三多、新舞台、荣天彩、新天彩及后来的新华汉剧社搭班，也曾参加业余乐社活动[3]。论者认为："《月刊》刊载的25个剧本，都是通过汕头公益国乐社乐友或

---

[1] 汕头市艺术研究室：《潮州音乐人物传略》，北京：中国戏剧出版社，1999年，第200页。
[2] 汕头市艺术研究室：《潮州音乐人物传略》，北京：中国戏剧出版社，1999年，第30页。
[3] 中国戏曲志编辑委员会、《中国戏曲志·广东卷》编辑委员会：《中国戏曲志·广东卷》，北京：中国ISBN中心，1993年，第658页。

与之关系甚密的班中艺人所赠,加之编辑钱热储此前已经在《汕报》上整理'外江戏'本提要二百余出,积累了丰富的知识,所以经他删汰精择后刊载在《月刊》上的戏本,基本上是当时或此前在剧坛盛演的善本。"①

在清末外江戏原本难觅、民初剧本散佚的情况下,《乐剧月刊》登载的外江戏剧本对认识早期外江戏历史形态不可或缺,不过精心校订、"删汰精择"也带来新的问题。

《乐剧月刊》剧本在曲辞、内容、体例上都曾经过不同程度的修改。据编辑钱热储自述:

> 所有戏曲,必先由平素习练的组员会齐研究,详细记录。次由编辑主任修改字句,改后再经习练者试唱合腔,鼓板上不至扞格,然后决定,抄录正稿,以付排印。每成一出戏本,往往经过五六人之脑力,五六晚之工夫,方能成就。②

登载剧本的原则并非保存原本,而是整理出一个符合文人乐师审美标准、足堪流传的乐社善本。经过乐社同人的改定,《乐剧月刊》登载的剧本在曲辞、内容、体制上都与原本存在差距。

《乐剧月刊》第二号《评剧中语》透露了本期剧本的具体修改情况。当期所刊《华容道挡曹》开场两句原为"我这里笑诸葛用兵不到,开大口说大话蔑视吾曹"。乐社成员认为口吻粗俗,故参酌京剧剧本,将其改为"暗地里笑诸葛用兵颠倒,少不免藐视咱爱国英豪"。若非编辑记录此次修改始末,读者难以获知原剧较质朴的语言本色,更难以了解京剧对此的影响。又如,第十二号《游武庙》剧按云:

> 再此剧曰游武庙,查武庙向系崇祀关云长,就曲文观之,此武庙为宋代所修,宋封关云长为武安王,设庙崇祀,亦相符合。但旧本剧

---

① 陈志勇:《广东汉剧研究》,广州:中山大学出版社,2009 年,第 114 页。
② 汕头公益国乐社:《乐剧月刊》,1933 年第一卷第一号。

文皆不及关云长，则所谓武庙者，究系岛祀何人为主，几使人无从认识。故此本于第三场行香拜祭时，改为设关公像为主，其所移进之赵云王勇，从祀于左右坛，以表明武庙之主从。曲文亦于此处，略为改易数句，以求适合。盖戏剧所演事实之信否，固不必过于深辨，而大体不可忽也。①

编者根据武庙主祀关公的习俗，更动舞台排场，务求"大体不可忽"。乐社成员的审美标准、价值取向，直接影响了《乐剧月刊》外江戏剧本的特点，后者所反映的演剧形态必然与清末民初外江戏存在一定距离。

此外，根据钱热储《汉剧提纲》的说法，外江戏剧目在全盛时代或多至200余出，仅《汉剧提纲》收录的剧目提要便有170余出②。《乐剧月刊》登载的25个整理本仅为吉光片羽。

二、新加坡业余乐社与外江戏抄本

2000年，新加坡国立大学中文系叶伟征硕士学位论文《新加坡潮州音乐社研究》提供了新加坡留有清末民初外江戏抄本的线索。

在论文鸣谢部分，叶伟征提到她在1997年协助夏威夷大学民族音乐学者刘长江（Dr. Frederick Lau）进行东南亚潮州音乐社团田野调查时，初次接触当时仍在原社址（沙劳球路，Circular Road）进行音乐活动的余娱儒乐社。其论文《新加坡潮州音乐社研究》即以成立于1912年的余娱儒乐社为主要研究对象，关注新加坡华人族群的身份认同与社群音乐活动的关系。论文指出在20世纪50年代以前，外江戏一度风靡新加坡潮州社群，参与外江戏组织成为一项有多重社会意义的文化活动，与当地华人社群的身份认同有密切关联。文中首次提到新加坡现存的民国时期外江戏抄本：

---

① 汕头公益国乐社：《乐剧月刊》，1934年第一卷第十、十一、十二号合刊。
② 参见钱热储《汉剧提纲·作书缘起》，汕头：汕头印务铸字局，1933年。

笔者在实地考察的期间，发现了三批战前的外江戏剧本，共计有三百本左右。这三批剧本分别收藏在国家档案馆，新加坡潮州八邑会馆胶卷内的手抄汉剧原稿，共51本；第二批是在陶融儒乐社内，有将近150本，第三批则是余娱儒乐社创办人陈子栗的藏本，共有70本左右，现由一位私人收藏家收藏。从这批大量保存下来的外江剧本，我们可以推断潮州外江戏在新加坡曾有一段蓬勃发展的历史。虽然这些外江戏剧本的发现非常的可贵，但因为此论文的重点是在探讨余娱的社会功能，而不是外江戏的内部结构，因此笔者将不会进一步分析这些剧本的特色。①

此后，新加坡业余乐社的独特文化价值逐渐受到研究者的重视，这三批外江戏抄本亦开始进入新加坡华文研究界的视野。相关成果还有林思勤《陶融儒乐社研究》②和余淑娟《新加坡余娱儒乐社外江戏剧本初探》③《潮州外江戏的传播组织：新加坡余娱儒乐社》等。余淑娟认为，余娱儒乐社对外江戏的传习包括"师资延聘"和"剧本整理"两方面，其中"师资"是"传承的核心"。文章对这批外江戏抄本的评判，也是从"戏曲传习"角度出发的：

因为在戏剧的学习上，如果没有导师传授唱念与身段，纵然有数百本剧本承载了舞台表演所要呈现的唱念做打，但是因为剧本并不是实况表演，记载的文字终究无法再现舞台上的音乐、歌声、舞蹈和动作。因此，从以上外江戏的剧本传抄看来，尽管新加坡曾经有一段风光的外江戏剧史，但是目前所遗下的剧本也只是一些死寂的文献，说明了过去曾有的荣光，但却唤不回那段有声有色的日子。④

---

① 叶伟征：《新加坡潮州音乐社研究》，新加坡国立大学中文系硕士学位论文，2000年。
② 林思勤：《陶融儒乐社研究》，新加坡国立大学中文系荣誉学位论文，2003年。
③ 余淑娟：《新加坡余娱儒乐社外江戏剧本初探》，见中共揭阳市委办公室、潮汕历史文化研究中心所《第五届潮学国际研讨会论文集》，香港：公元出版有限公司，2005年，第158页。
④ 余淑娟：《潮州外江戏的传播组织：新加坡余娱儒乐社》，《民俗曲艺》，2016年第191期。

三、海内外先行研究的不同取径

对于新加坡业余乐社及其所藏戏曲抄本,海外学者主要从文化认同、戏曲传播、戏曲组织等理论视角加以审视,而中国大陆学者更关注广东地区地方剧种的历史探讨。

2005年,教育部人文社科重点研究基地重大项目"岭南濒危剧种研究"立项,粤东地区的白字戏、正字戏、西秦戏、广东汉剧均被列为研究对象。①《广东汉剧研究》作者陈志勇认为:

> 东南亚外江乐社,由于他们在人员、剧本、设施等方面,与粤东"外江戏"有着直接的延伸关系,加之没有受到外界的人为破坏,所以保存下来的"外江戏"剧本是研究1949年前粤东地区"外江戏"的重要材料,希望能得到治广东汉剧史研究者的重视。②

2013年,在容世诚先生帮助下,新加坡余娱儒乐社抄本复印件"回归"岭南。本书作者之一康保成认为,这批外江戏剧本的研究价值至少包括以下三点:

> 首先,这批剧本蕴含有丰富的历史文化信息。19世纪至20世纪初,随着大批广东、福建、海南移民"下南洋",华人戏班也将数种本土的戏曲剧种移植到东南亚。由旅居新加坡的潮籍人士手抄并收藏的"外江戏"剧本,蕴含着海外华人的社团生活、祭祀礼仪和娱乐生活等相关资料,由此可以窥见移居新加坡的早期华商热衷观赏"外江戏",传播"外江戏"的情形,以及他们如何藉(借)助儒乐社(即

---

① 相关成果包括詹双晖著《白字戏研究》,广州:中山大学出版社,2009年;陈志勇著《广东汉剧研究》,广州:中山大学出版社,2009年;刘怀堂著《正字戏研究》,广州:中山大学出版社,2009年;刘红娟著《西秦戏研究》,广州:中山大学出版社,2009年。

② 陈志勇:《广东汉剧研究》,广州:中山大学出版社,2009年,第93页。

剧社）的活动来树立自己对祖国文化认同的情形。

其次，这批剧本反映了清末民初花部戏曲的剧本形态和演出形态。由于剧本抄写人常常在一些抄本的末尾注明抄写时间和底本来源，我们因而得知这批剧本的性质是当时戏班的演出本。例如晚清活跃于粤东的"老三多"班的演出本，在大陆已经不见踪影，但却保存在新加坡。更为难得的是，少数抄本还附有工尺谱。我们知道，广东汉剧来自湖北汉剧，而湖北汉剧又是京剧的源头之一。在自北向南的迁徙过程中，湖北汉剧为广东带来了什么样的遗传基因？她在与粤剧、潮剧的交流中发生了什么样的变化？广东汉剧与湖北汉剧、京剧、粤剧等是什么关系？通过比较都可以找到答案。

从更加宏观的角度看，清末民初是我国地方戏大繁荣的时期，也是戏曲在戏剧化的道路上迅猛发展的时期。一方面，外来戏剧主要是话剧对戏曲形态的嬗变起了推波助澜的作用；另一方面，即使没有话剧的影响，戏曲自身也在一步步地走向戏剧化。抄藏于新加坡的这批"外江戏"剧本，将使我们对近代戏剧形态的总体嬗变有一个更加清晰的认识。①

随后，新加坡与大陆学者就这批外江戏剧本的合作研究不断深入。2016年《文化遗产》期刊特辟"汉剧与'外江戏'研究"专题。②

康保成《外江班与外江戏》一文廓清了历史上不同时期、不同地域文献中"外江班""外江戏"的特定内涵，并通过对外江戏传播路线与相邻地方剧种地缘关系的考察，对此前关于"广东汉剧"究竟源于"湖北汉剧"还是"祁剧"的争议做出新的解释：

……而祁剧，早在清康熙年间，已经融合了汉调、秦腔、徽调而形成弹腔（南北路），这和汉剧的情况非常相似。再说，湖北汉剧南

---

① 引自康保成《新加坡藏"外江戏"剧本的搜集与研究》（未刊稿）。
② 以下三篇文章俱见《文化遗产》，2016年第3期，"汉剧与'外江戏'研究"专题。

迁福建、广东途径祁阳时,带上了祁剧的些许特征,这和"外江戏"源于湖北汉剧的观点并不矛盾。

文章从文本、声腔、表演形态的层面审视湖北、湖南、闽西与粤东戏曲的联系,揭示出以"祁剧""湖北汉剧""闽西汉剧""广东汉剧"等后起的地方剧种概念应用于清代地方戏曲研究的局限性。

新加坡国立大学容世诚教授在探讨清末粤剧本土化问题的过程中,首次提出粤乐"八大曲"与外江戏抄本存在文本联系,开掘了潮梅外江戏抄本与粤剧本土化关系的新议题,为"粤调皮黄"概念的提出提供了重要启发。陈志勇《近代"外江戏"的进入与岭南戏曲生态的变貌》从外省戏班入粤的整体视角阐发外来戏班与地方剧种生存状态、地方特色及文化品格之间的关系。

此前,海外学者多以新加坡华人族群和移民文化为视角,以民族音乐学视域下的音乐社团(组织)活动为研究对象,关注乐社成员的身份认同和音乐社团活动的文化建构问题。相比之下,中国大陆有关新加坡业余乐社及其所藏外江戏抄本的研究起步稍晚,但将主要目光转向清代地方戏曲传播、演变的历史过程,尝试利用这批承载晚清外江戏形态信息的剧本文献,对广东汉剧、粤剧、京剧、湖北汉剧等重要剧种之间的历史联系做出新的解释,以期对清代以至近代花部戏曲的生存与发展状态形成更加清晰的认识。

第二节　新加坡所藏外江戏剧本概述

新加坡所藏外江戏抄本由余娱儒乐社、潮州八邑会馆、陶融儒乐社的成员分别传抄而成，共包含剧目剧本350个①，剧目剔除复重后计有190个②。其中，余娱儒乐社剧本抄写于1912—1939年之间，大部分抄写时间早于1920年。由陈子栗先生抄写或圈点、加盖个人钤印的剧本近140个。潮州八邑会馆和陶融儒乐社抄本，虽未题写日期，但从两社进行外江戏曲音乐活动的时间来看，断剧本抄写时间应在20世纪30—50年代。

一、余娱儒乐社（陈子栗）旧藏剧本

新加坡余娱儒乐社成立于1912年，是新加坡第一个以提倡外江戏为宗旨的业余乐社，创始人陈子栗。乐社办社宗旨为"研究汉剧，保存国粹，联络感情及协助公益慈善事业"，社名"余娱"取"东山丝竹，绰有余闲，颜曰余娱"之意。现存剧本69册，内含剧目145出③。新加坡国立大学中文图书馆藏书编号PL-2567-Czsc1 ~ PL-2567-Czsc77。

该批剧本有"陈子栗""陈璧""陈木丰藏本""陈夔石"等钤印及2003年5月新加坡国立大学中文图书馆签收印章。剧本全部以蜡纸封皮、棉线装订，内页高宽250毫米×135毫米；每册页数少至15页，多至49页，大多抄本介

---

① 包含单脚本。
② 不含单脚本。
③ 根据所附藏目录可知，余娱儒乐社旧藏外江戏资料原有77册156个剧目。目前，新加坡国立大学所藏缺佚6册，又有2册为外江音乐曲谱，故现存新加坡国立大学中央图书馆的外江戏剧本共69册。其中，有11册含3出或3出以上剧目，54册含2出，9册含1出，现存剧目凡145出。

于 15~20 页；每半页行数不等，少者五行，多至 10 行；抄本字迹以楷、行为主，各本字体大小比较统一。朱色圈点，大部分版面清晰（见图 4-1）。

该批剧本原系乐社创始人陈子栗旧藏，多数由其本人亲自抄录、圈点。1914 年 6 月 17 日陈子栗所抄《重复中兴》年代最早，1939 年 9 月 20 日陈子栗所抄《天水关收姜维》最迟。1943 年陈子栗去世后，剧本移交社委陈木丰等人相继保管，2003 年由余娱儒乐社社委捐赠。

余娱儒乐社旧藏开本整齐，书法工整，说明赅备，剧目重复率低[①]，基本为角色俱全的总纲。

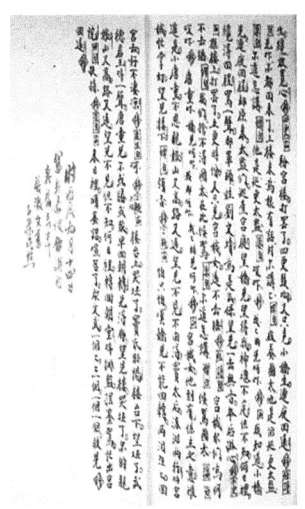

图 4-1 《收浪子》内页，附抄写说明

可以分为戏班原本、剧师藏本和一般乐社成员藏本三类。戏班来本 25 个，包括来自清末民初著名外江班"老三多"剧本 18 个，"新福寿"剧本 7 个，是目前少数仅存的清末外江戏名班原本，对了解早期外江戏演剧形态有重要意义。

乐社剧师或成员来本包括余娱儒乐社所聘剧师郑翼昇剧本 10 个、黄李毛剧本 3 个、魏松庵剧本 2 个，以及黄超一、陈子南、陈少铭、陈纯卿、刘恭泽、陈富年、郭长攀、郑国隆等人提供的外江戏剧本。其中，存在二人或二人以上"合本"的现象，可见抄写者对同题异本有一定参酌处理。

二、潮州八邑会馆原藏外江戏剧本

新加坡潮州八邑会馆成立于 1929 年，由中华总商会倡议筹组。八邑会馆所藏潮梅外江戏剧本原有 51 册，内含剧目 79 出（见本节附录 1）。其中，有 21 出剧目因原本字迹漫漶，基本难以辨认，实际可以利用剧本约 58 个。1985 年新加坡国家档案馆将其与另外部分八邑会馆历史文献一并制作成微缩胶卷，

---

① 仅有《沙陀国》与《沙陀搬兵》两本内容重合。

档案编号 NA1183。

八邑会馆原藏外江戏抄本开本不一，每册页数少则6页，多至93页，每半页7~9行；字迹以行书为主，书法较普通，部分剧本字迹、圈点潦草（见图4-2）。

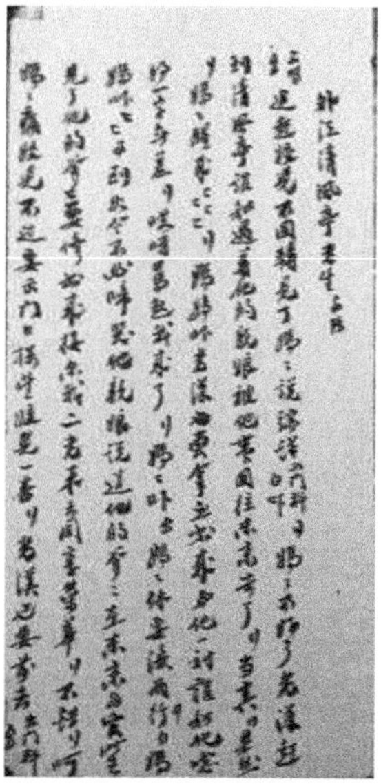

除《双带箭》一册封面署有"余之东抄本"，《左慈戏曹》封面题"汕头儒乐轩主人刘弓一手抄"，《莲峰庵》亦署"刘弓一"，其余抄本皆不附相关背景信息。

这批剧本形态丰富，含有大量单脚本，还保留一册单脚本合集。该册共录单脚本11个，全部出自不同剧目，分别为《大拜寿》（正旦）、《串位》（旦）、《祭塔》（旦）、《认像》（旦）、《送衣》（小生）、《追父》（旦）、《龙虎斗》（小旦）、《祭塔》小生、《过关》（小生）、《沙陀》（小旦）、《斩信》（小生）。剧名旁标有"我有""有"或"不"等记号，可能是某成员将其与已有剧本比对，留下此类标记。这部单脚本合集，应为乐社某成员为方便携带而合并抄录的自用剧本。

图4-2 影印《清风亭》内页

三、陶融儒乐社所藏外江戏剧本

新加坡陶融儒乐社成立于1931年，早期部分成员系从余娱儒乐社分出。其办社宗旨为"注意研究国乐汉剧，提倡正当娱乐，籍（借）以联络感情，团结互助"，社名"陶融"取"陶淑性情、融洽团结"之意。据叶伟征统计陶融儒乐社内约有外江戏剧本150个，目前新加坡国家图书馆BOOKSG数据库收录其中55册，剧本123个（见本节附录1）。

本批剧本除封面"陶融儒乐社"钤印外，无个人藏印。每册页数少至14页，多至186页，大多数介于40~90页；每半页行数不等，少则6行，多至14行，开本大小也有差异。抄本字迹以行书为主，朱、墨圈点均有，版面清晰程度不一（见图4-3）。

陶融儒乐社藏本较有价值的是其中的戏班原本和剧师藏本，其中"新天彩"班本17个、剧师魏松庵来本12个、郑翼昇来本6个。部分剧本封面记录抄写时间与抄写者信息，如抄写时间：《杨天禄综纲》"民国廿八年十月初十"、《三娘教子总纲》"卅八·六·一"、《何文秀卜卦》"一九五四年七月一日"，可知社内剧本抄写活动迟至20世纪50年代仍在进行；抄写者姓名则仅见《三娘教子总纲》"陈桂霖"和《龙井寺总纲》"李文芳"二人。

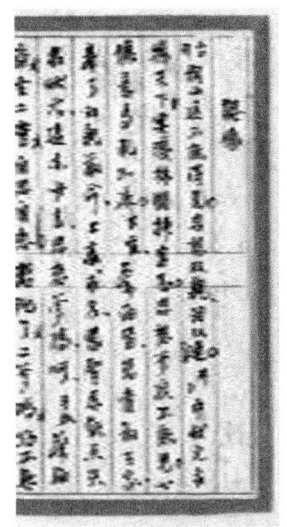

图4-3 《认像》内页

从剧本形态来看，除了角色俱全的总纲本，陶融儒乐社藏本中还有大量外江戏单脚本。例如，《凤仪亭》一剧，除总纲本之外还附有"旦本""生本""乌面本""太监本""丫鬟本""小花本"等。此外，另有部分"唱本"，系剧中角色在特殊情节中的唱段。例如，《莲峰庵》的"旦祭奠哭灵本""老丑清心歌"等。部分剧本附角色安排，方便社员排演。部分剧本正文前附有剧目说明，应为乐社新成员和普通观众所设。

综上所述，新加坡所藏外江戏抄本，不仅在数量上远远超过此前《乐剧月刊》登载的整理本，而且形态丰富、来源多样，对早期外江戏研究尤有价值。此外，新加坡南洋客属总会于1954年在《星洲市客属总会国乐部银禧纪念特刊》上整理排印的49个外江戏剧本片段，也可作为补充参考材料（见本节附录1）。

第三节　新加坡所藏外江戏剧本与同题整理本之比较

从剧本体制、语言风格、舞台提示和人物情节等方面来看，新加坡所藏抄本与《乐剧月刊》同题整理本有明显差异。

第一，剧本体制方面，新加坡抄藏外江戏抄本反映了早期戏班、乐社抄本的形态，《乐剧月刊》则对相关剧本做了体例统一，即所有剧本均分段、分场，并根据剧情重拟场次名称。对《乐剧月刊》的做法，当时观众也有疑问。编辑钱热储答读者来信曰："承问分场分段一节，词系本刊编者，为读者容易记忆全出次第起见，特分别标明，以便称述耳，非谓皆可截断演唱也。"可见编辑所见的抄本底稿原来亦不分段，分段、分场为整理期间添加。"所谓场者，本系戏剧原有名词，以台上脚（角）色皆已入内为一场，犹白话戏之一幕也。所谓段者，因台上脚（角）色仍有原人在，而所表演事实，则另成一个段落之谓也。"① 与此相较，余娱儒乐社所藏抄本基本以剧目为单位，未见分出、分段，或更加接近戏班原本体制特征，而八邑会馆抄本虽出现拆出，但大部分剧本仍无分场之定例。

第二，语言风格方面，新加坡抄本措辞较俚俗，别字较多，《乐剧月刊》整理本曲辞整饬文雅，部分唱词受京剧影响。例如，余娱本中存在大量同音假借字，将"财帛"记为"财白"，"打动"记为"打重"，"舅王"记为"旧王"，"完了"记为"烦了"等，这些俗字在《乐剧月刊》中都已改正。又如，《乐剧月刊》所刊登的《清风亭》中，句末分别以"坟堂""悲伤""圭璋""凄凉""上苍""所望""回家堂"等词结尾②；余娱本《清风亭》对应唱段末尾为

---

① 汕头公益国乐社：《乐剧月刊》，1934年，第一卷第四号《读者信箱》栏目。
② 参见汕头公益国乐社《乐剧月刊》，1934年第一卷第四号。

"坟前""悲声""宝珍""披麻""皇天""不好""回家来",韵脚颇杂。值得注意的是,根据钱热储的说法,《乐剧月刊》此剧的底本正是陈子栗先生所藏抄本。新加坡所藏陈子栗旧本的重现,使我们重新认识《乐剧月刊》编辑者的整理修订工作。

第三,舞台提示方面,新加坡所藏外江戏抄本一般只标科介符号"科",较少详细描述舞台表演细节,八邑会馆部分单脚本更只录曲辞,不记科白。《乐剧月刊》整理本科介之提示细腻,为新加坡抄本所不及。以余娱本《下南唐》及《乐剧月刊》同题整理本为例①,整理本新添科介提示包括:"上跳台科,马夫拉马,刘上马科,勒马出门时,刘母出台组织,刘即下马回岗内";"又到床前卷帐科,掀被科,扶病者起来科,问病科,用手比病科,将病人放回床上科,放帐科";"此时刘右手提剑,左手捧盅,用佛手式,而求仙丹,出一鬼卒,特奉师尊之命,送仙丹来,将仙丹倒入刘手盅内,鬼卒用手抹刘口唇科,刘即叱鬼吓"。余娱本此处只有简单的"科""鬼"等提示。

第四,人物情节方面,《乐剧月刊》整理本对迷信、不合事实或不合表演实际之处进行修改删削。例如,《乐剧月刊》曾以《沙陀颁兵》首场说白较多、"近来罕演",把此段全部删去。这段说白戏在余娱所藏两个版本的《沙陀搬兵》②中都保存下来。③又如,余娱本《辕门斩子》一出结尾,"大仙"敕令六郎传帅印与其子杨宗保。《乐剧月刊》整理本以原本情节"虚妄",将"大仙"一角改为"钦差",将太君科白中提到"大仙"的部分改为"大相"。对鬼神情节的处理,反映出当时士绅、文人对旧戏思想观念的扬弃。④

整体而言,《乐剧月刊》所辑录的25个外江戏剧本汇集异本之长,经过文人、乐师主动修改,以达到他们的审美观与价值标准,字词讹误较少、曲辞合理通顺、唱段安排和谐,不过与剧本原始形态及剧种演出形态存在一定距离。新加坡所藏外江戏抄本更接近清末民初戏班原本,贴近外江班演出的实际情

---

① 汕头公益国乐社《乐剧月刊》,1934年,第一卷第九号。
② 《沙陀搬兵》与《沙陀国颁兵》《沙陀颁兵》为不同版本不同写法。
③ 参见汕头公益国乐社《乐剧月刊》,1933年第一卷第一号。《乐剧月刊》删削剧本的做法,在当时就引起争议,故后来在第五号中又将删去的部分重新补齐。
④ 汕头公益国乐社:《乐剧月刊》,1933年,第一卷第二号。

况，未经记录者刻意加工整理，但也存在关目简化及词句讹误的现象。这批民国初年的戏曲抄本较后来整理本而言，更多地保留了早期外江戏的历史形态特征，可为清代岭南戏曲史研究提供更为翔实可靠的信息，为梳理潮梅外江戏的源流与影响提供了大量可供参照、比较的文本。

第四节　新加坡所藏外江戏剧本的剧目题材特点

焦循《花部农谭》谓清代地方戏原本于元杂剧，故其事"多忠、孝、节、义"。最能体现焦循所言地方戏曲题材特点的是梆子、皮黄类"大戏"。

以清中叶汉口一带流行的楚曲为例，现存29个楚曲剧本中，《英雄志》《李密降唐》《祭风台》《临潼斗宝》《鱼藏剑》《斩李广》《上天台》《探五阳》《辕门射戟》《曹公赐马》《东吴招亲》《新词临潼山》《回龙阁》《杀四门》《洪洋洞》《杨四郎探母》《杨令婆辞朝》《龙凤阁》等戏均以历史演义为主，搬演帝王将相、治乱杀伐事迹，正统之辨、君臣伦理在其中焉。而《蝴蝶梦》《二度梅》《闹金阶》《辟尘珠》《花田错》《日月图卖画》《大审玉堂春》《打金镯》《烈虎配》《闹书房》等戏虽以生旦为主，却几无吟风弄月的闲情逸致，更多关注的是社会背景中的悲喜哀荣、人情伦理。丘慧莹认为相比《缀白裘》收录的花部时调，或《燕兰小谱》著录的秦腔梆子，明显可见楚曲以历史剧为多，谐谑小戏更少："目前可见的二十九本楚曲中，有一半取材自历史故事的创作，比起传奇的才子佳人'十部传奇九相思'故事，或相对于秦腔小戏中人物的名不见经传，显得相当突出且有特色。"①

清代潮梅外江戏是汉调楚曲南下入粤的支裔。因其源出汉调，并被潮汕、客家地区观众奉为官音戏曲，清中叶以来外江戏的剧目变动、更新并不频繁，反而更多保留了传统皮黄戏的题材特点。

钱热储所著《汉剧提纲》著录早期外江戏剧目175个，分为"历史剧""社

---

① 丘慧莹：《清代楚曲剧本概说》，见《戏曲研究》编辑部《戏曲研究》（第七十二辑），北京：文化艺术出版社，2007年。

会剧""杂耍"三类。① 此书基本囊括了晚清时期外江戏班的传统剧目，即连清末民初已不常演的戏出，也被钱氏记录下来。在98个"历史剧"中，有73个剧目可见于新加坡抄本，67个"社会剧"中有49个见于新加坡抄本，10个"杂耍"剧目中仅2出见于新加坡抄本。新加坡业余乐社更倾向于传抄历史演义类剧本，而对钱热储所定义的"社会剧""杂耍"类剧本热情不高。个中原因，可以从具体剧目的内容、表演特色一窥究竟。

首先看业余乐社勘落最多的杂耍类小戏。《汉剧提纲》卷三所录的10个杂耍剧目分别是《双扶船》《落山别》《打花鼓》《卖胭脂》《闹花灯》《闹酒楼》《闹嫖院》《补缸》《八蜡庙》《打破锅》，见于新加坡抄本的有《落山别》和《补缸》。

《落山别》实即《下山别》，亦即晚明以来流行各地的尼姑、和尚"双下山"戏，其剧目源头可追溯到明代传奇《孽海记·思凡》，甚至更早的民间目连戏演出。另一出《补缸》也是清代流传甚广的时调杂出。《落山别》与《补缸》虽被钱热储归入"杂耍"一类，但仍是历史悠久、脍炙人口的经典剧目。

其他未被新加坡业余乐社抄录的杂耍小戏，大多事实无考，且情节粗糙荒诞、侧重曲艺说唱或武术技艺展示。例如，《双扶船》"彼此迭为和唱小曲，初唱闹五更，次唱十八摸，遂各自登岸完场"，《打花鼓》"杂耍中实含武技意味"，《闹花灯》全出"不外歌唱小调而已"。《闹酒楼》和《闹嫖院》需正杂丑角二人及旦角七八人，亦歌唱小调，敷衍过场。《打破锅》所有角色皆丑装，是一出"纯滑稽剧"。汕头公益国乐社《乐剧月刊》曾刊《儒家与票友》一文，细绎外江儒乐爱好者与一般观众的区别："儒家是要很有学问很有道德的人，才配得上这个称呼。今在戏剧中虽不必这样认真，最低限度，所学戏剧，也须比戏班里格外文雅一着才不负儒家二字。"② 新加坡业余乐社以"儒家""儒乐"自矜，宗旨在赓续风雅、传承文化，其忽视一般杂耍剧目的原因就不难理解了。

其次，《汉剧提纲》中提及而新加坡外江戏抄本中未见的"社会剧"18出，分别是《秋胡戏妻》《朱买臣休妻》《双拜寿》《狮子楼》《武松反监》《时迁盗鸡》《打擂台》《双钉记》《滕大尹》《广东案》《玉麒麟》《卖麻风》《朱砂痣》《杀子

---

① 钱热储：《汉剧提纲》"双扶船"条，汕头：汕头印务铸字局，1933年。
② 汕头公益国乐社：《乐剧月刊》，1934年，第一卷第四号。

报》《青草记》《一文钱》《桂枝写状》《喈叻案》。这批剧目或角色繁多，或侧重场上做功，或晚近新作，同样难以受到业余乐社青睐。

例如，在18个剧目中，有半数以上是做功为主的剧目，这些剧本更适宜戏班艺人的场上搬演，对于重视外江儒乐、曲文的业余乐社而言意义有限。《武松反监》"做工极吃重，且有曲段，非文武兼长不能出色"；《时迁盗鸡》为丑角骨子戏，"一举一动，皆是贼手脚……一跃而逸，颇令人发噱"。钱热储还记录了《打擂台》的具体演出过程，"前半演过关，多唱小曲，至后半演打擂，则全属武行戏"。除了以上重视做功的"水浒戏"，《双钉记》《滕大尹》等戏都以丑角表演为主，场上分量重于案头，对丑行演员的技艺要求极高，这同样与业余乐社肄习儒乐、传抄剧本的初衷相背。

又如，《双拜寿》等剧均为情节复杂、须用角色众多之长剧，对演剧组织的人员班底提出了较高要求。《双拜寿》"全本约需四小时方能演毕，角色各行文武具备"；《广东案》原本作为戏班演出的大轴戏，情节曲折复杂，据说需要四五个小时方能演毕，剧中所需角色亦几乎各门皆备。钱热储称由于《广东案》《朱砂痣》等戏需用角色过多，当时甚至连外江戏班都少演此剧。除了做功戏和复杂长剧以外，如滑稽剧《马大成》以小生、花旦、老丑、老旦四人为主角，全出"无甚唱功，皆滑稽口白"；《喈叻案》也是多口白，少唱功，至剧中调情处，"俗伶演之，多秽亵不堪"，此类剧目可能也因谐谑调笑的因素而未入外江儒家法眼。

《汉剧提纲》中提及而新加坡外江戏抄本中未见的"历史剧"有25出，分别是《渭水访贤》《刺王僚》《六国封相》《琉球国招亲》《三战吕布》《战徐州》《战宛城》《过五关》《长坂坡》《庞统用计》《回荆州》《战潼关》《魏黄争功》《斩五韩》《带剑入宫》《薛仁贵招亲》《薛仁贵征东》《薛仁贵回窑》《失金钗》《九莲灯》《黄巢试剑》《火烧竹林》《拾玉镯》《法门寺》《审人头》。

以上剧目大部分也有两个特点，一是场面热闹、技艺表演吃重、无甚曲文的"棚头戏"。例如，《渭水访贤》："场面颇热闹，但无甚精彩，班中多作日戏敷衍之本。"《六国封相》："此剧无主要角色，因汉剧班中，习惯上不作出头演唱，只于演酬神戏时拜神后演此为开台戏，取其富贵荣华之义。"众多三国题材的棚头戏亦诸如此类。二是情节关目甚多,或所需角色众多的全本戏。例如,《九莲灯》全出须演六七个小时,即使当时角色齐备的戏班也非加点心钱不演。这对于自娱自乐的业余乐社而言更难以实现。也就是说,新加坡所藏外江戏抄本所呈现的历史题材剧目特点,同样受到业余乐社的性质、功能和宗旨限制。因此,新加坡所藏外江戏抄本一方面保留了此前难得一见的清末剧目剧本,另一方面我们也要注意到,这批剧目同样经过业余乐社的主动遴选过程。

以下将新加坡所藏外江戏抄本分为"历史演义""世情伦理""神话传说"三种题材类型,分别介绍。

1. 历史演义类剧目

历史演义类剧目主要搬演帝王贵胄、文臣武将事。新加坡所藏外江戏剧本中有大量以历代君臣故事为主的剧目,其人物情节大部分基于明清时期流行的历史演义小说。例如,讲述刘秀君臣故事的《重复中兴》《马武》《姚刚封王》《姚期绑子》《西宫赔罪》《金砖》;讲述三国故事的《夺小沛》《凤仪亭》等剧;讲述隋唐英雄故事的《三更店》《望儿楼》等剧;敷演宋太祖赵匡胤发迹变泰事迹的《困曹府》《洒金桥》《打洞结拜》《高平关》《坐帐》《高王过关》《打龙篷》《贺后骂殿》《斩郑恩》《访赵普》等剧;大量杨家将戏和水浒戏等。这批历史演义类剧目多袭自清中叶以来的梆子、皮黄戏班,是秦腔、楚曲经过戏班艺人口传心授并南传入粤后传承、积淀的成果。

例如,余娱儒乐社所抄外江戏《斩伍奢》,观其情节场次、曲白文本,承自清代楚曲《鱼藏剑》第四回至第九回;外江戏演述刘秀君臣故事的散出,几乎可在楚曲《上天台》《探五阳》全部找到对应;讲述杨家将故事的楚曲《洪洋洞》《杨令婆辞朝》也被全本移植到外江戏当中。这些剧目剧本,非只剧目、题材相同,曲辞唱段、剧本分场等也有明显继承关系。

2. 世情伦理类剧目

与历史演义类剧目关注帝王将相、治权兴替的"大历史"不同,外江戏中另有一部分世情伦理类剧目,更多聚焦民间社会的人情冷暖,关注芸芸众生的悲欢离合，丰富、拓宽了外江戏的表现题材。

在世情伦理剧中，对"孝道"及家庭伦理的强调引人注目，如讲述闵子骞故事的《芦花雪》，同为"二十四孝"故事的《郭巨埋儿》，奉母至上的《蒙正当妻》《六月雪》，惩戒不孝子的《清风亭》，颂扬妻子为亡夫复仇的《孝义流芳》，斥妻不贤的《破棺误》《兰继子》《揭阳案》《广东案》等。除了家庭伦理剧外，新加坡所藏外江戏抄本还集中了一批社会公案剧，如包公戏《安福寺》《血掌印》《钓金龟》《卢瑶打驴》，以及《审李七》《玉堂春》《眼前报》《审五曲》《烈女报夫仇》《珍珠衫》等。其中《揭阳案》《广东案》《眼前报》等戏取材自本土时事，体现了外江戏对现实主题、人性矛盾的关注。

3. 神话传说类剧目

在新加坡所藏外江戏抄本中还有一批剧目专演神仙祈福，或以神仙道士、妖魅精怪为主要角色。

在晚清民国时期的潮汕、客家地区，民间节庆和各类社会仪式例以外江戏宴飨酬神，《天官赐福》《三仙图》《仙姬送子》等即此类吉庆开台戏。开台戏无甚情节，只取"富贵荣华之义"，却为当时外江戏班必演常演的节目。在新加坡余娱儒乐社所抄的一百多个外江戏剧本中，《天官赐福》列为首出，可见此剧在外江戏传习中的特殊意义。

除赐福天官、送子观音、金童玉女等仙班角色，外江戏中尚有《白蛇传》《辨才释妖》《女收狐》《阎罗王看戏》《大香山》等出，以蛇精、狐仙、柳精、阎王、小鬼为主角，颇有旁逸斜出之趣，是外江戏与民间生活和社会信仰结合的生动反映。

第五节 新加坡所藏外江戏剧本的地域文化属性

新加坡所藏外江戏抄本不仅见证了早期潮汕地区外江戏爱好者保存剧种文献的历史贡献,还保留了潮汕方言、民俗文化对早期外江戏的影响,引发我们对剧种地域文化属性的思考。

一、新加坡藏外江戏抄本的方言特征词

晚清民国时期,参与粤东外江戏活动的戏班艺人、业余爱好者中既有潮汕人也有客家人。当地观众将外江戏视为高雅艺术,以外江戏唱念为"中州音",不乏校订剧本、讲求正音者。即便如此,外江戏的舞台唱念与业余清唱依然难免沾染本地方音、俗语的影响。

参考《汉语方言大词典》等资料,在新加坡藏外江戏抄本中,有部分方言使用痕迹属于客家和闽南方言的共有现象:

(1)《青竹寺》唱词"他说道要学过如来佛祖,他说道要学过木莲罗卜","过"应为"个",剧中念 [ko]。此例属于唱念字声不同于抄写者语言习惯(潮汕方言"个"念 [kai]、客家方言"个"读 [kai][ke] 皆有)导致的笔误,不过单凭此例难以判断抄写者是潮汕人还是客家人。

(2)《四国齐》(《齐王求将》)念白"尔不要记心"。"记心"可见《水浒传》第二十四回:"叔叔是必记心,奴这里专望。"[①]《西游记》第三十二回:"你快伸过孤拐来,打五棍记心。"[②]"记心"作记在心里、挂心解,今见闽南、客家方言,

---

[①] (明)施耐庵、罗贯中:《水浒传》,北京:人民文学出版社,1975年,第310页。
[②] (明)吴承恩:《西游记》,武汉:长江文艺出版社,1981年,第389页。

如闽南成语"记心记肝"(念念不忘)。

除以上二例,同见于潮汕、客家方言的还有:《揭阳案》念白"到广省做生理","生理"作生意、买卖解;《凤仪亭》念白"食酒"、《女收狐》念白"食茶",以"食"作喝解;《审潘仁美》念白"妓姐们我来问尔,尔今晚有人客没有","人客"作客人解。上述词例反映了这批外江戏抄本阑入粤东本地方言的面貌,但未可直接证明抄写者究竟为潮汕人或客家人。

作为以潮汕移民为主的外江戏业余社团,余娱儒乐社所抄剧本保留了部分潮汕方言或受潮汕方言影响的特殊用例:

(1)《破南阳关》曲词"伍家既是把国保,不皆上殿骂当朝"。"不皆"当作"不该"。同剧念白"丫鬟,夫人喉咙焦干,拿杯茶来与夫人改渴"。"改渴"当作"解渴"。在粤东客家话中,"皆"与"该"、"改"与"解"均不同音,以上二例主要受潮汕方言影响。

(2)《下南唐》曲词"家将一言来持醒""持醒南柯梦中人","持醒"应为"提醒"。潮汕方言"持"与"提"音近,此处将"提"误为"持",应受潮汕方言习惯影响。

(3)《斩伍奢》唱词"奸贼听我说因伊"。楚曲《鱼肠剑》对应场次、唱段,作"奸贼听我说端的"。"因伊"作"原因"解,常见于闽南戏曲、曲艺及歌谣。明本潮州戏文《刘文龙》《金钗记》《荔镜记》已见"因伊"一词。泉州南音《君瑞可怜·锦板北调》莺莺答唱:"辜负恁,未知夫人为么因伊,即不肯相承认。"①《谢得张君》:"红娘为我传说这因伊,教伊须看宽忍受,我亦并无改志。"②汕尾白字戏"八大连戏"之《王双福》连:"小姐你听说起,听我同头说因伊。"③闽南过番歌《南洋游历新歌》(台中市瑞成书局1930年代铅印):"爷娘听子说因伊,咱厝趁无二十钱。""心内当时思量起,就叫贤妻说因伊。"④

(4)《审潘仁美》念白"银子在亚爷身上","亚爷"即"阿爷",此处为衙

---

① 转引自刘念兹《南戏新证》,北京:文化艺术出版社,2014年,第214页。
② 转引自刘念兹《南戏新证》,北京:文化艺术出版社,2014年,第214页。
③ 《海陆丰历史文化丛书》编纂委员会编著:《珍稀戏曲剧种》,广州:广东人民出版社,2013年,第236页。
④ 刘登翰等编著:《过番歌文献资料辑注》,厦门:鹭江出版社,2018年,第57、71页。

役自称,"老爷"之意。粤、客、闽方言虽然都有"阿爷"一词,但粤语、客语"亚爷(阿爷)"仅有父亲或祖父之意①。唯有潮汕地区"亚爷(阿爷)"兼表官僚、乡绅等有钱或有一定社会地位的"老爷"。如反映民国时期潮州各校学生特点的民谚"义安阿爷,县中阿舍,金中目镜,韩师乞食"②,讽刺吸食鸦片者的民间歌谣"某家阿爷嘴阔阔,尺二辫仔须二撇。"③阿爷均作有钱人解。

(5)《补破缸》念白"不免收什家伙头"。《潮汕方言历时研究》:"'头'作为后缀,在潮汕方言中有如下的附加意义和语法作用。表示某种东西:椅头、家伙头、历日头、筐头……"④客家方言无此词缀。

(6)剧本曲牌名【鸟鼠尾】。"鸟鼠尾"实为"老鼠尾"。"老鼠"潮汕方言常作"猫鼠",如潮汕歇后语:"猫鼠入风箱,两头受气。""老鼠尾"写作"鸟鼠尾",或因潮汕方言"猫"与国语"鸟"读音相近。

(7)剧本曲牌名【南路头板】原注:"猛缓须看介"。"猛缓"作"快慢"解,见闽南方言。据《汉语方言大词典》,福建福州、福清、邵武、厦门"紧猛来"(赶快来),广东潮阳"饭好了,猛来吃罢"(饭好了,快来吃罢)。庄群《吕叔寻宝》(潮曲):"脚步猛如梭,工课无相托。"⑤客语"猛"无此意。

除了方言使用痕迹,时见潮汕地名窜入剧中。如余娱儒乐社抄本《芦花河》唱词"记得当年韩江岭",闽西汉剧同题剧本作"汉江岭",京剧作"寒江关"。韩江为上游梅江与汀江在三河坝合流以后的名称,流经丰顺、潮安县,经潮州流向南海。皮黄原本"寒江关"误作"韩江岭",受潮汕地理文化影响。

综上所述,新加坡所藏外江戏抄本的方言使用痕迹可分为两类,第一类为潮汕、客家共有的方言特征词,第二类为潮汕方言特有的方言用例。基本可以确定,这些外江戏抄本反映的是晚清民国潮汕地区流行外江戏的剧本特征。20世纪中期以来,广东汉剧的剧种活动中心已逐步移至梅州、大埔为代表的客家

---

① 许宝华、[日]宫田一郎主编:《汉语方言大词典》,第1735页;欧阳觉亚等编著:《广州话、客家话、潮汕话与普通话对照词典》,第412页。
② 陈泽泓著,岭南文库编辑委员会、广东中华民族文化促进会合编:《潮汕文化概说》,广州:广东人民出版社,2001年,第223页。
③ 丘玉麟辑注:《潮汕歌谣集》,广州:广东人民出版社,1958年,第58页。
④ 林伦伦:《潮汕方言历时研究》,广州:暨南大学出版社,2015年,第163、164页。
⑤ 许宝华、[日]宫田一郎主编:《汉语方言大词典》,第5640页。

地区，潮州、汕头等地的职业剧团和业余乐社渐告消歇，新加坡所藏乐社抄本为晚清民国的潮汕外江戏研究提供了难得的历史文献。

二、新加坡藏外江戏抄本的仪式表演内容

新加坡外江戏抄本中的仪式表演内容可分两类，一类是专门用作迎神祈福的例戏，另一类是普通剧本结尾处的"做团圆"片段。前者既为例戏，民间戏班一般不轻易更动，可据其与同题例戏的文本亲疏关系判断外江戏仪式剧目的来源；后者出现在剧情收束处，常见"一家团圆，答谢神祇"与"江山平安，君臣欢畅"两种"团圆"模式。

第一类剧本有《（天官）赐福》《三仙图》《送子》《团圆》等。

外江戏《赐福》属昆曲《赐福》体系，曲白俱全，全剧主干由【醉花阴】【喜迁莺】【刮地风】【水仙子】【北尾声】五支曲牌构成，与全国各地的昆腔《赐福》剧本大同小异，其共同原始为清代宫廷承应戏《永庆遐龄》。①

外江戏《三仙图》主要角色为赐福天官、东周福仙、南极寿仙、白猿、麻姑。剧中赐福天官先后命白猿、麻姑将"千年蟠桃打在有福之家""万年琼浆进在有福之家"，为主家讨"彩头"。此本与各地"三星（仙）赐福"剧本主旨相近，词句颇异。

《赐福》《三仙图》虽有完整剧本，但经比较发现，前者与各地昆腔本《赐福》差异甚小，后者与其他"三星（仙）赐福"戏的差异缺乏规律，目前难以单凭剧本判断其传播源流。相比之下，《送子》《团圆》皆为短小排场戏，其演出内容与各地同题例戏，尤其是与闽南、粤东地区的演剧习俗有密切关联。

首先看各地《送子》例戏的情况。现存"送子"例戏可归纳出三种基本情节模式，其一是董永与七仙女故事中的天仙送子，其二是观音和张仙送子，第

---

① 李跃忠：《演剧、仪式与信仰——中国传统开场吉祥戏剧本选校》，北京：中国书籍出版社，2017年，第3页。

三种是其他神祇的送子戏。①

董永与七仙女题材的送子戏可追溯至明传奇《织锦记·仙姬天街重会》，全出由【金钱花】【前腔】【降黄龙】【村里迓鼓】和【余文】五个曲牌八支曲子组成。明万历时期《迎神赛社礼节传簿四十曲宫调》中有此剧目，可见至迟明代中后期董永题材的《天仙送子》已成为民间常见例戏。目前，董永题材的《天仙送子》主要分布在西南与华南地区，如川剧、古蔺灯戏、滇戏、邕剧、桂剧、湘潭影戏、潮剧、粤剧、雷剧等。

清代两广之间戏剧交流密切，邕剧、桂剧与粤剧《仙姬送子》属同源异流，文本差异较小，曲牌与文本结构基本一致。②除粤剧、邕剧外，与外江戏地理相近的还有作为潮剧开台例戏"五福连"之一的《仙姬送子》，以及正字戏、西秦戏《送子》。潮剧、正字戏《仙姬送子》也属"天仙送子"系列，前者仅余4句对白与后台帮腔，文本大为简化，后者曲白更加完整。然而，潮梅外江戏与粤剧、邕剧、潮剧、雷剧、正字戏等岭南地方剧种的《天仙送子》均不属于同一剧本脉络。外江戏《送子》抄本全文如下：

（旦白）送子下天台，满门放毫光。专送麒麟子，常生状元郎。
（科）我乃送子娘娘是也。奉了玉帝旨意，专送麟儿下凡投胎。张仙。
（小生白）娘娘。
（旦白）护送可尝齐备。
（小生白）到亦齐备。

---

① 李跃忠《演剧、仪式与信仰：中国传统开场吉祥戏剧本选校》收集"送子"主题例戏剧本15个，包括清代宫廷承应戏《螽斯衍庆》、安徽青阳腔《观音送子》、湖南湘剧《麒麟送子》、湖南浏阳影戏《麒麟送子》、昆曲《送子》、苏州前滩《张仙送子》、四川古蔺灯戏《天仙送子》、滇戏《仙姬送子》、影戏《天仙送子》、广西邕剧《仙姬送子》、广西桂剧《仙姬送子》、四川川剧《仙姬送子》、湖南湘潭影戏《送子》、滦州影戏《生子喜影词》、广东潮剧《仙姬送子》等。郑守治据艺人口述及唱片录音，整理了传统潮剧《仙姬送子》和海陆丰正字戏《送子》剧本。此外，据广州大学汉语言文学专业16级本科生戴碧云同学调查整理，闽南四平戏、广东雷剧和粤剧等多地剧种也保留了"送子"例戏文本。

② 粤剧：【麟儿降】【出队子】【新水令】【步步娇】【折桂令】【江儿水】【雁儿乐】【饶饶令】【下江南】【园林好】【沽美酒】【清江引】【尾声】；邕剧：【大开门】【小开门】【九转】【仙会】【仙会曲牌】【出队子】【新水令】【步步娇】【折桂令】【五马江儿水】【雁儿落】【饶饶令】【下江南】【园林好】【清江引】。

（旦白）驾起祥云。

（小生白）护送们，驾起祥云。

（什白）领法旨。（【珠罗儿】连【吹鼓】）

（小生白）送子已毕。

（旦白）回归天朝缴旨。

（小生白）护送们，回归天朝缴旨。

（什白）领法旨。（科）

【尾声】（入场）

外江戏上场人物有送子娘娘（观音）、张仙和护送（护法），还包括麟儿一角。在现存例戏剧本中，与此相近的是江浙、湖湘地区的安徽青阳腔《观音送子》、湘剧《麒麟送子》、浏阳影戏《麒麟送子》、昆曲《送子》和苏州前滩《张仙送子》。不过，上述剧本基本保留了完整的曲牌体制，而外江戏仅余简单科白和排场音乐。

从各地剧本的亲疏关系看，潮梅外江戏《送子》与湖南昆腔《送子》关系更密，而与广东粤剧、潮剧《送子》无直接关联。由此，可顺便理顺粤东各剧种"送子戏"的源流——晚清以来，粤东正字戏、外江戏和西秦戏均对本地白字戏、潮剧产生了深长影响，但从送子例戏来看，正字戏、潮剧、白字戏属前述"天仙送子"系统，外江戏、西秦戏属另一支"观音、张仙送子"系统，两类送子戏传入粤东的时间、轨迹不同，对本地剧种的影响也有别。

再看外江戏《团圆》排场特点。胡适在《文学进化观念与戏曲改良》中说："中国文学最缺乏的是悲剧的观念，无论是小说，是戏剧，总是一个美满的团圆。现今戏园里唱完戏时总有一男一女出来一拜，叫做'团圆'，这便是中国人的'团圆迷信'的绝妙代表。"[①]外江戏《团圆》脱胎自吕蒙正故事，全文如下：

【庆元回头折】连【吹鼓】

[①] 胡适：《胡适文集》（第2卷），北京：北京大学出版社，1998年，第122页。

（科）（旦白）老爷今早上朝，圣上如何封赠。

（生白）夫人，圣上将俺一家封赠，拜谢苍天，做个团圆大会。

（旦白）请老爷上旨。

（生白）随礼。

【庆元回下折】连【尾声】

林瑞武主编《福建省民营剧团生存状态调查研究》收录潮剧戏班演出结束扫台的"做团圆"剧本，与此大同小异：

夫人问：相公，今早上殿，皇上对我们家如何封赠？
状元：夫人，今早上殿，皇上赐我们一家合家团圆，
合：如此我们一同答谢上苍，做个团圆。

从"团圆"排场来看，外江戏与潮剧的扫台排场相似度很高。"'状元'与'夫人'共朝观众席拜三拜，扫台至此结束。潮剧传统用此'合家团圆'的彩头寓吉祥喜庆之意，在观众观念中，'做团圆'还可以被除所演故事中诸如妻离子别、落难生病等种种悲惨情节留下的不祥因素，观众亦可籍（借）此摆脱观剧过程产生的悲伤情绪。"[①] 在福建莆仙戏、梨园戏中，同样有以吕蒙正《彩楼记》结尾作为演出收束的习俗，其剧本《大且喜》较外江戏、潮剧的"做团圆"篇幅更长、情节更完整，从中可见闽南、粤东戏俗之流动变化。在独立的扫台演出以外，外江戏"团圆"排场还成为普通剧本中常见的插演片段，如《百里奚会妻》《女收狐》等剧本在收束处均可见其变体。

新加坡所藏外江戏剧本中第二类仪式表演内容即普通剧本结尾处的"团圆"戏，主要有"一家团圆，答谢神祇"与"江山平安，君臣欢畅"两种模式。

查各剧种《百里奚会妻》剧本，皆以团圆作结，但细节处理有所不同。例

---

① 林瑞武主编：《福建省民营剧团生存状态调查研究》，北京：中国戏剧出版社，2013年，第398页。

如，莆仙戏《百里奚·褒封团圆》讲述百里奚、杜氏、孟明三人登殿受封①。陕西华剧《百里奚拜相》第十三出《团圆》末尾以孟明受封、与皇甫恭之女拜堂成亲作结②。粤剧《百里奚会妻》结尾一家相认，三人合唱："一家人，大团圆，快乐欢愉。"③ 八大曲本《百里奚会妻》结尾为后堂预备酒宴，三人合唱："一家人，大大小小，也笑开眉。"④ 潮剧本结尾作：

（公白）夫人今日合家相会，□□团员（圆），此乃上苍怜悯，理皆（该）一齐答谢苍天，做个团员（圆）大会。
（旦生同白）从命。□。（科）爹爹拈香。
（公白）随礼。（科）
（三同）双膝跪在尘埃地，叩谢三光众神祇，夫妻父子得相会，又如枯木再生枝。今朝骨肉同欢□，低首拈香答谢天。⑤

潮剧"做团圆大会答谢苍天"的情节，同见于新加坡余娱儒乐社所抄《百里奚会妻》剧本：

老生白：好吓（科），有日里与皇家报效出力，不负我百里奚一点宗支（科）。（白）夫人请。喜今日一家相会，随着老夫拜谢苍天，做个团圆。
旦生仝白：请，相公、爹爹点香。
老生白：随礼（科）。（二流）对着苍天忙拜礼，一家叩拜谢神祇。回头来把话启。尊夫人听端的。当初若不外国去，焉能今朝挂紫衣。

---

① 吕品，王评意主编，李志航校注：《莆仙戏传统剧目丛书》（第7卷），北京：中国戏剧出版社，2012年，第349页。
② 陕西省文化局编：《陕西传统剧目汇编·第7集·华剧》，西安：陕西省文化局，1959年，第24页。
③ 傅伟生、梁侠天整理，广州戏曲改革委员会编：《百里奚会妻·李逵闹江》，广州：广东人民出版社，1956年，第20页。
④ 中国音乐家协会广东分会、中国戏剧家协会广东分会、广东省曲艺工作者协会合编：《八大曲本（一）百里奚会妻》，广州：中国戏剧家协会广东分会，1962年，第113页。
⑤ 清末木刻本潮州曲册《百里奚听琴会妻》，瑞文堂版。

今日相会团圆了,洗手焚香谢神祇。

旦白:相公吓(科)。夫妻相会好一比,好比月缺再团圆。该赖皇天开了眼,保佑一家乐雍熙。

小生白:老爹娘说的话真果好语,不由得孟明氏满心欢喜,但愿得老爹娘福如东海比,但愿得儿爹娘寿似南山齐。

老生:我娇儿说的话真有礼仪,不由得年迈人微笑嘻嘻。今日里重相会一但欢喜。夫人。

旦白:相公。

生:爹爹。

老生:儿吓。

(仝笑仝唱)一家相会,答谢神祇。

余娱儒乐社抄本《百里奚会妻》细致敷演了百里奚、杜氏、孟明视一家三人祝祷拜谢的情景,其中不仅有令潮汕观众会心的"不负我百里奚一点宗支""一家相会,答谢神祇"等语,还有一句唱词"当初若不外国去,焉能今朝挂紫衣"。结合余娱儒乐社的新加坡潮侨背景,此戏在乐社练习或登台义演时,于台上台下,或许又多一份戏外的感慨。

除了"阖家团圆"的排场,外江戏还有表现庆贺登基、褒封将相等情境的排场戏。较具代表性的是余娱儒乐社所抄《复中兴》剧本。该剧演述刘秀部将通缉王莽,最后将其捉拿处死。作为一个演述斩杀乱臣僭主的历史剧目,全剧开头演述众将庆祝刘秀登基,剧末则为凌烟阁封将,首尾喜庆振奋。据清末民初梅县文人梁伯聪记载,梅县当地华光诞正式演戏时须遵循定规,首场演"杀四门",取杀四方煞之意,次场演"郭子仪拜寿"或"万历登基",取祝诞意,第三场规定演出"复中兴刘秀登基"①。外江戏《复中兴》中的庆贺、封将排场可能与该剧在潮梅社会承担的仪式功能有关。

综上所述,这批由潮汕、客家移民(以潮汕移民为主)辗转抄录于新加坡,

---

① 梁伯聪:《梅县风土二百咏》,1944年印,藏梅州市剑英图书馆。

且抄写时间在 1912 年至 1960 年之间的外江戏剧本，恰好反映了因多种历史原因而于中国大陆受到湮没、覆盖的潮汕地区外江戏传统。透过这些精心抄录的剧本，早期外江戏班和艺人的辉煌历史、外江儒家乐社的蕴藉风雅绰约可见，而 20 世纪潮梅地区社会历史动荡、戏剧体制变迁给剧种带来的种种变化尚未发生。晚清以来的潮汕移民群体通过组建业余外江乐社、传抄外江戏剧本、组织外江戏演出活动，在新加坡华人聚居区留下一块寄存早期潮汕外江戏艺术的"文化桃源"。新加坡业余乐社传抄和传承的外江戏剧本、外江戏文化，可以视为晚清民国外江戏的一个特殊历史截面。

附录1 新加坡抄藏外江戏剧本目录

一、余娱儒乐社旧藏剧本剧目

《赐福》、《小团圆》、《打洞》、《包明公截侄》、《杨太郡辞朝》、《四国齐》、《龙虎斗》、《姚期绑子》、《平贵别窑》、《揭阳案》、《冯太爷苦打》（生本）、《佐慈戏曹》、《西宫赔罪》、《重复中兴》、《小别寒窑》、《高王过关》、《骂阎罗王》、《乾坤带》、《高平关》、《坐帐》、《辕门罪子》、《祭雷峰塔》、《辨才释妖》、《观问形图》、《蓝芳草别家》、《拷打》、《挨磨》、《芳草探监》、《皇娘问卜》、《华容》（原缺）、《叫街》（原缺）、《芳草吊监》、《甲场》、《团圆》、《莫二》（原缺）、《回朝》（原缺）、《三教》（原缺）、《射戟》（原缺）、《打鼓骂曹》、《昭君和番》、《花园会》、《洪阳洞》、《射虎起圣王》、《围城》、《张太点将》、《何文秀》（原缺）、《游武庙》（原缺）、《血掌印》、《破南阳》、《下南唐》、《百寿图》、《南天门》（原缺）、《北天门》（原缺）、《南屏山》、《李陵碑》、《法场换子》、《月下追贤》、《三进士》、《百花亭》、《探五阳》、《游江南》、《眼前现报》、《金龟宝记》、《庵中相会》、《二进寒宫》、《英雄会》、《五台山》、《过昭关》、《收浪子》、《闹龙凤阁》、《万历登基》、《青竹寺》（郑元和）、《捉三郎》、《卢瑶打驴》、《审潘仁美》、《平贵抛坡》、《郭巨埋儿》、《芦花河》、《三更店》、《打金枝》、《沙陀国》、《沙陀搬兵》、《里奚会妻》、《孟明视射雁》、《破棺误》、《红书剑》、《青竹寺》（韩湘子）、《访赵普》、《弑齐君》、《让都城》、《女收狐》、《洒金桥》、《望儿楼》、《张顺祥》、《封宫》、《探楼》、《送寒衣》、《打龙篷》、《打銮殿》、《安福寺》、《捉放曹操》、《三气周瑜》、《金砖》、《献图》、《斩郑恩》、《飞虎山》、《芦花雪》（原缺）、《黑风帕》（原缺）、《姚刚封王》、《困乌江》、《双带箭》、《白氏救夫》、《醉焦》、《审五曲》、《苦肉计》、《审李七》、《戏武松》、《回龙阁》、《十二坡》、《清风亭》、《西蓬击掌》、《凤仪亭》、《困曹府》、《摘潘洪印》、《补破缸》、《失金印》、《金殿配》、《三仙图》、《送子》、

《讨鱼税》、《下中原》、《取长沙》、《蒙正当妻》、《散瓦岗》、《仁圣会》、《九炎山》、《珍珠衫》、《孝义流芳明公案》、《阎罗王看戏》、《取东川》、《斩伍奢》、《孟良搬兵》、《双卖武》、《紫金带》、《葫芦谷》、《服仙药》、《大小骗》、《五雷阵》、《洪羊洞盗骨》、《打严嵩》、《青石岭》、《管仲归天》、《天水关收姜维》、《少华山》、《取仙草》、《小下山》、《秋江》。

二、潮州八邑会馆旧藏剧本剧目

《长亭斩敏》、《胡迪骂阎》、《高平关借头》、《祭塔》（旦本、小生本）、《探监》、《雪梅教子》、《宴元旦》、《和北番》、《莲峰庵》、《下南唐》、《南天门》、《拜祷斩魏》、《追韩信》、《莲花庵总本》、《天赐金》、《芦花河》、《沙陀》（小旦）、《红书剑会妻》、《让都城》、《夺新野》（含曹仁坐帐、刘庶观阵）、《拆书》（含徐庶看书、三顾茅庐、曹操遣将、刘备交印、团圆）、《三司会审》（总本、旦本）、《反幼主》（众工）、《六月雪全本》、《打樱桃》、《寿山会》、《取洛阳》（马武本）、《飞虎山》、《芦花雪》、《过关》、《双带箭》、《醉焦赞》、《审李七》、《清风亭》（老生本）、《西蓬击掌》、《困曹府》、《失金印》、《金殿配》、《葫芦谷》、《五雷阵》、《认像》（正旦本及众工本）、《挑竹帘》、《别徐庶》、《斩单雄信》、《斩信》、《斩信》（小生本）、《射花云》、《玉堂春》（与本藏三司会审不同）、《王宝川》（正旦本）、《串位》（旦本）、《追夫》（旦本）、《送衣》（小生本）、《打龙篷》、《闯王庙会》（原缺）、《征北海》、《打洞结拜》、《杨太君辞朝》、《戏曹》、《姚期赔罪》、《小别窑》、《高平关》、《举狮观图》、《蓝芳草别家》、《拷打》、《磨房》、《吊监》、《法场》、《团圆》、《血手印》、《百寿图》、《押场换子》、《眼前报》、《上天台》、《杭州案》。

三、陶融儒乐社旧藏剧本剧目

《四国齐》、《龙虎斗》（延赞本）、《龙虎斗总纲》、《男绑子总纲》、《男绑子》、《大别窑总纲》、《揭阳案总纲》、《揭阳案》、《复中兴》、《猛虎关》、《高平关》、《坐帐》、《辕门罪子》、《龙井寺总纲》、《观形图》、《皇娘问卜总纲》、《华容道》、《三娘教子总纲》、《吕奉先射戟》、《击鼓骂曹总纲》、《昭君和番总纲》、《王昭君和番总纲》、《花园会》、《围皇城总纲》、《薛刚围城总纲》、《何文秀卜卦》、《莲峰庵》、《莲峰庵》（总纲、普净本、旦哭灵本、老丑清心歌）、《血掌印全集》、《血掌印总纲》、《杀四门》、《下南唐月下追韩信》、《追贤》、《梅龙镇总本》、《梅龙镇》、《庵中会》、《英雄会》、《英雄会总纲》、《文昭关总纲》、《小登基总纲》、《三家店》、《三家店全文》、《搬兵总纲》、《沙陀国》、《百里奚》、《庄子劈棺全连》、《田氏破庄周棺材》、《打龙篷总纲》、《金钟记》、《捉放曹》、《误杀》、《飞虎山》、《封王游街》、《霸王别虞姬》、《金山寺头集总纲》、《金山寺二集》、《南屏山》、《十二坡》、《打店》（武旦本）、《凤仪亭》、《凤仪亭》（旦本、生本、乌面本、太监、丫鬟、小花本）、《失金印》、《金殿奇配》、《金殿配综纲》、《打渔杀家》、《薛蛟遇狐狸》、《明公案》、《打孟良总纲》、《打孟良》、《双卖武》、《洪羊洞总纲》、《少华山》、《大香山》、《天门阵》、《杨天禄》、《杨天禄综纲》、《打宝刀》、《狄青取旗马》、《取旗马总纲》、《开铁弓》、《杀惜》、《乌龙院杀惜总纲》、《螃蟹歌》、《四景春》、《闹五更》、《铁断桥》、《李逵抢鱼》、《烈女报夫仇总纲》、《孟丽君》、《落山别》、《陈友亮》、《武松收番腊总纲》、《卖杂货》、《夺小沛》、《长坂坡总纲》、《穆角寨》、《对绣鞋》（旦本、小生本、家院本）、《蔡伯皆认像总纲》、《认像》（花旦、赵五娘、伯皆、和尚、丫鬟、总纲本）、《斩经堂》、《张飞酒醉失徐州》、《花田错》。

四、《客属总会国乐部银禧纪念特刊》所刊剧本剧目

《赵匡胤送京娘》《四国齐》《龙虎斗》《绑姚刚》《大别窑》《复中兴》《高平关》《六郎罪子》《龙井寺》《观图》《蓝芳草》《皇娘问卜》《华容道》《三娘教子》《吕奉先辕门射戟》《刘金定杀四门》《烧兰香》《四盘山》《七星灯》《王英下山》《莲花菴》《二进宫》《太行山》《五台山》《思浪子》《龙凤阁》《天赐金》《三家店》《沙陀国颁兵》《百里奚认妻》《庄子扇坟》《访赵普》《崔杼弑君》《探楼》《送寒衣》《打銮驾》《斩黄袍》《李密投唐》《群英会》《孝义流芳》《柴房会》《征北海》《玉堂春》《闹龙舟》《状元谱》《全家禄》《南山别》《三进士》《包公放粮复旨》。

附录 2　新加坡所藏外江戏朝代故事剧目

先秦：

《回朝》（原缺）

《征北海》

《杨戬打刀》

《管仲归天》

《里奚会妻》

《孟明视射雁》

《斩伍奢》

《过昭关》

《四国齐》

《五雷阵》

《弑齐君》

《破棺误》

《芦花雪》（原缺）

《月下追贤》

《困乌江》

两汉：

《斩经堂》

《重复中兴》

《马武》

《姚刚封王》

《姚期绑子》

《西宫赔罪》

《金砖》

《英雄会》

《探五阳》

《郭巨埋儿》

《昭君和番》

《大小骗》

《认像》

《南山别》

三国两晋南北朝：

《夺小沛》

《凤仪亭》

《射戟》（原缺）

《长坂坡》

《夺新野》

《拆书》

《别徐庶》

《打鼓骂曹》

《苦肉计》

《三气周瑜》

《华容》（原缺）

《捉放曹操》

《取长沙》

《让都城》

《佐慈戏曹》

《百寿图》

《天水关收姜维》

《张飞失徐州》

《取东川》

《南屏山》

《拜斗》

《献图》

《下中原》

《葫芦谷》

《青石岭》

隋唐五代：

《三更店》

《望儿楼》

《双带箭》

《破洛阳》

《破南阳》

《散瓦岗》

《乾坤带》

《斩信》

《芦花河》

《百花亭》

《打金枝》

《全家禄》　　　　　　《高王过关》　　　　　《打銮驾》
《女收狐》　　　　　　《打龙篷》　　　　　　《安福寺》
《青竹寺》（郑元和）　《贺后骂殿》　　　　　《包明公截侄》
《青竹寺》（韩湘子）　《斩郑恩》　　　　　　《孝义流芳》
《送寒衣》（韩湘子）　《访赵普》　　　　　　《血掌印》
《少华山》（富贵图）　《龙虎斗》　　　　　　《金龟宝记》
《清风亭》　　　　　　《下南唐》　　　　　　《卢瑶打驴》
《围城》　　　　　　　《服仙药》　　　　　　《包公放粮》
《张太点将》　　　　　《仁圣会》　　　　　　《取旗马》
《法场换子》　　　　　《紫金带》　　　　　　《追夫》
《观问形图》　　　　　《北天门》（原缺）　　《庵中相会》
《九炎山》　　　　　　《李陵碑》　　　　　　《皇娘问卜》
《沙陀国》　　　　　　《洪阳洞》　　　　　　《反幼主》
《沙陀搬兵》　　　　　《射虎起圣王》　　　　《杀惜》
《飞虎山》　　　　　　《洪羊洞盗骨》　　　　《李逵抢鱼》
《西蓬击掌》　　　　　《醉焦》　　　　　　　《挑竹帘》
《平贵别窑》　　　　　《孟良颁兵》　　　　　《戏武松》
《小别寒窑》　　　　　《审潘仁美》　　　　　《捉三郎》
《平贵抛坡》　　　　　《摘潘洪印》　　　　　《十二坡》
《回龙阁》　　　　　　《五台山》　　　　　　《讨鱼税》
《王宝川大拜寿》　　　《天门阵》　　　　　　《双卖武》
《打樱桃》　　　　　　《穆角寨》　　　　　　《武松收番腊》

宋元：　　　　　　　《辕门罪子》　　　　　《辨才释妖》
《困曹府》　　　　　　《黑风帕》（原缺）　　《花园会》
《洒金桥》　　　　　　《杨太君辞朝》　　　　《审李七》
《打洞》　　　　　　　《白氏救夫》　　　　　《蒙正当妻》
《高平关》　　　　　　《祭雷峰塔》　　　　　《骂阎罗王》
《坐帐》　　　　　　　《取仙草》　　　　　　《花田错》

《再生缘》　　　　《失金印》　　　　《叫街》(原缺)

明清:　　　　　《三进士》　　　　《芳草吊监》

《陈友亮》　　　　《三教》(原缺)　　《甲场》

《射花云》　　　　《开铁弓》　　　　《团圆》

《游武庙》(原缺)　《三司会审》　　　《莫二》(原缺)

《闹龙凤阁》　　　《玉堂春》　　　　《杭州案》

《二进寒宫》　　　《闯王庙会》　　　《何文秀》(原缺)

《万历登基》　　　《眼前现报》　　　《张顺祥》

《封宫》　　　　　《杨天禄》　　　　《审五曲》

《探楼》　　　　　**不明朝代:**　　　《小下山》

《揭阳案》　　　　《赐福》　　　　　《补破缸》

《冯太爷苦打》　　《小团圆》　　　　《阎罗王看戏》

《闹龙舟》　　　　《三仙图》　　　　《大香山》

《游江南》　　　　《送子》　　　　　《烈女报夫仇》

《南天门》(原缺)　《收浪子》　　　　《对绣鞋》

《打严嵩》　　　　《蓝芳草别家》　　《六月雪》

《红书剑》　　　　《拷打》　　　　　《状元谱》

《金殿配》　　　　《挨磨》

《珍珠衫》　　　　《芳草探监》

第五章

外江戏与早期京剧剧本之比较

第五章 外江戏与早期京剧剧本之比较

　　潮梅外江戏与清代楚曲、近代以来的京剧均属典型的皮黄声腔戏曲。对这三个剧种的同题材剧本加以比较，可以发现新加坡所藏外江戏剧本与清代楚曲、清车王府所藏早期京剧剧本存在密切文本联系。本章立足剧目个案的比较分析，将外江戏、楚曲、京剧，以及全国其他皮黄声腔剧种的同题材剧本纳入研究视野，尝试串联剧目传播的脉络，勾勒剧目演变的区域性特点，探讨南方剧坛之外江戏与北方剧坛之京剧的历史联系。

　　通过《访普》《复中兴》两个剧目个案的讨论，我们发现清代剧坛中除了徽班进京的重要戏曲传播路线以外，还应重视以外江班入粤为代表的南方戏曲传播路线。受到京师与粤省两地不同戏曲生态的影响，跟随徽班进京的戏曲文本迭经改写创编，融入宫廷戏曲、文人戏曲和商业戏曲的新元素，而由外江班携带入粤的戏曲剧目则有以下特点：第一，较完整地保留了早期剧本的情节、体制特征；第二，与广府、潮梅地区的民间信仰、祭祀仪式及社会风俗紧密结合；第三，在语言方面体现出质朴、谐趣的民间特色与地域方言特色。本章对相关剧目剧目的早期历史形态多所考辨，以期在厘清剧目形态源流的同时，探讨这些剧目得以流传广远、受到南北观众共同欢迎的特殊历史和环境因素，对以往的剧种史整体研究形成对照与补充。

第一节　从《访普》看北杂剧到南北皮黄戏曲的形态分化

《风云会·访普》是明清剧坛中十分特殊的剧目。此剧出自罗贯中所作北杂剧《宋太祖龙虎风云会》第三折，自明中叶以来即在剧坛独立流行，并且获得了与一般娱乐性剧目截然不同的剧坛地位。以下尝试结合时间与空间两条线索，通过具体文本比较，梳理《访普》从杂剧演化为南北皮黄戏曲，尤其是潮梅外江戏与京剧两个代表性剧种的过程与路径。

一、新加坡所藏外江戏《访赵普》剧本形态

新加坡余娱儒乐社原藏《访赵普》抄本一种，与《青竹寺》一剧合订，列余娱儒乐社抄本第39册。该剧讲述宋太祖赵匡胤雪夜私访丞相赵普，君臣把酒言欢，筹谋平乱，剧末赵匡胤调兵遣将，许诺众军功成行赏。题记说明本册抄写于1916年9月，属于余娱儒乐社早期传抄的剧本之一。汕头公益国乐社1934年出版的《乐剧月刊》（第十、十一、十二号合刊）亦登载潮人陈亮阶集稿之《访赵普》，人物、情节、排场基本与新加坡抄本一致，但具体曲白有字词差异。[①]可见清末民初粤东剧坛流行的《访普》文本大同小异，不同乐社、艺人版本仅有微小区别。

此剧篇幅不长，一场可罢，余娱儒乐社抄本未分段，而汕头公益国乐社《乐剧月刊》将其分为四场，分别是扣（叩）门、接驾、进内和求贤。第一场，"扣（叩）门"。先以赵匡胤与内侍同上，由赵匡胤陈述背景：自登基以来，边寇未平，河东无将，故趁雪夜访贤，向宰相赵普问计。赵府院公张千不识"赵大郎"

[①] 汕头公益国乐社：《乐剧月刊》，1934年第十、十一、十二号合刊。

之名，不仅将其拒之门外，还打趣一番。第二场，"接驾"。宰相赵普上场，听取张千禀报，迎驾谢罪。第三场，"进内"。赵匡胤询问避寒之所，赵普引路书房。赵匡胤问赵普为何夜读《论语》，赵普称半部《论语》可平天下。此时赵妻奉酒，赵匡胤以皇嫂尊称。第四场，"求贤"。赵匡胤直陈来意，忧虑河东缺乏良将。赵普引荐府中曹彬、薛守信、王全宾、潘美四将面圣。赵匡胤大喜过望，派遣四将分赴江南、钱塘、两广、汴梁，并敕令众军严守军规、沿途不得扰民，许诺众将得胜后论功行赏、尽皆封王。

在汕头公益国乐社《乐剧月刊》中，主角赵匡胤标注"红净"扮演，与《雷神洞》《龙虎斗》《高平关》等剧中赵匡胤的行当一致。赵普、赵妻则分别由须生、老旦扮演。张千丑扮，内侍二人、将士四人均什扮。与此相较，新加坡所藏《访普》抄本仅以"王"表宋太祖赵匡胤，"相"表丞相赵普，"婆""丑"分别表赵妻及院公张千，四将均以姓字称呼。

钱热储《汉剧提纲》总结此剧演出特色："为白须红净唱工（功）戏，关目甚简，其曲调特悦耳可听。"① 余娱儒乐社外江戏抄本中出现的唱腔板式标识包括二凡、头板、大板、西皮倒板、（西皮）头板、二流、慢二流等，兼有南路、北路声腔。值得注意的是，剧中使用的"大板"与"二凡"曲调在清代二黄声腔演变史上意义特殊，一般认为与明末清初以来"吹腔—平板—二黄"的声腔蜕变有直接联系，是吹腔发展为成熟二黄声腔的过渡形态。在余娱儒乐社抄本中，除了《访普》外，《雷神洞》《祭塔》等二十多个剧本均含"大板"与"二凡"唱段。潮梅外江戏中的"大板"与"二凡"得自徽调、汉调抑或江西宜黄腔？此类剧目是何时汇入潮梅外江戏中的？这两个问题直接关乎潮梅外江戏的历史源流和剧目构成，对此清末民初的民间抄本能够提供比较原始的历史信息。

从剧本、声腔寻源的角度看，《访赵普》一剧的流传具有长期稳定性。这种稳定性与其剧目内容，以及由之形成的特殊剧目地位有关。历经明清剧坛弦索北曲、昆曲、高腔、乱弹、皮黄的声腔演化，剧本的故事情节、人物形象甚至唱段科白均少改易，这种现象在元杂剧的现代舞台遗存中亦属罕见。例如，

---

① 钱热储：《汉剧提纲》"访赵普"条，汕头：汕头印务铸字局，1933年。

同为元杂剧的《单刀会》，除在昆剧传统中稳定传承外，地方戏的曲白和情节都有变化。清初《醉杨妃》等"时剧"，则不仅流传时间短于《访普》，而且在文辞层面受民间艺人改造不少。与明清剧坛的各类短折相比，《访赵普》正面塑造了帝王将相的舞台形象，成为适用于多种场合的例戏，流传范围很广。在传播过程中，《访赵普》的文本保持长期稳定，剧目变化主要体现在曲调声腔的地方化。这为我们观察剧目的时空流变轨迹提供了方便。

以下我们首先分析元剧中"雪夜访普"故事的情节来源；其次梳理《访赵普》在明清剧坛的不同演剧形态及其演变过程；最后着重讨论清末民初潮梅地区流行的外江戏《访赵普》与同题杂剧、昆剧、高腔有何联系，与清中叶以来南北各地流行的同题皮黄戏有何渊源，与同处岭南的粤剧《访贤》、桂剧《访普》有怎样的历史关联。

二、《风云会》第三折"雪夜访普"的情节来源

罗贯中所作《风云会》剧本共四折一楔子，情节取材自五代末年至北宋初史实，演述赵匡胤经陈桥兵变，黄袍加身，得群臣辅佐统一全国的经过。首折演赵匡胤、郑恩遇卜者苗光裔，苗称赵匡胤有帝王之相。恰逢都指挥史石守信遣潘美招募勇士，潘美领赵匡胤面圣封官。第二折演"陈桥兵变""黄袍加身"之事。赵匡胤领兵征讨北汉，行至陈桥驿，随行郑恩等拥立其为天子，并将黄旗盖在熟睡的赵匡胤身上。赵匡胤受禅登基，定国号宋，并加封功臣。第三折演国家初立，四方扰攘，赵匡胤于雪夜微服私访丞相赵普府邸。君臣围炉饮酒之时，赵普献一统之策。第四折演四方捷报频传，赵匡胤排宴庆功封赏。剧末点题："文官每这壁，武将每那壁，斟玉液进金杯。则这白额虎原与龙相配，紫金龙自有虎相随，这是庆清朝龙虎风云会。"

全剧第一折至第三折末扮赵匡胤，第四折末扮赵普。每折原无题目，"访赵普""访贤"是后人根据剧情添加的。明正德间《盛世新声》单收第三折，比万历间刊行的全本《风云会》早七十余年。

1. "雪夜访普"传说的流传及其史实依据

关于历史上"雪夜访普"事件的具体背景,《赵普评传》的作者张其凡先生认为,南宋李焘《续资治通鉴长编》虽将此事附见于开宝元年,但其与邵伯温《邵氏闻见录》均未明言此事的确切时间:"……此段记载首言'上自即位'云云,又'一榻之外'之言,当在平李重进后不久。"即泽潞初定,将下扬州之时。① 罗贯中另著有长篇章回小说《残唐五代史演义传》,取材自唐末黄巢起义至后周赵匡胤登基称帝的历史,与《风云会》前两折的内容略有叠合,但没有出现立国以后的"雪夜访普"情节。

北宋晚期邵伯温《邵氏闻见录》是最早提及"赵匡胤雪夜访赵普"的历史文献。邵伯温为著名理学家邵雍之子,自幼"奉康节公几杖于左右,多阅天下之士"②,得以亲接当时名流政要富弼、司马光、吕公著等,得前言往行颇多。其《邵氏闻见录》卷一云:

> 太祖即位之初,数出微行,以侦伺人情,或过功臣之家,不可测。赵普每退朝,不敢脱衣冠。一日大雪,向夜,普谓帝不复出矣。久之,闻叩门声,普出,帝立风雪中。普惶惧迎拜,帝曰:"已约晋王矣。"已而太宗至,共于普堂中,设重裀藉(借)地坐,炽炭烧肉。普妻行酒,帝以嫂呼之。普从容问曰:"夜久寒甚,陛下何以出?"帝曰:"吾睡不能着,一榻之外皆他人家也,故来见卿。"普曰:"陛下小天下耶?南征北伐,今其时也。愿闻成算所向。"帝曰:"吾欲下太原。"普默然久之,曰:"非臣所知也。"帝问其故,普曰:"太原当西北二边,使一举而下,则二边之患我独当之。何不姑留以俟削平诸国,则弹丸黑志之地,将无所逃。"帝笑曰:"吾意正如此,特试卿耳。"遂定下江南之议。帝曰:"王全斌平蜀多杀人,吾今思之犹耿耿,不可用也。"普于是荐曹彬为将,以潘美副之。明日命帅彬与美陛对。彬辞才力

---

① 参见张其凡《赵普评传》,北京:北京出版社,1991年,第111页。
② (宋)邵博:《河南邵氏闻见录序》,见(宋)邵伯温撰,李剑雄、刘德权点校《历代史料笔记丛刊·邵氏闻见录》,北京:中华书局,1983年,第231页"附录"。

不追，乞别选能臣。美盛言江南可取。帝大言谕彬曰："所谓大将者，能斩出位犯分之副将，则不难矣。"美汗下，不敢仰视。①

对比新加坡所藏外江戏的《访赵普》文本，我们发现《邵氏闻见录》的记载已骨架完备：第一，赵匡胤与其弟光义一同到访赵普府邸；第二，赵匡胤尊称赵普妻子为皇嫂，以示亲切笼络之意；第三，赵匡胤自述来访缘由，"一榻之外皆他人家也"，忧心四方割据、政局不定；第四，赵匡胤与赵普定计先南征、后北伐。赵普推荐曹彬为将，潘美为副将。

揆诸史实，"雪夜访普"传说的流传有一定基础。

首先，史籍多载赵匡胤微服私访之事。《续资治通鉴长编》卷一五"开宝七年二月"条载，赵匡胤以禁军谋夺政权，登基后对武将心存猜忌，故以心腹掌握禁军之余，常微服出巡，并令史珪、周广等人博访外事。又据《铁围山丛谈》，赵匡胤于建隆二年（961）三月赐给赵普一处住宅，"甲第傍近宫阙，便谒见"，也便于赵匡胤下访议政。②

其次，自五代末年进入赵匡胤幕府，赵普在陈桥兵变、平定泽潞、收服扬州等关键事件中均发挥举足轻重的作用，日益得到赵匡胤的信任与倚赖。在宋初消灭割据、实现统一、改革立制的三十多年时间里，赵普"重位经三入""将相位高三十载"，长期处于赵宋政权核心。史载赵匡胤对赵普"待以宗分"，其母杜太后召见赵普呼其为"赵书记"，赵普之女受封郡主，凡此种种皆反映了赵匡胤与赵普关系之密切。赵匡胤称呼赵普妻子为"皇嫂"的传说，是以历史上宋太祖对赵普之青睐信任为基础的。

南宋时期，朱熹所编《三朝名臣言行后录》卷六亦收录赵匡胤"雪夜访普"之事，内容显系移植《邵氏闻见录》。孝宗时期，李焘《续资治通鉴长编》则对邵文稍加改易。此书虽为私家著述，然而完稿进呈后颇受官方重视，因此"雪夜访普"之事进入《续资治通鉴长编》，可以视为该事件进入正史系统的标志：

---

① （宋）邵伯温撰，李剑雄、刘德权点校：《唐宋史料笔记丛刊·邵氏闻见录》，北京：中华书局，1983年，第4、5页。
② （宋）蔡絛撰，冯惠民、沈锡麟点校：《唐宋史料笔记丛刊·铁围山丛谈》，北京：中华书局，1983年，第65页。

上自即位，数出微行，或过功臣之家，不可测。赵普每退朝，不敢脱衣冠。一夕大雪，普谓上不复出矣，久之，闻扣（叩）门声异甚，亟出，则上立雪中。普皇恐迎拜，上曰："已约吾弟矣。"已而开封尹光义至，即普堂设重裀地坐，炽炭烧肉，普妻行酒，上以嫂呼之。普从容问曰："夜久寒甚，陛下何以出？"上曰："吾睡不能着，一榻之外，皆他人家也，故来见卿。"普曰："陛下小天下耶？南征北伐，今其时也，愿闻成算所向。"上曰："吾欲收太原。"普嘿然良久，曰："非臣所知也。"上问其故，普曰："太原当西北二边，使一举而下，则边患我独当之，何不姑留以俟削平诸国。彼弹丸黑子之地，将何所逃。"上笑曰："吾意正尔，姑试卿耳。"于是用师荆、湖，继取西川。①

《续资治通鉴长编》对《邵氏闻见录》的主要改动计三处：其一，删除赵匡胤出巡为"侦伺人情"之语；其二，根据事件发生语境，将《邵氏闻见录》中赵匡胤自道"已约晋王矣"改为"已约吾弟矣"，后又称光义为"开封尹"；其三，删除赵普荐曹彬、潘美之事。李焘按语云：

按：太祖云"一榻之外皆他人家"，则此时犹未平荆、湖也。太宗以建隆二年秋尹开封，开宝六年乃封晋王。邵伯温《见闻录》云"已约晋王"者，盖误。今改曰"吾弟"，庶得其实。又云"始定下江南之议"，此尤误。若谓荆、湖、西川则可耳。②

主要从史实角度对《邵氏闻见录》中的官职、称谓做了一定校正。

综上所述，北宋时期"雪夜访普"之事已见诸文人杂记，进而为南宋理学名家著述与正史所认可、吸收，成为当朝开国君臣之"信史"。从元杂剧到清代花部地方戏的情节要素此时已基本完备。

---

① （宋）李焘：《续资治通鉴长编》（卷九），北京：中华书局，1979年，第204、205页。
② （宋）李焘：《续资治通鉴长编》（卷九），北京：中华书局，1979年，第205页。

2. 赵普"半部论语治天下"的传说来源与史实基础

《邵氏闻见录》《续资治通鉴长编》虽已提及赵普言语行事的不少细节，诸如因知宋太祖爱好私访而"不敢脱衣冠"等。但是，这些"记录"基本为衬托赵匡胤明君形象而存在，赵普本人的面目在其中比较模糊。那么，赵普雪夜读《论语》的行为设定有何史实基础，这一情节设置又是如何、何时汇入赵匡胤夜访赵普的传说当中的？

目前所见，南宋初龚昱所撰《乐庵语录》最早提及赵普读《论语》之事。① 此书实为其师李衡平日讲学之语录。《四库总目提要》曰："衡为学以论语为本，尝有得于洛人赵孝孙之说。孝孙之父受业伊川，故衡亦渊源程氏。"②《乐庵语录》卷五云：

> 先生所至授徒，其教人无他术，但以《论语》朝夕讨究，能参其一言一句者，莫不由得。或曰："李先生教学且三十年，只是一部《论语》。"先生闻之曰："此真知我者！太宗欲相赵普，或谮之曰：'普山东学究，惟能读《论语》耳！'太宗疑之，以告普，普曰：'臣实不知书，但能读《论语》。佐艺祖定天下，才用得半部！尚有一半，可以辅陛下！'太宗释然，卒相之。"③

自《乐庵语录》以下，关于赵普"惟读《论语》"的传说可以分为两大类：第一类与《乐庵语录》近似，标榜赵普"半部论语佐太祖"。第二类不涉及《论语》治国之语，仅言赵普熟读论语。

第一类杂记小说以罗大经《鹤林玉露》为代表：

> 杜少陵诗云："小儿学问止《论语》，大儿结束随商贾。"盖以《论语》为儿童之书也。赵普再相，人言普山东人，所读者止《论语》，

---

① 《乐庵语录》成书于南宋淳熙五年（1178）以前，吴仁杰后序作于淳熙五年（1178）八月二日。
② （清）纪昀等：《四库总目提要》，景印文渊阁四库全书第849册，第278页。
③ （清）纪昀等：《四库总目提要》，景印文渊阁四库全书第849册，第314、315页。

盖亦少陵之说也。太宗尝以此语问普，普略不隐，对曰："臣平生所知，诚不出此。昔以其半辅太祖定天下，今欲以其半辅陛下致太子。"普之相业，固未能无愧于《论语》，而其言则天下之至言也。朱文公曰："某少时读《论语》便知爱，自后求一书似此者卒无有。"①

——罗大经《鹤林玉露·乙编》卷一

同类还有黄震《黄氏日抄分类》、赵善璙《自警编》等。从内容看，皆源出《乐庵语录》：

国朝开国元勋无如赵郡王，守成贤相无如李文靖。韩王每断大事，惟读《论语》，曰："佐艺祖定天下，才用得半部！"文靖作相，亦尝读《论语》，曰："节用爱人，使民以时两句，尚未能行，呜呼！"必若是，斯可言大臣之读书矣。

——黄震《黄氏日抄分类》卷五十

太宗欲相赵普，或谮之曰："普山东学究，惟能读《论语》耳。"太宗疑之，以告普，普曰："臣实不知书，但能读《论语》，佐艺祖定天下，才用得半部，尚有一半可以辅陛下。"太宗释然，卒相之。

——赵善璙《自警编》卷一

此类传说的内容语境显然发生在太祖已殁、太宗即位以后。文中出现"半部论语佐艺祖定天下"之语，并多含有"尚有半部可辅太宗"的潜台词。

第二类关于赵普读《论语》的传说主要强调其熟读《论语》、以《论语》之道执事。此类杂记、小说未夸"半部《论语》"云云，而主要说明《论语》对其定计决事的重要意义，有《东都事略》《铁围山丛谈》《宋大事记讲义》等。

《东都事略》作者王称之父王赏曾任实录编修。《铁围山丛谈》作者蔡絛之父则为北宋末重臣蔡京。《宋大事记讲义》作者吕中为淳祐中进士，曾任国子

---

① （宋）罗大经撰，王瑞来点校：《唐宋史料笔记丛刊·鹤林玉露》，北京：中华书局，1983年，128页。

监丞，兼崇政殿说书。三人均为当时名流文士，所得政坛秘辛或颇多，三者文本亦似同源：

> 当其为相，每朝廷遇一大事，定一大议，才归第则亟阖户，自启一箧，取一书，而读之有终日者，虽家人不测也。及翌旦出，则是事决矣。用是为常。后普薨，家人始得开其箧而见之，则《论语》二十篇。
>
> ——《东都事略》本传
>
> 当其为相时，每朝廷遇一大事，定大议，才归第则亟闭户，自启一箧，取一书，而读之有终日者，虽其家人莫测也。及翌旦出，则是事必决矣。用是为常。故世议疑有若子房解后黄石公事，必得异书焉。及后王薨，家人始得开其箧而视之，则《论语》二十卷。
>
> ——《铁围山丛谈》卷三
>
> 赵中令欲决大事，则读《论语》终日；李文靖亦曰："为宰相如'节用爱人，使民以时'；两句，可终日行之。"圣人之言，其有益于人也如此。一《论语》也，张禹以之而误成帝，何晏以之而祸西晋，书惟在人善用耳。
>
> ——《宋大事记讲义》卷四

一方面，此类杂记未出现太宗，亦无"半部论语佐太祖"之语，一定程度上模糊了事件发生的具体时间；另一方面，该系列文本为赵普读《论语》的传说增设了一个典型情境，即赵普每临决事则闭户读《论语》，"及翌旦出"。此时"半部论语治天下"之说，仍未与"雪夜访普"事件联系起来。

综上所述，所谓赵普以"半部论语治天下"的记载，首见于南宋前期的理学著述。这一传说起初与"雪夜访普"并无关联，是发生在赵匡胤驾崩、赵光义即位前后之事。传说宋太祖驾崩后，其弟赵光义即位，欲起用前朝宰相赵普，但由于传闻赵普不学，唯读《论语》，故有所顾虑。赵普自辩半部论语已助宋太祖定江山，余下半部今可辅太宗治天下云云。张其凡先生认为，此说是在理学诞生以后，理学家们为抬高《论语》的地位附会到赵普身上的："这个故事很生动，便在以后数百年间，为儒生们津津乐道，遂至广为流传，几成定论，但实在是不可信以为真的故事。"① 问题是，这个故事如何与宋太祖时期"雪夜访普"之事联系到一起，成为后来元杂剧《风云会》的情节？

元人所作《宋史》采信宋代杂记小说，将"雪夜访普"与赵普读《论语》事略加裁剪，作为两则独立行迹列入赵普本传。这两则源于文人杂记的传说由此进入官方正史。《宋史·赵普传》云：

> 太祖数微行，过功臣家，普每退朝，不敢便衣冠。一日，大雪向夜，普意帝不出。久之，闻叩门声，普亟出，帝立风雪中，普惶惧迎拜。帝曰："已约晋王矣。"已而太宗至，设重裀地坐堂中，炽炭烧肉。普妻行酒，帝以嫂呼之。因与普计下太原。普曰："太原当西、北二面，太原既下，则我独当之，不如姑俟削平诸国，则弹丸黑子之地，将安逃乎？"帝笑曰："吾意正如此，特试卿尔。"……
>
> 普少习吏事，寡学术，及为相，太祖常劝以读书。晚年手不释卷，每归私第，阖户启箧取书，读之竟日。及次日临政，处决如流。既薨，家人发箧视之，则《论语》二十篇也。②

在《宋史·赵普传》中，"雪夜访普"仍有皇弟赵光义的参与，赵匡胤呼赵普之妻为皇嫂、君臣定计的记载亦被保留。关于赵普与《论语》之关系，则未取赵普向宋太宗标榜"半部论语佐太祖"的传说，仅改写了两宋时期第二类杂记内容，即赵普闭户夜读《论语》之事。

由宋入元，相关传说的流传在官方正史与以下即将谈到的民间文本之间呈现出不同特点。一方面，虽然小说内容阑入正史，然而"雪夜访普"与"赵普读《论语》"在官方史籍中仍然是互相独立的事件。至于"半部论语治天下"之语则受到当时史官的摒弃。另一方面，民间流行的戏曲文本成功杂糅、整合多源传说内容，形成了相对固定的情节框架。

---

① 张其凡：《赵普评传》，北京：北京出版社，1991年，第256页。
② （元）脱脱：《宋史》（卷二五六），北京：中华书局，1977年，第8940页。

3. 杂剧《风云会》的文本特色

从《风云会》第三折的情节内容看，罗贯中有选择地吸收了此前小说杂记情节，形成了一个新的故事文本。这个元末明初的新版"雪夜访普"故事，一方面创造性地将"雪夜访普"之"夜"与"夜读《论语》"之"夜"联系起来，设置了赵匡胤雪夜到访、正值赵普夜读《论语》的戏剧情境；另一方面结合了"赵匡胤访普问计"与"赵普夜读《论语》"，由此引出"半部论语治天下"的话题。

从场上搬演的角度来看，《风云会》增添了张千和众将的角色，使舞台表演动静结合，冷热相济。例如，赵匡胤在赵府门前遇阻，受到院公张千盘问："你来有什么事？"答曰："特来听讲。"张千戏谑："你要听讲，当往法堂中寻和尚去，你走错了门了。"① 这一颇具喜剧效果的桥段，为后世花部戏曲所保留。《风云会·访普》还增加了赵匡胤点兵排场，使原本的"纯文戏"变为动静结合、文武相济，丰富了该戏的舞台呈现。

在题旨上，《风云会》杂剧与宋元小说中的"访普"故事也有差异。例如，《风云会》将"赵普夜读论语"与"雪夜访普"事件结合，主要突出赵普好学不倦、赵匡胤求贤问能的一面，淡化杂史中关于赵普学养有限、赵匡胤敏感多疑的说法。② 又如，《风云会》对宋太祖访贤动机进行了美化，有"十忧"之曲文为证：

> 【滚绣球】忧则忧当站的身无挂体衣。忧则忧家无隔宿粮。忧则忧甘贫的昼眠深巷。忧则忧读书的夜寐寒窗。忧则忧号寒妻怨夫。忧则（忧）啼饥子唤娘。忧则忧行船的一江风浪。忧则忧驾车的恁时分万里行商。忧则忧忧的是布衣贤士无活计。忧则忧铁甲将军守战场。提起来感叹悲伤。

---

① 罗贯中：《风云会》（第三折），见古本戏曲丛刊四集《脉望馆抄校本古今杂剧》。
② 例如，《邵氏闻见录》关于赵匡胤微服出访乃为"侦伺人情"的说法。又如，宋元史籍一致记载赵普因出身小吏，青年时期奔波迁徙，故早年读书不多、学识疏浅；《神道碑》称赵普"性本俊迈、幼不好学"；《宋史》本传称"普少习吏事，寡学术"；《隆平集》称"初无学术"；等等。参见张其凡《赵普评传》，北京：北京出版社，1991年，第261页。

【倘秀才】忧的是百姓苦。向御榻心劳意攘。害的是不小可。教寡人眠思梦想。太原府刘崇拒北方。我只得暂离丹凤阙。亲拥碧油幢。先取那河东的上党。

通篇渲染"忧的是百姓苦"。仅在曲尾显露其真实心结:"太原府刘崇拒北方""先取那河东的上党"。

经过对正史小说情节元素的裁剪,《访普》一折中的赵匡胤与赵普,代表了古代文人理想的君臣关系,赵匡胤更集合了古代社会关于"明君"的想象。由此形成的崭新故事内涵随即影响了该戏在明清剧坛的演变轨迹。

三、《风云会·访普》在明清剧坛的特殊地位与表演形态

朱崇志在《中国古代戏曲选本研究》第二章"戏曲选本文本论"部分着重强调《宋太祖龙虎风云会》的戏曲史意义,认为其是"一个能够代表所有可能出现的表演类型的特例":

> 首先,如前所述,分别可称之为宫廷曲选、文人曲选和民间曲选的《雍熙乐府》《词林摘艳》和《风月锦囊》均可发现它的曲文,这说明,在自上而下的清唱活动中,《风云会》都是受到欢迎的剧目;其次,在宣称所选剧目"可演之台上"的《古今名剧合选》及其同类选本中,《风云会》仍昂然居于其中,《阳春奏》甚至将之作为"君明臣良"的典范置之前列,可知它也是舞台表演的必选剧目,而清代中叶的《缀白裘》则选了《访普》一折,证明《风云会》的折子戏一直活跃于戏曲舞台;第三,随着传奇创作的风起云涌,许多传奇借鉴《风云会》的题材进行改编,其中直接采用《风云会》部分曲词的传奇也不在少数……在元明清三代杂剧中,《风云会》所受到的礼遇是绝无仅有的,这一方面是因为其艺术造诣的确超乎寻常,另一方面也得益于其"君明臣良"的主题内容适应了各个时代各种阶层人士的情感需

求：皇室宫廷利用它表现自己招贤纳才的胸襟，官僚文人通过它传达自己"致君尧舜"的理想，而市井大众则以之表现了自身对太平盛世的热切渴望。在某种意义上，《风云会》一剧创造了戏曲形式与"普遍情感"的完美统一。①

"君明臣良"的主题和雍容堂皇的气象，使《访普》成为雅俗共赏的"主旋律"作品。以下从宫廷演出、民间仪式演出和娱乐演出三方面分别介绍此剧的流传情况。《访普》在明清宫廷与民间剧坛的频繁传演，反映出近世戏曲活动的一些共性特点。

1. 宫廷演出

《风云会·访普》入选教坊司奉銮所编曲本《盛世新声》，说明该折戏文至迟于正德年间已流行于教坊礼乐机构，是当时宫廷内苑的常见曲目之一，而关于明代宫廷演出《访普》一剧的明确记载，则见于明末诸生秦兰徵所作《天启宫词》。是集乃仿王建宫词而作，凡一百首，其中有一首专咏明熹宗与内侍高永寿合扮《访普》之事：

> 驻跸回龙六角亭，海棠花下有歌声。
> 葵黄云字猩红辫，天子更装踏雪行。

《天启宫词注》云：

> 回龙观多植海棠，旁有六角亭。每岁花发时，上临幸焉。常于庭中自装宋太祖，同高永寿辈演《雪夜访赵普》之戏。

高永寿，天启年间明熹宗朱由校宠侍，时称"御前牌子"。《天启宫词》注

---

① 朱崇志：《中国古代戏曲选本研究》，上海：上海古籍出版社，2004年，第56页。

云："御前牌子高永寿，丹唇鲜眸，姣好如处女，宫中以'高小姐'呼之。凡宴饮之际，高或不与，合座为之不欢。"① 朱由校"自装宋太祖"，乃"皇帝扮皇帝"。

延至清代，《访普》也是帝王标榜贤明的"御用剧目"。姚元之《竹叶亭杂记》记载高宗祭灶时清唱《访普》：

> 每年坤宁宫祀灶，其正炕上设鼓板。后先至。高庙驾到，坐炕上自击鼓板，唱《访贤（普）》一曲。执事官等听唱毕，即焚钱粮，驾还宫。盖圣人偶当游戏，亦寓求贤之意。不知何独于祀灶时唱之？此仪睿皇则不唱，鼓板亦不设矣。盖非国初旧仪也。徐君善庆言。②

高宗唱曲事，姚元之自述得之于内务府造办处笔帖式徐善庆。清末民初两部杂记小说《满清外史》与《春冰室野乘》亦载此说。

清高宗在祭灶仪式中亲唱《访贤（普）》，对此剧传播的影响大于明天启间君臣的即兴娱乐。清代宫廷戏曲档案屡屡可见宫廷仪式期间搬演《访普》。如道光三年五月十四日，清宣宗祭地坛，同乐园承应《访普》。道光四年十月初一为寒衣节，与清明、中元地位相当，当日重华宫承应《访普》。道光五年正月初一，宣宗驾幸外庙拜佛，伶人于神庙戏台演出《访普》，也有一定仪式文化内涵。

2. 民间娱乐演剧

明清时期，《访普》在民间剧坛亦相当活跃。万历年间刊刻的《金瓶梅词话》第七十一回"李瓶儿何家托梦，提刑官引奏朝仪"正面描写了当时乐人于筵席间清唱《访普》整套北曲的情节，应是明朝嘉靖至万历年间宴乐演出的实际反映。③

---

① （清）史梦兰：《全史宫词》，见《明宫词》，北京：北京古籍出版社，1987年，第39页。
② （清）姚元之：《竹叶亭杂记》（卷一），北京：中华书局，1982年，第2页。
③ 盐谷温《中国小说概论》之评价："他与《西游记》之空想的相反，是一种极端写实的小说，在认识社会之半面上，诚为一倔强的史料。"因此，尽管《金瓶梅词话》以宋人西门庆为主角，然其中风俗、人情、世故实以明代社会为背景。

原来家中教了十二名吹打的小厮，两个师范领着上来磕头。何太监分付（吩咐）抬出铜锣铜鼓，放在厅前，一面吹打，动起乐来。……吹打毕，三个小厮连师范，在筵前银筝象板，三弦琵琶，唱了一套【正宫·端正好】：水晶宫，鲛绡帐（以下曲文略）……唱毕下去。①

《金瓶梅词话》本在"唱了一套【正宫·端正好】"后完整录出《风云会》第三折曲文，与前述正德年间《盛世新声》曲本仅存字词之别。《绣像》本此处将曲文全部省去：

吹打毕，（张批：以上皆吹打时据说者也。）三个小厮连师范，在筵前银筝象板，三弦琵琶，唱了一套【正宫·端正好】《雪夜访赵普》"水晶宫，鲛绡帐"。（张批：又是宋朝，总见寓言也，又点冷意。）唱毕下去。②

书中宴请西门庆的"何太监"何沂为内府匠作太监。就具体表演场合来说，此处反映的是明中叶以来官宦之家的宴乐场景。"三个小厮连师范，在筵前银筝象板，三弦琵琶"，说明何府家班当时所表演的乃是北曲清唱，辅以弦索乐器伴奏，并未粉墨登场，反映了明代官宦之家北曲清唱的场景。

据不完全统计，在近代以来的地方剧种中，京剧、汉剧、河北高腔、徽剧、川剧、湘剧、桂剧、祁剧、辰河戏、衡阳湘剧、荆河戏、巴陵戏、常德汉剧（武陵戏）、滇剧、正字戏、湖北高腔、南剑戏、宜黄戏、宁河戏、赣剧、粤剧、昆剧、广东汉剧等都保留了《访普》的独立剧目。其中，赣剧《访普》有昆腔和皮黄两种戏路。子弟书中亦有韩小窗《访贤》一本，系从《访普》改编而来。各地保留的《访普》单出，从另一个角度说明此剧在明清剧坛传演之盛。

---

① （明）兰陵笑笑生：《金瓶梅词话》第七十一回。
② 此处张竹坡称《金瓶梅》写何府小厮清唱宋太祖赵匡胤事，乃以宋喻明之曲笔。其《金瓶梅寓意说》云："稗官者，寓言也。其假捏一人，幻造一事，虽为风影之谈，亦必依山点石，借海扬波。"兰陵笑笑生撰，张竹坡批：《皋鹤堂批评第一奇书·金瓶梅》，第七十一回。

3. 仪式演剧

1985年，山西潞城县崇道乡南舍村发现了万历二年（1574）抄本《迎神赛社礼节传簿四十曲宫调》。① 在二十八宿值日仪式中，有两处出现了队戏《雪夜访贤（普）》：

壁水鱼：……

第一盏：【万寿歌】曲子，补空【万花乐】；

第二盏：靠乐歌唱，补空【倾杯乐】；

第三盏：温习曲破，补空再撞再杀；

第四盏：《许真君点化》，补空《雪夜访贤（普）》；

第五盏：《织锦回文》，补空《周氏辱齐王》；

第六盏：《存孝显魂》，补空《病协（挟）高思计（继）》。

正队《七郎八虎展（战）幽州》，院本《土地堂》，杂剧《周亚夫细柳营》。

…………

星日马：……

第一盏：【长寿歌】曲，补空【万花乐】；

第二盏：靠乐歌唱，补空【大清歌】；

第三盏：温习曲破，补空【迓古（鼓）令】；

第四盏：戏《山伯访友》，补空《鞭打楚平王》；

第五盏：《雪夜访贤（普）》，补空《哭倒长城》；

第六七盏：《暗巡河北》，补空《四马投唐》。

正队《十面埋伏》，附末（副末）院本《神杀忤逆子》，杂剧《巫

---

① 该抄本内容分为四部分。第一部分以周天子即位开场，引出八宫八乐星君，分管金、石、丝、竹、匏、土、革、木八音。第二部分演汉光武分封云台二十八功臣，并以之比附天府二十八星宿。第三部分记述二十八星宿轮替值日期间的仪式规程。具体而言，首先记录值日星宿的装扮特点、食性、分野、所奏宫调曲牌；其次分列祭祀仪式、供盏次序、献演节目，其献演艺术形式包括音乐、舞蹈、队戏、院本和杂剧，包括唐宋大曲、金元俗曲曲目53个、哑队戏115个、正队戏剧目24个、院本剧目8个、杂剧26个。第四部分标注哑队戏角色排场单25种，标注各出场角色、人数、道具及情节。

山神女阳台梦》……①

学术界对于这种穿插于供盏仪式中间的献演节目，曾有"哑队戏""供盏队戏""衬队戏"三种说法。本书认为"衬队戏"说较能准确反映此类节目的特点。廖奔先生关于"衬队戏"形态的描述如下：

> 祭神供盏时，在盏次间隔中表演衬队，受献殿空间限制，演员比队子大为减少，又受供盏时间限制，表演仅为"装其似象"地简略比画舞蹈一阵。②

作为盏次间隔中表演的《雪夜访贤》，与戏曲舞台上的完整演出可能有较大差异。容世诚先生在分析神功戏主角人物形象时指出：

> 关公、钟馗、玄坛、目连和尉迟敬德的形象，在祭祀的场合中出现，对于参与仪式的观众来说，已构成一种镇压四方妖邪的力量。换句话说，没有宾白语言，只有简单表演动作的哑队戏，是依赖宗教图像的力量来除煞驱魔，这点和在傩戏上表演"关云长耍大刀"的项目，其背后的仪式意义是相通的。③

根据"衬队戏"的一般表演模式，扮演赵匡胤、赵普角色的乐户在衬队表演中很可能仅有简单动作，无曲文唱词，或只有念诵而无唱词。由于无法通过详细的剧情、具体的台词表明所演剧目，伶人必须在装扮上突出赵匡胤、赵普的人物特点（包括脸谱、服饰、砌末等，如近代戏曲演出、社火表演中赵匡胤

---

① 廖奔：《〈迎神赛社礼节传簿〉笺释》，见《宋元戏曲文物与民俗》，北京：中国戏剧出版社，2016年，第354、355、364页。

② 廖奔：《晋东南祭神仪式抄本的戏曲史料价值》，见《中华戏曲》（第13辑），太原：山西古籍出版社，1993年，第150页。

③ 容世诚：《戏曲人类学初探——仪式、剧场与社群》，桂林：广西师范大学出版社，2003年，第20页。

勾画红色脸谱、着黄袍、持盘龙棍等外形特征），以此与其他衬队戏目区分。换言之，赛社仪式中的《雪夜访贤》在演出过程中应偏于"扮饰"而非严格意义上的"扮演"。

除了仪式意味浓厚的赛社演剧，《访普》还是民间神功戏的重要节目。清代广东地区凡有庆典宴会、乡社酬神，例必演戏："粤剧组织伊始，角色职务之分配，戏班规例之颁行，俨如法律，不容紊乱。"按照粤剧旧例，新搭戏棚需举行开台仪式，演出两天开台例戏，以挡煞祈福。麦啸霞详细记载了粤剧开台例戏的剧目安排，其中首晚便包括《访臣（普）》一出：第一晚开台例戏包括六个节目。第一个节目是《祭白虎》，第二个节目是《八仙庆寿》，第三个节目是《六国大封相》，以上三出均为固定剧目。第四、第五、第六个节目为三出"大腔戏"演出，一般在《钓鱼》《访臣》《送嫂》《报喜》《祭江》五出中选取。①

陈非侬《粤剧的源流和历史》也谈到粤剧戏班演出《访普》的规程：

> 以往粤剧上演时（几十年前仍是如此），每一台戏（即每一次演出），演完例戏《八仙贺寿》和《六国封相》后，必先演三出属于弋阳腔的传统剧目，然后上演其他的粤剧剧目。……在粤剧常演的弋阳腔剧目，有下列五出，它们是《钓鱼》（又名《访白袍》或《黑袍访白袍》，衍尉迟恭访薛仁贵故事），《访臣》（又名《夜访赵普》，演宋太祖访赵普事），《送嫂》（又名《关公送嫂》，演关公送刘皇嫂事），《祭江》（又名《王十朋祭江》，演王十朋祭江事）和《报喜》。②

由此可见，《访普》已成为广东民间戏班戏俗的一部分。粤俗开台仪式所演之《访普》是成熟的戏曲演出形态，与明代上党地区赛社仪式中的衬队戏《雪夜访贤》有显著区别。尽管学术界对此类例戏的声腔归属存在争议，但无论"大

---

① 麦啸霞：《广东戏剧史略》，见《宋元明清剧曲研究论丛》（第一集），存萃学社编集，大东图书公司印行，1979年，第371页。原注云："不用大锣大鼓，只用馒头鼓及绰板。上手拉胡琴，二手弹三弦。"

② 陈非侬：《粤剧的源流和历史》，见广东省戏剧研究室《广东戏剧资料汇编》之一《粤剧研究资料选》，1983年，第126、127页。

腔戏"所指为昆腔还是弋阳腔,《雪夜访贤》成为粤剧戏班重要例戏剧目,起初应当都与该戏的特殊文化内涵有密切联系。

综上,基于《访普》这个剧本具有的传承时间长、流播范围广、演出功能多元化、所涉声腔剧种丰富多样的流传特点,我们感兴趣的问题包括:第一,清末民初潮梅地区流行的外江戏《访赵普》与明清杂剧、昆剧有何联系?第二,外江戏《访普》与南北各地流行的同题皮黄、高腔戏,尤其是同处岭南的同题地方戏有何联系?第三,地方戏《访普》的区域分布有何特点?此外,对以上问题的讨论,基本建立在剧本比较的基础之上,如何把握这一研究方法的解释限度,也是必须考虑的。

四、《访赵普》同题剧本比较与外江戏的传播

1. 外江戏与明清杂剧、昆剧折子戏之比较

外江戏与明清杂剧、昆剧折子戏的比较分为两个阶段,第一个阶段是《九宫大成南北词宫谱》《太古传宗》以前出现的戏曲选本、剧本,第二个阶段是清中叶以来的折子戏剧本,以《缀白裘》、双红堂藏清内府抄本《访普》为代表。第一个阶段的《访普》文本相当稳定,改动不多,但清朝乾隆时期以后,由于戏班艺人舞台实践的影响,部分折子戏剧本出现较明显的变化,因此作为第二个阶段。

明代各家戏曲选本以及清初《九宫大成南北词宫谱》《太古传宗》二书中的《风云会·访普》文本传承十分稳定,基本不变。这批明清戏曲选本中的《访普》文本包括曲本、剧本和宫谱三类,曲本有曲无白,无舞台提示,包括《盛世新声》《词林摘艳》《雍熙乐府》《风月锦囊》《吴歈萃雅》《乐府遏云编》;剧本曲白、舞台提示兼备,包括《古名家杂剧》《古今杂剧》《元人杂剧选》《乐府红珊》《阳春奏》《古杂剧》《万壑清音》《怡春锦》;宫谱有《九宫大成南北词宫谱》和《太古传宗》两种。

经比较,这批《访普》文本的曲牌、曲辞基本完全相同。通行开头是由赵普、张千先上场,赵普观风雪甚紧,料无人来,令张千点灯,欲读《论语》。

接下来才是赵匡胤上场唱【端正好】"水晶宫鲛绡帐"。

其中较为特殊的是《乐府红珊》《万壑清音》《怡春锦》三部晚明舞台选本都在本折开头添入赵普所唱【节节高】一支、赵匡胤所唱【声声慢】一支。例如《乐府红珊》此段：

> 【节节高】（外）位列朝班百僚之上，为卿相辅国勤王久，日后图写在凌烟阁上。（吾乃赵普是也……）
>
> 【声声慢】（生）禁鼓初通，炉烟犹绕，尚方冻进衮龙裘，莫道寒声料峭。（寡人自陈桥兵变……）①

下文与其他各本一致。这一改编溢出元杂剧的一人主唱体制，体现出明代杂剧表演体制的灵活性。还有一类文本变动是删去剧本最后两支曲子【一煞】和【煞尾】，情节只演至赵匡胤调兵遣将、订立军规便结束，脱去功成行赏的许诺，见《万壑清音》《怡春锦》《乐府遏云编》。不过，现存清代剧本未承袭这一改动。

与早期剧本比较，外江戏《访赵普》虽然为晚清民国时期的皮黄剧本，已经跨越时间、地域与声腔剧种，但大部分人物唱词以至说白都可追溯到《风云会》原作，曲辞句句对应者甚多，具体情节更如出一辙，足见其文本稳定性。如剧中赵匡胤在赵府门前唱【大板】（对应原作的【倘秀才】）自报家门，院公张千应门。即便这段情节以说白为主，外江戏文本仍然基本保留了明代剧本的特征，详见表5-1、表5-2。

---

① （明）秦淮墨客：《乐府红珊》，见王秋桂《善本戏曲丛刊》，台北：台湾学生书局，1984年，第442页。

表 5-1

外江戏	《古今杂剧》	《怡春锦》
【大板】（弦头）又只见掩重门铁壁铜墙，孤将这铜兽面双环叩响。（罗科） （内丑白）敲门者是谁。 （王白）听者。 （丑白）讲。 （王唱）俺本是万岁台前赵大郎。（科） （丑白）吾不管你什么大郎二郎，俺家丞相在灯下看文章。 （王唱）料想堂前无客伴，老丞相在灯下看文章，俺特来听讲。（科）	【倘秀才】则见他铁桶般重门掩上，我将这铜兽面双环扣响。（做敲门科） （张千问云）什么人敲门。 （末）敲门的是万岁山前赵大郎。 （张）这早晚夜又深雪又大，来做什么。 （末）堂中无客伴。 （张）俺老爹看书里。 （末）灯下看文章。 （张）你来有甚事。 （末）特来听讲。	【倘秀才】（生）我只见铁桶般重门闭上，俺将那铜兽面双环扣响。 （内云）敲门的是何人。 （生）我是万岁台前赵大郎。 （内）到此何干。 （生）料堂中无客伴。 （内）丞相在灯下看书。 （生）你道是灯下看文章，俺特来听讲。
（丑白）你既是爱听讲，何不到南山法寺中请几个无头发的和尚去讲到十七八年，俺这里调和鼎鼐三公府，燮理阴阳宰相家，有什么好听，有什么好讲吓。	（张）你要听讲，当往法堂中寻和尚去，你走错了门了。①	（内）我这里是三公相府，听什么，何不去南北寺寻一个没头发的和尚听讲。②

经过比较，外江戏科白话头、唱段文辞多循原本，可以说是元杂剧在近代粤东剧坛的舞台遗存。稍有差异的两处，其一是外江戏剧首并未安排赵普、张千的垫场戏，而由赵匡胤一角直接上台开场。其二是删落了原作中赵匡胤与赵普关于儒家经典的对话，简化了"半部论语治天下"的情节元素。这两处改动并非都来自清末粤东剧坛，至少后者在清中叶以来，即第二个阶段的昆剧折子戏文本中已广泛存在。

---

① （明）赵琦美：《脉望馆抄校本古今杂剧》，古本戏曲丛刊四集之三，《宋太祖龙虎风云会》第三折。

② （明）冲和居士：《怡春锦》，见王秋桂《善本戏曲丛刊》，台北：台湾学生书局，1984年，第620页。

表 5-2

《古今杂剧》	《缀白裘》	外江戏
（赵普衣冠引张千捧香卓书烛上）某赵普是也。自从做掌书记时辅佐当今皇帝，定有天下之号曰宋，四方承平，以某有拥戴之功，官拜中书大丞相，晋封韩王。今夜雪下甚紧，料无人来。张千，你拿过香卓来点上烛，我读一会儿《论语》咱。（张千）我烧上些香，剔得灯亮亮的，老爹你慢慢地看着。	（末上）【引】调元补衮，扫荡妖氛。佐明君，伫看图影麒麟。柳絮纷纷飞遍地，梨花袅袅撒长空。光照乾坤增气概，银装世界壮威风。老夫赵普，官居首辅，位列三台。目今天下稍定，还有四处未平，我主计将讨乱，老夫日夜思维，一时无策。今夜风雪漫天，不免到书房中去检阅书史。张千。（丑上）有。（末）谨守府门，恐有紧急军情，速来报我。（丑）晓得。（下）（末）正是：检今阅古权为伴，独坐挑灯暂息眠。（下）	
（正末纱帽常服上）某自从陈桥兵变，众兄弟立我为大宋皇帝，晓夜无眠，恐万民失望，诸国未平。今夜风雪满天，路无行客，寡人扮作白衣秀士私行，径投丞相府里商量下江南收川广之策，出的这禁城来时好大雪也呵。【正宫端正好】光射水晶宫，冷透鲛绡帐……①	（生上）几处干戈未ết平，寡人日夜费劳心。独坐玉楼寒气冷，禁帏私出访元臣。寡人，赵匡胤。自陈桥兵变，即登大位，天下虽然初定，尚有四寇猖獗。今夜风雪满天，因此私出禁廷，往丞相赵普家商议平定之策。出得宫来，只见：【端正好】水晶宫，鲛绡帐……②	（出水）（王上）（引白）不避雨露寒气冷，私出宫廷访贤臣。（科）（白）昔年龙虎风云会，南面亲尊数百州。自从陈桥兵变后，众卿扶孤坐龙楼。（科）孤乾德王赵，（科）自从陈桥兵变，四寇未平，因此夜访贤臣。今晚风雪交加，不免到赵普府中暗访贤臣。内臣。（什白）有。（王白）摆驾赵府中。（什白）领旨。（科）（穿衣出门）（王白）掌灯。（什白）扶持。（科）【二凡头板】（王唱）瑞雪飘纷纷从空降……

《缀白裘》第十集《风云会·访普》的开头与明代剧本一致，先由赵普、张千上场，再安排赵匡胤登台。

《缀白裘》本与明代剧本的主要差异有两处，这两处改动都为后来的外江戏剧本所共享。第一个差异是删去赵匡胤与赵普关于儒家经典的讨论；第二个

---

① （明）赵琦美：《脉望馆抄校本古今杂剧》，古本戏曲丛刊四集之三，《宋太祖龙虎风云会》第三折。

② （清）钱德苍编撰，汪协如点校：《缀白裘》十集《风云会》，北京：中华书局，2005年，第112、113页。

差异是删除剧本后半段赵匡胤的两支曲文【滚绣球】【倘秀才】。明中叶曲选《盛世新声》中的原曲:

【滚绣球】忧则忧,当站的身无挂体;忧则忧,家无隔宿粮。忧则忧,甘贫的昼眠深巷;忧则忧,读书的夜寐寒窗。忧则忧,噤寒妻怨夫啼;忧则忧,驾车的,恁时分万里行商。忧则忧,行般的一江风浪;忧则忧,饥子呼娘。忧则忧,是布衣贤士无活计;忧则忧,铁甲忙披守战场。题将来,感叹悲伤!

【倘秀才】忧的是百姓苦,向御榻心劳意攘。害的是不小可,教寡人眠思梦想,太原府刘素拒北方。我只待暂离丹凤阙,亲拥碧油幢,先取那河东的上党。①

这两支曲子的主要内容是赵匡胤抒发自身对百姓、国家事务的关切和忧虑,展现帝王体察民情,对百姓民生的记挂。清中叶折子戏尽删此二曲,使得赵匡胤夜深不能寐、雪夜访贤臣的原因转移到方今四寇未平、局面未定的国家大计上。外江戏《访普》虽然也保留了一句"忧只忧"的唱词,但具体为"忧只忧那河东没有良将,叫寡人昼夜里哪得安康",在帝王心境的塑造上与清代昆剧折子戏的精神是一致的。

综上所述,从早期的明代戏曲选本到清代昆剧折子戏,《访普》的文本先稳定传承后来渐趋变动。外江戏《访普》的具体情节、唱段、科白继承了早期杂剧文本的大部分特点,而在个别唱段的取舍上与清代昆剧折子戏的文本异变一脉相承。与此相类的还有清车王府所藏《访普》的皮黄、高腔剧本,以及清末京剧、早期汉剧,可以推知清乾隆年间的昆剧实践对后来高腔、皮黄戏的影响。

2. 外江戏与南北皮黄戏、岭南地方戏之比较

外江戏《访普》属皮黄声腔剧本,唱腔板式标识包括二凡、头板、大板、

---

① (明)臧贤辑:《盛世新声》,北京:文学古籍刊行社,1955年,第52、53页。

第五章　外江戏与早期京剧剧本之比较

西皮倒板、（西皮）头板、二流、慢二流等，兼有南路、北路声腔。其中的"二凡腔"，流沙先生认为因源于【西秦腔二犯】而得名，是西秦腔传入江西后的新形态。在江西、福建、安徽等地，类似声腔名目可以构拟出一个"二凡"流播圈。① 更重要的是，流沙先生将"二凡腔"视为从吹腔到成熟二黄腔的中间过渡阶段，保留了早期二黄腔的音乐形态特征。这一推论，相当于把目前广泛存在于皖、赣、闽、鄂、湘、粤地方剧种中的"二凡腔"（包括其文本标识"二凡"）归置到清代皮黄声腔发展的具体历史阶段，进而总结"曲名随腔同行"的规律，对剧目传承、声腔源流的历史探讨具有启示意义。

在讨论"二凡腔"时，流沙先生特以清代地方戏中的《访普》为例，结合声腔与剧本勾勒声腔和剧目的传播路线，涉及剧本包括清车王府皮黄本、川剧本、赣剧本、湖南荆河戏本和湖北汉剧本。摘引原文如下：

> 值得注意的是，这种【二凡腔】不仅流行于江西、福建和安徽等地的皮黄剧种中，而且还传到北京。这不是一种传闻，清代北京车王府曲本中展现的【二凡】曲名，就是有力证据。这出标唱【二凡】的《访普》，又名《雪夜访普》。剧本出自罗贯中的《风云会》杂剧，清代以后，由昆曲改唱皮黄腔。其唱词：（略）……这出戏在今皮黄戏中仍有演出，并有曲谱流传下来，但其所唱声腔各有不同。如川剧、江西赣剧《雪夜访普》第一段腔都由倒板转唱二黄正板（川剧名二黄一字）。而湖南荆河戏《访普》唱【南路平板】，直到"乾德王传晓谕提兵调将"，就改唱【西皮倒板】转【原板】。这是湖北汉剧的路子。看来赣剧和川剧同属一个系统。不过，二者后来受了汉剧影响，从"俺本是万岁台前赵大郎"开始，就掺入了二黄平板（四平调）。现有剧本资料显示，这种车王府曲本《访普》不是来自四川，就是出于江西班。然而，川剧《雪夜访普》的起腔"昆头子锣鼓"，和唱词"瑞庆宫，离金阙，夜广寒天，（下句）风飕飕吹透了王的鲛绡锦帐"（转二黄一

---

① 流沙：《两种秦腔及陕西二黄的历史真相》，见流沙《清代梆子乱弹皮黄考》，台北："国家"出版社，2014年，第275页。

字)等,都很接近车王府曲本,这证明北京出现的【二凡】是来自川剧胡琴戏,且较川剧本更为原始。以此为据,我们可以肯定宜黄腔入川时,就将【二凡】曲名带进四川的戏曲中。这也是我国戏曲中"曲名随腔同行"的惯例。①

流沙先生以声腔为本位,凭借四川、江西、湖北、湖南、北京等地的代表性剧种剧本,勾勒了清代《访普》传播的大轮廓。其一,依据剧本首句的声腔板式差异,将江西赣剧、四川川剧归为一派,湖北汉剧、湖南荆河戏为另一派;其二,结合首句声腔属性与剧本文辞特点,判断北京车王府剧本与川剧关系密切,车王府本或与川赣戏班有共同来源;由于车王府本中的"二凡"腔调应属较早的声腔历史形态,故车王府本比现存川剧本更古。

不过,由于清代地方戏曲交流频繁、变异复杂,民间艺人多采取口传心授的传承模式,现存地方戏剧本多为20世纪以来的记录、整理本;为数不多的早期抄本、刻本可能缺乏确切的时间断限;仍有大量戏曲音乐、文本、演出形态未能得到较好的记录。这些局限至今仍然阻滞清代地方戏研究的深化与细化,在有关《访普》的研究推理过程中也有所反映。

《访普》一剧广泛分布于京、皖、鄂、川、渝、湘、浙、闽、赣、粤、滇、黔等地,仅取川渝地区流行的川剧、江西北部的赣剧、湖南湖北交界处流行的荆河戏、湖北汉剧和北京的车王府剧本作为分析比较对象,可能会对剧目传播流变的实际过程有所简化。川剧、赣剧与京王府本在地理空间上相隔甚远,仅凭三地剧本共通点建立剧种联系,也缺乏足够解释力。同时,相关剧本缺乏明晰年代断限,难以判断剧本流传的实际时代背景。

为解决以上问题,可采取的思路是尽量增加样本的数量,提高样本空间密度,提升剧本证据链的连贯性,判断同题剧本的文本亲疏关系。照此思路,潮梅外江戏剧本成为讨论南方剧坛剧目传播的关键文本:从声腔形态看,潮梅外江戏《访普》剧本使用"二凡"曲调,其与车王府本的关系有助于推定外江戏

---

① 流沙:《西秦腔南来及宜黄腔产生》,见流沙《清代梆子乱弹皮黄考》,台北:"国家"出版社,2014年,第304—306页。

声腔形态的大致形成时间。从历史源流看，潮梅外江戏与江西、湖南、湖北、安徽地方戏曲均有渊源，可能为岭北、岭南戏曲形态的比较提供中介性文本。潮梅外江戏与同属岭南的桂剧、粤剧，以及毗邻的闽西汉剧关系密切，也可以为岭南戏曲的内部比较提供样本。

下面以《盛世新声》本为基准，以《风云会·访普》第一、第二曲【端正好】【滚绣球】为比较对象，对外江戏、昆剧、桂剧、川剧、闽西汉剧、赣剧、常德汉剧、湖北汉剧、湘剧、清车王府皮黄本、车王府高腔本以及《戏考》本《访普》进行逐句分析比较（见表5-3）。①

表5-3

文本名称	1	2	3	4	5	2'	6	7	文本类型
《盛世新声》本	【端正好】水晶宫，鲛绡帐；光射水晶宫，冷透鲛绡帐。夜深沉，睡不稳龙床；	离金门，私出天街上，	正风雪空中降。	【滚绣球】似纷纷蝶翅飞，如漫漫柳絮狂。舞冰花，旋风儿飘荡，践玉玷，脚步儿匆忙。	将白襕两袖遮，把乌纱小帽荡。		猛回头，凤楼凝望，全不见碧琉璃瓦鸳鸯。	一霎时九重殿如银砌；半合儿万里乾坤似玉妆。恰便是粉甸满封疆。	甲
《缀白裘》本	【端正好】水晶宫，鲛绡帐，光射了水晶宫，冷透了鲛绡帐。夜深沉睡不稳龙床。	离金门私出天街上，	正风雪空中降。	【滚绣球】似纷纷蝶翅飞，看漫漫柳絮狂，舞冰花，旋风儿飘荡。践琼瑶将脚步儿奔忙。	俺将那白蓝衫两袖遮，把乌纱小帽搪。		猛回头，将那凤楼凝望，全不见碧琉璃瓦鸳鸯。	一霎时九重宫阙如银砌，半响间万里江山似玉妆，却便是粉填满了封疆。	甲

---

① 地方剧本来源：参见桂剧《访普》，见刘国杰《西皮二黄音乐概论》，上海音乐出版社，1989年，第496页。川剧《访普》，见赵景深《曲艺笔谈》，上海古籍出版社，1962年，第194页。闽西汉剧《访赵普》，见武平县文化馆编《武平民间音乐》，2007年，第155页。赣剧《访普》，见《中国地方戏曲集成·江西卷》，中国戏剧出版社，1982年，第232页。常德汉剧《访普》，见常德专区戏曲演员讲习会挖掘整理、艺人王文松本，1961年。湘剧《访普》，见湖南省湘剧院、湖南省戏曲研究所合编《湘剧低牌子音乐》，人民音乐出版社，1991年，第169页。

续表

文本名称	1	2	3	4	5	2'	6	7	文本类型
车王府《访贤》	【端正好】水晶宫，鲛绡帐，光射了水晶宫，冷透了鲛绡帐。夜深沉睡不稳龙床。	离禁门私出在天街上，	见瑞雪空中降。	【滚绣球】似纷纷蝶翅飞，如漫漫柳絮狂，舞冰花旋空飘荡。践琼瑶将脚步移，	忙忙把这白罗衫两袖遮，乌纱帽搪。		猛回头将凤城凝望，望不见碧琉璃瓦鸳鸯。	霎时间九重金阙如银砌，顷刻间万里江山似玉妆，粉饰满封疆。	甲
清内府《访普》	【平板】水晶宫离金阙夜光寒，【上板】冷透了鲛绡锦帐。		瑞雪儿不住在空中降。		孤忙将衫袖遮搒。		回头来观不见龙凤景。	万里山河镇封疆。	乙
车王府《访普》	【昆板头·端正好】水晶宫离金阙谒广寒，冷透了鲛绡帐。		【二凡】瑞雪不住从天降，眼前风吹雪又飘。		孤忙将袍袖来遮挡，轻衣小帽难抵挡。		回头来观看龙凤景，	万里江山雪封疆。	乙
《戏考》本	【二黄原板】都只为边庭上贼兵骚扰，在龙床睡不宁私自出朝。寒风起更鼓催人声寂悄。		但只见半空中降下鹅毛。				五凤楼碧玻璃全不见了，	好一似粉装成玉宇琼瑶。	戊
湘剧	【端正好】水晶宫鲛绡帐，夜深沉睡不宁龙床。	离宫门私出在御街之上，	阵阵风雪风雪不住在空中降。		朕将这袍袖儿忙遮挡。		猛回头把凤楼凝望。	万里山河似玉妆。	乙
常德汉剧	【新水令头子】水晶宫皎雪帐，【平板三眼】睡不稳在龙床上。	离金门在御街上，	阵阵风雪，风雪在空中降。		朕将这袍袖儿来遮挡，		猛回头将凤楼观望，	一刹时九重金阙如银亮，万里山河，山河似粉妆。	乙

续表

文本名称	1	2	3	4	5	2'	6	7	文本类型
川剧	【昆头子】瑞庆宫离金阙夜广寒天，风飕飕冷透了鲛绡锦帐。		瑞雪儿飘飘的空中降，		忙将袖儿迎面遮藏。	离紫阙王来在御街之上，		但只见锦山河恰似银妆。	丙
赣剧	【二黄正板】水晶宫夜深沉寒光放，冷透了玉带金镶。		瑞雪儿止不住从空飘降，		孤忙将御袍袖紧紧遮搛。	离金阙来至在御街之上，	一霎时观不见银砌宫墙。践琼瑶踏飞絮用目凝望，	万里山河似玉妆。	丙
外江戏			【二凡头板】瑞雪飘纷纷从空降，		孤忙把袍袖儿来遮掩，	离宫门私出在御街之上，		万里山河镇封疆。	丁
闽西汉剧			【二黄快板】瑞雪呀纷纷哪从空呀降啊，		孤忙把袍袖儿来遮掩，	离禁门哪私出在御街之上，御街之上呀，		访求呀良将镇哪封疆哪。	丁
桂剧			【南路四门腔】瑞雪飘不住从空降，		孤忙把袍袖儿来遮藏。	离皇宫私出在御街之上，御街之上啊，		万里山河镇封疆。	丁
湖北汉剧			【慢二黄】瑞雪儿不住从空来降，访贤臣哪顾得餐雪饮霜。				回头来观不见龙凤阁样，	万里江山好一似玉琢银妆。	戊

经比较，已知的 13 种《访普》文本可归纳出五个文本类型。

甲型 1—2—3—4—5—6—7，最接近《访普》原始文本，含《盛世新声》本、《缀白裘》本和车王府高腔本。从声腔史角度看，甲型剧本包含了明代弦索北曲、清初昆山腔和清代高腔三种历史声腔类型，声腔层面的变异并未给文学层面的剧本曲辞带来影响。

乙型1—2—3—5—6—7，较甲型剧本少第4段曲词，含清代北京地区的内府皮黄本和车王府皮黄本，以及湖南的湘剧、常德汉剧。现存湖南地方戏剧本与清代宫廷、王府本仍具有文本共通性，可见《访普》传入湖南地区后文本变化较小。

丙型1—3—5—2'—（6）—7，较甲型剧本少第4段曲词，并将原本第2段"离金门，私出天街上"调至第5段后，含川剧1—3—5—2'—7和赣剧1—3—5—2'—6—7两个子类型。地处川、赣之间的湘剧属于乙型剧本，而川剧、赣剧的文本关系更加密切。通过曲辞结构层面的微观比较，流沙先生对赣剧与川剧形态关联的判断得到佐证：川渝与江西虽有地理间隔，但两地所演《访普》在剧目传播演变历程中的历史层次有可能更接近。

丁型3—5—2'—7，含潮梅外江戏、闽西汉剧和广西桂剧。这三个剧本的共同点在于，都脱去第1、2、4、6四段，从第3段"正风雪空中降"起腔。外江戏《访普》以【二凡头板】起腔，与清车王府皮黄本此段使用【二凡】正可对应。如果"曲名随腔同行"的规律成立，那么外江戏《访普》可能保留了早期皮黄本的声腔、文本特点。

戊型（1）—3—6—7，含民国时期《戏考》本（1—3—6—7）和湖北汉剧本（3—6—7）。显而易见，戊型剧本是在原始文本基础上大幅简化的一种，仅对应保留3段原词。鉴于《戏考》本编刊于民国时期，反映的是清末民初京剧文本的特点。据此推测，现存湖北汉剧剧本也应为同一时期戏曲演出实践的产物。

以上五个文本类型，依据其与基准文本的差异、各类之间的文本关系，可进一步归纳出清代《访普》剧本的主要演变路径。第一条是"甲—乙—戊"，此过程以京畿地区剧本唱词的缩减为代表，由清乾隆时期的《缀白裘》昆曲本1—2—3—4—5—6—7变为清代宫廷皮黄本1—2—3—5—6—7，再变为清末民初《戏考》皮黄本（1）—3—6—7。第二条文本流变路径是"甲—丙、丁型过渡本—丙型或丁型"，这一系列以曲辞第2段的顺序变化为标志，呈现了南方皮黄的文本演变路径。具体由清乾隆时期的昆曲本1—2—3—4—5—6—7变为川、赣两地的丙型 1—3—5—2'—（6）—7，或演变为两广、闽粤边区的丁型 3—5—2'—7。

借由更为连贯的文本证据链，可归纳出清代《访普》在南北剧坛的基本演变规则。总体而言，此类具有特定文化功能、社会意义的剧目剧本较为稳定；一般而言年代愈晚，剧本愈趋简化；远离通都大邑，可能较完整地保留早期剧本特征。与此同时，一般意义上的剧种源流关系、剧本抄录年代、地理空间距离、剧种声腔归属等，均不单独构成各地剧本文学特征、文本亲疏关系的决定因素。

在对比各地《访普》剧本时，我们也注意到地方戏剧本文献自身的不确定因素：例如，剧本的口述/抄录/整理时间不同于舞台文学的形成时间；在舞台文本的记录与整理过程中可能存在不同程度的"格式化"现象等。未经梳理、辨别的地方戏剧本，既可能保留早期剧本信息，也可能反映了历经改订、增删、移植的晚近剧本形态；还可能存在新旧剧本面貌杂糅的情形。因此，对剧本进行分析比较的目的和作用，首先在于通过其间的文本异同，判断几种剧本之间的亲疏关系，构拟其中的源流或传播脉络。在识别各地方戏剧本历史层次的基础上，梳理剧目流变中的历时、共时变化，最终回应特定的戏曲史问题。从这个意义上说，数量众多的地方戏剧本可以为戏曲史研究补充丰富的文本内证，而其前提是对剧本文献性质的辨析和厘定。

3. 南北剧坛《访普》演剧形态比较

在 20 世纪以来的戏剧史志和其他地方戏文献中，对地方戏《访普》的具体文本、声腔、表演形态也有所记录，可以进一步完善我们对该剧目传播、流变情况的认识。

从现存地方戏剧目资料来看，各地流行的《访普》在主唱角色分配、声腔音乐特征等方面存在地域差异，这些差异是由戏曲传播过程中历史地形成的。

第一，在主唱角色分配上，近代以来的京剧、汉剧突破了杂剧原本的一人主唱体制，而南方大部分地区的皮黄本《访普》仍保留"一正众外"、即赵匡胤一人主唱的演出特点。

晚清时期京剧《访普》虽然在文本上仍见古本痕迹，但在表演上已挣脱杂剧演出的体制束缚。在《戏考》所收《雪夜访普》剧本中，赵匡胤、赵普、张千均有唱段：

> 赵普（二黄原板）：有老夫在二堂心中烦闷，想不出巧计策扫荡妖氛。叫张千——
>
> 张千（白）：有。
>
> 赵普（二黄原板）：你与我把路引，去到书房检阅书文。（白）张千，好好看守府门，倘有什么紧急军情，速报我知。正是：（念）检今阅古聊为伴，独坐挑灯暂息眠。
>
> ……
>
> 赵匡胤（二黄原板）：你家相爷看文章，我也要去听听讲。
>
> 张千（二黄原板）：俺这里是三公府，并非寺院与佛堂。你若是要听讲，何不前去找和尚？

现存湖北汉剧本亦属此类型。

与此相对，清末民初的潮梅外江戏仍保留赵匡胤一人主唱的特色。这一特点为赣剧、桂剧、闽西汉剧等南方皮黄戏曲所共享。戏曲史家黄芝冈先生曾在日记中提到赣剧皮黄的表演特点：

> 赣戏皮黄《雪夜访普》是由元罗贯中《赵太祖龙虎风云会》第三折改头换面而成。除郑恩提棒私行上一段删去，情节、人物、出场、唱词都继承了元杂剧的原有规模，只是元杂剧的赵太祖是更换白衣访普，赣戏都用皇衣皇帽罢了。一人独唱到底也只是从元杂剧原有规模转变而来，并不可怪。①

由此可见，《访普》在近代以来以北京、武汉为代表的都市剧坛中变化较

---

① 黄芝冈著，范正明录校：《黄芝冈日记选录（二十八）》"一九五九年六月三日、四日"，见《艺海》，2016年第9期。

大，而在南方地区的乡村演剧活动中，民间戏班、艺人通过口传心授、口耳相传，比较完整地保留了此剧的早期表演形态。

第二，在声腔音乐方面，湖北、北京地区的《访普》已蜕变为近代以来较成熟的皮黄声腔体制，而西南、中南、华南地区的民间演出仍保留早期昆、高腔的音乐形态，并衍生出丰富、细腻的板式特点。丰富多变的唱腔音乐直接影响场上人物的曲情语态，是人物形象塑造的重要手段。又如，川剧、赣剧都保留了早期昆曲剧本的"昆头子"，黄芝冈记述赣剧《访普》的声腔曲调特征：

> 在一段二黄里，有昆曲镇头，即由第一句昆曲转二黄调。在一段四平腔里有两句子滚唱（像回龙腔的一种腔），和高腔（《双下山》的唱法）唱法相同，但结尾却归到四平调，可证明四平调是改变弋阳腔令人可通的一种戏腔。据说《访普》原有昆曲、皮黄、高腔各种戏路。现在所唱是一种混合的戏路，也即是较早的皮黄戏路。①

在赣剧、川剧、辰河戏、滇剧等南方皮黄剧种中，《访普》有时又名《黄袍记》，是袭自晚明剧坛滚调剧目的传统戏。这批流传于江西、湖南、四川、重庆、云南等地的《访普》单出戏经过明清艺人的长期传承，在同一剧目中保留了昆腔、高腔、吹腔、皮黄腔等多个历史层次的声腔音乐特征。黄芝冈先生的说法也证明了这一点。

五、结语

在新加坡所藏接近两百个外江戏剧本当中，《访普》的特殊性来自该剧源远流长的剧目发展史和纷繁复杂的形态流变史。在明清剧坛中，《访普》有其特殊文化内涵。它一方面契合社会统治阶层的主流意识形态，受到统治阶层的

---

① 黄芝冈著，范正明录校：《黄芝冈日记选录（二十八）》"一九五九年六月三日、四日"，见《艺海》，2016年第9期。

支持鼓励；另一方面能做到雅俗共赏，在明末以来的戏曲演出和书坊出版中颇有市场，受到当时观众的欢迎。这种"长盛不衰"的文化影响力延续到清代剧坛体现为遍布各地方剧种的同题折子戏。

以时间为线索，《访普》戏文由明前期仅录曲文的北曲本，发展到万历年间曲、白、舞台提示俱全的北杂剧本，继而昆腔曲本、剧本，最后又出现清代宫谱本及异彩纷呈的地方戏剧本。文本形态的变迁折射出元明戏曲从坐唱到角色扮演的形态递变，也见证了该剧从北曲弦索、昆腔、高腔到南北皮黄的声腔剧种演化脉络。

以空间为线索，清代花部《访普》的声腔、语言、角色使用情况在南、北剧坛逐步分化。清代剧坛中的《访普》分皮黄、高腔、昆腔三大声腔流布区域，南方剧坛比较完整地保留了杂剧文本细节，并延续了北杂剧"一人主唱"的表演体制，以"复古"为特点。近代以北京、武汉为代表的都市剧坛对《访普》一剧的角色体制、声腔音乐以至文本内容作了大幅创新。西南地区地方剧种中的《访普》可能为明末清初弋阳腔的遗存，而华东地区则保留了昆腔折子戏的演出传统。

作为明清时期长期、稳定、广泛传播的重要剧目，关于《访普》文本、声腔、演出形态的分梳、归纳，对于探讨从元杂剧到花部戏曲的戏曲史阶段特征，以及清代地方戏的传播、流变特点均有参考价值。

第二节　外江戏《复中兴》与京剧《云台观》《白蟒台》源流

"剐王莽"是明清戏曲、小说中广泛流传的故事题材,其本事见于《汉书·王莽传》。据记载,更始元年十月三日,王宪领义军攻破长安,王莽避入渐台,为商人杜吴所杀,遭众军枭首戮尸;六日,义军大部亦至,以王宪僭越收斩之,复将王莽首级悬市示众,百姓共提击之。从这则最早的官方正史记录到清代地方戏,经历了元明清小说戏曲和民间传说的长期酝酿过程。

清代南北剧坛先后出现了《白蟒台》《云台观》《复中兴》三出各具特色的同题材剧目。其中,前两者由进京徽班改编而来,是"剐王莽"题材在北方皮黄中流衍的成果,后者则是潮梅外江戏的地方化演绎。清代"剐王莽"戏的文本及其社会功能在南北剧坛传播过程中出现了较为清晰的地域分化。

近百年来,《白蟒台》《云台观》向为脍炙人口的京剧老戏,而此戏在南方剧坛的变体《复中兴》受到的关注不多。由于广东汉剧院所藏光绪年间外江戏抄本《割莽》(1906)、新加坡所藏民国外江戏抄本《复中兴》(1914)、汕头公益国乐社整理本《复中兴》(1933)的发现,探讨该题材在南北剧坛的不同发展情况成为可能。

以下首先对新加坡所藏剧本情况进行简要介绍,梳理戏曲题材"剐王莽"的故事来源。其次对比元代以来杂剧、传奇、花部剧本,探讨元明清同题剧作的演变脉络。再次分析清中叶以来花部地方戏《剐王莽》的南北传播路线和形态分化情况。最后以清末民初外江戏剧本《割莽》《复中兴》为中心,探讨清代粤东地区"剐王莽"剧目的社会功能和艺术价值。

一、新加坡藏《复中兴》抄本概述

新加坡余娱儒乐社原藏《复中兴》抄本一种，封面题"重复中兴"，与《小别寒窑》一剧合订，列于余娱儒乐社抄本第六册。本剧抄写于 1914 年 6 月，是余娱儒乐社早期传抄的外江戏剧本之一。该剧以西汉后期新莽政权的崩解为背景，杂糅史传传说，讲述刘秀君臣缉拿、审讯、处死王莽的故事。

余娱社《复中兴》抄本原不分段，根据剧情及场景空间转换可分为以下 7 段。首段情节发生在汉宫内，邓禹、岑彭、姚奇、马武四将迎接新主刘秀登基。生扮刘秀上场，君臣共议缉莽。第二段情节背景为某城门下，丑扮平民吴公上场，自述其父为王莽所害，欲揭发王莽藏身之所，为父报仇。二什脚所扮皂隶奉命张贴缉莽榜文，将前来揭榜的吴公带入宫中。第三段情节为众将召见吴公，命其带路缉莽。第四段情节为王莽于避兵洞抒怀。第五段王莽被岑彭等缉获。第六段刘秀本欲赦免王莽死罪，受到邓、姚、岑、马等言辞坚拒。第七段刘秀于凌台斩莽，奖励发首之吴公并封赏众将，众将谢恩下场。

汕头公益国乐社《乐剧月刊》也刊登过《复中兴》剧本一种，其提要如下：

> 西汉末，平帝崩，王莽篡位，改称新朝，及后刘秀举兵诛莽，重兴汉室，是为东汉光武帝。此本即表演刘秀诛王莽事。剧情大意，刘秀即位后，出榜文通缉王莽，时王莽正藏匿石洞，有石匠吴公出首报线，因而缉获。刘意欲赦释，惟马武以去就力争，卒斩于云台山麓。按纲鉴，癸未九月共诛王莽于渐台，乙酉四月汉光武始即位，原无刘秀亲斩王莽事实。孝平皇后虽系王莽之女，刘秀非平帝之子，王莽自非秀之外公。曲中所述事实，及举子赴科场夺魁首等句，均系作曲家滑稽附会之笔墨，其中或别有寓意，藉王莽暗射何人。惜无从查考，读者应须分别认识。①

---

① 汕头公益国乐社：《乐剧月刊》，1934 年第一卷六号。

《乐剧月刊》本将此剧分为六场——缉莽、露莽、捉莽、审莽、怜莽、斩莽，内容与余娱社抄本基本一致，场次顺序、曲白有少量差异。例如，余娱社抄本先演吴公揭发王莽，再演王莽藏身境况。而在《乐剧月刊》本中，王莽的戏份被提到吴公之前，加重其在全剧中的分量（表5-4中"王莽登场"相当于"露莽"一场）。又如，《乐剧月刊》本末尾，刘秀谴责王莽篡权的一部分唱段，以及刘秀额外奖赏吴公家人的情节，在余娱社抄本中并未出现。

表 5-4

新加坡所藏余娱儒乐社《复中兴》	汕头公益国乐社月刊《复中兴》
登基缉莽	缉莽
	露莽
吴公揭榜	捉莽
吴公发首	
王莽登场	
众将捉莽	
刘秀审莽	审莽、怜莽
凌台斩莽	斩莽

在舞台提示方面，外江戏抄本仅标识刘秀、王莽、吴公的角色行当（分别为小生、老生和丑），其余众将以姓名表示。而《乐剧月刊》本则详细记录了剧中角色行当分别为刘秀（小生），王莽（老生或红净），马武（黑净），姚期（黑净），岑彭（小生），邓禹（老生），吴公（什丑），太监（什），武生（杂），可以作为清末抄本的补充。值得注意的是，清末余娱社抄本显示早期表演中王莽一角应由老生扮演，而《乐剧月刊》本则说明民国时期该角也可由红净应工，这是民国时期外江戏红净行当迅速发展的体现。

在今天的广东汉剧表演体系中，红净与黑净都被视为本剧种的特色行当。例如，《广东汉剧志》"脚色行当"一节称红净行的来由是"宣统年间以后，净行艺人创造了一种红净新唱腔，因而把净行划分为乌净、红净两行，由此形成现行的生、旦、丑、公、婆、乌净、红净七个行当"[①]。关于红净行的剧目与表

---

① 《广东汉剧志》编辑部：《广东汉剧志》，广东汉剧传承研究院编，2016年，第149页。

演特点，《广东汉剧志》的描述是，"扮演英雄好汉，以原嗓和假嗓结合发声，唱腔有独特的风格和韵味，表演要求龙行虎步，器宇轩昂"①，还说明"其他表演技艺的要求，大致与乌净行相同"②。

事实上，从清代南北皮黄戏的整体视角来看，外江戏红净的出现与老生家门渊源更深。皮黄戏中的"红生"历史悠久，常扮演关羽、赵匡胤及姜维、王英等"富有血性、勇武刚强"的人物。与此相较，红净则是道光以后京师剧坛的新生行当。据传春台班一红生扮关羽过于逼真而遭禁，戏班才改由净角勾红脸扮演。换言之，与其说红净是从净行分化出来的，不如说是红生及相关角色并入净行的结果。皮黄戏中红生与红净饰演的角色虽有重合，但红生一般较重唱功，而红净往往更重做功。外江戏《复中兴》是一出典型的唱功戏，剧中王莽一角唱功吃重，可为外江戏红净行当的源头提供证明。

在潮梅外江戏流行地区，《复中兴》又可称《云台山》《斩王莽》或《割莽》。京剧中也有《云台观》《白蟒台》等异名。在地方戏曲中，"同剧异名"虽是司空见惯的现象，《复中兴》的个案却展示了这种现象可能潜藏的剧目演变与戏曲传播信息。

二、"复中兴"剧目故事来源

《复中兴》的故事主体围绕历史上的"王莽之死"事件展开，其本事见于《汉书·王莽传》。据记载，更始元年十月三日，王宪义军攻破长安，王莽避入渐台，为商人杜吴所杀，遭众军枭首戮尸。六日，义军大部亦至，将王莽首级悬市示：

> 三日庚戌，晨旦明，群臣扶掖莽，自前殿南下椒除，西出白虎门，和新公王揖奉车待门外，莽就车，之渐台，欲阻池水，犹抱持符命、威斗……军人入殿中，呼曰："反虏王莽安在？"有美人出房曰："在

---

① 《广东汉剧志》编辑部：《广东汉剧志》，广东汉剧传承研究院编，2016年，第150页。
② 《广东汉剧志》编辑部：《广东汉剧志》，广东汉剧传承研究院编，2016年，第151页。

渐台。"众兵追之，围数百重……莽入室……商人杜吴杀莽，取其绶。校尉东海公宾就，故大行治礼，见吴问："绶主所在？"曰："室中西北陬间。"就识，斩莽首。军人分裂莽身，支节肌骨脔分，争相杀者数十人……六日癸丑……传莽首诣更始，悬宛市，百姓共提击之，或切食其舌。①

《王莽传》包含六点信息：其一，王莽死前避难于城中"渐台"；其二，出首者为宫中"美人"；其三，杀王莽者为"商人杜吴"；其四，斩其首者为"校尉东海公宾就"；其五，众军剐割其尸首；其六，首先攻城的义军由王宪统领，其后处置者为更始皇帝刘玄。也就是说，事件全过程与刘秀部无关。后世官方正史与民间传说关于王莽之死的叙述，以及小说、戏曲对该历史事件的改写，基本围绕《汉书》提供的事件信息展开。

一般认为，王莽最后避难的"渐台"是当时未央宫内沧池中的水中高台。胡三省注曰："此未央宫之渐台也。《水经》：未央渐台在沧池中。建章渐台在太液池中。"② 不过，后世传说也有将"渐台"与"灵台""云台"混一者，直接影响明以后的小说戏曲。将渐台误作"灵台"，可能与王莽篡位前奏建礼制建筑"灵台"有关。《汉书·王莽传》载元始四年（4）春，王莽"奏起明堂、辟雍、灵台，为学者筑舍万区，作市、常满仓，制度甚盛"③。将"渐台"作"云台"，如明蒲俊卿之《云台记》、清代花部《云台观》等，则很可能受"云台二十八宿"传说的影响，详见后文。

在《汉书·王莽传》中，杀莽者"商人杜吴"的身份也曾引发争议。后世传说一度将"商人"理解为经商之人，例如明传奇《云台记》中以杜吴为原型的"吴公"自述在京城贸易；但有学者指出，此处"商人"实指汉长安城附近

---

① （汉）班固：《汉书》，北京：中华书局，1962年，第4049页。
② （宋）司马光著，（元）胡三省音注，李宗侗、夏德仪校注：《资治通鉴今注》（第3册），台北：台湾商务印书馆股份有限公司，2012年，第17页。
③ （汉）班固：《汉书》，北京：中华书局，1962年，第4069页。

的商县之人，并非"商贾"之意①。以"商人"误作经商之人，应为王莽故事流入小说、戏曲后发生的变化。

官方史书的记载是后世重释"剐王莽"事件的基础。宋代《太平御览》《册府元龟》《资治通鉴》三书关于新莽倾覆的记载皆本《汉书》，未加改易。然而，这一时期民间盛行的通俗讲史活动扩大了两汉故事的传播空间和影响范围，也将王莽故事从官方正史引向民间大众。

目前所见，对正史中"剐王莽"事件进行大规模改写与重释的文本集中出现在明中期以后。明嘉靖、万历年间，由于《三国志通俗演义》的传播流行，带动了历史演义小说的编集、刊刻热潮。这一时期《两汉开国中兴传志》《全汉志传》《东汉十二帝通俗演义》三部作品均述及东汉开国故事，三者对"剐王莽"情节的改写有两点共性②：

第一，更改史实，丰富人物细节。事件的对立双方，由正史中的王莽与更始义军，转变为王莽与刘秀部将。刘秀作为东汉开国皇帝，在民间有更高知名度，其与"篡汉枭雄"王莽的对垒也因此更富戏剧性。小说中王莽与刘秀的对立，既符合民间传说将复杂历史简单化的倾向，又可满足普通受众对开国"神话"的期待。此外，小说还设置了吴公搜求王莽、偃青乘虚而入、王莽以锦袍求饶的细节描写，体现民间艺人对历史事件、人物的刻画与增饰。

第二，神化历史人物，增添宿命论色彩。将"杜吴杀莽"改为"吴公搜莽"，将"校尉公宾就斩莽首"改为太尉偃青将吴公打倒，活捉王莽，献与刘秀。这一改动是在民间宿命论影响下对王莽之死的创造性改写。吴公以其谐音"蜈蚣"成为富有想象色彩和戏剧性的功能角色。《全汉志传》原文按云："原来莽字乃是蛇称，吴公又是虫类，字虽不同，其音似也。蛇畏蜈蚣，故王莽被吴公捉矣。"《中兴传志》按语则进一步说明太尉偃青的特殊含义："盖以莽为蟒蛇，必须蜈

---

① 马伯煌：《两汉书中的"商人杜吴"——由史书中一个专名号引起的问题》，见朱东润等《中华文史论丛》（第三辑），上海：上海古籍出版社，1986年；古永继：《商人杀王莽说辨析》，载《人文杂志》，1988年第6期。

② （明）熊大木撰：《全汉志传》，见《古本小说集成》；（明）谢诏撰，苏铁戈点校：《东汉十二帝通俗演义》（第三辑），上海：上海古籍出版社，1986年，长春：吉林人民出版社，1998年。（明）黄化宇著，王润琦点校：《两汉开国中兴传志》，北京：中国文联出版社，2004年。

蚣能制之，而蜈蚣又畏蜻蜓。故以偃太尉打倒吴公也。"① 打倒吴公的太尉姓名，《全汉志传》为"刘青"，《东汉演义》为"李清"，《中兴传志》以"偃青"比附"蝘蜓"，引申出"蝘蜓斗蜈蚣"的宿命论说法。

归结起来，明代历史演义对"剐王莽"事件的改编，集中体现了通俗文艺与民间文化对史传故事的影响。正史所记载的"剐王莽"事件，不仅影响了宋元以来的演义小说，也成为民间戏曲的流行题材。那么，戏曲中的"王莽之死"有何特点，与同题材历史演义的情节演变是否存在关联？为解决这一疑问，以下先对相关戏曲作品稍做梳理。

三、元明清"剐王莽"戏曲之源流

最早演述"剐王莽"题材的戏曲作品是元代《剐王莽》杂剧。此剧首见于周德清《中原音韵·正语作词起例》，称"前辈《剐王莽》传奇，与支思韵通押"②。《传奇汇考标目》别本又载杨酷叫作品五种，即《剐王莽》《气球末》《王状元扯休书》《宦门子弟乔吊诨》《张华三撒嵌》，今均不传。③ 虽然《剐王莽》杂剧已失传，但从清乾隆年间春台班戏目仍沿用"剐王莽"之名，到近代地方戏保留《剐莽》《剐莽台》等剧名来看，元代杂剧对后世戏曲的影响是深远的。

元明时期还有一部讲述刘秀重振汉室的杂剧《云台门聚二十八将》④。该剧作者不详，前二折演刘秀成名前辗转投奔伯父刘良，得阴太公赏识，以其女阴丽华许之，三、四折演刘秀起兵宛城攻打昆阳，事成后"念众功臣忠诚效劳，就于京城聚会云台，图画功臣形象，以彰旌表之意"。剧中并未出现诛杀王莽的具体情节，仅在第四折由殿头官一语带过。不过，该剧第四折安排的云台门

---

① （明）黄化宇著，王润琦点校：《两汉开国中兴传志》，北京：中国文联出版社，2004年，第215页。

② （元）周德清：《中原音韵》，见《中国古典戏曲论著集成》（第一册），北京：中国戏剧出版社，1959年，第212页。

③ （清）无名氏：《传奇汇考标目》，见《中国古典戏曲论著集成》（第七册），北京：中国戏剧出版社，1959年，第189页。

④ （元明）无名氏《云台门聚二十八将》有《脉望馆抄校本古今杂剧》本，《古本戏曲丛刊》四集据以影印。

封将情节，在元明清"剐王莽"戏曲的流变过程中有特殊意义。

历史上"云台二十八将"之说正式出现于汉明帝永平年间。《后汉书·马武传》："永平中，显宗追感前世功臣，乃图画二十八将于南宫云台，其外又有王常、李通、窦融、卓茂，合三十二人。"① 其中，"南宫"指洛阳南宫，二十八将又称"中兴二十八将"，分别为辅佐刘秀起义、称帝的东汉开国功臣邓禹、马成、吴汉等二十八人。汉显宗刘庄为刘秀第四子，永平三年（60）云台绘二十八将图时，不唯刘秀已下世，二十八人也所余寥寥。该剧把云台图画功臣之事安排在刘秀及二十八将生前，无疑出于后世创作。

明蒲俊卿《云台记》传奇第四十四出亦演"云台封侯"②。此剧首次结合了史传小说中"剐王莽"情节与"云台封将"排场，剧中刘秀剿灭王莽、云台封赏功臣的情节出现在最后三出。四十二出净扮王莽，演昆阳大战后王莽势衰，其妻李氏于宫中悲愤投井。四十三出生扮吴公，其身份为在京贸易的山东人，货物被王莽掳去赏军，不得归家。吴公杀王莽后，原文小字提示"莽化蟒，吴公卒"，意谓王莽死后化为蟒蛇咬死吴公。四十四出演光武帝云台封侯。

《云台记》与同时期历史演义小说的一个相同点是将正史中的"商人杜吴"改成"吴公"，以喻蜈蚣克莽之意。该剧情节与上述三部明代小说又有三点不同。其一，将《汉书》所载"商人"直解为"商贾之人"，并增加了吴公"在京华贸易"的虚构细节。其二，修改小说中吴公和王莽的结局。小说中吴公杀莽，最终获赏万钱，而传奇则演吴公被王莽所化蟒蛇反杀，死后建庙立祀，强化了朴素的因果轮回思想。其三，剐莽后连演刘秀云台封侯，与史传小说所记有异，而与元明同题材杂剧的排场类似。总之，《云台记》通过夸诞情节，强化了王莽之死的戏剧性，该剧的情节及排场也为清代部分花部戏曲所借鉴。

万历年间记录乡村祀神程序的《迎神赛社礼节传簿》，同样出现了一段重要的"云台封星"仪式文本。此本虽然抄写于万历二年，但廖奔等学者根据其中演出门类、演出曲目以及具体祭祀规则等特点，推测其所载礼仪与宋元时期一脉相承，保留许多早期赛社遗俗。《礼节传簿》全本共分四部分，第一部分

---

① （南朝宋）范晔：《后汉书》，北京：中华书局点校本，1962年，第790页。
② （明）蒲俊卿：《刘秀云台记》，《古本戏曲丛刊》二集影印金陵唐氏文林阁本。

比附周庄王时事，引出星君。第二部分即"云台封星"仪式。第三、四部分则按二十八宿顺序，分列献演节目。由此可见"云台封星"仪式在这场大型民间祭祀活动中的中心地位。

值得注意的是，《礼节传簿》所录"史官诗作"，与杂剧《云台门聚二十八将》第四折下场诗文字相合，反映民间戏曲文本与仪式演出的互相渗透。

杂剧《云台门》	《迎神赛社礼节传簿》
手提宝剑定军州，中兴起义运机筹。 按巡河北王郎死，赤眉铜马一时休。 文武星君临相府，二十八宿尽封侯。 圣人有德过尧舜，永保皇朝万万秋。	手提宝剑度春秋，宛城起义聚诸侯。 暗巡河北王郎子，赤眉铜马一时休。 四斗星君来取主，二十八将尽封侯。 六载苦战平天下，汉室江山复姓刘。

随着民间仪式、传说、戏曲的流播融合，史传小说中王莽避难之"渐台"与历史上绘制东汉开国功臣像的"南宫云台"、民间仪式和戏曲中刘秀封星的"云台"逐渐混淆。虚构的"云台"搜莽、杀莽及封将情节，逐渐成为光武中兴故事的有机组成部分。

清代传奇亦有搬演刘秀中兴始末之作，但故事另起炉灶。《曲海总目提要》卷三十四收录《群星辅》，《曲海总目提要》叙其剧情："……邓禹激马武，不使为先锋。武怒而去，乃使岑彭为先锋。武虑彭占首功，伪降于寻。寻令掌管粮运。彭兵至，武作内应，遂取南阳，乘胜入京，讨诛王莽……"[①] 唯该剧作者将昆阳之战及讨诛王莽之事，附会为岑彭、马武之功，与史实及前述小说、戏曲均不符。《曲海总目提要》卷三十六又收薛旦《赐绣旗》一剧，云："苏成入长安，莽自刎，亦附会也。"[②] 由此看来，在王莽之死的情节安排上，这两部清代传奇与前述史传小说及元明戏曲情节均有较大差异。

清代地方声腔兴起后，"剧王莽"题材的皮黄戏大受南北观众欢迎，体现在以下三点：

---

① （清）董康编著，北婴补编：《曲海总目提要（附补编·中）》（卷三十四），北京：人民文学出版社，2014年，第1586页。

② （清）董康编著，北婴补编：《曲海总目提要（附补编·下）》（卷三十六），北京：人民文学出版社，2014年，第1694页。

第一，清代知名戏班有此剧目。乾隆三十九年（1774）春台班戏目收录《剐王莽》，应为扬州携来剧目。道光四年（1824）北京庆升平班戏目著录《云台观》，亦演"剐王莽"之事。① 两剧题材虽同而文本细节有相当出入。同治年间郴州著名戏班祥泰部有《剐莽》一剧，则是该题材在湖南地区流传的证据。②

第二，清中叶以来重要花部剧本集多收录该题材剧本。清车王府曲本有《白蟒台》。清《百本张二簧戏目录（乙本）》收录《云台观》。③ 光绪六年（1880）李成忠编《新著选刊曲本梨园集成》共收皮黄剧本47种，堪称一时之选，其中亦有《新著剐莽台全曲》。④ 清末民初另一重要皮黄剧本集、1915年发行的《戏考》收录《云台观》一剧，⑤ 此外还有《俗文学丛刊》中抄本《蟒台》一种，从内容看与车王府本《白蟒台》同源，等等。⑥ 受到利益驱动，清代花部剧本集的刊印与剧坛风尚有密切联系，反映的是清中叶以来戏班常演、剧坛流行、观众欢迎的作品。

第三，清代以来地方戏中保留大量同题材剧目。清代地方声腔大兴，"剐王莽"题材剧作通过徽班、汉班传播各地，普遍见于各地皮黄腔系剧种。除前述京剧《云台观》《白蟒台》外，至少还有湖北汉剧《灵台观》《蟒台》，川剧、弋腔、河北梆子《剐莽台》，湖南祁剧《云台剐莽》，湘剧《白蟒台》，秦腔、豫剧《剐王莽》，广西桂剧《白蟒台》，以及广东汉剧《复中兴》《割莽》等。⑦ 近代地方戏中保留的"剐王莽"戏曲，证明该戏不仅通过戏班流动广泛流传，还融入本土声腔、舞台艺术，成为各地戏班、艺人的常演剧目。

从元明清戏曲的流变情况看，"剐王莽"是较早独立成戏的两汉历史题材。

---

① 傅谨：《京剧历史文献汇编（清代卷）》（第八册），南京：凤凰出版社，2011年，第506页。
② （清）杨恩寿：《坦园日记》，见傅谨《京剧历史文献汇编（清代卷）》（第七册），南京：凤凰出版社，2011年，第112页。
③ 傅谨：《京剧历史文献汇编（清代卷）》（第八册），南京：凤凰出版社，2011年，第555页。
④ （清）李成忠：《新著选刊曲本梨园集成》，光绪六年（1880）王贺成校刊本、安徽竹友斋重刊本，见《续修四库全书》（1782册），上海：上海古籍出版社，2000年，第7页。
⑤ 王大错：《戏考》（第十四册），上海：中华图书馆，民国四年（1915）。
⑥ 曾永义：《俗文学丛刊》"京剧类"，中国台北："中央研究院"历史语言研究所、新文丰出版股份有限公司，2004年。
⑦ 陶君起：《京剧剧目初探》，北京：中国戏剧出版社，1963年，第59页；扬铎：《汉剧传统剧目考证》，武汉市文联戏剧部、武汉汉剧院艺术室内部编印，1958年，第42页。

降至明代，刘秀登基后云台封将的排场已成为民间戏曲与祭祀仪式中的定例。嗣后，清代"剐王莽"戏主要见于花部戏曲。从乾隆时期春台班《剐王莽》、道光庆升平班《白云观》，及至清中叶以来的地方戏，可见该题材在清代北京以至全国剧坛的流行。以下先探讨清代"剐王莽"剧目在北京剧坛的流变。

四、清中叶以来北京剧坛"剐王莽"剧目之发展

清乾隆三十九年（1774）春台班戏目"杂出提纲"有《剐王莽》一剧，与元代杂剧同名。《扬州画舫录》卷五云："郡城自江鹤亭征本地乱弹，名春台，为外江班。不能自立门户，乃征聘四方名旦，如苏州杨八官、安庆郝天秀之类。"[①] 春台班戏目中出现《剐王莽》，对该题材在清代的传播有特殊意义。

据考证，春台班来京应在嘉庆八年（1803）以前，或在嘉庆六年（1801），故《剐王莽》应为春台班在扬州时就常演的剧目。值得注意的是，此前文献中未见北京剧坛演出"剐王莽"题材的记载，而在春台班进京后不久，道光四年（1824）的庆升平班戏目中著录《云台观》，亦演"剐王莽"事。这可能意味着，嘉庆年间春台班进京，首次将《剐王莽》带入北京剧坛，京师伶人在此剧基础上改编形成了新剧《云台观》。

《云台观》一剧，又见清代《百本张二簧戏目录》和清光绪年间的《钧天俪响》[②]，1915年发行的《戏考》收录了清末流行的《云台观》剧本，可以为该剧的大致情况提供参考。清末《云台观》中的唱段以二黄为主，全剧只有王莽"八月十五把寿拜"一段用西皮，符合早期徽班二簧戏的声腔特点。那么，作为第一部产生于清代北京剧坛的"剐王莽"戏，《云台观》与此前的小说、戏曲有何联系与区别，为何另立《云台观》之名？以下借清末《戏考》本尝试分析。

《云台观》开场演述王莽在云台观参禅避祸，刘秀部将杜茂、岑彭、邳彤

[①] 转引自傅谨《京剧历史文献汇编（清代卷）》（第八册），南京：凤凰出版社，2011年，第12页。
[②] （清）韶山野史编《钧天俪响》《百本张二簧戏目录》，均见傅谨《京剧历史文献汇编（清代卷）》（第八册），南京：凤凰出版社，2011年。

奉命缉莽，但念旧主之谊、仍对王莽称臣，反遭王莽怒斥。姚期、马武与王莽无旧，将其绑至法场。马武说以王莽毒平帝事，刘秀遂斩莽。剧末以说白提示排宴封赏。

《云台观》的情节与明代小说戏曲相比出现了比较明显的改动。首先，《云台观》虚构了王莽在"云台观"修道、悔过、避乱的情节，这是在史传小说"渐台避祸"、明代戏曲"云台封将"基础上出现的崭新设计，也是剧名"云台观"所由。其次，在戏剧矛盾设置方面，《云台观》也迥异于此前同题材的小说戏曲文本。该剧不但删除了明代小说、戏曲中的重要人物吴公，完全取消"吴公斗王莽"的神异情节，而且首次制造了昔日君臣重逢、刘秀法场祭奠等充满情理冲突的戏剧化场面。在剧本中，面对投靠新主刘秀、前来捉拿自己的旧日臣僚，王莽慷慨斥责，使杜茂等惭愧无地；王莽被擒后又以甥舅之情对刘秀苦苦哀求，使后者犹豫不决。这些都是此前小说、戏曲从未出现的内容，具有鲜明的文本个性。

不过，《云台观》并非清代中后期北京剧坛唯一的"剐王莽"戏。据齐如山《五十年来的国剧》所述，与程长庚同时而稍晚的三庆班净角储运奎"常以《白蟒台》一戏在程长庚之后演大轴子，观众一人不走"[①]，说明至迟在道光、咸丰年间三庆班已有一出名为"白蟒台"的热门剧目。揆诸文献，清车王府曲本所收《白蟒台》、光绪年间《梨园集成》所收之《新著剐莽台全曲》、俗文学丛刊所收之《蟒台》、1948年《戏典》之《白蟒台》均属"白蟒台"剧目系列。那么，清代北京剧坛出现过的《云台观》与《白蟒台》，究竟是同剧异名还是两出内容不同、互相独立的剧目呢？

从剧本文辞的角度看，二者不仅具体唱词、念白均不相同，在人物、情节设置方面也有区别。例如，《白蟒台》保留了明代小说中"吴公"这一人物，并将其身份改为筑台工匠。剧中吴公声称，王莽筑台后下令将工匠杀尽，唯其一人幸免逃出，从情理上解释了吴公为何憎恶王莽且知晓其藏身之所的原因。又如，《白蟒台》中王莽避难之所非"云台观"而是重新虚构的新建"白蟒台"。

---

① 齐如山：《五十年来的国剧》，见《齐如山全集》（第五卷），台北：台湾联经出版有限公司，1979年，第464页。

从所用声腔看，《白蟒台》与年代更早的《云台观》相比西皮唱段明显增加，这与乾嘉剧坛流行徽调二簧、嘉道以来又兴"楚调"的记载又是相符的。总之，《白蟒台》与《云台观》虽然题材相近，差异也很明显。

回顾首次著录《云台观》一剧的道光四年（1824）庆升平班戏目。该戏目原属当时庆升平领班、昆伶沈翠香所有，但封面又题有"道光十二载闰二月嵇永林、嵇永年"字样。据记载，道光年间嵇永林曾与后来三庆班班主程长庚同在和盛成昆班坐科。这个巧合虽然不足以证明庆升平班与三庆班艺人对《云台观》这一剧目的直接授受，但可以体现当时昆班与徽班之间、不同徽班之间的交流。后出的三庆班《白蟒台》很可能由此前剧坛已出现的《剐王莽》和《云台观》二剧进一步改编而成。《白蟒台》中出现"云台观"一词，或许就是艺人在改编时误留的文本痕迹。

值得注意的是，与明代小说戏曲相比，《云台观》《白蟒台》也有一个重要共同点——二者都着重表现王莽与旧臣之间的矛盾冲突，通过王莽之口，对易主之臣多加挞伐，并对后者的两难处境有所呈现。于是，清代皮黄戏中的王莽形象从明代小说戏曲中的篡位祸国者一变而为末路枭雄。邳彤、岑彭等角色形象也因身陷矛盾情境而更富有戏剧张力。

清代"剐王莽"戏的主题变迁，使人联想到清初文人、官方对"遗民"群体道德品质的关注。王夫之《读通鉴论》论及西汉覆亡事，认为面对新莽征召，朝臣德操有高下之分。对诡辞全身者固不可过分苛求，但坚心以死靖节或决然缄默退守者方足称"自好"。乾隆四十一年（1776）钦定《贰臣传》成，为前明死节者可入《胜朝殉节诸臣录》，大力褒奖其忠义；仕清不二者可入《贰臣传·甲编》，仍嘉奖其功勋；投诚清朝然"首鼠两端"者则入《贰臣传·乙编》，对其极尽诋毁。清代"剐王莽"戏的文本改动，或亦隐约烛照当时批判"贰臣"群体的社会意识。

在剧中，"忠诚"成为判定人臣品质的首要标准。例如，《白蟒台》中邳彤等人曾为新莽旧臣，因转事二主而遭王莽道义谴责。面对曾遭自己鄙薄轻视的姚期、马武，王莽则流露悔意，束手就擒。长期以来征讨逆贼的传统叙事，被附加谴责易主"贰臣"的新意。由此，王莽也成为传统僭主与末代帝王的综合体。王莽上场时所唱散板引子为:"乾坤一破汉江山,社稷似烛在风前。"继而说白:"孤坐江山十八年,斩尽忠臣共群贤。万里江山无救处,社稷似烛被风燃。"此外还有"谋篡江山非是我,都是苏献巧安排"等自我开脱之语。与前代小说戏曲中面目模糊的"僭主"形象不同,清代皮黄戏所呈现的王莽一角既有孤立无援的心理展示,也有面对旧臣的复杂态度。这种"无力回天"的末代帝王形象在清代剧坛有着特定的象征意义。

民国时期,京剧名家马连良也擅演《白蟒台》。不过,马派《白蟒台》是合清代剧坛之《云台观》与《白蟒台》改编而成的"新《白蟒台》"。① 该剧第一场为王莽独角戏,自言其命人砌造一台名"白蟒台",每日看经念佛,一来修来世,二来隐避刘秀之危。第二场演邳彤降刘秀。第三场演邓禹通缉王莽,参与白蟒台建造的瓦木匠工人吴公出首。第四场演刘秀部将至白蟒台捉拿王莽,被旧主王莽责怪,姚期、马武将其绑至云台观法台。第五场演王莽以甥舅之情求饶,又斥旧臣忘恩负义,刘秀命马武开刀斩莽。

在具体情节上,新《白蟒台》一方面采纳了《云台观》以王莽参禅避祸开场的做法,仅将"云台观"易为"白蟒台";另一方面保留了《白蟒台》中邳彤投降和吴公出首的情节。在戏剧矛盾上,新《白蟒台》延续了二者对王莽与旧臣之间矛盾冲突的展现,但删去了表现刘秀动摇的唱词。由此可见,马连良所改编的新《白蟒台》是集清代剧坛《云台观》与《白蟒台》二者之成而有所创造的作品。

总的来说,尽管清中叶以来北京剧坛的《云台观》《白蟒台》和新《白蟒台》在具体情节的设置上各具特色,但三者在戏剧冲突与角色安排方面却有共性。

第一,加强戏剧冲突。在明代小说中,"剐王莽"事件的戏剧性主要体现于吴公克王莽的桥段,并未着重展现王莽与刘秀的具体心理活动。至于明代《云台记》,其戏剧性也全由吴公杀莽的情节包揽。然而在清代出现的《云台观》与新、旧《白蟒台》中,剧情不仅重点表现王莽与旧臣的矛盾,还安排了王莽和刘秀、刘秀部将之间甚至刘秀与其部将的冲突,使剧中人物更加立体,充分

---

① 北京市戏曲编导委员会:《京剧汇编》第六十八集《白蟒台》,北京:北京出版社,1959年,第77页。此本系据马连良藏本整理。

体现了花部戏曲重视戏剧冲突和舞台表现力的审美取向。

第二，突出须生行当。明代历史演义和传奇作品对王莽这一人物刻画不多，然而花部剧坛中的王莽不仅怒斥旧臣，还在面对刘秀时以情相逼，几乎说动刘秀放弃复仇之意。《戏考》注释云："……惟此剧重在须生唱功，慷慨激昂之处实堪动听，观剧者之取义，正为此耳。"

京师花部对"剐王莽"题材的创新，或许还与清中叶以来徽班须生行当逐步崛起有关。乾隆、嘉庆以降，春台班米应先、余三胜，三庆班程长庚，四喜班张二奎等须生伶人风靡京师剧坛，同时期流行的"剐王莽"戏，可能因当时须生名角挑班而在戏份上有所倾斜。

至此，清代北京剧坛"剐王莽"戏的流变过程已经比较清楚。嘉庆年间扬州徽班将《剐王莽》一剧传入北京，成为北京剧坛同题材剧作的鼻祖。不过，由于最早的春台班《剐王莽》剧本现已不存，我们只能联系后续同题剧作推测该剧的文本和演出形态。道光年间庆升平班的新剧目《云台观》与车王府所藏《白蟒台》是清中叶北京剧坛两出重要的"剐王莽"剧目。其中，《云台观》以二黄声腔为主，只有一段唱词用西皮；嗣后京师尚楚调，《白蟒台》中的西皮唱段亦见增加。民国初年，著名须生马连良合《云台观》《白蟒台》二剧形成马派名剧新《白蟒台》，至今流传于京剧舞台。

由此可见，自春台班携《剐王莽》入京，"剐王莽"戏的演变便与清代北京剧坛花部戏曲的发展产生了千丝万缕的联系：在徽汉合流的发展潮流下，"剐王莽"戏出现了从徽调二黄到京调皮黄的声腔流变；清中叶北京剧坛须生行当崛起，则直接影响了"剐王莽"戏的情节设置、人物塑造与舞台效果。

与此同时，清代"剐王莽"题材戏曲还有另一条南方传播路线。那么清代南方剧坛的"剐王莽"戏从何而来，有何特点，该剧目的传播路线与"外江戏入粤"的进程有何关联，"剐王莽"的南北两条传播路线有怎样的历史联系？

五、清末广东剧坛《复中兴》的形态特点

清中叶以来，以湖南戏班为主的外江班，携带皮黄声腔剧种经客家地区流

入潮汕地区，形成了广东汉剧的前身外江戏。清代"刜王莽"戏也沿此路线流入广东，形成具有粤东特色的舞台文本。

近年在广东客家、潮汕和新加坡三地都发现了外江戏《刜王莽》的早期剧本，这些剧本从故事情节到唱词念白均高度相似，只有文辞繁简与少数细节之别，可见清末流传于潮梅地区、后来远播东南亚的外江戏《刜王莽》（又名《复中兴》），在内容上已十分稳定。

以余娱儒乐社所藏《复中兴》为例，全剧情节梗概如下：邓禹、岑彭、马武、姚期四将上场、庆贺刘秀登基，刘秀写榜通缉王莽。丑扮吴公上场揭榜，自述其父吴用因参与建造莽宫而被害。邓禹等随吴公来到莽宫，王莽以亲情哀求刘秀宽恕。刘秀十分犹豫，邓禹、岑彭、姚期三人坚决要求立斩王莽。马武以辞官相逼，邓、岑、姚三人附和。刘秀不忍杀莽，最后由马武下令武士斩莽。王莽死后，刘秀本欲发落吴公，被众将劝阻，最终赏吴公冠带，并在凌烟阁加封众将。

与流行于北京剧坛的"刜王莽"戏相比，潮梅外江戏《复中兴》在故事情节、戏剧冲突、人物个性与演出排场等方面独出机杼。

首先，外江戏保留"吴公"这一人物，但对其的处理与京剧不同。京剧《白蟒台》中，吴公的身份是建造蟒台之三千工匠中唯一侥幸出逃者，而他出首的动机是为三千工匠报仇。在外江戏中，吴公之父吴用参与建造莽宫，已为王莽所杀，故吴公出首欲为父报仇。在汕头公益国乐社月刊本《复中兴》中，吴公最后为王莽鬼魂所杀，则保留了明代以来吴公与王莽相克的迷信桥段，与京剧也有区别。

其次，外江戏弱化了徽班剧目中王莽与旧臣的冲突，将主要矛盾设置在王莽与刘秀之间。外江戏虽然也安排了王莽斥责旧臣的情节，但相关唱段锐减。岑彭等人虽感愧对旧主，仍主张斩杀王莽，把生、杀之抉择系于刘秀一人，将人物冲突转移、集中到王莽与刘秀之间。这一改动也使得外江戏中刘秀的人物形象更复杂、立体。剧中对刘秀优柔寡断、重视人情的个性特点有较多细节展现，且着意表现刘秀在处理王莽一事时与马武等人的直接冲突。例如，当刘秀私意为王莽开脱时，先询问新莽旧臣岑彭如何处置王莽，以期获得支持，而当马武等以辞官相逼奏请斩莽，刘秀虽然发怒在前，妥协在后，事后仍有意迁怒出首有功的吴公。这些细节共同塑造了一个重视亲缘伦理,富有粤东地域文化特色的君主形象。

再次,外江戏的开场与收束均为排场戏,可能与该剧在潮梅社会承担的仪式功能有关。此前提到京剧"剐王莽"戏并无庆贺登基情节,也无杀莽庆功的场面。然而在现存的四个潮梅外江戏剧本中,不仅庆贺、封赏场面完全一致,而且乐社改编本均易名为语意吉祥振奋的《复中兴》,这与该剧在潮梅地区常作为吉庆例戏有密切联系。

据清末民初梅县文人梁伯聪记载,梅县当地华光诞正式演戏时须遵循定规,首场演"杀四门",取杀四方煞之意,次场演"郭子仪拜寿"或"万历登基",取祝诞意,第三场规定演出"复中兴刘秀登基",三场以后则不做规定,任意演出。① 一个演述斩杀乱臣僭主的历史题材戏曲,在潮梅地区却作为吉庆例戏长期流传,很可能因为其中的登基、封将排场可应节日仪式演剧之需。从另一个角度看,目前所见的《复中兴》首尾排场,也许是"剐王莽"剧目传入当地后应仪式演剧需要而产生的。

潮梅地区以《复中兴》为民间节庆例戏,与明代以来的仪式演剧传统一脉相承。在万历二年(1574)所抄山西上党赛社《礼节传簿》"周乐星图"中,已出现以光武云台封将为引、将云台二十八将配以二十八宫调的做法。抄本自称引"汉本正传",描述汉光武刘秀设朝登基,诏二十八将至殿上,并录有刘秀与邓禹等人的对话,在当时或可于赛社期间演出。有诗云:"圣主传宣有故由,素(速)呼众将殿当头。炎汉倚杖(仗)典(兴)刘氏,灵(云)台擅写尽封候(侯)。"② 清嘉庆所抄《唐乐星图所命文》"杂剧"部分有《二十八宿擒王莽》一剧,也证明该剧可供赛社演出③。根据《周乐星图》原收藏者所述,其家族在当地以乐户传家可追溯到永乐年间;《唐乐星图》中则有"维大明嘉靖元年厶年厶日重抄"字样,说明"剐王莽"和"云台封将"的题材,自明代

---

① 梁伯聪:《梅县风土二百咏》,1944 年印,藏梅州市剑英图书馆。
② 廖奔:《〈迎神赛社礼节传簿〉笺释》,见《宋元戏曲文物与民俗》,北京:中国戏剧出版社,2016 年,第 333 页。
③ 李天生:《〈唐乐星图〉校注》,见龚和德、黄竹三《中华戏曲》第十三辑,太原:山西古籍出版社,1993 年,第 1 页。

以来便流行于民间祭祀。潮梅地区在传统节日中规定演出《复中兴》，从某种意义上说是这一文化传统的地方呈现形式。

外江戏的文本、表演以至演剧习俗特点是在粤东特殊的地方社会背景下历史地形成的。外江戏除了面向粤东城市观众，也面向潮汕、客家地区的乡村观众；除了单纯的娱乐功能，还具有仪式演剧的社会功能。考虑到这些因素，再结合前述华光诞等节庆活动多由当地商号出资筹办的事实，那么余娱儒乐社、公益乐社抄本将民间班本的"割莽"之名易为"复中兴"以应吉祥之意也就可以理解了。

但是，以上推论的成立还需要一个前提条件，那就是外江戏《割莽》的内容特点必须是在该剧目流入广东后才改编成型的。那么，清代广东的"剐王莽"戏从何处来？在传入广东以前该剧目的内容与演出形态有何特色？外江戏在情节设置、人物刻画等方面的特点，究竟是本地艺人改编的成果，还是该剧目传入广东前就已逐渐累积的文本特点？要回答这些问题，必须联系清代潮梅外江戏的历史源流及相关地方剧种的同题材剧目进行讨论。

六、外江戏《复中兴》的剧目传播路线

此前学术界关于潮梅外江戏的源头有两种主要观点，一为徽剧说，二为湖北汉剧说。然而，两种说法都面临着证据不足的问题。将外江戏《复中兴》与现有徽剧、湖北汉剧进行比较后，出现了解决问题的新思路。

首先，从声腔看，清中叶北京剧坛的徽班"剐王莽"戏先以二黄声腔为主，后增加西皮腔，而外江戏《复中兴》以西皮腔为主，应与后起的汉调西皮更接近。

其次，从情节看，外江戏与湖北汉剧、与京剧的文本关系反映出剧目流播过程中复杂的改编情况。一方面，外江戏中的部分情节未见于汉剧、徽剧及后来的京调皮黄，属于剧目南下过程中的改编。例如以吴公为打石匠吴用之子的人物设定等。另一方面，外江戏中部分情节与传入北京后发展起来的京调皮黄有共同之处，说明这部分剧情或在二者共同的剧目源流地俱已出现。例如，王

莽与刘秀旧部矛盾冲突的设置，很可能是早期徽、汉班同题材剧目共有的情节模式。

同时，外江戏的部分情节与排场特色，如以庆贺登基开场、强调王莽与刘秀之间的矛盾等，确非承自汉剧，而是在剧目南传过程中通过戏班艺人的创造及与当地文化的融合不断累积而成。既然如此，沿皮黄戏传播路线南下，湖南、广西等地的"剐王莽"剧目又有何特点？

清代湖南地区演出"剐王莽"戏的记载见于清代戏曲家、同治举人杨恩寿的《坦园日记》。同治元年（1862），杨恩寿被湖南郴州知州魏镜余聘为衙署中教习，其间常与诸友观戏，由此记录了当时郴州所见的"剐王莽"戏："三月正当三十日……邻寺演祥泰部《金水桥》及《剐莽》两剧，贴旦不逮吉祥，而生净过之。"①

按：祥泰部为湖南著名戏班，据《外江梨园会馆碑记》所载，祥泰部于乾隆四十五年（1780）、乾隆五十六年（1791）都曾来广州演出。若据乾隆四十七年（1782）春台班戏目所录，当时"剐王莽"已是徽班的固定戏码，则当时湖北、江西、湖南地区也有可能演出相关剧目。祥泰部抵粤时，或业已将《剐莽》一剧传入广东地区。换言之，"剐王莽"题材的北上进京与南下入粤，很可能是同时发生的。那么，湖南地区曾演的《剐莽》与湖北汉剧、潮梅外江戏有何区别与联系？

湖南湘剧、祁剧、衡阳湘剧、巴陵戏均有弹腔剧目《云台剐莽》，《湖南地方戏剧目提要》总其剧情如下：

> 王莽因洛阳失守，一面命邳彤领兵抵抗刘秀，一面建造白蟒台暗室，以备事败躲藏。台筑成，王莽杀工匠以灭口。邳彤知大势已去，不战而降刘秀，引兵搜捕王莽，得一幸存工匠出首，告知白蟒台暗门，遂拿获王莽，绑至云台观处以剐刑。②

---

① （清）杨恩寿：《坦园日记》，见傅谨《京剧历史文献汇编（清代卷）》（第七册），南京：凤凰出版社，2011年，第112页。

② 范正明：《湖南地方戏剧目提要》，长沙：湖南文艺出版社，2011年，第56页。

从剧目名称看，湖南地区流行的《云台剐莽》与湖北汉剧《灵台剐莽》仅"灵台""云台"之别，且与同治元年（1862）杨恩寿记录的《剐莽》或有渊源关系。从该剧情节看，湘剧《云台剐莽》也与汉剧高度一致，表现在：其一，以洛阳失守、王莽筑台开场；其二，吴公一角为幸存工匠，与徽班、汉班所演相同。清代湖南地区的《剐莽》虽与湖北汉剧近似，但情况在湖南戏班进入毗邻省区后却发生了变化。

清代湖南戏班流动区域广阔，以祁阳班为主的湖南戏班除活跃在广东以外，还曾将皮黄戏带到今广西壮族自治区的全州、桂林、平乐、柳州等地，形成了后来的广西桂剧。据《桂剧传统剧目介绍》，广西桂剧中有弹腔《白蟒台》，剧情如下：

> 刘秀重兴汉室，南面称帝。王莽为了逃刑，先征工匠，修建藏军洞。洞成工匠全戮，以为绝无知者。刘秀天下虽定，元凶未获，出榜重赏缉莽。吴蚣之父原为建洞被戮工匠之一，遗有图形。蚣遂据以告密，引马武等入洞拴莽。刘秀徇众将之请，将莽绑至云台碎剐，以正其毒弑平帝篡汉之罪。吴蚣见父仇得报，乐极笑死。秀优恤其家。①

桂剧《白蟒台》有六个值得注意的情节特点，均与外江戏高度相似，而与湖南流行的《云台剐莽》不同，可见该题材传入当时两广地区后出现了较一致的改动：其一，开场演刘秀登基称帝；其二，王莽修建"藏君洞"，与外江戏"避兵洞"名称类似；其三，由刘秀出榜缉莽，而非邓禹；其四，出首者吴蚣为建洞工匠之子，而非幸存工匠；其五，刘秀徇众将之请剐莽，与外江戏类似；其六，吴蚣报父仇后旋即死去，也与外江戏情节近似。

不过，桂剧《白蟒台》并未突出表现王莽与刘秀部的复杂矛盾，也无外江戏剧末的云台封侯情节，因此这些情节应为皮黄戏流入潮梅地区后才出现的文本特色。

---

① 广西壮族自治区戏剧研究室：《桂剧传统剧目介绍》（内部发行），1984年编印，第66页。

综上所述，清代"剐王莽"戏的南下传播路线及剧情改编过程可以重新梳理如下：清中叶汉班所演《灵台剐莽》以西皮腔为主，湖南戏班携此剧目传入两广，创生了粤调皮黄剧目《割莽》。其中传入潮汕地区的《割莽》与当地仪式演剧习俗结合，进一步更名为《复中兴》并长期流行。

通过"剐王莽"系列剧本的比较，可以印证的是在戏曲剧目传播过程中，剧目声腔特征、故事情节以至曲辞细节均有一定稳定性，可以成为探讨剧目传播路线、戏班流动路线以至剧种历史源流的参照标准，为上述问题的讨论提供新思路与新证据。

本节以同题剧目的剧本比较为基本方法，梳理出清中叶以来"剐王莽"戏的南北两条传播路线：第一条以徽班为载体，从扬州北上进京；第二条则以汉班为载体，自湖北南下传至广东潮梅地区。

为人熟知的京剧《白蟒台》《云台观》系由进京徽班所演之《剐王莽》改编而来，具体产生并流行于道光以后的北京剧坛，这是"剐王莽"题材在北方皮黄中流变的成果。

除了从扬州到北京的北上路线外，清代剧坛中"剐王莽"题材还有一条南下的重要传播路线，即从湖北经湖南传入广东、广西，形成广东汉剧、广西桂剧等地方剧种中的特色剧目。清末粤东士绅、商绅组成的业余乐社又将此剧易名为《复中兴》，并将其应用于节日、社群仪式。这一做法可以视为"剐王莽"戏仪式属性的现代复归。剧本对刘秀形象富于人情味的塑造，则显示出地域社会文化对戏曲文本的影响作用。为满足粤东宗族文化、商业文化和仪式文化的现实需要，外江戏遂具有了区别于各地同题材戏曲的复合审美功能，清末潮汕地区的"剐王莽"戏跟随潮商下南洋的热潮在新加坡潮汕、客家移民社群中落地生根，更加拓展、丰富了这一剧目传播路线的时空范围和文化内涵。

"剐王莽"剧目的流变与分化，一方面体现出史传小说与戏曲的互动关系；另一方面是清代花部剧目合戏班、文人之力改编衍化的缩影，因此在明清戏曲史，尤其是清代花部戏曲研究中有一定的观照价值。明代以来，该剧目在流传过程中与各地、各社群的娱乐、仪式活动产生了不同联系，对我们认识花部剧目的功能变迁、分化也有特殊意义。

第六章

外江戏与早期粤剧剧本之比较

第六章　外江戏与早期粤剧剧本之比较

粤剧、广东汉剧、潮剧并称"广东三大戏曲剧种",学术界一般以之为广府、客家、潮汕地区传统戏曲文化的代表。从剧种历史源流来看,早期粤剧与外江戏渊源匪浅:两者都由早期外省戏班传入岭南,都是以西皮(梆子)、二黄为主要声腔的皮黄剧种,都以官话作为主要舞台语言。外省皮黄声腔戏曲何以在流入广东后形成两大不同的地方剧种,早期粤剧与外江戏在文本、音乐、表演等艺术形态方面有何联系,是岭南戏曲史研究的重要问题。

新加坡所藏外江戏剧本的发现,为探讨外江戏与早期粤剧的文本关系提供了直接历史材料。这批外江戏剧本与清末民初广府地区刊行的同题粤剧在题材、情节、人物、唱腔伴奏和舞台提示等方面既有大量共通之处,也呈现出殊异的地方文化特色,从中可以一探同题剧目在两地戏曲生态中各具特点的演化轨迹。通过《西蓬击掌》《百里奚会妻》等剧目个案的探讨,还可归纳外江戏、粤剧的主要文本异同。二者共性表现在:第一,两地同题材剧本的高度一致性;第二,两地戏曲活动均受到湖南戏班的重要影响;第三,两地民间曲艺与地方戏曲活动存在大量交流互动。潮梅外江戏与粤剧的文本个性则主要体现在:第一,粤东与珠三角地区方言俗语的差异;第二,潮梅外江戏保留了皮黄剧本的早期文本特征,而粤剧剧本则呈现出更灵活多变的创新意识。以下先从外江戏与早期粤剧的同题材剧本情况说起。

第一节　外江戏与早期粤剧同题剧本情况

剧本文献是探讨地方戏曲历史的基本材料之一。作为戏曲艺术的文本载体，剧本比其他类型的戏曲文献保留了更具体丰富的演剧形态信息，是认识和研究地方戏艺术本体的基础文献。然而，以往学界却较少利用剧本材料直接讨论广东地方戏曲史问题。

此前关于清代广府外江班的研究，主要集中在戏班来源、人员籍贯、声腔类型以及与"本地班"活动的对比等方面，这些研究多从戏班史角度出发，少量涉及具体剧目、具体剧本的梳理分析。① 我们虽然可以根据文人文献或艺人口述钩稽"江湖十八本""十大本"等早期外江班剧目，也可大致判断部分早期剧本的面世时间。但是，在现存地方戏剧本中，哪些剧本与早期外江班输入的"原本"更为接近？哪些剧本经过本地艺人的改编，这些改编有何标准和特色？以上问题还未经过系统的整理和探讨。

总体而言，岭南地区早期戏曲剧本研究的限制因素有两点：第一，早期外江戏剧本文献的支持。在新加坡所藏外江戏抄本发现以前，学界掌握的主要剧本材料仅有 20 世纪 30 年代汕头公益国乐社《乐剧月刊》和 50 年代以来广东汉剧团整理的部分传统戏剧本，资料缺乏导致粤东外江戏与早期粤剧的对比分析成为"不可能的任务"。第二，地方戏曲剧本自身的不稳定性。20 世纪的地方戏整理本可能受到特定改编意图、文艺观念和出版标准的影响。戏曲现代整理本是否能够以及在何种程度上反映早期戏曲文本的实际是需要甄别的问题。

因此，此次搜集、整理的三百余个新加坡所藏外江戏剧本对于研究清代广东戏曲史的发展有较高文献价值。首先这批剧本的最早抄写时间虽然在民国初年，但剧本整体来源为清末外江戏班，其中不乏来自晚清外江戏四大名班的艺

---

① 关于清中叶以来粤剧剧目剧本的研究，可以分为早期剧目钩稽、现存文献搜集介绍和具体文本分析等三类。第一类以麦啸霞《广东戏剧史略》、郭秉箴《粤剧的三个"十八本"》及黄伟《粤剧"江湖十八本"考源》为代表，主要介绍了流传于粤剧界的"十八本"传统剧目情况，或据此进而探究粤剧剧目的历史源流。第二类包括个人、机构编撰的粤剧剧本汇编或剧目工具书，以《粤剧剧目通检》《粤剧大辞典》及《俗文学丛刊》所收"粤戏类"剧本等为代表。此类著作为早期粤剧剧目的研究奠定了重要文献基础。第三类以程美宝、黄纯等对清末民初粤剧演出与文本的个案分析为代表。程美宝《地域文化与国家认同》对清末粤剧刻本所反映的地方风俗文化做了具体分析，展示了早期粤剧文本地方化的过程及其表现。中山大学黄纯博士在其博士学位论文《晚清民国时期广州粤剧城市化研究》（中山大学，2015 年）中对比了粤剧例戏、神仙戏在城市、乡村的不同演出情况，其中涉及的《天姬送子》《六国大封相》等个案都属于清中叶以来流行于广府戏班的传统戏。

人秘本，基本可以反映清末潮梅外江戏的早期形态。① 其次，这批潮梅外江戏剧本为甄别现存粤剧剧本提供了宝贵材料。早期粤剧与潮梅外江戏存在大量"同源异流"型剧本。清代外江戏曲传入广府、粤东地区后，粤剧历经晚清民国时期的艺术革新，剧本面貌发生明显变化，而同题潮梅外江戏在流传过程中更完整地保留了清代皮黄戏的文本特征。利用剧本比较方法，梳理早期粤剧、潮梅外江戏的文本关系，可以具体判断在现存粤剧剧本中，哪一部分保留了早期广府外江班的剧本文本特征，哪些部分经过广府本地艺人、戏曲工作者的改订。进而言之，早期外江戏剧本是探索岭南地区皮黄剧种关系、从文本角度重新梳理、审视清代广东地方戏曲历史的基本材料。

以《俗文学丛刊》所收"粤戏类"剧本为例，这批剧本由晚清时期广府著名的以文堂、五桂堂等书局刊刻，是早期粤剧剧本的代表。在《俗文学丛刊》126—165册中，与新加坡所藏外江戏剧本题材、情节相关的剧本有：《百里奚会妻》《楚霸王乌江自刎》《困南阳》《西蓬击掌》《沙陀借兵》《烈女报夫仇》《夜困曹府》《打洞结拜》《斩郑恩》《金定斩四门》《辕门斩子》《东坡访友》《金莲戏叔》《士林祭塔》《白氏救夫（水漫金山）》《陈姑自尽》《再生缘》《春娥教子》《酒楼戏凤》《游龙戏凤》《三审玉堂春》《皇娘问卜》《夜送寒衣》《蓝芳草探监》等。②

在以上"粤戏类"剧本中，暂不列入比较的有：《烈女报夫仇》剧名与外江戏相同，然人物、情节均不同；《士林祭塔》仅有白蛇、许仙初会的"邂逅姻缘"情节，或为残本，而外江戏《祭塔》则讲述白蛇之子许士林的故事。粤戏《楚霸王乌江自刎》仅收录剧中部分唱段；《金莲戏叔》全剧用羊城白话，已为本地艺人改编本；《夜送寒衣》《斩郑恩》《白氏救夫（水漫金山）》《游龙戏凤》《酒楼戏凤》《三审玉堂春》《金定斩四门》均与外江戏剧本差异明显，可能剧本源头不同，或曾经过大幅改编。

除此之外，《俗文学丛刊》所收《百里奚会妻》《困南阳》《西蓬击掌》《沙

---

① 陈燕芳：《新加坡所藏外江戏剧本初探》，《文化遗产》，2016年第3期。
② 曾永义：《俗文学丛刊》（第二辑），中国台北："中央研究院"历史语言研究所、新文丰出版股份有限公司，2002年，第126—165册。

陀借兵》《夜困曹府》《打洞结拜》《辕门斩子》《东坡访友》《陈姑自尽》《再生缘》《春娥教子》《皇娘问卜》《蓝芳草探监》等早期粤剧本，在唱词、对白等方面与同题外江戏文本存在不同程度的相似性。

例如，外江戏《破南阳关》与粤剧《困南阳》同演伍云召在南阳关被尚师徒、韩擒虎围困之事，二本唱词文意相通，为同源剧本。外江戏、粤剧与京剧的对应唱词如下：

外江戏	粤剧	清车王府本	《戏考》本
叹双亲不由我悲悲切切切切悲悲悲悲切切切切悲悲珠泪双抛，	叹双亲不由人珠泪双飘，	叹双亲不由人珠泪双抛，	叹双亲不由人珠泪双抛。
站立在城楼口用眼观瞧。	手扶的城垛口往下盼瞧。	手扶着城垛口往下晾，	手扶着垛口往下瞧。
又只见三军门重重叠叠摆起枪刀。	重重叠人和马围困在城壕，	层层人马围困城壕。	层层人马围住城壕。
尚师徒跨下了呼雷豹，	尚司徒骑着了风雷之豹，	尚司徒跨定了呼雷豹，	尚师徒跨下呼雷豹，
麻叔谋提花枪稳坐鞍鞒。	马叔谋提长剑插在马邦。	麻叔谋提长枪稳坐鞍桥。	麻叔谋手执丈八矛。

外江戏除首句以叠词形式造成萦回往复的抒情效果外，其余唱句与其他三种剧本相似度极高。可见《南阳关》的舞台艺术定本在南北皮黄戏班中变异幅度很小。

同演隋唐史事的剧目《沙陀国》则在京师、粤省不同戏曲生态、观演环境下出现了有意味的文本分化。《沙陀国》敷演黄巢起义时唐僖宗命程敬思往沙陀李克用处借兵，李克用因曾遭贬谪，不肯发兵。程敬思转求其子李嗣源，请出两位皇娘劝解李克用。李因怕老婆最终应允。在全剧末尾，程敬思刺李克用惧内，不同剧种的舞台表现各具特色：

车王府沙陀国总讲	车王府沙陀国全串贯	外江戏	粤剧
（李白）哎呀，哎呀，（唱）贤弟不必笑哈哈，休笑愚兄怕……（程白）千岁，你怕什么？（李白）哎，（唱）我怕老婆。	（净唱）贤弟不必笑哈哈，休笑为兄孤王也可怕老婆。	（红）恩官不必笑呵呵，休笑为兄怕老婆。	（用急唱）贤弟不必取笑我，慢讲愚兄怕老婆。
（李白）你在这沙陀就访一访。（程白）千岁，访些甚么？	（净）你在沙陀访一访。	（红）怕老婆的人儿非是我这一个。（老生白）还有那一个。	（用叹）我想这宗滋味人人都做过。（敬白）下官不敢相陪。
（李白）哎，（唱）我怕老婆的人儿有酒喝。（仝笑介）啊哈哈哈。请。（仝下）	（净）怕老婆的人儿多得多。（李克用、程敬思同笑下。）	（3）（红）【三板】这这一个。（老生白）在那里。（红）【三板】那那一个。（老生白）没有。（红）【三板】这一个，那一个，一个个，这个那个，一个一个。怕老婆的人儿比孤还更多。	（用白）唔好不踵事的后生家呀。（唱）若还不遵此大例，必然赶逐出沙陀。（敬白）怪不得了。（用唱）你到我国中都未曾看过，你来呀。（敬白）在那里。（用唱）与你上前走一遭。（在集便）（敬白）那一个。（用指住唱）呢。那旁有一个。（敬唱）呢。那旁有一个。（敬指用）（用白）呔。你来再看。（敬白）又看。（在衣便）是那一个呀。（用白）看真得。（指住唱）哪。这旁有一个。（敬唱）哪。这旁有一个。（暗指用）（用白）呔。还有呀。（敬白）有多少。（企洞。用急板唱）呢。那旁有一个。哪。这旁有一个。高的高来倭的倭，肥的肥来细的细。高高倭倭肥肥细细都是怕老婆。（叹）我想怕老婆之人非独我一个。陈贤弟呀，你回长安慢请道，奏知天子，说与文武，就是颁闻天下，千年万载万载千年，都说我怕老婆。（敬白）是咯。（用唱）又奈之何呀。（敬唱）千岁不必糊言说，学生道来且听着。（叹）我想为官之人有许多多，未有那官又高，年又老，白发苍苍，千岁你……（用白）怎样。（敬唱）怕老婆。千年万载万载千年算你头一个呀。（用白）不是。（敬白）是呀。（同答）哈哈。

京剧本文辞简省，对李克用"惧内"的调笑点到为止。外江戏和早期粤剧本则记录了当时艺人与台下观众的幽默互动。于是"怕老婆"不仅为台上一人之痼疾，举凡在座的"这一个""那一个""高高倭倭肥肥细细"都怕老婆，将谐谑通俗的趣味发挥尽致。

通过外江戏与粤剧同题剧本的对比，辅以其他剧种的对照，我们发现具体剧目的传播与演变往往有其独特轨迹。部分外江戏与粤剧本较为接近，与北方同题剧本差异明显，而部分外江戏与粤剧、京剧本大体相似。另一部分个案，却是粤剧、京剧剧本与外江戏暌违。同题剧本之间的复杂关系提示我们：剧目层面的个案流变与剧种层面的整体艺术演变从不同角度反映着清代以来地方戏曲的发展实际。

第二节　从《西蓬击掌》看楚曲到外江戏、粤剧的文本分化

在近现代戏曲舞台上，薛平贵与王宝钏的故事因京剧、秦腔等版本的盛演广为人知。各地剧目虽在文本、唱腔、表演处理上有所差异，但全本情节基本相同：剧演后唐丞相王允有三女，长女金钏许配兵部侍郎苏龙，次女银钏嫁九门提督魏虎，三女宝钏为服侍病中母亲，尚未婚嫁。王允将宝钏孝行禀报朝廷，皇后亲赐五色绒线，编成彩球，择定二月初二令其彩楼招亲。宝钏某夜得一异梦，翌日至花园降香祈祷，偶遇花郎薛平贵。宝钏见薛平贵有王侯之相，故嘱其前来接彩。抛彩之日，王孙公子纷至，彩球正中平贵。王允嫌其贫贱，劝宝钏退婚。宝钏与王允击掌反目，发誓称从此不回相府，并立即到城南寒窑与薛平贵成亲。婚后，薛平贵在军中降服红鬃烈马得官，却因王允参奏，被派遣出征西凉。薛平贵回窑与宝钏忍痛告别，宝钏只得独守寒窑。一日王夫人思女心切，带丫鬟至寒窑探望，并劝女回府，宝钏决意不从。王允次婿魏虎陷害薛平贵，使其为西凉军所俘，西凉王反将代战公主许婚，并传位薛平贵。魏虎回朝，假传薛平贵战死，王允等劝宝钏改嫁，宝钏执意不从，苦守寒窑十八载。一日薛平贵偶得宝钏鸿雁血书，乃私逃返唐。代战公主连赶三关，薛平贵哭诉前情，公主感动放行。薛平贵回武家坡寒窑，与宝钏相认团聚。王允寿日，王宝钏登殿为夫君算粮，魏虎称薛平贵已死，无粮可算，薛平贵现身，举座皆惊。王允命高士纪追杀薛平贵，高士纪见其有祥龙护身，反降薛平贵。代战公主闻讯率兵直驱长安，适逢薛平贵登基，王允等人受到惩戒，宝钏、代战为后，皆大欢喜。本节从剧本形态分析和文本比较研究出发，重点观察早期楚曲流入粤东、广府地区后出现的具体文本分化，探讨这种文本分化所体现的剧种风格差异，

以及戏剧文本与地方文化、地方曲艺的互动影响关系。

通过现存清代地方戏剧本的比较，我们发现早期粤剧《西蓬击掌》与楚曲原本高度相似，这说明清末民初广府地区所演版本基本承袭了清中叶楚曲文本。与潮梅外江戏毗邻的"闽西外江戏"，即后来的闽西汉剧，也与清代楚曲、早期粤剧高度相似，这说明此地戏班的演出亦较大程度上保留了楚曲文本的原貌。然而，与早期粤剧、闽西汉剧相比，潮梅外江戏的剧本却出现多处细节变化。结合前述剧本现象，可以推断这些变化是在外江班流入潮梅地区后，由当地艺人改编而成的。

一、新加坡所藏外江戏《西蓬击掌》抄本概述

新加坡余娱儒乐社、潮州八邑会馆各有《西蓬击掌》一本，均不分出。此剧前情是王宝钏彩球招亲，选中花郎薛平贵。剧本开头即演丞相王允得知彩楼招亲结果，烦闷不已，欲劝女儿王宝钏另嫁新科状元。王宝钏上场，称母亲患病时自己曾在后花园三载许愿，此刻唯愿听凭天意嫁与薛平贵，父女为此争执。王宝钏以孟姜女、苏秦、孙膑、韩信、董永作比，坚信薛平贵富贵有时。最后王宝钏脱去身上宝衣，与父三击掌，立誓不归家门。就故事情节而言，余娱儒乐社与八邑会馆所藏两种抄本基本一致。

1. 余娱儒乐社抄本

余娱本《西蓬击掌》与三国戏《凤仪亭》合订，列抄本总目录第57册。该抄本共10页，末页题"民国廿八年六月十七 己卯五月初一日 陈子栗抄"，有"陈木丰藏本"长方形印。此本以行楷抄写，每页8行，有部分别字、俗字，例如"顽石"作"玩石"、"蠢材"作"椿才"等。其中王宝钏自述愿嫁花郎之理由，出现"以表母亲伉俪之情"等句，应当来自未经改动的舞台本。

剧中王允一角行当为老生，王宝钏为旦，丫鬟、家院分别为占、什。剧本中有"科""白"等舞台提示，但基本没有具体的神态动作说明。如剧末父女反目，王宝钏悲切下场，王允气愤之余又有悔意：

旦（白）：爹爹，女儿就是这样去么？

老生（白）：与我来去去去。

旦（白）：哎吓。（科）罢。（科）（三板）泪汪汪哭出西蓬去。（科）饿死不见老严亲。将身出了府门地（科）。（叫句）老娘（科）。母亲（科）。哎吓（科）。情愿寒窑受苦辛（科）。（回头句）（科）亲娘（科）。母亲（科）。哎吓（科）。罢（科）（下场）。

什（白）：启禀相爷，三姑娘哭出府门去了。

老生（白）：叫他转来。

什（白）：去远了，叫不转。

老生（白）：站开（科）。叫句（科）宝钏（科）。三女（科）。哎吓（科），（三板）宝钏将我来气杀，年迈无子受奔擖。家院扶我二堂上，要与夫人细说根芽（科）。（回头句）（科）女儿（科）。宝钏（科）。哎吓（科）。罢了吓（科）（入场）。①

从频密的科介提示看，余娱儒乐社抄本来自可以付诸场上的舞台表演本。

2. 潮州八邑会馆抄本

潮州八邑会馆所抄《西蓬击掌》共10页，每页8行，未题抄写者、抄写时间、地点等相关背景。不过，据文本细节来看，此本抄写时间晚于余娱本，且另有所本。理由有三个。第一，此本以整齐正楷抄写，鲜有改正痕迹，且正文与舞台提示以方框区分，眉目清晰，应转抄自曲社流传本。第二，余娱本中句意不通处，此本均有改正，如余娱本"以表母亲伉俪之情"句，此本作"以表母女之情"；又如余娱本"玩石"，此本正为"顽石"；等等。第三，此本在王宝钏与王允三击掌前有"倘若再把父来见，双双挖去儿眼睛"一句，为余娱本所无。此句又见于清代楚曲本、车王府本、早期粤剧本，可见为早期传本内容，

---

① 新加坡余娱儒乐社外江戏剧本，第五十七册《西蓬击掌》末页。

并非八邑会馆抄写者杜撰。

在出场人物及角色分派上，会馆本除将王允一角行当简化为"生"，其他与余娱本一致。此外，余娱本与会馆本中的"三击掌"情节有一定详略差异（见表6-1）。

表6-1

余娱儒乐社	潮州八邑会馆
（老生）麦子不磨不成面，（旦）饿死不转娘家门。	（生）吓。麦子不磨不成面，（旦）饿死不转娘家门。
	生：倘若再把父来见，（旦）双双挖去儿眼睛。
（老生）为父不信。（旦）爹爹不信，与女儿来击掌。	生：为父的不信。旦：爹爹不信与我三……
	（生）呀，三甚么，三甚么。（旦）三击掌。
（老生）甚么，你要与为父来击掌。（旦）正是要与爹爹来击掌。	（生）呀，尔敢与为父的击掌。（旦）正是要与爹爹击掌。
	（生）哎呀。蠢材吓。西蓬气坏我年迈人。罢了，我与蠢材来击掌，罢。
（老生）你站上来（科）（同做科），吥。	（老生）尔站上来。吥（科）、吥（科）、吥（科）。
（旦）不由宝钏泪汪汪……	（旦）一霎时失去了父女情……

首先，余娱本对白、唱词相对简单，而会馆本多次加入生、旦反复诘问的段落。余娱本中王宝钏提出击掌为誓，王允反问"甚么，你要与为父来击掌"，王宝钏答正是要与父击掌，以上过程均以平铺直叙式的对白呈现，似未表现人物情绪之激动、冲突之激烈；反观会馆本中宝钏首次提出"击掌"时一言未尽："爹爹不信与我三……"表现出王宝钏与父争执的犹豫不忍。王允追问"三甚么，三甚么"，王宝钏最终道出"三击掌……正是要与爹爹击掌"，则刻画出人物情绪从游移到坚定的变化过程。

其次，在父女击掌为誓时，余娱本的科介提示比较简单，会馆本加入"吥（科）、吥（科）、吥（科）"一连串语气、动作提示，调动场上气氛，生动表现王允怒极气极的心态。前者给予扮演者较大发挥空间，而后者可以直接搬演，是一个细节颇多的版本。

二、《西蓬击掌》故事情节来源

关于薛平贵与王宝钏戏曲的缘起，历来有三种说法。其一，源出《龙凤金钗》鼓词，谭正璧《评弹通考》持此观点。① 其二，认为明代秦腔《烈女传》是同题戏曲的最早版本，王家广《武家坡今昔》持此说。② 其三，认为薛、王戏曲是《彩楼记》《汾河湾》等明清剧作之翻版。

薛、王戏曲与同题鼓词《龙凤金钗》、薛仁贵戏曲《汾河湾》、吕蒙正戏曲《彩楼记》的情节多有相似之处，不过王宝钏与父亲击掌反目的情节却是薛、王戏曲文本的特殊标志。例如，在讲述吕蒙正故事的《破窑记》《彩楼记》及讲述薛仁贵故事的《汾河湾》中均无"击掌"情节。又如，《龙凤金钗》鼓词、同名弹词，以及《回龙阁》鼓词均未以"击掌"为目，而代之以"父女闹相府"，说明偏重舞台表现的"击掌"场面在曲艺说唱中未成为该回目的中心情节。③ 秦腔《烈女传》的早期剧本和演出情况已不可考，但王家广在《武家坡今昔》中列举的秦腔《烈女传》第三折即"三击掌"，而各地流传的薛、王戏曲剧目亦均以"击掌"作为该出出目名称。由此可见，王宝钏与父"三击掌"之情节，不仅是薛、王故事与同类故事的一大差异，还体现了曲艺与戏曲对该故事的不同呈现方式。

王家广在《武家坡今昔》一文中列举了"明代秦腔"《烈女传》的"前八折"，即"花园降香""彩楼配""三击掌""降妖马""投军别窑""西征""母女会""鸿雁传书"，并且认为秦腔《烈女传》在乾隆年间进入京师剧坛，后被改为京剧《武家坡》。"由秦腔改京剧"的说法得到了杨宪益等学者的认同。杨先生在《薛平贵故事的来源》一文中提出，薛、王故事虽未见于元曲，但可能在元代以前已流传于西北一带，而京剧《武家坡》是由秦腔移植而来的。④

---

① 谭正璧著，谭寻搜辑：《评弹通考》，上海：上海古籍出版社，2012年，第212页。
② 王家广：《武家坡今昔》，见《考古杂记》，北京：紫禁城出版社，1988年，第47页。
③ 李豫等：《清代木刻鼓词小说考略》(上)，太原：三晋出版社，2010年，第564页"回龙阁鼓词"。
④ 杨宪益：《薛平贵故事的来源》，《寻根》，2000年第3期。

然而，从清代剧本文献来看，早期京剧与湖北地区流行的楚曲关系更加密切。清代汉口会文堂所刊长篇楚曲《回龙阁》共四卷，各卷封面有"回龙阁全部"及"汉口永宁巷下首大街河岸汪氏会文堂专一家真本戏文发客"字样。此本由前二卷"彩楼配"和后二卷"回龙阁"两部分组成，两者开头均有独立的"报场""开场"。前二卷"彩楼配"分十一回，后二卷"回龙阁"回目标记混乱，应非同时辑入。各卷标目如下：

第一卷
彩楼记报场
第一回 开场
第二回 王三姐游花园
第三回 王三姐抛打彩球
第四回 西蓬击掌
第五回 薛平贵借粮

第二卷
第六回 代战王进表
第七回 平贵投军
第八回 平贵降马
第九回 平贵别窑
第十回 平贵征西凉
第十一回 西楼登殿

第三卷
回龙阁报场
第一回 开场
盼窑训女上本（未标回数）
盼窑训女下本（未标回数）
第二十回 哭窑修书

第四卷

第二十一回平贵回窑

第二十二回宝川跑坡

进府拜寿上本（未标回数）

进府拜寿下本（未标回数）

平贵算粮（未标回数）

平贵登殿（未标回数）

团圆

在楚曲第三、四卷中，重新标有"第一回开场"，而"盼窑训女""进府拜寿""平贵算粮""平贵登殿"等部分皆未标回数。据此推测第四卷楚曲本《回龙阁》后二卷应由多个单出剧本拼凑而成，书坊刊行时似未统一体例。剧本有简单的角色及科介提示，角色唱词以齐言体七字上下句为主，亦有少量八字句唱词，皆未标具体声腔板式。

从文本内容来看，楚曲是包括京剧、外江戏在内的大部分地方剧本的共同源头，目前除秦腔以外的地方戏基本皆由楚曲本改编而来。以下选取清末北京泰山堂所刊梆子戏《三击掌》[1]、陕西艺术研究所所藏《击掌》《俗文学丛刊》所收楚曲《西蓬击掌》[2]及清车王府所藏《击掌全串贯》[3]分别作为秦腔、楚曲和早期京剧的代表，对剧中"王允上场""宝钏明志""父女击掌""宝钏出府"四个重要情节段落进行比较（见表6-2）。

---

[1] 梆子《三击掌》，北京泰山堂刊本，作者、刊刻时间不详。

[2] 曾永义：《俗文学丛刊》（第二辑），中国台北："中央研究院"历史语言研究所、新文丰出版股份有限公司，2002年，第109册，第405页。

[3] 黄仕忠：《清车王府藏戏曲全编》（第六册），广州：广东人民出版社，2013年，第528页。

表 6-2

	梆子	秦腔	楚曲	清车王府
王允上场	（外上）（引）调和鼎鼐，位列三台，（白）老夫，王允，唐室驾前为臣，官拜当朝首相，夫人陈氏，膝下无男，所生三女，长女金钏，配与苏龙，次女银钏，配与魏虎，只有三女宝钏，尚未婚配，本月二日，曾在十字街前，高搭彩楼……	王允：（引）有心栽花花不发，无意插柳柳发芽。（诗）两鬓白发似银条，古树临崖怕风摇。所生三花无一子，闪得老夫无下梢。老夫王允，在唐朝为臣，官居一品首相。年老乏嗣，所生三花。今乃二月二日，曾为三女以在十字街心，高搭彩棚……	（外上）（引）位列朝班佐圣君，为裙钗终日忧闷。（白）头戴乌纱色色新，羊伴虎眠秉忠心。寸土俱服皇王管，有道君王坐龙庭。老夫王允，在唐朝为臣，官拜首相。夫人邱氏，所生三女，长女宝金，许配苏龙，次女宝银，许配魏虎。三女宝川，情性执强，不用媒人说合，正宫娘娘赐他五色红绒花线，造成一绣球，择定二月二日……	（外上）（引）位列朝班佐圣君，为裙钗终日忧闷。（白）头戴乌纱色色新，羊伴虎眠秉忠心。寸土俱伏皇王管，有道君王坐龙庭。老夫王允，在唐朝为臣，官拜首相。夫人邱氏所生三女，长女宝金，许配苏龙。二女宝银，许配魏虎。三女宝川，情性恹强，未用媒人说合，正宫娘娘赐他五色彩球，择定二月二日……
宝钏明志	（外白）依为父之见，莫若将此门亲事打退，另配王孙公子，不知吾儿意下如何。（旦白）爹爹说哪里话来，想孩儿既然抛球招赘就是凭天所定，今日慢说是打着花郎平贵，就是打着一块顽石，孩儿也要抱，（外白）抱什么，（旦白）抱他三年五载，以表恩爱之情。	王允：我儿不必啼哭，你看今科新状元李应魁，才貌双全，为父心想留他相府招亲，不知我儿意下如何？王宝钏：孩儿先告过不孝之罪。曾不记我母染病在床，孩儿许下花园祈祷百日。三宫主母见喜，赐来了五色绒线，孩儿造就绣球一联。曾许下二月二日，以在十字街心，高搭彩棚，飘彩择婿。是儿对天有愿，打中富贵人，便为富贵妻；打中贫贱汉，哪怕去行乞；打中胡儿去投番……今乃打中乞儿手内，也是你儿命该如此。	（外白）我儿不必啼哭，今有新科状元，尚未合卺，待为父启奏圣上，将我儿另行点对招亲。（旦白）爹爹，女儿告罪在先，为母患疾，后花园降香三载，许下心愿，抛打彩球为媒，打贱随贱，打贵随贵，就是打着一块顽石，也要抱他三年五载以表伉俪之情。	（外白）我儿不必啼哭，今有新科状元，尚未婚配，待为父启奏圣上，将我儿另行点对招亲。（旦白）爹爹，女儿告罪在先，为母患病，后花园降香三载，许下心愿，抛打彩球为媒，打贱随贱，打贵随贵。就是打着一块顽石，孩儿也要抱他三年五载，以表伉俪之情。

续表

	梆子	秦腔	楚曲	清车王府
父女击掌	（旦唱）爹爹不必把儿为，孩儿不做，那无义人，三从四德是本分，怎敢爱富嫌弃贫，要与爹爹三击掌，从今后不登相府门，（外唱）宝钏说话，太无情，到叫老夫怒生嗔，今日与吾，三击掌，从今后，就断了，父女情，（旦唱）非是孩儿，心太狠，只为不贤留骂名，悲切切我这里三击掌，（外唱）活活气坏了，年迈人。	王宝钏：王宝钏来怒生嗔，一死不进相府门。王允：父死不见你丫头面，王宝钏：儿死不见老父亲。王允：倘若谁将谁来见？王宝钏：将双目挖在了地埃边。王允：你说此话父不信，王宝钏：如不然打一打儿的掌心。（王允起立欲走）王宝钏：爹爹向哪里去？王允：为父回上相府……王允：说是罢、罢、罢。（击掌介）王宝钏：这一掌击得昏迷了……	（外唱）扎碎麦子挨不得面，（旦唱）儿死不转娘家门。（外唱）父死不要你见，（旦唱）睡牙床不见老爹尊。（外唱）倘若谁来见，（旦唱）双双挖去我眼睛。（外白）为父的不信。（旦唱）爹爹不信与我三击掌。（外白）吓。（击掌介）（旦唱）一霎时失了父女情……	（外唱）闸烂麦子抹不的面，（旦唱）儿死不转娘家门。（外唱）父死不要你来见。（旦唱）睡死牙床不见老爹尊。（外唱）倘若谁把谁来见。（旦唱）双双剜去我眼睛。（外白）为父的不信。（旦唱）爹爹不信，与我三击掌。（外白）吓。（击掌介。旦唱）一霎时失了父女情……
宝钏出府	（旦唱）叫丫鬟带路，后堂进……（旦唱）老爹爹不许吾把老娘见，到叫宝钏痛在心，含悲忍泪出府门……去到寒窑中把身存。……（院白）三姑娘出府去了……（外白）奴才呀，（唱）为人养子如栽花，生儿莫生女娇娃，当面孝顺背面里骂，女生外向向人家。	王宝钏：我望着相府将娘拜……城南找夫把身容。……（丫鬟、家院）奔上城南，找她乞儿丈夫去了。……王允：不由老夫心痛酸，进得席棚用目看，两件宝衣在面前。……王允：回得相府，夫人若问，就说你三姑娘一怒出了席棚，千万莫要说和相爷怄气。	（旦唱）一霎时失了父女情。好马不背双鞍走，烈女岂许二丈夫。声声哭出西蓬去……（旦唱）进上房与夫人报个信，你说三姑娘做了不孝人。将身哭出西蓬外，父女恩情两分开。……（白）启相爷，三姑娘哭出西蓬去了。（外白）哎吓，儿吓，（唱）好言说了千千万，黄金买不转铁石人。西蓬外去了心上肉。（外白）宝川儿吓，（唱）顷刻间父女两分离。	（旦唱）一霎时失了父女情。好马不备双鞍走，烈女不嫁二夫君。声声哭出西蓬去……（旦唱）进上房与姑娘报个信，你说三姑娘做了不孝人。将身哭出西蓬外，父女恩情两离分。……（白）启相爷，三姑娘哭出西蓬外去了。（外白）哎，儿吓，（唱）好言说了千千万，黄金买不转铁石心人。西蓬去了心上肉。（外白）宝川儿吓，（唱）顷刻间父女两分离。

从文本内容来看，其一，清车王府本与楚曲本高度相似，如老生王允之上场诗，父女二人大部分对白、唱词，以及二者科介提示等，仅有少数字词差异。其二，两种秦腔剧本的文本细节不仅与楚曲、京剧相合甚少，互相之间也有诸

多差异。例如，泰山堂本王允上场无引，无定场诗，而艺研所抄本虽有引子、定场诗等形式，内容却与京剧相去甚远。"宝钏明志"情节，泰山堂本没有为母许愿的说法，却有"愿抱顽石"的细节，而艺研所抄本的详略处理恰与此相反。再如"父女击掌"部分，泰山堂刊本情节与京剧基本相同，艺研所抄本却加入王允不忍与女击掌等细节。其三，清末泰山堂所刊梆子戏剧本中并未出现"西蓬"一词，而楚曲本和车王府本均有"西蓬"这一场所（分别见于王宝钏、家院、王允的念白、唱词）。艺研所秦腔抄本则在剧末使用了"席棚"的说法。

通过四种剧本的比较可知，清代以来的秦腔剧本改编、新造情况十分常见，文本变动剧烈。清末泰山堂所刊梆子戏《三击掌》既有可能是承袭自情节、曲辞相对简单的秦腔旧本，也有可能是当时秦腔班删去"西蓬"一说的新编剧本。在清代同题剧本的衍变过程中，早期京剧《击掌》应非直接改编自秦腔，楚曲可能是秦腔与京剧之间的过渡文本。由此推测，山陕地区流行的薛、王故事梆子戏，应当是跟随戏班南下传播到汉口一带，由当地皮黄班改编、加工成为楚曲剧本后，再随汉班流入京师的。

除此以外，我们还注意到，目前所见近代地方戏剧本都保留了"西蓬"这一细节（泰山堂本是唯一例外）。例如，称"西蓬击掌"者有祁剧、桂剧、清末潮梅外江戏、闽西汉剧；称"西蓬击掌"或"西逢击掌"者有清代楚曲《回龙阁》、早期粤剧和广东地区的木鱼书唱本等。不过，各本都未解释"西蓬""西蓬"的具体含义，楚曲《回龙阁》后述及王允到寒窑寻女时有"西蓬路上草悠悠"之句，广府木鱼书中有"西蓬变了无情地"的唱词，具体内涵却比较模糊。

在"西蓬""西蓬"以外，还有"席棚击掌"的说法。湖北北部、四川、陕西、贵州等地的戏曲曲艺中均有使用"席棚"者，如川剧有《席棚击掌》《席筵击掌》，湖北恩施流行的南剧、贵州思南苗族高台戏均有《席棚结掌》，前述山西艺术研究所抄本中亦作"席棚"。

事实上，"席棚击掌"可能更符合早期薛、王戏曲的文本面貌，理由有三。其一，"席棚"本意为芦席所搭之棚，在山陕、华北地区用途十分广泛。秦腔有《牧羊圈·席棚会》一出，即有主人公朱春登误以为妻母已故、高搭席棚舍饭济贫的情节,此剧后半讲述其妻赵锦堂携婆婆前来领食,三人最终相认团聚,故又名"席棚会妻",可见山陕戏曲已有以"席棚"入戏者。其二,清代以来北方广大农村地区常以"席棚"作为简易戏棚、书场,是普通百姓观看戏曲、曲艺表演的重要场所之一。秦腔剧本称王宝钏父女在"席棚"击掌,后王宝钏与父决裂、离开"席棚",也有可能指艺人所在的具体表演空间。其三,剧中王允提及正宫娘娘赐宝钏五色绒线结成绣球,又令其"在十字街前,高搭彩楼"招亲。"席棚"可能即指"彩楼",或为"彩楼"构造的一部分。

近代以来,北方农村之"席棚"乃指以竹、木、芦草、苇席搭成的凉棚,外观、形式较为朴素。这种"席棚"实属传统棚彩营造中的简易形式。《东京梦华录》所记载的"彩楼欢门""结缚山棚"则是都市中的棚彩景观。

王宝钏"抛彩"之彩楼,本来也属北方"席棚"的一种,只是缠布缀彩、更为富丽美观而已。由于地域气候、土俗、习惯的差异,南方诸省或对"席棚"认识不多,这可能是造成"西蓬""席筵"等异说的原因。

从剧名的分布情况来看,作为薛、王故事发源地的山陕地区多用"席棚",并无"西蓬"之说,以"西蓬"作为剧名是清代楚曲剧本及湖南、广东、广西、福建闽西等地地方戏的特色。据此推测,"西蓬击掌"的说法起初源自湖北汉班,从此影响广东、福建一带的戏曲曲艺文本。

三、楚曲与外江戏、早期粤剧的源流关系

作为外省戏班入粤后衍生而成的两条皮黄剧种支脉,潮梅外江戏与早期粤剧《西蓬击掌》有共同文本源头,即清代长篇楚曲《回龙阁》第四回《西蓬击掌》,又在清代楚曲基础上形成了不同改编特色。这些特点与当地社会风俗、表演艺术风格有何联系,反映出怎样的剧种个性,是本节探讨的问题。

清代楚曲文本流入广府地区的时间可能在乾隆后期。从广州《外江梨园会馆碑记》来看,乾隆四十年(1775)以前的入粤戏班流动性较大,昆腔戏班和秦腔班居多。乾隆四十五年后,湖南戏班的数量空前增加。其中,湖南连升班、福寿班、瑞麟班、瑞华班、贵和班、祥泰班在粤停留时间均超过十年,对广

府地区的戏曲活动、演出剧目产生深刻影响。湖北汉口一带的楚曲文本，应当是在此时由湖南戏班大量传入广东的。

楚曲《西蓬击掌》流入粤东、闽西的时间应不晚于嘉庆时期。清乾隆、嘉庆年间，潮州地区已有外省戏班活动记录，所唱腔调有可能即源于两湖地区的皮黄戏。《回龙阁》既属于乾嘉时期汉口一带的流行剧目，很可能在这一阶段已传播到粤东地区。不过，在对具体剧本进行比较分析以前，我们只能说潮梅外江戏中的《西蓬击掌》既有可能是清中叶剧本在粤东长期酝酿、改编的结果，也有可能是晚清外江班传入的新本。

除新加坡所藏外江戏剧本外，福建龙岩革命历史博物馆有光绪元年（1875）罗纪藩所抄早期闽西汉剧《西蓬击掌》一种。此本与《龙凤旗》《蜈蚣岭》《错杀奸》《卖华山》《下三关》《借箭》《苦肉计》《打龙熹》等八个剧目合订。该《西蓬击掌》抄本共6页，每页12行，全剧不分出，文本内容与楚曲基本一致。清代广州市五桂堂所刊早期粤剧《西逢击掌》，收录于《俗文学丛刊》第129册"粤戏类"。卷端题"班本西逢击掌""五桂堂版"。该本共20页，每页7行，文本内容基本源出楚曲，但开头与结尾皆有部分改编。

据此推测，清代楚曲《西蓬击掌》流入广东后，在广府和粤东地区分别形成不同的地方改编本，以下将楚曲、早期粤剧、潮梅外江戏剧本设为对照。除此之外，清中叶以来，楚曲南传入粤的重要载体是湖南戏班，作为传播路线"上游"剧种的祁剧和闽西汉剧，都是潮梅外江戏剧本的比照对象。

1. 潮梅外江戏的语言特色

从"王允上场""宝钏明志""宝钏劝父""父女击掌"四个情节段落来看，早期粤剧、潮梅外江戏、闽西汉剧、祁剧均明显承袭自楚曲《西蓬击掌》。[①] 这四个文本不仅情节与楚曲全同，唱词、念白甚至部分科介提示也直接承自楚曲。不过，潮梅外江戏的语言风格与另外三种文本有较大差异。

首先，"王允上场"的引白、定场诗，楚曲、粤剧、闽西汉剧均作"（引）

---

① 后引闽西汉剧《西蓬击掌》为清末抄本，现藏闽西革命历史博物馆。

位列朝班佐圣君,为裙钗终日忧闷。(白)头戴乌纱色色新,羊伴虎眠秉忠心。寸土俱服皇王管,有道君王坐龙庭"。引白中虽提及为女儿事忧闷,但后面这首定场诗的主要功能在表现王允的丞相身份,主要内容是讴歌颂圣,强调"忠心""圣君"等与剧情无关的命题(见表6-3)。

表6-3

	王允上场	关键信息
楚曲	(外上)(引)位列朝班佐圣君,为裙钗终日忧闷。(白)头戴乌纱色色新,羊伴虎眠秉忠心。寸土俱服皇王管,有道君王坐龙庭。老夫王允……长女宝金……次女宝银……三女宝川……①	引白;定场诗;三女姓名
粤剧	(外上)(引)位列朝班佐圣明,却为裙钗心不宁。(白)头戴乌纱簇簇新,一品当朝柱石臣。普天之下皆皇土,万国衣冠拜圣朝。老夫王允……长女宝金……次女宝银……三女宝钏……②	
外江戏	(老生上)(引)位列三台,为裙钗常挂心怀。天地造化有分缘,人生空垂阳世间,纵有黄金千万斗,膝下无男亦枉然。(白)老夫王允……长女金钏……次女银钏……只有三女宝钏……	
闽西汉剧	(外)(引)位列朝班佐圣君,为裙钗终日忧闷。(白)头戴乌纱色色新,羊伴虎眠秉忠心。寸土皆是皇王管,有道君王坐龙台。老夫王允……长女宝金……次女宝银……三女宝川……	

外江戏把此段改作:"(引)位列三台,为裙钗常挂心怀。天地造化有分缘,人生空垂阳世间,纵有黄金千万斗,膝下无男亦枉然。"诗意变为感叹天意难测、人事无常,颂圣内容一概不见。末句落在"膝下无男亦枉然",道出人物的现实苦恼。换言之,外江戏的王允开场,从引白第二句便开始引入全剧矛盾"因女儿引起的烦恼"。此外,关于王允与邱氏所生三女的姓名,楚曲、粤剧、闽西汉剧均作"宝金""宝银""宝川",而外江戏却作"金钏""银钏""宝钏",可见后者文本来源不同。

其次,王允宽慰宝钏,称可为其另行招亲,此处楚曲、粤剧、闽西汉剧均作"乞奏圣上",外江戏作"与六部大臣商议";王宝钏决意不从,楚曲、粤剧、

---

① 曾永义:《俗文学丛刊》(第二辑),中国台北:"中央研究院"历史语言研究所、新文丰出版股份有限公司,2002年,第109册,第405页。

② 曾永义:《俗文学丛刊》(第二辑),中国台北:"中央研究院"历史语言研究所、新文丰出版股份有限公司,2002年,第129册,第427页。

闽西汉剧的文意是王宝钏在母亲患病期间已许愿绣球招亲，愿听从天意。然而，按全本《回龙阁》的情节，彩楼招亲并非王宝钏提出，而是其孝行受到的嘉奖。外江戏保留了这一说法（见表6-4）。

表6-4

	宝钏明志
楚曲	（外白）我儿不必啼哭，今有新科状元，尚未合卺，待为父乞奏圣上，将我儿另行点对招亲。（旦白）爹爹，女儿告罪在先，为母亲疾，后花园降香三载，许下心愿，抛打彩球为媒，打贱随贱，打贵随贵，就是打着一块顽石，也要抱他三年五载以表伉俪之情。
粤剧	（外白）我儿不用悲泪，今有新科状元尚未合卺，待为父乞奏圣上，将我儿另行点对招亲，（旦白）爹爹，女儿告罪在先，为母患病，后花园降香三载，许下心愿，抛打绣球为媒，打贱随贱走，打贵随贵行。慢说打中平贵花郎，就是打着一块顽石，女儿也要抱他三年五载以表伉俪之情。
外江戏	（老生白）我儿不必悲泪，待为父来日上朝与那六部大人商议，将我儿的姻亲大事典退，另招新科状元岂不美哉。（旦白）爹爹，女儿有话告禀。（老生白）有话坐下讲来。（旦白）女儿告坐。（白）只因母亲得病在床，女儿在后花园许下香愿三载，以表母亲伉俪之情，后来爹爹上朝，蒙正宫娘娘赐下五色绒线，造成绣球为媒，古道打犬随犬走，打鸟随鸟飞，莫说打着花郎平贵，就是打着一块顽石，女儿亦要抱他三载以表母女之情。
闽西汉剧	（外）我儿不必啼哭，今有新科状元，尚未婚配。待为父乞奏圣上，将我儿另行点对招亲。（旦）爹爹，女儿告罪在先。为母患病，后花园降香三载，许下心愿，抛打绣球为媒，打贱随贱走，打贵随贵行，就是打着一个顽石，孩儿也要抱他三年五载以表伉俪之情。

宝钏明志时，粤剧、闽西汉剧均沿用楚曲"打贱随贱走，打贵随贵行"原句，外江戏改作"打犬随犬走，打鸟随鸟飞"，曲辞更通俗质朴。

再次，宝钏劝父莫嫌贫爱富，楚曲、粤剧、闽西汉剧、祁剧都采用"表古"修辞，分别以"有辈古人对父讲""儿把古人对爹讲""有本好古文对父言讲"等句引出甘罗、姜太公之例，以说明薛平贵发迹有时。其中粤剧、闽西汉剧文本与楚曲相似度更高，"表古"均用七字句，而《湖南戏曲音乐集成》收录的祁剧文本却有一定差异。其一，添入衬字，形成十字句；其二，改变唱词细节，添入甘罗为"户部执掌"，又把楚曲"贫穷人见发富强"改为"贫穷人得了志比父还强"。最后一句改动为外江戏所承袭（见表6-5）。

表 6-5

	宝钏劝父
楚曲	老爹爹说话不思量，儿命苦怎配状元郎，有辈古人对父讲，女儿言来爹细听详。甘罗十二为丞相，太公八十遇文王。休道平贵花郎样，贫穷人见发福强。
粤剧	老爹爹说话不思想，儿命薄怎配得状元郎。儿把古人对爹讲，女儿言来爹听详。甘罗十二为丞相，太公八十遇文王。休言平贵花郎样，贫穷人见发福强。
闽西汉剧	老爹爹说的话全不思量，儿命薄怎配状元郎，有辈古人对爹讲，女儿言来爹听端详。甘罗十二为丞相，太公八十遇文王。休道平贵花郎无样，贫穷人越发富强。
祁剧	老爹爹说话全不思想，儿命苦怎配得状元儿郎。我的老爹爹，有本好古文对父言讲，尊一声老爹细听端详，秦甘罗年十二户部执掌，姜太公八十岁得遇文王。休笑那薛平贵花郎模样，到后来得了志比父还强。①
外江戏	老爹爹说的话全然不想，儿命苦怎配得新科状元。奴的老爹爹吓。人有志何怕他年纪高迈，人无志食百岁亦是枉然。耻笑那薛平贵花郎之样，贫穷人得了志比父更强。

在这段劝父唱词中，外江戏不见"表古"程式，与楚曲、粤剧、祁剧以及毗邻的闽西汉剧有明显区别。这种曲辞风格既不见于文本传播路径"上游"的楚曲、祁剧，也不见于同源异流的粤剧、闽西汉剧，而是文本传入粤东地区以后才逐渐形成的新特点。

最后，在全剧冲突高潮的"父女击掌"情节中，粤剧、闽西汉剧基本沿袭楚曲，父女争执过程皆以对唱形式表现。其中，王宝钏所言"睡牙床不见老爹尊"和倘若见父挖去双眼的毒誓，三本全同（见表 6-6）。

表 6-6

	父女击掌
楚曲	（外唱）扎碎麦子搋不得面，（旦唱）儿死不转娘家门。（外唱）父死不要你来见，（旦唱）睡牙床不见老爹尊。（外唱）倘若你来谁个见，（旦唱）双双挖去我眼睛。（外白）为父的不信。（旦唱）爹爹不信与我三击掌。（外白）吓。（击掌介）（旦唱）一霎时失了父女情……
粤剧	（外唱）扎烂麦子搋不得面，（旦唱）儿死不转外家门。（外唱）父死不要尔来见。（旦唱）睡死牙床不见老爹尊。（外唱）倘若再来把我见，（旦唱）双双挖去我眼睛。（外白）为父的不信。（旦唱）爹爹不信与我三击掌。（外白）吓。（击掌）（旦唱）霎时失了父女情……
外江戏余娱本	（老生）麦子不磨不成面，（旦）饿死不转娘家门。（老生）为父不信。（旦）爹爹不信与女儿来击掌。（老生白）甚么？你要与为父来击掌（旦白）正是，要与爹爹来击掌。（老生白）你站上来。（同做科）（老生白）哎。（唱）蠢材讲话真不端，活活气死我命亡。罢罢罢，与蠢材来击掌（科）呸。（旦）不由宝钏泪汪汪……

---

① 湖南省文化厅：《湖南戏曲音乐集成》，长沙：湖南文艺出版社，2009 年，第 661、662 页。

续表

	父女击掌
外江戏八邑会馆本	（生）吓。麦子不磨不成面，（旦）饿死不转娘家门。（生）倘若再把父来见，（旦）双双挖去儿眼睛。（生）为父的不信。（旦）爹爹不信与我三……（生）呀，三么，三甚么。（旦）三击掌。（生）呀，尔敢与为父的击掌。（旦）正是要与爹爹击掌。（生）哎呀，蠢材吓。西蓬气坏我年迈人。罢了，我与蠢材来击掌，罢。尔站上来。吓（科）、吓（科）、吓（科）。（旦）一霎时失去了父女情……
闽西汉剧	（外）闸烂麦子揉不面，（旦）儿死不转外家门。（外）父死不要尔来见，（旦）睡死牙床不见老爹尊。（外）倘若谁把谁来见，（旦）双双挖去两眼睛。（外）为父不信。（旦）爹爹不信与我三、三击掌，（外）呵。（击掌介）（旦）气得泪满胸膛昏迷在地。一霎时失去了父女情……

相比之下，新加坡所藏两种外江戏抄本有所改动。在此前抄本概述中，我们得出的结论是八邑会馆本更生动、细致，基本可以照本直接搬演。而如果把两种外江戏剧本与楚曲、粤剧、闽西汉剧比较，外江戏剧本的共同特点删去父女对唱曲文，添加二人对话、科介。由此可见，外江戏艺人在表演时不拘泥于原本文辞，而更加注重表现人物的心理、情绪、动态。

2. 早期粤剧的情节特色

五桂堂板粤剧《西蓬击掌》虽然在唱词、念白上对楚曲文本亦步亦趋，但是此本具有楚曲、外江戏、闽西汉剧皆无的情节设置特色：在楚曲《西蓬击掌》的前、后各新增了一段情节。

在长篇楚曲《回龙阁》中，《西蓬击掌》之前为第三回《王宝钏抛球》，讲述王宝钏自花园偶遇薛平贵后，当日抛彩果然选中花郎平贵，王宝钏心中暗喜回府见亲。该出结尾先由丑角所扮的王孙公子慨叹："二月二日龙抬头，三姐彩楼抛绣球，王侯公子打不着，打着个花子穷骨头。"最后王府门官道："我看众人都散了，只有花子一人站院中。只说花子穷，到底谁知今日时运通。也是你的命儿好，平白今日做贵人。上前用手来扯住，你随我相府去认亲。"唱完门官便与薛平贵同下。该出结束紧连《西蓬击掌》开篇，也就是前引"王允上场"的段落。外江戏、闽西汉剧《西蓬击掌》开场皆同。

粤剧《西蓬击掌》的开场是王允在府中等候绣球招亲的结果："女儿彩楼

择佳婿,坐听家人报好音。"不料家院上场带来了绣球打中花郎平贵的消息。王允大惊之下命人将薛平贵带上。薛平贵见王允即以翁婿相称,王允一怒将其逐出。王允后听从家院建议,又予平贵金帛,命其另娶妻房。薛平贵怒其嫌贫爱富,又感王宝钏此前所订盟誓,故拒之下场。此时王允重新上场,才接续楚曲原本中的"位列朝班佐圣明,却为裙钗心不宁"。

  粤剧开篇所添情节的意义首先在于铺垫王允对招亲结果的不满。在楚曲及外江戏中,抛彩结果和王允之态度全由王允一人的念白、唱词侧面道出,难以表现人物的愤怒、矛盾之情。而粤剧正面展现王允与薛平贵的冲突,以及前者由惊转怒的过程,为此后面对王宝钏时坚决反对亲事做了铺垫。此外,粤剧开篇处还添加了一处重要细节,即薛平贵提及他与王宝钏在花园订盟之事。这段唱词出现在薛平贵下场之前,只有一句:"王三姐订约如山海,岂肯将名赔地理。"这句简短的唱词揭示了王宝钏与薛平贵两情相悦、有约在前的重要事实,直接影响了全剧主旨和王宝钏一角所展现的人物形象特点。

  楚曲《西蓬击掌》的单出文本没有重新交代此前薛、王花园订盟之事。然而,由于《西蓬击掌》在广府、粤东、闽西地区常以单出形式存在,在戏曲演出、流传过程中,故事的前因后果未必为观众、艺人所尽知。换言之,在单出剧情中,王宝钏上场后听说绣球打中花郎平贵,便以"打贱随贱""打贵随贵"但凭天意为由,执意与老父决裂。这不仅不合常情,还破坏了王宝钏人物形象的完整性。粤剧以薛平贵之口一语点出二人花园邂逅、山盟海誓的前情,使得王宝钏此后的反应更加合情合理。

  楚曲《西蓬击掌》的结尾乃宝钏与父击掌后出府,院公报告王允:"启相爷,三姑娘哭出西蓬去了。"王允由怒转悲:"哎吓,儿吓,好言说了千千万,黄金买不转铁石人。西蓬外去了心上肉。宝川儿吓,顷刻间父女两分离。"最后王允的科介提示乃"哭下",这段结尾情节外江戏、闽西汉剧皆同。楚曲下一回是《薛平贵借粮》,由老生王允开场,诉说宝钏不孝、执意嫁给花郎,惹得众人取笑。继而演平贵上场向岳父王允借粮。也就是说,楚曲文本并未表现王宝钏出府后的经历,而是直接推进到二人成亲之后,薛平贵以女婿身份登门的情节。

粤剧的结尾处理与此不同：在王允下场后，小生所扮薛平贵上场，为王允嫌贫爱富愤愤不平，偶遇出府寻郎的王宝钏。王宝钏自述"西蓬击掌"经过，薛平贵劝其回府，王宝钏愿与薛平贵结为夫妻，二人遂于寒窑行花烛之礼。剧末王宝钏提出典当钗环共渡难关，二人同下。

粤剧所添收场情节，为原本以父女争吵、宝钏出府结束的《西蓬击掌》增加了生、旦相逢的"团圆"结局。可见粤剧戏班在编演此戏时不仅加强了情节完整性，还充分考虑了一般观众的观剧心理。

综上所述，清中叶以来流入广东的楚曲《西蓬击掌》文本，在粤东、广府地区形成了各具特色的新编文本。二者虽然均承袭了楚曲本的情节和大部分曲辞念白，但是分别在剧本语言和情节设置上体现出鲜明的文本个性。粤东地区流行的潮梅外江戏删除了原本中部分运用典故的唱词，换用更平实的乡土俗语或让剧中人直抒胸臆，整体语言风格更生动活泼、质朴平易。这种语言风格的形成，或与潮梅外江戏多在潮汕、客家广大乡村地区演出有关。一般观众文化水平有限，未必知晓戏文典故，当地艺人可能根据这种情况，把原本中与剧情联系松散的唱词、念白加以改动。

相比之下，清代广府地区流行的早期粤剧文本注重单出剧目情节的前后照应以及故事的完整性，为《西蓬击掌》这个原本以父女不欢而散收场的折子戏添加了男女主人公重逢、成亲的"团圆"结局。这种情节设置充分考虑了戏曲观众的审美心理，照顾到折子戏演出时可能出现的关于剧情的误会，是目前所见各地方戏《西蓬击掌》中别出心裁的情节设计。这种文本特色，表面上反映出当时粤剧演出重视故事情节的特点，其背后则揭示了粤剧创编群体的成熟性与自觉性。清代粤剧经由外江班阶段过渡为本地班阶段的过程，也是本地演出、创作群体发展成熟的过程。即使是从《西蓬击掌》这个基本忠于楚曲原本的剧目个案来看，早期粤剧戏班在剧本情节方面的创作活力已可见端倪。

第三节　外江戏、粤剧与潮剧《百里奚会妻》的文本关系

《百里奚会妻》的传说最早见于应劭《风俗通义》，明代已出现该题材的小说、戏曲作品，主要内容为虞国百里奚入秦为相，一日偶遇一浣衣妇人诉说夫君忘恩负义，结果发现正是自己结发妻子。在清代兴起的花部地方戏中，早期京剧、秦腔、川剧、滇剧、莆仙戏、梨园戏、汉剧、广东汉剧、粤剧、潮剧均有此题材。就近现代戏曲的传承情况来看，此剧主要上演于广东、福建等地，并与当地民间曲艺形式产生紧密联系，成为具有浓郁地方特色的戏曲剧目。

近代以来，《百里奚会妻》在潮梅外江戏班、广府粤剧班和潮音班中均十分流行，在当地民间文化中具有特殊影响力。外江戏、粤剧、潮剧同题剧目所呈现的剧本、音乐、表演形态，可能承载着戏曲传播过程中文本流变分化的历史信息。以下通过新加坡所藏外江戏抄本《百里奚会妻》与同题粤剧、潮剧文本的比较，分析粤东、广府两地演出文本的历史联系，借此探究此剧在广东境内的源流关系和传播路线问题。

一、新加坡藏《百里奚会妻》抄本概述

新加坡所藏《百里奚会妻》剧本包括余娱儒乐社《百里奚会妻》《孟明视射雁》抄本，陶融儒乐社《百里奚会妻》抄本，以及新加坡客属总会排印本《百里奚认妻》，后两者均无"孟明视射雁"情节。此外，目前所见外江戏《百里奚会妻》剧本还有两种：20世纪30年代汕头公益国乐社月刊整理本和1949年后广东汉剧团整理本。

余娱儒乐社抄本剧情较为完整，见新加坡国立大学图书馆所藏抄本第37

册,与《沙陀搬兵》合订。《百里奚会妻》后另附小字抄写的《孟明视射雁》一页,而本册封面及抄本总目录并未记载该出出目。《百里奚会妻》剧末记录抄写背景"丙辰二月初四日圈好　张漱文书　陈子栗点",《孟明视射雁》末尾记录"庚午六月初五日补入　民国十九年陈子栗手抄"。前者抄写于1916年,属余娱儒乐社早期抄本,后者则为1930年时才补入。

余娱本《孟明视射雁》的主要情节是:百里奚离家多年,结发妻子杜氏携子孟明视离乡寻夫。母子来到秦国,盘缠用尽,只得暂居破窑,靠孟明视打雁为生。一日,孟明视途经相府,打听得秦国丞相正是其父百里奚,回家告知其母。杜氏闻讯十分惊喜,嘱咐孟明视在破窑看守,自己手挎衣篮前往相府寻访,下接《百里奚会妻》剧情。余娱本《百里奚会妻》的主要情节则是,百里奚在书房回首往事,思念远方生死未卜的妻儿。家仆见其烦闷,提议令丫鬟唱曲抒怀,后又提及近日街头有一缝衣妇人会弹唱小曲,可请到府中献艺。缝衣妇人进府唱曲,曲辞谴责百里奚忘恩负义。百里奚询问妇人身世姓名,方认出自己的结发妻子。二人久别重逢,感慨不已。百里奚命人请来孟明视,一家团圆。

1934年6月出版的汕头公益国乐社《乐剧月刊》也收录了《百里奚认妻》剧本,剧情内容与余娱本《百里奚会妻》一致,两者间的部分词句差异,显示出舞台演出本与文人整理本的精粗之别,例如,余娱本中杜氏自述原为"燕国人氏",汕头公益国乐社整理本正为"虞国人氏"。余娱本中杜氏与百里奚追忆当年离家赴试之事,二人对话用语重复、语意颠倒,且有部分别字,而月刊本则提供了一个相对完整、清晰的文本,详见表6-7。

表6-7

余娱儒乐社抄本	汕头公益国乐社《乐剧月刊》本
旦(白)相公吓。(科)(三板)老相公说的话肝肠裂断,不由得杜氏女珠泪淋漓。想当日不是奴将尔来迫,怎能得今日里身挂紫衣。	杜氏(白)夫吓。(唱)老相公休哭得珠泪双垂,且听着妾身来细说言辞,我只说你当初少年登仕,又谁知亦像我四海无依。

余娱儒乐社抄本	汕头公益国乐社《乐剧月刊》本
老生（白）妻吓。（科）想当初若不是将尔来离，焉能得今日里身挂紫衣。尔与我分别时青春年纪。旦（唱）老相公白了发五（按：应为"吾"）白长须。	百里奚（唱）视（按：应为"想"）当初若不是贤妻苦劝，焉能得今日里身挂紫衣。我和汝别离时吓妻青春年纪。杜氏（唱）老相公亦白了头上须眉。①

对照月刊本词句，余娱本杜氏、百里奚重复唱道"身挂紫衣"一句，是戏曲演出中典型的"水词"。月刊本唱词虽然篇幅相当，但其中提供的具体信息较多，词句也较雅驯。余娱本杜氏唱词有"老相公白了发五（按：应为'吾'）白长须"之句，文义不通，对照月刊本，发现此处句意应当是"老相公亦白了头上须眉"。可见余娱儒乐社抄本明显来自较原始的民间艺人演出本，而月刊本则经过文人校勘整理，文本更加精致。

根据余娱儒乐社抄本，此剧人物的角色分配为百里奚（老生）、院公（院）、丫鬟（什旦）、杜氏（旦）。抄本标示声腔板式、音乐曲调包括：倒板、二流、头板、二流、二流、二流、二流、二流、二流（以上《孟明视射雁》）；西皮倒板、二流、二凡头板、二板、随板、小曲、三板、三板、三板、小曲【思夫】【探地落】、三板、南路倒板、头板、三板、滚板、三板、三板、西皮二流、二流（以上《百里奚会妻》）。

二、《百里奚会妻》故事来源

百里奚为春秋时虞国人，曾任虞国大夫，后入秦为相。据《史记·秦本纪》记载，晋献公灭虞，俘百里奚，以其为陪嫁媵人送至秦国。百里奚出逃楚国被擒，秦穆公闻百里奚贤明，欲赎其归秦，又恐楚人不允，故称百里奚为奴，以五张羊皮将其换回，故百里奚又称"五羖大夫"。关于"五羖大夫"的称号还有另一种传说，即百里奚为接近秦穆公，自愿以五张羊皮之数卖为秦国奴隶。这种传说也出现得很早，可见《孟子·万章上》："万章问曰：'或曰：百里奚自

---

① 郑福安集稿：《百里奚会妻》，见汕头公益国乐社《乐剧月刊》，1934年第一卷八号。

鬻于秦养牲者五羊之皮，食牛，以要秦穆公，信乎？'孟子曰：'否，不然。好事者为之也。'"这两种说法的共同之处都是以五张羊皮之资从市井换回秦国名相，"五羊皮"从此成为百里奚出身贫贱的代名词。

最早记载百里奚在秦国任相时重遇妻子之事的是东汉应劭《风俗通义》。北宋《太平御览》卷五七二引《风俗通》逸文云：

> 百里奚为秦相，堂上乐作，所赁浣妇自言知音。呼之，援琴抚弦而歌曰："百里奚，初娶我时五羊皮，临当别行烹牝鸡，今适富贵忘我为。"因寻问之，乃其妻。①

《事类赋》引《风俗通》文字相近。由此可见，早期《风俗通义》讲述百里奚在秦为相时，府中所赁浣衣妇人所歌为当年百里奚夫妻离别之事，二人相认团圆。文中并未提及百里奚妻子姓氏，其所唱之曲句式为"三，七，七，七"，所唱曲文与《乐府诗集》卷六〇所载《琴歌》第二首大体相同。

《乐府诗集》卷六〇所载"秦百里奚妻"的《琴歌三首》句式分别为"三，三，三，三，三，七""三，七，七，七""三，三，三，三，三，三，三，三，三，七"。歌云：

> 百里奚，五羊皮，忆别时，烹伏雌，炊扊扅，今日富贵忘我为。
> 百里奚，初娶我时五羊皮，临当别时烹乳鸡，今适富贵忘我为。
> 百里奚，百里奚，母已死，葬南溪，坟以瓦，覆以柴，舂黄黎，搤伏鸡，西入秦，五羖皮，今日富贵捐我为。②

《琴歌》解题前半段与《风俗通义》逸文同，后半段无"歌曰"及曲辞，末二句作"问之，乃其故妻，还为夫妇也"。该琴曲在《文选补遗》卷35、《锦绣万花谷》卷16、《事文类聚》后集卷14中则均题为"扊扅歌"。明代传奇《扊扅记》之名即由此而来。

---

① （宋）李昉等：《太平御览》，北京：中华书局影印本，1985年，第2612页。
② （宋）郭茂倩：《乐府诗集》，北京：人民文学出版社，2010年，第1275页。

明冯梦龙《东周列国志》第二十六回"歌㲽𪍿百里认妻"在史传基础上将"百里奚会妻"故事细节化。小说增加了百里奚之妻杜氏在街上偶见秦相酷似其夫的前情,以及夫妻相认后召其子孟明视来见的情节。小说中杜氏所唱三首小曲如下:

百里奚,五羊皮!忆别时,烹伏雌,舂黄齑,炊㲽𪍿。今日富贵忘我为?

百里奚,五羊皮!父粱肉,子啼饥,夫文绣,妻浣衣。嗟乎!富贵忘我为?

百里奚,五羊皮!昔之日,君行而我啼;今之日,君坐而我离。嗟乎!富贵忘我为?①

小说中的曲文句式为"三,三,三,三,三,三,七""三,三,三,三,三,三,二,五""三,三,三,五,三,五,二,五"。第一句多三字句"舂黄齑",第二、三句改动较大,除沿用首段"百里奚,五羊皮"作为曲头外,新增二字感叹句和五字句,并有原琴歌中所无的"子啼饥"句,亦即提到百里奚之子孟明视,与小说情节相符。《东周列国志》以杜氏携子寻亲、三人团圆的情节为清代花部戏曲所承继,然未见于现存明代戏曲。

明代戏曲中有三种《㲽𪍿记》,均未见全帙,流传至今的只有《群音类选》卷十九"官腔类"所收未署名散出。第一种《㲽𪍿记》为张凤翼所作。沈德符《顾曲杂言》载张氏传奇有《红拂》《窃符》《祝发》《灌园》《㲽𪍿》《虎符》六种,合刻为《阳春六集》②。第二种为张太和所作,见于吕天成《曲品》对张凤翼《㲽𪍿记》的评价:"张太和亦有记,别一体裁,而多删袭。"③第三种为端鳌所作,亦无全本流传。吕天成《曲品》曰:"此记在伯起(张凤翼)前,叙事

---

① (明)冯梦龙原著,(清)蔡元放编:《东周列国志》(第二十六回),北京:人民文学出版社,1986年,第233页。

② (明)沈德符:《顾曲杂言》"张伯起传奇",见俞为民、孙蓉蓉《历代曲话汇编(明代编)》(第三集),合肥:黄山书社,2009年,第64页。

③ (明)吕天成:《曲品》,见《录鬼簿(外四种)》,上海:上海古籍出版社,1978年,第320页。

颇达，第嫌用禅寺为套耳。"①《群音类选》收录《长亭送别》《鬻身贩牛》《强婚守节》《寄身寻夫》《梦回纪怨》《追荐夫人》《途中浣衣》《遇妻失认》《夫妻相逢》等九出，《月露音》亦收《饭牛》一出。②《中国曲学大辞典》"㷉麆歌"条引述上引《梦回纪怨》中"入空门最苦是僧家"之句，认为符合《曲品》"禅寺为套"的评语，因此推断《群音类选》中的《㷉麆记》散出即属端鳌所作。③那么，《群音类选》收录的《㷉麆记》是如何表现百里奚与杜氏重逢情节的？

《群音类选》中《途中浣衣》《遇妻失认》《夫妻相逢》三折与"百里奚会妻"的主体情节关系最密，然皆仅有曲文，无念白、角色、科介提示。从曲辞内容来看，《途中浣衣》为杜氏一人月下浣衣时的追忆伤情之曲；《遇妻失认》曲辞则表现百里奚在府中思念妻儿，突闻捣衣之声；《夫妻相逢》一折则讲述百里奚认出捣衣妇即妻子杜氏。全篇为生、旦对唱，曲文如下（角色为本文所加）：

（生）【高阳台】利逐蝇头，名争蜗角，云山万里牵缚。梦绕家园，频添旅邸悲切。愁说，同心人在何方所，我空劳观词逆意，泪珠倾落。叹无缘鸾孤凤只，寸肠千结。

（旦）【前腔】听妾，你㷉麆佳人，烹雌思妇，我曾与他片时相接。金鼓连天，须臾抛弃家业。愁绝，他奔驰道路无明夜，到如今蓬头垢首，鬓堆霜雪，怕相逢迎新弃旧，带摧莲折。

（生）【前腔】我悲咽，他贞静常存，幽闲自守，妇道无劳容悦。我结发如存，说什么花残叶卸，芳菲无以下体也。我自念糟糠肯撒，怎能勾生仍共枕，死复同穴。

（旦）【前腔】凄切，欲叙同心，无忌旧侣，奴当为公作合，不远天涯，中馈人羞间阔。休错，他容衰不辨是兰房也。可能记长亭话别。是奴家持觞劝酒，牵衣细说。

---

① （明）吕天成：《曲品》，见《录鬼簿（外四种）》，上海：上海古籍出版社，1978年，第331页。
② 参见王秋桂《善本戏曲丛刊》所收《群音类选》《月露音》二书，台北：台湾学生书局，1987年。
③ 齐森华：《中国曲学大辞典》，杭州：浙江教育出版社，1997年，第341页。

（生）【前腔】恸彻，国破家亡，山崩地覆，谁想云飞见月，乱里相逢，犹恐是梦中交接。蹉跌，娘行为我艰辛也，罪弥漫俱在卑末，到如今离怀且叙，暂收啼血。

（旦）【金衣公子】别后苦支持，遇兵戈，遭乱离，偶同点女相依倚。云昏路迷，山空鸟啼，向楚丘权作栖身计。（合）好伤悲，生平遇此，搁不住泪淋漓。

（旦）【前腔】别野暂栖迟，遇豪家欲强妻，共姜自誓投河死，东家念奴，渔人救予，脱身虎口作浆衣妇。（合前）

（生）【前腔】涉远苦无资，谢烹雌，炊炭廖，身牧养牛肥泽，声誉远驰，贤能上知，相君定伯遂安邦志。（合前）

（生）【前腔】不必苦悲思，有恩人，肯负伊，须教报答相迎取，琼瑶在笥，车骑在途，大都来共享荣华事。（合前）

（生、旦）【尾声】世事从来多更替，离别终当有会时，细把衷肠谁与知。①

百里奚闻听捣衣妇相思之曲，似曾相识，故有"同心人在何方所""我空劳观词逆意"之疑；杜氏称与"炭廖佳人""烹雌思妇"相识，道出欲见丈夫又恐其喜新厌旧的疑虑；百里奚说如果我结发妻子还在，一定不负糟糠之妻；杜氏提起前事，表明身份，说当日长亭送别正是我为你持觞劝酒、依依不舍；百里奚认出杜氏，寻问妻子后来遭遇；杜氏自述别后一路逃难，险为富豪强娶，自己投河自尽，为渔人所救，乃以浆衣为生；百里奚回忆当初烹伏雌炊炭廖之恩，承诺夫妻同享荣华富贵。

从以上曲辞内容来看，《炭廖记》与明代小说的差异包括：其一，百里奚遇杜氏乃偶然听见浆衣妇之曲，非特意传至堂上弹唱；其二，曲辞中并未提及二人之子孟明视，也未提到百里奚父母之事；其三，杜氏以两支【高阳台】、两支【金衣公子】诉情，语言风格文雅。前者为"二,四,四,六,四,六,二,九,七,

---

① （明）胡文焕：《群音类选》，见王秋桂《善本戏曲丛刊》，台北：台湾学生书局，1987年，第1022、1023页。

七,四"句式,后者为"五,三,七,四,四,七,三,四,六"和"五,六,七,四,四,八"句式,且无"百里奚,五羊皮"之句,与前述《乐府诗集》三首琴歌在内容、格式、风格上大相径庭,和后来皮黄中的小调也没有联系;其四,二人重逢一折所唱十支曲子,除【尾声】以外只有【高阳台】【金衣公子】两个曲牌,其余均反复唱"前腔",音乐变化较少。

由此可见,《群音类选》"官腔类"《炭廖记》虽然是目前可见最早的《百里奚会妻》剧本,但是从情节到曲辞都属于典雅的文人本,与史传小说的情节有一定差距。

目前所见的地方戏剧本中,莆仙戏《百里奚》也属于曲牌体结构,但其情节、文本、音乐都与明代《炭廖记》散出截然不同。《莆仙戏传统剧目丛书》第 7 卷剧本部分收录了《百里奚》,系采用仙游县编剧小组 1957 年抄送、1964 年重抄的传统过录本。全剧共十一出,分别为:

一、并伯首出　二、流落结拜　三、虞虢合兵
四、三国大战　五、假途亡虢　六、伯妃思母
七、并伯牧牛　八、公主出嫁　九、母子出路
十、一家相会　十一、褒封团圆①

从出目内容来看,第九出《母子出路》讲述相府丫鬟出外寻找洗衣妇,恰遇杜氏携儿流落至此,故将二人招为仆役。第十出讲述百里奚堂上思妻,家仆传杜氏、孟明视为其作乐,三人相认;第十一出是简短的团圆收束,讲述百里奚一家登殿受封之事。这三出剧情与明代曲牌体的《炭廖记》联系不多,反与明代小说和清代同题皮黄剧本更为接近,唯孟明视与杜氏一同唱曲的情节不同。

从所用曲牌来看,第十出《一家相会》计用【一江风】【锦庭芳】【银灯蛾】【词】【诗】【风入松】【上小楼】【滚】【下山虎】【罗帐里坐】【江头别】十一调,第十一出用【引】【四边静】二调,在音乐的使用上较明代曲牌体折子戏大为

---

① 吕品等:《莆仙戏传统剧目丛书》(第七卷),北京:中国戏剧出版社,2012 年,第 314 页。

丰富。

从剧本语言来看，莆仙戏中百里奚自称"幷伯"，曲辞念白多用"瓦""伢"等方言俗字；剧中杜氏、孟明视所唱之曲为："父子夫妻佐仕忆别时，二十不思家妻儿，亏心薄幸忘恩义，君子反作小人儒。"此曲与《乐府诗集》琴歌、明代《庲廖记》均不同。由此可见，莆仙戏本《百里奚》应为民间艺人根据小说或同题皮黄本另撰的剧本，在音乐、情节、语言方面别具一格。

综上所述，"百里奚会妻"故事最早见于北宋《太平御览》所引《风俗通义》逸文，而托为其妻所歌之"庲廖歌"三首则最早见于《乐府诗集》"琴歌"。此事在明代小说《东周列国志》中已有完整情节，后世皮黄本情节源出于小说，而非明代的曲牌体《庲廖记》。

三、外江戏《百里奚会妻》与粤剧、潮剧文本之比较

自清中叶以来，各地皮黄戏班也出现了"百里奚会妻"的同题材剧目。据《京剧剧目初探》"庲廖歌"条，川剧、滇剧有《五羊皮》，广东汉剧、秦腔、梨园戏有《百里奚》，粤剧有《百里奚会妻》。[①] 另据扬铎《汉剧传统剧目考证》，汉剧有"小型生旦戏"《百里奚》；而目前所见祁剧、湘剧、桂剧目录均无此本。

现存同题剧本的情况如下。（1）京剧。早期京剧剧本有清车王府所藏《庲廖歌总讲》一种。（2）秦腔剧本未见。《陕西传统剧目汇编》第七集"华剧"有《百里奚拜相》一剧，其第十二、十三出分别为"寻夫""团圆"，或与秦腔近似；经比较，华剧剧本的"寻夫""团圆"两出在全本戏结尾，其情节、唱词、念白比较简单。（3）梨园戏与前述莆仙戏同为曲牌体。（4）早期粤剧剧本有清末以文堂板《百里奚会妻》。（5）广东汉剧早期《百里奚会妻》剧本有新加坡所藏外江戏抄本、汕头市公益社月刊整理本、广东汉剧院整理本等多种。（6）湖北汉剧剧本目前未见，可能并非常演剧目。（7）查现存川剧剧目提要与早期剧本情况，《川剧传统剧目集成》卷二收录高腔《双拜相》，然此戏

---

① 陶君起：《京剧剧目初探》，北京：中国戏剧出版社，1963年，第17页。

仅演秦穆公以五张羊皮换取百里奚入秦拜相之事，未及会妻情节。按：《传奇汇考标目》载李宗泰《五羊皮》一剧，亦着重百里奚事功，未及夫妻重逢，或为川剧所本。也就是说，《京剧剧目初探》中提到的川剧《五羊皮》一剧，很可能并不演"会妻"折子；考虑到川剧、滇剧剧目的密切联系，滇剧《五羊皮》很可能也不含会妻情节。（8）清末潮州瑞文堂刊有《百里奚听琴认妻》的剧本，曲白俱全，为早期潮剧剧本。

综上所述，剔除梨园戏、川剧、滇剧，以及情节简单的华剧（秦腔）、不常演的汉剧，我们发现专门表现"百里奚会妻"故事的皮黄剧目集中在早期京剧、广东汉剧（潮梅外江戏）、粤剧和潮剧四个剧种当中，而后三者皆属广东地方主要剧种，同时也是早期广东皮黄戏曲的重要构成部分。因此，本文涉及的广东地方剧本，包括晚清以来广府地区流行的早期粤剧剧本、粤东地区流行的潮梅外江戏剧本和早期潮剧剧本三类。

1. 早期粤剧剧本

《俗文学丛刊》第126册"粤戏类"收录以文堂板《百里奚会妻》二卷。此本封面题"百里奚会妻""第七甫"，上、下卷卷端题"以文堂机器板"。版心题"百里奚""上卷/下卷""以文堂机板"。

剧中人物角色：孟明视（小武）、杜氏（正旦）、百里奚（末）、家院（丑），路人标"内"，家仆标"手下"。

剧本所标声腔音乐板式、曲调：扫板、滚板、慢板、转中板、快板、慢板、转中板、滚花、快板、中板、慢板（以上为上卷）；【鲜花调】、接板、再接板、西皮起板、二流、邦子叹板、中板、转中板。

（1）上卷剧情：

孟明视上场，自述随母一路寻父，苦无盘费，在破窑居住，靠自己打雁度日。孟明视提雁进城售卖，见秦国百姓安居乐业，又见街头有秦国丞相左庶长"百里"的谕民告示，联想到父亲百里奚之名，询问街坊，知其名百里奚，果然为虞国人氏，遂下场告知母亲。

杜氏上场，自述飘零逃难经过。孟明视复上场，禀告秦相百里奚一事。杜氏决意入相府查看究竟,嘱咐孟明视后下场。孟明视道别母亲,静候佳音,亦下场。

百里奚、家院、四丫鬟上场。百里奚下朝回府,在房中思及妻儿,愁闷不已,家院建议到街头找"靓师娘"唱曲遣怀,百里奚应允。

杜氏上场,恰遇家院街头寻访唱曲之人,毛遂自荐,随家院进府,二人同往相府(未标下场)。

(2)下卷剧情:

家院领杜氏到书房,百里奚令家院取琴予杜氏弹唱。杜氏唱【鲜花调】,百里奚疑为发妻,不敢相认,盘问之下杜氏道出身世,百里奚感动相认,令家院到破窑请孟明视进府。孟明视随家院入府,一家团聚,叩谢天地。

2. 外江戏及闽西汉剧

目前所见潮梅外江戏剧本主要有五种,其中,新加坡所藏外江戏抄本两种、整理本一种,汕头公益国乐社月刊20世纪30年代整理本一种,以及1949年以后广东汉剧团整理本一种。

新加坡所藏抄本的基本情况如前所述,经过与以文堂粤剧本比较可以发现外江戏与早期粤剧的部分异同:余娱本外江戏《孟明视射雁》的剧情相当于以文堂版粤剧《百里奚会妻》上卷前半部分,但《孟明视射雁》只演到杜氏离家,没有粤剧本下连的百里奚回府情节。外江戏《百里奚会妻》的剧情从百里奚在书房思念妻儿开始,其后一段情节与粤剧稍有不同,多出府中丫鬟为百里奚唱曲解闷的情节,而后家仆提议请街上缝衣妇人弹唱,百里奚应允。杜氏入府,先唱【思夫】,百里奚发赏,再唱【探地落】,百里奚闻之生疑。其后情节与粤剧大致相同。

闽西汉剧与外江戏(广东汉剧)历史渊源密切,亦可作为参照。《福建戏曲传统剧目选集·闽西汉剧·第一集》收录《百里奚》一剧,经比较,其情节与外江戏《百里奚会妻》基本一致,但无此前"孟明视射雁"情节[①]。此外,潮梅外江戏中丫鬟唱曲的情节也被省略,只有杜氏所唱【思夫】【探地落】二曲。

---

① 福建省龙岩专署文化局、福建省戏曲研究所编:《福建戏曲传统剧目选集·闽西汉剧·第一集》,内部资料,1962年,第19—24页。

3. 早期潮剧剧本

清末潮州私人书坊瑞文堂以出版潮州歌册、潮剧剧本闻名，目前"孔夫子旧书网"上有清末瑞文堂木刻本《百里奚听琴会妻》一册出售，称《潮州曲册》。根据网络公开的其中七页书影（含封面），该本并非齐言体，曲、白、科介提示俱全，不同于非潮州歌册，故本文以此为早期潮剧代表。以下分别从剧本情节、文本语言和剧中小曲三个方面分析粤剧、外江戏、潮剧之异同。

从剧本情节来看，早期潮剧的情节顺序与粤剧、潮梅外江戏有部分差异，主要体现在开头先演杜氏上场，自述夫妻离散、携子逃难经过，后来唤孟明视上场，令其上山打雁，孟明视从命。以上情节为粤剧、外江戏所无。剧本再演百里奚令公差张贴榜文，劝谕安民。孟明视上场往山中打雁，此后进城见榜、禀告母亲、杜氏入府情节应与粤剧、外江戏同（此处剧本信息不全）。剧本后段演杜氏唱二曲，第一曲为感叹历史兴亡，第二曲方为叙述前情。夫妻相认后，百里奚命人到破窑寻找孟明视，三人团聚，同谢天地，与粤剧、外江戏同。我们将上述粤剧、外江戏、潮剧剧本的具体情节分列如下（见表6-8）。

表 6-8

情节	外江戏	闽西汉剧	粤剧	潮剧
杜氏命孟明视打雁				√
孟明视打雁、进城、见榜	√		√	√
孟明视回家禀告杜氏	√		√	√
百里奚下朝回府			√	（不详）
百里奚书房思念妻儿	√	√	√	（不详）
相府丫鬟唱曲	√			（不详）
家院到街上寻唱曲之人	√	√	√	（不详）
杜氏府中唱小曲	√	√		√
杜氏唱曲，百里奚生疑	√	√	√	√
夫妻相认	√	√	√	√
百里奚命人到破窑带回孟明视	√			
一家团聚，同谢天地	√		√	√

从表 6-8 可知，外江戏、粤剧、潮剧的情节有较高一致性，三者的区别在

于：其一，潮剧有杜氏命孟明视打雁情节，外江戏、粤剧则无；其二，粤剧多演百里奚打道回府情节，外江戏则无；其三，外江戏有相府丫鬟唱曲情节，闽西汉剧、粤剧均无；其四，粤剧中杜氏仅唱一曲便令百里奚怀疑其身世，而外江戏、闽西汉剧、潮剧中杜氏均唱两支曲子；其五，闽西汉剧略去孟明视相关情节，既无孟明视射雁，也无三人团聚段落。这些情节差异，与皮黄戏《百里奚会妻》在粤省境内的流传路线有关。

在剧本语言方面，粤剧与外江戏共性较多，而潮剧则更具本土民间特色。在剧本前半部分，外江戏、粤剧中孟明视与杜氏在破窑中的科白、唱词，文本细节大部分相同。相对而言，外江戏更注重科白、唱段与情节的配合，语言接近口语。以孟明视上场后的曲辞、念白为例（见表6-9）。

表6-9

粤剧	外江戏
俺孟明视，乃虞国人也，只因家道贫寒，故此与母亲离别家乡，四下找寻爹爹下落。不想来到秦国，盘钱用尽，只得在此处破窑住下，每日打雁为生。	俺孟明视，乃虞国人也。只因家中贫穷，与母离别家乡，找寻爹爹下落。不想来到秦国，却无盘费，只得在此破窑居住，是我每日里在山中打雁度生。今日天气晴和，不免往山中一走呵。（科）【二流】孟明视自幼儿学习武艺，母子们凭打雁每日度饥。猛抬头见飞雁列行而至，（射科）呵。我这里开一弓双雁落地。
恰好打得雌雄一对，不免拿进城中来卖。一来看看城中风景也可。【慢板】母子们为寻亲流落此地，俺每日去打雁度日充饥。孟明氏枉有那超群本事，英雄汉埋没了却有谁知。手提着箭雁儿进城而去。	（白）少待，适才打得雌雄一对，不免拿进城中发卖，一来看看城中风景，有何不可。【头板】母子们为寻爹流落此地，每日里往山中打雁度饥。孟明视枉有那超群武艺，英雄汉埋没了却有谁知。手拿着箭儿进了城里，
【转中板】有三街和六巷好座城池。市井中庶民家安居乐业，果真是人让道路不拾遗。可算得君有道民知礼，看将来秦穆公必霸于齐。迈步儿来到了一所府第，又见相国衙好不威仪。辕门上高挂着榜文告示，待某家上前去细看其词。	（科）有三街和六巷好座城池。市井上庶民家安居乐业，果真是人让路道不拾遗。实难得君有道民知礼义。看将来秦穆公必霸于齐。缓步儿来到了一所府第，（科）只见写相府好不威仪，门上高挂着榜文告示，待某家上前去细看端详。

上表引文中，粤剧"家道贫寒"在外江戏作"家中贫穷"，体现了后者口

语化的特点；外江戏中孟明视说到自己准备进城售雁，增加了"少待""有何不可"等短句，使得场上念白更加生活化，富有韵律性；粤剧中孟明视是"迈步儿"来到"相国衙"，外江戏则作"缓步儿"来到相府门前，后者可以配合场上演员放慢脚步、抬头打量相府匾额的表演，而前者并无这种效果。特别的是，外江戏增加了孟明视打雁的唱词、表演，并辅之以程式化、情境化的对白。如孟明视说"今日天气晴和，不免往山中一走呵"。以下开始叙述他在山中寻找猎物，抬头见"飞雁列行而至"，故开弓射中一对飞雁。粤剧则略过打雁过程，直接交代孟明视打得一对大雁。相比之下，外江戏中的孟明视一角形象更活泼英武，可供艺人场上发挥的空间更多。

在粤剧上卷百里奚打道回府的情节之后，两种剧本的文本细节差异增多。值得注意的是，粤剧中相府家院提议出府寻找唱曲之人，说的是到街上叫个"靓师娘"来唱曲。此处的"师娘"是广府人对失明女艺人的特殊称谓。这段情节，在外江戏中则是家院首先叫府中丫鬟出来弹唱，继而又提议："老奴在街方看见有一个缝衣妇人会弹唱，何不叫他前来？"此外，粤剧本还包含少量方言，例如，上卷卷末百里奚回府时有"末、丑、环四，企洞"的舞台提示，"企洞"是"站定"的意思。

总体而言，粤剧本与外江戏本的文本有较高的相似度，因地域而产生的情节、语言差异幅度较小，属于同一剧本在不同地区逐渐形成的"别本"，体现出粤调皮黄的文本共性。

相比之下，瑞文堂所刊潮剧《百里奚听琴认妻》民间特色较为鲜明。例如，孟明视上场后，潮剧本念白："英雄未遂平生志，屈守寒窑灭名字。有日大鹏得展翼，一朝腾云上九天。"外江戏作："英雄汉如大鹏未尝展翅，有日里腾九霄反恨天低。"粤剧本作："英雄汉如大鹏未得展翅，有日里腾九霄反恨天低。"可以看出三本曲辞均有"英雄""大鹏""腾九霄"等关键意象，但潮剧语言更质朴平白。又如，潮剧本中出现的方言有"子儿"（孩儿）、"只"（这）、"草头妻"等。"子儿"，见杜氏曲、白"自从子儿三岁""子儿英雄武艺奇"等句，与潮汕方言中的"仔囝"同义，为孩儿之意。在潮剧《琵琶记·认像》中亦有"教子儿孔圣文章"云云。①"只"作"这"解,见孟明视念白"不想到只秦邦"、家院念白"琴在只"等句,也是潮汕方言特色。"草头妻"见杜氏所唱曲辞"今日富贵忘却草头妻",作"糟糠之妻"解。潮剧本中频繁出现的方言词,证明此本为当时潮汕民间艺人的表演本,具有鲜明的地方语言特点。

粤剧、外江戏、潮剧所用小曲也出现了明显差异:在以文堂板粤的剧本中,杜氏仅唱曲一次,内容为三首【鲜花调】,录有曲文。在余娱儒乐社所抄外江戏剧本中,府中丫鬟先唱【小曲】,杜氏再分别唱【思夫】【探地落】两种,三曲皆无曲文。不过,汕头公益国乐社《乐剧月刊》和闽西汉剧本《百里奚》记录了后两支小曲的曲辞,经比较与粤剧【鲜花调】不同。潮剧本杜氏所唱第一支曲调为咏叹历史兴亡,第二支方为倾诉怨情之作,前者风格上述两种剧本差异甚大。具体曲文如下(见表6-10)。

表6-10

情节	外江戏	潮剧	粤剧
丫鬟唱曲	【小曲】(曲文未详)		
杜氏唱小曲	【思夫】我和我的情郎,好一似鸳鸯戏水戏水的鸳鸯。为何因几年里与他分离分离两地,从他去后,茬苒光阴不觉十数载有余。哪哎哟,哎哟,待奴家屈指算来,想着奴夫与他似鸳鸯。鸳鸯分离两地。哎哟天啊,哎哟天!既无缘,当初不该与他交结凤鸾。哎哟天啊,哎哟天!既有缘,为什么你在东来抛别奴在西?哎哟人哟,哎哟人!如今,到如今,奴家愿忍清贫。哎哟冤家,你弃却奴身,好一似,浪打浮萍,线断风筝,飘飘荡荡无有定准。	(缺)……费尽心机传留世,传至桀王无道主。宠爱妹喜?业一旦就废矣。伊尹兴隆号成汤,国运中兴六百余。□传至纣王失政爱,妲己摘星楼上丧阴司。武王吊民来伐罪,创业兴周定帝基。	

---

① 郑守治:《正字戏、潮剧〈琵琶记·认像〉比较》,见《正字戏潮剧剧本唱腔研究》,北京:中国戏剧出版社,2010年,第290页。

续表

情节	外江戏	潮剧	粤剧
杜氏弹琴唱曲	【探地落】奴本是良家闺阁女裙钗，流落在天涯。奴故将琵琶诉愁怀，诉不尽那怨哀。奴自怜花容生得一种令人爱。把相思错害，唯有天边的皎月明如镜，照见奴家一派可怜境界。都是前生债嗳，弹到愁怀，叹到愁怀，扫亦不得开。光阴难再！总因失志大不该，可怜薄命泪盈腮，泪盈腮，误坠落章台。回想起，那荣华人都爱，受凄凉谁能奈，从今后把青丝削去礼如来，把把把把把青丝削去礼如来。（接下唱）叫声百里奚，骂声百里奚，曾记当初别离时？奴为汝烹伏雌，夫文绣，妻寒饥，今日富贵了，你却忘我为。叫声百里奚，五羊皮，今日与君久别离，你看我惨凄不惨凄。	记得当初临别时，亦尝春□杀老鸡，家中贫穷又孤若（苦），□，奈何只得炊扊扅。今日富贵忘却草头妻。父荣子贫妻受饥，柱做玉堂金马丹桂客，纵做高官有……（缺）	【鲜花调】叫声百里奚，五羊皮，忆别时，烹伏雌，炊扊扅，今日富贵忘我为。哎哟，哎哟，哎哟。（接板）叫声百里奚，初娶我时五羊皮，临当相别时呀，呀，呀，烹牝鸡，今适富贵忘我为，哎哟，哎哟。（再接板）叫声百里奚，百里奚，母已死，葬南溪。坟已瓦，覆以柴，舂黄藜，搤伏鸡，西人秦，五羖皮，今日富贵捐我为。哎哟，哎哟。（白）哎，苦呀。

在目前可见的潮剧本和外江戏本中，杜氏均先后两次唱曲。外江戏第一支【思夫】"我和我的情郎"为相思怨情之作，在明清俗曲中存在大量风格、辞意相近的作品；从曲文"为何因几年里与他分离分离两地"来看所唱内容并非杜氏与百里奚的真实经历（百里奚、杜氏已分别三十年）；第二支【探地落】"奴本是良家闺阁女裙钗"与前曲相近，都是叙事抒情相结合、诉说相思怨情之作。后段接续的"叫声百里奚，骂声百里奚"从遣词用句来看与《东周列国志》中的"扊扅歌"接近，潮剧、粤剧也有相似曲文。

粤剧剧本中杜氏仅唱曲一次，所唱为三支【鲜花调】，曲文内容基本是《乐府诗集》琴歌三首的翻版，道出当年夫妻分离时烹伏雌、炊扊扅之恩，回忆离别后妻儿流落飘零的艰辛，全曲直抒胸臆，与外江戏先唱相思小曲不同。

再看潮剧剧本中的首支曲文，历数三代兴亡，显然为怀古咏史之作，风格气味与外江戏、粤剧大不一样。第二支曲文则将"扊扅歌"的语言通俗化，如"烹伏雌"作"杀老鸡"，"妻寒饥""子啼饥"等句化为"家中贫穷又孤苦"，并且新增"柱做玉堂金马丹桂客"等唱句谴责百里奚忘恩负义。

粤剧、潮剧、外江戏中"相府唱曲"情节的共通之处在于"扊扅歌"曲辞；粤剧、外江戏的共同之处在于剧中均使用了民间小曲（具体曲牌不同）；潮剧的特色在于咏史曲文，以及"炭廒歌"曲辞的通俗、口语化；外江戏的特色则既包括其独有的"丫鬟唱曲"情节，又包括对民间俗曲曲辞的借鉴。可以说，"相府唱曲"的情节段落，集中展现了粤剧班、外江戏班、潮音班在戏曲音乐方面对《百里奚会妻》一剧的改编与创新。剧中杜氏所唱之曲的差异，集中体现了三种戏曲文本的特色。

综上所述，广东省境内流传的三种《百里奚会妻》剧本，皆属于"粤调皮黄"的范畴。其中，广府地区流行的粤剧和粤东地区流行的潮梅外江戏显示了较强的文本共性，而同处粤东地区的潮剧却独具个性。

那么，应该如何解释上述这种存在于一省、两地、三个剧种之间的文本异同呢？具体而言，为何潮梅外江戏、潮剧同处粤东，相互之间的差异反而大于外江戏与粤剧？既然潮梅外江戏与粤剧剧本高度相似，那么二者是各有来源，还是存在影响关系？假设二者各有来源，两种剧本分别是从何时、何地流入的？假设二者存在影响关系，那么粤剧与潮梅外江戏孰源、孰流？总之，"粤调皮黄"中的《百里奚会妻》究竟是如何传入广府、粤东两地，又是如何形成不同文本特色的？

四、粤调皮黄《百里奚会妻》的传播路线

为解决粤省境内三种《百里奚会妻》剧本的关系问题，我们把剧本比较的关注点聚焦在外江戏"丫鬟唱曲"情节和各本杜氏所唱曲辞内容两个细节上。

1. "丫鬟唱曲"情节

相府"丫鬟唱曲"情节仅见于外江戏剧本，粤剧本无此情节。这一细节看似微不足道，然而，值得注意的是清车王府所藏《炭廒歌总讲》剧本中也出现了同一桥段。考虑到车王府剧本的整体抄写时间，《炭廒歌总讲》很有可能是粤调皮黄的源头剧本，或至少是同题材的早期剧本。那么该本在情节、曲辞上与外江戏、粤剧、潮剧的异同将成为我们判断各本改动程度和文本相互关系的主要依据。

首先，车王府本与外江戏、粤剧、潮剧三种粤调皮黄本有明显情节差异。《㶉㶿歌总讲》的剧情顺序为：百里奚上场，自报家门，简单叙述逃虞奔楚、来秦拜相经过。众吏开道迎其上朝，一同下场。杜氏上场，自述三十年前丈夫百里奚出外求取功名，久无音讯，自己带孩儿孟明视逃至秦国。日前在街上见相国百里奚，不敢相认，因此投身相府做浣衣妇。孟明视上场，诉说身居相府出入不自由，问杜氏为何要到相府浣衣，杜氏告之缘故，又称相府每有乐工奏乐，欲将身世和歌唱出。两人同下。百里奚与众家仆上场，自述刚才见蹇叔之子英勇非常，心生艳羡，想起失散多年的妻、子，烦闷不已，遂唤歌女作乐消遣。众乐工、歌女上场唱【清江引】，百里奚恶其俗套，欲闻新声。众人答曰府中新到浣衣老妇能唱新声，遂传杜氏。杜氏上场，敲檀板将夫妻结发、骨肉分离、避难逃荒之事一一唱出，百里奚认出妻子，又唤儿孟明视上场，三人团聚。

车王府本与外江戏、粤剧、潮剧的共同差异在于：第一，剧本开头多出"百里奚上朝"情节；第二，杜氏先在街头看见百里奚，并非由孟明视发现；第三，杜氏与孟明视进入相府浣衣，并非居住破窑。

其次，由于剧情差异，车王府所藏剧本与粤调皮黄本在曲辞上也基本无相似、重合之处。不过，我们发现，车王府本中先传歌女演唱、再令杜氏唱曲的情节，目前仅见于外江戏剧本。据广东汉剧老艺人黄桂珠回忆，1949年以前戏班所演《百里奚会妻》尚有丫鬟唱曲之段落（后来广东汉剧院所演版本删除此段）。因此，假如车王府本确为皮黄戏"百里奚会妻"的较早版本，那么粤东地区的潮梅外江戏应当更完整地保留了省外早期剧本的情节特色。

2. 杜氏所唱曲辞

此处的分析重点是同处粤东地区的外江戏和潮剧剧本。前文提到，粤剧本中杜氏所唱为三首【鲜花调】，曲辞乃化用《乐府诗集》本"㶉㶿歌"；外江戏本所唱则为【思夫】和【探地落】两段，曲辞与民间闺情俗曲相近，又连唱明代小说中的"㶉㶿歌"；潮剧所唱为咏史曲文和通俗口语化的"㶉㶿歌"两段，在三种粤调皮黄文本中最为特别。那么，外江戏与潮剧剧本之间的差异有何意义？

我们首先注意到，汉乐研究者和外江儒乐社成员均记录了早期外江戏剧本《百里奚会妻》的小曲曲调沿革情况。其一，据汉乐家李德礼、管石銮记载，《百里奚认妻》杜氏原唱"琵琶词"，不久以前才改唱【思夫】【叹沦落】二支，有的还用【红粉莲】的。① 其二，汕头公益国乐社《乐剧月刊》第八号刊登小调【叹沦落】"奴本是良家闺阁女裙钗"，有读者来信提出："盖'叹沦落'似不合百里奚妻之身份，鄙处儒家，先时亦曾以该小曲配用，后经先严再四研究，结果配以'卢玉容思夫'一出，传演二三十年。"② 于是编者在《乐剧月刊》第九号将这首【卢玉容思夫】（我和我的情郎）一并刊出。

按：【琵琶词】为汉乐曲调之一，广泛存在于各地民间曲艺当中。它与【思夫】【探地落】等曲一样，都是可以填词演唱的曲调。从【琵琶词】这支曲调本身的文本特征、形式渊源入手，或可以探究早期外江戏中杜氏所唱小曲的来由。

"琵琶词"本为元代民间流传甚广的说唱技艺，在当时已形成了相对固定的曲调形式。例如，《元典章》卷五十七《刑部》十九载："在都唱【琵琶词】【货郎儿】人等，聚集人众，充塞街市，男女相混，不唯引惹斗讼，又恐别生事端。"③ 由于当时街市弹唱琵琶词之盛行，元末明初演述蔡伯喈、赵五娘故事的《琵琶记》中出现了赵五娘弹琵琶卖唱为生、一路寻找丈夫蔡伯喈的情节，而蔡伯喈故事本身也成为元明时期【琵琶词】说唱艺人热衷改编、歌唱的作品之一。④ 明代后期，弋阳腔、徽调系统《琵琶记》选本的特征之一是增加了一段赵五娘所唱的"琵琶词"。据杨宝春研究，此类选本收入"琵琶词"的方式有两种，一是把"琵琶词"添入《描画真容》（通行本第二十九出《乞丐寻夫》）中作为人物唱词，如《大明春》《词林一枝》《乐府玉树英》《歌林拾翠》《乐府红珊》等；二是把这篇"琵琶词"独立收入选本当中，如《玉谷新簧》《摘锦

---

① 李德礼、管石銮整理记录：《小调集》，油印本，1979年。
② 汕头公益国乐社：《乐剧月刊·编后》，1934年第一卷第八号。
③ 《元典章》，北京：中国书店，1990年，第820页。
④ 俞为民：《南戏〈琵琶记〉考论》，见《宋元南戏考论续编》，北京：中华书局，2004年，第284页。

奇音》《怡春锦》。这类选本的出现，充分证明这篇"琵琶词"在明后期十分流行，因此得以独立流传。①

因《琵琶记》在明清曲坛脍炙人口，赵五娘弹唱【琵琶词】、寻找负心丈夫的桥段成为后世戏曲效仿的对象。清代以来，同类剧目中最具影响力的无过于演述陈世美、秦香莲故事的《铡美案》。在多地剧种剧目中，讲述王延龄特意邀请陈世美赴宴，并让秦香莲当面弹琴诉苦的出目被直接命名为"琵琶词"。由此，秦香莲所弹唱之【琵琶词】也成为明清戏曲史上另一篇著名的"琵琶词"。（见表6-11）

表 6-11

赵五娘琵琶词	秦香莲琵琶词
试将曲调理宫商，弹动琵琶情惨伤。 不弹雪月风花事，且把历代源流诉一场。 混沌初分盘古出，三才御世号三皇。 天生五帝相继续，尧舜心传夏禹王。 禹王后代昏君出，乾坤大抵属商汤。 商汤之后纣为虐，吊民伐罪周武王。 周室东迁王迹熄，春秋战国七雄强。 七雄并吞为一国，秦氏纵横号始皇。 西兴汉室刘高祖；光武中兴后献王。 此时有个陈留郡，陈留有个蔡家庄。 蔡家有个读书子，才高班马饱文章。 父亲名唤蔡从简，母亲秦氏老萱堂。 生下孩儿蔡邕氏，新娶妻房赵五娘。 夫妻新婚才两月，谁知一旦拆鸳鸯。 幸逢朝廷开大比，张公同劝赴科场。 苦被堂上亲催遣，不由妻谏两分张。 指望锦衣归故里，谁知一去不还乡。 自从与夫分别后，陈留三载遇饥荒。 公婆受馁谁为主？妻子耽饥实可伤。 可怜三日无餐饭，幸遇官司开义仓。 家下无人孤又苦，妾身亲自请官粮。 奴去请粮粮又尽，多谢恩官做主张。	郎在东来妾在西，墙高万丈两分离。 深闺只见新人笑，缘何不见旧人啼。 秦香莲祖居在湖广，荆州城外是家乡。 自幼儿配夫陈世美，夫妻恩爱在闺房。 曾记得郎君赴科榜，临别依依哭断肠。 千言万语叮咛重，高官切莫弃糟糠。 三年倒有两年荒，可叹家无隔宿粮。 公婆病饿中途死，双手撮土葬高堂。 携儿抱女赴京城，万水千山欲断魂。 不料郎君贪富贵，夫妻骨肉两离分。 儿啼饥饿女号寒，乞食街头泪不干。 纵把琵琶弦弹断，一片冤情唱不完。

---

① 杨宝春：《〈琵琶记〉场上演变研究》，上海：上海三联书店，2009年，第110—113页。

续表

赵五娘琵琶词	秦香莲琵琶词
行到无人幽僻处，李（里）正抢去甚慌张。 奴思归家无计策，将身赴井泪汪汪。 幸遇太公来搭救，分粮与我奉姑嬉。 粮米充作二亲膳，奴家暗地自挨糠。 不想公婆来瞧见，双双气倒在厨房。 慌忙救得公苏醒，不想婆婆命已亡。 自叹奴身命运蹇，岂知公又梦黄粱！ 连丧双亲无计策，香云剪下卖街坊。 幸遇太公施仁义，刻腑铭心怎敢忘？ 孤坟独造谁为主？指头鲜血染麻裳。 孝感天神来助力，搬泥运土事非常。 筑成坟墓神分付，改换衣装往帝邦。 画尽公婆仪容像，迢遥岂惮路途长？ 琵琶拨调亲求食，竟往京都寻蔡郎。 皋鱼杀身似报父，吴起母死不奔丧。 宋弘不弃糟糠妇，黄允重婚薄幸郎。 此回若得夫相见，全仗琵琶说审详。 从头诉尽千般苦，至恐猿闻也断肠。	

首先，赵五娘所唱【琵琶词】全篇皆为七字句，文本内容明显分为两大部分。第一部分自开头至"光武中兴后献王"，从混沌初开唱至东汉时期，是所谓"且把历代源流诉一场"。第二部分从"此时有个陈留郡，陈留郡有个蔡家庄"直到篇末，将蔡伯喈娶亲、赶考，赵五娘服侍双亲、艰难寻夫的过程唱出。曲辞前半段的咏史部分，事实上接续了后半段蔡伯喈事迹，两段之间并非全无联系。

其次，秦香莲所唱【琵琶词】可分三阕，篇幅短小，亦为七字句。全篇以抒情、叙事为主，风格与《百里奚》之小曲十分类似。这说明当时一类讲述旦角辛苦寻夫的剧目都使用了【琵琶词】作为剧中旦角所唱小调，也说明随着曲调的移植改编，【琵琶词】的内容、形式得到丰富。

回看潮剧本中杜氏所唱之曲：

（缺）……

费尽心机传留世，传至桀王无道主。

宠爱妹喜□□□，□业一旦就废矣。

> 伊尹兴隆号成汤，国运中兴六百余。
> □传至纣王失政爱，妲己摘星楼上丧阴司。
> 武王吊民来伐罪，创业兴周定帝基。
> 记得当初临别时，亦尝春□杀老鸡，
> 家中贫穷又孤若（苦），□，奈何只得炊糜瘳。
> 今日富贵忘却草头妻。父荣子贫妻受饥，
> 枉做玉堂金马丹桂客，纵做高官有……（缺）

我们发现，早期潮剧剧本所录曲辞形式，与《琵琶记》《铡美案》中的"琵琶词"有两个共同点，第一皆为整齐的七字句；第二先铺叙前代史实源流，再将话锋转到对丈夫忘恩负义的痛斥、埋怨。也就是说，潮剧剧本中杜氏所唱之曲正是戏曲作品中典型的"琵琶词"。

上文已经提到，清车王府剧本是现存年代较早的《百里奚会妻》剧本，此本虽与粤调皮黄文本存在明显的情节、语言差异，却是省外剧本中最具代表性和参考价值的版本。清车王府本中，杜氏所唱曲文如下：

> 敲檀板开歌喉婉转细唱，并不讲古时事五帝三皇。
> 周辙东王纲坠诸侯扰攘，虞国地有一个集贤村庄。
> 百里奚家贫穷三十以上，娶了个杜氏女端正贤良。
> 家虽贫生□□妇随夫唱，终日里读诗书不离草堂。
> 妻劝他求功名出游外往，杀伏鸡烧糜瘳饯行悲伤。
> 一去了数十载竟无影响，虽然是儿长成贫寒难当。
> 可怜那杜氏妇闭门织纺，可怜他孤灯下教儿贤良。
> 可怜他逃饥荒东奔西走，可怜他以乞丐南调北腔。
> 今闻得百里奚身荣拜相，并不念亲生子结发妻房。
> 这是我老妇人亲身非谎，唱将来老相国也觉凄惶。

车王府本中杜氏所唱之曲，虽然是"敲檀板"而非"弹琵琶"、十字句而

非七字句，但同样具有先咏古后叙事和齐言体的特点。由此我们推测，皮黄本《百里奚会妻》中杜氏唱曲、认夫的情节，以及所唱曲调本身，最初很有可能借鉴了明清以来流行的《琵琶记》或《铡美案》文本。

由于潮剧本中杜氏所唱曲文与省外皮黄文本（车王府本）的内容、形式相符，再结合早期外江戏也唱"琵琶词"的记载，我们发现粤东地区两种皮黄文本似乎更多地保留了早期剧本的文本特色，而这部分文本特征在广府粤剧中已毫无痕迹。

值得注意的是，广府流行的古腔粤曲《百里奚会妻》保留了部分接近外江戏剧本却不同于粤剧剧本的文本、声腔内容：其一，曲本中虽无"丫鬟唱曲"情节，但杜氏所唱"炭廖歌"曲辞承自明代《东周列国志》，与外江戏近，与以文堂板粤剧远；其二，杜氏唱曲完毕后，百里奚问其身世，外江戏中杜氏先唱上句【南路倒板】"含着悲在相府肝肠裂断"，下句唱（南路）【头板】"思想起不由人珠泪悲啼"，这一段在以文堂板粤剧全唱【西皮起板】，而古腔粤曲本则唱【二黄首板】【西皮尺字板二流】，也就是说粤曲本是二黄头加西皮腔，而粤剧本则脱去上句的二黄腔。这一点，说明古腔粤曲本所承袭的早期剧本可能与粤东外江戏更接近。

此前关于清代广东外江戏的讨论出现了两派观点，一派认为广州与潮州的外江梨园没有联系，二者是在不同时期、由不同路线分别流入的。另一派认为二者存在关联，即汕头开埠后部分广州外江班转移到了潮汕地区。① 例如，张沛芳等认为，乾隆年间广州创建的外江梨园会馆与光绪年间的潮州外江梨园公所存在"内在联系"；道光年间广州地区原本为官宴承值的外江班，随着部分官员的调动由广州向潮州地区转移；清咸丰、同治年间潮汕地区大开海禁，进一步推动了外江班的繁荣发展，故当地在光绪年间亦兴建了外江梨园公所。②

---

① 《广东汉剧研究》曾列举皮黄班进入粤东潮梅地区的四条可能路线。第一条是从赣南、闽西经嘉应地区流入潮州，走韩江水路；第二条是由广州传入潮州；第三条是从湖南衡阳至赣州，从寻乌步行80公里到梅州；第四条是翻越大庾岭进入粤北南雄，再经惠州到达梅州。这四条路线中，"闽西粤东汀韩水陆说"和"广州传入说"是此前最主流的观点。参见陈志勇《广东汉剧研究》，广州：中山大学出版社，2009年，第53页。

② 张沛芳等：《广东汉剧源流探讨》（内部油印本），1983年。

后来学者曾质疑此说中的"官员调动论",也曾提出外江班由广州入潮还缺乏充分的证据,但该路线仍是目前关于粤东外江班来源的主要观点之一。①

《广东汉剧研究》一书也认为自嘉庆年间开始,部分徽班和湘班很可能转移到了潮州。作者列出的四个理由分别是:其一,乾嘉之际粤东已有外江班活动的痕迹;其二,鸦片战争开始后,广州、潮州两地的区域经济呈现此消彼长之势,外江班有可能在这一时期发生转移;其三,广州外江梨园会馆的建立远远早于潮州外江梨园公所,且光绪年间外江班还与正字班、潮音班、西秦班一同祭祀戏神,说明潮州地区外江班行会组织的成熟时间较晚;其四,咸丰年间汕头开埠以后,大量楚南班流入粤东,其中一部分有可能就来自广州地区。②

由此可见,尽管此前已有部分关于广州与潮州外江戏关联的讨论,但论者往往根据两地外江班兴起时间、规模的差异,关注广州外江班对潮梅外江戏的影响。但是粤东、广府两地"百里奚会妻"文本之间的关系,与一般认识中部分"外江班"系由广府进入潮汕的路线相反。这里存在的三种可能包括:部分皮黄剧目由潮汕地区流入,后来传播到广府地区,并在当地戏班中发生新的变化;早期广州外江班将剧目传至潮汕地区后,广州本地的剧本发生了一定变化,而潮汕地区所演仍然依循旧本;早期皮黄戏《百里奚会妻》同时流入广府、粤东,在广府戏班中变化较大,但古腔粤曲本仍保留了文本声腔的早期形态,而在粤东地区的外江戏班则更多地维持了旧本原貌。

总而言之,在清代花部剧坛中,《百里奚会妻》一剧有三点特殊之处。第一,粤省以外的同题材皮黄本分散保留在京剧、秦腔、汉剧等少数剧种中,而广东粤剧、外江戏、潮剧三大地方剧种均有此剧目。第二,粤剧、外江戏、潮剧在情节乃至语言上皆有较高相似度,这说明三者有一共同"祖本"。其中,外江戏部分情节与清车王府藏早期京剧本更为接近,这意味着外江戏可能更完整保留了早期皮黄戏本的特征。第三,广府、粤东地区的皮黄本均与当地曲艺形式有密切的交流。

---

① 陈志勇:《广东汉剧研究》,广州:中山大学出版社,2009年,第27页。
② 陈志勇:《广东汉剧研究》,广州:中山大学出版社,2009年,第28页。

第四节　外江戏《百里奚会妻》与岭南曲艺

上节围绕剧情、语言、声腔诸方面讨论了粤省境内地方戏剧目《百里奚会妻》的文本共性。新加坡国立大学教授容世诚先生在《从粤乐史看"八大曲":几点初步观察》一文中,以《百里奚会妻》《辨才释妖》《月下追贤》三剧为例,说明清末粤剧与外江戏在曲文唱段方面的高度一致性,从剧本角度提出了清末粤剧与外江戏(广东汉剧)的关系问题。在这种文本共性之外,各剧本中杜氏所唱小曲的差异也引起了我们的注意。清末粤剧、外江戏、潮音戏《百里奚会妻》使用的小调明显不同。与此同时,广府地区的木鱼书、粤乐八大曲中也有"百里奚会妻"的同题曲本,这类曲本一般认为是从早期粤剧班本改编而来的。那么,粤调皮黄剧本与广府地区流行的同题曲本有何具体关联?粤调皮黄剧本中杜氏所唱小曲与广府、粤东地区的民间曲艺形式又是如何相互影响的呢?具体到外江戏的例子,自清代同光时期到20世纪50年代,潮梅外江戏所用小曲经历了三次以上的改编。据称外江戏《百里奚会妻》早期用【琵琶词】,后来改为【思夫】【叹沦落】,或有用【红粉莲】者。20世纪30年代的外江儒乐社曾另撰为四段【卢玉容思夫】,然其对戏班表演的影响似乎有限。50年代后,广东汉剧团所演版本则综合了昆曲【风吹荷叶煞】和此前的【琵琶词】【思夫】【叹沦落】等数曲,并一直延续至今。频繁的改编现象是何原因,这对外江戏的文本风格产生了怎样的影响,也是以下重点讨论的问题。

一、外江戏《百里奚会妻》小曲之变迁

杜氏所唱小曲在粤调皮黄《百里奚会妻》中的重要地位，是由其特殊的音乐功能决定的。戏曲音乐主要有两方面功能，一为表情功能，二为结构功能。表情功能包括抒情性、叙事性和戏剧性三种类型。结构功能则可以理解为全剧的音乐布局（什么地方该唱）以及唱腔内部的形式安排（该唱什么）两个层面。① 就《百里奚会妻》这一文本而言，在表情功能方面，百里奚上场后以大段西皮、二黄腔诉说当年离家后的经历，属于叙事兼抒情性的表情功能；而杜氏入府所唱小曲，前半倾诉相思之情，后半点出前尘往事，直斥负心之人，引发百里奚疑窦，一曲兼有叙事性、抒情性和戏剧性。在结构功能方面，剧中家院先传府中丫鬟唱曲，后又将杜氏召入，先弹唱琵琶，又赐琴令其唱曲，这三处情节设置本身决定了此剧皮黄、小曲相同的音乐结构。换言之，剧中小曲并非随意加入某个唱段，而是刻意安排、融入剧情当中的。

表情功能与结构功能，归根结底是为了推动剧情、表达剧本之"意"服务。因此，在杜氏唱曲的情节中地方曲艺形式与剧本情节、剧本音乐结构形成了和谐的嵌套关系，该情节也由此成为全剧戏核所在。钱热储《汉剧提纲》曾评价此戏的艺术特点：

> 此戏重要人物，为饰百里奚之老生，及饰杜氏之蓝衣。蓝衣旦歌中一曲思夫，一曲叹颓落，皆特别词调，寻常伶工，多以他项小调代之，斯下乘矣。曾见以成社方永练君，以前调和琵琶，以后调和筝。自弹自唱，极有神韵，可谓得汉剧之真髓，惜班中无此人材。②

由此可见，嵌入此处剧情发展中的地方小调一方面成为抒发情感、推动剧情的关键戏剧元素，是全剧的戏剧冲突的高潮；另一方面这部分地方小调同时

---

① 董维松：《对根的求索—中国传统音乐学论文集》，上海：上海音乐出版社，2004年，第44页。
② 钱热储：《汉剧提纲》"百里奚会妻"条，汕头：汕头印务铸字局，1933年。

也以其特殊的旋律、乐调提升了场上演出的审美价值。正因如此，为不断打磨完善"戏核"，增强其表现力和观赏性，这几段小曲就成为全剧改编的焦点所在。

广东本土的曲艺社团，而非戏班艺人，可能是早期参与、主导小曲改编的主要群体。在广府地区，粤曲艺人将粤剧本所唱【鲜花调】丰富为【鲜花调】【送情郎】【红绣鞋】三支，而广州和粤西两种粤剧班本反而对剧中小曲的文本内容、音乐形式改动不多。粤东地区流行的潮梅外江戏中也出现了类似现象。如前所述，在潮梅外江戏早期演出中，杜氏所唱曲调为【琵琶词】，这支曲调最早可能来自早期艺人对《琵琶记》《铡美案》等剧目的借鉴；此曲在新加坡余娱儒乐社和汕头公益国乐社剧本中改为【思夫】【叹沦落】两支；后来公益社《乐剧月刊》读者又曾寄来【卢玉容思夫】四段，提出可代前曲；在20世纪50年代以后，黄桂珠等艺人才将此段改为新版【思夫】【叹沦落】，一直沿用至今。以上提到的余娱儒乐社和公益社都是当时新加坡、潮汕两地十分活跃的业余外江乐社团体，可见外江戏所用小曲的变迁与这些曲艺社团有密切关联。

汕头公益国乐社《乐剧月刊》第一卷第8号"读者信箱"选刊了余云阶关于剧中小曲问题的来信，原文及编辑答问如下：

编者先生：

　　月初曾上一函，附《杨延昭盗骨》汉曲一出，该函暨曲，不审收到否？顷读贵刊第七期，知第八期戏本有《百里奚》一套登出，惟先生谓演《百里奚认妻》一出，照例必配以【叹堕落】之小曲，俚意窃以为未然。盖【叹堕落】似不合百里奚妻之身份，敝处儒家，先时亦曾以该小曲配用，后经先严再四研究，结果配以【卢玉容思夫】一出，传演三二十年，敝方人士，皆以此胜于彼相许。今先生既欲研求此处之真正美善小调，弟不敏，敢将【卢玉容思夫】配以工尺眼板以献，求先生再度审核，连该【叹堕落】，付之贵刊，以供同好探讨，如何。

黄冈丁未学校国乐主任余云阶启

> 云阶先生：
>
> 承寄《六郎归仙》一本即【思夫】曲一页，已收到，俟另抄后当将原本奉璧。至《百里奚》中配用小曲问题，窃以为【叹堕落】与【思夫】两曲为最妙。俟第九期再将【思夫】曲载本刊可也。①

余云阶是当时潮汕著名的汉乐研习者，来自饶平县黄冈余氏家族。早在1885年，其父余拔臣就已开始办起"金字彩韵"儒家汉剧社，余拔臣之妻则擅长弹琴。②从后来刊出的"卢玉容思夫"文本来看，除第一段与闽西汉剧【思夫】文本相近外，后三段曲辞确为另加。从"传演三二十年，敝方人士，皆以此胜于彼相许"来看，这一版"卢玉容思夫"在清末民初饶平等地具有相当影响力。

同期"编后语"中，本刊编辑又对《百里奚会妻》中的用曲做了进一步说明：

> 《百里奚》一本，初稿系由编者上年向三河范思相君抄得，惟原稿关目不甚明白，现经社员郑福安君重行校定，其中旦唱词调，本应先弹琵琶，奏【思夫】一阕，然后换古琴（以筝代之），奏【叹堕落】一阕，现【叹堕落】一曲，已于本期小曲门发表。其【思夫】一曲，亦已由黄冈余云阶君抄示，俟下期续载。惟【叹堕落】一曲，现期所载者，系编者上年由友人方君处抄来，本相传之旧曲，予友黄君，曾更制新曲一阕，其曲词皆按百里奚夫人之身份出之，觉得尤为恰合，亦拟俟下期，以供习曲者采用。③

---

① 汕头公益国乐社：《乐剧月刊》，1934年第一卷第八号。
② 余构莽：《饶平文化志》（上），饶平县《文化志》编写小组，1988年，第63、64页；转引自陈志勇《广东汉剧研究》，广州：中山大学出版社，2009年，第209页。
③ 汕头公益国乐社：《乐剧月刊》，1934年第一卷第八号。以下所引文本出处相同。

综合编辑和读者来信中的说法，剧中小曲已有余云阶抄示余拔臣所作【思夫】、"友人方君"所传旧曲【叹堕落】、"予友黄君"新制【叹堕落】等三种版本。值得注意的是，公益社《乐剧月刊》所刊、范思相供稿的《百里奚认妻》剧本，在丫鬟、杜氏唱曲的情节段落中并未记录三支小曲的具体曲辞，而仅记录曲调名称：

四旦全白：老相务（爷）听道。（起八板头唱小曲）
百里奚：家院，发赏他们。
…………
家院白：贫妇人，相爷赏你一个座位。
杜氏白：谢谢相爷。（此处弹琵琶唱小曲一套，曲调以【思夫】为佳。）
…………
杜氏白：相爷听道。（此处唱词一套，名【叹堕落】。另录。唱完接下唱）苦呀。叫声百里奚，骂声百里奚。曾记当初别离时，奴为汝烹伏雌，夫文绣，妻寒饥，今日富贵了，你却忘我为。叫声百里奚，五羊皮，今日与君久别离，你看我惨凄不惨凄。

新加坡余娱儒乐社抄本中也没有提供小曲全文：

（什旦白）遵命，老相爷听道。【小曲】
（老生白）老奴发赏。
…………
（旦白）老相爷听道。【小曲思夫】
（老生白）家院发赏。
…………
（老生白）唱来。
（旦唱）【探地落】

（尾连）叫声百里奚，骂声百里奚。尝记得当初分别是，奴亦尝代夫主，夫要食，子啼饥。叫声百里奚，富贵忘了妻，好不凄怜。

这两种早期外江戏剧本均只记【思夫】【叹堕落】曲牌，可见两支小曲在具体演出中的灵活性。

1962年，《福建戏曲传统剧目选集·闽西汉剧》收录了民国艺人吴传进口述的《百里奚会妻》剧本。晚清以来，闽西、粤东地区的外江戏活动原为一体，戏班、艺人交流频繁，闽西汉剧本《百里奚会妻》可作为外江戏民间艺人班本的代表，与同时期乐社成员修订本形成对照。

以下将闽西汉剧本、汕头公益国乐社《乐剧月刊》所刊"友人方君"之【叹堕落】、余云阶之【卢玉容思夫】进行比较（见表6-12）。

表6-12

闽西汉剧本①	汕头公益国乐社《乐剧月刊》本	饶平余云阶本
【思夫】我和我的情郎，好一似鸳鸯戏水戏水的鸳鸯。为何因几年里与他分离分离两地，从他去后，荏苒光阴不觉十数载有余。哪哎哟，哎哟，待奴家屈指算来，想着奴夫与他似鸳鸯。鸳鸯分离两地。哎哟天啊，哎哟天！既无缘，当初不该与他交结凤鸾。哎哟天哪，哎哟天！既有缘，为什么你在东来抛别奴在西？哎哟人哟，哎哟人！到如今，到如今，奴家愿忍清贫。哎哟冤家，你弃却奴身，好一似，浪打浮萍，线断风筝，飘飘荡荡无有定准。	未录曲文	【卢玉容思夫】我和我的情郎，好一似交颈戏水一对对鸳鸯，又何尝一日里与他分离分离两地，从他们去后哎哟，待奴家屈指算来，想则是与他缘数缘数将尽，呀，天吓，既无缘当初不该与奴交情相好，呀，冤家，既有缘为甚你在东来抛别奴在西，冷落了人，到如今知过必改，是奴家耐守清贫。哎，冤家，你去旧恋新，好一似线断风筝浪打浮萍，飘飘荡荡没个定准。

---

① 福建省龙岩专署文化局、福建省戏曲研究所编：《福建戏曲传统剧目选集·闽西汉剧·第一集》，内部资料，1962年，第21、22页。

续表

闽西汉剧本	汕头公益国乐社《乐剧月刊》本	饶平余云阶本
【叹地落】奴本是良家闺阁女裙钗，流落在天涯。奴姑将琵琶诉愁怀，哪哟哟，诉不尽那恩爱。奴这里花容生得如芙蓉，令人爱。把相思错怀，哎哟，唯有天边的皓月明如镜，照见奴家一派可怜景象。都是前注定，弹到愁怀，弹到愁怀，想亦不开。光阴难哉！总因失志太不该，可怜薄命，泪满腮，泪满腮，滴滴落妆台。回想起，那荣华，人多爱，受凄凉，谁人耐，从今后把青丝削去为尼，罢罢罢把青丝削去为尼，来。	【叹堕落】奴本是良家闺阁女裙钗，流落在天涯。奴故将琵琶诉愁怀，诉不尽那怨哀。奴自怜花容生得一种令人爱。把相思错害，唯有天边的皎月明如镜，照见奴家一派可怜境界。都是前生债唉，弹到愁怀，叹到愁怀，扫亦不得开。光阴难再！总因失志大不该，可怜薄命泪盈腮，泪盈腮，误坠落章台。回想起，那荣华人都爱，受凄凉谁能奈，从今后把青丝削去礼如来，把把把把青丝削去礼如来。	等郎等到日坠西，月照西楼郎不来，月照西楼下，郎不来。风吹梧桐心害怕，抬头只见海棠花，低头儿又见菊花开，盼望情郎你不来，你在何处恋裙钗，抛别奴家好心怀。一阵阵心酸泪满腮，何年揽抱在怀，何年月日揽抱在怀。你不该好心肠变做歹意来，当初只望恩情厚，奴何尝将你轻款待，我的俏乖乖，你去自想猜，非是奴不该，奴为你忙把金钱掉上排，奴亦好心怀，忘恩负义该不该，休提起一日里阻隔有三秋，算将来别后相思知多少，从他去懒看了花开，他去后懒看了月色，一别到如今，却被相思害，骂一声赛王魁心肠忒歹，当初只望恩情好，情儿好，谁知你把奴家轻款待，好不心怀。梦魂里梦见俏乖乖，惊醒奴的南柯，不见郎来，我的天儿吓，盼才郎音信乖，梦魂儿飞在天边外，旦旦哭难开，闷倚栏杆手托香腮，郎不来，相思谁担待，为冤家卜尽了金钱卦，又不知何日里团圆冤家来了重相见，花再重开月再团圆。

经比较，业余乐社与戏班艺人所传【思夫】曲辞相近，而原本【叹堕落】曲辞所表现的是歌女思念情郎、心灰意冷、意欲出家为尼的内容，这和杜氏辛苦寻夫的经历确实不符。余云阶来信指【叹堕落】不符合百里奚妻子的身份，应指其中有"奴本是良家闺阁女裙钗，流落在天涯""总因失志大不该"，以及"从今后把青丝削去礼如来"之句。余氏所改曲辞，则将重点放在女主人公对情郎的思念，对其久别未返的埋怨和对来日团圆的期待。《乐剧月刊》所刊登的各版小曲文本，充分反映出当时潮汕地区业余乐社对外江戏文本创新的积极作用。清末民初活跃于潮梅地区的外江儒乐社往往兼习戏曲和汉乐曲调，乐社成员中不乏精研汉乐的行家里手。《百里奚会妻》中出现的弹唱小曲情节恰好给予乐社成员"逞才"机会。这也是为何汕头公益国乐社所得剧本、新加坡余娱儒乐社抄本在相应段落只标曲牌，不录固定曲文的原因。

《乐剧月刊》编辑者曾提到"黄君"新制【叹堕落】,"其曲词皆按百里奚夫人之身份出之,觉得尤为恰合",然而此曲在后来几期杂志中并未出现。我们认为,这个新版的【叹堕落】,有可能即指当时外江戏著名艺人黄桂珠、黄粦传合作改编的曲辞。全文如下:

【思夫】
忆当年我和他双宿双飞,好比鸳鸯。
今日里只落得形单影只,嗟叹凄凉。
屈指数,流年似水,三十余载漂泊他乡。
想夫君,重义多情,既天赐姻缘,姻缘何快尽。
哎哟天……哎哟……
怨苍天,缘快尽,当初何必相爱相亲。
哎哟天……哎哟天……
似有缘,似无缘,咫尺天涯远,天涯远。
含泪人……人……哎哟天……
到如今,累得我万水千山到处寻。
哎哟,薄情人,你别久变心。
我好比浪打浮萍,线断风筝,飘飘荡荡有谁怜。

【叹沦落】
叹沦落天涯,辜负韶华两鬓摧,飘零无那憔悴。
谁知是双栖巢燕,奈何飞去两分歧,叙前因我真有万斛愁悲。
夫婿轻别离,心被纷华醉,何曾回忆故园梅。
怅星霜屡易,杳无音问,望穿秋水,不见归来。
我不辞劳瘁,万里来寻,伶仃孤苦,只有借琴告哀。
且高歌,更含泪,心碎,弦声摧。
无依漂泊,诉不尽凄凉酸楚,弹也弹不开。
光阴难再,青春荡过,想当年,卿怜夫爱。
莫非是今日官爵厚,忘却了当初贫贱妻。

贫贱妻前路正徘徊,多少怨,此怨诉与谁。

暗地里只自思,天生我,又何为,百事总成灰。

从今愿那萧郎梦醒,重续前缘,莫再上望夫台。①

  这两段曲辞完全从剧中杜氏的身份、经历、心态出发,文本细节和情感内容都与剧情完全贴合。例如,"三十余载漂泊他乡""累得我万水千山到处寻""只有借琴告哀""莫非是今日官爵厚,忘却了当初贫贱妻"等曲文,与百里奚夫妇分别三十年、杜氏一路寻夫、百里奚入秦为相等情节背景完全相符,与剧情发展融为一体。新编曲辞根据杜氏之经历抒写其对丈夫的思念,对目下孤苦无依的悲伤,以及含蓄地表达对丈夫久别未归的哀怨,可以说摆脱了此前各本小曲的窠臼,与人物个性和艺人的场上表演搭配和谐。在曲文形式上,新【思夫】与此前各本小曲类似,均重复使用感叹词,但与粤曲中感叹词出现在句末、段末明显不同,属于汉乐小调的文学特色。

  1957年,梅兰芳先生在《人民日报》发表《赣湘鄂旅行演出手记》一文,其中专门提到他在广州所看到的广东汉剧团演出,当时演员就是黄粦传、黄桂珠。文章主要谈及了两位艺人在"杜氏进府弹唱"这段情节中的唱词、表演,称对这出戏"留下了深刻的印象"。梅兰芳评价【思夫】一曲:

这段唱词朴素而含有古代民歌的意味。黄桂珠同志以清亮圆润的嗓音,婉转凄凉的声调,感动了观众的心。她不用花俏的行腔来吸引观众,而是着重在表达剧中人千里寻夫的哀怨心情。当贫妇弹唱的时候,百里奚始终是拿一本书看着,但我们清楚地看出他在凝神细听,中间曾几次站起来在台的大边很缓慢的走几步,淡淡地看那贫妇一眼,这种表演,都是深刻而耐人寻味的。②

---

① 中国唱片社:《新编大戏考》,上海:上海文艺出版社,1981年,第325页。
② 梅兰芳:《赣湘鄂旅行演出手记》,原载《人民日报》1958年5月19日;《梅兰芳戏剧散论》,北京:中国戏剧出版社,1959年,第151页。

新编【思夫】注重曲文、曲情与剧情的结合，有助于场上演出时戏剧冲突的层层推进，据汉乐名家管石銮所述，新制小曲还在此前【思夫】【叹沦落】曲调的基础上，综合了昆曲【风吹荷叶煞】、汉乐【琵琶词】的特点，形成新的音乐特色。① 由此可见，黄桂珠、黄粦传的新制小曲在文本、音乐两方面充分吸收了此前戏班艺人、业余乐社所积累的艺术经验，把全剧"戏核"打磨得更为圆熟精致。

民国时期业余乐社对戏班演出的影响还有一个重要例子，即杜氏所唱第二曲【叹沦落】的伴奏问题。据《广东汉乐与广东汉剧音乐关系谈》一文记载，1933年外江班著名艺人钟熙懿在汕头公益国乐社清唱《百里奚会妻》中的小曲，乐社成员试以古筝伴唱【叹沦落】，获得极大成功，随后戏班艺人才开始在剧中使用古筝伴奏。② 从梁素珍、李仙花版《百里奚会妻》来看，这一演出特点从20世纪50年代一直延续至今。

综上所述，自清末以来，外江戏《百里奚会妻》所用小曲有多种版本同时流传。它们是早期【琵琶词】，清末以来的【思夫】【叹沦落】，民国初年【卢玉容思夫】，以及20世纪三四十年代新制【思夫】【叹沦落】。这种频繁活跃的改编现象，得益于剧本中嵌套的弹唱小曲情节，这是地方曲艺进入戏曲文本和表演的前提；清末民初潮梅地区的外江戏业余乐社又为剧中小曲的改编提供了积极的支持。可以说，外江戏文本、表演、唱腔特色的形成，离不开本土戏班艺人和本土业余乐社对该戏的不断精修、打磨。

二、古腔粤曲《百里奚会妻》与粤剧、外江戏之关系

在广府地区，《百里奚会妻》不仅是粤剧传统剧目，还是古腔粤曲"八大曲本"之一。"八大曲本"又称"八大名曲"，来源于清中叶以来本地戏班流传的经典唱功戏，并保留了早期官话粤剧的语言和音乐特征。曲目包括《百里奚

---

① 《一代名师：管石銮》编辑委员会：《一代名师：管石銮》，2007年，第251页。
② 木子：《广东汉乐与广东汉剧音乐关系谈》，见杨培柳《广东汉乐研究1—15期合订本》，大埔县文学艺术界联合会、大埔县广东汉乐研究会，2004年，第118页。

会妻》《辨才释妖》《黛玉葬花》《六郎罪子》《弃楚归汉》《鲁智深出家》《附荐何文秀》《雪中贤》等共八本。① "八大曲"起先在八音班中变为曲艺形式，同光年间其演出主体又由八音班过渡到师娘（又称"瞽姬"）群体，成为清末师娘歌唱的主要曲目。清末"八大曲"一度极为流行，但是辛亥革命以至五四运动后，歌伶开始出现，师娘渐告绝迹；同一时期粤剧渐由官腔改用粤语，"八大曲"遂鲜见于歌坛。

这批"八大曲本"的文本特色在于：其一，只有唱词，没有科白，但保留介口锣鼓，即在原剧本中出现科白的部分演奏"道白头"；其二，严格依照传统角色唱腔，即便一人演唱也要求唱出行当；其三，用传统戏台官话演出；其四，每曲均有固定唱腔，曲式追求完整，音色、技巧要求工细；其五，伴奏音乐讲究板面和过门，如剧本中的"中板""八大曲"本可能分解为"散板""板面""过板"等。这些曲调、唱腔由师徒口传心授，变化较少。正因为"八大曲"保留了早期粤剧的剧目、文本、唱腔形态，为我们梳理《百里奚会妻》在清代广府、粤东两地的传播情况提供了必需的文献参照。

1958年，中国音乐家协会广东分会为发掘整理传统戏曲音乐，组织"八大曲"研究小组，由莫尚德根据相关材料，参照老艺人温丽容等唱腔将"八大曲本"词句、曲谱、锣鼓等全部整理录出，于1960年底完成。1962年，《百里奚会妻》单行本出版，此本共分五阕，分别题名为"卖雁寻父""西岐寻夫""秦邦怀旧""夫妻相会""骨肉团圆"。

曲本《百里奚会妻》的实际情节与以文堂本粤剧《百里奚会妻》、外江戏本《孟明视射雁》《百里奚会妻》完全一致。具体而言，第一阕"卖雁寻父"从孟明视打雁入城售卖，唱至他在城中听闻秦相与生父同名，欲回家告知母亲；第二阕"西岐寻夫"从杜氏在家中回忆寻夫经过，唱至孟明视告知其丞相百里奚消息，杜氏决定前往相府一探究竟；第三阕"秦邦怀旧"从百里奚朝罢回府，思念妻儿，唱至家院进言建议百里奚听曲解闷；第四阕"夫妻相会"从杜氏入府应征弹唱，述至百里奚凭借琴曲认出妻子；第五阕"骨肉团圆"从百里奚、

---

① 中国戏剧家协会广东分会等：《百里奚会妻·前言》，1962年，第1页。

杜氏二人畅叙离情，唱至孟明视入府，一家团聚。

与粤剧比较，曲本第一、二、三阕相当于以文堂本上卷剧情，第四、五阕相当于以文堂本下卷剧情；与外江戏比较，曲本第一阕相当于《孟明视射雁》，第二阕至第五阕相当于《百里奚会妻》。

除情节以外，"八大曲"本《百里奚会妻》与以文堂粤剧本、外江戏本在语言上也有明显联系。曲本的主要特点是脱去了说白和相应科介提示，但其唱词与两种剧本区别甚微。仍以上述百里奚回府的段落为例（见表6-13）。

表 6-13

"八大曲"本	以文堂本	外江戏
（公角饰百里奚）朝罢了打道回府第，叫老院搀扶我下车儿。左右两旁且回避。闷坐在书房里愁锁双眉，	（末、丑、环四企洞上）（唱）朝罢打道回府第，老院扶我下车儿。家将与我且回避。（手下白）哦。（下）（末唱）闷坐书房锁双眉。（白）老夫百里奚，当初家贫不遇，只得抛别妻子，往他乡求取功名。来到秦邦，得遇蹇叔……思想起来，好不闷煞人也。	（老生）思娇妻不由我心如刀割，一阵阵闷愁眉坐亦不乐。昨日里出榜文城门挂过……坐床前思妻儿心如冷着。（白）老夫百里奚，当初家贫不过，只得抛别妻儿，落往他乡取功名，来到秦邦，偶遇蹇叔……思想起来，好不愁闷人也。
想当初百里奚都只为家贫不遇，名不成利不就我时运不济。欲远游却念着我的妻儿无倚。好一个贤德女杜氏娇妻……思想起好教人泪下沾衣。	（慢板）想当初我百里奚家贫不遇，名不成谋不就好比夹万失匙。欲远游却念着我妻儿无倚。好一个贤内助杜氏娇妻……思想起不由人珠泪伤悲。（手下白）启上老爷，早膳齐备了。（末白）摆上来。（手下白）哦，摆来。（末白）哎罢了。	（唱）想当初百里奚家贫不遇，名不成利不就时运不济，要远游却念着妻儿不已。思想起好一个杜氏贤妻……（白）夫人，我的妻吓。（唱）思想起不由我珠泪悲啼。（科）启禀相爷，早膳便了。（老生白）呈上来。
思贤妻和幼子难以下箸，纵有海错山珍食不甘旨。叫厨人你与爷且收下去……	（唱）思贤妻和幼子我难以下箸，纵食那山珍海味也不知，叫厨人你与我忙收下去……	（小科）思贤妻和娇儿我就难以吞食，纵有那海味山珍食不得甘味。叫老奴尔与我且收下去……

我们发现，"八大曲"本第三阕开头出现了粤剧本"百里奚朝罢打道回府"的情节段落，此情节不见于外江戏，为广府戏曲曲艺文本特有。外江戏《百里奚会妻》本来可以单独演出，因此剧本开篇交代故事背景，也与广府地区流传的两种文本不同。"八大曲"本和早期粤剧本均无正面表现孟明视射雁的唱词，

同为粤曲与粤剧在文本层面更加接近的证据。

再以剧中杜氏所唱小调为例,比较粤曲、粤剧、外江戏艺人对这段特殊情节的处理方式。除以文堂版本,20 世纪 50 年代出版的《粤剧传统剧目汇编》第八册收录了另一个《百里奚会妻》的传统剧本。此本根据粤西地区保留的剧本整理,"但也吸收了广州方面艺人演唱的名曲'剪剪花'的曲词"。粤西本中的"剪剪花"即以文堂本【鲜花调】(见表 6-14)。

表 6-14

粤剧一(粤西本)	粤剧二(以文堂本)	"八大曲"本	外江戏
【剪剪花】叫一声百里奚,叫一声百里奚,曾记当初夫妻分别时,君要去,无银子。典当破衣助路费。	【鲜花调】叫声百里奚,五羊皮,忆别时,烹伏雌、炊扅㸑,今日富贵忘我为。哎哟,哎哟,哎哟。	【仙花调】叫一声百里奚,叫一声百里奚,曾记当初夫妻分别时,奴也曾烹伏雌,舂荠米、炊扅㸑,今日里富贵了你于今朝忘却我为?	【思夫】我和我的情郎,好一似鸳鸯戏水戏水的鸳鸯。为何因几年里与他分离分离两地,从他去后,荏苒光阴不觉十数载有余……哎哟冤家,你弃却奴身,好一似,浪打浮萍,线断风筝,飘飘荡荡无有定准。
叫一声百里奚。(双句)曾记得当初父子分别时,煲麦饭、烹伏雌,与君饯别叮咛语。又听得秦君赎你五羊皮,官封你左庶长,你就升高位。百里奚,你就升高位。叫一句,百里奚,赎你五羊皮,你今身荣贵了,夫荣极,留下妻寒饥。	(接板)叫声百里奚,初娶我时五羊皮,临当相别时呀,呀,呀,烹牝鸡,今适富贵忘我为,哎哟,哎哟。(再接板)叫声百里奚,百里奚,母已死,葬南溪。坟已瓦,覆以柴,舂黄藜,搤伏鸡,西人秦,五羖皮,今日富贵捐我为。哎哟,哎哟。(白)哎,苦呀。	(送情郎)叫一声百里奚,五羊皮,哎哟,父粱肉来子啼饥,哎哟,富贵忘我为。哎哋呀,哎哟,哎哟,富贵忘我为。叫一声百里奚,五羊皮,哎哟,夫文绣来妻浣衣,哎哟,富贵忘我为。哎哋呀,哎哟,哎哟,富贵忘我为。(红绣鞋)叫一声百里奚呀,哎哟,呀,哎哟。赎你的五羊皮呀,哎哟,昔日君行而我啼呀哟呀哟,今日君在而我离,忘我为呀,哎哟。	【叹沦落】奴本是,良家闺阁女裙钗,流落在天涯。奴故将琵琶诉愁怀,哪哟哟,诉不尽那恩爱……从今后把青丝削去为尼,罢罢罢把青丝削去为尼,来。(对板)叫声百里奚,骂声百里奚,曾记当初别离时?奴为汝烹伏雌,夫文绣,妻寒饥,今日富贵了,你却忘我为。叫百里奚,五羊皮,今日与君久别离,你看我惨凄不惨凄。

潮梅外江戏剧本连续使用【思夫】【叹沦落】两支小曲,最后才接唱"扅

廖歌"（叫声百里奚），这和两种粤剧本、"八大曲"本《百里奚会妻》形成鲜明差异。（不过，值得注意的是，"八大曲"本和外江戏中杜氏所唱"炭廖歌"曲辞皆与《东周列国志》所引接近，这有可能说明"八大曲"本的前身剧本亦使用了这版曲辞，详见后。）

以文堂本【鲜花调】主要袭用《乐府诗集》琴歌三首。粤西本【剪剪花】曲辞则改动较多，不拘泥于传统文献中的"炭廖歌"，而是根据情节加入对百里奚发迹的感叹："又听得秦君赎你五羊皮，官封你左庶长，你就升高位。百里奚，你就升高位。"呈现班本曲辞的特色。

同为早期粤剧本，以文堂本与粤西本还有一处明显差异，即小曲中语气词的使用。根据剧本记录，前者多次在曲辞中穿插语气词"哎哟"，而后者未见，说明这应非班本的普遍特征。我们认为，这与广府地区流传的粤剧受到曲艺形式的"反哺"有关。

清屈大均在《广东新语》中提到了粤曲歌唱的形式特点："其歌也，辞不必全雅，平仄不必全叶，以俚言土音衬贴之。唱一句或延半刻，曼节长声，自回自复，不肯一往而尽。"①招子庸所整理的《粤讴》中也处处可见感叹词"唉""罢咯""呀"的使用，通常出现在句末与篇末表示曲子的停顿、终结。"八大曲"本《百里奚会妻》充分体现了粤曲的这一语言特点，在"炭廖歌"每一阕的尾句，即"叫声百里奚"之前一句，都使用了"哎哟""哎吔哟""呀哟"等感叹词。②

这种语言特点，目前仅见于粤曲本和广州以文堂刊刻的粤剧本，而在粤西粤剧、潮梅外江戏和闽西汉剧本中未不见。这说明，"八大曲"本虽然脱胎于早期粤剧本，但是当该文本演化为粤曲形式后，受曲艺传统影响在文本中加入了大量感叹词。由于粤曲、粤剧在当时广府地区同时流行，粤曲《百里奚会妻》的演唱和文本特点又影响了粤剧，提供了一个"粤曲来源于粤剧而又反哺粤剧艺术"的具体个案。

---

① （清）屈大均著，李育中等注：《广东新语注》"粤歌"条，广州：广东高等教育出版社，1993年，第318页。

② 中国戏剧家协会广东分会等：《百里奚会妻》，1962年。

通过以上对粤曲本、粤剧本和外江戏本的比较，可以得出三点结论：第一，粤曲本、广府粤剧本、粤西粤剧本和外江戏本在情节、语言上有相当高的一致性，说明这些文本同出一源，存在一个相对稳定的"祖本"；第二，"八大曲"本《百里奚会妻》从粤剧班本演化而来的痕迹十分明显，说明从戏曲演出转化为曲艺演出的过程中，该文本在情节、语言层面上发生的变化并不剧烈；第三，粤曲本与以文堂本的一致性说明粤剧与外江戏剧本的文本差异很可能是在粤曲本诞生之前的早期剧本中就已经存在的。

除了文本之外，声腔形态同样是判断粤剧、外江戏、粤曲之间关系的重要标准。那么，在戏曲音乐方面，三者关系有何特点？粤西粤剧本、广府以文堂本与"八大曲"本在唱腔安排上是否完全相同？外江戏是否与闽西汉剧唱腔完全一致？为了回答这三个问题，首先列出闽西汉剧、外江戏本、"八大曲"本、以文堂本、粤西粤剧等五个文本中具体的唱腔使用情况（见表6-15）。

表 6-15

闽西汉剧	外江戏本	"八大曲"本	以文堂本	粤西粤剧
	倒板	（散板）、首板	扫板	梆子霸腔首板
	二流	快中板	滚板	大滚花锣鼓
	头板	慢板	慢板	梆子霸腔慢板
	(*二流)	中板（过板、撞点）	转中板	转中板
	二流	（散板）、滚花煞板（滚花五才、滚花板面、出场花）	快板	（水波浪）、滚花
	(*二流)	*梆子中板（中板五才）、慢板（过板）	慢板	（慢大撞点）梆子中板
	二流	中板（过板、撞点）	转中板	转中板
	二流	滚花（出场花、滚花五才）、（散板）	滚花、快板	（水波浪）、滚花
	二流	中板（过板、撞点）、步步娇、散板、滚花煞板（出场花）	中板	（慢大撞点）、梆子中板、梆子慢板、转梆子中板、滚花锣鼓、梆子中板、步步娇、中板
西皮倒板、西皮二流	西皮倒板、二流	二黄二流（道白头）		（慢大撞点）二流
二黄慢板	二凡头板	慢板（过板）	慢板	二黄慢板

续表

闽西汉剧	外江戏本	"八大曲"本	以文堂本	粤西粤剧
二黄慢板	二板、弦诗随板	二流、中板三才、（散板、道白头）		二流（续唱）、二黄滚花
二黄三板	小曲三板	二黄二流、中板三才、（散板、道白头）		快滚花锣鼓、滚花
【思夫】	小曲【思夫】、弦诗			
【叹沦落】、对板	【叹沦落】	小调（小调头、八板头）、【仙花调】、【送情郎】、【红绣鞋】（过板）	【鲜花调】	（八板头）、【剪剪花】
三板	三板	二流、散板	（扫板）	滚花
二黄倒板	南路倒板	二黄首板	西皮起板	二黄滚花、西皮
二黄慢板	头板	西皮尺字板、二流		（续唱）、拉腔、二黄滚花
二黄三板	三板			滚花锣鼓（续唱）
哭板	滚板	散板（道白头）	二流	（接唱）
三板	三板（吹鼓）	梆子叹板	邦子叹板	二黄滚花
		中板（撞点、过板、中板五才、中板三才、中板四才）	（*中板）	二流
	西皮二流	一锭金、中板（撞点）、首板、慢板		（*梆子滚花）、梆子中板
		中板（撞点、过板、中板四才）	转中板	
	二流	中板（三才、散板）、滚花（出场花、滚花五才）		

表中各行代表同一唱段在不同文本中的唱腔标注情况，各列由上至下的分栏代表该文本分出、分阕的基本情况：闽西汉剧无"孟明视射雁"和"孟明视入府团圆"情节，故表格中相应位置留空；外江戏第一栏为《孟明视射雁》，第二栏为《百里奚会妻》，两本剧情如前所述；"八大曲"本第一栏为第一阕"卖雁寻父"，第二、三、四、五栏分别为"西岐寻夫""秦邦怀旧""夫妻相会""骨肉团圆"，各阕剧情如前文所述；以文堂本第一、二栏即上、下卷，剧情如前文所述；粤西本分三场，原剧本未标各场次名称。对应的第一栏演孟明视射雁、

回窑；第二栏演杜氏、孟明视在窑中对话；第三栏从百里奚回府演至一家团圆。

通过唱腔对比可以发现如下五个问题。

其一，外江戏《孟明视射雁》部分的唱腔与以文堂本相比变化极少，仅用了"西皮倒板"和"西皮二流"两种声腔板式，并且以"二流"连续接唱完场。反观以文堂本，孟明视上场后的唱腔相继使用了扫板、滚板、慢板、中板、快板等五种板式，其中扫板、滚板表现他打雁归来的活泼、轻快的心情，也符合剧中少年郎的性格特点；提及与母亲一路寻父的经过，则转为慢板，情绪明显放低；进城后孟明视被秦国富庶整洁的面貌吸引，唱段又转为中板；听说城中丞相姓名百里奚，乃虞国人氏，正与生父相符，于是又唱快板"据他讲来心欢喜，看来吾亲定无疑"表达心中喜悦；杜氏上场后追忆前事，用慢板、中板，孟明视带着好消息再次上场，则唱滚花、快板，将好消息告诉母亲时又转为节奏适中、叙事更加清晰的中板。

明显可以看出，粤剧本根据人物、情境和唱词内容的不同进行了细致的唱腔设计，而外江戏此段声腔则显得平铺直叙，较为质朴。不过，值得注意的是，外江戏《百里奚会妻》一剧本不含孟明视射雁、回窑见母的情节，余娱儒乐社抄本《孟明视射雁》是附在《百里奚会妻》剧本后以小字抄写的。因此存在两种可能，一是清末民初时外江戏班已很少连演射雁、回窑情节，因此流传的版本在唱腔上也较为简单；二是由于此段少演，相关剧本可能未注唱腔，"西皮倒板""二流"是乐社成员根据一般唱腔定例重新添入的。从这个角度来看，以文堂本在前半段人物唱腔设计方面的细致、妥帖，一定程度上说明当时粤剧本演出一向情节完足。

其二，"八大曲"本声腔音乐的细腻程度超过粤剧、外江戏等剧本。例如，杜氏听说秦国丞相之事，笑逐颜开，决定亲身前往证实，外江戏用二流，以文堂本用中板，"八大曲"本在标注"中板"的同时还详细记录了"中板板面""过板""撞点"等音乐信息；不仅如此，紧接着杜氏与孟明视话别，二人先后下场，这一段外江戏和以文堂本均未给予声腔板式提示，而"八大曲"本则一一标注"步步娇""散板""滚花煞板""出场花"等演奏细节，充分显示了曲本对音乐形式、内容的关注。值得注意的是，粤西粤剧本亦比较详细地记录了此段唱腔情况，这说明粤西粤剧本可能在一定程度上保留了早期粤剧的腔调特色。

其三，剧中杜氏所唱小曲，"八大曲"本为【仙花调】【送情郎】【红绣鞋】；而以文堂本粤剧为【鲜花调】一种；粤西粤剧为【剪剪花】，亦即【鲜花调】；外江戏本与闽西汉剧均为【思夫】【叹沦落】。由此可见，剧中所用小曲的不同形成了广府、粤东两地曲本、剧本的差异。

此前粤曲、粤剧研究者都曾对该本中的小曲予以特别关注，一般认为这是粤曲唱腔中最早出现小调的例子。例如，黎田以《百里奚会妻》曲本中的三支小曲为据，指出粤剧吸取使用小曲最早在清末民初。[1] 程美宝在《近代地方文化的跨地域性》一文则提到五桂堂本《百里奚会妻》中仅用【鲜花调】，并无【送情郎】【红绣鞋】两支。[2] 按：五桂堂本《百里奚会妻》的全名应为《百里奚会妻龙舟歌》，分上、中、下三卷，见于谭正璧《木鱼歌　潮州歌叙录》。也就是说，当时龙舟歌中使用的小调与粤剧本相同，而与同为曲艺形式的"八大曲"本不同，这说明"八大曲"本后两支小曲，可能是师娘群体或八音班后来加工、改编而添入的。

其四，外江戏与闽西汉剧在历史源流上关系密切，两地戏班、艺人亦多有往来，不过两地所演《百里奚会妻》在情节、声腔音乐方面仍存在不同程度的差异：在情节上，闽西汉剧无孟明视射雁、丫鬟唱曲和全家团圆的情节，仅演至百里奚与杜氏相认为止，与外江戏差异较大；在声腔上，两种剧本的唱腔设置差异则不明显，但存在术语命名的不同，如闽西汉剧中的"二黄慢板"在外江戏则为"二黄首板"；等等。因此，尽管闽西汉剧与外江戏有实在的历史渊源，但是两地戏班、艺人对同一剧目的理解和诠释方式可能存在区别。

其五，粤剧本与外江戏本在杜氏自述身世的一段唱词中使用了不同的唱腔，而此处声腔差异反映了"八大曲"本与粤剧、外江戏的特殊关系。先看粤东、闽西地区的外江戏剧本情况，剧中百里奚请杜氏自述身世，杜氏以"南路倒板"（闽西注"二黄倒板"）唱上句"含着悲在相府肝肠裂断"，又转南路"头

---

[1] 参见黎田《正本清源：还粤乐本来面目——对粤乐三个问题的剖析》，见《黎田集》，广州：花城出版社，2013年，第240页。

[2] 参见程美宝《近代地方文化的跨地域性——20世纪二三十年代粤剧、粤乐和粤曲在上海》，载《近代史研究》，2007年第2期。

板"（闽西注"二黄慢板"）唱下句"思想起不由人珠泪悲啼"。其后外江戏依次以二黄头板、三板、滚板等表现二人相认过程，直到百里奚自愧连累妻儿，杜氏转用"西皮二流"道："说什么连累了妾身两字……"。

那么以上这段情节在广府、粤西地区的粤剧本和粤曲本中是如何通过唱腔表现的呢？我们注意到，与外江戏差异最大的是以文堂本粤剧，此本中杜氏自述身世乃用"西皮起板"开始，接下来一直唱西皮声腔，这与外江戏相应段落使用二黄腔恰恰相反。但是，"八大曲"本和粤西剧本似乎是介于外江戏本和以文堂本粤剧之间的版本，二者分别以"二黄首板""二黄滚花"起首，这与外江本戏接近——但接下来又转为西皮腔，则与以文堂本类似。据此推断，"八大曲"本、粤西粤剧本此处有可能保留了早期粤剧本的一段"二黄头"。这说明在"八大曲"本以前的广府粤剧剧本，有可能已经将第二句以下换用西皮声腔了。以文堂本则是清末经过艺人进一步改编的本子。

通过以上文本比较可知，粤省境内的皮黄本《百里奚会妻》同出一源，"八大曲"本、粤西本与外江戏剧本在声腔安排上的相似之处证明了粤东外江戏本与"八大曲"本的前身剧本存在密切联系。于是，关于清代《百里奚会妻》在广府和粤东、粤西地区的传播情况就存在三种可能。第一，相同剧本（杜氏此段全唱二黄或二黄头连西皮）从不同途径分别流入广府、粤西、粤东，早期广府、粤西地区剧本将此段改为二黄头连西皮，广府地区的"八大曲"本和粤西剧本较多地保留了这一时期的唱腔特色，然而此后广府戏班艺人进一步将杜氏此段全部改为唱西皮；粤东地区的剧本则一直维持相对稳定，或维持唱腔原貌，或将西皮改为二黄，总之最后此段全唱二黄。第二，该剧目先出现在广府和粤西地区，此段唱二黄头连西皮，后来传到粤东后改为全唱二黄；其后广府本地的剧本发生变化，此段改为全唱西皮，而粤东（此段全唱二黄）、粤西（二黄头连西皮）地区的剧本唱腔则相对稳定。第三，该剧目先出现在粤东地区，全唱二黄，传到广府、粤西地区以后后半段改为西皮；这种粤剧剧本衍化为粤曲形式，故曲本保留了二黄头连西皮的唱腔特征，然粤剧艺人在演出过程中根据演出效果对声腔进行了重新设计，于是出现了全唱西皮的现象。

第一种和第三种情况的差异主要在于广府、粤西的剧本是否由粤东流入。

结合上文对"丫鬟唱曲"情节和杜氏"琵琶词"内容的分析，我们认为第三种情况也是极有可能的。

综上所述，"八大曲"本《百里奚会妻》在形式上分为五阕套曲，无科白提示，但录有详尽的唱腔、伴奏信息，在音乐上比一般皮黄剧本更加丰富细腻；曲本在情节上与以文堂粤剧本完全一致，但结合声腔使用情况来看则应该脱胎于以文堂本之前的早期粤剧本。这种粤剧本与粤东、粤西地区的皮黄本有着密切联系。曲本中杜氏所唱小曲在剧本【鲜花调】的基础上丰富为【仙花调】【送情郎】【红绣鞋】三支，是本地粤曲艺人对戏曲音乐的加工。曲本的唱词大部分与剧本相同，然而曲本中杜氏所唱小曲加入大量感叹词，明显受到传统粤曲表演的影响，这一文本特征同样影响了广府地区的粤剧本，而粤西、粤东地区的剧本则无此特点。从《百里奚会妻》这个个案文本来看，清末广府地区粤曲、粤剧艺术存在积极活跃的互动交流活动，这两种艺术体裁的双向借鉴，尤其是粤曲对于粤剧文本的反哺作用，最终促成了粤剧《百里奚会妻》区别于其他粤调皮黄文本的地域特点。

清代广府、粤东地区流行的《百里奚会妻》剧目均与当地曲艺形式产生了密切的交流，这种互动交流的成果，既包括曲本对剧本的全部移植，也包括地方曲艺形式对剧中所用小曲产生的重要影响。外江戏中的小曲据称早期用【琵琶词】，后来改为【思夫】【叹沦落】，或有用【红粉莲】者。20世纪30年代的外江儒乐社曾另撰为四段【卢玉容思夫】，然其对戏班表演的影响似乎有限。50年代后，广东汉剧团所演版本则综合了昆曲【风吹荷叶煞】和此前的【琵琶词】【思夫】【叹沦落】等数曲，并一直延续至今。外江戏所用小曲的频繁改编，体现了地方戏班、曲艺社团对戏曲文本改编的积极影响。

古腔粤曲"八大曲"中的《百里奚会妻》直接承自清代粤剧班本，除不录科白、分出情况不同以外，文本与剧本差异不大。但是，曲本与剧本有三点区别值得注意。第一，粤乐艺人将剧本中杜氏所唱之【鲜花调】加工为【鲜花调】【送情郎】【红绣鞋】三支小曲，体现了粤曲艺术对戏曲音乐的进一步丰富。第二，粤曲本中部分声腔设计与潮梅外江戏接近，这很可能说明粤曲本保留的腔调比清末粤剧本更为悠久。第三，粤曲本中杜氏所唱"炭廖歌"曲辞与潮梅外江戏更接近,为清代粤剧《百里奚会妻》传自粤东地区提供了一则证据。此外,粤曲特有的感叹词对广府粤剧文本产生了明显影响,反映了粤曲艺术对粤剧文本的反哺作用。

早期潮剧、粤剧、潮梅外江戏所用小曲之不同,表面上是戏班、乐社对同一文本的诠释差异,实际上也是地方曲艺形式和剧本音乐结构之间双向互动的结果。戏曲剧本中嵌套的唱曲情节,为地方曲艺进入戏曲文本创造了特殊的条件。《百里奚会妻》之所以成为粤调皮黄的特色剧目,而少见于省外戏班演出,正离不开广东本土曲艺形式、曲艺社团对该戏曲文本积极的"吸收—反哺"过程。

第七章

外江戏与粤调皮黄的形成与演变

第七章　外江戏与粤调皮黄的形成与演变

作为广东省三大地方戏曲剧种的粤剧、潮剧和广东汉剧，分别代表广府、潮汕、客家三大族群及其所在地域的戏曲文化，这是地方剧种研究和相关戏曲史志中的通行观点。

以《中国戏曲志·广东卷》为例，书中对粤剧、潮剧、广东汉剧的相关介绍，都着重强调剧种流播与广东三大族群分布的关系。书中称粤剧"流行于广东、广西和香港、澳门等粤语地区及上海、台湾等地操粤语人士聚居之处；东南亚、美洲、大洋洲等粤籍华侨、华人聚居的地方，也有粤剧戏班演出"[1]；潮剧"流布于广东东部、福建南部、台湾、香港以及东南亚各国讲潮州话的华侨、华人聚居地地区"[2]；广东汉剧"流播于粤东、粤北和闽西、闽南、赣南等地区，台湾以及东南亚客籍华侨聚居地也有它的足印"[3]。可以说，在近代广东戏曲史书写中，建立地方剧种与本地族群的密切联系是一大特色。然而，将粤剧、潮剧、广东汉剧与广东三大族群的方言特点、地域分布和文化渊源分别联系起来，未必能够反映20世纪30年代以前戏曲史的实际情况。

首先来看广府粤剧的情况。20世纪20年代至30年代，粤剧基本完成了从语言语音、音乐唱腔到剧目剧本和舞台表演的重要变革。在此期间，粤剧语音由原本的戏棚官话过渡为羊城本土白话，舞台唱腔由原本的假声转变为真声，声腔音乐形式得到极大丰富。现代粤剧的发声方式、语音特点和音乐形式至此方初步定型。也就是说，今人可听可感、活态传承的粤剧唱念，历史应该由此算起。不仅如此，这一时期粤剧市场出现了服务于各大戏班、知

---

[1] 中国戏曲志编辑委员会、《中国戏曲志·广东卷》编辑委员会：《中国戏曲志·广东卷》，北京：中国ISBN中心，1993年，第71页。
[2] 中国戏曲志编辑委员会、《中国戏曲志·广东卷》编辑委员会：《中国戏曲志·广东卷》，北京：中国ISBN中心，1993年，第79页。
[3] 中国戏曲志编辑委员会、《中国戏曲志·广东卷》编辑委员会：《中国戏曲志·广东卷》，北京：中国ISBN中心，1993年，第84页。

名艺人的专职编剧。新兴作家不但善于更新旧本，而且积极为粤剧老倌定制新腔，一洗传统剧目陈陈相因的面貌，涌现出一批迥异于曩时皮黄旧本的作品。与此同时，粤剧的舞台表演艺术也日新月异。小武、小生逐渐并入文武生一行，原本的行当特色逐渐消弭；一些边缘行当如二花面、公脚等特色却日渐湮没；以南派武功见长的武戏让位于更受城镇市场欢迎的文戏；舞台背景与头面服饰踵事增华，大大超越早期乡土戏班的简陋粗鄙。关于这段粤剧史上的重要变革历程，著名演员、粤剧老倌白驹荣曾在50年代末撰写《四十年来粤剧表演艺术的变化》一文予以探讨总结，足证粤剧艺术形态在20世纪前半叶经历过的形态巨变。①

　　20世纪30年代，粤东潮汕、客家地区的戏曲生态也发生了重要变化。在潮汕地区，自晚清以来风行的外江戏（广东汉剧前身）原以其典雅大方的艺术风格吸引了大批社会上层观众。由潮汕、客家士绅组成的汕头公益国乐社在1933年至1934年连续整理出版《乐剧月刊》十二期，见证外江戏在潮汕地区的最后辉煌。随着1939年潮汕地区沦陷，本地业余乐社活动停滞，大部分外江戏班、艺人转移到兴梅地区，潮汕的外江戏活动自此衰息。抗战结束后，本土潮音戏凭借方音入耳、组织简易的优势全面复苏，填补了外江戏退场留下的空隙。从此潮剧占据了本地剧坛的主流。同在1933年，钱热储撰写出版《汉剧提纲》。此书提出潮梅地区流行的外江戏乃汉剧南传之"元音"。外江戏的艺术形态特点首次得到整理归纳并被正式命名为"汉剧"，对50年代"广东汉剧"的定名及后来的剧种史研究产生了深刻影响。

　　综上所述，以20世纪30年代为界限，粤剧、潮剧和广东汉剧的历史发展呈现出明显的前后差异。目前所见的广东三大地方剧种之形态、定义，准确来说对应的是20世纪30年代以后的地方戏曲实践。在此之前广府、潮汕、客家地区的戏曲生态有何联系？早期粤剧、广东汉剧、潮剧的历史形态有何特点？50年代确立的地方剧种概念对于此前广东地方戏曲的早期历史阶段是否适用？这些问题关系到我们如何看待潮梅外江戏与广东汉剧、外江戏与粤剧、

---

① 白驹荣：《四十年来粤剧表演艺术的变化》，见中国戏曲研究院《演员经验谈》（第四辑），上海：上海文化出版社，1959年，第40页。

外江戏与近代广东剧坛整体关系，也直接影响我们对新加坡所藏外江戏剧本的定位和理解。

第一节 "粤调皮黄"的提出

声腔、戏班与剧种是广东地方剧种史书写的三个阶段性的关键概念。以粤剧发展史为例，明代弋阳腔南戏一向被视为早期广府地区戏曲形态的代表。延至清代粤剧的发展，则以外江班和本地班的竞争为主线，并以外江班的本土化作为粤剧地方特色形成的历史标志。随着20世纪50年代"戏改"工作的完成，原本两广地区流行的"大戏""广东戏""粤戏"则按照广东、广西的省境范围划分为粤剧与桂剧、邕剧等"剧种"。与此相似，在潮剧、广东汉剧史的书写中，分别存在"南戏声腔—潮音班—潮剧""楚调/乱弹—外江班—（广东）汉剧"两条从声腔到戏班、剧种的叙述模式。可见，在明清戏曲史上，戏曲声腔、戏班性质和行政区划三者先后成为划分广东地区戏曲种类的主要标准。

戏曲种类划分标准的变迁，与各个时期代表性戏曲文献的自身特点有一定关系。明清文人对地方戏曲的记载描述相对零散，今人想象、重构戏曲历史时不得不受到历史文献本身的局限。例如，将南戏诸腔作为早期广东戏曲的主要存在形式，本身是建立在声腔本位文献之上的戏曲史认识。又如，清代广州外江戏梨园会馆碑记为广府戏班的活动提供了佐证，相比之下各戏班所唱声腔、所演剧目的记载却模糊不清，由是广府地区的戏班活动成为清代粤剧史的主要研究视角、研究对象。可以说，广东戏曲史上的声腔论阶段和戏班论阶段都和一定时期历史材料的认识角度有关。

20世纪50年代以来，以行政区划作为重要划分依据的"地方声腔剧种"概念逐渐定型。在这一认识框架下，"粤剧史""潮剧史""广东汉剧史"的叙述实际是早期声腔论、戏班论与地方剧种的整合体。其间，却留有一些无法被清晰指称的含混阶段。为解决这种声腔、语言、戏班与剧种之间的矛盾，有学者进一步将粤剧史上的本地班概念划分为"早期""中期"和"后期"：

> 本书所称的"本地班"，是泛指由本地人组织或广泛参与的戏曲班社，其含义在历史上并不固定。早期本地班，一般是指本地所有的戏剧演出活动，除非已确认为是昆腔、海盐腔等外来声腔，否则一概默认为是本地班。也就是说，这一时期的本地班，是泛指由本地人组织或以本地人为主组织的、在本地演出的戏班，而不管他们所演唱的是何声腔剧种，因为那时尚无法但从声腔上将本地班与外江班区别开来。中期本地班，是指清雍正、乾隆年间，活动于广府地区的以一唱众和、蛮音杂陈为特征的"广腔"班。至于后期本地班，则专指演唱梆簧声腔的皮黄班。从本地班的发展历史来看，早期本地班是从活动主体和活动地域来划分的，后期本地班才是从演唱声腔来划分的。①

换言之，清代外江班时代的结束、本地班时代的全面开启，虽然意味着演剧主体由外省艺人变为本地艺人，但是此时本地班所演、所唱之戏仍然保留着大部分戏棚官话的语音特色和外江皮黄的声腔特点，而在剧种史中却缺少一个合适概念对此予以描述。

如果将粤剧史与广东汉剧史的叙述模式进行比较，可以发现一个有趣的现象：广东粤剧和广东汉剧的生成与发展，都与清中叶以来入粤的外省戏班有密不可分的联系。这些外省戏班都曾被称为"外江班"，所演之戏都曾被称为"外江戏"。活跃于广府、潮梅两地的外江班，先后在清道咸时期和同光时期开启了本地化的过程，并分别形成早期粤剧、广东汉剧的重要班底，而根据欧阳予倩等人的研究，早期粤剧与广东汉剧的历史形态均体现出外省皮黄戏曲的深刻影响，粤剧梆簧与广东汉剧南北路都是清代皮黄声腔戏曲的支流。

尽管早期粤剧和广东汉剧在戏班历史与声腔形态上有诸多相似，但在20

---

① 黄伟：《广府戏班史》，北京：中国社会科学出版社，2012年，第7页。

世纪 50 年代以来的"地方剧种"认识框架下,两个剧种的发展畛域分明、各自独立。其中的主要问题有以下两点:

第一,在剧种史书写中,对戏曲本体艺术特征有决定性影响的声腔、语言等要素仅作为剧种概念的从属部分。

例如,在剧种论的认识框架下,以假嗓为主、演出"十八本"老戏的"粤剧",与唱腔、语言改革之后演出新编剧目的"粤剧"都是粤剧发展史的一部分。于是出现"早期粤剧""清末粤剧""古腔粤剧"等折中概念,对"粤剧"内涵的实际变迁进行分期和界定,而这些概念本身往往缺乏明确定义与清晰共识。也就是说,在"早期粤剧"与"现代粤剧"的实际形态之间虽然存在明显的分野,但在戏曲研究中长期缺乏一个声腔本位的概念对此进行合理标识和强调。

第二,在地方剧种概念影响下,岭南戏曲的源流演变似乎等同于各剧种史的合集。

事实上,"地方剧种"不仅是 20 世纪 50 年代以来由文化部门推广、执行的剧种分类方式,其影响已经渗透到戏曲实践戏曲研究的方方面面。但是,从本质上说,地方剧种论是以行政区划为基础对地方戏曲进行分类的思路和做法。在地方剧种论的主导下,即便两个剧种之间存在共同的声腔、文本以至表演特色,甚至两地艺人毗邻而居、交流不辍,只因分属不同的行政区域,就很有可能被划为不同"剧种"。分属广府、潮梅两地的粤剧和广东汉剧更不例外。晚清时期广府和潮梅地区流行的皮黄戏曲虽然均与湖南戏班有密切联系,在剧目、唱腔、语音、表演等方面相似之处颇多,然而在粤剧史和广东汉剧史的视角下却少将两地戏曲进行直接的比较。

在这种思维定式下,同处广东省境内、同属皮黄声腔剧种、同演《天官赐福》等例戏,同样受到近代湖南戏班影响的早期粤剧与广东汉剧,却是从来都需要分别讨论的两个剧种,何光发生在 20 世纪前期的粤剧艺术变革进一步扩大了两地戏曲形态的现实差异。但是,如果因此而忽略或否定清代广东戏曲史上粤剧与广东汉剧、广府外江班与潮梅外江班之间的联系,对于观照"地方剧种"概念确立以前的广东戏曲史也许不够客观。

因此,我们根据清代广东剧坛的实际和广东地方剧种的历史形态,综合晚清民国时期戏曲批评的话语特点提出"粤调皮黄"概念。在本书讨论范围内粤调皮黄指的是清中叶以来由外省戏班传入广东各地、以本地化的皮黄声腔为特征的戏曲种类。广州府是粤调皮黄的早期大本营，它与后来崛起的潮州、嘉应府构成了粤调皮黄两大活动中心。早期各地粤调皮黄之间的差异较小，其具体区别多是由传入戏班本身的风格差异决定的。然而，随着广府、潮梅两地地方戏曲文化的发展，两地粤调皮黄在文本、音乐、表演、舞台等方面逐渐呈现出各自特色，由此形成了清末民初粤调皮黄的两大流派，前者即清末广州地区使用戏棚官话的"早期粤剧"，后者即潮梅地区流行的"外江戏"。

　　以下从粤调皮黄的生成过程角度，重新梳理清代广东戏曲史上的两个"外江戏"现象。

第二节　从皮黄入粤看两种"外江戏"现象

在清代广东戏曲史上曾经出现过两个"外江戏",其一出现在清中叶至晚清时期的广府地区,其二兴盛于晚清潮梅地区,二者都留下了清代戏班行会的文物遗存。广州外江梨园会馆由江西人钟先廷倡建于乾隆二十四年(1759),最初目的是使"四方流寓者,岁时伏腊得聚于斯堂"①,实际上同时担负外省梨园行会的机构职能。②广州外江梨园会馆系列碑记共计十二通,包括乾隆二十七年(1762)《建造会馆碑记》、乾隆三十一年(1766)《各班助银碑记》、乾隆四十五年(1780)《外江梨园会馆碑记》《重修梨园会馆碑记》、乾隆五十六年(1791)《梨园会馆上会碑记》、嘉庆五年(1800)《重修圣帝金身碑》、嘉庆十年(1805)《重修会馆碑记》《重修会馆各殿碑记》、嘉庆十六年(1811)《重修大士殿碑记》、道光三年(1823)《财神会碑记》、道光十七年(1837)《重起长庚会碑记》、光绪十二年(1886)《重修梨园会馆碑》。这些碑记包含戏班艺人名称、捐资情况、行会规则等信息,真实记录了清代乾隆至光绪年间广府外江戏班行会的活动过程。

潮州外江梨园公所始建于光绪元年(1875),地点在潮州上水门,也是当时戏班集会活动的场所。目前,潮州外江梨园公所遗址还保存了六块捐资重修"梨园公所"的"题银碑",它们是:光绪二十六年(1900)潮音老正兴班题银碑、光绪二十七年(1901)外江双福顺班题银碑、外江老福顺班题银碑、外江老三多题银碑、光绪二十八年(1902)外江荣天彩班题银碑、光绪二十九年(1903)

---

① 清乾隆二十七年(1762)《建造会馆碑记》,见《广东戏曲史料汇编》(第一辑),中国戏剧家协会广东分会、广东省文化局戏曲研究室编,1963年,第36页。
② 王馗:《外江梨园与岭南戏曲》,《戏曲研究》,2007年第2期。

外江新天彩班题银碑。上述碑记记录了清末活跃在潮州地区的五个外江名班和一个潮音班的规模与经济情况，反映出晚清外江班在当地剧坛的势力与影响。

广州外江班与潮州外江班的不同之处在于，前者在本地化过程中出现戏班艺人逐步落籍、"外江班"特殊性逐渐消弭的现象，冼玉清先生将此概括为外江班本地化的过程。道光十七年（1837）所立的《重起长庚会碑记》上刻五个戏班共计五十人，其中姓名带"亚"字的十六人；碑记最后注明"以上每人另上会底银一元"。学者黄伟根据本碑记条例之四的相关规定，判断该碑记上所录之五十人全为新上会的徒弟，而且绝大部分属本地人，"可见，此时外江班正全面向着本土化演变"。①与此相对，民国时期潮梅地区的外江班却保留了"外江戏"之名，并成为后来的独立剧种"广东汉剧"。

此前，关于两地"外江班"的关系有三种观点：第一，广州外江班是多省戏班的总称，潮梅外江班最后形成了"外江戏"这一独立剧种，二者无可比性，也没有材料证明广州外江班转移到潮州；第二，广州外江班和潮梅外江戏虽在概念上有本质区别，但清代咸丰、同治年间广州本地班崛起，部分外江班由是转移到粤东地区，构成潮梅外江戏班的一部分；第三，将外江班、外江戏与岭南戏曲的整体发展结合起来。王馗《外江梨园与岭南戏曲》一文认为："若把外江戏的传播范围扩展到两广，甚至两广族群的外延区域，如客家在福建、江西的流布区，就会发现，外江戏实际是岭南地方戏曲发展的重要参照，当代所说的桂剧、邕剧、丝弦戏、粤剧、广东汉剧、闽西汉剧、祁剧等重要剧种，无不与'外江戏'内涵的声腔、语言，乃至表演体系密切相关。"②

两个"外江戏"之于清代广东戏曲史的共同意义，在于向广府、潮梅地区分别输入了皮黄声腔戏曲的文本、音乐、表演和演出班底。尽管两地外江班的活跃时间有所差异，后续发展的具体情况各有不同，但其造成的结果，即形成以皮黄声腔为主的地方剧种却是异曲同工的。

在广州《外江梨园会馆碑记》中，可以找到粤省外江梨园本为一体的证据。乾隆四十五年（1780）所立广州《外江梨园会馆碑记》曰"粤省外江梨园会馆

---

① 黄伟：《广府戏班史》，北京：中国社会科学出版社，2012年，第24页。
② 王馗：《外江梨园与岭南戏曲》，《戏曲研究》，2007年第2期。

始创造于……"①，又曰"来粤新班俱要上会"②；乾隆五十六年（1791）广州《重修梨园会馆碑记》曰"初建粤东梨园会馆系乾隆二十四年……"③云云。"粤省外江梨园""粤东外江梨园"的提法，说明当时设立外江梨园公所，原意应当包揽广东地区所有外江班活动在内。由于广州是府城所在，理所当然将粤省外江梨园会馆设于此地。从这个角度来看，广州外江梨园会馆所载外江戏班诸事是面对全省外江班而言，在潮州等地活动的外江班也不例外。当咸同时期，广州外江梨园逐渐衰落，潮州地区对外省皮黄班演出的热情却日趋高涨，于是在潮州当地出于统筹、协调外江班事务的现实需要成立新的外江梨园公所。

那么，皮黄戏曲分别传入广府、潮梅两地以后，各自发生了怎样的变化，形成怎样的特点？当时人是如何看待广东地区流行的这类皮黄声腔戏曲的？

---

① 《广东戏曲史料汇编》（第一辑），中国戏剧家协会广东分会、广东省文化局戏曲研究室编，1963年，第36页。
② 《广东戏曲史料汇编》（第一辑），中国戏剧家协会广东分会、广东省文化局戏曲研究室编，1963年，第40页。
③ 《广东戏曲史料汇编》（第一辑），中国戏剧家协会广东分会、广东省文化局戏曲研究室编，1963年，第51页。

第三节　晚清民国戏曲批评中的"粤调"概念

晚清民国时期，见诸文人杂记、新闻报道、文艺评论的"粤调"一词有三种常见含义：粤省方言、音乐和戏曲。

第一，指粤省方言。如连横（1878—1936）所著《台湾通史·演剧》载：

> 台湾之剧，一曰乱弹，传自江南，故曰正音；二曰四平，来自潮州，语多粤调，降于乱弹一等。①

《台湾通史》没有区分潮汕地区的闽南语与广府地区的粤语，把前者也归入"粤调"当中，泛指"粤省地区的方言"。

第二，指粤省民间音乐，主要指粤语地区流行的民间音乐（粤乐）和地方曲艺（粤曲），有时也泛指粤省戏曲所唱曲调。如郑振铎《民间文艺的再认识问题》说：

> 第一步，把各地方的唱本，小剧本，以及其他凡有文字写下来，印出来的东西，全部收集起来……许多潮州调、福州调、申曲、粤调、扬州歌曲等，便可以在当地搜集着。②

这里的"粤调"指粤语地区的流行曲调及其唱本，与"潮州调""扬州歌曲"等并称。又如光绪八年（1882）《申报》登载对"词史"叶蓉仙的描述，称其

---

① 连横：《台湾通史》，台北：黎明文化出版社，2001年，第742页。
② 郑振铎：《中国文学研究》（下册），上海：上海书店出版社，1982年，第209页。

"别善粤调,可为沪上诸歌者之冠"。再如光绪十三年(1887)记者称另一歌者文彩玉"近自珠江来沪,居西河县里,审音律、知字义,粤调京腔并皆佳妙"。

"粤调"不仅可指粤语地区的流行音乐,兼指潮乐、汉乐的情况同样存在。如民国时期精武会音乐科将广府音乐、潮州音乐合称为"粤调丝竹",又如丘逢甲《论山歌》把客家山歌也称为"粤调",诗曰:

> 粤调歌成字字珠,曼声长引不模糊。
> 诗坛多少油腔笔,有此淫思古意无?①

第三,指粤班粤伶所演,具有粤省地域特色的皮黄戏曲。1924年上海东陆图书公司出版的《全国各界切口大词典》记录当时伶界"腔调上之切口":"调,某处人所创之戏,谓之某调,如徽调、京调、汉调、广调、昆调之类是。"此处"广调"即"粤调"之意。②较早明确提出"粤调"为皮黄戏曲之一种的是京剧史家徐凌霄。其在《皮黄文学研究》"皮黄之派别"中对清末民初流布全国的皮黄戏曲做了一番总述:

> "皮黄"联称是近二十年报上谈剧的先生们叫起来的,实因西皮在二黄班中已经成了不可离而且势均力敌的一大部分。用作联称,不无理由。但"皮黄"的派别很多,汉调,粤调,徽调都与现行的北平的皮黄不同,或历史早于北京,或由徽鄂各腔而演进,不属于北京的系统……③

此书以"京朝派皮黄"为讨论对象,同时列举"徽汉闽粤及其他之当地皮黄",可见"粤调皮黄"是全国皮黄戏曲中富有地域特色和文化影响力的一支。

---

① (清)丘逢甲:《论山歌》,转引自李树政选注《丘逢甲诗选》,广州:广东人民出版社,1984年,第72页。
② 扬铎:《汉剧丛谈》,见田黎明、刘祯《二十世纪戏曲学研究论丛·戏曲剧种研究卷》,合肥:安徽文艺出版社,2015年,第3页。
③ 徐凌霄:《皮黄文学研究》,北京:中国戏剧出版社,2015年,第26页。

《皮黄文学研究》对粤调皮黄的看重并非孤例,在同时期的民间文艺研究及专门的戏剧史著中,"粤调"都占据了显要位置。

其一,徐慕云《中国戏剧史》卷五《戏剧之评价与其艺术之研究》云:

中国戏剧虽然分出皮黄、秦腔、汉调、粤调、高腔、昆弋以及花鼓、蹦蹦、山歌、大鼓、滩簧、时曲等各种表现的方式,而其主旨,都不外乎"歌舞并重,传神写意"的一根线索,仍然极易明了。①

徐慕云注意到上述"戏种"各自的形式特征,将其并称为中国戏剧的不同"表现方式"。这里的"皮黄"乃京剧之意,"高腔"应指当时川湘地区的高腔。"粤调"仅次于皮黄(京剧)、秦腔、汉调(汉剧)之后,在"高腔""昆弋"之前。

其二,陈光尧在《中国民众文艺论》"民众文艺的性质及分类"中提出,民间文学的分类法之一是按照押韵与否划分:

一是"有韵者",包括:

1. 歌谣——民歌、儿歌;

2. 谚语——普通谚、家庭谚、农家谚、商家谚;

3. 谜语——人谜、物谜、事谜;

4. 唱词——鼓儿词、大鼓词、滩簧、小热昏、莲花落、道情、广东调;

5. 民曲——小曲、山歌、花鼓;

6. 戏曲——西皮、二黄、昆曲、秦腔、徽调、汉调、粤调;

7. 拗口语——对列语、一贯语。

二是"无韵者",包括:

1. 童话——故事、神话、物语;

2. 小说——小说、演义、寓言、笑话;

---

① 徐慕云:《中国戏剧史》,上海:上海古籍出版社,2001年,第304页。

3. 史话——传说、传记、风俗；

4. 方言——方音、方词、方语、切口；

5. 歇后语——直说语、谐音语，其他各项零星文艺。①

在此分类框架中，"戏曲类"的内容看似驳杂——有西皮、二黄却无"京剧"，这是因为作者以西皮、二黄为两种独立声腔，故当时京班所唱西皮、二黄自然为"两种"戏曲。由此也可见，该"戏曲类"的划分，从本意来说是完全按照"声腔"标准进行的——西皮、二黄、徽调、粤调等都是一种"独立声腔"。这也反映了民国时期人们的戏剧种类观念乃服膺于声腔种类的认识框架之下。

其三，齐如山解释"文武昆乱不挡的脚"时也谈到"粤调"：

> 这六个字很容易懂，不过是说该脚文戏、武戏、昆腔、皮簧②（皮簧又叫"乱弹"）都能演唱的意思。但是这个名词系始于道光、咸丰年间，昆腔、皮簧交替的时代，以后便不合用。在彼时北京差不多只有昆腔、皮簧，所以说会这两种就了不得的好。其实人的技艺能博固好，若能专精一样也不算短处。比方只会昆腔不会皮簧，或只会皮簧不会昆腔，有何不可？说昆乱不挡便算极好，那么梆子、汉调、粤调、闽调、外国调等，都应该会才好。③

齐如山特别强调"文武昆乱不挡"是清道咸年间北京剧坛昆腔、皮黄共存时的特定说法，"以后便不合用"——因为到齐如山写作此文的民国时期，又有了"梆子、汉调、粤调、闽调、外国调"的加入。此处说明民国时期北京剧坛也有称广东戏曲为粤调的。

如果说粤省以外的学者、论著在使用"粤调"一词时可能存在内涵模糊之

---

① 陈光尧：《中国民众文艺论》，上海：商务印书馆，1935年，第1页。
② "皮黄"原作"皮簧"，引文中保留原用法。
③ 齐如山：《齐如山文集》（第一卷），石家庄：河北教育出版社，2010年，第80页。

处，那么本省粤剧专著也可证明"粤调"一词在当时的普遍意义。在早期粤剧剧种史著中不乏以"粤调"直接指代粤剧的，如麦啸霞《广东戏剧史略》如此描述广东地区戏曲生态的发展变化情况：

> 明清之间，昆腔之所以能君临剧界者，端赖水磨妙曼之音，一洗当时简拙平直之病耳。乱弹继兴，花腔益尚，始则踵事增华，继而变本加厉，繁音促节，遂夺昆曲之席。又以昆曲腔缓而闲雅，世风日紧迫，渐相违异，皮黄紧凑急激，抗坠变化，转为世俗欢迎。今则世事日益由简趋繁，粤调遂日益由疏趋密。小曲新声，柔靡泛艳，达于极点，加以乙反变徵之声，欧美爵士之调，缤纷极致，变化益奇，转视皮黄为陈陋，是则势所必然，理所不易，不可执古以非今，亦不可执今以疑古也。①

《广东戏剧史略》还指出了光绪、宣统以前早期"粤调文静戏"的具体剧目。据称清代广府戏班第一晚开台必演例戏，其中第七、八、九个节目规定演出粤调文静戏，又名三出头，流行剧目尽与省外皮黄戏曲相通，分别有《寒宫取笑》《三娘教子》《五郎救弟》《酒楼戏凤》《打洞结拜》《打雁寻父》《陈桥立帝》《高旺进表》《沙陀借兵》《六郎罪子》《仁贵回窑》《三下南唐》《李忠卖武》《四郎探母》等。以上剧目剧本除《陈桥立帝》《四郎探母》外，均同时见于新加坡所藏外江戏。这些剧目都是清中叶以来外省戏班输入广东后逐步地方化的皮黄剧目，不过其后"新剧渐兴，名剧迭出"，取代了早期各地共通的戏码。②

需要指出的是清末民初珠三角地区商贸发达，广府戏班跟随广商足迹活跃于北京、上海等地，广府戏班所演的皮黄戏遂成为当时"粤调皮黄"的代表而粤东潮梅地区的戏班影响力则较为逊色。当时文艺评论、报纸杂志中提到的"粤调"及其特色，往往是就广府戏班而言的。

---

① 麦啸霞：《广东戏剧史略》，转引自田黎明、刘祯《二十世纪戏曲学研究论丛·戏曲剧种研究卷》，合肥：安徽文艺出版社，2015年，第133页。
② 麦啸霞：《广东戏剧史略》，见《宋元明清剧曲研究论丛》（第一集），存萃学社编辑，大东图书公司印行，1979年，第31页。

第四节 清末民初粤调皮黄戏的地域特征

在清末民初时人眼中,以广府粤剧为代表的"粤调"与"京调""汉调"等皮黄声腔剧种的主要差异可以归纳为四个方面。

1. 舞台音韵

粤东外江戏与古腔粤剧的舞台唱念同属南方官话系统。《中国大百科全书》《中国戏曲志》等工具书分别称广东汉剧舞台唱念使用"中州官话""中州韵、湖广音"。① 关于古腔粤剧的唱念字音则历来有"中原音韵""戏棚官话""桂林官话"等不同提法。②

既然外江戏与古腔粤剧同属广东官话剧种,二者之间的音韵关系如何?语言学者在比较外江戏、古腔粤剧的音韵特征后,具体结论如下:

> 广东汉剧的"湖广音"、古腔粤曲的"桂林官话"正是其各自具有南方官话特点的表现:广东汉剧音韵呈现了黄孝官话类江淮官话的特点,而古腔粤曲则带有桂林官话类西南官话的特点。二者也都在不同程度上综合了南、北方官话的特点。此外,官话戏在广东的传习,往往通过艺人间的口传心授,难免带有本地方音的影响,同时为了适应本地观众的习惯也逐渐和本地方音融合。古腔粤曲音韵中已体现了一些广州音的特点,而现代粤剧已改用广州音作为舞台语音……而广

---

① 参见《中国戏曲志·广东卷》,北京:中国ISBN中心出版社,2000年,第84页;《中国大百科全书·戏曲曲艺卷》,北京:中国大百科全书出版社,第100页。

② 参见严立模《戏曲正音的建构:以闽南语、粤语地区三个戏曲官话为材料》,台湾大学中国文学研究所博士论文,2006年,第5页。

东汉剧则保留了更多的"中州音"特征。虽然其中也有来自客家方音的影响,但往往是零散的,与古腔粤曲、西秦戏的表现不同。广东汉剧进入粤东地区已有近三百年时间,直至今日依旧具有显著的官话音特点,这应该与粤东客家人"'崇尚古雅'文化理想的追求"有关。①

外江戏与古腔粤剧的舞台音韵均有南方官话特点,这是二者之"同"。外江戏与江淮官话相关度较高,受到客家方音影响,而古腔粤剧音韵与桂林官话关系更密切,同时受到粤方言影响,是二者之"异"。在粤调皮黄戏的阶段,外江戏与古腔粤剧的唱念音韵已形成各自的特点。

清末以来,粤东外江戏与古腔粤剧的舞台音韵有明显不同的变化方向。当时粤东潮汕、客家人将外江戏视为"雅乐",以"中州韵"作为舞台音韵的理想标准,维系了外江戏官话唱念的稳定性。而在广府地区,本地艺人、玩家在演剧度曲时"南腔北调"的现象日益突出,时人戏称为"一种非驴非马之特别口音"。②1933年,《伶星杂志两周年纪念专刊》刊登卢有容《粤曲音韵异同考》一文:"粤剧始于京戏,故其歌曲恒习用正音,例如'不'字读若'步','去'字读若'趣','妻'字读若'痴','皇'字读若'还'。一曲之中,混合南腔北调,歌者不易,听者更难。"③久而久之,班本粤曲中的"粤音"日益增加:

> 论大调小调之曲,每多出于北省。此种曲内之字,须唱北音为正。但粤人所唱二簧(二黄)梆子之曲(即班本)则有分别。其所唱者,间有字音虽与北音相近而实大别者。实因北音多有不合吾粤人歌曲腔

---

① 邓秋玲:《广东汉剧与广东其他官话戏音韵的关系》,《文化遗产》2022年第6期。参见同期庄初升《广东汉剧传统戏的舞台音韵初探》、徐国莉《广东汉剧传统戏舞台音韵规范的理论建构和实践探索》。
② 汉生:《粤调与京调之比较》,《国乐演剧团特刊》,1924年一周年纪念号,第37页。
③ 卢有容:《粤曲音韵异同考》,《伶星杂志两周年纪念专刊》,1933年。转引自郭秉箴《粤剧艺术论》,北京:中国戏剧出版社,1988年,第44页。

口之尖沉也。此等歌曲字音，须照吾粤优界字音唱之，方为合式。①

至20世纪二三十年代，广府本地班基本完成从古腔到今腔、从官话到粤语的舞台语言改革，此后，主要角色多以白话唱曲，只有特殊角色、特定情境和台词才沿用戏曲官话唱念。"粤剧"自此从粤调皮黄阶段的"官话粤剧"，过渡到现代意义的"方言粤剧"。粤剧舞台语言的全面方言化，是粤剧与粤东外江戏形态分化的重要标志。

2. 唱腔伴奏

外江戏与古腔粤剧同属皮黄腔系戏曲。广府本地先有梆子腔，后来加入二黄腔，而外江戏"南北路"（西皮、二黄）是整体传入粤东的，两地皮黄声腔的特点有所差异。②

早期广府戏班大多单唱梆黄曲，且梆子腔、二黄腔亦少有混而合唱，大多一腔到底，直至同治、光绪年间梆、黄声腔逐渐融合定型。此时由于粤方言的渗入，广府戏班在唱腔唱喉方面变化较为显著，前期主要表现为大量加入"哑口字"。早期曲家对此曾有异议：

> 在歌唱方面，粤语更有甚大缺点，大凡度曲，以问字取腔为正宗，粤语入声字甚多，如"落"字，"福"字，"插"字等，……若以"落"字拉腔，岂不是要"落喎喎喎"，"福"字拉腔，要"福屋屋屋"，"插"字要"插鸭鸭鸭"耶？今之歌者，明知不行，乃放弃问字取腔之正宗

---

① 丘鹤俦：《弦歌必读》，1921年正昌隆号刊本，第39页。《弦歌必读》为满足粤乐爱好者需要而编，其中大调、小调多摘自晚清流行戏出，沿用外来剧本原词，多用"咿""呀"拖腔。至于"粤人所唱二黄（二簧）梆子之曲"，从丘氏1921年出版的《粤调·琴学新编》来看包括二黄《纣王别妲己》《小青吊影》《乌江自刎》，西皮《黛玉葬花》，反线《黛玉归天》《仕林祭塔》，以及梆子《游花园》《宝玉哭灵》《桃花送药》《燕子楼自叹》等梆簧曲目。这些流行于粤剧声腔改革期的作品，部分有古腔版本流传，但后来大多改用粤语唱念，逐渐蜕变成"今腔"粤剧，见证了民国时期粤剧驳杂的音韵面貌。

② 郭秉箴："粤剧的梆子二黄，也是随着梆子乱弹、徽调、汉调的发展变化而变化的。粤剧的梆子本来并不是汉调的西皮，徽剧、汉剧和京剧把西皮二黄合演以后，粤剧也在梆子基础上引进二黄，而且梆子也逐渐和西皮的风格靠近，可是到现在仍然不完全等同于西皮。"《粤剧艺术论》，北京：中国戏剧出版社，1988年，第31页。

唱法，而塞入"咿""呀"以代拉腔，遂至咿呀满口，唱三个字之曲文，可能有十个八个咿呀，试问唱京曲者，有如是唱法乎？粤语不宜于歌唱，显而易见。①

20世纪20—30年代，丘鹤俦在香港编辑出版的《弦歌必读》《增刻弦歌必读》《琴学新编》均附有"哑口字"注音及专门说明，以供曲家了解这些特殊衬字的读法。《弦歌必读》等曲集的唱念规范分为两种，一是"以北音为正"的大调、小调，二是以戏台官话（"吾粤优界字音"）为准的梆子二黄版本。以该集中的大调《贵妃醉酒》首句与梆子《韩信哭母》首句为例，可见当时官话戏曲中"哑口字"的使用特点：

杨贵妃（咿）酒（咿）醉沉（咿）香（呀）阁（哦呀哑呀哑呀呀哑呀……呀……哑呀哑呀呀哑呀）。②

开言来我就把（吔呀……呀……）可怜母（呀……）叫（呀）。③

舞台语言的变更后来催生了粤剧唱腔从假嗓到真嗓的改革。黄镜明认为粤语"下行浑厚、鼻音徐重"的语音特点引起粤剧唱腔发声、行腔的系列变化。④至1930年前后，粤剧唱腔已初步实现了对本地曲艺品种和小曲小调的吸收，梆子腔和二黄腔的混合使用和场面音乐的革新。徐慕云在《中国戏剧史》中详细描述了清末民初粤剧场面音乐的变革过程：

粤班在十余年前，场面亦未知改良。其所用之大锣铙钹，俱较皮黄、昆、秦诸班所用者为巨。大锣悬于架上，由一人操之。大铙约大于苏锣两倍以上，操此者虽于严冬之季，亦裸其上体，赤其双足，仅

---

① 潘贤达：《粤曲论——新旧两派的比较及古腔优点》，《戏剧艺术》1954年第1期。
② 丘鹤俦：《弦歌必读》，丘氏印刷部，1921年，第166页。
③ 丘鹤俦：《弦歌必读》，丘氏印刷部，1921年，第187页。
④ 黄镜明：《广东"外江班""本地班"初考》，《戏曲研究》第22辑，北京：文化艺术出版社，1987年，第161、162页。

身穿短裤，舞弄双铙。一剧甫终，即已汗流浃背矣……时当二十年前，粤剧犹未为国人所注意。迨马师曾等以丑生享名于港粤，复能时以新编诸剧，号召观客，因而营业大盛，声誉日著。同时肖丽章、白玉堂、薛觉先、千里驹、白驹荣、廖侠怀、吕文成等，亦各自编新剧，竟创新声。而名丑大傻，尤为滑稽突梯，令人发噱。且诸人又多精于音乐，遂渐觉锣铙之声音太嘈；而赤足裸背，尤不雅观，乃决心予以改良。其时名票吕文成、钱广仁等，皆学识丰富。撷取西乐之梵哑铃等，与中国乐器配成婉妙悦耳、和平柔媚之场面，中西合璧，极为动听。且场面诸人，皆一律穿著（着）制服，整齐美观，与曩时迥不相同矣。至于铙、钹、大锣等，亦渐废除不用。即尚有用者，其形式亦较前缩小，而发音亦甚低微也。

从戏曲声腔演变的角度看，唱腔与场面音乐的变革，意味着早期粤剧的音乐结构发生了质的改变，广府地区的粤调皮黄戏逐步蜕变为现代粤剧。①

皮黄戏曲传入粤东后，声腔音乐的变化幅度远小于同时期的广府戏班。民国时期部分外江戏艺人、乐师及业余爱好者结合自身条件和舞台表现需要，对传统唱腔及伴奏乐器进行改造，但这种改造以复古为主要旨趣：

如主奏乐器"头弦"，由原来竹制改成木制（外形近似潮州二弦），器乐伴奏由原来的三大件逐渐加进了洋琴（扬琴）、椰胡、提胡等。在行当发声及曲调旋律进行方面也有很大的发展和变化，如红净由原来的原喉发声改用子喉兼原喉，是丰顺县人陈隆玉改革的；小生用全子喉发声及曲调旋律进行的美化，是由赖宣（梅县松口人）改革的；老生行唱腔的改革是汉剧著名艺人黄莽传及其师父刘周进行的；旦腔旋律的美化，是由著名艺人黄桂珠及其师父来明师和弦师罗璇改革的；丑行的发声和表演艺术的进一步完整和规范化，是由刘周及其徒

---

① 参见区文凤《粤剧的地方化过程初探》，《中华戏曲》1996年第2期。

弟著名汉剧艺人罗恒报完成的。①

广府、粤东两地的皮黄戏曲分化为粤剧、广东汉剧这两个形态迥异的地方剧种，与两地戏曲艺术家一尚趋新、一尚复古的理念有关。尽管同样处在近代广东社会，然而晚清以来粤剧与外江戏所处的不同戏曲生态催化了两地皮黄戏曲的分化进程，由此可以一窥近现代戏曲改良运动在广东地方社会造成的不同效果。

3. 舞台文学

晚清民国时期的古腔粤剧、潮梅外江戏与各地皮黄声腔剧种同源而异流，二者在广府、粤东两地的戏曲文化生态中衍生出不同的剧本文学审美风格，并在不同程度上受到同一时期"京调"皮黄剧本的影响。

潮梅外江戏历来被粤东本地民众视为"雅乐""大戏"，多在各类节日、仪式场合演出，演出文本较少更新。从钱热储所撰《汉剧提纲》和新加坡所藏外江戏抄本来看，流行的外江戏作品几乎全部来自清代皮黄戏曲传统，与各地流行的皮黄戏大同小异，只有《揭阳案》等少数地方题材属于粤东剧坛独有。如遇旧戏剧本失传，戏班艺人往往袭用同题京剧剧本，而非再度创作，此与本地童伶常演新编白字戏形成对比。②因此，在清末民初都市剧坛竞相改良旧戏、编演新戏的风潮下，粤东剧坛的保守倾向虽然有一定文化自觉性质，亦难免有"不知改革"之讥。③

同一时期，广府剧坛商业气息更为浓厚，市场规模庞大，对演出剧目的数量、质量提出了更高要求。郭秉箴在《粤剧艺术论》中总结道，清代同治以前

---

① 丘煌认为，从19世纪中叶到20世纪中叶，艺人、知识分子、业余乐社均参与了剧种声腔、伴奏音乐的改革，这段时期也是外江戏艺术的定型期。参见《广东汉剧音乐研究》，广州：中山大学出版社，2011年，第3页。

② "（白字班）所有戏本乃编于广州之不第秀才，字句清晰，韵调合度。"见黄百川《潮戏班之分野——白子班与外江班》，载《十日戏剧》第一卷第十四期，1937年7月1日，上海国剧保存社出版。

③ 20世纪30年代外江荣天彩班赴上海演出时，时人论曰："（外江班）唱做服饰，殆与京剧同，其所串演，率是历史古戏，顾陈陈相因，不知改革。"

广府戏班常演各地江湖班通行的"十八本"戏，同治以后出现旧戏排场编成的"新江湖十八本"；至光绪中叶，修订加工后的"大排场十八本"流行，继而涌现大量根据本地题材、时事题材编撰的新戏。① 在文人编剧加入后，新剧、新曲广受欢迎，粤剧的文本面貌日新月异，与传统皮黄文学愈行愈远。② 麦啸霞在《广东戏剧史略》中具体描述了晚清以来粤剧文学的上述衍变：

> 自同治七年，粤剧复兴，邝新华等创立八和会馆，首即注意新剧之编排……是为粤剧创作之权舆，后者新制渐多，作家辈出，最近三十年来，突飞猛进，标新立异，制胜出奇，渐能摆脱前人羁绊，而另辟蹊径。场数由三四十缩为十一二，甚至缩至七八场，绵密紧凑，迭见精彩……自文人加入编撰，词华本色兼资，韵律益趋工细，而情理交孚，华实并茂。③

从粤剧史的角度向前追溯，粤剧文学从传统齣（出）头戏到提纲戏、文人戏的"变异"，是剧种形态及艺术风格逐步分化、独立的标志，其"革新性"在当时文艺界及日后的戏曲研究中自然受到了较多的关注和讨论。然而从近现代戏曲史的整体视角自前向后观照，这也是皮黄文学之"源"逐步衍变为粤调皮黄（再变为现代粤剧）之"异流"的过程，是传统皮黄文学在粤地的现代化和地方化。从这个意义上说，理清早期粤剧、外江戏这两种粤调皮黄剧本与皮黄文学整体的关系，将是接通清代皮黄戏史与近现代"地方剧种"话语的关键。

此前，由于晚清民国时期的潮梅外江戏剧本在中国大陆存本有限，一些涉及岭南戏曲源流和近代戏曲传播的问题讨论——例如古腔粤剧与广东汉剧的同题剧本的关系、二者与外省皮黄戏曲尤其是京剧剧本之间的关系——长期以来囿难以具体展开。

---

① 郭秉箴：《粤剧艺术论》，北京：中国戏剧出版社，1988年，第149—157页。
② 王心帆：《粤剧艺坛感旧录》，香港：商务印书馆，2021年，第24页。
③ 麦啸霞：《广东戏剧史略》，见田黎明、刘祯主编《二十世纪戏曲学研究论丛·戏曲剧种研究卷》，合肥：安徽文艺出版社，2015年，第139页。

例如，早期粤剧与外江戏存在大量同题剧目，但二者之间、二者与外省同题皮黄剧目有怎样的文本承传关系？这些问题还需借助具体的剧本资料加以讨论。又如粤剧、广东汉剧与京剧剧本的关系——在晚清广东戏曲史上，曾有本地艺人为避祸而用"京戏"代"粤戏"之说。通过早期粤剧与同题外江戏、京剧剧本的对比，我们认为晚清广府剧坛流行的部分"京戏"文本，与当时京调皮黄剧本确有密切联系。

首先，经过剧本比较，可以发现外江戏与古腔粤剧的部分传统剧本确有较明显的文本共性。较有代表性的例子是《沙陀国》中李克用、程敬思下场前，两种"粤调皮黄戏"都有大段与台下观众调笑互动的科白设计，而京剧、湖北汉剧同题剧本的相应文字则较简省。

其次，粤剧与同题京剧剧本更加接近的情况同样存在。例如在《斩郑恩》一剧中，粤剧与余娱社抄本差异甚大，却与车王府本《斩郑恩》相近。情况类似的剧目还有《困曹府》《西蓬击掌》《南阳关》等。《困曹府》中有赵匡胤敕封张氏的情节，早期粤剧和清车王府剧本将封号写作"茶花圣母"，而外江戏本写作"插花娘娘"。粤剧中华佗的定场诗为："闷坐松林下，清泉石上眠。三国医为首，华佗自当先。"清车王府本相差无几："闷游松林下，倦来石上眠。三国医为首，华佗自称仙。"而外江戏定场诗则是另一版本："三国华佗医最良，修有海外玄妙方。可恨奸贼曹孟德，将我一命刀下亡。"在《西蓬击掌》中，王允怒斥王宝钏忤逆，早期粤剧本、车王府剧本均写作"小裙钗说的话全不思量，气得我年迈人怒满胸膛"，而外江戏抄本写作"小椿才说的话全然不想，气得我年迈人珠泪胸膛"。粤剧《南阳关》的部分唱词则介于外江戏和京剧版本之间。①

近代以来，京剧以其地处全国政治文化中心，文化辐射较其他剧种深广，加之名伶辈出，又多受文艺人士推许，对同时期地方剧坛的舞台文本、舞台艺术往往有直接影响。民国时期还有部分粤剧与京剧"排场唱白都相同（当然逐

---

① 外江戏唱词："叹双亲不由我悲悲切切切切悲悲悲切切切切悲悲泪双抛，站立在城楼口用眼观瞧，又只见三军们重重叠叠摆起枪刀。尚师徒跨下了呼雷豹，麻叔谋提花枪稳坐鞍鞯。"粤剧唱词："叹双亲不由人珠泪双飘，手扶的城垛口往下盼瞧，重重叠人和马围困在城壕，尚司徒骑着了凤雷之豹，麻叔谋提长剑插在马邦。"车王府本京剧："叹双亲不由人珠泪双抛，手扶着城垛口往下睄，层层人马围困城壕，尚司徒跨定了呼雷豹，麻叔谋提长枪稳坐鞍桥。"

渐有改变），如'杀四门''三娘教子''三堂会审'便和京戏也几乎完全一样。'三堂会审'大家都是从梆子戏学来的，粤剧整本'玉堂春'的老本子和京戏的相差不多"。在前述粤剧、京剧文本相近的例子当中，其原因可能是粤剧的"祖本"本来就与京剧更接近，同属早期徽班演出版本；还有另一种可能是清末民初时期的粤班重新移植了同时期的京剧剧本，造成粤剧、京剧剧本相近而粤剧、粤东外江戏剧本差异较大的结果。可见，晚清民国时期南北戏曲的交流传播，尤其是近代以来京剧对地方戏曲的具体影响，仍有许多值得探讨的问题。

4. 舞台艺术

作为皮黄戏曲入粤后形成的两大地方支派，晚清民国时期的粤剧与外江戏在舞台艺术方面既有南方皮黄戏曲的共同特点，又在各自不同的戏曲生态环境下形成日渐显著的"剧种特色"。

早期粤剧和外江戏的武戏中有相似的南派武功。据《中国戏曲志·广东卷》的说法，广东粤剧、潮剧、广东汉剧、正字戏、西秦戏和雷剧等剧种中的徒手对打均宗于少林武术，后吸收各地拳派技法，将之运用于舞台演出。其中，"粤剧、广东汉剧等武打戏中的单头枪对打，演员持枪的方法不同于其他剧种，都是采用'右把'，即用右手执枪杆中部，左手握枪尾"①。又如粤剧《五郎救弟》《香山贺寿》和广东汉剧《五台会兄》均有"十八罗汉功架"，该特技要求表演者单腿独立，每次转身摆列不同罗汉姿态。清末民初时，粤剧艺人东生、靓昭仔和外江戏艺人姚显达均以此特技著名。从表演技巧来看，粤剧、外江戏的罗汉功架与南方地区的雷剧、湘剧、川剧等有比较密切的渊源。

粤东外江戏的舞台艺术均偏于传统，较少受到时装戏表演和新式舞台美术的影响。当时外江戏予观众的主要印象是风格以复古为主，形态体制接近京剧：

> 唱做服饰，殆与京剧同。其所串演率是历史古戏，顾陈陈相因，
> 不知改革……起延昭者，为一红极而紫之黄春元，须生，嗓音缥缈，

---

① 《中国戏曲志·广东卷》，北京：中国 ISBN 中心，2000 年，第 315 页。

响遏行云。执法时，屹然重如泰山，而威武不能屈其志。及见桂英，俨如大祸将临，神色颓丧，而或惭或惧，大有"山雨欲来风满楼"之势。……姚显达起焦赞，亦该班净角中之翘楚，手足娴熟，花样特多，而一百零八套之姿势，面面周到，处处生色，如观百像图，无一雷同者。（黄百川《潮州戏之分野：白字班与外江班》，《十日戏剧》）

在清末民初粤东观众眼中，外江班唱念官话，"形色一若京班"，虽被视为雅正文艺，却有日渐"曲高和寡"之虞。①20世纪30年代谢雪影的《潮梅现象》则记录了外江戏在潮汕剧坛的式微过程，称外江戏"音韵合拍，举动自然，态度姿势，妙肖备至"，原属"潮剧界之神乎其技者"，然而清末以来剧坛"潮流趋新，剧情改良"，②外江戏却"陈陈相因，排演仍旧"，故仅"为知命以上之人所欢迎。"③民国时期，姚显达等著名艺人固然技艺精湛，然职业戏班已有青黄不接之弊：

此次新年，新市府前演老三多……演着《店别》，听说那个小生叫做略生，蓝衣和花旦皆不知名……只见那蓝衣是呆若木偶，非经人扯线，几不知动作。所谓"略生"者也不"略"得去，可惜满面喜色，没一点离情别绪，几与戏情全不相干。剩一个花旦在那儿，左右手脚，已不甚凑合，也就演不出甚么戏神来了。（"偷闲"《新年观剧记》，《汕报》）

相比之下，同一时期外江戏业余乐社于唱腔伴奏音乐的处理较为细腻精致，且多重视剧本的教化意义和人物角色的精神气质，艺术水平、演出效果甚

---

① 清光绪、宣统年间，活跃在潮汕的外江戏班多达30余个，然而到民国时期，除四大名班以外已"继起寥寥"。
② 从清末民初商业戏曲发展的角度看，潮音戏班与当时广府戏班较有共通性。例如《潮梅现象》称当时潮音戏的舞台陈设，比其他戏班剧种更周到、华丽，且随时代演进而改良剧情、翻新唱作、改进服饰及舞美，故"颇博得社会人士欢迎"。
③ 谢雪影：《潮梅现象》，汕头：汕头时事通讯社，1935年，第195页。

至超越职业艺人。如当时外江戏爱好者演出《过昭关》《追韩信》《骂曹》等戏，重视表现剧中人之特殊气概，其中蕴含了粤东知识分子"藉剧台击鼓，聊泄胸中抑郁之气"的深意。①

作为粤调皮黄戏的另一支派，清代广府本地班一向有服饰绚丽、场面喧闹、以武打特技见长的特点。在晚清以来戏剧改良风潮与商业市场的双重影响下，粤剧得风气之先，表现出超越同时期其他剧种的革新性。② 尤其是在省港大班崛起后，粤剧服饰道具日益华丽考究，且充分吸收新式装置艺术，场上日益"善变"且"多变"，成为其他剧种的模仿对象。据徐慕云描述，当时京剧名角出场先将桌围、椅垫、帐幔等更换一新，上海伶人演出时"帽上放出电光"，"如此种种，盖皆学自粤剧李雪芳者也"，而20世纪中叶粤剧艺术招致的部分批评，此时也已现端倪。③

自20世纪"地方剧种"概念确立以来，戏曲界逐渐以"粤剧""广东汉剧"分别指代珠三角和粤东的皮黄声腔戏曲，将其视为两个"地方剧种"，并在此认知框架下梳理和总结两地皮黄戏曲的历史、文化和形态特点。明清时期两地戏曲的发展变化，也被纳入"早期粤剧史"和"早期广东汉剧史"的范畴，由此还衍生出探讨二者与省外其他剧种的关系、为粤剧和广东汉剧分别"寻源"的系列研究。研究者普遍认同，清末以前广东汉剧、粤剧的艺术特点与汉剧、京剧、祁剧等"大同小异""异流而同源"，问题主要在于源流之间的亲疏远近，以及皮黄戏曲入粤后的历史蜕变。从这个意义上说，本章提出清代中后期以来广东戏曲中的"粤调皮黄"概念，指代外来皮黄戏曲传入岭南后的"本土化"阶段，是对早期粤剧史、早期广东汉剧史进行整体观照的一种尝试。

---

① 钱热储：《汉剧提纲》卷一，汕头：汕头印务铸字局，1933年，第38页。

② 徐慕云说："粤人富于革命思想，戏剧虽小道，但粤伶亦每能日新月异，力谋改进。二十年前苏州妹、李雪芳等所演之戏，即与近年薛觉先、马师曾、白驹荣、肖丽章诸人所表作者，大相悬殊。"见《中国戏剧史》，长沙：湖南大学出版社，2014年，第122页。

③ 徐慕云说："余对粤班之改善场面，甚为敬佩。而于其始创布景，破坏中剧典型，则又颇加訾议焉。良以中国戏剧之特长，端在歌舞并行，侧重写意。今一旦变更初旨，力趋欧化，不仅固有之特点，日渐消失，且将有画蛇添足，不中不西之讥矣。"见《中国戏剧史》，长沙：湖南大学出版社，2014年，第123页。

第八章

外江戏的音乐声腔与表演形态研究

第八章　外江戏的音乐声腔与表演形态研究

在戏曲艺术本体研究中，剧本与声腔、表演的关系错综复杂。从戏曲艺术记录与呈现的角度看，剧本是戏曲文学的载体，也是传递声腔音乐与舞台表演信息的重要媒介。本章即尝试利用新加坡所藏外江戏剧本文献，对清末民初潮梅外江戏的特殊声腔和行当骨子戏剧目进行专题研究。

钱热储在《汉剧提纲》中提出外江戏为清代湖北皮黄"元音"的论断，曰："惟在赣之南，岭之东，及闽之西部者，皆本其元音，不加增易，故特标其名曰外江。"[①] 因此，潮梅外江戏的声腔形态与曲调特征是研究外江戏历史源流不能绕开的话题。

本章第一节首先回应此前戏曲音乐学界关于广东汉剧"襄阳调"的讨论，提出新加坡所藏《打洞结拜》抄本的文献价值。"行当骨子戏"指的是可以代表某一行当唱、念、做、打技艺水平，有较高表演难度的剧目。理论上说，各剧种重要行当都应该有能展示本行当功法技艺的"行当骨子戏"。此类剧目集中产生于"以表演为中心"的清代花部剧坛，凝聚了清中叶以来地方戏曲高度发展的表演技巧，也是传统戏曲行当艺术的精粹所在。第二节至第四节是利用新加坡所藏剧本对外江戏表演体制特点及行当骨子戏个案的具体研究。通过提取、分析外江戏抄本中蕴含的场上表演信息，可以发现这批戏曲抄本中的舞台提示呈现阶段性特点，其中的行当分派、人员班底信息则为进一步认识外江戏的早期角色体制提供了可能性。通过对净行骨子戏《五台会兄》、丑行骨子戏《洛阳失印》艺术形态流变过程的分析，可以确证外江戏特殊表演技艺的形成与清代湖湘地区的戏曲演出和戏曲文化存在密切联系，由此可见清代湖南戏班对外江戏历史形态的重要影响。

---

① 钱热储：《汉剧提纲》，汕头：汕头印务铸字局，1933年。

第一节　新加坡藏《打洞》曲本与清代襄阳腔

新加坡所藏清末民初外江戏剧本中保存了广东汉剧"襄阳调"的早期曲谱材料——余娱儒乐社创始人陈子栗于 1915 年所抄的《打洞结拜》(《雷神洞》)曲本。这部曲本的文献价值在于，它附有《雷神洞》"襄阳调"唱段的工尺谱，较此前学术界据以讨论的民国唱片译谱时间更早、记录更为完备确实，是目前最重要的广东汉剧"襄阳调"曲谱文献。

一、清代襄阳腔研究回顾

"襄阳腔"是探讨皮黄声腔源流绕不开的话题。
"襄阳腔"一词最早见于乾隆年间严长云《秦云撷英小谱》：

> 弦索流于北部，安徽人歌之为枞阳腔（今名石牌腔，俗名吹腔），湖广人歌之为襄阳腔（今谓之湖广腔），陕西人歌之为秦腔。①

该声腔流行于清代前期的湖北襄阳地区，正处于北方梆子腔向西皮腔过渡的中间阶段、中间地带，学术界一般认为这种出现在乾隆时期文献中的"襄阳腔"就是西皮腔的前身。这一观点的首倡者是欧阳予倩先生，20 世纪七八十年代的戏曲史著基本上延续此说，郭贤栋、刘小中、流沙、于质彬先生等也对此做了补充。

---

① （清）严长云：《秦云撷英小谱》，见傅谨《京剧历史文献汇编（清代卷）》（第一册），南京：凤凰出版社，2011 年，第 11 页。

欧阳予倩先生是在"西皮腔脱胎于秦腔论"的基础上开始重视"襄阳腔"研究的。1927年,《谈二黄戏》一文提出西皮腔"脱胎于秦腔",其"慢板、快板、摇板等,都与秦腔的结构一样,行腔也很相似,只是韵味不同罢了"。① 在这篇文章中,"襄阳腔"之名还未被正式提及。1955年,欧阳予倩在《京剧一知谈》中补充了自己的观点,首次提出"襄阳腔"在西皮发展史中的过渡声腔意义:"至于西皮,则是脱胎于西北的梆子腔。由梆子腔变成襄阳腔,由襄阳腔变成西皮,必然经过一个不短的时间。"② 不过,文中并未具体描写襄阳腔的具体形态和形成经过对"梆子腔""襄阳腔""西皮调"三者的界分也并不清晰。

1957年,周贻白《谈汉剧》一文认可"襄阳腔"的历史意义,并将这段声腔发展过程置于襄阳地区特殊的地理条件下,进一步阐释"襄阳腔"形成的历史原因。周氏认为:"来自陕西者,实为由西安梆子蜕化出来的西皮调,其经行路线,系由汉水东下,先至湖北的襄阳、樊城一带,再到武汉,故西皮调或名'襄阳调',又称'湖广调'。"③ 周贻白后来又补充说明,陕西的梆子腔由汉水东下进入襄樊地区,声腔一变而成为"襄阳腔",这种襄阳腔循水路、陆路传播至云南、湖北汉口、湖南、江西、两广地区,蜕化为各地方剧种中的"西皮调"。④

这种经周贻白先生发展了的"襄阳腔过渡说"在20世纪70年代以来的戏曲史、音乐史专著中有较大影响。张庚、郭汉城先生所编《中国戏曲通史》在论述西皮源流时采纳了周贻白的"襄阳腔过渡说",并论及该声腔的地域个性:"一般认为,梆子腔由山陕地区传到了湖北襄阳一带,形成具有地方特色的襄阳腔,后来再经湖北艺人的丰富加工成了西皮腔。"⑤《中国音乐史略》同样把

---

① 欧阳予倩:《谈二黄戏》,见郑振铎《中国文学研究》,上海:商务印书馆,1927年,第115页。
② 欧阳予倩:《京戏一知谈》,见《欧阳予倩全集》(第五卷),上海:上海文艺出版社,1990年,第104页。
③ 周贻白:《谈汉剧》,见《周贻白戏剧论文选》,长沙:湖南人民出版社,1982年,第458页。
④ 1960年,周贻白在《中国戏曲声腔的三大源流》中又补充:"(西皮)按之地域,实系由陕西从白河而入武汉。如今之云南的滇剧,其西皮则仍名为'襄阳调',亦即所谓'湖广调'。他如汉剧、湘剧(名'北路',示来自汉剧)、赣剧、桂剧(皆湘班传去)、粤剧(仍名梆子,其始亦传自湘剧)皆系循此路线而发展。"参见周贻白《中国戏曲声腔的三大源流》,见《周贻白戏剧论文选》,长沙:湖南人民出版社,1982年,第194页。
⑤ 张庚、郭汉城:《中国戏曲通史》(下),北京:中国戏剧出版社,2006年,第764页。

襄阳腔视为早期西皮声腔的"熔炉":"西皮是由湖北的襄阳腔发展而成的一种戏曲声腔……秦腔流入湖北襄阳一带,它与当地自明代以来就流行的楚调相结合,就产生了襄阳腔,襄阳腔进一步吸收了当地的民歌、小曲加以变化,就成为西皮。"①以上两部著作分别从戏剧史和音乐史角度延续、补充了周贻白的"襄阳腔过渡说"。

西皮由"襄阳腔"发展而来的戏剧史观点,引起八九十年代戏曲音乐学界对保存在各剧种《雷神洞》中"襄阳调"的注意。不过,音乐学者对"襄阳调"以至清代"襄阳腔"的看法却出现了较大分歧。一方观点认为南方皮黄剧种,尤其是广东汉剧《雷神洞》中的"襄阳调"即清代襄阳腔的遗存;由于这支曲调保留了北方吹腔的调式和结构特征,说明清代襄阳腔确为西皮腔的前身声腔。另一方观点则认为目前保留下来的"襄阳调"仅为民间小调,不足以证明西皮腔的早期历史形态特征。

持第一种观点者有郭贤栋、刘小中、流沙先生。郭贤栋、刘小中在1986年发表的《西皮腔探源》中最早提出广东汉剧《雷神洞》"襄阳调"比湖北汉剧更古老的观点。该文附录的21个谱例中包括"广东汉剧院民初唱片"《打洞结拜》,由郭贤栋根据民国时期的唱片记谱。该文认为:

> (按:广东汉剧襄阳调)近代的唱法,与湖北汉剧、荆河戏的唱法基本相似(例七,按例七为闽西汉剧邓玉璇演唱版本)。二三十年代的唱法比较朴实,但与今天的唱法无根本差异(例八,按例八为广东汉剧黄桂珠演唱版本)。清末以前的"花二六"与今天的"花二六"曲调差异就大了。首先是调式不同,这种"花二六"属一种宫调式曲调,一般是上句落商,下句落宫。后来,这个曲调逐渐变成了徵调式,一般下句都落在徵音上,最后一个尾句还保留在宫音上。据我们调查的结果看,清末以前的广东汉剧《雷神洞》中的"花二六",较多地保留了西秦腔的原始曲调特色。我们初步断定,它就是明末清初襄阳

---

① 吴钊、刘东升:《中国音乐史略》,北京:人民音乐出版社,1983年,第294页。

腔的遗响（例九，按例九为广东汉剧院民初唱片版本）。理由有三：

    1. 它保留了西秦唱腔中"三五七"曲牌的基本词格……

    2. 它的曲调与吹腔十分接近……

    3. 剧本系元末明初的杂剧本，此剧除北昆演出外，一般为皮黄剧种所演……《雷神洞》系皮黄戏中早期的剧目之一，当初可能以唱襄阳腔为主，后来逐渐被它的后裔皮黄腔所渗透……①

该文的主要贡献有两点，一是对广东汉剧"襄阳调"早期唱调的发现与介绍；二是首次提出广东汉剧"襄阳调"与清代西秦腔在音乐形态上的联系，以此证明清代襄阳腔就是早期西皮腔。

1993年流沙先生《越调与襄阳腔及西皮调》一文引录郭贤栋所记广东汉剧唱片谱，强调这段唱调具有上句落音为"re"、下句落音为"do"的特点，符合清代吹腔特征，与目前湖北汉剧上句落音为"re"、下句落音为"sol"明显不同。流沙又将这支"襄阳调"与山西勾腔形态对比，进一步论证广东汉剧"襄阳调"与明末清初西秦腔的联系，也得出了清代襄阳腔为早期西皮腔的结论。②

不过，以广东汉剧"襄阳调"为清代襄阳腔遗存、以襄阳腔为西皮腔前身的观点曾在20世纪八九十年代引起戏曲音乐学界的质疑，代表学者有余书棋、孟繁树和刘正维等。

1983年余书棋发表《试论西皮调与襄阳腔》时，广东汉剧"襄阳调"尚未被发现，因此文章关于"襄阳调"的论述是就湖北汉剧《雷神洞》之"襄阳调"而言的。余文认为，《雷神洞》中的"襄阳调"只是襄阳地区流行的民歌小曲，在剧中仅为插曲性质；不仅如此，文章还认为即使是乾隆文献中的"襄阳腔"

---

① 郭贤栋、刘小中：《西皮腔探源》，《戏曲音乐资料汇编》，1986年第3期。
② 流沙：《越调与襄阳腔及西皮调》，见《宜黄诸腔源流探——清代戏曲声腔研究》，北京：人民音乐出版社，1993年，第176页。

也不是早期西皮，而是湖北黄腔，西皮声腔的真正源头在陕南地区。① 文中关于清代"襄阳腔"的质疑兹录于下：

> 对于"西秦腔传入襄阳变为襄阳腔，襄阳腔又继续在汉水流域发展。经过湖北艺人更多的加工改造，使它在音调上发生更大的变化，就成了后来的西皮"（《中国戏曲通史》）这一论点，反倒使人有几点不解之处。其一，汉调西皮调中所有的板式中还找不出一个较合适的板式与湖北汉剧的襄阳调相对应。从中找出它们之间相似的旋律音，进一步研究西皮调中最基本的板式是由襄阳发展而成。其次，汉调二黄（包括湖北汉剧）所有的剧目中用襄阳调来演唱的寥寥无几，在湖北也仅限于《雷神殿》一折戏里赵京娘唱段中的"一落千丈"段唱词唱襄阳调，它类似插曲性的，若从剧目上讲也非汉调的启蒙剧目。不过河南曲剧中有此剧目，我怀疑怕是湖北艺人移植此剧后，采用民间小调以插曲性出现在剧中，使其剧情不至于平淡罢了。其三，假如西皮调是襄阳调继续在汉水流域发展而成，那么与襄阳同一水系而居于汉水中、上游的陕南所有汉班艺人从未把西皮调称为襄阳调的，就连湖北艺人也不曾把西皮称作襄阳调，倒是他们把散西皮（西皮慢板）有称作陕西皮的叫法，意思是西皮来自陕西。所以说，襄阳腔应为湖广黄腔。襄阳腔当为西曲之流传民间遗音，西皮调出自西府秦腔。②

1986年，孟繁树在题为《关于声腔剧种史的研究方法问题》的文章中以《雷神洞》"襄阳调"为反面例子，说明对现存个别声腔音乐形态的分析难以完

---

① 余书棋认为，西皮调直接脱胎于西秦腔的欢音"二六"板，经陕西艺人加工创造而成，因此西皮声腔形成于陕南，而襄阳腔可能是湖北黄腔或"只是一个带插曲性的小调，它很可能是西曲踏歌流入民间的遗音"。"在湖北以西皮号为襄阳腔者，乃陕南艺人……传汉调西皮于两郧和襄阳，后为别具风格的襄河流派。"为了证明以上观点，余文的核心论据有两类，一类是陕西秦腔、汉调二黄西皮类唱腔与成熟西皮声腔的比较，另一类是乾隆时期汉调二黄班在陕南活动的证据。不过，唱腔比较乃根据今谱，不一定是清初的情况；而西安骡马市梨园会馆修建于乾隆四十一年（1776），且无明确声腔戏班标志，是根据安康老艺人追述而认定为二黄班修建的。参见余书棋《试论西皮调与襄阳腔》，见束文寿《京剧声腔源于陕西》，西安：太白文艺出版社，2011年，第135页。

② 束文寿：《京剧声腔源于陕西》，西安：太白文艺出版社，2011年，第140页。

全解释声腔史问题：

> 现存的襄阳腔只有一支，为汉剧《雷神洞》中赵京娘所唱，它只在这一出戏里专曲专用。对这只与吹腔相近的襄阳腔，至少可以作出三种解释。其一，襄阳腔只有这一种形态，与现存《雷神洞》中者相同。其二，现存《雷神洞》中的襄阳腔，仅是历史上襄阳腔的一支曲调，以往的襄阳腔还有其他的形态。其三，现存这支襄阳腔是在历史发展过程中受了吹腔影响的结果，它并不能反映襄阳腔的本来面貌。在尚无新的史料发现之前，上面三种可能性便都不能排除，因此仅仅采用三种可能性中之一种，就未免有些主观武断了。①

孟文认为，《雷神洞》"襄阳调"不足以代表清代襄阳腔的情况，其质疑主要集中在"专曲专用"、孤证难立，因而尚需"新的史料发现"。

刘正维《证西皮女腔先于西皮男腔——兼论西皮脱自北路梆子》一文也涉及《雷神洞》"襄阳调"的问题。该文对"襄阳调"与早期北方吹腔的关联持否定意见，进而认为它与早期西皮腔的联系存疑：

> 襄阳调是汉剧《雷神洞》中使用的一支绝无仅有的、不具代表性的腔调。其他皮黄剧种亦有此腔，也仅在此剧（有的名《打洞》等）中唱。它是在平板与女西皮基础上化合的唱腔。平板与吹腔同根，故襄阳调的上句终止音与平板一样，自然也像吹腔；但下句终止却是女西皮的 sol，吹腔下句终止是 do，故对不上号。另外，就词曲同步运动的腔式结构而言，则主要是西皮的。吹腔腔式下句词的腰逗以扩充为正格，即拉开距离，行腔夹在其间。如徽池雅调《斩貂》的吹腔下句："想起了温——（行腔）侯（过门）情惨伤。"西皮从不这样唱，二者又不一样。但襄阳调每大段腔的后面有一个下句扩充腰逗，如

---

① 《戏曲研究》（第二十一辑），北京：文化艺术出版社，1986年，第215页。

"缺少了关——（行腔）平（过门）和周仓"。这是平板的腔式，故又近似吹腔，致使人误解西皮来自吹腔。总之，终止音和腔式的规律都不一样。①

由于戏曲音乐学界对《雷神洞》"襄阳调"即西皮前身"襄阳腔"的观点持谨慎态度，后来部分论著在谈到清代襄阳腔问题时也有所保留。如冯光钰先生在《戏曲声腔传播》中说："西皮腔的形成地在湖北，但它并非是在湖北本土的民间音乐基础上产生发展起来的，而是清代中叶由西邻的西秦腔、山陕梆子沿汉水流域传入鄂西北的襄阳一带孕育而成。令人不解的是，山陕梆子传播到襄阳地区并未形成完整的梆子腔剧种，却在其影响下产生了独具一格的襄阳腔。这个襄阳腔再顺汉水向东南方向的武汉一带传播，经众多艺人的创造逐渐演变成后来被称为西皮的腔调。"② 至今皮黄戏曲史上的"襄阳腔"仍有许多"令人不解"之处。

二、新加坡所藏《打洞》曲本襄阳调的研究价值

在广东汉剧与清代襄阳腔关系的讨论中，由于文献记载的缺失，反映声腔音乐形态的曲谱扮演了至关重要的角色。20世纪80年代以来，郭贤栋记录、整理的民国初年广东汉剧唱片谱由于符合早期吹腔的音乐形态特征，成为广东汉剧，亦即外江戏保留襄阳腔曲调的重要证据。

目前所见，湖北汉剧、荆河戏、常德汉剧、闽西汉剧和广东汉剧等五个剧种均有"襄阳调"曲谱流传。不过，符合早期吹腔特征的仅有郭贤栋谱一种。各曲谱首二句谱例如下。

甲、郭贤栋据广东汉剧民国唱片所记【西皮花二六】曲谱。

---

① 刘正维：《证西皮女腔先于西皮男腔——兼论西皮脱自北路梆子》，《中国音乐学》，1992年第4期。
② 冯光钰：《戏曲声腔传播》，北京：华龄出版社，2000年，第279页。

乙、流沙先生《越调、襄阳腔与西皮调》所用广东汉剧【西皮花二六】谱例。

丙、《广东汉剧唱片曲谱集》所录广东汉剧【西皮花二六】曲谱（经比较，此谱与《西皮腔探源》所引20世纪二三十年代黄桂珠所唱版本基本一致）。

丁、《西皮二黄音乐概论》所引常德汉剧【草鞋板】谱例。

戊、流沙先生《越调、襄阳腔与西皮调》所用湖北汉剧【襄阳调】谱例。

各本唱调的音乐形态情况如表8-1所示。

表 8-1

版本	终止音	调式	音阶	音列
甲	re,do	商音支持的宫调式	五声调	la,mi,sol,la,do,re,mi
乙	re,do	商音支持的宫调式	五声调	la,mi,sol,la,do,re,mi
丙	do,sol	宫音支持的徵调式	五声性六声调	mi,sol,la,si,do,re,mi,sol
丁	re,sol	商音支持的徵调式	五声性六声调	sol,la,si,do,re,mi,sol,la
戊	re,sol	商音支持的徵调式	五声性七声调	re,mi,fa,sol,la,si,do,re,mi,sol

首先，我们注意到，在同一剧种的不同历史阶段，有关唱段的音乐形态也有明显变化。清末民初外江戏唱片谱中的襄阳调使用五声调式，而二三十年代

艺人黄桂珠所唱版本却衍变为五声性六声调。① 其次，早期吹腔具有商音支持的宫调式的形态特色，民国初年广东汉剧的唱片谱及流沙所引曲谱符合这一调式特征，即都是上句落音为商（re）、下句落音为宫（do）。目前能够支持外江戏"襄阳调"与吹腔关系的材料，仅有清末民初唱片谱一种。不过，这份曲谱材料的记录、转译时间较晚（80年代），又仅为孤证，其缺陷也是十分明显的。

在缺乏早期曲谱资料的情况下，新加坡所藏清末民初外江戏《雷神洞》曲谱的文献价值由此彰显。

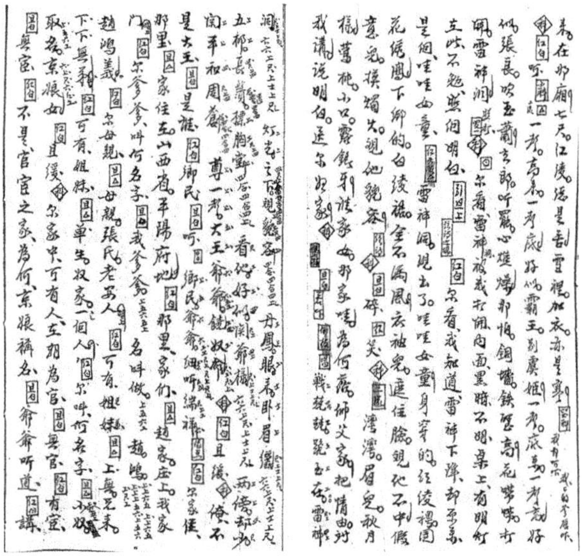

图 8-1

在新加坡余娱儒乐社原藏的70余册外江戏抄本中，第1册为《天官赐福》和《打洞结拜》的合订本。该本正文部分共25页，第1—14页为《天官赐福》，第15—23页为《打洞结拜》，第24、第25页补抄"赐福"后所连之《小团圆》。《打洞结拜》剧末题"乙卯五月十七日记"，由陈子栗等在1915年5月抄

---

① 根据刘正维先生归纳的汉族板块内传统音乐形态特征分布情况，南方区（川东、鄂南、皖南、苏南及两广）以五声调式多；东北、西北板块（河北、山东、豫东、皖北、苏北、陕西、山西、豫西）则以七声调式多；南北交融的中央区（以湖北为中心，包括豫南、川东、皖中）兼有五声、七声、五声性七声调、五声性六声调。参见刘正维《民族音乐形态学建设》，载《中国音乐》，2006年第4期。

录。该剧本在赵京娘所唱"战兢兢"一曲前既未标"襄阳调",也未标"西皮花二六",仅标注"倒板",但是在曲文右侧附注工尺谱,是目前广东汉剧"襄阳调"最早的曲谱资料。

为方便比较,我们把"襄阳调"的首二句译成线谱。

余娱儒乐社所抄曲谱的上句落音在商(re),下句落音在宫(do),上下句的过门在整支"襄阳调"中重复出现,是曲调的固定间奏。该本曲谱的存在,证明清末民初外江戏的"襄阳调"确为商音支持的宫调式,为外江戏唱调与吹腔的关系提供了支持。

从曲式特征的角度看,前述民国唱片谱首二句的上句起始出现一个大三和弦,下句部分使用花腔,曲调更富有跳跃性。儒乐社曲谱的旋律线则相对平稳。民国唱片谱的音区比儒乐社曲谱整整高出一个八度,可能反映了当时职业艺人与业余"儒家"在处理这支曲调时的差异。一般而言,职业艺人唱腔音域较广,且往往需要在广场演出,所唱调门较高;业余爱好者讲求曲唱典雅优美,又或受音域条件限制,故所唱调门较低。新加坡所藏潮梅外江戏《打洞结拜》剧本与此前唯一的民国唱片曲谱互相印证,证明潮梅外江戏部分保留了襄阳腔近似吹腔的早期形态。

三、关于《外江诗部》的初步研究

《外江诗部》,现存于新加坡余娱儒乐社抄藏的外江戏剧本中,装订为第

78册，正文部分共39页。封面与扉页均题"外江诗部"，版心（抄本模拟版刻）上端鱼尾中则题"外江诗套"。目录页首页左侧上方钤有"子栗氏"竖排阴文印章，末页钤有篆书横排"子栗"阳文印章。目录正反共三页，依次列有从【房（傍）妆台】到【倒插金钗】共149个曲牌或板式、剧目名称。目录页第3页背面为最后一支曲牌"萧（箫）套上海一粒星"的楷书标识，正文第38页反面【倒插金钗】之后接最后一支曲牌"上海一粒星，三多广裕开来"。按潮州民歌有【一粒星】曲牌，此处特意标明"上海"，指的应是底本来源，《捉放曹》剧末题署"此本实是上海本"可证。而"三多"应即清末民初活跃在粤东并远赴新加坡演出过的外江戏班"老三多"。本书相关章节多次提及，余娱儒乐社及其创始人陈子栗和老三多戏班关系密切。故可推断，《外江诗部》是老三多舞台演出使用的笛箫类、丝弦类乐器的器乐曲谱和锣鼓经。

《外江诗部》非一次抄成，而且抄完后有改动。证据是，第13页反面在"四疲翠"下注："西皮退板，辛酉九月廿日补入。"第9页正面，在"反线乙字落"末尾有红笔夹注："庚午改。""辛酉"为1921年，"庚午"为1930年，可见早在1921年以前《外江诗部》已经大体抄成，但直到1930年还有改动。余娱儒乐社抄藏的外江戏剧本，多数本子除了钤有陈子栗的印章之外还钤有其他抄录者或收藏者的印章，但《外江诗部》中弦乐器部分则只有陈子栗一人的印章。陈子栗为清末民初著名民族音乐家，精通三弦、琵琶、筝等各种乐器。据此可以推断，《外江诗部》绝大部分乃陈子栗亲手抄、改而成，并且生前一直由他本人保存。

《外江诗部》除弦乐、管乐曲谱外，第31页正面至第36页正面，还插有"开台至收场锣鼓诗"，即外江戏打击乐器锣鼓谱，即梨园行俗称的"锣鼓经"。第31页正面首行上端钤有"子栗氏"三字竖排阴文印章，下端钤有篆书"西园翰墨笔花居主人（工尺）"印章。按本书上卷第三章引洪令经《陈子栗先生事略》，谓陈子栗有斋名"笔花居"，盖取"梦笔生花"之义。可知这枚印章也是陈子栗本人所钤。在打击乐部分钤章，说明这一部分原本是独立的。但令人疑惑的是，第36页正面为锣鼓经，反面则恢复为管弦乐谱。这样看来，整个《外江诗部》在抄录时就是一体的，或是由于陈子栗格外钟爱打击乐谱，才额外钤上自己的名字及书斋印章。

关于《外江诗部》的价值与局限等，还有以下四点需要说明。

首先，《外江诗部》的价值，表现在它既包括了南北曲牌，皮黄、梆子声腔，同时也不乏俗曲体曲牌。其中俗曲曲牌的展示，对于戏曲音乐的深入研究，提供了实例。

例如，第28页【产孩儿】曲牌名下夹注云："平戏'耍'。"即谓"产"就是"耍"，【产孩儿】即【耍孩儿】。接着列唱词："进花园，进花园；猛抬头，四下观。花园里面闲游戏。石榴开花红是红，芍药开花赛牡丹。羊（杨）梅开花人难见。满园中百花开放，观花人喜上眉尖。"按【耍孩儿】曲牌，从金元北曲到明清俗曲，流播极广，格律变化也很大。《董西厢》中的两首【耍孩儿】均为九句，其句式为：七（四、三韵）、六（四、二韵）、八（三、五韵）、七（三、四韵）、七（四、三）、七（四、三韵）、三、四、四（韵）。杜善夫《庄家不识勾栏》中的【耍孩儿】套，每煞句格均有变化，依然呈现出长短句特征。明万历年间刊《大明春》《玉谷新簧》中的俗曲【耍孩儿】为七句，句格为七（韵）、七（韵）、七、七（韵）、三（韵）、三（韵）、七（韵），已呈现出向齐言转变的趋势。明清教派宝卷和部分道情作品中的【耍孩儿】为八句，其一般的词格为：六（三、三，韵）、六（三、三，韵）、七（韵）、七（韵）、七、七（韵）、七（韵）、七、七（韵）。康熙年间蒲松龄俗曲体戏曲《禳妒咒》，基本沿用了宝卷、道情中【耍孩儿】的格律。① 而《外江诗部》中的【产孩儿】，基本上与宝卷、道情以及《禳妒咒》中的【耍孩儿】格律相同，无疑属于俗曲曲牌。从夹注提到的"平戏"可以知道，京剧中运用俗曲曲牌应不在少数。

以往人们把戏曲的音乐结构归结为曲牌联套体和板腔体两大类，而忽略了对俗曲体的研究。在《外江诗部》中，除【产孩儿】即俗曲【耍孩儿】之外，还在【玉美人】【剪剪花】【大八板头】【落地索】等曲牌名前后注明"小曲"。"小曲"即俗曲，唯叫法不同而已。此外，【山坡洋（羊）】【落地金钱】【十八摸】【闹五更】【到冬来】【到夏来】【王大娘】【鲜花调】等曲牌，均应属于俗曲曲牌。

---

① 康保成：《试论俗曲体戏曲及其在中国戏剧史上的地位——以蒲松龄〈禳妒咒〉为中心》，载《文史》，2018年第4期。

这不仅可以说明，清末民初外江戏中大量运用了俗曲，而且可以进一步从中探讨，曲牌体是如何通过俗曲体向板腔体转化的。

其次，《外江诗部》部分地反映了清末民初外江戏中的曲词关系。《外江诗部》虽是器乐谱，但上文中列举【耍孩儿】唱词的作法，已经部分地透露出外江戏中的曲与词的关系。另外，第39页反面用红笔注云："补红丑出台句：前日无事往城中，看见老婆打老公。问他相打为何事，原来不见吹火筒。公打婆来婆打公，打得头发两蓬松。打得五六工尺工，工尺工。哈哈哈哈。"这段念白应是"红丑"出台时所念，当即《外江诗部》中的最后一支曲子，即从第38页反面到第39页正面的"上海一粒星，三多广裕开来"演奏完毕时所念。这样，这套器乐谱与舞台演出的关系也就更加形象了。

再次，《外江诗部》还注明了管弦乐与打击乐相互配合的关系。由于《外江诗部》是外江戏实际演出时使用的，那么管弦乐和打击乐如何配合也必须予以提示。第35页，在锣鼓牌子下注明了锣鼓与弦乐伴奏、音乐旋律的配合关系。最明显的是红笔标出的"起【玉芙蓉】清介，三下头镇头板，六工五六工六上""起【步步娇】介，沙帽头又一下，L，六工六上五六工六尺"等。这不仅对于当时的排练、演出有直接的提示作用，而且对于后世传承外江戏、外江乐的表演有不可忽视的指导作用。

最后，《外江诗部》的局限性以及如何克服这一局限性。《外江诗部》采用工尺谱记谱，有一定的局限性。众所周知，与现在国际通行的五线谱及简谱相比，工尺谱只是用汉字来代替了音高，没有标明音符时值，没有节奏，因而不能精确地再现音乐旋律，而只是一个大概的旋律框架，因此被有些学者称为"框架谱"或"概念谱"。工尺谱得以流传，很大程度上得益于师徒之间的口口相传。也就是说，在不同的歌唱师傅或演奏师傅那里，他们可以根据自己老师的传授以及自己多年来的演唱或演奏经验进行实践，并且将这种实践传授给徒弟。这种情况以往很常见，今天我们依然可以使用这些曲牌，并且允许近似的旋律存在。如此一来，同样的谱子就可以产生出若干不同的旋律。

由于百年前陈子栗和他的伙伴们的演奏录音没有留下来，准确地还原这些谱子有一定难度。好在外江戏就是广东汉剧的前身。数年前出版的广东汉剧院丘煌老先生的《广东汉剧音乐研究》①一书中，列举了不少广东汉剧的演唱和演奏谱例。经过我们初步对比，发现书中的谱例，与《外江诗部》完全相同的牌子有【访（傍）妆台】【西厢词（调）】【玉美人】【卷珠帘】【柳摇金】【玉连环】【一点金】【琵琶词】【哭皇天（殿）】【玉山坡】【到春来】【上天梯】【小桃红】【过江龙】【柳青娘】【普（菩）庵咒】【浪淘沙】【水龙吟】【八板】【跌断桥】等20余支曲牌。经对照，发现除了《汉剧音乐研究》中多了一些装饰音之外，二者的旋律基本相同。还有一些《外江诗部》中的板式如"西皮头板""二黄二板"等，在《广东汉剧音乐研究》一书的声乐部分也能找到相应的谱例。因此，我们在本书的下卷，将《外江诗部》照原样影印出来，热心的读者可以对照《广东汉剧音乐研究》或《中国戏曲音乐集成·湖北卷》《中国戏曲志·广东卷》《中国戏曲志·湖北卷》《中国民族民间器乐曲集成·湖北卷》《中国民族民间器乐曲集成·广东卷》等书，进行视唱、演奏或研究。

另外还要说明，由于口传因素以及方言或书写等方面的原因，《外江诗部》中的【越林好】即通常所说的【园林好】，【棒钟台】即【傍妆台】，【过江陵】即【过江龙】，【小凉舟】即【小凉州】（【小梁州】），【铁断桥】即【跌断桥】，【产孩儿】即【耍孩儿】，【山坡洋】即【山坡羊】，【水浓吟】即【水龙吟】，【川不足】即【川拨棹】，【及三千】应为【集贤宾】，【腊栅令】应为【哪吒令】等。这说明，口语（含念诵、演唱）在不同的方言区特别容易产生讹变。事实上，曲牌名称不仅有讹变现象，而且由于口传的原因有丢失现象。在戏曲音乐从曲牌体向板腔体的蜕变过程中，曲牌名称的丢失也是一个重要原因。一方面，板腔体不需要曲牌；另一方面，曲牌名称在长期的口传中发生了讹变和丢失。二者互为因果。当然，这是需要另做研究的。

---

① 丘煌：《广东汉剧音乐研究》，广州：中山大学出版社，2011年。

第二节　新加坡藏外江戏抄本的舞台提示与表演信息

清末民初，各地潮汕士绅组成乐社，传习外江戏曲，视其为儒乐、雅乐乃至国乐流裔，原不为粉墨登场、下海票戏。不过，乐社成员常与外江艺人相接，与戏班教师保持密切的合作关系。这批外江戏抄本也不乏当时名班、名师、名伶的脚本，因此保留了丰富多元的舞台表演信息。可以说，这批"失而复得"的剧本不仅填补了此前剧目内容方面的文献空白，还提供了观察清末民初外江戏形态的内部视角，可以补充、修正此前部分关于外江戏表演风格、行当体制特点的认识。

一、舞台提示

早期潮汕地区和新加坡潮汕移民群体组建的业余乐社仅以清唱外江戏曲本为主，后来为赈灾义演才正式将演剧纳入乐社活动范畴。因此，不同时期、不同乐社组织抄录的剧本对场上表演情况的反映有所差异。

在余娱儒乐社的外江戏抄本中，抄录时间信息完整的剧本可以分为两个阶段，第一个阶段是1914—1920年所抄剧本，共110种；第二个阶段是1931—1939年所抄剧本，共46种。

第一个阶段所抄剧本以曲文、念白为主，着重标识剧本声腔、曲牌、板式等音乐信息，反映场上表演情况的舞台提示较少。具体而言，在这百余个剧本中，涉及场上表演的舞台提示有以下特点。

第一，反映人物悲喜情态的"哭科""笑科"最多。如标识剧中人"哭科"的剧目有《乾坤带》《祭雷峰塔》《收浪子》《望儿楼》等出。标识"笑科"的剧目有《高王过关》《骂阎罗王》《破南阳》《百寿图》《探五阳》《游江南》《沙陀国》《张顺祥》等出。"哭笑"兼有的剧目包括《闹龙凤阁》《卢瑶打驴》《郭巨埋儿》等出。"哭"和"笑"作为人最直接、常见的情绪表达，在余娱儒乐社抄本的舞台提示中所占比重最大。尽管如此，上述剧目仅占该社第一个阶段抄本的七分之一左右，从一个侧面反映出早期业余乐社抄本对舞台表演方面的内容并未给予过多关注。

第二，对剧中人的关键戏剧行动有所描述。外江戏抄本中的历史演义类剧目时有涉及剧中角色对打的战争排场，故此类剧本中常伴有"杀科""死科""打科"的提示。还有一些剧目有摆帐饮酒等排场，在剧本提示中亦有所反映，如《百花亭》(《醉酒》)中有"食酒科""食醉科""连饮三杯"等。此外，《蓝芳草·挨磨》有"汲水科""打破科""锁门科""救出墙科""打火烧科"等较为具体的表演提示。余娱儒乐社所抄《蓝芳草》系列剧本均出自清末外江名班"老三多"，由此可见当时班本对舞台表演细节有所记录，并被业余乐社抄本保留、承袭。

第三，标识神仙鬼怪等超自然角色及现象。如《佐慈戏曹》一出，由老生扮演的道人佐慈为戏弄曹操，特令鬼神偷食东吴所进柑橘，故剧本中有"出鬼科""鬼食科"和佐慈"上云科"等表演提示。在宴席中，曹操故意为难佐慈，欲求"真龙心肝"，佐慈唱道："曹孟德果真是奸雄难讲，世间人怎食得真龙心肝，叫人来拿石砚在尔手上，待本仙画只在照壁粉墙。画四足蹈在那云端之上，画罢笔变成了真龙一般，执宝剑使仙法真龙出现。"其后有"出龙""取龙肝""出火神"等舞台提示。如《骂阎罗王》(《胡迪骂阎》)有"出众鬼"，《龙虎斗》有"出龙虎"，《金龟宝记》"出鬼"等皆若此。

在1914—1920年所抄剧本的基础上，余娱儒乐社于1930—1939年间又增加了近50个剧本。第二个阶段所抄剧本的舞台提示较此前丰富、细腻。例如，在1930年抄写的《白氏救夫》中，白蛇端午误饮雄黄、现出原形，许仙受惊而死，白蛇与天兵交战救夫。剧本中的舞台提示包括"出龙舟""(唱)龙舟歌""出蛇科""惊死在地""祥云降下""猿与白氏杀科""神将拿白氏"等，可见此剧的表演提示已不仅限于人物情态，还记录了排场情况、人物行动关系等场上调度方面的内容。又如,《摘潘洪印》的剧本详细记录了剧中人物的表演细节,科介提示包括"生接牌跪,背敕书上马";"众惊科,与中军比马失蹄";"老生换帽,上弦畔角坐";"扶太师起将他丢下科";等等。其中既有场上人物的神情、动作,又有舞台调度、排场位置、道具砌末,可以直接为场上演出所用,反映出余娱儒乐社后期抄本在剧本体制方面的成熟。

1938年余娱儒乐社创始人陈子栗所抄《珍珠衫》的舞台提示也有一定特点。该抄本的曲白之间添加了不少表演说明,侧重于对剧中角色心理活动和行为意图的揣摩,显示后期乐社抄本的重心从曲本清唱转向戏曲人物的塑造。

《珍珠衫》故事本于明代小说《蒋兴哥重会珍珠衫》,抄本截取蒋兴哥发现妻子王三巧与人有私后决意休妻,王三巧与其父上门哀求谢罪的情节。在剧本中,蒋兴哥原以为老丈人独自前来,后发现妻子王三巧:"生比尔与人通奸科,旦被羞辱无奈何叫苦。"王三巧踟蹰不敢进门,其父询问何不进去,旦在场上比:"我若进门必挨打,故其父又努力调停"。进门后,王三巧不敢向兴哥开口,求助其父:"旦比阿爹尔问他几时回来。"王三巧又托其父婉言问起休书之事:"旦比阿爹尔问他休书如何解说。"三巧父依言询问,蒋兴哥闻之出语讽刺,三巧父起初不解,兴哥挑明缘故:"生比尔女儿与人通奸何面来见我,末、旦对面同羞。"后来生又"向三巧父比尔食到正(这么)老,养的好女儿与人通奸,羞亦不羞吓。"三巧父扯其女同跪蒋兴哥,"旦比阿爹尔老他小跪不得"。三巧父苦求兴哥原谅三巧,以为成功,欲拉其女一同起身,此处又有一段表演说明:"末欲起,旦扯末衣不可起,看生面色不准,末问扯衣何事,旦比与末知。"

《珍珠衫》抄本后半段还有大量旦末科诨及生旦对手戏的记录。例如,王三巧欲以夫妻之情挽回蒋兴哥,又因父亲在场害羞难言,示意其父回避:"旦比爹爹尔出门他要讲话。末误会叫他出门看有无人来",末特意告旦"外面没有人在"。旦欲言又止,再次示意其父退场:"旦比俺欲说话尔不可听,出门去。末又误会比耳比头又再误。旦气打自己头,末误脱帽看无物比面无,又误会打帽。"旦实在无法,"叫末来耳边言",末方恍然大悟称"是是是"并"出门"。这一段舞台表演提示不但生动记录了旦、末在台上的互动过程,而且细致说明了人物的心理、情绪和行为意图,已相当于一部完整的说戏脚本。艺人只需根据其中提示，结合行当表演程式，可以将整本戏连贯排演。由此可见，到了20世纪30年代，新加坡业余乐社对外江戏的传承，已从单纯的音乐活动转向综合的演剧活动，这一转变痕迹在他们抄写的外江戏剧本中保存了下来。

二、行当体制

潮梅外江戏在20世纪50年代被定名为"广东汉剧"。关于广东汉剧的角色体制，过去有从"十行制"发展为"七行制"的说法。"十行制"指的是生、末、小生、外、旦、贴、老旦、净、丑、杂；"七行制"指的是生、旦、丑、公、婆、乌净、红净。从"十行"到"七行"，即把"末""外"改为"公"，将"小生"归入"生"，"贴"归入"旦"，"老旦"改为"婆"，"净"分为红、黑二"净"，"杂"作为附属派入各行当。陈志勇在《广东汉剧研究》中叙述了这一角色体制的演变过程：

> 广东汉剧脚色（同"角色"）体制大致经历了三个时期：第一个时期是沿袭湖北汉剧"十行脚色制"阶段，为承继期；第二个时期，则是打破"十大行当体制"的重组期，脚色行当既有前期的影子，又没有形成自身的规范，这是一个"破与立"的过渡时期。第三个时期是同光年间，广东汉剧形成了具有本剧种特色的"七行脚色制"，为成熟期。①

此前，由于清末潮梅外江戏剧本文献的空白，学术界只能根据早期艺人李祝三、罗恒报等对清代外江戏角色分行的回忆，以及后来广东汉剧脚色体系的新发展大致勾勒外江戏行当的变迁。新加坡所藏外江戏剧本保留了清末民初外江戏班的行当分工资料，为探讨早期外江戏的班社组织、行当特点提供了新材料。

---

① 陈志勇：《广东汉剧研究》，广州：中山大学出版社，2009年，第147页。

这份名为"外江戏全班各行当人数"的名单抄于戊寅年（1938）四月初七，系"郑翼昇来本，陈木丰抄"，附在余娱儒乐社抄本第63册。同册另有《三仙图》《讨鱼税》二剧，均抄录于1938年四、五月间。此名单从戏班整体组织的角度，按照"生行""画面行""梳头行""文行""武行""场面行""管箱行""馆内行""班长行""下行""无行当"等类列出班中成员的具体司职及所需人数——

生行

司角老生二名。司角红面一名。司角小生一名。武老生一名。武小生一名。抱单老生一名。打什老生一名。

画面行

头、二、三手乌面三名。头、二、三手丑三名。二手红面一名。

梳头行

头、二手婆二名。头、二手正旦二名。头、二、三手花旦三名。蓝衫一名。武旦一名。

文行

跟班旦头一名。跟班旦四名。跟班生一名。打锣一名。

武行

红旗军四名。乌旗军四名。

场面行

打鼓一名。打钹一名。小锣一名。头、二、三手弦三名。

管箱行

大、二衣二名。检场一名。头盔一名。旗色一名。煸茶一名。

馆内行

大部一名。交银一名。收数一名。管米炭并什物一名。

班长行

头、二手二名。

下行

鼎上一名。鼎下一名。担饭一名。买菜一名。洗衣一名。管铺藤一名。

无行当

彩花牌丑二名。"加外"剃头一名。

在"全班各行当"资料中,"行当"一词并不单指传统戏曲的脚色分类体系,而是广义的职司范畴。因此,其中既有相当于传统角色分类名称的"生行",有综合了妆发特点的角色大类"梳头行"(相当于旦行)、"画面行"(相当于花脸)、"文武行",也包括"场面行"(相当于乐队)和其他后勤成员在内。从外江戏角色分行特点的角度看,这份名单提供了与以往艺人口述和戏曲史志记载相比更加丰富具体的历史信息。

第一,与京、昆、越等剧种生旦并重的角色体制不同,传统外江戏班内部以生、净丑为先,旦在其后。在全班行当中,标志"司角"者仅有老生、红面和小生三人,旦脚却无司角之说。以生为主,可以说是清代皮黄戏早期行当体系的重要特色,如湖北汉剧"十大行"分别为一末、二净、三生、四旦、五丑、六外、七小、八贴、九夫、十杂。这种以男性角色行当为主的戏班组织形式,与剧种常演剧目的人物设置和角色安排有关。早期皮黄戏剧目以历史演义为主,主角多为帝王将相、英雄人物,旦角在场上若非扮演佘太君、穆桂英一类女将军的角色,往往只作为男性角色的陪衬。

第二,将"司角红面"列入生行,揭示了外江戏"红净"一行的历史渊源。"红面",又称"红净",历来被认为是外江戏中的特色行当,且惯例被归入净行。该行以其唱腔高亢洪亮、行腔流畅,且扮演忠诚勇敢的人物角色广受欢迎。在新加坡所藏外江戏剧本中,由"红面"扮演的角色计有赵匡胤、关羽、包拯、姚期、王英、姜维、焦赞、徐延昭、李克用、马芳、王伯当等。为什么"红面"这个行当既称"红生"又称"红净",在新加坡藏"全班行当"中曾归入"生行",到了后来的广东汉剧、闽西汉剧中又例属"净行"呢?这个问题可以从外江戏"红面"的表演特征入手。

闽西汉剧与广东汉剧同为潮梅外江戏流裔,闽西汉剧研究者曾对该剧种的"红净"角色源流与特点做出如下概括:

> "红净",又称"红生",亦称"红脸"。是闽西汉剧剧种之中颇具特色的行当之一。它与剧种行当中的"黑净"同属净行。据有关史料考证,闽西汉剧行当中"红净"的形成晚于黑净,形成于清朝的光绪年间。①

在以往有关广东汉剧行当艺术的表述中,均遵循生、旦、丑、公、婆、红净、黑净之惯例,将"红面"归入净行,并将净行列于末尾。这份"全班行当"将"红面"列入"生行"的做法其实是早期皮黄戏班"红生"行当的遗存。清代皮黄班的"红生"一行出于徽班,从早期米喜子、程长庚、谭鑫培、汪桂芬直到王凤卿,都演过红生的关羽戏,属于"北派"红生。早期北派红生在表演上注重扮相、神情、动作的威严端庄:"注重唱工,略于做派;起打不耍刀花,只是托刀、立刀、戳刀等几个架式,与对方互换位置'过河'时,双手平伸胸前,像拿杆旗标似的一动不动地慢慢走到敌人对面,杀人时也只是一抹。"②与北派红生相对的南派红生代表是王鸿寿,其人专以演出红生戏为主,对红生表演艺术有较大的丰富革新,推动了红生行当的独立。我们再看广东、闽西汉剧(外江戏)红生行当的表演特色,可以明显见出早期皮黄班红生艺术的特点。例如,广东、闽西汉剧前辈艺人对"红净"的表演规范要求有四句口诀:"举手投足千斤重,开膀过头显英雄,步履稳健使暗劲,亚赛金刚搬不动。"③红净的台步多用"八字步""蹉步"和"丁字步"亮相。指法和手式,多用"开掌式"。整体而言,比一般老生行当迈步更宽、落步更重,更讲求架式的刚硬稳健、粗犷大方,可见早期皮黄戏班红生的行当程式特点。

---

① 陈汉煌:《闽西汉剧行当"红净"的艺术特色》,《福建艺术》,1998年第2期。
② 董维贤:《京剧流派》,北京:中国戏剧出版社,2006年,第71页。
③ 王远廷:《闽西戏剧史纲》,北京:中国文联出版社,1999年,第80页。亦见《中国戏曲志·广东卷》收录广东汉剧谚语、口诀、行话。

值得一提的是，在京剧发展流变的过程中，早期部分属于红生的角色发生分化，分别派入须生或净行，而这些角色在外江戏剧本中仍由"红面"担纲。据景孤血《京剧行当》一书介绍，京剧《太行山》中的王英、《马芳困城》中的马芳本来都是红生，但晚近少见有人勾脸，后者更是濒于失传。这两出戏在新加坡所藏外江戏剧本中都有保存，主角王英、马芳仍由红净扮演。① 由此可见，外江戏的"红面""红净"，是清代皮黄戏红生行当发展流变的结果，而清末民初的外江戏剧本文献则难得地保留了早期剧种行当的历史特征。

第三，在"梳头行"中，"婆"排序先于其他旦行，旦行其他角色又细分为"正旦""花旦"和"蓝衫"。在外江戏剧本中，由"婆"行演员扮演的角色包括佘太君、曾金定（《高王过关》）、蓝芳草之妻许氏、刘金定之母（《下南唐》）、赵颜之母（《百寿图》）等，都是年长的女性角色。"正旦"行一般扮演剧中正面女性角色，包括女将军穆桂英、刘金定，或剧中男性角色之正妻，如《沙陀国》中大皇娘等。"花旦"则一般扮演年轻貌美的女性角色。如《破棺误》中庄周之妻田氏，《打金枝》中的金枝女，有时也扮演剧中男角后娶之妻，《回龙阁》之代战公主和《沙陀国》二皇娘等。余娱儒乐社抄本中没有出现"蓝衫"这一细分行当，但陶融儒乐社的《安福寺》中的邓氏和《孝义流芳》的薛氏均标记"蓝衫"，皆公案剧中形象正面而命途多舛的少妇角色。

第四，独辟文武行，反映出外江戏班对排场演出的重视。在粤东潮汕、客家地区，外江戏以剧本雅驯、行当齐全而被称为"大戏"。外江班社中扮演丫鬟、旗军的龙套角色并非简单以"什（杂）"的名义并入生旦行当，而是戏班司职中独立而不可缺少的部分，显示出外江戏务求排场齐备、重视龙套角色的场上风格特点。这份外江戏班的人员资料，提供了一个从戏班实际演出、组织运作角度观照外江戏角色排序和场上演出分工的历史文本。

归结起来，新加坡所藏外江戏抄本对于探讨外江戏表演形态的价值可以分为直接与间接两个层面。前者指剧本当中直接反映艺人表演的舞台提示语、剧中人物行当标识以及有关当时戏班人员、表演情况的记录。后者则指向剧本所

---

① 景孤血：《京剧行当》，北京：中国戏剧出版社，1960 年，第 15—17 页。

包含的故事情节、戏剧冲突、人物形象、主旨意蕴以至最细微的语言风格特征。表面看来，这些因素属于戏曲文学的层面，实际上，戏曲艺术的最终完成必须建立在文本因素之上。

能否利用、如何利用剧本讨论具体的戏曲表演问题长期限制着花部地方戏的研究进展。以下选取外江戏《五台会兄》和《洛阳失印》两个例子，尝试通过同题剧目的文本比较，还原该剧在传播流变过程中发生的演出形态变化，探讨这两个特色剧目表演形态的生成路线和演化过程。

第三节　净行骨子戏《五台会兄》的艺术形态源流

《五台会兄》是外江戏乌净（又称"黑头"）行当的骨子戏，有"净怕下五台山"之说。剧中演员表演极重功架，须模仿十八罗汉造型，做功繁重。不过，此剧虽然属于地方剧种的特色剧目，其艺术特色的生成定型却并非完成于一时一地。清末民初外江戏《五台会兄》的文本与表演形态既非潮梅地区戏班艺人的独创，也非湖北汉剧同题剧目的简单移植。对其艺术形态的分解与溯源，可以为地方戏艺术特色的生成过程提供一个微观视角。

探讨《五台会兄》剧本与演出的形态源流，一方面有助于理解潮梅外江戏与湖南、湖北境内地方剧种的关系，另一方面促使我们思考：在演出资料相对稀缺的条件下，如何利用文本文献对特定剧目的形态源流做尽可能完整的探讨？以下从新加坡所藏外江戏抄本特点说起，探讨《五台会兄》的文本与表演形态源流。

一、新加坡所藏外江戏《五台会兄》抄本概述

新加坡现有外江戏《五台山》剧本两种。一为余娱儒乐社抄本，题为"五台山曲文"，现藏新加坡国立大学中文图书馆。此本与演述东汉姚刚故事的《英雄会》合订，见余娱社抄本总第29册。二为新加坡客属总会整理排印的部分唱段，内容为六郎盘兄及兄弟相认情节。以下对外江戏《五台山》剧本的介绍以余娱儒乐社抄本为主。此本虽未附注抄写时间、背景，但根据前后册题写的背景信息，应该抄写于1915年或1916年，属于较早传到新加坡的一批抄本。扉页、尾页均有"陈璧"印章，原系清末潮商、外江戏"儒家"陈子栗所藏。

抄本中全部舞台提示均以方框、小字区别于正文，内容包括具体角色唱、念、科介和过门、伴奏曲牌。科介提示除五郎上场后的醉酒态"三声笑科""三声吐科""吐科"，以及剧末韩昌上场后双方的"战科"以外，其余动作均以"科"字简化表达；乌净所扮五郎的科介提示重叠最多至六个，为其他抄本少有，可见此剧演出时包含繁复做工。全剧使用二黄唱腔，有"倒板""二板""三板""头板"等板式，另有一处唱段使用"滚板"。乐队曲牌包括【双凹纱帽头】【急急风】【水波浪】【四边静】等。剧中出场人物包括杨六郎（生）、方丈（婆）、杨五郎（"黑"，即乌净）、韩昌及士兵。

该抄本不分出，按照情节发展可分为六郎借宿、五郎回庵、六郎盘兄相认、六郎退敌下山四个单元，具体内容如下：生扮六郎杨延昭策马登场，自述奉母佘太君命，到萧邦盗回父亲杨令公骨骸，来此借宿庵堂。婆扮方丈，自道有徒弟性情刚烈，提醒六郎莫招惹此人。六郎禅房思父，夜放悲声。乌净扮五郎杨延德醉态上场，自述金沙滩杨家将大败后削发出家在此，今日参加山下"牛郎大会"大醉而归。方丈为五郎打开庵门，恰逢六郎于房中悲叹。五郎询问方丈缘由，执意一探住客底细。五郎问起大宋天波府之事，六郎反而逐一盘问杨令公、佘太君、大郎、二郎、三郎、四郎、八顺、五郎、六郎、七郎各人下落。五郎各叙其境况，二人互通名姓，兄弟相认。剧末，韩昌追兵杀到，兄弟协力击退，五郎挥泪送弟下山。

1962年出版的《福建戏曲传统剧目选集·闽西汉剧》收录《五台山》一剧，情节、曲文大意与外江戏剧本基本相同，具体表述存在部分差异，可以视为该剧目在两地形成的别本。①

二、杨家将小说戏曲"五台会兄"情节源流

《宋史》载杨继业生子杨延朗、杨延浦、杨延训、杨延玉、杨延瓌②、杨延

---

① 福建龙岩专署文化局、福建省戏曲研究所：《福建戏曲传统剧目选集·闽西汉剧》（第一集），福州：福建省戏曲研究所，1962年，第32—40页。

② 常征认为"延瓌（gui）"与"延贵"谐音，《宋史》所载当为"延环"之误。参见常征《杨家将史事考》，天津：天津人民出版社，1980年，第53页。

贵、杨延彬，第五子名为"杨延瑰"。然而在戏曲、小说中，杨五郎的姓名并不统一。宋末元初徐大焯《烬余录》称"延贵"，元杂剧《谢金吾诈拆清风府》《昊天塔》皆单名"朗"，小说《杨家府演义》《北宋志传》则名"延德"。清乾隆时期，在《缀白裘》二集所收昆剧折子戏《盗骨》中，杨五郎名"延德"。[①] 在各地方戏曲剧种中，《五台会兄》里的杨五郎也叫"延德"（详后）。到了清代宫廷大戏《昭代箫韶》《铁旗阵》中，杨五郎又另出一名"杨春"。[②] 仅从杨五郎一角的姓名来看，清代剧坛流行的《五台会兄》单出似与明代小说联系更密切，但从具体情节来看并非如此。

杨五郎出家一事，最早见于南宋话本。宋罗烨《醉翁谈录》卷一所列宋人话本"杆棒类"有《五郎为僧》一目，说明南宋时期敷演五郎出家的话本小说已在民间流行。此事于史无证，清崔述《考信录》已力辩其伪："五郎出家之事，别无所出，独见于杂剧小说耳。况杨朗之为六郎，明见史传，何会出家。以官修之书。诞妄至此，岂不大可笑哉。此本不足辩。以世人多不读史，聊复著之，以戒后学。"余嘉锡从此说。[③] 郑骞在《杨家将故事考史证俗》中对《杨家府演义》和《北宋志传》的情节做了细致比较，然其分析重点在于杨业、杨延昭、佘太君、穆桂英、杨文广及"杨家将救驾"传说之虚实。常征在《杨家将史事考》中认为稗官小说中的五郎出家情节"实为情理所许"，但此事并无确凿证据。[④]

总之，早期文史学者重点从考史角度出发，认为南宋以来流行的"五郎为僧"故事只是民间追慕杨家将而衍生的"齐东野语"，与历史上的杨五郎没有直接联系。近年，日本学者松浦智子另辟蹊径，从人物形象生成背景的角度入手，认为两宋时期五台山活跃的僧兵群体是构成"五郎为僧"传说的社会基础："五台山僧兵的英勇形象，在原本为西北军人创设的南宋瓦舍中逐渐地被文艺化，这使得同样与北敌作战的山西英雄'杨家将'故事融合在一起，进而带来

[①] （清）钱德苍：《缀白裘》二集卷三《昊天塔·盗骨》，北京：中华书局，2005年，第175页。
[②] 张春晓：《两宋民族战争本事小说戏曲故事演变》，广州：暨南大学出版社，2013年，第17—18页。
[③] 余嘉锡：《余嘉锡论学杂著》，北京：中华书局，1963年，第470页。
[④] 常征：《杨家将史事考》，天津：天津人民出版社，1980年，第314页。

了出家于五台山并活跃于契丹战中的五郎形象。"①文中虽然兼及元杂剧《昊天塔》，但主要从人物形象流变角度提及剧中杨五郎的"武行僧"形象，文本情节的源流关系不是此文的关注重点。

现存完整的"五台会兄"故事，最早见于元杂剧《昊天塔孟良盗骨》第四折。剧中杨六郎护送令公骨殖回朝，借宿五台山，遇一醉酒武僧，武僧闻六郎来自大宋，伤感莫名，盘询间吐露身份，原来是金沙滩之役后出家的杨五郎。后来五郎将番将韩延寿诱至五台山寺中擒获，枭首剜心，祭奠乃父。②明熊大木《杨家将演义》第十九回亦有"五台会兄"情节。所不同者，小说讲述六郎受困于番兵，五郎持斧杀出为其解围，二人相认后，始上山议事。也就是说，兄弟合力杀退番兵在前，同宿五台山在后，也就不存在五台山上兄弟初见、二人相盘相认的桥段。清代宫廷大戏《昭代箫韶》关于五郎救弟的情节与《杨家将演义》近似。第一本十七出演杨五郎受伽蓝神指引，知六郎在山下受辽兵围困，特下山助退辽兵。③

简言之，元杂剧"五台会兄"的情节发生在五台山上，以兄弟相盘相认为情节特色，而小说和清宫大戏中的"会兄"发生在五台山下，以杨五郎率先下山为弟解围为情节标志。对"会兄"段落的不同处理，区分出了元杂剧和小说、清宫大戏两种情节发展模式。如此看来，清代皮黄戏《五台会兄》的情节明显来自元杂剧传统，而与小说、清宫大戏没有直接联系。

元杂剧《孟良盗骨》第四折由五台山兴国寺长老首先上场，并在开场白中交代寺中有一精通武艺的杨和尚（杨五郎）。六郎杨景随后上场，自述护送令公骨殖回朝，天色已晚，前来借宿。正末扮杨和尚醉归，闻六郎哭声，前来问询，先后问六郎是否双亲重病、是否犯下罪行、是否遇着贼兵，六郎均未正面回答。杨和尚以其轻慢于己，自述曾与番兵交战前事，引起六郎疑惑。于是有了"六郎盘兄"的情节：

---

① ［日］松浦智子：《关于杨家将五郎为僧故事的考察》，《明清小说研究》，2009年第4期。
② （明）臧懋循：《元曲选》（第二册），北京：中华书局，1952年，第827—841页。
③ （清）王廷章：《昭代箫韶》，见《古本戏曲丛刊》（第九集之八），北京：中华书局，1964年。

（杨景云）兀那和尚。我也不瞒你。我是大宋国的人。（正末云）客官。你既是大宋国人。曾认的那一家人家么。（杨景云）是谁家。（正末云）他家里有个使金刀的。（唱）

【雁儿落】他叫做杨令公手段能。（杨景惊科云）他怎么知道俺父亲哩。兀那和尚。那杨令公有几个孩儿。（正末唱）他有那七个孩儿都也心肠硬。（杨景云）他母亲是谁。（正末唱）他母亲是佘太君。勅（敕）赐的清风楼无邪佞。

（杨景云）他弟兄每可都有哩。（正末唱）

【得胜令】呀。他兄弟每多死少波生。（杨景云）你敢是他家里人么？（正末唱）只我在这五台呵又为僧。（杨景云）哦。你元（原）来是杨五郎。你兄弟还有那个么？（正末唱）有杨六使在三关上。（杨景云）你可认的他哩。（正末云）他是我的兄弟。怎不认的。（唱）和俺一爷娘亲弟兄。（杨景云）哥哥。你今日怎就不认得我杨景也。（正末做认科）（唱）休惊。这会合真侥幸。（云）兄弟。闻的你镇守瓦桥关上。怎到得这里。（杨景云）哥哥。您兄弟到幽州昊天寺。取俺父亲的骨殖来了也。（正末做悲科）（唱）伤也么情。枉把这幽魂陷虏城。

由以上引文可见，元杂剧中"盘兄"的内容重点只有两个，第一个是【雁儿落】曲中提到的杨令公、佘太君境况，第二个是【得胜令】曲所述杨五郎、杨六郎的现状。至于杨家将其他几位兄弟，杂剧文本仅以"他兄弟每多死少波生"一句带过。元杂剧此处的文本特色，后来被清初传奇继承。李玉所作传奇《昊天塔》第二十一出乃据元杂剧翻作，未受小说情节影响，仅曲文、念白、人物出场顺序有部分改动。该出又被乾隆年间《缀白裘》二集收录，题《昊天塔·盗骨》。

《缀白裘》本的基本情节与元杂剧一致，但在文本细节上有三个值得注意的变化。其一，《缀白裘》本把元杂剧中兴国寺长老首先上场，改为六郎躲避追兵首先上场。其二，为杨六郎增加定场诗："踹破玉笼飞彩凤，蹬开金锁走蛟龙。"这句开场白，后来长期保留在清代皮黄声腔的地方戏文本中，显示出皮黄戏与昆剧折子戏文本的亲缘关系。不过,后来皮黄本在《缀白裘》本定场诗之后又增加了六郎的唱段,这种做法一直延续到近代地方戏中(见表8-2)。

表8-2

剧目	开场	首段唱词	
		由杨延德唱	由杨延昭唱
元杂剧《昊天塔》	(外扮长老上诗云)积水养鱼终不钓。深山放鹿愿长生。扫地恐伤蝼蚁命。为惜飞蛾纱罩灯。贫僧乃五台山兴国寺长老是也。我这寺里有五百众上堂僧。内有一个和尚姓杨。此人十八般武艺。无有不拈。无有不会。每日在后山打大虫耍子。今日无甚事。天色将晚也。且掩上山门者。(杨景上云)某杨景。直到幽州。盗了父亲的骨殖。留兄弟孟良在后。挡住追兵去了。	杨和尚:【双调新水令】归来余醉未曾醒。但触着我这秃爷爷没些干净。(做听科云)哦。恰像似有人哭哩。(唱)那哭的莫不是山中老树怪。潭底毒龙精?敢便待显圣通灵。只俺个道高的鬼神敬。	
《缀白裘》	杨延昭:休赶吓休赶吓。蹋破玉笼飞彩凤,蹬开金锁走蛟龙。俺杨延昭奉母命到幽州昊天塔上盗取爹爹的骨殖而来。天色已晚,后面追兵又到,如何是好。	杨延德:【新水令】归来余醉未曾醒,撞着俺秃爷爷也没些儿干净。	
车王府《五台山》全串贯	杨延昭:踏破玉笼飞彩凤,顿开金锁走蛟龙。……		杨延昭:风惨惨雨凄凄荒山野景,见树木黑森森好不瘆人。催战马紧加鞭忙往前走,走来时不觉得红日西沉。
《丛刊》别垫堂抄本	杨延昭:踢破玉笼飞彩凤,顿开金锁走蛟龙。……		杨延昭:风森森雨凄凄山荒野景,见树木黑惨惨好不伤情。催战马紧加鞭忙往前近,来时不觉得红日西沉。
《丛刊》锦春堂抄本	杨延昭:休赶,休赶,只落得日坠西山。……		杨延昭:行一程来又一程,但见日落下西沉。远远树木遮深景,抬头忽见一山门。
湖北汉剧	杨延昭:为父骨单骑北国奔,前后左右是贼兵。……		杨延昭:恼恨北国天齐王,屡次兴兵侵我邦。他有韩延寿来韩延广,我有焦赞和孟良。加鞭催马往前闯,五台山上一庙堂。

续表

剧目	开场	首段唱词	
		由杨延德唱	由杨延昭唱
外江戏	杨延昭：打开玉笼飞彩凤，扭断金锁走蛟龙。……		杨延昭：杨延昭上雕鞍自思自想，想起了我杨家将好不凄怜。实可恨潘洪贼良心尽丧，害死了老爹爹不能回京。天波府奉过了老娘命，萧邦盗骨转回程。推马加鞭往前闯，又听得锤鼓响连天。

其三，《缀白裘》本对元杂剧的发展主要集中在五郎、六郎相认的过程。"盘兄"情节不仅未受强调，还有所简化（见表8-3）。

表8-3

元杂剧《昊天塔孟良盗骨》第四折	《缀白裘》所收《盗骨》
（杨景云）兀那和尚。我也不瞒你。我是大宋国的人。 （正末云）客官。你既是大宋国人。曾认的那一家人家么。 （杨景云）是谁家。	（生）原来是个好和尚。俺实对你说了罢，俺是大宋来的。 （净）住了。你既是大宋来的，俺就要盘你一盘。 （生）你盘我那一家？ （净）那大宋呵！
（正末云）他家里有个使金刀的。（唱）【雁儿落】他叫作杨令公手段能。	【得胜令】有一个使金刀杨令公，他的手段能。
（杨景惊科云）他怎么知道俺父亲哩。兀那和尚。那杨令公有几个孩儿。 （正末唱）他有那七个孩儿都也心肠硬。	（生白）他家有几个儿子？ （净唱）他家有七个儿，心肠硬。
（杨景云）他母亲是谁。 （正末唱）他母亲是佘太君。勅（敕）赐的清风楼无邪佞。	母亲是佘太君，敕赐那天波楼也，无邪佞。
（杨景云）他弟兄每可都有哩。	（生白）他弟兄们怎么样了？
（正末唱）【得胜令】呀。他兄弟每多死少波生。 （杨景云）你敢是他家里人么？ （正末唱）只我在这五台呵又为僧。	（净）阿呀！客官吓！（唱）堪怜他弟兄们多死少波生。 只俺在五台山又为僧。
（杨景云）哦。你元（原）来是杨五郎。你兄弟还有那个在么？ （正末唱）有杨六使在三关上。 （杨景云）你可认的他哩。 （正末云）他是我的兄弟。怎不认的。（唱）和俺一爷娘亲弟兄。	（生白）他家还有何人？ （净唱）有一个六郎儿镇守在三关上。 （生白）你与他什么称呼？ （净唱）俺，俺和他一爹娘，亲弟兄。

续表

元杂剧《昊天塔孟良盗骨》第四折	《缀白裘》所收《盗骨》
（杨景云）哥哥。你今日怎就不认得我杨景也。	（生白）如此说来，是我五郎哥哥了。 （净白）你莫非是我六郎贤弟么？ （生白）正是。 （净白）吓！贤弟在那里？ （生白）哥哥在那里？ （净白）阿呀！贤弟吓！ （生白）哥哥吓！
（正末做认科）（唱）休惊。这会合真侥幸。	（净唱）才得个相亲。这会合真侥幸。
（云）兄弟。闻的你镇守瓦桥关上。怎到得这里。 （杨景云）哥哥。您兄弟到幽州昊天寺。取俺父亲的骨殖来了也。	（净白）贤弟到此何干？ （生白）奉母亲之命到幽州昊天塔上盗取爹爹骨殖而来。 （净白）吓！爹爹的骨殖在那里？ （生白）这不是么？ （净白）吓！阿呀！爹爹吓！ （生白）阿呀！爹爹吓！
（正末做悲科）（唱）伤也么情。枉把这幽魂陷虏城。	（净拜介）阿呀！爹爹吓！ （唱）好伤情！把幽魂一旦倾，把幽魂一旦倾！

从表 8-3 可以看出，《缀白裘》本对元杂剧的发展主要集中在五郎、六郎相认的过程。

总体而言，元杂剧与《缀白裘》本的共同之处，在于把"盘兄"作为戏剧高潮的铺垫，真正的戏剧冲突在于五郎、六郎得知对方身份后的相认情节。因此，此前兄弟二人的对话，主要是持续制造兄弟"相逢不相识"的悬念，与杨家将主线故事关系松散。这一点在皮黄本中出现了较大改变。

例如，清车王府所藏剧本中有皮黄本《五台山全串贯》，其中"盘兄"一段以六郎逐一询问杨家将下落的形式对《缀白裘》本做了大幅扩充。皮黄本《五台会兄》的出现是明代以来杨家府诸将故事逐渐成熟、同题材演义小说盛行于世的结果。"盘兄"的具体内容必然是在杨家众将传说定型的基础上形成的。从现存各地方戏的情况看，清代以来的皮黄剧本均承袭了这种改编方式。由此我们认为，从昆曲折子戏《盗骨》到皮黄本《五台会兄》的演变大约发生在嘉庆、道光年间（见表 8-4）。

表 8-4

车王府	戏考	汉剧	湘剧	外江戏	粤剧
(净白)壮士,你且听着。(唱)大宋朝有一个天波府。(生白)内有何人?(净唱)天波府内有个杨。(生白)祖居何处?(净唱)他家祖住在玗州山后。(生白)何人手内投来?	杨延德(白)不提天波杨府还则罢了,提起天波府,洒家的酒,醒了一大半了。(二黄导板)大宋朝有一个天波府,杨延昭(白)天波府尽都是杨。延昭(白)什么人?杨延德(那公人。杨延昭(白)令公爷任当朝一品,杨延昭(白)原配的夫人呢?	杨延德:嗳!他还盘起我来了。——壮士请听!(唱二黄导板)大宋朝有座天波府。(转二流)无佞楼有一家姓杨。有……(唱)那公爷任令公官居一品。他的夫人?杨延昭:(接唱)他夫人余氏老太君。	德:壮士请听!(唱倒板)大宋朝有一所天波府。天波府有一家姓杨。延德:杨令公?延昭:杨令公在朝中官居极品。德:那夫人呢?延昭:余氏夫人老太君。	(黑)大宋城有一所天波府。(科)听道。(科)【头板】天波府有一个姓杨之人。(科)(生白)师父听,亲叫杨名字。(科)他的父杨太公官居极品。(黑白)他的母余太君封与天同老日月同休。	杨延德:壮士既然要问,你便站脚台。(二黄首板)(两人同挂胸背台)大宋朝,有一所,天波府。(双句)(两人同舞蹈,扎罗汉架)(二黄慢板)天波府,有一个,老将姓杨。他的名,杨继业,本是世人景仰,他的妻,(一锤锣扎架)余太君,天下名救,产下了七男二女,都是英雄猛将,还把那,杨八顺,收作儿郎。他欲是杨继业。(延昭水波浪锣鼓敬做手
(净唱)令公爷手内把未投。(生白)他有几个孩儿?(净白)杨令公所生八子。(生白)今在何处?(净唱)把八个为国把命丢。	杨延德(二黄原板)原配夫人余氏太君。(白)太君所生几男几女?杨延德(二黄原板)那大君生七男并二女,可有贤郎?(接唱)唯有那八郎是蛲岭。	杨延德:膝下共有几子?杨延德:(唱)他膝下有八子并二女。杨延昭:可有贤郎?杨延德:(接唱)唯有那八顺是蛲岭。		宋王赐他一个老寿的夫人。(科)(生白)师父听,他生下几个儿子。(黑白)他生下八男并二女。(生白)叫何名?(黑白)平镇光辉德昭四顺是他的威名。	

续表

车王府	戏考	汉剧	湘剧	外江戏	粤剧
（生白）杨大郎呢？（净白）杨大郎，你可知道？（唱）杨大郎替主把命丧。	杨延昭（白）那杨大郎呢？杨延德（二黄原板）杨大郎替宋王长枪命丧，兄长呀！（哭）长枪命丧！	杨延昭：那杨大郎呢？杨延德：哪个！大郎的是杨延昭：正是问的大郎。杨延德：（哭）啊……我的好汉兄！……（唱）杨大郎替宋王把命丧了！	昭：杨大郎？德：杨大郎替宋王长枪毙命。	（科）师父呀，杨大郎呢。（黑白）杨大郎现在何处？（科）大郎同杨大郎岂在，（科）在，（科）……（科）听道。（生白）请讲。（黑白）杨大郎替末王长枪剌死。	杨延昭：大法师，我请问你一声，杨大郎现在何处？杨延德：大郎吗？（掷锤）他……他死去了！杨延昭：怎样而死？杨延德：壮士既然要问，站听了。（二人同舞蹈，扎罗汉架）（霸腔二黄慢板）人同杨大郎，为朱君，长枪命丧，可怜他，为国忠心，死在沙场！他就是杨大郎。（延昭水波浪锣鼓做手）（高音）
（生白）二郎呢？（净白）杨二郎，（唱）二郎短剑把身亡。	杨延昭（白）那杨二郎呢？杨延德（二黄原板）杨二郎短剑下一命亡。	杨延昭：二郎呢？杨延德：（接唱）二郎不幸剑下丧残生。	昭：二郎？德：二郎短剑丧残生。	（生白）二郎。（黑白）杨二郎断宝剑归命归曹。（科）	杨延昭：杨二郎这样怎心，死得悲壮！杨延德：二郎吗？你又听了。（二人同舞蹈，扎罗汉架）（霸腔二黄慢板）杨二郎，保兄长，竟敢短剑剌胸上，可怜他，英雄年少，死得凄凉！他就是二郎。（高音）
（生白）三郎？（净白）杨三郎，（唱）杨三郎马踏为泥，烂如泥浆。	杨延昭（白）那杨三郎呢？杨延德（二黄原板）杨三郎被马踹尸如泥酱。（哭）尸如泥酱！兄长呀！	杨延昭：杨三郎？杨延德：哪个！你问的是三郎？杨延昭：正是三郎。杨延德：（哭）啊……我的兄……（唱）杨三郎被马踏尸如泥浆！	昭：三郎呢？德：三郎被马踏剑如泥酱。	（生白）三郎。（黑白）杨三郎被马踏身为肉酱。（科）我的三郎呵吓。（科）	杨延昭：这个吗？（掷锤关目）杨延德：二郎，二人同舞蹈，扎罗汉架）（霸腔锣鼓做手）杨三郎，被马踩踏，形容被马践踏的景象。延德跳出门走近台右角，背向"哭相思"。延昭回身入门）（续唱）踏成肉酱，可怜他，马失前蹄，马失前踏，死得凄惨！（延昭同时亦踏成马，人乘马，马踏人，人踏马踏，死得凄惨！他就是杨三郎。（高音）

续表

车王府	戏考	汉剧	湘剧	外江戏	粤剧
（生白）四郎哩？（净白）那四郎，八郎（唱）杨四郎失落在番邦。	杨延昭（白）那四郎、八郎有吓。（二黄原板）杨四郎失落在番邦。	杨延昭：四郎、八郎？杨延德：（接唱）八顺失落在番邦。	昭：四郎呢？德：杨四郎失落在番营。	（生白）师父吓，杨四郎、杨四郎。（黑白）听道。杨四郎和八顺失落番邦不能回还。（科）	杨延昭：听法师讲来，三郎果然死得凄惨！请问四郎可有生还？杨延德：（愤怒地）四郎吗？（掷锤）还在！杨延昭：在哪里？杨延德：壮士你要问他和杨四郎。杨延昭：正要问他。杨延德：你又站来了。（二人同舞蹈扎罗汉架）（霸腔二黄慢板）杨四郎和八顺，失落番邦不返，恼根他，贪生怕死，都召作东床。杨八顺（高音）和杨四郎。
（生白）师父，你可知道那杨五郎今在何处？（净白）五郎。杨五郎出了家，做了和尚。（唱）那杨五郎奔红尘当了和尚。（哭）当了和尚太君吓！	杨延昭（白）那杨五郎？杨延德（白）有吓。（二黄原板）杨五郎奔红尘当了和尚。（哭）当了和尚太君吓！	杨延昭：那杨五郎？杨延德：哪个？你问的是谁？杨延昭：问的五郎。德：不讲。杨延昭：我的娘。（哭）……（唱）杨五郎他出家做了一个和尚！	昭：五郎呢？德：咳，壮士你问的是谁？昭：我问的是五郎。德：不讲。昭：五郎啊……（哭介）那五郎，可有？德：有哇！（唱）五郎破红尘做了和尚。（哭介）	（生白）师父吓，杨五郎、杨五郎岂在。（科）（黑白）在。（科）（科）……（科）请讲。（科）听道。（黑白）杨五郎看破了红尘之路，他在那五台山金刀削发，身背袈裟，每日里佛殿上只念佛经。（科）	杨延昭：那五郎又怎样？杨延德：这个吗？壮士，不要问他就罢了。杨延昭：大法师，你把杨家五个儿郎讲得清清楚楚，明明白白，单单不讲五郎，却是为何？古人说道："树由根脚起，连蓬藕上生。"法师还是从头讲到尾才是。杨延德：壮士定要问，听了。（二人同舞蹈）（霸腔二黄慢板）杨五郎，在五台山，身为和尚，又不忠，又不孝，不忠不孝，舍了爹爹，舍了娘，舍了娇妻，弃上袈裟，长住禅堂他就是（高音）杨五郎是（延昭掷锤关目做手）

续表

车王府	戏考	汉剧	湘剧	外江戏	粤剧
（生白）六郎哩？（净白）镇守三关杨六郎，（唱）镇守三关在杨六郎。	杨延昭（白）那杨六郎呢？有吓。杨延德（白）有吓。（二黄原板）镇守三关在杨六郎。	杨延昭：六郎？杨延德：（接唱）镇守三关是杨六郎。	昭：六郎呢？德：壮士又问的谁？昭：六郎。德：有哇！（唱）杨六郎三关为总兵。	（生白）师父听，杨六郎岂在。（黑白）呢。（科）在。（科）在。（科）……（科）（生白）岂在。（黑白）三郎听道。杨六郎在三关身为元帅，每日里在三关东南征西剿，东荡西取西取北剿，提兵锦绣江山。（科）	杨延昭：大法师果然讲得明白。杨六郎又如何？如今可在？杨延德：（兴奋地）六郎还在，还好！杨延昭：怎样好？杨延德：（科）（生白）要问，听道了。（二人同舞蹈，扎罗汉架）（霸腔二黄慢板）杨六郎在三关身为主帅，在三关，身为主帅，头戴盔身穿甲，统带雄兵百万，保护锦绣江山。他锣就是（高音）杨六郎。（延昭滚花锣鼓做手毕）
（生白）师父，你可知道七郎？（净白）杨七郎乱箭射在花标。	杨延昭（白）那杨七郎？有吓。（二黄原板）唯有七郎死的苦，芭蕉树上一命亡。	杨延昭：杨七郎？杨延德：壮士！（转二黄散板）唯有七郎死得苦，乱箭穿身一命亡！	昭：七郎呢？德：问的谁？昭：七郎。德：有哇！（唱）杨七郎被仁美射死在芭蕉树上。	（生）师父，杨七郎岂在。（黑白）怎么讲。（生白）要问七郎岂在。（黑白）呀呼。（科）……（科）（生白）岂在。（科）在在在……（科）（科）听道。杨七郎奉父命帮兵取救。（白）白雁门关（科）（三板）哎，哎，哎，被潘仁美乡在百尺高竿射了一百单三箭。（科）	杨延德：（二黄滚花）法师讲来，果是六郎状况。再来动问，这个七郎。杨延昭：（擦锤，作出七郎死的形状。被绑，吊在柳树，乱箭射死的形状。跳出门，背台"哭相思"毕。复入）杨延昭：大法师，因何提起七郎，双眼下泪。杨延德：壮士哪里知道，我想七郎，死得凄惨，故而下泪。杨延昭：怎样死得凄惨，还请法师讲来。杨延德：你又听了。（二人同舞昭，扎罗汉架）（霸腔二黄慢板）潘七郎，将七郎，绑在柳树，乱箭射杀身亡。他就是（高音）杨七郎。（延昭"快撞点"锣鼓做手）

续表

车王府	戏考	汉剧	湘剧	外江戏	粤剧
（生白）那五郎？（净白）杨八郎，八郎一去未还乡。			昭：（夹白）八顺呢？德：（唱）杨八顺他本是别家儿郎。		
（生白）你师父上姓？（净唱）你若问洒家名和姓，若问洒家名和姓，五郎延德洒家名。	杨延昭（白）你乃何人？杨延德（二黄原板）你若问洒家名和姓？五郎延德是我名。	杨延昭：大师姓甚名谁？杨延德：（唱）你若问洒家的名和姓，杨五郎延德是旧姓名。	昭：师父家？德：你问洒家，听道：（唱）你问名和姓，五郎延德洒家名。	（生白）师父听，尔叫何名字。（科）（黑白）听道。（科）壮士问我名和姓，五郎延德是我名。	杨延昭：（快儿流）讲出杨家父子，令我修伤。看他举动言行，好像五哥模样，请问法师同法号，对我细说其详。大法师人，与你倾谈该许久，还未请教高姓大名。杨延德：我是一个出家之人，没有名字。杨延昭：法师说哪里话来。古道"七十老翁有字号，三岁孩童有乳名"。难道大法师连一个法号也没有？杨延德：壮士当真要问？杨延昭：当真要问。杨延德：既然要问，听道了。（霸腔二流）杨延德削发在五台身上，身为和尚，就是俺五郎。

三、清代皮黄戏《五台会兄》剧本形态源流

目前所见，最早提到皮黄班演出《五台会兄》的材料是刊于道光二十五年（1845）的《都门纪略》。此书记载了当时北京七个颇具声名的戏班概况，包括三庆班、春台班、四喜班、和春班、嵩祝班、新兴金钰班和大景和班。其中，新兴金钰班之下有净行艺人"胡莱"，擅演"《五台会兄》杨五郎"。①

从现存各地皮黄声腔剧本来看，皮黄戏对"六郎盘兄"情节的处理走上了与昆剧完全相反的道路，即添加大段唱词，寓戏剧张力和情感冲突于五郎、六郎兄弟的答问之间。最终把昆剧中原本的次要情节"六郎盘兄"提升为整出戏的核心段落。

从剧本对照表中，可以观察到如下现象。② 第一，各皮黄本《五台会兄》均有杨六郎盘问杨五郎的大段对白、唱词，可以视为同源剧本。第二，与乾隆时期昆曲折子戏《盗骨》相比，"六郎盘兄"从一支曲调发展成皮黄本的主体情节。第三，与清车王府剧本相比，近代以来地方戏剧本的唱词、念白均有增删，但《戏考》本、汉剧本整体上与车王府本最为接近，三者之间有比较密切的"亲缘关系"。第四，与其他剧本比较，湘剧本现有的唱词、念白虽接近京、汉，但其中出现了大量简省现象。我们推测，湘剧本唱词、说白的减少，或与下节提到的表演技艺相关。此外，除清车王府本和湘剧本之外，各本杨五郎回答四郎下落时，都把四郎和八郎的情况一并交代，只有湘剧本仍将有关八郎的答问独立出来。第五，新加坡所藏潮梅外江戏剧本中保留了大量科介提示，说明该剧表演时穿插大量做功。第六，外江戏和粤剧的文本出现多处增句现象，语言具有地方特色，而粤剧本的语言又比外江戏更生活化（见表8-5）。

---

① 周明泰：《元明乐府套数举略〈都门纪略〉中之戏曲史料》，北京：中国戏剧出版社，2015年，第400页。参见清车王府藏皮黄本《五台山全串贯》，见黄仕忠《清车王府藏戏曲全编》（第七册），广州：广东人民出版社，2013年，第664页。

② 目前所见使用皮黄声腔的《五台会兄》剧本，除了早期清车王府藏《五台山全串贯》以外，还包括清末民初《戏考》所收京剧剧本、新加坡所藏清末民初外江戏（广东汉剧）剧本，以及20世纪50年代汉剧、湘剧、秦腔、粤剧的演出记录本或艺人口述本。

表 8-5

车王府藏皮黄本	元杂剧	昆剧	京剧	汉剧	湘剧	外江戏	粤剧	秦腔
问天波府	√	√	√	√	√	√	√	√
问大郎			√	√	√	√	√	√
问二郎			√	√	√	√	√	√
问三郎			√	√	√	√	√	√
问四郎			√	√	√	√	√	√
问五郎	√	√	√	√	√	√	√	√
问六郎	√	√	√	√	√	√	√	√
问七郎			√	√	√	√	√	√
问八郎					√			√

从昆曲折子戏《盗骨》到皮黄本《五台会兄》，体现了清代皮黄艺人对昆曲剧本的删改增益。皮黄本以"六郎盘兄"作为全剧主体情节，取代了杂剧、昆曲本中二人各怀戒心的试探，从相盘到相认逐渐达到戏剧冲突的高潮；以五郎之口道出杨家众弟兄命运，表明已经出家的五郎未忘父兄之英勇刚烈、舍生赴死，人物形象更加丰富；以五郎诉说杨家将命运作为重头戏，突出了杨家将戏曲慷慨悲壮的主题。

皮黄戏剧本对"六郎盘兄"情节的改编扩容或曾受到梆子声腔戏曲的重要影响。据周传家先生《杨家将和杨家将梆子戏》一文统计，各梆子声腔剧种保存的杨家将剧目十分丰富，杨家将戏曲在山陕一带有深厚的文化土壤。秦腔剧目中的杨家将戏超八十五本，山西各路梆子的杨家将戏近百出。此外，河北、河南梆子保存四十余出，山东梆子和南方梆子乱弹的杨家将戏也不在少数。① 梆子戏承载的大量杨家将故事文本，为《五台会兄》的改编准备了丰富资源。例如，常演的皮黄本杨家将戏曲中，《辕门斩子》《四郎探母》都有"表杨家将"的著名唱段，前者是老令公向八贤王赵德芳哭诉几个儿子的遭遇，后者是杨四郎向辽国公主历数杨家将惨烈命运。

其一，五凤楼前七个字，平定光辉昭景嗣字字放光芒。大哥替了

---

① 周传家：《杨家将和杨家将梆子戏》，《戏曲艺术》，1994 年第 2 期。

宋王死。二哥带剑一命亡。三哥马踏肉泥浆,四哥失落在番邦。五哥出家为和尚,我七弟被潘仁美乱箭穿肠。李陵碑前我父丧,巡营阵失落杨八郎。所留下单人独马杨延景,东打西杀保宋王。①

其二,天波楼无佞府世代忠良,忠良将落下个什么下场。杨大郎替宋主把忠尽上,杨二郎短剑下一命身亡。杨三郎被马踩成了肉酱,杨延辉杨延顺失落番邦。杨五郎五台山当了和尚,脱红尘避世乱拜佛禅堂。只剩下杨六郎战场以上,带孟良和焦赞镇守边疆。小七郎天齐庙行了芥撞,被潘洪百三箭命丧黄粱。太平年重用那潘家丞相,荒乱年使用着杨家儿郎。

其三,提起杨家保大宋,铁打人儿也伤情……杨大郎替昏王把忠尽,杨二郎短剑下命丧残生。杨三郎被马踏尸骨未见,杨四郎失落在胡儿营。五郎一怒当和尚,七郎乱箭穿尸灵。八郎延顺无音信,老令公碰死在李陵。单撇六郎一员将,匹马单枪保宋营。

其四,杨家将保大宋忠心赤胆,一口刀八杆枪勇往直前……杨大郎扮宋主以身殉难,杨二郎替八王命丧黄泉。杨三郎被马踏尸如泥烂,杨四郎落番邦至今未还。杨五郎出家走一去不转,杨七郎被潘贼箭透胸穿。一家人只落得烟消云散,到如今依然是负屈含冤。

其五,杨家忠心保大宋,曾为国家建奇功……大郎替主丧了命,二郎替了南清宫。三郎马踩成肉饼,四郎八郎无影踪。五郎出家当和尚,七郎箭下命丧生。杨家的冤情实在重,天下的百姓看得清。

其六,杨门扶宋秉忠心,多少儿郎命丧身……大郎儿身替宋王死,二郎儿短剑把尸分。三郎马踏如泥烂,四郎失落番邦无处寻。五郎灰心当和尚,六郎威镇三关血染尘。七郎死在潘贼手,八郎至今无音信。李陵碑碰死杨老将,两狼山前埋忠魂。②

---

① 临汾地区三晋文化研究会编:《蒲州梆子传统剧本汇编》(第十三集),1990—1998年编印,第155—156页。

② 马紫晨:《戏串》,《中国戏曲志·河南卷》编辑委员会编印,1989年,第54页。

虽然这些戏串在不同戏班、不同剧目中形成了不同的文本特色，但其共通之处在于以数杨家诸将的形式，列举杨家众将为宋王朝舍生赴死、却为奸佞所累的惨烈下场。随着杨家将事迹的一一铺陈，递进式地将舞台上的悲情效果推向高潮。①

早期演出皮黄《五台会兄》的新兴金钰班中，老生薛印轩、旦角曹松林即擅演《探母》，说明这两出戏至迟道光年间已在北京同班演出。在北京以外，相关剧目同班演出的现象可能更早。清初昆腔折子戏与皮黄剧本之间的差距，正在于原本"六郎盘兄"情节段的大幅扩容。皮黄本新加入的"六郎盘兄"内容，与梆子戏"表杨家将"的戏串内容高度相似。这一过程很有可能是受到梆子戏传统"表杨家将"的启发，通过将传统"戏串"移植、转化而实现的。皮黄戏把杨家诸将的遭遇，与兄弟相互盘问、最终相认的过程有机结合在一起，戏剧冲突集中、人物情感强烈，较此前的昆曲折子戏更具表现力。

如果清代剧坛上流传的皮黄戏有共同的文本源头，那么这个"剧本"最初是在哪里创编完成的？从该剧的早期演出记录看，道光二十五年刊行的《都门纪略》记载了"新兴金钰班"有净角胡莱演出《五台会兄》。而据清梁绍壬《两般秋雨庵随笔》"京师梨园"条载，金钰班在道光初年时已是北京剧坛著名徽班："京师梨园四大名班，曰四喜、三庆、春台、和春。其次之则曰重庆，曰金钰，曰嵩祝。"②此外，各地《五台会兄》剧目多以二黄声腔演唱，表明此戏应与清代徽班关系密切。

道光年间徽班搬演的杨家将单出戏曲，除了《五台会兄》（新兴金钰班）以外，还有《佘太君辞朝》（三庆班）、《探母》（春台、四喜、和春、景和、新兴金钰班）以及《李陵碑》（景和班）三出，后三种剧本也包含了历数杨家诸

---

① 基于杨家将戏曲的频繁搬演，梆子戏形成了"表杨家将"的程式化唱段，俗谓"戏串"。也就是说，在一个固定表达程式的基础上稍加变易，可以衍生出多个程式化文本，灵活嫁接到不同剧目、不同角色声口中。例如，常演的皮黄本杨家将戏曲中，《辕门斩子》《四郎探母》都有"表杨家将"的著名唱段，前者是老令公向八贤王赵德芳哭诉几个儿子的遭遇，后者也有杨四郎向辽国公主历数杨家将惨烈命运的唱段。我们注意到，早期演出皮黄《五台会兄》的新兴金钰班中，老生薛印轩、旦角曹松林即擅演《探母》，说明这两出戏至迟道光年间已在北京同班演出。在北京以外，相关剧目同班演出的现象可能更早，由此为《五台会兄》剧本的改编提供了直接条件。

② （清）梁绍壬：《两般秋雨盦随笔》卷三"京师梨园"条，上海：上海古籍出版社，2012年，第93页。

将英烈事迹的大段唱词。由此推测,上述杨家将题材的皮黄文学本在清中叶已基本成型,并随徽班传播各地。

不过,正因为清代皮黄本可能皆肇自徽班,进一步考察各地《五台会兄》之间的关系变得十分困难。一方面,从剧本内证的角度看,各地剧本虽然存在表述风格、言辞多寡的差异,但这些差异多数只能体现民间戏曲文本的随意性;另一方面,戏曲志书、艺人口述等外部史料对该剧目的传播情况着墨不多。该剧的具体传播路线,以及剧目在传播过程中发生了怎样的变化,仍有许多问题有待解决。

四、外江戏《五台会兄》表演形态与湖湘戏曲之联系

《中国戏曲志·广东卷》"五台会兄"条目介绍该剧的表演特点:"五郎一角是净脚本工,表演重功架,有'卧佛就寝''魁星点鬼'等十八罗汉造型,唱二簧。"[①] 同书"技艺"部分"十八罗汉架"条目,则详细描述了此剧的表演特点:

> 广东汉剧前辈名净姚显达在《五台会兄》中扮演杨五郎,模仿佛寺中的十八罗汉的姿态,创造了一套生动优美的活佛造型,时人誉之为"活佛"。如卧佛就寝,先由朝天腿转出手,同时右腿向右横扯开,身向左作斜躺状,将头枕于左手腕上,右手背尘拂,双目微闭,形同睡佛。将右腿收回,随之全身直立,再横腰向右略斜,右脚曲勾,左手指天,右手背帚搭在左肩,头面稍侧仰望,称背望领间,左手齐腰,右手略高于右下颌,双目凝神作观书状,称活佛看经。此外还有魁星点鬼、猛虎下山等架式。[②]

显然,所谓"净怕上五台山",是剧中杨五郎须摆十八罗汉功架、做功十

---

① 中国戏曲志编辑委员会、《中国戏曲志·广东卷》编辑委员会:《中国戏曲志·广东卷》,北京:中国ISBN中心,1993年,第114页。

② 中国戏曲志编辑委员会、《中国戏曲志·广东卷》编辑委员会:《中国戏曲志·广东卷》,北京:中国ISBN中心,1993年,第114页。

分繁重的缘故。《戏曲志》提到的姚显达（1867—1924），艺名乌面达，福建诏安人，为外江戏乌净行当宗师。民国时期，他曾加入名角云集的外江班"荣天彩"赴沪演出。上海《十日戏剧》评价其表演："手足娴熟，花样特多，而一百零八套之姿势，面面周到，处处生色，如观百象图，无一雷同者。"[①] 除此之外，关于姚显达的学艺师承、演出技巧及授徒情况的记载不多。

在姚显达之后，20世纪五六十年代能演出《五台会兄》的广东汉剧艺人有刘飞雄、刘锡文两位先生，但并未留下相关演出资料。[②]

事实上，在《五台会兄》这个剧目中运用"罗汉架"的表演形式，并非潮梅外江戏独有。见于现代各地剧种志者，从秦腔、北路梆子、川剧、湘剧、东河戏、吉安戏、桂剧、邕剧，到粤剧、雷剧、闽西汉剧，这些剧种的《五台会兄》在表演时都须模仿罗汉姿态。尽管各地"十八罗汉架"的具体名目、具体身段不完全相同，演出形式却有较高相似性。不过，也存在以干唱为主、剧中做功相对简单的剧种，例如，京剧、汉剧和滇剧等，这又说明《五台会兄》的特定演出形态是在具体地域条件下成立的。

那么清代以来在《五台会兄》中扎"罗汉架"的表演形式是如何稳定下来的？这种新的剧目表演形式早期流行于什么地区？从表演技艺发展的角度看，外江戏《五台会兄》与其他剧种之间的关系如何？这三个问题对清末外江戏表演形态的探讨有着普遍意义。

部分近代地方戏材料明确记载了本剧种表演形式的来源。其一，雷剧《五台会兄》的"罗汉架"是吸收粤剧表演形式，融合南拳内容的新版本。其二，据川剧净行名家吴晓雷自述，川剧《五台会兄》《醉打山门》的"罗汉式口"（罗汉架）早期均受湘剧影响。[③]

还有两个间接材料反映此剧在清末的传习交流情况。其一，《中国戏曲志·江西卷》记载吉安戏福兴堂成立缘由，提到班主欧阳庆臣原学湘剧，专工

[①] 张古愚：《十日戏剧》，上海：上海国剧保存社，1937年第1卷第14期。
[②] 《中国戏曲音乐集成》编辑委员会、《中国戏曲音乐集成·广东卷》编辑委员会：《中国戏曲音乐集成·广东卷》（下），北京：中国ISBN中心，1996年，第2271页。
[③] 吴晓雷：《净角的练唱及创腔》，见《川剧艺术研究》（第一集），重庆市戏曲工作委员会编，1981年，第141页。

二花，后在"吉郡临庆堂"搭班演戏，又因争演《五台会兄》中的五郎一角，与班主闹翻，遂出走另建戏班。①长沙、吉安两地艺人可互相搭班演出，且湘剧艺人与吉安本地班社艺人"争演"《五台会兄》，说明两地同题剧目的表演较为接近。其二，1958—1959年出版的《京剧丛刊》第十七集收录《五台山》剧本。剧本说明特别提到，由于原本比较粗糙、简略，该剧近年在京剧舞台已不太流行，因此剧本整理者吸取了川剧、湘剧的优点，在"兄弟初见""六郎盘兄"等情节上做了补充、改动。②

此外，各剧种间的历史联系也是需要考虑的问题。例如，两广地区暨福建闽西的桂剧、邕剧、粤剧、闽西汉剧、潮梅外江戏，在历史上都与祁阳班为代表的湖南戏班关系密切。湘剧，过去被称为"湖南的大戏班子""长沙戏班"，也是影响周边地区的重要戏班群体。上述剧种中《五台会兄》的表演应与早期湖南戏班联系紧密。

那么，早期湖南戏班所演《五台会兄》有何特点？范正明先生所编《湘剧剧目探微》梳理了此戏的表演特点与传承情况：

> 弹腔。为二净唱做并重戏，兄弟相互盘问时之对唱，每句唱均有不同的对衬身法。尤以五郎叙述往事时，在悲愤的"南路"行腔中，连续摆出十八罗汉雕像，其方式却又与《醉打山门》全然不同，鲁智深在大锣大鼓中亮出，五郎则是行腔中做表，要求唱做水乳交融。清末有二净大连者，不知其姓，以演《五台会兄》著名，他在一次沉船事故溺死后，这戏竟无人敢演。直至20世纪30年代才由罗元德接演，有所创新，后来居上，董武炎又继承了罗师衣钵：1952年中南区第一次戏曲观摩会演，剧本经田汉润饰后，由名二净罗元德、名大靠老生杨福鹏合演此剧。③

---

① 中国戏曲志编辑委员会、《中国戏曲志·江西卷》编辑委员会：《中国戏曲志·江西卷》，北京：中国ISBN中心，1998年，第575页。
② 中国戏曲研究院编辑：《京剧丛刊》（第十七集），北京：新文艺出版社，1955年。
③ 范正明：《湘剧剧目探微》，长沙：湖南文艺出版社，2011年，第155页。

湘剧《五台会兄》的表演特点是唱做交融并重、生净对称身法、十八罗汉功架。按：在上节剧本比较中，我们发现湘剧文本比京剧、汉剧简短，这很可能就与湘剧重视唱做融合、在行腔中做表的要求有关。关于对称身法，在桂剧、粤剧的表演中也有相应要求。据《早期粤剧演员传略》，清末艺人东生，其首本戏即《罗成写书》和《五郎救弟》，当时已讲究扎"罗汉架"。可见这种表演形式至迟清朝末年已传入粤剧流行地区。① 此外，根据范正明先生的介绍，湘剧的表演特色至迟清末已成熟、流行。清末长沙班净角大连已凭借演出《五台会兄》一出著名。事实上，在湖南班（湘剧）影响的地域范围之外，山、陕、甘地区秦腔班的《五台会兄》也有模仿罗汉像的表演形式。不过，湘地戏班表演形式的成熟似乎早于秦腔班。

综上所述，从目前有文献可证的情况看，湘剧《五台会兄》的表演形态定型时间比多数地方剧种更早，且对多地戏班、剧种产生了直接影响。潮梅外江戏的表演形式，很可能与早期湘剧有关。那么，早期"长沙班子"所演《五台会兄》的表演特色又是如何形成的？这种表演形式有何历史渊源，为何会率先流行于湖南地区并形成稳定的剧目表演定式呢？

五、《五台会兄》扎"罗汉架"表演形态探源

通过上文对剧本形态流变的梳理可以知道，从元杂剧到清代昆剧折子戏，"六郎盘兄"只占两支曲调的篇幅，可供舞台表演发挥的空间不大，"罗汉功架"应当是清代皮黄戏艺人首创的。那么，这种特殊演出形态是在何时、何地成型、成立的，其文本和表演形态的生成与传播存在怎样的联系？

从现存各地《五台会兄》剧本中，可以发现一个有意思的细节。自元杂剧开始，杨五郎上场时的醉态毕现就是固定的角色形象。郑骞先生如此评价："此人始终不能忘情'俗家'，且'大开杀戒'，为民间传说中所塑造不守清规僧人

---

① 1957年李门《谈戏曲表演的几个问题——一九五七年文化部在广东举办的第三届戏曲演员习会上的发言》一文称当时粤剧《五郎救弟》的罗汉架学自川剧《山门》。参见李门《粉墨集》，广州：广东人民出版社，1981年，第27页。

之一。"① 不过,元杂剧只写酒醉,对五郎在何处喝醉、因何喝醉只字未提。《缀白裘》昆曲折子戏《盗骨》略微补充了五郎下山吃"烂狗肉"之事,仍未点明喝酒吃肉的具体场合:

> (末上)来了。想是徒弟回来了。(开门介)(净吐介)阿呀呀!呸呸!(末)唔,唔,唔,又吃得这般大醉回来!(净)师父,徒弟没有吃酒。那山下有那烂狗肉吃得咱好爽快吓!(末)唔!出家人吃这样东西!罪过吓!②

值得注意的是,与昆剧相比,清代皮黄本在杨五郎何处破戒的问题上一致出现了新的创造,即一致新增了"五郎赴会归来"的背景,表明这是一处剧本创编早期发生的文本更动。各地剧本中五郎所赴之"会",引发了我们对该剧与祭祀演剧关系的思考。以清车王府藏《五台山全串贯》为例:

> (净上白)哪呀,好酒。(唱)适才间在山下开怀畅饮,(吐介)天波府撇下了年迈萱堂。(白)看破红尘路,入山学道高。刀割连心肉,箭射白莲(莲)花。早间师父禅堂打坐,被我逃下山来赴幽王大会。大碗酒大块的肉,不觉吃的,(吐介)大醉。你看天色已晚,回山去罢。(唱)适才饮罢三杯宴,醉眼难观世上人。迈步如梭山林上,禅堂紧闭寂无音。③

清车王府所藏剧本中还有另一本皮黄《五台山》,此本杨五郎赴的是"幽王社会"。在清代皮黄本和近代以来的地方戏剧本中,五郎所赴之"会"还有更多版本(见表8-6)。

---

① 郑骞:《景午丛编》,中国台北:中华书局,1972年,第64页。
② (清)钱德苍编,汪协如点校:《缀白裘》二集《昊天塔·盗骨》(第一册),北京:中华书局,2005年,第177页。
③ 黄仕忠:《清车王府藏戏曲全编》(第七册),广州:广东人民出版社,2013年,第664页。

表 8-6

皮黄本	赴会名义	皮黄本	赴会名义
别埜堂抄本	幽王大会	闽西汉剧	盂兰大会
《丛刊》抄本之一	幽王社会	湖北汉剧	牛羊大会
《丛刊》抄本之二、三	牛羊大会	湘剧	牛王大会
锦春堂抄本	红袍大会	川剧	香斋大会
广东汉剧	牛郎大会	秦腔	牛魔王神会

"幽王社会""幽王大会"应是地方戏曲艺人对"盂兰盆会"的讹传。盂兰盆会起源于《盂兰盆经》所述"目连救母"故事，正本目连戏讲述目连之母刘氏因破戒被带入地狱，其子目连遍历地狱寻母，后得释迦牟尼授意，在七月十五日作盂兰盆会，邀十万僧众为母超度，终使母子相逢，全家团圆。各地目连戏有作《目连救母幽冥宝传》《幽冥教主地藏王菩萨大孝目连地狱救母宝传》等，其中的"幽冥"，可能就是"盂兰盆会"传为"幽王大会"的原因。广东汉剧之"牛郎大会"、清抄本之"牛羊大会"与之音近。闽西汉剧与川剧分别作"盂兰大会""香斋大会"则更接近原意。

我们注意到，清中叶的昆曲折子戏中尚未出现"五郎赴会"的说法，而皮黄本尽管具体说辞不一，但"赴会"之说却十分统一。这说明，清代剧坛流行的皮黄本《五台会兄》，可能在定型之初便受到祭祀仪式的影响，出现了文本和表演的新特色。不过，由于该剧传播到外地后离开祭祀演剧土壤，因此唱词、念白中附着的宗教因素才逐渐脱落，而其中仪式剧的表演特色却得以保留。

民间盂兰盆会的祭祀仪式除了以斋食供佛外一般都伴有目连戏演出，有时亦插演目连戏及"花目连"以外的剧目。① 既然如此，《五台会兄》的表演形式是否与目连戏这种祭祀演剧仪式有关？我们在20世纪50年代以前的湘剧旧本中找到了证据。湘剧旧本杨五郎作醉态上场有一段散唱：

八月十五天门开，十八家罗汉下凡来。师父常常对我讲，他说我

---

① 如贵州镇宁盂兰盆会所唱会戏包括《目连救母》与《精忠传》。参见刘祯《中国民间目连文化》，成都：巴蜀书社，1997年，第61页。

是金蝉罗汉投的胎，因此上吃酒荤不戒，削发为僧在五台。①

然而，在目前可见的湘剧剧本中，却并不存在这段唱词。②不仅如此，在目前所见的地方戏剧本中，湘剧旧本这段"八月十五天门开……"唱词也属仅见（见表8-7）。

表8-7

《丛刊》别埜堂抄本	适才间在山下开怀畅饮，天波府撇下了年迈萱堂。（白）看破红尘路，入山学道高。刀割连心肉，箭射白莲花。洒家杨延德……③
《丛刊》抄本之一	适才间在山下开怀畅饮，天波府撇下了年迈娘亲。（白）看破红尘路，入山学道高。刀割连心肉，箭射白莲花。洒家杨延德……④
《丛刊》抄本之二、三	五台山出了家当了和尚，天波府撇去了年迈萱堂。（诗）脱下蟒袍换袈裟，金刀割去项上发。不愿在朝为驸马，五台深山出了家。（白）洒家五郎延德……⑤
《丛刊》锦春堂抄本	五台山出家修仙养静，天波府辞别了年迈太君。（白）朝也杀暮也杀，杀来杀去杀杨家。刀刀割去心上肉，箭箭射去白莲花。咱家杨五郎延德……⑥
湖北汉剧	五台山出了家做了一个和尚，天波府哭坏了年迈娘。
外江戏	五台山出了家金刀削发，天波府辞别了年迈妈妈。（白）看破红尘路，五台出了家。枪挑杨家将，箭射白莲花。衰家杨五郎字延德……
粤剧	杨五郎在五台出了家，天波府抛下了我的年迈妈妈。

经查20世纪50年代湘剧演出本曾经湘剧名净罗元德修改。当时，旧本原

---

① 宋光祖：《名伶名剧赏析》，上海：上海远东出版社，2013年，第432页。
② 1952年，中南代表团参加第一届全国戏曲观摩大会时演出湘剧《五台会兄》，剧本中杨五郎的出场如下：（内唱【倒板】）五台山出了家金蝉削发，（上唱）天波府别却了年迈妈妈。枪挑杨家将，箭射白莲花，看破红尘事，五台出了家。洒家五郎延德，瞒过师父，下山赴牛王大会，偶遇众家施主，敬洒家这个一盏，那个一杯，却把洒家吃得一个大醉，天色黄昏，犹恐师父在山门悬望，洒家回山去罢！（唱）沙滩赴会一阵败，杨家死的好悲哀，冷眼看破君王面，因此削发在五台。甩开虎步往前踹，只见山门紧紧排。
③ 曾永义：《俗文学丛刊》（第三辑），中国台北："中央研究院"历史语言研究所、台北新文丰出版股份有限公司，2003年，第312册，第235页。
④ 曾永义：《俗文学丛刊》（第三辑），中国台北："中央研究院"历史语言研究所、台北新文丰出版股份有限公司，2003年，第312册，第255页。
⑤ 曾永义：《俗文学丛刊》（第三辑），中国台北："中央研究院"历史语言研究所、台北新文丰出版股份有限公司，2003年，第312册，第272页。
⑥ 曾永义：《俗文学丛刊》（第三辑），中国台北："中央研究院"历史语言研究所、台北新文丰出版股份有限公司，2003年，第312册，第301页。

词被认为存在"消极出世和轮回思想",不符合杨五郎的性格和实际遭际。① 虽然杨五郎乃"桂枝罗汉下凡"的说法自是无稽,但引发我们思考的是,湘剧旧本为何出现了这一段"与剧中反映的事情没有关联"的唱词?

花部剧本中某些不合理、自相矛盾、旁逸斜出的内容,可能是戏曲剧目在特定时空环境下发展、变异的留迹。我们发现,旧本所唱"八月十五天门开"之曲,原非湖湘艺人自创,而是川湘地区仪式戏剧中的常用曲调。目前,在四川、重庆、湘西北等地的仪式戏剧音乐中,可以找到三个版本的"八月十五天门开"。第一个版本来自川东梁山灯戏的《韩湘子度妻》,是韩湘子念毕开场白后所唱曲文。该剧种多在春节、灯节、社火、庆坛等民俗活动期间演出。第二个版本为《民间祭礼与仪式戏剧》所引四川地区仪式剧曲本。第三个版本则来自20世纪80年代采集的重庆江北山歌,应为仪式音乐的民间流变形式。三个版本曲文如下:

其一

八月十五天门开,桂枝罗汉下凡来。

罗汉下凡无别事,奉劝世俗吃长斋。

初一吃斋到十五,未满十五就开斋。

你不吃斋佛不怪,然何吃斋又开斋。

吃斋开斋都不怪,通力合作行善免祸灾。②

其二

八月十五天门开,佛差罗汉下凡来。

罗汉下凡无别事,奉劝世人莫开斋。

你不吃斋神不怪,不能吃斋又开斋。

---

① 曾有论者指出旧本中的五郎形象存在"消极出世思想"时即以此段唱词为例。而经罗元德修改后的唱词被评价为:"不仅清楚明白地交代了时代背景和他出家的缘由,更重要的是将人物的基本情调由消极悲切升华为悲愤。"参见范正明《含英咀华——湘剧传统折子戏一百出》,长沙:岳麓书社,2011年。

② 四川省艺术研究院:《四川傩戏剧本选》,成都:四川科学技术出版社,2014年,第48页。

初一才把斋来戒。不到十五又开斋。①

其三

八月十五天门开,桂枝罗汉下凡来。

罗汉下凡无别事,奉劝世人常吃斋。

人不吃斋佛不怪,怕你吃斋又开斋。②

湖湘地区《五台会兄》的剧本"混入"这段宗教性质浓厚、仪式功能突出的曲辞,反映出该剧与当地祭祀演剧传统的关联。③所谓"八月十五天门开,桂枝罗汉下凡来",是"桂子下凡"在川渝及其周边地区的宗教传说变体。而"桂子"变成"桂枝罗汉",则与明代以来川、湘、赣民间流行的《前目连传》有关。

湖南、四川等地的民间目连戏,一般较郑之珍《目连救母劝善戏文》多出两本。一本写傅罗卜(目连)的祖父、父亲经历及傅罗卜出生的故事,称"前目连"或《目连外传》;另一本称为《梁传》。《前目连传》里出现的"桂枝罗汉",即主角傅罗卜的真身。剧中因西天桂枝罗汉思凡,触犯天条,故佛祖将其贬为官员傅相之子,取名罗卜。傅相死后,其妻刘氏遣罗卜外出经商,自己却在家破戒开斋,因而被小鬼带往地狱。《前目连传》的曲文并非生搬硬套到杨五郎身上。作为目连戏曲文的"八月十五天门开",意在告诫世人莫学罗卜之母刘氏破戒开斋。而《五台会兄》中杨五郎在山下酗酒吃肉,犯了出家人的忌讳,恰恰与目连戏中"桂枝罗汉"之曲的内容契合、呼应。

根据近代以来的地方剧种剧目情况,川剧、湘剧、祁剧、辰河高腔、衡阳湘剧、吉安戏、东河戏、莆仙戏所演目连戏,都有类似或相同的罗卜出生神

---

① 胡天成:《民间祭礼与仪式戏剧》,贵阳:贵州民族出版社,1999年,第1278页。

② 重庆市江北区民间文学集成编辑委员会:《中国歌谣谚语集成·重庆市江北区卷》,1990年,第149页。

③ 八月十五天门大开、天地相通的说法,当起自唐代"中秋节"定立以后。宋代民间已有中秋之夜月宫桂树降落桂子的传说。明田汝成《西湖游览志余》"委巷丛谈"引宋慈云式公《月桂诗序》云:天圣丁卯秋,八月十五夜,月有浓华,云无纤迹,灵隐寺殿堂左右,天降灵实,其繁如雨,其大如豆,其圆如珠,其色白者、黄者、黑者,壳如芙实,味辛,识者曰"此月中桂子也",拾以封呈。好事者余播种林下,越数月,移植白猿峰,凡二十五株,遂改回轩亭为月桂亭。参见(明)田汝成《西湖游览志余》,上海:上海古籍出版社,1980年,第379页。

话。其中，湖南又是《前目连传》最盛行的地区。"八月十五天门开"的曲文，第二句提到"桂枝罗汉"，后来又反复申说斋戒与破戒问题，明显与"前目连"中罗卜及其母刘氏的遭遇相关。换言之，湘剧旧本杨五郎自称"桂枝罗汉下凡"等，其源头是当地民间的"前目连"演出。清代皮黄剧本皆有此说，证明仪式演剧对该本的影响是较早发生的。

结合湘剧旧本中的杨五郎自称"桂枝罗汉"，以及清代皮黄本中的"赴会"之说，我们认为清中叶皮黄本《五台会兄》很可能曾与川、湘一带的目连戏、其他宗教戏曲同班、同时演出。这一点在与川、湘戏曲活动联系频密的贵州、云南傩堂戏中有所印证。

贵州阳戏中有《五台会兄》一剧，属于还愿正戏以外可供主家或行会点演的花戏。① 贵州花灯剧中亦有《五台会兄》一目，可能为戏班到寺庙接灯或到主家时演出的剧目。② 此外，《道真仡佬族苗族自治县民族志》记载了一套完整的贵州傩祭演出程序，颇值得注意。该仪式第十四道流程为：

> 检斋。一人扮灵济祖师杨五郎，到傩堂检查斋供。然后转奏佛祖，请与主人添福加寿，保佑老幼咸安，六畜兴旺。此坛可夹"五台会兄"。③

从这则流程记载来看，《五台会兄》不仅可作为仪式演剧的一部分，扮演杨五郎的演员本身还可能成为祭祀仪式的执行者。此剧与民间仪式演剧之关系可见一斑。此外，在川湘高腔中还有多个戏曲文本出现了"桂枝罗汉"一角，同样是受地方祭祀戏曲影响的例子。其一，当地观音戏中有"桂枝罗汉"帮助妙善（观音）返阳的情节，剧目有高腔《小上香山》《南游记》等。④ 其二，

---

① 王永康、侯讽轩：《遵义的阳戏与坛戏》，见遵义市人民政府《中国·遵义·黔北傩文化国际学术研讨会论文集》，成都：西南交通大学出版社，2012年，第163页。
② 刘作会：《遵义市风俗志》，北京：中国文史出版社，2014年，第366页。
③ 道真仡佬族苗族自治县民族志编纂委员会：《道真仡佬族苗族自治县民族志》，贵阳：贵州人民出版社，1994年，第69、70页。
④ 四川省川剧艺术研究院、四川省川剧学校、四川省川剧院：《川剧剧目辞典》，成都：四川辞书出版社，1999年，第717页。

川剧传统剧目《白蛇传》中许仙的身份是"桂枝罗汉下凡",而清代传奇本中则无此说法。在清黄图珌、方成培、无名氏《雷峰塔》中,许仙或作钱塘人,或作严州桐庐人,均无罗汉下凡之说。换言之,川湘戏曲中许仙、杨五郎自称"桂枝罗汉下凡",皆受到当地民间的仪式戏剧演出的影响。从另一个角度说,湘剧《五台会兄》旧本是目前仅见把五郎和"罗汉"形象明确联系在一起的地方戏剧本。

在川、湘等地的祭祀演出中,糅合宗教元素的身段表演或武功特技往往是表演的重头戏,《五台会兄》所扎"罗汉架"有可能受到当地仪式剧表演技艺的直接影响。与《五台会兄》情况类似的还有湘剧《醉打山门》。在此剧中,鲁智深醉酒后有"站式"的"十八罗汉架",即单腿站立连续摆出十八罗汉的造型,包括飞钹、朝天蹬、托珠、捧狮、睡眠、布袋、抱膝、思索、长眉、击磬、挖耳、看书、胸前观佛、拄杖、盘坐、降龙、伏虎、举杖等。此外湘剧还有三十五种"跳"的身段,如跳金刚、跳罗汉、跳无常、跳和合二仙等。① 本文认为,湖南戏曲剧种中类似的宗教元素表演形式,均源出当地流行的仪式剧,或受到仪式演剧的直接影响。

戏曲表演一般为表现剧情服务,而各地以目连戏为代表的仪式剧却汇聚了大量游离于情节之外的表演技艺,具有独立的观赏价值。例如,明末张岱《陶庵梦忆》卷六《目连戏》提到了当时徽州戏子演目连时的种种特技:

> 余蕴叔演武场搭一大台,选徽州旌阳戏子剽轻精悍、能相扑跌打者三四十人,搬演目莲,凡三日三夜。四围女台百什座,戏子献技台上,如度索舞絚、翻桌翻梯、筋斗蜻蜓、蹬坛蹬臼、跳索跳圈,窜火窜剑之类,大非情理。②

张岱虽以正统戏剧的标准对目连戏表演大加讥斥,恰恰反映出杂技在目连戏演出中的主体地位。与其他高难度特技(如打叉、爬刀山、下火海、叠罗汉)

---

① 康保成:《中国古代戏剧形态与佛教》,上海:东方出版中心,2004 年,第 336 页。
② (明)张岱:《陶庵梦忆》卷六《目连戏》。

及其他幻术表演相比，装扮宗教人物，模仿罗汉姿态，属于仪式剧中的基础表演形式。在目连戏流行的地区，当地剧种不仅有"罗汉科"的表演技艺，还有专门表现这种技艺的"数罗汉"类型剧目，《思凡》和《赶斋》就是其中典型，以下略叙之。

"大思凡"中的"罗汉阵"。《思凡》原属民间目连戏演出剧目，至今仍在戏曲舞台常演不衰。明代以来该剧出现了多种版本，其中《群音类选》"诸腔"卷收有由【沉醉东风】【山坡羊】【雁儿落】三支曲子组成的《小尼姑》一剧。《小尼姑》里的【雁儿落】一曲出现了未见于此前版本的"数罗汉"曲辞：

> 咱只见佛面前俊俏罗汉有几个，有一个开口笑呵呵有心来戏我，有一个手托香腮瞧着我，有一个抱膝舒怀想着我，有一个举手招来戏我；长眉大仙愁着我，愁我老来没结果；降龙的恼着我，伏虎的恨着我，惟有布袋罗汉笑呵呵，他笑我时光错，光阴过，谁人爱我年老婆婆。①

《缀白裘》所收折子戏《思凡》剧本，在色空说出"不免到回廊下闲步一回，少遣闷怀则个"之后，有"场上锣鼓，烟火，杂扮罗汉筋斗上，筋斗下"的舞台提示。②虽然后来的厅堂、戏园表演一般通过小尼姑色空的身段做功虚拟表现庙中罗汉，但是民间灯彩戏一直保留这种"罗汉阵"（上众多罗汉）的演法，又称"大思凡"。民间演出"大思凡"时，除锣鼓、烟火、筋斗外，还有罗汉歌舞和"装严"表演（演员装扮庄严的罗汉众相）。清末上海昆剧表演受灯彩戏路子影响，所谓"诸佛真像全新绣花湖绉僧衣，当场变彩，庄严金身所穿之衣，时常变化，随身出彩，大有可观"。③梅兰芳在北京双庆社时演出《思凡》

---

① （明）胡文焕：《群音类选》，见王秋桂《善本戏曲丛刊》，台北：台湾学生书局，1987年。
② （清）钱德苍编，汪协如点校：《缀白裘》（六集），北京：中华书局，2005年，第3册，第72—76页。
③ 《中国戏曲志》编辑委员会、《中国戏曲志·江苏卷》编辑委员会：《中国戏曲志·江苏卷》，北京：中国ISBN中心，1992年，第223页。

时，也曾采用十八尊"活罗汉"作为舞台背景。①清末民初上海与北京昆剧主动向灯彩戏路靠拢，说明这种突出宗教仪式意味的表演方式在当时仍有较大的影响力。

《破窑记》中的过场戏"数罗汉"。湘剧《破窑记·赶斋》之前有观罗汉情节，叙一日吕蒙正至木兰寺赶斋，因未到斋时，长老引其往罗汉堂观罗汉消遣。吕蒙正见十八罗汉塑像生动，边看边模仿，有十八个罗汉的造型身段。无独有偶，莆仙戏传统剧目《吕蒙正》亦有折子戏"数十八罗汉"，然情节与湘剧不同。莆仙戏"数十八罗汉"讲述吕蒙正冒着风雪到寺庙赶斋，寺内小和尚却欺骗他只要说出十八尊罗汉佛号，便有饭吃，吕蒙正无奈答应。然而数完十八罗汉后仍然不见饭食，吕蒙正方知上当受骗。相对而言，莆仙戏的"数十八罗汉"并不要求小生严格模仿罗汉塑像，只是边舞边唱模拟罗汉形象而已。

归结起来，《思凡》是源自民间目连戏演出的剧目，湘剧、莆仙戏《赶斋》则诞生于具有浓厚宗教戏曲氛围的湖南、福建等地，这些剧目中的"数罗汉"桥段及其表演很可能都受到祭祀戏曲的影响。这一点，或可以为《五台会兄》《醉打山门》中的"罗汉架"来源提供佐证。

---

① 梅兰芳：《梅兰芳回忆录：舞台生活四十年》，北京：东方出版社，2013年，第302页。

第四节　丑行骨子戏《失金印》表演特色之形成

《失金印》是外江戏丑行骨子戏，出自清初传奇《胭脂雪》，讲述巡按白简官印偶为洛阳县令所获，其父洛阳县皂隶白怀设计令官印失而复得之事。全剧人物关系复杂，戏剧性较强，是一出情节奇巧、妙趣横生的公案戏。剧中丑脚（角）艺人需表演高难度的"乌龟拜年"身段，故有"丑怕下洛阳城"的戏谚流传。作为清末民初外江戏的特色剧目，20世纪80年代以来《失金印》的文本与表演却已基本失传。新加坡所藏外江戏抄本有《失金印》一种，弥补了此剧的文献空缺，也为进一步讨论其艺术特色创造了可能。

从清初全本传奇到清末外江戏中的《失金印》经历了怎样的变迁？在剧本流变过程中，外江戏《洛阳失印》的表演特色是如何形成的？以下从新加坡所藏抄本特点、《失金印》文本与表演之参互、《失金印》表演特色之形成等方面进行讨论。

一、新加坡所藏《失金印》抄本概述

1. 外江戏《失金印》抄本特点

目前在新加坡有三种《失金印》传本，分别是余娱儒乐社抄本、陶融儒乐社抄本和潮汕八邑会馆抄本。三本内容基本相同。

余娱儒乐社所抄《失金印》与《补破缸》合订，抄本总目录列为第59册。该抄本每页8行，角色、科白提示用小字，多用行楷，有部分别字。末尾钤盖"陈木丰藏本"长方印，具抄写背景。与其合订的《补破缸》剧本后注："民国二十八年（1939）十月四日己卯八月廿二日陈木丰于星坡""是日经略、时进

加入余娱儒乐社为社员",后有"陈木丰藏本"印。因此这个合订本应为潮商陈木丰民国二十八年（1939）抄藏本，也是现存最早的广东汉剧（外江戏）《失金印》剧本。该本《失金印》不分出，出场人物行当有白怀（末）、邱爱春（付）、陶洪（丑）、白简（小生）、白燕（标"院"）、二家仆（什）等。

陶融儒乐社所藏《失金印》抄本分两册。第一册封面大字题"失金印"，又"郑翼昇先生抄本"。郑翼昇是当时活跃于新加坡、泰国等地业余剧社的外江戏教师。第二册封面题"失金印"。该抄本每页6行，角色、科白提示用小字，行楷抄写。此本与余娱儒乐社抄本几乎全同。例如，余娱本中白怀道："邱爱春在堂上讨了百日限期寻找半边宝镜下落，'为'（插入小字）今百日限期以满……"陶融本文辞完全一致，仅"为"字在正文行中。这一句科白在潮州八邑会馆抄本中则是："邱爱春在堂上出了百日限期找寻半边镜下落，如今百日期限已满……"会馆本将"讨"改"出""宝镜"省为"镜"，并纠正了原余娱、陶融本中皆存在的别字"以满"，改正为"已满"。

陶融本内页标题下注"北路"，剧末附有角色行当说明：

白　怀　武老生

洛阳县　司角丑

巡　按　二手小生

老家院　打什老生

邱爱春　什角

家　院　跟班生

潮州八邑会馆抄本封面题"失金印"，内页标题"洛阳县"。在三种抄本中，会馆本抄写最为工整，多用正楷书写，并以方框区分角色科白提示与正式曲文。录各角色安排如下：白怀（末）、邱爱春（花）、县令（丑）、白燕（标"院"）、家仆（什）。

以余娱本为例，根据剧情空间转换，外江戏《失金印》可以分为以下四场。

第一场，地点在洛阳县衙门外。衙役白怀出场，交代邱爱春为其友韩业水鸣冤一事。邱爱春上场,告知白怀已找到莫府遗失的铜镜。白怀遂上报县官陶洪,升堂审理。

第二场,地点在县衙公堂上。县官陶洪出场,自称姑苏人士,以二甲科名任洛阳县令;有好酒之习,百姓传为歌谣。邱爱春将铜镜包裹献上,陶洪惊觉其中另夹带八府印信一枚,屏退左右,只留亲信衙役白怀至里间商议。白怀见印,思忖失印官员必受重罚,心生恻隐,欲暗中为之周旋。县官陶洪欲凭此印信加官晋爵,被白怀劝阻。白怀提出到新任巡按住地附近打探消息,陶洪同意,二人科诨下场。

第三场,地点在巡按府邸。巡按白简上场,自叹丢失官印。院公白燕好言相劝,并令家仆留意形迹可疑之人。家仆将白怀扭送府内,院公白燕认出其为白简之父。白简告知失印之事,父子二人遂定计取回印信。

第四场,地点在洛阳县衙。陶洪、白怀上场,白怀隐瞒事实,只道新任巡按将至洛阳县,催陶洪前去迎接。陶洪以自己身体残疾,本欲推托,被白怀说服。白简见陶洪,故意以其姿态不恭、好酒贪杯再三刁难,陶洪惊惧不已。此时白怀通报龙舟失火,白简假意外出查看,令陶洪看守巡抚印盒。陶洪发现盒中无印,白怀说服其将所拾官印放入盒中,以脱盗印之罪。陶洪无奈同意。

各本白怀科白最多,县令陶洪次之,巡按白简又次。剧本中各人提到洛阳县令"六根不全""五体不正""一步三点头、一摇三摆手",皆与场上表演密切相关。

2. 外江戏与《胭脂雪》原本之比较

潮梅外江戏《失金印》源出清初盛际时所作传奇《胭脂雪》作者盛际时,字昌期,生卒年不详,为明末清初苏州地区活跃的剧作家。所著传奇四种,《飞龙盖》及《双虹判》已佚,今存《人中龙》与《胭脂雪》。①

此剧现有程砚秋原藏清抄本(以下简称"程本")和郑振铎原藏清内府本。程本共二十七出,上下两卷,全剧剧情依传统生旦双线结构展开。生角故事线

---

① 参见郭英德《明清传奇综录》,石家庄:河北教育出版社,1997年,第694页。

讲述白简告别父亲白怀赴京赶考,途中被盗魁赛虬髯劫入铁岭山。白简以大义感动盗魁,并获赠胭脂雪貂裘。旦角故事线讲述韩青莲家债主莫亮趁韩父出外强抢青莲,青莲亦被盗魁救入铁岭山。白简遣家仆护送青莲,自行赴京赶考,于元宵夜偶遇永乐皇帝,受封巡按。白简巡查天下,至洛阳时官印失窃,却意外落入韩青莲之手。恰逢债主莫亮诬陷韩青莲之父盗窃,韩青莲不知就里,托人将巡按官印献与县令真瑞图(即外江戏中"陶洪"一角),欲解其父之围。真瑞图见印大惊,派皂隶白怀往新任巡按府打探消息,促成白简、白怀父子意外相认。二人设计取回官印,上演"失印救火"的好戏。

这段"失火还印"的故事原型来自明冯梦龙《智囊补》,本为某地教谕凭借智计使官印物归原主之事:

> 有御史罪其县令。县令密使嬖儿侍御史,御史昵之。遂乘机窃其箧中篆去。御史顾篆箧空,心疑县令所为而不敢发,因称疾不视事。尝闻某教谕有奇才,因其问疾,召至床头诉之。教谕教御史夜半于厨中发火,火光烛天,郡县俱赴救。御史持篆箧授县令,他官各有所护。及火灭,县令上篆箧,则篆在矣。或云,此教谕乃海瑞也。未详。①

在这则传说中,构成"失印"故事冲突高潮的情节元素已十分完整:县令窃得御史印信,御史不得直接索还,乃故意纵火,并当众令盗印者守(空)印盒。盗印者为防事后担责,被迫将官印复归原位。在这则故事中,盗印一方为县令,失印一方为御史,也与"失金印"故事相近。所不同者,《胭脂雪》在"县令"与"御史"之间加了如前所述的复杂人物关系,为"失印"情节铺垫了丰富曲折的故事背景。

经过盛际时改编,"失印救火"的具体情节是:县令真瑞图意外得到巡按官印,未知虚实,故令皂隶白怀前往巡按府打探。白怀、白简父子相认后,为名正言顺取回官印,故在县令前来拜见白简时谎称马房失火,假命县令看守空

---
① (明)冯梦龙:《智囊补》(上卷)"御史失篆"条,哈尔滨:黑龙江人民出版社,1987年,第493页。

箧中之"官印"。县令发现箧中无印，畏惧盗印嫌疑，只得将此前所获官印物归原主。其中讲述父子二人如何算计使官印物归原主，尤富戏剧性和趣味性，充分体现出清初苏州剧作家善于设计戏剧冲突、注重舞台审美的创作特点。

外江戏《失金印》相当于全本《胭脂雪》第二十一出至第二十三出"失印救火"的情节段落，是收束原作全篇线索、解决矛盾的戏剧高潮。不过，外江戏《失金印》与《胭脂雪》在文本上也有诸多区别。其一，角色姓名差异。原作洛阳县令名叫"真瑞图"，外江戏为"陶洪"；原作韩若水之友为"秋爱川"，外江戏为"邱爱春"。其二，形象差异。在外江戏抄本中，县令陶洪上场后自述驼背、弓腰等身体缺陷，又自称好酒贪杯被百姓传为歌谣。原作第二十一出至第二十三出中，县令的陋习在白怀与白简定计取印时一笔带过。在原作中，白怀称家有"老妈妈"驼背弓腰，此段说白不见于外江戏。此外，外江戏中县令将印信交与白怀观看，白怀即生同情失主之想，故自告奋勇打探消息。传奇第二十一出白怀见印后，主要站在县令角度考虑，免其轻举妄动惹祸上身。其三，段落安排差异。原作白怀与白简定计后下场，秋爱川之妻上场，哭诉丈夫被诬为同盗，此后再演白简与县令会见。外江戏中无秋妻戏份。

《胭脂雪》是清代剧坛雅俗共赏的剧目，在民间社会具有广泛观演基础，外江戏与传奇原本的差异是在剧作传播、上演的过程中逐渐形成的。

二、外江戏《失金印》的文本特色

清末民初的外江戏《失金印》抄本是判断该剧目的来源路线、探讨其文本源流的重要基础。目前所见，可以与外江戏进行出目、情节对比的剧种有昆剧、湖北汉剧、常德汉剧、湘剧、祁剧、秦腔、闽西汉剧、京剧、潮剧、桂剧、滇剧、辰河戏、荆河戏、南剧、山二黄、打锣腔等。目前可供参照的剧本有清车王府所藏皮黄本《胭脂褶总讲》、民国初年《戏考》第九册收录的《失印救火》、1959年出版的湖北汉剧团录本《失印救火》（高海山校订），以及20世纪30年代马连良改编本《胭脂宝褶》等。

1. 出目情况

《胭脂雪》传奇在外江戏中仅演"洛阳失印"情节,而据《湖南地方戏曲剧目提要》《桂剧传统剧目介绍》《汉剧传统剧目考证》《京剧剧目初探》《秦腔剧目初考》《湘剧剧目探微》及各省戏曲志所收剧目,其他剧种保留戏出情况如下。

三段情节连演:湘剧、桂剧、山二黄、汉剧可连演《白槐削板(刮竹板)》《永乐观灯(遇龙封官)》《失印救火》。①

连演其中两段情节:《戏考》收录《胭脂褶》,前本演《遇龙封官》,后本演《失印救火》。马连良改本《胭脂宝褶》主要演"遇龙封官""失印救火"情节。川剧、湘剧、徽剧、河北梆子沿用《胭脂宝褶》的剧目,应受京剧影响。滇剧《马房失火》亦演"遇龙封官""失印救火"两段。②秦腔《胭脂血》则连演"白槐削板""失印救火"两段情节。③

只演一段情节:清车王府所藏《胭脂褶总讲》共分两出,只演"失印救火"情节。昆剧有《失印救火》折子戏,可拆演,流行地区包括江苏、浙江、江西、安徽等地。④祁剧、衡阳湘剧、辰河戏、闽西汉剧、潮剧、常德汉剧等有《洛阳失印(失印救火)》。粤剧、楚剧、荆河戏、南剧、打锣腔有《永乐观灯》。

由此可见,盛际时的《胭脂雪》传奇在近代以来的地方戏中主要保留《白槐削板》《永乐观灯》《失印救火》三个单出剧目。各剧种出现频率最高的是作为全剧情节高潮的《失印救火》一折,异名有《洛阳失印》《失金印》《马房失火》等。各剧种《永乐观灯》又名《遇龙封官》,常置于《失印救火》之前连演,马连良所改编的《胭脂宝褶》即如此处理。比较特别的是湖北汉剧、秦腔,二者多连演《白槐削板》《失印救火》二出,且《白头刮板》是其中的重头戏。

学术界曾有一种观点,潮梅外江戏的源头是湖北汉剧,然而仅就《胭脂雪》的常演戏出情况看,湖北汉剧重视"白槐削板"一出的特点并未影响清末粤东

---

① 范正明:《湘剧剧目探微》,长沙:岳麓书社,2011年,第223页。
② 中国戏曲志编辑委员会、《中国戏曲志·云南卷》编辑委员会:《中国戏曲志·云南卷》,北京:中国ISBN中心,1994年,第104页。
③ 田舍叟:《行将失传之秦腔旧剧〈胭脂血〉》,见《河北戏曲资料汇编》(第十辑),河北省文化厅、河北省民族事务委员会、中国戏剧家协会河北分会编,1985年,第254页。
④ 罗兆荣:《遂昌县民间昆曲活动情况探析》,见汤显祖纪念馆《2006中国·遂昌汤显祖国际学术研讨会论文集》,杭州:西泠印社出版社,2008年,第708页。

地区的外江戏。与此同时，外江戏（包括闽西汉剧在内）与湖南祁剧剧目的情况更加接近——皆仅有《失金印》一出。据记载，同治年间辰河戏艺人曾到祁剧流行的宝河地区学戏，学来的《胭脂雪》剧目也只有《洛阳失印》。① 由此推断，祁剧班单演《洛阳失印》，应为清末以来比较普遍的现象，而潮梅外江戏《失金印》的演出传统亦受其影响。

2. 人物形象

从清初传奇到清末地方戏剧本，《失金印》中主角白怀与洛阳县令的人物形象出现不同程度的变化。这些改编里，一类是对人物个性特点、行事逻辑的细节调整，另一类则可能与剧本内容的整体变化有关。

（1）白怀

在《胭脂雪》传奇的前半部分，白怀是忠心耿耿、千方百计为县令出谋划策的普通皂隶。当白怀听说县令偶得巡按官印时，尚不知新任巡按就是其子白简，因此反而劝说县令切勿轻易还印，以免惹来事端。

清代车王府所藏皮黄本与传奇原本相近——车王府剧本中白怀听闻县令缉获印信，第一反应是"待小人与太爷叩叩天喜"，认为长官或可借此邀功；继而又担心"失印"涉及地方治安，将影响县令声望："奉闻圣上，道此地却出了盗印的贼寇。"当县令本人提议送还印信，白怀却并不同意："那大人他打本进京，道你是盗印的赃官，怕你这前程要耽些考呈吓。"②

降至民国初年的《戏考》本京剧《失印救火》，白槐（白怀，以下不赘）、县令的形象与车王府本基本相同。《戏考》本在本场末尾添加一句念白："这位大人自不小心，将印信失落，不知紧要，丢官事小，俱家性命难保。"③ 稍微表现对失印官员的同情。传奇、京剧一脉并未着意表现白怀的人格品行。剧中的

---

① 谌兆祥、杨宗道：《漫话辰河戏》，见中国人民政治协商会议、湖南省溆浦县委员会文史资料研究委员会《溆浦文史》（第三辑），1985年，第198、199页。
② 《清车王府藏曲本》（全印本9），北京：学苑出版社，2003年，第352页。
③ 王大诺：《戏考》第九册《失印救火》，上海中华图书馆1915年编辑。原注："此即《失印救火》剧，前谭鑫培曾在新新舞台演出过者。此剧须生，纯以白口做功见长，无甚唱句。叫天之白槐，警敏老当，忽喜忽忧，无一处不合公门书吏身份，可称丝丝入扣，吾无间然矣。"

白槐是普通的衙役班头，深受县官信赖，也的确事事为官长着想。出于这个目的，白槐起初还在客观上拖延了金祥瑞"还印"的时间。其行为转变，完全是在认出其子白简后产生的。他与白简的"父子相认"情节纯属偶然，也并无果报意蕴。不过，在父子相认后，白怀设计为白简讨回官印，与县令巧妙周旋，体现出人物机智老练的特点。

湖北汉剧开始出现对白怀施仁好义个性特点的涂染："这是哪位大人自不小心，失却了印信，难免全家俱戮。我不免在老爷上面与他方便一二。这点阴功积在我儿白简的头上。"如果说汉剧白怀尚有为其子积德的"私心"，那么粤东地区外江戏剧本中的白怀则完全是宅心仁厚、古道热肠的慈吏形象：

> 吓……果然是八抬的印信，但不知哪位大人失落，丢官事小，难免全家诛戮。倘若知道何人失落，俺白怀定要与他分解，救他满门生命。正是公门之中不修行，为如宝山空手归。太爷面前还要与人遮瞒一二才是。①

两相比较，说到如何为失印者解困，汉剧白怀称"我不免与老爷上面与他方便一二"，外江戏剧本中则较为坚定："俺白怀定要与他分解，救他满门生命。"至于插手此事的理由，汉剧是"这点阴功积在我儿白简的头上"，外江戏则从普遍道义着眼："公门之中不修行，为如宝山空手归"，显示白怀的胸襟脾性。白怀不计回报而行善，使得外江戏剧本具有更为感染人心的力量以及更为深刻的因果报应内涵。

整体而言，白怀形象在地方戏中的分野出现在早期京剧和以粤东外江戏为代表的南方皮黄戏曲之间。早期京剧几乎全盘继承了传奇原作的人物形象特点，主要表现白怀的机智老道，粤东外江戏却放大了白怀形象的另一种可能性——急公好义、敦厚质朴的品行特点。湖北汉剧中的白怀既有智谋，亦怀仁心，既"机智老练"，又"谨慎小心"，人物形象介于南北皮黄戏曲之间。

---

① 新加坡余娱儒乐社抄藏《失金印》剧本，现存新加坡国立大学图书馆。

（2）洛阳县令

那么，丑角扮演的洛阳县令形象又经过怎样的变迁？从传奇《胭脂雪》来看，付所扮的洛阳县令首次出场是在第十二出。付脚上场唱【引】："叨荫洛阳天宠戴，花和柳不必多栽。"舞台提示"作醉态"，继之以念白："宿酒初醒□杯难舍，想叫度量如沧海，大邑新阴墨绶□（原文如此）……下官洛阳县令真瑞图是也。"洛阳县令的此次"亮相"，用简单的舞台提示及念白交代了一个醉酒官吏形象，不过传奇剧本对此并没有着重渲染。

事实上，从传奇到近代京剧剧本一脉，洛阳县令都是"千人一面"的昏官形象，除一语带过的好酒之习，并未表现任何突出的个性特征或显著劣迹。例如，他初见印信即欲送还巡按大人，但因被皂隶白怀阻拦，只好作罢，说明其人个性软弱、行事犹豫。他派白怀前往打听失印官员，客观上促其父子相认，又被白怀父子设计将印信"骗"回，说明其人容易轻信、智谋不足。不仅如此，县令因身体残疾不能全礼，却受到父子二人联合算计，甚至遭到白简的严厉斥责，反映出其人的昏庸无能。由此可见，传奇原作与早期京剧中的洛阳县令，主要起衬托白怀父子智勇双全的作用，是被无故打击、肆意嘲笑的对象。

传奇中县令略显"无辜"的形象，在南方地区的汉剧、粤东和闽西外江戏剧本中有所变化。把县令原有主动献印之意，改为刻意藏匿印信，欲将巡按之位据为己有。例如，汉剧中县令答白怀："你家老爷启折进京，削掉那个人的前程。"将县令塑造成贪得无厌、损人利己的形象，凸显了白槐与其周旋的意义，也使故事后续发展和人物行事逻辑更为合理。

除了角色姓名、人物形象以外，各地方戏文本对传奇剧情的改编还集中在"县令如何得到白简印信"的问题上。在传奇《胭脂雪》中，半面宝镜为白简所得，后连同印信被仆人之侄王小闲盗取。"女主角"韩青莲恰恰与王小闲一家同住，发现赃物。韩青莲偶遇同乡秋爱川，得知其父被囚与半面宝镜相关，因此将赃物交给秋爱川，托其为父平反。

由此可见，为了使白简的印信流到洛阳县令手中，传奇文本设置了一个复杂的巧合事件。巧合越"奇"，事件本身也就越不合常理。当戏剧情节需要大量巧合加以推动时，或多或少暴露了编剧技巧的平庸。剧中这段奇巧因缘被后来的地方戏改本完全摒弃。删去韩青莲故事线后,外江戏与其他地方剧本大同小异,一致改为白简微服寻访时遗失印信,被秋爱川拾获,交与洛阳县令。

三、外江戏《失金印》行当艺术之形成

《失金印》是外江戏丑行看家戏,除了"丑怕下洛阳城"外,广东汉剧和闽西汉剧界还共同流行一种说法:"二《偷》、《活》、《洛》练五冬,偷油活捉最见功"[1],其中"二《偷》"指《藏眉寺》(偷油)、《时迁偷鸡》,《活》《洛》则指《活捉三郎》和《洛阳失印》。由于这四出戏对丑角表演的要求很高,可以证明演员实力,故有所谓"丑行一旦缺其本,受聘限制名落空"之说。通过剧本比较,我们发现文本与表演这两种戏剧要素在《洛阳失印》的流传、衍变过程中始终互相影响、相伴相生,而湖南戏班所演的同名剧目似乎充当了南北传播路线上的重要节点,与潮梅外江戏的表演特色存在密切联系。

《洛阳失印》之所以成为外江戏丑行的骨子戏,乃因其中洛阳县令有"乌龟拜年"的特技表演。《中国戏曲志·广东卷》记录了其具体演出特色:

> 乌龟拜年:广东汉剧官袍丑的一种身段动作,在《洛阳失印》中知县陶洪参见巡按白简时,便使用乌龟拜年的身段动作。陶洪的六骸不正,走路时一步三回头、一摇三摆手,动作连续贯串。他参拜巡按的动作是全身伏低,双脚朝天,听到吆喝跪下要快,闻得免回单脚起立要慢,全身不能抖动,尤其是被喝跪时需连参带翻,胸腹团缩跪地。整套参、拜、翻、站的动作要一气呵成。前辈名丑唐冠贤、陈星照、罗恒报均精于此技。[2]

在清代以来的地方戏表演中,洛阳县令一角最明显的形象特征是其身体缺

---

[1] 张沛芳:《外江戏的丑行与丑戏》,见张沛芳《艺文集》,广东汉剧院发行,2009年,第17页。
[2] 中国戏曲志编辑委员会、《中国戏曲志·广东卷》编辑委员会:《中国戏曲志·广东卷》,北京:中国ISBN中心,1993年,第310页。

陷,这一点与《胭脂雪》原本差异甚大。在传奇原本中,从未出现有关金祥瑞残疾姿态的描述。换言之,在传奇搬演阶段,付脚所扮金祥瑞并不以"一步三点头、一摇三摆手"为人物特征。

清初传奇《胭脂雪》中洛阳县令真瑞图一角原非丑角所扮,而是由"付"所扮演。近代昆班仍保留着"丑"与"付"的角色区别,即前者重滑稽,后者重冷隽,常扮昏庸官吏、狡诈奸臣或无行文人。昆剧名丑华传浩曾对这个行当的表演特色做如下总结:

> 正因为副角扮演那些面孔伪善、心肠狠毒的人物,要突出他们肚子里用功夫,所以动作表示,一般较少。副角表演不怕瘟,有些人物,越冷越好,昆班称为"冷水二面",要在一些微细的动作中,刻画他们的性格。比如《写状》贾主文,看人不正视,而用秃灰蛇眼睛横瞟着。《借茶》张文远和《挑帘、裁衣》的西门庆,背着人牵动两颊肌肉,以及双肩上下耸动和前后牵动等等,都是副角特有的表演程式。丑角就不用这一套。演劳动人民,爽朗朴素,心直口快;演年轻孩子,伶俐活泼,指手画脚;演江湖义侠,蹿来蹦去,灵活矫健。总之,性格比较开朗,动作舞蹈性较强。①

从传奇《胭脂雪》到近代的昆曲折子戏,洛阳县令都是以"静""冷隽"为表演特色的人物。这一点与传奇原本中的洛阳县令形象相符。《胭脂雪》原作与大部分地方戏的主要差异即在这个人物的塑造上。其一,在金祥瑞"酗酒"的问题上,传奇中金祥瑞首次登场在全剧第十二出,舞台提示"作醉态恶恶",但无后世皮黄本中"一天三个醉"的戏谑说法。其二,在其"身体缺陷"问题上,我们发现传奇剧本着墨不多。皮黄剧本对金祥瑞身体缺陷的表现,主要集中在以下四个情节:①金祥瑞上场自述;②白怀、白简定计;③金祥瑞、白怀府中商议拜见巡按;④白简、金祥瑞堂上相见。然而在《胭脂雪》剧本中,以

---

① 华传浩:《谈昆剧丑副两角的区别》,见华传浩演述,陆兼之记录整理《我演昆丑》,上海:上海文艺出版社,1961年,第4、5页。

上四处文字十分简省，并未出现有关金祥瑞残疾姿态的描述。由此可见，在传奇、昆剧演出阶段，付所扮金祥瑞并不以后来的"一步三点头、一摇三摆手"为人物特征。

清车王府本《胭脂褶》在一定程度上延续了传奇的文本特点，知县上场之后，开场白为："咳，白头儿，怎么老爷升堂，连堂鼓都不打了？"以下则开始与白怀讨论秋爱川案。《戏考》本与此相同。但是到了清末民初地方戏及马连良所改《胭脂宝褶》中，洛阳县令的开场白却出现了整体变化（见表8-8）。

表 8-8

胭脂雪	叨荫洛阳天宠戴，花和柳不必多栽。宿酒初醒□杯难舍，想叫度量如沧海，大邑新阴墨绶□，乌纱头上有青天，相逢莫问谁□□吏笑我惟贪□□□。下官洛阳县令真瑞图是也。
车王府	咳，白头儿，怎么老爷升堂，连堂鼓都不打了？
戏考	白头怎么我升堂，连升堂鼓都不打了？
马改本	我名金祥瑞，一天三个醉。醒了我就喝，醉了我就睡。（白）下官金祥瑞。赐进士出身，蒙圣恩放我洛阳县正堂。前者乡绅穆良家中失盗，告在本县案下，也曾将韩若水拿到公堂。是他有个好友，当堂讨限三天，前去捕拿盗镜之人。今儿个限期已满。
汉剧	人吃五谷生百病，气脉不和成驼子。青鬃白马绿辔头，坐在堂上赛马猴。三班衙役见不得我，我见不得尖嘴短舌头。本县金祥瑞，上得任来，众百姓送我一个绰号：好个金祥瑞，好酒又贪杯，不理民情事，一天三个醉。这都不讲……
外江戏	自幼苦读在寒窗，二甲进士中皇榜，不觉就把龙门跳，出任洛阳为正堂。下官洛阳知县陶洪，乃是姑苏人士，上京得中二甲，蒙圣恩出任洛阳县正堂。上得任来百姓们出个谣歌，道俺好酒贪杯不理民间词状，天天要三醉，这三醉三醉三醉呵哈……谣歌不谣歌，凭在他们去谣，这酒一定是要食的，闲语休讲……

值得注意的是，在清车王府本中，当白槐得知其子白简正是巡按大人后，得意不已，说道：

> 咳，就是我那妈妈不是样儿，生得六根不全，龟背驼腰，纵然将凤冠霞帔穿戴起来，这们一瞧，也是不好瞧。这们一看，也是不好看。咳，讲什么不好瞧，不好看，他的好福气，好造化，才生下这样好儿子。纵然不好瞧，也是好瞧的。纵然不好看，也是好看的吓。吓哈哈哈。

后来的《戏考》本、马连良所改《胭脂宝褶》及其他地方戏剧本无一保留这段说白。传奇及早期京剧中白槐之母的仪态特点后来似乎被嫁接到地方戏中的县令一角身上。

清中叶以后皮黄本开始注重渲染洛阳县令的身体缺陷和酗酒恶习，并形成了让洛阳县令上场后自揭其短的文本特色，重叠复沓的说白语言为场上丑角留下了充分发挥表演特技的空间。

四、外江戏《失金印》行当艺术与祁剧之关系

从剧种源流来看，外江戏与湖北汉剧有密切联系，但闽粤地区《失金印》的剧目表演特色，很可能直接源自湖南戏班。① 如果把传奇与地方戏剧本中的主要角色姓名进行对比，可以发现一个有趣现象。主人公白怀、白简父子名称稳定延续，仅存在"怀""槐"两种同音之讹。剧中另一人物"秋爱川"，在各地方戏中有"仇爱川""秋艾川""邱爱川""邱爱春"等说法，也属字音相近。唯有传奇原作中洛阳县令"真瑞图"之名，在剧目传播过程中衍生出"金祥瑞""陶丰"两类文本（见表8-9）。

表8-9

传奇	白怀	白简	秋爱川	真瑞图	苍头
昆剧	白槐	白简	仇爱川	金祥瑞	不详
清车王府皮黄本	白怀	白简	秋艾川	金祥睿	不详
戏考本	白槐	白简	无此角	金祥瑞	白奇
马改本	白怀	白简	无此角	金祥瑞	白福
湖北汉剧	白槐	白简	邱爱川	金祥瑞	白齐
滇剧	白槐	白简	不详	曾祥瑞	白荣
祁剧	白槐	白简	不详	陶洪	白福
粤东和闽西外江戏	白怀	白简	邱爱春	陶洪	白燕
潮剧	白怀	白简	仇爱川	陶丰	不详

---

① 湖南祁剧《洛阳失印》在表演上不仅突出丑角做功戏份，而且洛阳县令一角特别要求使用"苏白"，揭示了祁剧《洛阳失印》与昆剧折子戏更加密切的亲缘关系。有关祁剧《洛阳失印》之陶洪一角必须使用"苏白"。参见毛莉杰、陈瑾《文化视角下的湖南湘剧与祁剧比较研究》，《大舞台》，2012年第12期。

"金祥瑞"和"真瑞图"尚有意义关联。昆剧、京调皮黄与京剧（清车王府皮黄本、戏考本、马改本）、湖北汉剧均作"金祥瑞（睿）"，滇剧"曾祥瑞"亦由此而来。然而，祁剧、粤东和闽西外江戏、潮剧所另立的"陶洪""陶丰"之名却似乎与"金祥瑞""真瑞图"全无联系。① 尽管人物姓名之改换在地方戏文本与演出中频繁发生，但值得注意的是，场上人物姓名的变异，正是解决湖南、广东、福建三地《失印救火》表演特色生成问题的关键。

从剧种分布关系来看，首先将"金祥瑞"改为"陶洪"的应当是以祁阳班为代表的湖南戏班，后来又影响粤东地区的外江戏、潮剧。不同于一般由同音或意义相近而起的剧本异文，此次发生在祁剧中的人物姓名更动，反映了剧中"洛阳县令"一角在表演形式上的变化，更影响粤东地区《失印救火》"丑行戏"的形成，在同题剧目的文本、表演衍变过程中有独特意义。

为何祁剧洛阳县令从"金祥瑞"变成"陶洪"？湖南湘剧、辰河戏、常德汉剧、荆河戏均有传统剧目《打瓜园》，剧中"陶洪"一角由武丑扮演，身份系陶三春之父。该剧讲述郑恩路经陶家庄摘瓜止渴，陶三春与其交手不胜，其父陶洪出视。郑恩见陶洪年老且跛脚、驼背，故轻视之，乃大败于陶洪。陶洪喜郑恩骁勇，反招赘为婿。此戏最早见于道光年间《庆升平班戏目》，场上演出以武丑饰陶洪为主。陶洪的形象特点为驼背、鸡胸、瘸腿，表演特色是在打斗过程中始终保持鸡胸驼背、勾手曳足的姿态。我们发现，这种表演形式与《失印》中的洛阳县令一角如出一辙，很可能是戏班艺人将《打瓜园》之"陶洪"的身段借为洛阳县令所用，以至于二者姓名混而为一。

在湖南祁剧舞台上，扮演陶洪的丑角演员不仅须表现其人头偏、背驼、足跛、手瘸、口结的姿态，还有一项"走马路"的独特表演技巧。所谓"马路"，是传统祁剧技艺中表现人物骑马的特殊身段动作，常用的有跑马、遛马、冲马、勒马、退马、纵马、彪马、跑马射箭、马失前蹄、马落陷阱、马行无力、马上瞭望等。② 道光年间湖南戏曲界美称"祁阳马路常德打"，成为远近艺人竞相

---

① 据载，衡阳湘剧《失印救火》之县令亦名"陶洪"。参见《衡阳湘剧志》，见湖南省戏曲研究所《湖南地方剧种志丛书3》，长沙：湖南文艺出版社，1989年，第153页。

② 《祁剧志》，见湖南省戏曲研究所《湖南地方剧种志丛书1》，长沙：湖南文艺出版社，1988年，第74页。祁剧名丑李荣富擅演此剧，曾于1955年湖南省第二届戏曲观摩会演中以此剧之陶洪获一等奖。

学习的对象，可见"马路"技艺的独异、突出之处。① 祁剧中陶洪拜谒巡按白简正是骑马而来，其间伴之以轻捷的"马路"表演，与人物本身瘸腿、驼背的形象形成鲜明对比，前后相映成趣。

值得注意的是，外江戏中陶洪的念白有"某陶洪乃是姑苏人士"。然而，从传奇到京剧、汉剧剧本，皆未提到洛阳县令的籍贯问题。我们认为，这个细节进一步证实了外江戏文本乃传自祁阳班（祁剧）的事实。因为祁剧中的陶洪即使用苏白，这是祁剧表现苏州籍人士的特殊传统。外江戏虽不用苏白，但以陶洪为苏州人士的说法应当是湖南班演出的文本遗存。

《中国戏曲志》等地方戏材料记录了粤东、闽西一带擅演《失金印》的艺人、班社情况，整理如下。其一，清末外江戏老福顺班。清光绪十六年（1890）前由澄海人创办，以演出《洛阳失印》《珍珠衫》《打侄上坟》《王茂生进酒》《蝴蝶梦》《重台别》等剧目著名，抗日战争期间转入兴梅地区。② 其二，蔡荣生、陈星照、唐官贤、陈坤福（闽西）、罗恒报等五名艺人。蔡荣生（1876—1929），揭阳人，丑行，曾搭班老三多、荣天彩、新春盛、祝三多、老福顺等。③ 陈星照（1896—1972），诏安人，丑行，曾搭班新舞台、荣天彩、老三多、新天彩等。④ 唐官贤（一作唐冠贤），茶阳人，丑行，曾搭班老三多、老福顺、荣天彩、新天彩等，⑤ 1959年尚参与兴宁汉剧学校组建。陈坤福（1906—1984），龙岩人，丑行，曾搭班乐我天、新乐天、新天彩、荣德顺、荣福顺、乐同源等，30年代初向潮梅外江戏著名演员唐官贤、阿文和刘阿周拜师学艺，并参加当地演出。⑥ 罗恒报（1921—1989），大埔人，丑兼生，层次及老福建、梅县新华社、公益社和福建大地班。⑦

---

① 谌兆祥、杨宗道：《漫话辰河戏》，见《溆浦文史》（第三辑），中国人民政治协商会议湖南省溆浦县委员会文史资料研究委员会编印，1989年，第198—199页。

② 中国戏曲志编辑委员会、《中国戏曲志·广东卷》编辑委员会：《中国戏曲志·广东卷》，北京：中国ISBN中心，1993年，第376页。

③ 陈志勇：《广东汉剧研究》，广州：中山大学出版社，2009年，第371页。

④ 陈志勇：《广东汉剧研究》，广州：中山大学出版社，2009年，第373页。

⑤ 丘金成：《茶阳古镇古事》，见刘兆佳《古镇茶阳》，广州：广东人民出版社，2010年，第259页。

⑥ 何志溪：《"名丑"——陈坤福》，见张耀清主编《历史记忆：闽西文化遗产》（下册），福州：海潮摄影艺术出版社，2007年，第190、191页。

⑦ 陈志勇：《广东汉剧研究》，广州：中山大学出版社，2009年，第376页。

此前的相关戏曲志书、回忆文章均未正面提到蔡荣生、陈星照、唐官贤等艺人的表演与省外戏班有何关联。不过，我们从蔡、陈、罗三人的师承关系上找到了一则与湖南戏班有关的间接证据。《中国戏曲志·广东卷》记载了三人共同的汉剧教师李祝三的生平：

> 李祝三（1862—1947）：广东汉剧教师……大埔县人……十一岁卖给潮州外江班学艺，拜湖南的钱、伍两先生为师。工老生，并通晓各行当的表演。十九岁因倒嗓改作教戏，先后在彩华香、新舞台、大罗天、新春盛、双福顺、老三多、老福顺、荣天彩、福顺细仔班等十多个班社教戏达六十六年……（培养广东汉剧艺人）计有小生许清亮、陈良；旦行詹剑秋、李兴隆、萧雪梅；老生沈克昌、巫玉基、黄葬传；丑脚（角）蔡荣生、陈星照、罗恒报；婆行（老旦）老妈日、刘千万、杜祥兴；红净红面提、江仲铭、红面歪；乌净戴章、李义添、林琼沾等。①

李祝三于同治十二年（1873）加入外江班，"蒙师"为"湖南的钱、伍两先生"，可见当时潮州外江班有聘湖南艺人教戏的现象；李祝三19岁即为汉剧教师，其培养的丑行学徒包括与其年纪相仿的蔡荣生。由此推测，蔡、陈、罗等演员的《洛阳失印》原本或自湖南艺人传入。

在湖南班"驼背""跛足""马路"等表演技巧之外，潮梅本土艺人又发展出新的"乌龟拜年"程式。一方面，这种表演程式难度极大，有较高的观赏价值，为原本以说白为主的表演方式增添起伏，可以十分有效地吸引观众的注意力；另一方面，该程式的动作设计聚焦于清末皮黄本对洛阳县令的身形姿态描述，可以配合剧中人的念白进行表演，增加场上演出的趣味性，同时也与剧情的发展、矛盾的展开融合无间，因而在广东及毗邻省份均有一定影响力。除了上述闽西汉剧艺人前来粤东学习此戏表演的例子外，赣南采茶戏丑脚（角）也

---

① 中国戏曲志编辑委员会、《中国戏曲志·广东卷》编辑委员会：《中国戏曲志·广东卷》，北京：中国ISBN中心，1993年，第500、501页。

有"乌龟拜年"的程式,或许也与此有关。据《中国戏曲志·江西卷》载:

> 乌龟拜年 赣南采茶戏丑脚(角)身段,见礼时用。两脚并立成矮步,双手提起,指尖在肩上一点,双手反向背后,随即向前平举,作揖。

这有可能是外江戏"连参带翻"、全套"参、拜、翻、站"动作的简化版本。

总而言之,在《失金印》中以丑角洛阳县令为主的地方剧种,如祁剧、广东汉剧、闽西汉剧、潮剧等,多流行于湖南、广东、福建等地的广大农村地区,其观众群体以平民百姓、贩夫走卒为主。在地方乡野的戏曲演出中,丑角往往能以夸张谐谑的表演风格制造强烈的戏剧冲突与刺激的舞台效果,博得观众的喜爱,故有"无丑不成戏"之说。民间观众对丑角表演的欢迎,反过来又将促进丑行程式艺术的精熟完善。对洛阳县令这样的昏庸官员,上述地方剧种不但以极夸张的表演方式塑造其人格低下、形貌猥琐的舞台人物形象,同时反映出草根文化特有的叛逆精神与自由活力。由此可见,南方地区《失印救火》酝酿出高难度的丑行表演艺术,除了地方剧种本身的行当艺术特点之外,还有着复杂的文化意涵。

《五台会兄》《洛阳失印》分别是广东汉剧净、丑角的"行当骨子戏",亦即俗话说的"看家戏",戏谚云:"净怕上五台山,丑怕下洛阳城。"这两出剧目是从广东汉剧的前身——潮梅外江戏阶段承袭而来的。新加坡余娱儒乐社抄传的清末外江戏剧本中保存了这两个剧目。据说,20世纪50年代《五台会兄》尚能演出,80年代广东汉剧院曾录制《洛阳失印》。但是,近年这两个剧目不仅久别舞台,还缺乏老艺人留存的音频、视频、文本等必需资料。换言之,曾经代表一个剧种行当表演精粹的剧目,今天在事实上已经失传,或者至少是濒临灭绝了。这种现象,并非只存在于广东汉剧一个剧种,而是近年来各地剧种均存在的问题。

"行当骨子戏"的流失是剧种表演艺术的重大损失。过去这一问题并未引起戏曲院团的足够重视,学界对此问题的关注也远远不够。随着戏曲特技的失传与剧种发展资源的严重失衡，许多原本富有表演特色的地方戏曲已呈现出均质化、向大剧种靠拢的倾向。

因此，对此类行当骨子戏形成、传播历史的研究，一方面有助于提高我们对清代剧坛"表演本位"的认识，促进清代戏曲表演艺术发展规律的总结；另一方面可以转化为传统剧目传承保护的理论资源。

结 语

清代外江班的流入与盛行是岭南戏曲史绵延百余年的现象。这一过程串联起皖、赣、闽、鄂、湘、粤、桂等南方地区的戏曲活动，影响岭南地方剧种的形成与成熟。清中叶以来，部分外省皮黄戏曲在特定区域条件下落地生根，实现从"外江戏"到粤剧、广东汉剧等"地方剧种"的身份转换，并与本地社会的风俗习惯、文艺好尚、群体认同发生实在的历史联结。

新加坡所藏外江戏剧本是目前所见年代较早、数量较丰富的潮梅外江戏（广东汉剧前身剧种）剧本文献。这批在戏剧史上"失而复得"的地方戏曲抄本凝结着新加坡华人移民深厚的原乡文化情结，对于还原晚清民国时期潮梅外江戏的剧本文学特点、探讨岭南皮黄声腔剧种的历史流变，以及进一步讨论清代皮黄戏曲的传播问题都有特殊的作用。

本书第一至四章介绍这批外江戏抄本的历史背景、内容特点。新加坡抄藏外江戏剧本大部分来自以潮汕人为主的业余乐社，部分来自新加坡客属总会，是新加坡潮籍、客籍移民情牵故土的见证。这批外江戏抄本所引出的陈子栗先生与新加坡余娱儒乐社等业余文艺组织，与近现代岭南戏剧史、音乐史、社会文化史以及新加坡华族地方戏曲史有千丝万缕的关系。尽管案头剧本不能"唤回那段有声有色的日子"（余淑娟），仍是它们尚未磨灭殆尽的履痕。

第五、六章在现有地方剧种分类体系下，将外江戏与其他皮黄剧种的同题剧本进行比较，重点考察潮梅外江戏与同时期京剧、粤剧的关系。首先，由外江班传入岭南的皮黄剧目比较完整地保留了早期皮黄戏曲的文本内容和形态特色，但亦受到岭南民间信仰、社会风俗的影响，其"地方性"有交错、层累的形成路径。其次，在历来受到瞩目的"徽班进京"戏曲传播路线以外，以"外江班入粤"为代表的南方皮黄戏曲传播路线同样值得重视。相对于京剧、昆剧、粤剧等"大剧种"，以潮梅外江戏为代表的南方剧种在戏曲传播研究中有其特殊的参考价值。再次，湖湘地区是皮黄戏曲入粤的重要节点，近代湖南戏班艺人对潮梅外江戏及早期粤剧均有直接的影响。潮梅外江戏比较完整地保留了早期外江皮黄的内容和形式特征，与当时的官话粤剧、粤曲关系密切。

第七章结合近代以来岭南戏曲演变的实际情况提出"粤调皮黄"概念，以此作为明清声腔戏曲史、戏班史与近现代地方剧种史之间的过渡与衔接。

以往有关岭南外江班、外江戏现象的讨论，一般是在20世纪50年代奠定的地方剧种认识框架下、以探寻粤剧和广东汉剧的历史源流之名展开的，由此产生过粤剧及广东汉剧"源于陕西秦腔""源于徽剧""源于湖北汉剧""源于祁剧""源于西秦戏"等观点。然而，后起的地方剧种概念有时并不能十分贴切地反映早期地方戏曲的实际形态和类别。

近年，康保成、王馗、陈志勇、黄伟等学者围绕清代外江班、外江戏对岭南戏曲生态的影响，从区域戏曲史的角度整体勾勒清代广东两个"外江戏"的戏剧史意义，相继提出"戏班史""声腔戏曲史"等新的戏剧史叙述模式。不过，由于早期剧本文献不足，此前学界较少从戏曲文本的角度讨论岭南戏曲在清代以来的生成流变问题。从这个角度看，新加坡所藏外江戏剧本的价值不仅在于填补早期外江戏剧本的文献空白，还打开了以文本为基础、从戏曲文学史、剧本形态史角度重新审视清代岭南戏曲源流变迁的可能。

19世纪末至20世纪中叶，岭南地区的戏剧活动、戏剧形态发生了一系列复杂变动，出现同源异流、交错渐进的地域、阶段特征。20世纪50年代地方剧种定名前后，传统戏剧的名与实更有不同程度的变化。今日约定俗成的单个剧种概念内部，可能包含不同阶段、有所差异的戏剧形态；而被划入不同剧种的戏曲活动和文本，却可能有密切的历史联系。

在本书讨论的范围内，粤调皮黄是指清中叶以来岭南地区的外江皮黄戏曲逐渐地方化的历史阶段。广府地区与潮州、嘉应地区是粤调皮黄的两大活动中心。伴随地方社会与戏曲生态的变迁，两地皮黄戏曲的文本、音乐、表演、语言渐具特色，由此形成清末民初粤调皮黄的两条支裔：古腔粤剧与潮梅外江戏。在粤调皮黄阶段，岭南地区的皮黄声腔戏曲已经蕴含后来发展为不同剧种的部分历史条件和形态要素。

第八章利用剧本材料考察外江戏特殊声腔和行当骨子戏的传播路径，探讨剧种早期艺术形态的定型过程。作为粤调皮黄戏的重要分支，潮梅外江戏保存了皮黄戏史上的部分特殊声腔和行当表演绝技。新加坡所藏《打洞结拜》曲本中的襄阳腔曲谱，为潮梅外江戏保留"汉调元音"之说提供新的支持。新加坡所藏《五台山》《失金印》剧本则分别包含外江戏净行"十八罗汉架"、丑行"乌龟拜年"等表演特技的相关文本，是追溯外江戏艺术源流、传承剧种濒危剧目的重要材料。以剧本研究为主要手段尝试还原早期地方戏曲的传播及演变过程，对其结论的推测性质也是应予承认的。

上述讨论是否得出了任何的"新观点"，还有待读者批评检验。

后　记

　　本书是 2014 年立项的国家社科基金重点项目《新加坡藏"外江戏"剧本的搜集与研究》的最终成果，2019 年结项，成绩"优秀"，本来符合"国家社科基金成果文库"的申报条件。但由于错过了申报时间，加之课题还有若干剩余的出版经费，于是就选择了中国戏剧出版社。蒙出版社社长樊国宾先生不弃和责编赵宇欣女士认真负责的编校，本书终于即将付梓，就要与读者见面了，感到有些话需要向读者交代。

　　首先，本课题虽然由我主持，但书稿的主体部分却是由陈燕芳博士完成的。具体说，除前言，第一、二、三章和第八章第一节的附录之外，全都出于燕芳之手。就连后来的校对，也基本由燕芳一人包揽。明眼人一看即可知，我做的多是外围的、背景方面的知识介绍，而自第四章起才真正是对"外江戏"的研究。燕芳使用的基本研究方法是剧本比较，但涉及的戏剧史领域却广阔无垠。清代皮黄戏的北上与南下，版腔体戏曲的广泛传播，同剧目、同题材作品在各声腔剧种之间的相互传播和影响，"外江戏"和楚曲、祁剧、粤剧、潮剧、闽西汉剧之间的关系，就像一团乱麻，困扰着戏曲学者。燕芳充分利用新加坡收藏的"外江戏"抄本，条分缕析地进行比较研究，为梳理这团乱拎出了一个纲。

纲举而目张，可说是为解决这个难题开了个好头。具体结论可看书中的相关论述，这里就不一一举例了。

其次，本书《前言》已经指出，新加坡国立大学容世诚教授为本书做出了特殊贡献。我们永远不会忘记三次新加坡之行，永远不会忘记在容教授协助下进入新加坡国立大学图书馆顺利复制剧本的情景，永远不会忘记在他带领下参访"余娱儒乐社"的情景。

再次，中山大学陈志勇教授是赴新加坡调查和复制剧本的生力军。而且他对广东汉剧的深入研究也对本书颇有启迪，本书多处引用、认同他的研究成果，即使把他作为本书的作者之一也毫不为过。还有曾经在中大进修过的咸宁学院音乐学者付晓芳，也曾经为抄本中的部分工尺谱做过译谱工作。虽然最后成书时未予收入，但结项时我们已将容世诚、陈志勇、付晓芳一同作为课题组成员。这是必须的。

此外，余淑娟博士协助容世诚教授完成了新加坡国立大学图书馆藏"外江戏"剧本的最初复制；蔡曙鹏先生带领我们参观了新加坡"八邑会馆"，并介绍了该会馆的汉剧、潮剧活动；李英、卜亚丽、王静波参与了广东汉剧、闽西汉剧的调查；王馗、王评章、李连生、李跃忠、周秋良、郑邵荣、朱伟明分别协助我们完成了对闽西汉剧、湖南祁剧、湖北汉剧的调查。还有，新加坡国立档案馆、广东汉剧院、闽西革命历史博物馆、福建省戏曲研究所、湖北省戏曲研究所等单位，也对我们的资料搜集工作给予过无私协助。

"八年磨一剑"。然而剑虽然磨成了，但出版经费却有所不足。中山大学黎国韬教授慨然允诺从他主持的国家社科基金重大项目经费中予以支持，使本书得以如期面世。

以往说"校书如扫落叶"，研究又何尝不是如此！在本课题结项以后，我又在中大某潮汕籍博士生那里目睹过"余娱儒乐社"抄录的"外江戏"剧本，其用纸和书写格式与新加坡国立大学图书馆收藏的那批剧本迥然不同。前年趁在潮汕调查古戏台之机，我曾前往拜访抄本的收藏者某先生，可惜收获不大。但可以肯定的是，在潮梅汕地区，民间保存的"外江戏"抄本并未被我们"一网打尽"。战斗正未有穷期，我们的研究仍将继续。

最后，谨向以上提到的个人和单位致以诚挚的谢意！并期盼专家、同行和各位读者对我们的研究提出批评。

康保成

2022年10月24日于中山大学寓所

参考文献

一、古籍

[1]（汉）郑玄.礼记正义[M].北京：中华书局影印,《十三经注疏》阮刻本.

[2]（宋）蔡絛撰,冯惠民、沈锡麟点校.唐宋史料笔记丛刊·铁围山丛谈[M].北京：中华书局,1983.

[3]（宋）郭茂倩.乐府诗集[M].北京：人民文学出版社,2010.

[4]（宋）李昉等.太平御览[M].北京：中华书局影印本,1985.

[5]（宋）李焘.续资治通鉴长编[M].北京：中华书局,1979.

[6]（宋）罗大经撰,王瑞来点校.唐宋史料笔记丛刊·鹤林玉露[M].北京：中华书局,1983.

[7]（宋）孟元老.东京梦华录（外四种）[M].北京：文化艺术出版社,1998.

[8]（宋）邵伯温撰,李剑雄、刘德权点校.唐宋史料笔记丛刊·邵氏闻见录[M].北京：中华书局,1983.

[9]（宋）司马光著,（元）胡三省音注,李宗侗、夏德仪校注.资治通鉴

今注[M].台北:台湾商务印书馆股份有限公司,2012.

[10](宋)张君房.云笈七笺[M].北京:中华书局,2003.

[11](元)脱脱.宋史[M].北京:中华书局,1977.

[12](元)钟嗣成等.录鬼簿(外四种)[M].上海:上海古籍出版社,1978.

[13]中国戏曲研究院编.中国古典戏曲论著集成(1—10)[M].北京:中国戏剧出版社,1959.

[14](明)冯梦龙.智囊补[M].哈尔滨:黑龙江人民出版社,1987.

[15](明)冯梦龙原著,(清)蔡元放编.东周列国志[M].北京:人民文学出版社,1986.

[16](明)顾起元.客座赘语[M].北京:中华书局,1987.

[17](明)黄化宇著,王润琦点校.两汉开国中兴传志[M].北京:中国文联出版社,2004.

[18]俞为民、孙蓉蓉编.历代曲话汇编新编中国古典戏曲论著集成·明代编第(1—3集)[M].合肥:黄山书社,2009.

[19]王秋桂主编.善本戏曲丛刊(第1—3辑),中国台北:台湾学生书局[M].1984.

[20]王秋桂主编.善本戏曲丛刊(第4—6辑).中国台北:台湾学生书局[M].1987.

[21](明)田汝成.西湖游览志余[M].上海:上海古籍出版社,1980.

[22]中国科学院图书馆选编.稀见中国地方志汇刊(第43册)[M].北京:中国书店影印明万历本,1992.

[23](明)谢诏撰,苏铁戈点校.东汉十二帝通俗演义[M].长春:吉林人民出版社,1998.

[24](明)袁枚.随园诗话[M].北京:人民文学出版社,1982.

[25](明)臧懋循.元曲选[M].北京:中华书局,1952.

[26](明)臧贤.盛世新声[M].北京:文学古籍刊行社,1955.

[27](南朝宋)范晔.后汉书[M].北京:中华书局,1962.

[28]（清）董康编著，北婴补编.曲海总目提要（附补编）[M].北京：人民文学出版社，2014.

[29]（清）杜凤治.杜凤治日记[M].中山大学图书馆藏稿本.

[30]（清）顾祖禹.读史方舆纪要[M].北京：中华书局，1957.

[31]（清）李成忠.新著选刊曲本梨园集成[M].光绪六年（1880）王贺成校刊本.

[32]（清）李调元.南越笔记[M].北京：中华书局，1985.

[33]（清）李斗撰，汪北平、涂雨公点校.扬州画舫录[M].北京：中华书局，1960.

[34]（清）梁绍壬.两般秋雨盦随笔[M].上海：上海古籍出版社，2012.

[35]（清）刘献廷.广阳杂记[M].北京：中华书局，1985.

[36]（清）钱德苍编撰，汪协如点校.缀白裘[M].北京：中华书局，2005.

[37]（清）屈大均著，李育中等注.广东新语注[M].广州：广东高等教育出版社，1993.

[38]（清）托津等.清会典事例[M].北京：中华书局，1991.

[39]（清）杨恩寿.坦园日记[M].上海：上海古籍出版社，1983.

[40]（清）姚元之.竹叶亭杂记[M].北京：中华书局，1982.

[41]（清）章学诚著，郭康松点注.湖北通志检存稿湖北通志未定稿[M].武汉：湖北教育出版社，2002.

[42]古本戏曲丛刊编辑委员会编.古本戏曲丛刊[M].北京：中华书局，1964.

[43]阿英.晚清文学丛抄·小说戏曲研究卷[M].北京：中华书局，1960.

[44]傅谨.京剧历史文献汇编（清代卷）[M].南京：凤凰出版社，2011.

[45]黄仕忠主编.清车王府藏戏曲全编[M].广州：广东人民出版社，2013.

[46]李树政选注.丘逢甲诗选[M].广州：广东人民出版社，1984.

[47]刘崇德.中国古代曲谱大全[M].沈阳：辽海出版社，2009.

[48]孟繁树、周传家编.明清戏曲珍本辑选[M].北京：中国戏剧出版社，

1985.

［49］俞为民、孙蓉蓉. 历代曲话汇编 [M]. 合肥：黄山书社，2009.

［50］曾永义主编. 俗文学丛刊（第 1-5 辑）[M]. 中国台北："中央研究院"历史语言研究所、台北新文丰出版股份有限公司.

［51］张次溪. 清代燕都梨园史料正续编 [M]. 北京：中国戏剧出版社，1988.

二、近人论著

［1］[美] 韩南著，王秋桂译. 韩南中国小说论集 [M]. 北京：北京大学出版社，2008.

［2］白海英. 江湖十八本研究 [M]. 广州：广东高等教育出版社，2016.

［3］宝丰县史志编纂委员会编. 宝丰县志 [M]. 北京：方志出版社，1996.

［4］常征. 杨家将史事考 [M]. 天津：天津人民出版社，1980.

［5］陈超平. 海外华人中的粤剧 [M]. 香港：天马出版有限公司，2010.

［6］陈光尧. 中国民众文艺论 [M]. 上海：商务印书馆，1935.

［7］陈国福. 天府之花：川剧艺术浅谈 [M]. 重庆：重庆出版社，1983.

［8］陈平原、夏晓虹. 图像晚清：点石斋画报 [M]. 北京：东方出版社，2014.

［9］陈世雄. 闽南戏剧 [M]. 福州：福建人民出版社，2008.

［10］陈天国、苏妙筝. 潮州音乐 [M]. 广州：广东人民出版社，2004.

［11］陈无我. 老上海三十年见闻录 [M]. 上海：大东书局，1928.

［12］陈学希等. 潮剧潮乐在海外的流播与影响 [M]. 北京：中国戏剧出版社，2010.

［13］陈志勇. 广东汉剧研究 [M]. 广州：中山大学出版社，2009.

［14］程美宝. 地域文化与国家认同：晚清以来"广东文化"观的形成 [M]. 北京：生活·读书·新知三联书店，2006.

[15] 澄海县地方志编纂委员会. 澄海县志 [M]. 广州：广东人民出版社，1992.

[16] 束文寿. 京剧声腔源于陕西 [M]. 西安：太白文艺出版社，2011.

[17] 重庆市江北区民间文学集成编辑委员会编. 中国歌谣谚语集成·重庆市江北区卷 [M]. 重庆市江北区民间文学集成编辑委员会印刷，1990.

[18] 道真仡佬族苗族自治县民族志编纂委员会编. 道真仡佬族苗族自治县民族志 [M]. 贵阳：贵州人民出版社，1994.

[19] 董维贤. 京剧流派 [M]. 北京：中国戏剧出版社，2006.

[20] 范正明. 湖南地方戏剧目提要 [M]. 长沙：湖南文艺出版社，2011.

[21] 范正明. 湘剧剧目探微 [M]. 长沙：岳麓书社，2011.

[22] 冯光钰. 戏曲声腔传播 [M]. 北京：华龄出版社，2000.

[23] 广东省戏剧研究室. 粤剧研究资料选 [M].1983.

[24] 广东汉剧志编辑部、广东汉剧传承研究院编. 广东汉剧志 [M].2016.

[25] 广西壮族自治区戏剧研究室. 桂剧传统剧目介绍 [M].（内部发行），1984.

[26] 郭英德. 明清传奇综录 [M]. 石家庄：河北教育出版社，1997.

[27] 郭秉箴. 粤剧艺术论 [M]. 北京：中国戏剧出版社，1988.

[28] 韩淑德、张之年. 中国琵琶史稿（修订版）[M]. 上海：上海音乐学院出版社，2013.

[29] 河北省地方志编纂委员会编. 河北省志 [M]. 北京：方志出版社，2001.

[30] 胡天成. 民间祭礼与仪式戏剧 [M]. 贵阳：贵州民族出版社，1999.

[31] 湖南省文化厅编. 湖南戏曲音乐集成 [M]. 长沙：湖南文艺出版社，2009.

[32] 湖南省文化厅编. 湖南戏曲志（简编）[M]. 长沙：湖南文艺出版社，2013.

[33] 湖南省戏曲研究所编. 湖南地方剧种志丛书1·祁剧志 [M]. 长沙：湖南文艺出版社，1988.

［34］湖南省戏曲研究所编.湖南地方剧种志丛书3·衡阳湘剧志[M].长沙：湖南文艺出版社，1989.

［35］湖南省戏曲研究所编.湖南地方剧种志丛书4·常德花鼓戏志、湖南花灯戏志、湘昆戏志、荆河戏志、武陵戏志[M].长沙：湖南文艺出版社，1990.

［36］环县道情皮影志编纂委员会编.环县道情皮影志[M].兰州：甘肃文化出版社，2006.

［37］黄纯.晚清民国时期广州粤剧城市化研究[M].广州：中山大学出版社，2016.

［38］黄伟.广府戏班史[M].北京：中国社会科学出版社，2012.

［39］黄伟.明清岭南外江班研究[M].北京：中国社会科学出版社，2018.

［40］黄贤强.新加坡客家[M].桂林：广西师范大学出版社，2007.

［41］景孤血.京剧行当[M].北京：中国戏剧出版社，1960.

［42］康保成.中国古代戏剧形态与佛教[M].上海：东方出版社，2004.

［43］康保成.中国戏剧史研究入门[M].上海：复旦大学出版社，2009.

［44］赖伯疆.东南亚华文戏剧概观[M].北京：中国戏剧出版社，1993.

［45］雷梦水等.中华竹枝词[M].北京：北京古籍出版社，1997.

［46］黎健.香港粤剧口述史[M].香港：三联书店，1993.

［47］黎田.黎田集[M].广州：花城出版社，2013.

［48］李德礼、管石銮整理记录.小调集（油印本）[M].1979.

［49］李汉飞.中国戏曲剧种手册[M].北京：中国戏剧出版社，1987.

［50］李玫.中国民间小戏史论[M].北京：中国社会科学出版社，2016.

［51］李门.粉墨集[M].广州：广东人民出版社，1981.

［52］李豫等.清代木刻鼓词小说考略[M].太原：三晋出版社，2010.

［53］李钟珏.新嘉坡风土记[M].南洋书局，1947.

［54］梁伯聪.梅县风土二百咏[M].1944.

［55］林淳钧.潮剧见闻录[M].广州：中山大学出版社，1993.

［56］林杰祥编.潮汕戏剧文献史料汇编[M].广州：暨南大学出版社，

2018.

［57］刘红娟．西秦戏研究[M]．广州：中山大学出版社，2009．

［58］刘怀堂．正字戏研究[M]．广州：中山大学出版社，2009．

［59］刘兆佳．《古镇茶阳》[M]．广州：广东人民出版社，2010．

［60］刘祯．中国民间目连文化[M]．成都：巴蜀书社，1997．

［61］刘织超、温廷敬等纂．民国新修大埔县志[M]．民国三十二年（1943）铅印本．

［62］刘作会．遵义市风俗志[M]．北京：中国文史出版社，2014．

［63］流沙．清代梆子乱弹皮黄考[M]．中国台北："国家"出版社，2014．

［64］流沙．宜黄诸腔源流探——清代戏曲声腔研究[M]．北京：人民音乐出版社，1993．

［65］陆萼庭．昆剧演出史稿[M]．上海：上海教育出版社，2006．

［66］马少波．中国京剧史[M]．北京：中国戏剧出版社，1990．

［67］马紫晨编．戏串[M]．中国戏曲志·河南卷编辑委员会编印，1989．

［68］麦留芳．方言群认同：早期星马华人的分类法则[M]．中国台北："中央研究院"民族学研究所，1985．

［69］存萃学社编集．宋元明清剧曲研究论丛（一）[M]．大东图书公司印行，1979．

［70］梅兰芳．梅兰芳回忆录：舞台生活四十年[M]．北京：东方出版社，2013．

［71］齐如山．齐如山文集[M]．石家庄：河北教育出版社，2010．

［72］钱热储．汉剧提纲[M]．汕头：汕头印务铸字局，1933．

［73］丘鹤俦．琴学新编[M]．香港正昌隆号出版，1923．

［74］丘鹤俦．弦歌必读[M]．香港正昌隆号出版，1921．

［75］丘慧莹．清代楚曲剧本及其与京剧关系之研究[M]．中国台北：花木兰文化出版社，2012．

［76］丘良任等．中华竹枝词全编[M]．北京：北京出版社，2007．

［77］容世诚．戏曲人类学初探——仪式、剧场与社群[M]．桂林：广西师

范大学出版社，2003.

[78] 汕头市艺术研究室. 潮剧百年史稿 [M]. 北京：中国戏剧出版社，2001.

[79] 汕头市艺术研究室. 潮州音乐人物传略 [M]. 北京：中国戏剧出版社，1999.

[80] 司徒尚纪. 广东文化地理 [M]. 广州：广东人民出版社，2001.

[81] 四川省川剧艺术研究院等编. 川剧剧目辞典 [M]. 成都：四川辞书出版社，1999.

[82] 谭正璧著，谭寻搜辑. 评弹通考 [M]. 上海：上海古籍出版社，2012.

[83] 陶君起. 京剧剧目初探 [M]. 北京：中国戏剧出版社，1963.

[84] 汪鲸. 适彼叻土：历史人类学视野下的新加坡华人族群 [M]. 广州：广东人民出版社，2013.

[85] 王芳. 京剧在新加坡 [M]. 新加坡艺术出版社，2004.

[86] 王俊、方光诚. 湖北戏曲声腔剧种研究 [M]. 北京：中国戏剧出版社，1996.

[87] 王馗. 解行集戏曲、民俗论文选 [M]. 北京：北京时代华文书局，2015.

[88] 王利器. 元明清三代禁毁小说戏曲史料 [M]. 上海：上海古籍出版社，1981.

[89] 王日根. 中国会馆史 [M]. 上海：东方出版社，2007.

[90] 王胜华. 云南民族戏剧论 [M]. 昆明：云南大学出版社，2011.

[91] 王心帆. 粤剧艺坛感旧录 [M] 香港：商务印书馆，2021.

[92] 王远廷. 闽西汉剧史 [M]. 福州：海潮摄影艺术出版社，1996.

[93] 王远廷. 闽西戏剧史纲 [M]. 北京：中国文联出版社，1999.

[94] 王振春. 梨园话当年 [M]. 玲子大众传媒私人有限公司，2000.

[95] 王芷章. 清代伶官传 [M]. 北京：商务印书馆，2014.

[96] 饶宗颐总纂. 潮州志 [M]. 潮州市地方志办公室补编重刊本，2005.

[97] 吴国钦、林淳钧. 潮剧史 [M]. 广州：花城出版社，2015.

[98] 吴华. 新嘉坡华族会馆志 [M]. 南洋学会，1975.

[99] 吴华. 新山华族人物志 [M]. 新山陶德书香楼，2006.

[100] 吴钊、刘东升. 中国音乐史略 [M]. 北京：人民音乐出版社，1983.

[101] 武俊达. 戏曲音乐概论 [M]. 北京：文化艺术出版社，1999.

[102] 萧遥天. 民间戏剧丛考 [M]. 香港：南国出版公司，1957.

[103] 谢雪影. 潮梅现象 [M]. 汕头：汕头时事通讯社，1935.

[104] 谢彬筹. 岭南戏剧思辨录 [M]. 北京：中国戏剧出版社，2000.

[105] 新加坡华人会馆沿革史 [M]. 新加坡宗乡会馆联合总会、新加坡国家档案馆、口述历史馆、新闻与出版有限公司编印，1986.

[106] 新加坡宗乡会馆联合总会、国家档案馆、口述历史馆. 新加坡华人会馆沿革史 [M]. 新加坡新闻与出版有限公司，1986.

[107] 熊月之. 稀见上海史志资料丛书 [M]. 上海：上海书店，2012.

[108] 徐珂. 清稗类钞 [M]. 北京：中华书局，1984.

[109] 徐凌霄. 皮黄文学研究 [M]. 北京：中国戏剧出版社，2015.

[110] 徐慕云. 中国戏剧史 [M]. 上海：上海古籍出版社，2001.

[111] 许云樵、蔡史君. 新马华人抗日史料 [M]. 文史出版私人有限公司，1984.

[112] 扬铎. 汉剧传统剧目考证 [M]. 武汉市文联戏剧部、武汉汉剧院艺术室内部编印，1958.

[113] 易琰. 梨园世纪——新加坡华族戏曲之路 [M]. 新加坡戏曲学院，2015.

[114] 于质彬. 南北皮黄戏史述 [M]. 合肥：黄山书社，1994.

[115] 余构养. 饶平文化志 [M]. 饶平县文化志编写小组内部发行，1988.

[116] 余嘉锡. 余嘉锡论学杂著 [M]. 北京：中华书局，1963.

[117] 余亦文. 潮乐问 [M]. 广州：岭南美术出版社，2006.

[118] 余勇. 明清时期粤剧的起源、形成和发展 [M]. 北京：中国戏剧出版社，2009.

[119] 俞为民. 宋元南戏考论续编 [M]. 北京：中华书局，2004.

［120］郁达夫著，詹亚园笺注. 郁达夫诗词笺注 [M]. 上海：上海古籍出版社，2013.

［121］云南省戏剧创作研究室编. 云南戏剧研究评论集 [M].1981.

［122］粤剧表演艺术大全编纂委员会编. 粤剧表演艺术大全. 做打卷 [M]. 广州：广州出版社,2019.

［123］粤剧表演艺术大全编纂委员会编. 粤剧表演艺术大全. 唱念卷 [M]. 广州：广州出版社,2020.

［124］詹双晖. 白字戏研究 [M]. 广州：中山大学出版社，2009.

［125］张春晓. 两宋民族战争本事小说戏曲故事演变 [M]. 广州：暨南大学出版社，2013.

［126］张德彝. 欧美环游记 [M]. 长沙：湖南人民出版社，1981.

［127］张庚、郭汉城. 中国戏曲通史 [M]. 北京：中国戏剧出版社，2006.

［128］张其凡. 赵普评传 [M]. 北京：北京出版社，1991.

［129］张沛芳等. 广东汉剧源流探讨 [M]. 内部油印本，1983.

［130］郑骞. 景午丛编 [M]. 中国台北：中华书局，1972.

［131］郑守治. 正字戏潮剧剧本唱腔研究 [M]. 北京：中国戏剧出版社，2010.

［132］郑维维. 社会史视角下的汉剧 1912—1949[M]. 北京：人民出版社，2015.

［133］周明泰. 元明乐府套数举略《都门纪略》中之戏曲史料 [M]. 北京：中国戏剧出版社，2015.

［134］周宁. 东南亚华语戏剧史 [M]. 厦门：厦门大学出版社，2007.

［135］周秋良. 观音本生故事戏论疏 [M]. 北京：中国戏剧出版社，2008.

［136］周贻白. 中国戏曲发展史纲要 [M]. 上海：上海古籍出版社，1979.

［137］周贻白. 周贻白戏剧论文选 [M]. 长沙：湖南人民出版社.1982.

［138］朱崇志. 中国古代戏曲选本研究 [M]. 上海：上海古籍出版社，2004.

［139］朱家溍、丁汝芹. 清代内廷演剧始末考 [M]. 北京：中国书店，2010.

［140］庄钦永. 新呷华人史新考 [M]. 南洋学会，1990.

［141］陈志勇．清代梆子皮黄戏源考论 [M]．广州：中山大学出版社，2022．

［142］中国大百科全书总编辑委员会《戏曲曲艺》编辑委员会、中国大百科全书出版社编辑部编．中国大百科全书·戏曲曲艺卷 [M]．北京：中国大百科全书出版社出版，1983．

［143］中国戏曲音乐集成编辑委员会、《中国戏曲音乐集成·广东卷》编辑委员会编．中国戏曲音乐集成·广东卷 [M]．北京：中国 ISBN 中心，1996．

［144］中国戏曲志编辑委员会、《中国戏曲志·安徽卷》编辑委员会编．中国戏曲志·安徽卷 [M]．北京：中国 ISBN 中心，1993．

［145］中国戏曲志编辑委员会、《中国戏曲志·甘肃卷》编辑委员会编．中国戏曲志·甘肃卷 [M]．北京：中国 ISBN 中心，1995．

［146］中国戏曲志编辑委员会、《中国戏曲志·广东卷》编辑委员会编．中国戏曲志·广东卷 [M]．北京：中国 ISBN 中心，2000．

［147］中国戏曲志编辑委员会、《中国戏曲志·湖北卷》编辑委员会编．中国戏曲志·湖北卷 [M]．北京：中国 ISBN 中心，1993．

［148］中国戏曲志编辑委员会、《中国戏曲志·江苏卷》编辑委员会编．中国戏曲志·江苏卷 [M]．北京：中国 ISBN 中心，1992．

［149］．中国戏曲志编辑委员会、《中国戏曲志·江西卷》编辑委员会编．中国戏曲志·江西卷 [M]．北京：中国 ISBN 中心，1998．

［150］中国戏曲志编辑委员会、《中国戏曲志·云南卷》编辑委员会编．中国戏曲志·云南卷 [M]．北京：中国 ISBN 中心，1994．

［151］中国戏曲研究院编．演员经验谈（第 4 辑）[M]．上海：上海文化出版社，1959．

［152］陈雁荣．汉剧乐曲指南（第一集）[M]．1949．

［153］广州市振兴粤剧基金会等编．粤剧何时有——粤剧起源与形成学术研讨会文集 [M]．香港：中国评论学术出版社，2008．

［154］张耀清．历史记忆：闽西文化遗产 [M]．福州：海潮摄影艺术出版社，2007．

［155］华传浩演述，陆兼之记录整理．我演昆丑 [M]．上海：上海文艺出版

社，1961.

[156] 焦菊隐.焦菊隐文集1理论[M].北京：文化艺术出版社，2005.

[157] 廖奔著，周育德编.宋元戏曲文物与民俗[M].北京：中国戏剧出版社，2016.

[158] 欧阳予倩.欧阳予倩全集（第5卷）[M].上海：上海文艺出版社，1990.

[159] 潘醒农.潮侨溯源集[M].北京：金城出版社，2014.

[160] 王家广.考古杂记[M].北京：紫禁城出版社，1988.

[161] 遵义市人民政府编.中国·遵义·黔北傩文化国际学术研讨会论文集[M].成都：西南交通大学出版社，2012.

[162] 田黎明、刘祯.二十世纪戏曲学研究论丛·戏曲剧种研究卷[M].合肥：安徽文艺出版社，2015.

[163] 杨进发.陈嘉庚研究文集[M].北京：中国友谊出版公司，1988.

[164] 新加坡余娱儒乐社编.余娱儒乐社成立八十周年纪念特刊[M].1992.

[165] 李志贤.海外潮人的移民经验[M].新加坡潮州八邑会馆、八方文化企业公司，2003.

[166] 中共揭阳市委办公室、潮汕历史文化研究中心编.第五届潮学国际研讨会论文集[M].香港：公元出版有限公司，2005.

[167] 中国艺术研究院戏曲研究所《戏曲研究》编辑部编.戏曲研究[M].北京：文化艺术出版社，1983.

[168] 陈锋.明清以来长江流域社会发展史论[M].武汉：武汉大学出版社，2006.

[169] 张沛芳.艺文集[M].广东汉剧院发行，2009.

[170] 赵景深.元明南戏考略[M].北京：作家出版社，1958.

[171] 郑振铎.中国文学研究[M].上海：商务印书馆，1927.

[172] 新加坡余娱儒乐社编.余娱儒乐社金禧纪念特刊[M].1962.

三、报刊资料、期刊论文、学位论文

［1］［日］松浦智子.关于杨家将五郎为僧故事的考察［J］.明清小说研究，2009（4）.

［2］曹正.潮州古筝流派的介绍［J］.民族民间音乐，1985（2）.

［3］曹正.古筝沿革略谈［J］.乐器，1981（6）.

［4］陈春声.从《游火帝歌》看清代樟林社会——兼论潮州歌册的社会史资料价值［J］.潮学研究，1993（1）.

［5］陈德遗.澄城阳春国乐社史话［J］.澄海文史资料，1988（2）.

［6］陈汉煌.闽西汉剧行当"红净"的艺术特色［J］.福建艺术，1998（2）.

［7］陈明昌.漫谈研究"国乐"和"汉剧"［J］.星洲市客属总会国乐部银禧纪念特刊，1954.

［8］陈志勇.近代"外江戏"的进入与岭南戏曲生态变貌［J］.文化遗产，2016（3）.

［9］谌兆祥、杨宗道.漫话辰河戏［J］.溆浦文史，1985（3）.

［10］程美宝.近代地方文化的跨地域性——20世纪二三十年代粤剧、粤乐和粤曲在上海［J］.近代史研究，2007（2）.

［11］邓秋玲.广东汉剧与广东其他官话戏音韵的关系［J］，文化遗产，2022（6）.

［12］董上德.粤剧传承中的"变"与"不变"［J］.南国红豆，2019（6）.

［13］傅雪漪.北方高腔浅探［J］.河北戏曲资料汇编，1985（6）.

［14］古永继.商人杀王莽说辨析［J］.人文杂志，1988（6）.

［15］关思采访，卓济民述.新加坡的汉剧：过去与现在［N］.海峡时报，1981年4月18日。

［16］郭贤栋、刘小中.西皮腔探源［J］.戏曲音乐资料汇编，1986（3）.

［17］汉生.粤调与京调之比较［A］.国乐演剧团特刊，1924.

［18］何萍.外江戏钩沉录［J］.广东汉剧资料汇编，1988（1）.

［19］黄百川.潮剧班之分野：白子班与外江班［J］.十日戏剧，1937（14）.

［20］黄东阳.从唱腔的遗传基因为广东汉剧寻根溯源[J].客家研究辑刊，2019（2）.

［21］黄镜明.广东"外江班""本地班"初考[J].戏曲研究，1987（22）.

［22］黄伟.清末民初广东戏班赴台演出史料考述[J].中华戏曲,2005(33).

［23］黄芝冈著,范正明录校.黄芝冈日记选录（二十八）[J].艺海,2016(9).

［24］黄佐临.漫谈"戏剧观"[J].中国戏剧，1962（4）.

［25］金克木.文艺的地域学研究设想[J].读书，1986（4）.

［26］康保成.从"戏棚官话"到粤白到韵白——关于粤剧历史与未来的思考[J].江西社会科学，2006（1）.

［27］康保成."外江班"与"外江戏"[J].文化遗产，2016（3）.

［28］康海玲.闽方言戏曲在新加坡[J].戏曲研究，2018（1）.

［29］李冬青.高甲戏发祥地寻踪[J].南安文史资料，1999（21）.

［30］李天生.《唐乐星图》校注[J].中华戏曲，1993（13）.

［31］廖奔.晋东南祭神仪式抄本的戏曲史料价值[J].中华戏曲,1993(13).

［32］林鹤宜.从演出剧目看新加坡在地职业剧团对台湾歌仔戏的接受和创发——以"新赛凤"为例[J].民俗曲艺，2016（191）.

［33］林杰祥.粤东剧界演变发展及其戏剧史意义[J].戏曲研究,2018（3）.

［34］林毛根.浅谈汉剧与汉乐[J].汕头文史（第11辑），1992.

［35］林思勤.陶融儒乐社研究[D].新加坡国立大学中文系荣誉学位毕业论文，2003.

［36］刘正维.民族音乐形态学建设[J].中国音乐，2006（4）.

［37］刘正维.证西皮女腔先于西皮男腔——兼论西皮脱自北路梆子[J].中国音乐学，1992（4）.

［38］卢恩荣.关于汉剧的点滴回忆[A].闽西戏剧史资料汇编（第四辑），1984.

［39］罗恒报.忆广东汉剧在台湾[N].梅江报，1985年6月27日。

［40］马伯煌.两汉书中的"商人杜吴"——由史书中一个专名号引起的问题[J].中华文史论丛，1986（3）.

[41] 梅兰芳. 赣湘鄂旅行演出手记 [N]. 人民日报, 1958 年 5 月 19 日。

[42] 木子. 广东汉乐与广东汉剧音乐关系谈 [J]. 广东汉乐研究 1-15 期合订本, 2004.

[43] 区文凤. 粤剧的地方化过程初探 [J]. 中华戏曲, 1996（2）.

[44] 潘贤达. 粤曲论 [J]. 戏剧艺术, 1954（1）.

[45] 丘慧莹. 清代楚曲剧本概说 [J]. 戏曲研究, 2007（1）.

[46] 容世诚. 粤乐"八大曲"初析：戏曲清唱、珠江河调、广东汉剧 [J]. 文化遗产, 2016（3）.

[47] 田舍叟. 行将失传之秦腔旧剧《胭脂血》[J]. 河北戏曲资料汇编, 1985（10）.

[48] 王馗. 外江梨园与岭南戏曲 [J]. 戏曲研究, 2007（2）.

[49] 王培宁. 写在墙壁上的戏史资料——连城罗坊古戏台调查笔记 [J]. 闽西戏剧史资料汇编, 1983（1）.

[50] 文君. 漫谈星马的汉剧 [J]. 新加坡南洋客属总会会讯, 1981.

[51] 吴兆明. "音乐三友"和潮州细乐 [J]. 潮州文史资料, 2009（26）.

[52] 冼玉清. 清代六省戏班在广东 [J]. 中山大学学报, 1963（3）.

[53] 严立模. 戏曲正音的建构：以闽南语、粤语地区三个戏曲官话为材料 [D]. 台湾大学中国文学研究所博士论文, 2006.

[54] 杨娇. 宋太祖开国故事研究 [D]. 四川外国语大学硕士学位论文, 2018.

[55] 杨宪益. 薛平贵故事的来源 [J]. 寻根, 2000（3）.

[56] 杨友爱. 早期南洋侨领杨书典及其家族 [J]. 潮安文史, 1998（3）.

[57] 叶德均. 十年来中国戏曲小说的发现 [J]. 东方杂志, 1947（2）.

[58] 叶伟征. 新加坡潮州音乐社研究 [D]. 新加坡国立大学中文系硕士学位论文, 2000.

[59] 艺生. 豫南花鼓剧目介绍 [J]. 河南戏曲史志资料辑丛·第 6 辑, 中国戏曲志河南卷编辑委员会（内刊）, 1986.

[60] 殷惠麟. 对潮州南派琵琶历史及现状的思考 [J]. 星海音乐学院学报,

2000（4）。

［61］余淑娟.潮州外江戏的传播组织：新加坡余娱儒乐社[J].民俗曲艺，2016（191）。

［62］张文德.三种明传奇《鲛绡记》小考[J].《江海学刊》，2008（5）.

［63］张雄生.陈振贤先生事略[A].《余娱儒乐社金禧纪念特刊》，新加坡余娱儒乐社编，1962.

［64］赵瑞.赵太祖戏曲研究[D].山西师范大学硕士学位论文，2015.

［65］郑仁章.新加坡潮籍侨领陈振贤逸事[J].潮州文史资料（第23辑），2003.

［66］钟凤.古代戏曲小说中赵匡胤形象流变研究[D].宁波大学硕士学位论文，2014.

［67］周传家.杨家将和杨家将梆子戏[J].戏曲艺术，1994（2）.

［68］周丹杰.现存清代粤剧剧本初探[J].戏曲研究，2022（2）.

［69］庄初升.广东汉剧传统戏的舞台音韵初探[J].文化遗产，2022（6）.

［70］卓济民.从广东汉剧团来星演出谈到星马的汉剧[N].华侨日报，1983年7月23日。

［71］王永载.潮州民间戏剧概观[J].广东文物，1940.